诺贝尔文学奖作家文集·显克维奇卷

主编／张 谦

第三个女人

[波兰]亨利克·显克维奇／著

林洪亮／译

Ta trzecia

漓江出版社

·桂林·

“诺贝尔”与漓江血脉相连

——“诺贝尔文学奖作家文集”序

张 谦

“诺贝尔文学奖作家文集”从2015年10月问世，迄今已囊括30位诺奖作家作品，出版平装本4种、精装本43种，在制及储备选题30余种，成了读书界一个愈加引发关注的存在，被读者区别于漓江[①]之前的“老诺”“红诺”，亲切地称为“黑诺”[②]。所以，确实到了一个梳陈、小结我社“诺贝尔文学奖作家文集”出版情况，向大家汇报的时间点。

“诺贝尔”是漓江的基因和脉动，是时光深处的牧歌，是漓江人为之集结的号角。中间我们有过十来年的停顿和涣散，“诺贝尔”不知道去哪儿了，历史的演进回环往复，背阴面的不可理喻，本身就是存在的冰冷逻辑。2012年我回到社里，开始几年做不了什么事，

---

① 无特殊说明，此文中均指漓江出版社。

② “老诺”“红诺”“黑诺”，不同阶段漓江版“诺贝尔”系列丛书。“老诺”“红诺”均指“获诺贝尔文学奖作家丛书”。“老诺”（精、平装）的装帧设计者是翁文希，奠定了读者心中最早的漓江版“诺贝尔”品牌形象；“红诺”（精、平装）是上海装帧设计家陶雪华的设计，启用烫金元素，与微呈橘红色的封面相映生辉，彰显气派；“黑诺”（主推精装）指“诺贝尔文学奖作家文集”，是我社主力美编、装帧设计家石绍康的设计，内敛雅致，独具匠心，以黑色为主体衬色，烘托出作家肖像的大师气场。

当时的社领导提醒说：“不要搞什么套书，一本一本地做！”所以 2015 年 4 月最早出来的加缪《鼠疫》平装本，上面没打丛书名。也是 2015 年 4 月，我被接纳为社班子成员，担任副总编辑。2015 年 10 月，第一本落有“诺贝尔文学奖作家文集”（以下简称“作家文集”或“文集”）丛书名的图书诞生了，它是加缪《西绪福斯神话——论荒诞》（平装本）。当年年底，刘迪才社长到任，带着上级管理部门“把漓江做大做强”的精神，旗帜鲜明抓主业，抓核心板块和漓江传统优势外国文学品牌。“作家文集”在 2016 年接续做了两本“加缪卷”平装本《局外人》和《第一人》以后，开足马力做精装。记得问世的第一个精装本，是美国作家辛克莱·路易斯的《大街》，拿到样书的那一刻，直觉告诉我：路子对了。

然而并不是找对了路子就没有繁难，是的，时代变了，市场变了。在对诺贝尔文学奖新晋得主的追捧几成赌局的当下，文学出版即便携资本入场也不够了，成了资本加运气的博弈。此时回过头来再看上个世纪八十年代的漓江，那出版江湖中的一抹清流，乘着改革开放的春风，在中国图书市场所开创的“诺贝尔”蓝海，抓住了稍纵即逝的“窗口期”，成就了不可复制的“漓江现象”[①]。

“书荒”时代进场，带领漓江同仁做“获诺贝尔文学奖作家丛书”的刘硕良前辈，“使得建社不久又偏居一隅的漓江出版社，以有计划和成规模地推出外国文学优秀作品，很快成为全国外国文学方面的出版重镇。这是一段值得人们津津乐道的出版佳话，也是一个

---

① 见李频《改革开放出版史中的“漓江现象”》，我社即将出版的《围观记》序一。

值得大书一笔的出版传奇”[①]。改革开放伊始，解放思想、实事求是，读者重新经历了思想启蒙，无异于继十九世纪末严复翻译《天演论》以后国人再次“睁眼看世界”，“我们没有失去记忆，我们去寻找生命的湖”[②]。漓江当时提供给读书界的诺贝尔文学奖读物，重在一人一卷的快捷出场，速成阵容，从小对史、地感兴趣的刘硕良，围绕题中之义，于无形中给读者提供了第一印象的新鲜概念和地图式导览。从 1983 年年中开始推出诺奖丛书头四种——《爱的荒漠》《蒂博一家》《特雷庇姑娘》和《饥饿的石头》[③]，到二十世纪末，总共出了八十余种。“让中国读者了解到世界上除了巴尔扎克、托尔斯泰、高尔基，还有很多优秀的作家，诺奖作家就是其中很重要的一个组成部分。”[④]

那是一个百废待兴，连常识都需要重新建构的时代。彼时，压力来自外部，更多以阻力形式呈现。“漓江的开拓并非一帆风顺，诺贝尔丛书的上马就遭到一些大义凛然却并不甚明了真相或为偏见所左右的人士的非议”[⑤]，但形势比人强，改革开放的大潮激浊扬清，建设的主流压倒了破坏，给各行各业满怀豪情的建设者提供了施展才华的空间。漓江因此而实现了勇立潮头满足读者的需要（而且读

---

① 见白烨《“围观”与“回望”的意义》，我社即将出版的《围观记》序二。
② 见北岛诗作《走吧》。
③ 其中《爱的荒漠》和稍后出版的《我弥留之际》《玉米人》一起，荣获新闻出版署主办的首届全国优秀外国文学图书奖一等奖。
④ 见《一个闪亮的名字联系一个时代的文学记忆——刘硕良：把诺贝尔介绍给中国》，《新京报》记者张弘采写，2005 年 4 月 5 日《新京报・追寻 80 年代》。
⑤ 见刘硕良《改革开放带来的突破和飞跃——漓江出版社诞生前后》，《广西文史》2008 年第 4 期。

者面很广，工农兵学商[①]），并与未来将要实现影响力的成长中的各界精英达成了精神源头的水乳交融和灵魂共振——很多后来成名成家人士，皆谈及上世纪八十年代受过漓江版外国文学图书滋养，有的几度搬家，甚至远涉重洋，至今书架上仍小心珍藏着漓江的老版书。

就这样，我们前有光荣的家史，前辈的激励，后有加入世贸组织后对于头部资源的白热化市场竞夺，有业界同行在经典名优赛道的竞相追逐，想要在其中脱颖而出，确非易事。当初外在的压力，变成了现在内在自我提升的动力：你敢不敢自己跟自己比，有没有勇气和能力对标漓江光辉岁月，提振传统并发扬光大？种种繁难之下，依然得努力往前走，这也便是人生的挑战和乐趣所在。

今年是做“诺贝尔文学奖作家文集”的第八个年头，也是我正式就任漓江总编辑的第一年。九十高龄的刘硕良老师从年初就开始屡屡打电话给我，让我挂名该文集的主编。我一直坚辞不受。“诺贝尔”差不多是漓江的图腾级存在，我只是站在前人的肩膀上继续仰望星空，尽本分做点添砖加瓦的事情，岂敢妄自掠美。即便是当年主编“获诺贝尔文学奖作家丛书”的刘老师，退休以后也就功成身退，不再在漓江版“诺贝尔”上挂主编名。这几乎是中国当下通行的国情。也就是说，“作家文集”出版八年，眼看渐成气候，却没有任何人挂主编名，只是在翻开每本书的卷首，有一页“出版说明”——

---

① 见《“获诺贝尔文学奖作家丛书”读者反映》，刘硕良著《三栖路上云和月——为新闻出版的一生》，漓江出版社，2012年9月1版1次。

“诺贝尔文学奖作家文集”系我社近年长销经典品种，是对二十世纪八九十年代我社品牌图书、刘硕良主编的“获诺贝尔文学奖作家丛书”的继承与发扬，变之前一人一书阵容为每位作家多卷本。如果说老版“诺贝尔”是启蒙版，那么新版就是深入版，既深入作者的内心，也满足读者的深度需求，看上去是小众趣味，影响的是大众阅读倾向。这就是引领的意义，也是漓江版图书一贯的追求。

然而吊诡的是，如果用因退休机制的作用被动不在场的刘老师，来为正在进行时的“作家文集”的无主编状态背书的话，我忽然发现，并不能自圆其说。同时，自己在班子任上八年，如果不依规依制给该文集一个担当和交代，那所有参与这套丛书出版的漓江人，就会变成一个失语的群体，八年来大家的辛苦鏖战，也会失去应有的分量和表达，转瞬消失于历史的虚空当中。于是和刘社长达成共识：丛书是本届班子主持做的，主编由我来挂，即便过些年轮到我也解甲归田，在岗一天就要担当一天，就由我这个亲历者来理一理来龙去脉吧。

加缪是一切的开始。无论从作品的分量还是作家的魅力，尤其是在年轻人里的观众缘来考量，作为撬动一套书的支点，加缪都是不二选择。更何况，2015 年我们推出《鼠疫》时，加缪作品刚刚进入公版期没几个年头，真乃天无绝人之路！

我试图通过加缪获得一种视角，这个视角能穿透我所生活的海量信息时代貌似超级强大的无限时空，定位非中心城市的个人存在意义。[①]

这里的“个人”，也喻指在时代的洪流中需要敲破坚冰重新出发的漓江。加缪卷我们出了五种，论品种数是文集中比较丰满的——《鼠疫》《西绪福斯神话——论荒诞》《局外人》《第一人》《卡利古拉》，除了前四种既做了平装，也做了精装，后面品种一心一意只做精装——因为相信在优质精品道路上的勠力追求，一定可以加持图书的可收藏性。《鼠疫》《局外人》《第一人》是存在主义文学大师加缪的小说代表作，而 2018 年 10 月推出的《卡利古拉》，则是文集中比较少见的戏剧品种，它和哲学随笔《西绪福斯神话——论荒诞》一起，使加缪卷作为诺奖作家的小文集，实现了文体多样化方面的鲜明追求。这个追求在福克纳卷上继续得到体现，福克纳卷截至目前一样出了五种，除了国内读者熟知的经典——李文俊译《喧哗与骚动》《我弥留之际》，还补充了国内首译《士兵的报酬》《水泽女神之歌——福克纳早期散文、诗歌与插图》和《寓言》。其他品种数达到四五种体量的，还有路易斯卷、纪德卷、斯坦贝克卷、丘吉尔卷、泰戈尔卷、显克维奇卷。两三种的有黛莱达卷、米斯特拉尔卷、聂鲁达卷、吉勒鲁普卷、梅特林克卷、拉格奎斯特卷、蒲宁卷。由于受限于作家本身的创作规模以及我们发掘的速度，目前尚有普吕多

---

① 见沙地黑米（本名张谦）新浪博客读书笔记《在隆冬知道》，2015 年 6 月 5 日。

姆、吉卜林、艾略特、保尔·海泽、塞弗尔特、叶芝、拉格洛夫、皮兰德娄、夸西莫多、蒙塔莱等卷只是单一品种的体量。当然，每位作家小文集的规模（品种数）依然是活性的，现状的陈述并不能规定未来的变化，我们的核心思路，是每位作家做三至五种。

由于漓江推出的诺贝尔文学奖获奖作家都是外国作者，所以出版“作家文集”有一个不可避免的环节，就是要找到合适的译者。唯有如此，才能将诺贝尔文学奖作家作品尽量以“信、达、雅”的方式介绍给国内读者。

在译者的选择上，我们注重新老搭配。托前辈的福，漓江拥有的传统译者资源称得上是国内“顶配”。老一辈翻译家令人肃然起敬，他们往往具有很深厚的文学素养和优雅的个人修养，译文水准很高，经得起岁月的沉淀和时间的考验，我们非常珍视与他们的合作。而年轻一辈的翻译家也有优势，他们的语言和思维都能贴合当下读者的习惯，亦多全球化背景下的旅居、旅行，能较多接收并释放当下外国文学和文化的辐射，在对原著文化背景、思想内涵的传达体现上，能有推陈出新的理解。

“作家文集”最先启动的加缪卷，用的就是漓江译者老班底里的李玉民译本。其他像潘庆舲、姚祖培合译辛克莱·路易斯《巴比特》，李文俊译福克纳《我弥留之际》，黄文捷译黛莱达《邪恶之路》，赵振江译米斯特拉尔《柔情》，王逢振译赛珍珠《大地》，杨武能译保尔·海泽《特雷庇姑娘》，都是“老诺”阵容里的保留节目。在“黑诺”里，漓江与这批王牌译家译作再续前缘。此外，“作家文集”还见证了一代翻译家的成长——胡小跃译普吕多姆《枉然的柔情》，裘小龙译叶芝《第二次来临——叶芝诗选编》，分别是“老诺”里普吕多姆《孤独与沉思》和叶芝《丽达与天鹅》的升级版，当年漓江看好的青年翻译家，已然成为译界翘楚，译本也得到更丰富的增补和更成熟的修订。也有老朋友新加入的译本，比如倪培耕原译泰戈尔《饥饿的石头》是“老诺”阵容里的，到了“黑诺”更名为《泡影》，都是泰戈尔短篇小说选；同时“黑诺”再添倪译泰戈尔长篇小说《纠缠》。福克纳卷除了收入李文俊之前在“老诺”就有的代表译作《我弥留之际》，“黑诺”还增加了李译《喧哗与骚动》《押沙龙，押沙龙！》。青年译者的新作有一熙译福克纳《士兵的报酬》，王国平译福克纳《寓言》，远洋译福克纳《水泽女神之歌——福克纳早期散文、诗歌与插图》，顾奎译辛克莱·路易斯《大街》，等等。

也有一部分老译家，其译作的版权流转到其他出版机构去，与“黑诺”失之交臂，或者年深日久几近失联，或者凋零如秋叶片片——时光总有理由分开我们，才显出在一起的机缘实在是难能可贵。

现在年轻人外语好，除了做文学翻译，还有很多更实惠的选择，所以真正像老一辈翻译家那样，把译事当成毕生的事业追求，在这个领域安于寂寞悉心耕耘的并不多，或者说，漓江还没有迎来与这个群体的高频次、大规模相遇。我们现有的中青年译者队伍，一来人数远不够多，二来除了翻译本身，想法会比老一辈多一点——漓江很惭愧，至今没能把这份文化事业做成生财有道、惠及万方的大产业。好在文学哪怕历来就与眼前利益没太大关系，这个世界热爱文学的人也一直层出不穷。之所以在这里把家底摆一摆，也是为了方便下一步遇上有缘人。

译本体例上，“黑诺”尽量做到向“老诺”学习，“每卷均有译序和授奖词、答词、生平年表、著作目录，力求给读者提供一个能真实地反映诺贝尔文学奖及其每一得主风貌的较好版本”[①]。老漓江的优秀传统要保持，有章可循是一种福分。

一个素朴有力的团队，会带来别样高效的支撑感。我们的青年编辑队伍正在老编辑的带领下茁壮成长，他们是漓江的秘密花园，正在蓄能无限，漓江的未来，有他们书写，靠他们传扬。

在这里，必须致敬一下给漓江“老诺”担任过策划编辑和责任编辑的主力核心团队，他们是当年的译文室成员：宋安群、吴裕康、莫雅平、金龙格、沈东子、汪正球。

1995 年，沈东子策划过一套泰戈尔“大师文集”6 卷本，除了后续加入“黑诺”的倪培耕几种译作，亮点是直接去信季羡林先生，取得了授权，收入季译《炉火情》一种。丛书虽然没打“诺贝尔”标签，却开启了做诺奖作家小文集的思路。

1998 年，漓江出了三套诺奖作家小文集。时任总编辑宋安群策划了《赛珍珠作品选集》，向美国哈罗德·奥柏联合会购买了版权，出版了五部小说、一部传记和一本文论。本人担任过其中《东风·西风》和《赛珍珠传》两种图书的责任编辑，还为赛珍珠母亲的故事写过责编手札——

---

① 见刘硕良《新时期有数的宏伟工程——“获诺贝尔文学奖作家丛书”序》。

美好的人和事，因为人们的珍爱而获得自己的历史，在这个意义上说，历史，就是人们对于美的牵挂和担心。时乖命蹇，说变就变，我们珍爱的事物能够留存多久？一旦大限到来，让碎片有了碎片的安息，人心也就有了人心的解脱吗？[①]

吴裕康策划了君特·格拉斯“但泽三部曲”（《铁皮鼓》《猫与鼠》《狗年月》），经德国 Steidl 出版社授权出版。有意思的事情就此发生了：我社在 1998 年 1 月至 1999 年 4 月出完这三种书，1999 年 9 月 30 日，瑞典文学院将诺贝尔文学奖颁给了君特·格拉斯。所谓猜题和押宝都很准的名编辑、大编辑，漓江早年就有现实榜样。

汪正球策划的“川端康成作品”，洋洋大观出了十卷。

以上四种诺奖作家文集，都没打“诺贝尔”标签，装帧设计也各有套路，却都绕不开内在承袭的同一种思路。所以说，在漓江做“诺贝尔”，是有传统的，可追溯的，漓江人血脉里的遗传密码，在不同时期阐发着基因的显隐性。

从 2023 年算起，诺奖作家未进入公版期的尚有 60 多人，这是一片资本角逐的热土，对这个领域作家作品的竞夺，不是漓江的强项。众人还没睡醒的时候，漓江前辈就已经外出狩猎了；现在的漓江人，专注于在家种田——我们无富可炫，有技在身，到手的都不是战利品，而是作品本身，值得像农人看待种子那样，悉心培育，精

① 见《我们珍爱的事物能够留存多久》，作者米子（本名张谦），《读书》1998 年第 10 期。

耕细作，用时间打磨，为每一部好作品寻找好译者、好编辑、好制作，直至它找到那个两情相悦的读者。

犹如观潮，漓江现在挤不进前排，索性站远一步，不追刚刚出炉的“当红炸子鸡”——新科获奖者。同时代的读者本来很想读到同时代优秀外国作家的作品，但这有个前提，就是译本要好。而“当红炸子鸡”的临时译本，前有市场期待，后有合同追魂，难得沉下心来从容打磨，多半是急就章似的翻译，反正搭配的也是快餐面似的阅读，说白了就是一场对诺奖新科得主生吞活剥的消费——真正的赢家，既不是作者、译者和读者，也不是编辑，而是商业。当然，在这个领域深耕多年，早有准备的同行是个例外。漓江与所有认真的同行惺惺相惜。

公版书是退潮后海滩上的贝壳，经历过海浪的洗礼、时间的检验，哪些受人欢迎，比较容易感知，可以从容选择。而同时代的作家作品，一时被潮头卷得高高，抛得远远，过了当红的这个时间节点，就被读者抛诸脑后，这样的例子不胜枚举。事实证明，由于作品本身或是翻译的质量问题，有的新科获奖作家作品，确实不如早年诺奖作家作品那么富有感染力。

说到这里，很有必要广为派发一下英雄帖：如果有诺奖作家、优质译者、原著出版社，以及权威版权代理机构听到漓江的声音，认可我们的理念，那么，您好，欢迎加入我们共同的事业！

“作家文集”精装本批量问世以后，我们分别在 2018 年和 2019 年年初的北京图书订货会上，以“执子之手——漓江与‘诺贝尔’的不了情”和“‘诺贝尔’与漓江血脉相连”两个专题向公众亮相，后者还荣膺该届订货会评出的“优秀文化活动奖”。2018 年 9 月，百道网特为这套书，对我本人进行了专访报道[①]。

成立于 1980 年的漓江出版社，在改革开放的春风里应运而生。建社不久就做“诺贝尔”，诺贝尔文学奖系列丛书，记录着一代又一代漓江人在向我国读者推介世界文学宝藏方面前赴后继、坚忍不拔的努力。“诺贝尔”和漓江人的职场生涯、美好年华紧密生长在一起，是漓江集体记忆中不可分割的一部分；漓江边的中国小城桂林，因为文学，因为诺贝尔，和斯堪的纳维亚半岛上的北欧古国瑞典就此牵连在一起——世间缘分，多么热烈美好，也足够千奇万妙。

金秋十月，在给此文收官之际，传来了法国作家安妮·埃尔诺获奖的消息。看来诺贝尔文学奖依旧不改我行我素之风——有多少百炼成钢的陪跑，就有多少新莺出谷的未料。谨以此文向充满无限可能的未来致意！漓江胸怀天下，初心不改，要以海纳百川的宽阔胸襟努力借鉴、吸收并呈现人类一切优秀文明成果。

2022 年 10 月 5 日　桂林

2024 年 9 月 23 日　修订

① 《曾经强悍的“诺贝尔旋风”影响过莫言、余华等，新一代出版人如何再创阅读高潮？》，百道网，2018 年 9 月 10 日。

[波兰] 亨利克 · 显克维奇
(Henryk Sienkiewicz，1846—1916)

显克维奇在扎科帕内，1894 年

显克维奇在书房

显克维奇和他的女儿、儿子

显克维奇和他妹妹

1924 年，显克维奇的灵柩运回华沙。图为当时华沙火车站的景况

作家·作品

对于考察显克维奇的成就的人来说，他的成就显得既巍峨高大，又浩瀚广阔，同时在各个方面都表现得高尚和善于克制。他的史诗风格更是达到了艺术上绝对完美的地步。他那种有着强烈的总体效果和带有相对独立性插曲的史诗风格，还由于它那朴素而引人注目的隐喻而别具一格。……有位瑞典批评家注意到显克维奇笔下的比喻具有荷马的形象化比喻那种清晰性。

——瑞典文学院常务秘书 C.D. 维尔森

亨利克·显克维奇是波兰最受欢迎的作家，他和不知疲倦的鼓动家希维恩托霍夫斯基正好成为尖锐的对比。他有贵族的天性，富有多方面的才能。他的作品感情洋溢，同时好作尖刻的讽刺。他在《炭笔素描》中达到了他的最高峰，表明他在精神领域中是个目光锐利的现实主义者。这篇小说写一个穷苦农民的年轻妻子如何为环境所迫，出卖自己的肉体以求她的丈夫得以免除兵役的故事，它是一篇感人肺腑的杰作。显克维奇以写篇幅很短的短篇小说（《灯塔看守》《天使》）见长，描写时绘声绘影，又充满着炽热的感情。

——丹麦著名文学评论家勃兰兑斯

显克维奇在我国如果不是中短篇小说的唯一创造者，至少也是创造者之一……显克维奇是属于梅里美、屠格涅夫、莫泊桑和布勒特·哈特这一家族的。

——波兰著名批评家波托茨基

中短篇小说的创作，贯穿显克维奇的整个文学生涯。从1871年写成的《徒劳无益》开始，他一生共写了六十余篇中短篇小说。这些小说题材广泛：有反映波兰农民悲惨生活的，有描写波兰侨民在国外不幸遭遇的，有揭露民族压迫者对穷苦人民迫害的，有推崇资产阶级进取精神和抨击封建贵族腐朽没落的，有表现男女之间纯真爱情的，还有一些小说取材于古希腊神话和《圣经》故事。它们风格各异，形式不同，形成了一幅幅多姿多彩的生活画卷。这些作品不仅是显克维奇创作中的重要组成部分，也是世界文学中的珍品，它们广泛流传于世界各国，受到各国读者的喜爱。

——译者林洪亮

目　录

附　录

前　言

林洪亮

19世纪下半叶，波兰文坛上涌现出一大批富有才华、影响深远的作家，其中以显克维奇的名望最大。他的作品以其炽热的爱国激情、广阔壮丽的现实和历史画面、生动鲜明的人物形象、丰富多彩的艺术形式，在世界读者中享有历久不衰的盛誉。显克维奇也是最早被介绍到中国来的一位波兰作家。早在20世纪初，由鲁迅编辑的《域外小说集》就译有显克维奇的《灯台守》等小说，并一直受到鲁迅的喜爱和推崇，成为鲁迅早期最喜爱的两大欧洲作家之一。嗣后，由于鲁迅和其他中国作家的提倡和促成，显克维奇的作品便陆续被介绍到中国来。

显克维奇有着多方面的文学才能，写有通讯、杂文、评论、戏剧，但以小说的成就最大。他的中短篇小说已成为世界文学宝库中的珍品，他的历史长篇小说更使他名闻遐迩。1905年由于他在历史小说方面的卓著成绩而获得诺贝尔文学奖。他是获得诺贝尔文学奖的第一位波兰作家，也是斯拉夫民族中最早获得这一荣誉的作家。

一

1846年5月5日，亨利克·显克维奇生于波兰卢布林省乌库夫县奥克热雅村的一个富于爱国传统的贵族家庭里。他的家族中有不少是驰骋疆场的军人，有的还英勇牺牲在敌人的刀枪下。他的父亲是一个没落的贵族，母亲是个富裕地主的女儿，喜爱文学，对于显克维奇的文学爱好不无影响。显克维奇后来写道："说到我对文学的兴趣，也许是从母亲那里继承下来的，她会写诗，不过她的诗都写在纪念册上，无疑是缺少更深刻的艺术价值的。……我整个童年都是在农村度过的，这段生活对我影响最大，这样一来，我便了解了我们的农民和他们的语言。"

显克维奇从小就对文学产生了浓厚的兴趣，他贪婪地阅读文学作品。他说，早在中学时代，"荷马和莎士比亚就激起了我最大的热情，我十四岁开始阅读莎士比亚的作品"。中学毕业后，他的母亲为了他将来的生活有保障，便要他报考医学系。然而显克维奇在华沙大学医学系学了一学期之后，还是转到了他所喜爱的文学系学习。大学期间，他便开始了文学写作活动，先后发表了许多篇文学和戏剧评论文章，同时尝试写作小说，他的中篇小说《徒劳无益》就是在大学期间写成的。

大学毕业后，显克维奇成为《花环》和《田地》两种报刊的撰稿人。嗣后又和《波兰报》合作，以李特沃斯的笔名，发表杂文和讽刺小品，成为《无题》一栏的专栏作家。1876年2月，显克维奇以《波兰报》记者的身份前往英国、德国，最后到达美国，在美国住了两年。他的足迹走遍美国的东西海岸，访问过纽约、旧金山、洛杉矶等大城市，也到原始森林和草原中狩猎过，还和流落在美国的波兰人进行了广泛的接触，显克维奇对美国的华侨也感兴趣，并写有专访，对华侨的遭遇深表同情。后来他又在法国和意大利停留了较长的时间，直到1879年11月才回到华沙。在这将近四年的时间内，显克维奇游历了当时欧美资本主义最发达的几个国家，扩大了他的视野，丰富了他的学识，也使他对资本主义社会有了较清醒的认识，从而形成了他的资产阶级民主主义观点。这段时期，他的创作进入了第一个高潮，写出了《旅美书简》《巴黎来信》等通讯集，和一系列脍炙人口的中短篇小说。

1882年到1900年，是显克维奇创作的鼎盛时期。这一时期的创作以历史小说为主，先后写出《火与剑》《洪流》《伏沃迪约夫斯基骑士》《你往何处去》和《十字军骑士》等史诗式长篇作品。前三部历史小说都是以波兰17世纪的重大历史事件为题材，表现了波兰人民的英雄主义和爱国精神。《火与剑》写赫米尔尼茨基领导的1648—1649年哥萨克暴动，这次暴动的直接后果导致了第聂伯河以东的乌克兰领土并入了沙俄帝国的版图，使多民族的波兰王国遭到肢解。显克维奇站在维护祖国领土完整的立场上，抨击了赫米尔尼茨基勾结鞑靼和沙皇俄国来反对和分裂波兰王国的叛卖行为。但作者没有能够把赫米尔尼茨基的哥萨克暴动与乌克兰农民反对贵族压迫的起义区分开来，小说中某些地方对贵族阶级还有所美化。《洪流》以1655年瑞典入侵波兰为历史背景，反映了波兰人民高涨的爱国热情和英勇斗争精神。当时的波兰由于连年战争，已是满目疮痍，北方的强邻瑞典乘机入侵波兰，卖国贼拉奇维尔之流，又和入侵者公开勾结，致使瑞典侵略军长驱直入，首都华沙等城相继沦陷，国王卡其密什不得不逃到西里西亚。就在这生死存亡的危急关头，波兰人民在爱国将领的领导下，大兴勤王之师，经过英勇奋战，终于把瑞典侵略军赶出了国土。小说真实地再现了这一伟大的卫国战争。《伏沃迪约夫斯基骑士》描写波兰人民反抗土耳其人和鞑靼人的斗争。这三部作品互相关联而又独立成篇，构成了宏伟浩瀚的三部曲，它们既具有历史的真实和丰富的想象，又糅进了作者的满腔爱国热情。

在这些小说中，重大的政治历史事件与主人公的爱情经历相互交织在一起，故事情节跌宕起伏、曲折动人，人物形象生动鲜明，各具独特的个性。《你往何处去》则是显克维奇的一部力作，它真实反映了公元1世纪罗马暴君尼禄迫害早期基督教徒的情况。小说有对暴君尼禄的无情揭露，也有对纯真爱情的热情赞颂，悲欢离合、缠绵悱恻的故事情节给人以美的享受。《十字军骑士》通过波兰和立陶宛联合起来反抗日耳曼条顿骑士团侵略的斗争，借古喻今，借以揭露普鲁士对波兰民族的迫害，增强波兰人民斗争的信心。这五部小说已成为波兰家喻户晓、人人必读的经典名著。

在创作历史小说的同时，显克维奇还发表了两部反映波兰现实生活的长篇小说《毫无准则》和《波瓦涅茨基一家》。前者塑造了一个波兰的“多余人”形象，后者写一个贵族地主适应时代潮流转变为贵族资产阶级的故事。这两部小说都曾受到当时欧洲文坛的高度重视，立即被译成了多种文字。

19世纪末，显克维奇曾访问非洲，写有《旅非书简》。20世纪初，显克维奇得到了两次重大的荣誉，一次是波兰人民为了庆祝他写作生涯二十五周年，集资购买了一座曾是他家族故居的庄园送给他，并在全国各大城市举行了庆祝大会。另一次是1905年显克维奇被授予诺贝尔文学奖，作家的获奖被看成是波兰民族的光荣和骄傲，举国上下无不欢欣鼓舞。嗣后，由于波兰社会斗争日益尖锐，各派政治势力都竭力想拉拢这位闻名遐迩的作家，使显克维奇一度曾和资产阶级的民族民主党合作，接受该党领导人的推荐，参加了沙俄杜马（即议会）的竞选活动。他对当时日益活跃的社会主义运动不甚理解，对无产阶级革命斗争也持怀疑态度，他以1905年革命为背景的小说《旋涡》就流露出了这种不理解和怀疑的情绪。

第一次世界大战爆发后不久，波兰就被奥军占领，显克维奇逃亡瑞士。在瑞士，他发起组织“波兰战争牺牲者救济委员会”，并担任该会的主席。1916年11月15日，显克维奇病逝于瑞士的佛维。1924年10月26日，显克维奇的灵柩从佛维运回华沙，安葬在华沙圣约翰教堂的地下墓室里。

二

中短篇小说的创作，贯穿显克维奇的整个文学生涯。从1871年写成的《徒劳无益》开始，他一生共写了六十余篇中短篇小说。这些小说题材广泛：有反映波兰农民悲惨生活的，有描写波兰侨民在国外不幸遭遇的，有揭露民族压迫者对穷苦人民迫害的，有推崇资产阶级进取精神和抨击封建贵族腐朽没落的，有表现男女之间纯真爱情的，还有一些小说取材于古希腊神话和《圣经》故事。它们风格各异，形式不同，形成了一幅幅多姿多彩的生活画卷。这些作品不仅是显克维奇创作中的重要组成部分，也是世界文学中的珍品，它们广泛流传于世界各国，受到各国读者的喜爱。

显克维奇早期的创作受“华沙青年派”的影响。所谓华沙青年派是1870年前后涌现的一批青年知识分子。他们为适应波兰资本主义发展的需要，积极开展文化教育和学术活动。他们提倡民众教育，崇尚科学和技术进步，反对愚昧落后和封建迷信，要求妇女解放、民族平等。他们主张实业救国，与外国占领者进行合法斗争。其主张既表现出华沙青年派的进步性，也说明波兰资产阶级的妥协性和不彻底性。在华沙青年派中，出现了一批有才华的作家，他们提倡

“倾向性文学”，遵奉现实主义的创作方法。所谓倾向性，就是主张文学要揭露社会中的种种落后现象，为劳动人民鸣不平；就是要揭示封建贵族阶级的没落本质，为资本主义的发展大造舆论。他们认为文学应该反映社会矛盾和人民的疾苦，城乡劳动者应该进入文学，成为文学作品的主人公。他们的创作给波兰文学带来了新的特色，形成了波兰19世纪下半叶强大的现实主义流派。显克维奇虽然不是青年派成员，但他在华沙大学学习期间，和这些青年派相处，耳濡目染，对他们的活动和理论纲领都是有所了解的。他的早期创作，如《徒劳无益》和《两条道路》就体现了青年派的创作主张，它们既揭露了封建阶级的没落和对社会进步的阻碍，同时又歌颂了资产阶级的进取精神，对波兰资本主义的发展持乐观态度。访问欧美四年，使显克维奇对资本主义社会和资产阶级的本质有了进一步的认识，他看到了资本主义社会所带来的种种弊端，从而失去了他原先对资产阶级的那种乐观精神，加深了对资本主义的批判态度。与此同时，显克维奇对欧美的当代文学也有了广泛的接触和了解。因此，他不仅从古典作家那里吸取营养，也从同时代的作家中得到借鉴。但是显克维奇在学习借鉴方面不是囿于某一家一派，而是博采众长，融会贯通，同时又十分注意创新，因而形成了他那鲜明而独特的风格。他既不同于同时代的波兰著名女作家奥热什科娃的纤巧细腻，也有别于另一位当代杰出作家普鲁斯的深沉严肃。他的创作既有现实主义的深刻，又有浪漫主义的激情。波兰同时代的著名批评家波托茨基认为：“显克维奇在我国如果不是中短篇小说的唯一创造者，至少也是创造者之一……显克维奇是属于梅里美、屠格涅夫、莫泊桑和布勒特·哈特这一家族的。”

显克维奇早年生活是在波兰农村度过的，对波兰农村十分熟悉，后来他经常出国旅游访问，或来往于波兰各个城市之间，他的较长的作品几乎都是在旅馆里写出的，而且大多数中长篇小说都不是在一个旅馆里完成的。这种经常到处流动的经历使显克维奇不仅见多识广，而且对许多事物都有亲身的体验，对各种不同的社会生活都有所了解，接触过各种民族、各个阶层的人，从而使他的中短篇小说题材广泛、内容深邃而又富于真实感。

真实感是显克维奇创作的一大特点。显克维奇从来不写他不熟悉的东西，他的作品不是出自他的所见所闻，就是在大量占有材料的基础上写出的。他的农村小说，如《炭笔素描》《音乐迷杨科》《天使》，真实地反映了沙俄官僚制度统治下的波兰农村贫穷落后的面貌和波兰农民的悲惨遭遇。而他的“美国小说”如《穿过草原》《奥尔索》《酋长》等，都是根据他旅美期间的见闻写成的。他的《第三个女人》和《海边恋情》(原名《在明亮的海岸上》)又是他长期和艺术家交往的结果。显克维奇在真实反映生活的时候，并不是采用自然主义的描写方法，而是经过提炼加工，选择有代表性的故事情节和细节，使之能更好地表达作者的创作意图和思想观点，从而使真实性和思想性结合在一起。他的小说《为了面包》就是一部纪实性的小说，它是作者为波兰农民当中出现的“美国热”而写的一部带有警告性的小说。他的《灯塔看守》是根据一个真实人物的事迹写成的，但它融合了许多波兰流亡战士的思想感情和生活经历，因而更富于典型性。

强烈的感情色彩是显克维奇中短篇小说的另一个特点。感情或情感是文学创作的重要因素，没有感情就没有文学的内在感染力。文学作品就是要激起读者的感情波澜，进而使读者在激动之余，能得到思想上的某些启迪和省悟。显克维奇总是把情感倾注在自己的作品中，或爱或恨，或欣喜或愤怒，或同情或憎恶，或快乐或悲伤，都有着强烈的表现。显克维奇在抒发这些情感时，时而是以叙述者的口吻直抒胸臆，时而是通过作品的主人公传达情愫，时而又是以爱情故事为主要表现手段。在《炭笔素描》这部充满幽默讽刺的社会小说中，也处处洋溢出感情的色彩，感受到作者对沙俄官僚统治的憎恨和对无辜的受害者的深切同情和惋惜。《音乐迷杨科》则饱含着作家的血和泪，是一首震撼人心的悲歌。《一个家庭教师的回忆》写得那样真挚深沉，使读者的心随着那位教师的笔触而悲愤，而惋惜，而凄楚。《灯塔看守》更是一首激情洋溢的爱国颂歌，它通篇都在渲染浓郁的美好情愫，既包含了作者自己对祖国的挚爱，也表达了人们对波兰伟大诗人密茨凯维奇的崇敬，同时又细致地体现了主人公思想情感的曲折变化。

爱情是文学作品的永恒主题之一。爱情不仅是人类的一种情感表现，而且能反映出一个人的品德和精神面貌。透过爱情这面镜子，能照见人类灵魂的美与丑、善与恶、诚实与虚伪、高尚与卑劣。透过爱情这面镜子，也能把社会问题折射出来，有助于人们对历史和现实的了解。因此，爱情这一主题便成了世界文学史上众多作家所描写的对象，它在显克维奇的创作中也得到了充分的描写，像《奥尔索》《穿过草原》《海边恋情》《第三个女人》和《哈尼娅》都是与爱情这一主题有关的。有的写得明快深沉，有的写得含蓄委婉，有的写得情意缠绵，有的写得痛彻肺腑。显克维奇在描写爱情的时候，既突出了个人的心理状态，又富有深刻的社会含义，并没有把感情和思想对立起来，或者单是描写人的感情变化，而缺乏一定的思想意义。

风格的多种多样也是显克维奇创作的重要特色。显克维奇能根据小说的内容而采用不同的风格，即使同一内容的作品，作家也能凭借其驾驭文字的功力，而写出迥异的风格来。有的采用幽默、讽刺和夸张的手段，有的则写得激昂、明快或抒情而富有诗意；有的以情节取胜，有的则以心理描写见长；有的具有现实主义的严谨和深沉，有的则充满着浪漫的情调和惊险的场面。有的小说则采用以情托物、情景交融的手法，从而使作品意境深邃、情景隽永，令读者不忍释卷。

三

这个集子收选了显克维奇的十四个中短篇。这些小说都是以现实生活为主要内容的，富于强烈的感情色彩。

《音乐迷杨科》和《天使》反映了波兰农村儿童的悲惨命运。《天使》写的是一个孤苦伶仃的女孩，而《音乐迷杨科》则是写一个有着音乐天赋的男孩。他们都有着共同的悲惨身世，都是出身于贫穷的雇农家庭，一个是母亲去世，另一个的母亲挣扎在饥饿线上，他们的结局都是悲惨的。女孩在被送往地主庄园的途中被恶狼吞噬了，男孩的音乐天才得不到重视，反而因为碰了一下地主家仆人的小提琴而被活活打死。他们死时年仅十岁。小说中没有出现贵族地主人物，也没有描写主人公的痛苦，但我们从小说中却深深感触到专制农奴制社会的黑暗、农民的不幸和贵族地主的自私与伪善，也深为富于天才的杨科和纯朴天真的马丽霞的惨死而感到震惊，萌发出无限的同情。这两篇小说都把波兰农村的自然景色和人物的心理描写结合起来，自然景色的优美同农民生活的贫困形成强烈的对比。小说写得朴实优美，既是杰出的短篇小说，又是抒情的散文。

中篇小说《炭笔素描》则是在更深层次上反映了波兰农村在沙俄官僚制度统治下的腐败黑暗和波兰农民的不幸。羊头镇的镇长、文书和陪审员互相勾结在一起，横行乡里。他们贪赃枉法，欺上压下，无恶不作。特别是文书，凭借他所受过的一点教育和卖身投靠沙皇政府所得到的赏识，利用农民的纯朴无知和胆小怕事，更是为所欲为，俨然成了镇里说一不二的太上皇。为了达到他占有热巴老婆的目的，竟以权谋私，设下奸计，引诱热巴上钩，要把他卖去当兵，同时又奸淫了热巴的老婆，致使热巴家破人亡。显克维奇以其特有的艺术才能，和常常是出人预料而又在情理之中的情节，从各个方面暴露了沙皇官僚制度的罪恶本质，以满腔的悲愤揭示了热巴和美丽、坚强而又忠厚无知的热巴老婆的毁灭过程。小说里对教会所采取的容忍态度和贵族地主的不干预原则也提出了尖锐的批评。《炭笔素描》是在极其深沉的悲剧气氛中结束的，因此被认为是波兰文学中最凄惨、最富于悲剧性的作品之一，也是世界文学中最为悲愤的“谴责小说”之一。其意义超过了一个国家、一个民族和一个时代的问题，甚至对今天的官僚制度也不乏其深刻的含义。

《一个家庭教师的回忆》也是一部悲愤的谴责小说。作家以无比的愤激写出了他的同胞作为亡国奴的惨受蹂躏的命运。从18世纪70年代开始，沙俄和普鲁士的政府分别在各自占领的波兰土地上，实行一整套旨在消灭波兰民族特性的殖民政策，他们在一切行政机构、法院、学校和其他部门中禁止使用波兰本民族的语言，强行推广俄语和德语，进行强制性的奴化教育。富于爱国心的显克维奇曾大声疾呼，抗议普鲁士和沙俄政府对波兰儿童的摧残和迫害，并特意写出了《一个家庭教师的回忆》这篇小说。由于华沙当时是在俄国的严厉统治之下，这篇小说未获华沙检察机关的通过，作家只好将稿件用三 X 的假名寄给奥占区的里沃夫。这篇作品于1879年秋发表在《里沃夫报》上。过了几个月，显克维奇对这篇小说做了某些更改，把俄占区改为普占区的波兹南，把强迫学生学习俄语改为学习德语，小说题目也改成《一个波兹南教师的回忆》，才获华沙检察机构的通过，而于1879年底发表在华沙的《波兰报》上。半个多世纪以来，人们只知道《一个波兹南教师的回忆》，殊不知《一个家庭教师的回忆》才是它最初的文稿。这篇小说采用家庭教师回忆的形式，写一个天资聪慧而又正直敏感的波兰学生米哈希在俄国人控制的学校里，由于受到校方的迫害摧残而不幸夭折的故事。作家含着悲愤的泪水写出了米哈希毁灭的过程：呆板而繁重的作业摧残了米哈希的健康，学校教师在讲课时对波兰民族及其历史所做的歪曲和污蔑，使这个富于爱国心的少年在精神上受到更深的伤害。他因为俄语的重音发不好，常常成绩不及格，最后又因为他在课后用波兰语和同学交谈，而受到学校的警告处分，以致最后被开除，一系列沉重的打击使他的身心彻底崩溃，而过早地离开了这可恨的人世。作家以感人的艺术手法再现了外国侵略者的奴化教育对于被压迫人民在身心方面的摧残。小说发表后引起了强烈的反响。

《穿过草原》所描绘的是19世纪中叶一支移民车队从美国东部到西部加利福尼亚去的艰苦历程。19世纪中叶，加利福尼亚发现了金矿，许多人抱着发财的希望拥向西部，因而形成了一股淘金热。《穿过草原》写的就是这样的一支移民车队，它历经种种艰难困苦，其中有印第安人的袭击，有野兽的威胁，有瘟疫和饥饿的折磨，有高山挡道、河水拦路，而他们所经的许多地方是人迹罕至的荒蛮之地，几乎使这支车队全部覆灭。但是经过顽强的奋斗之后，这支车队终于到达了目的地。小说通过一系列曲折动人的情节，表现了移民们的坚强意志和团结互助的精神，小说还穿插了波兰籍车队队长和美国少女纯洁的恋爱故事，从开始的倾心相爱、结婚到最后的悲剧，写得情意缠绵，充满柔情蜜意，读来不禁令人潸然泪下。作家自己认为，这是一部“从心里流露出来的小说”，而女主人公莉莲则是他的所有作品中最为他所喜爱的女性形象。

《奥尔索》的情节并不复杂，然而却含义深刻，它揭露了号称民主之邦的美国是如何压迫贫苦人民的。故事发生在一个巡回演出的马戏团里，奥尔索和詹妮是两个单纯而正直善良的少年演员，他们不堪马戏团老板的侮辱和毒打，双双逃进了荒原中。显克维奇以简练的文笔突出了马戏团老板的残暴和对金钱的追求，又以深厚的人性和人道主义描写了奥尔索和詹妮对自由与美好生活的向往，以及他们的反抗精神。由于显克维奇访美期间曾在阿纳海姆小城住过较长的时间，又曾到荒原中去狩猎过，对那一带的自然环境和优美景色甚为熟悉，因而写来十分真切生动。

《灯塔看守》写波兰流亡者斯卡文斯基在国外历尽沧桑，晚年来到巴拿马的荒岛上担任灯塔看守，因为阅读别人邮寄给他的波兰文诗集入迷，忘记点灯而遭到解雇的故事。这是显克维奇根据一个名叫谢拉瓦的波兰流亡者的真实经历而写成的。谢拉瓦曾参加波兰1830年起义，起义失败后流亡国外，由于他老是担心敌人在追踪他，只好到处流浪，历尽坎坷，老年时流落到巴拿马当了灯塔看守，因为阅读波兰小说入迷，忘了点灯而被解雇，又流落到纽约，最后因对生活失望而服毒自杀。显克维奇从谢拉瓦身上吸取某些经历作为素材，同时又把波兰流亡者的许多共同特征融进了斯卡文斯基的身上，塑造出既和谢拉瓦有某些相似之处而又在根本上与他不同的人物形象。斯卡文斯基的确也有过苦闷和消沉，渴望能得到休息，然而一部别人寄来的波兰伟大诗人密茨凯维奇的爱国长诗却唤醒了他那沉睡的心灵。诗集把他带回了故国家园，又使他恢复了青春，他虽然被撤了职，但他没有悲观和失望。当他踏上新的旅程时，两眼炯炯发亮，显示出他的乐观情绪。显克维奇通过斯卡文斯基由战斗到消沉、到奋起的历程，反映出祖国的声音对海外赤子的强大鼓舞力量，歌颂了波兰流亡者对祖国的赤诚之心和为人类解放事业而献身的精神。小说的整个故事凝缩在一个孤寂的小岛上，人物也只有一个，几乎没有什么对话，情节也极其简单，但却毫不使人感到枯燥乏味。究其原因，一是作品充满了震撼人心的爱国激情，二是显克维奇出色地描写了千变万化的海洋景色，这种自然景色又和人物的感情变化紧密呼应，他善于用一段段不同景色的描写衬托出斯卡文斯基经过几十年搏斗后渴望脱离险恶人世的心情，从而借景抒情、融情入景，达到情景交融的地步，这正是小说的艺术魅力所在。

《第三个女人》和《海边恋情》都是以画家生活为题材的，但又各具风采。《第三个女人》通过一个青年画家成名前后的爱情风波，表现了画家对艺术的执着追求和对纯真爱情的渴望，同时也对那种以名利为准则的市侩式婚姻观进行了针砭。小说还以生花妙笔，刻画了三个不同的女性，她们有着不同的性格和风采。在主人公与她们的关系中，也寄寓着深刻的含义，反映了画家对美与真的追求和对丑的摈弃。《海边恋情》则是写一个中年画家的一段爱情插曲。画家希维尔斯基来到蒙特卡罗之后，在与年轻富有的寡妇艾尔曾夫人的接触中，被她的魅力所吸引，而对她萌生恋情。后来的频繁接触，使他渐渐看出了她的堕落、自私和虚伪，便和她分手了，希维尔斯基最终爱上了纯朴、年轻而又美貌的模特儿。希维尔斯基的爱情经历体现了双层的含义，既表现了本质是好人的画家与虚伪堕落的艾尔曾夫人由相爱到决裂的个人关系，也反映了画家与蒙特卡罗这个腐败的社会从受诱惑到厌弃的历程，而艾尔曾夫人则是蒙特卡罗的堕落社会的缩影。这两部小说在写作风格上时而是幽默风趣，时而是明快泼辣，时而又富于强烈的抒情色彩，体现了作者高超的艺术技巧。

《哈尼娅》是显克维奇早期的一篇小说，它与《老仆人》《赛义姆·米查》被人合称为小三部曲，以便和《火与剑》《洪流》《伏沃迪约夫斯基骑士》大三部曲相区别。《哈尼娅》是小三部曲中的第二部，写两个年轻的中学毕业生同时爱上了孤女哈尼娅的故事。亨利克和赛义姆都是当地贵族的儿子，他们本是亲如手足的同窗好友，却为争夺哈尼娅而展开了决斗。后来哈尼娅患了天花，满脸麻点，他们的爱情也随着哈尼娅美貌的失去而消失了。作者在小说里对亨利克和赛义姆的恋爱态度是有所批评的，但并没有过多地指责他们，而是把他们的态度归咎于他们的气质不同和年轻人的感情冲动与争强好胜。后来在第三部《赛义姆·米查》中，他们依然是患难与共的朋友。《哈尼娅》最大特点是描写了波兰古老的农村田园风光，展现了波兰贵族社会的生活风貌，塑造了一系列各具特征的正直善良的波兰人，他们身上都有着某种性格上的缺点，但他们都是爱国者，而且为人正派，无论是仆人还是主人都是一些富于人性和有人情味的人物。显克维奇通过这些画面和人物，给读者以这样的启示：在被强国占领下的波兰，只有农村才保持着深厚的民族特性，才是波兰民族复兴的坚实根基。

哈尼娅

一

老米科瓦伊临终时，把哈尼娅托付给我，要我好好照顾她，那时候我已经十六岁了；她比我小不到一岁，所以她也刚刚进入少女的豆蔻年华。

我几乎是硬把她从她死去的爷爷床边拉走的，我们一道来到我家的小礼拜堂。礼拜堂的大门敞开着：在古老的拜占庭式的圣像前，点着两支蜡烛，但是烛光微弱，仅仅能把神坛里面的黑暗之处照得依稀可辨而已。我们并排跪着。她悲痛欲绝。由于哭泣、悲哀和睡眠不足，她显得疲倦不堪。这孩子把可怜的小脑袋靠在我的肩膀上，我们便一声不响地跪在那里。时间已经很晚了，在礼拜堂隔壁的房间里，那座革但斯克生产的老钟上的布谷鸟用尖锐的叫声宣告：已是午夜两点钟了。万籁俱寂，只有远处的雪片拍打着礼拜堂的窗棂所发出的响声，以及哈尼娅悲伤的叹息声打破了这种寂静。我无法对她说句安慰的话，只有让她紧紧贴在我的身上，像个保护人或者哥哥那样。我也无法祈祷，成百上千种的印象和情感在我的脑海里、心里不断涌现。种种不同的景象从我眼前掠过。然而从这种种混乱的思绪中，渐渐引导出一种思想、一种情感，这就是：这个闭着双眼，脸色苍白，偎靠在我肩膀上的小脸蛋，这个孤苦无依的小姑娘，现在成了我心爱的妹妹，为了她，我愿献出自己的生命，为了她，如果有必要，我可以向全世界挑战。

这时候，我的弟弟卡佐也进来了，跪在我们的后面，接着，卢德维克神父和几个仆人也走进了小礼拜堂。我们按照通常的习惯，做起了晚祷。卢德维克神父高声念起了祷文，我们跟着他念，或者齐声念着应对祷文来跟他唱和。脸颊上有两条伤痕的圣母的黝黑脸孔和蔼地望着我们，仿佛她也要来分担我们家的悲伤、忧虑、苦难和不幸，并对这些跪在她脚下的人们表示祝福。在祈祷时，卢德维克神父开始提到死者们的名字，我们往往以“愿他们安息”来回答。等到卢德维克神父念到米科瓦伊的名字时，哈尼娅又放声哭了起来。于是我在心里暗暗发誓：死者托付给我的任务，我一定要不折不扣地去完成，哪怕要付出最大的牺牲也在所不辞。这是一个少年一时感情冲动的誓言，他既不知道这种牺牲可能有多大，也不知道这种责任有多重，然而它包含着崇高的激情和发自内心的善良的热忱。

祷告完后，我们便各自散去休息。我吩咐女管家老温格罗夫斯卡把哈尼娅带到从此归她住的那个小房间，而不是到她往日住的那间女佣起居室去。我还让女管家整夜陪着她。我自己呢，深情地吻了一下这个孤女，便向厢房走去，我、卡佐和卢德维克神父都住在那里，家里人把那里叫作“公寓”。我脱衣上了床。尽管我为我衷心喜爱的米科瓦伊悲伤，但对于我担任保护人的角色却感到骄傲和自豪，我认为这把我的身份提高了。我这个十六岁的小伙子，已经成了一个羸弱的可怜姑娘的靠山了。我觉得自己是个男子汉了。我暗自思忖道：“我的好老人，对于你的少爷和小东家，你是不会失望的，你把你孙女的未来交给了一个可信赖的人，你在九泉之下也可以瞑目了。”的确，对于哈尼娅的未来，我是完全放心的。到时候，哈尼娅会长大成人，还要出嫁的这种思想，那时候我一点也没有考虑到。我心想：她会永远和我在一起，她会像我的妹妹那样得到精心的照顾，也会像妹妹那样受到我的喜爱，也许她会伤心，但是她会生活得很平静。按照古老的传统习惯，长子所得到的遗产，要超过弟弟妹妹们的五倍，虽然在我们家庭中并没有法定的长子继承制，但是做弟弟妹妹的却一直尊重这种习惯，从来没有反对过。我是家中的长子，大部分财产将来都要归我所有。虽然我现在还是个学生，却已经把这些财产视为己有了。我父亲是这一带最富有的大地主之一，的确，我们家并不像豪门大户那样有万贯家产，但却像古老的贵族那样富足，能使人丰衣足食，过上平静的生活，一直到死都不用发愁。总之，我是相当富有的了，所以我对我自己和哈尼娅的未来才会这样放心。我知道，不管等待着哈尼娅的是何种命运，一旦她需要，她就能随时从我这里得到安宁和帮助。

这样思来想去之后，我便沉沉入睡了。翌日早晨，我便把委托给我的这种保护权付诸实施。不过，我采用的方法是多么可笑，多么幼稚啊！尽管如此，即使我今天回想起来，心里也不免有几分激动。当我和卡佐一道去进早餐时，餐桌旁已坐好了卢德维克神父，戴维斯夫人——我们的家庭教师，和我的两个小妹妹。像平日一样，两个小妹妹坐在高藤椅上，小脚乱踢着，高兴地说着话。我神气十足地坐到了我父亲的位置上，用一家之主的眼光朝桌子扫了一眼，转身对站在一旁的小男仆，用冷淡和命令的口气说道：

“给哈尼娅小姐拿一副餐具来！”

我特意把“小姐”这个词说得很重。

这样的事在我家里还是初次发生。哈尼娅一向在女佣的起居室用餐，尽管我母亲先前曾要她和我们同桌吃饭，老米科瓦伊却一直不同意，他再三说道：“这不合适，还是让她知道尊敬你们家的人吧，别的就不必啦！”现在我把新的习惯带到了家里。好心的卢德维克神父满脸堆上了笑容，但他却闻了闻鼻烟，又用有颜色的手绢捂住鼻子来掩饰他的微笑。戴维斯夫人却一脸不高兴，虽然她心地善良，但由于她出身于法国的贵族世家，因而贵族派头十足。而小男仆弗兰齐什克却张着大嘴，惊讶地望着我。

“给哈尼娅小姐拿一副餐具来，你听见没有?”我又说了一遍。

“我听见了，尊敬的老爷！”弗兰齐什克答道。显然是我说话的声调对他发生了作用。

今天我承认，当这位“尊敬的老爷”生平第一次听到别人这样称呼他时，几乎抑制不住他嘴边流露出来的满意的微笑，然而“老爷”的尊严却不许他笑。这时候，餐具摆好了，餐厅的门也打开了，哈尼娅走了进来，穿着一件黑衣裙，那是女仆和老温格罗夫斯卡连夜给她赶制出来的。哈尼娅脸色苍白，满脸泪痕，两条金黄色的发辫垂挂在衣裙上，辫梢上结着黑纱带子。

我站起身来朝她走去，把她带到餐桌旁。我的殷勤和整个隆重的场面，都只能使这位小姑娘感到忸怩不安和烦乱。可是那时候我不懂得，一个人在悲伤的时候，需要的是一个安静的、孤独的、隐蔽的角落，而不是亲友们七嘴八舌的问候和同情，哪怕这种问候和同情是出于真心实意。当时我信心十足地做着这一切，还认为我这样做正是最好地在履行我的职责，殊不知我是在折磨哈尼娅。哈尼娅沉默着，只是当我有时问她要吃什么、要喝什么的时候她才开口答道：

“我什么都不要，谢谢少爷的关心!”

“谢谢少爷的关心！”使我感到不舒服，尤其是因为哈尼娅平时和我很亲近，直呼“亨利克先生”。可是，我从昨天开始担任的角色，以及我给哈尼娅安排的另一种境况，只是更使她胆怯和温顺了。

刚吃完早饭，我就把她带到一旁，说道：

“哈尼娅，你要记住，从今天开始，你就是我的妹妹。从今以后你再也不要对我说什么‘谢谢少爷的关心’了。”

“好的！谢谢……好的，少爷！”

我处在一种特别的状态中，我和她在房间里走来走去，却不知道该和她说些什么。我本来想安慰安慰她，可是这样一来，就不能不提到米科瓦伊和他昨天死去的事，那又会使得哈尼娅泪水横流，重新陷入悲痛之中。后来我们两个便在房间另一头的一张长靠椅上坐下了，小姑娘又把她的小脑袋靠在我的肩膀上，我便抚摸着她的金发。

她真的把我当成哥哥那样紧靠在我的身上，也许是她心中萌生的那种甜蜜的信任感，又害得她泪眼汪汪。她放声恸哭，我尽一切努力去安慰她。

“你又哭了，小哈尼娅！”我说，“你爷爷是进天堂去了，我会尽心尽意……”

我再也说不下去了，因为我的眼泪也要流出来了。

“少爷，我能到爷爷那儿去吗？”她低声问道。

我知道棺材刚刚运到，现在正在给米科瓦伊入殓，所以当一切尚未收拾好之前，我不愿让哈尼娅去看她祖父的遗体，不过我自己却去看了。

半路上，我碰到了戴维斯夫人，我请她等我一下，我有重要事情要和她商量。我对安葬的事情做了最后一些指示，并在米科瓦伊尸体旁边祷告了一番之后，便回到了那个法国女人身边，说了几句问候话之后，我就问她，过一些时候，等服丧期过去，她是否愿意教哈尼娅的法文和音乐课。

“亨利克先生！”戴维斯夫人说道，她显然还在生我的气，觉得我像只满天飞的灰天鹅那样，到处乱发命令，“我倒非常愿意这样做，因为我也很喜欢这个小姑娘。可是我不知道，这样做你的父母会不会同意，我也不知道，你自作主张把这个小姑娘当作你家庭中的成员来对待，是不是合乎你父母的意思。不要过分热情了，亨利克先生！”

“她是受我保护的，我可以替她负责。”我大声地答道。

“可是我并不在你的保护之下。”戴维斯夫人答道，“因此，如果允许的话，我要等你的双亲回来后再说。”

法国女人的这种固执态度很使我不快，幸好同卢德维克神父打交道却要容易得多。这位善良的神父以前就教过哈尼娅的功课，现在不仅同意继续教她，让她多学一些知识，而且还一再夸奖我的热情。

“我看到你是在认真执行自己的任务。”他说，“虽然你很年轻，还是个孩子，但是我要称赞你这件事做得对。不过你要记住，不能只有一时的热情，还要有长期坚持下去的决心。”

我知道神父很喜欢我，我以一家之主自居不仅没有使他生气，反而令他快活。这个老人看得出来，我的行为带有不少的孩子气，但也不乏崇高的动机。他感到骄傲和高兴，因为他在我的心灵中播下的种子，并没有白白浪费掉。而且，这个老神父的确非常喜欢我。可是，当我年龄还很小的时候，我却十分怕他，如今我长大成人，反过来却越来越能左右他了。他对我很宽容，总是让我想做什么就做什么。他也爱哈尼娅，只要他能做到的，他总是想方设法去改善她的命运，所以我在这方面没有遭到他的任何反对。戴维斯夫人也是一位心地慈祥的女人，尽管她生我的气，对哈尼娅却关心备至。

因此，这个孤儿是不能抱怨她周围缺乏爱她的人的。我们的仆人对待她也开始不同了，不再把她看成是自己的小伙计，而是把她当作小姐来侍奉。在我们家里，尽管长子还是个孩子，他的意志依然受到尊重，我的父亲就是这样要求大家的。对于长子的意志，别人有权向老爷和太太提出申诉，但是未经准许，是不能反对的。从长子的孩提时候起，大家都只能称长子为“少爷”，而不能用什么别的称呼。仆役和长子的弟弟妹妹们都习惯于这种对长子的尊敬，而且这种尊敬将一直持续他的一生。“家庭之基立于此。”我父亲常常这样说。实际上，这种长子应该比弟妹们多得财产的自愿的家庭协议，虽无法律的根据，但多少世纪以来就得到人们的恪守。这是世代相袭的家庭传统。人们已经习惯于把我看成是他们未来的主人了，甚至连死去的米科瓦伊在一定程度上也受到这种习惯的影响，虽然他在我家享有特权，是唯一能直呼我的名字的人。

母亲在家里设立了一个小药库，还亲自去看望病人。在霍乱流行期间，她不顾生命危险，和医生一道，到农民家里去看病，度过了许多个彻夜不眠的夜晚，我父亲为她提心吊胆，但并不禁止她这样做，只是一再说着：“义务！义务！”尽管我父亲很严厉，但他乐于助人，不止一次地减免劳役，虽然他性情暴戾，却能轻易地宽恕别人的罪过。他还常常替农民还债，为他们举行婚礼，参加他们的孩子的洗礼。他教导我们要尊重别人，每当年老的农民向他敬礼时，他也脱帽还礼。噢，不仅如此，他甚至常常邀请他们来家里商量事情，另一方面，也应该承认，农民们对我们一家也是非常友好的，这种友好后来不止一次地得到了确凿的证明。

我之所以要说这么一通，首先是为了要把我们现在和过去的情况都真实地描写出来，其次是为了说明我使哈尼娅成为“小姐”，为什么没有遇到阻力。可是我却在她本人那里受到了最大的消极反抗，因为这个小姑娘生性胆怯，而且又是由米科瓦伊教育出来的。他教导她对“东家”要无限尊敬，使她养成了对自己命运逆来顺受的态度。

二

米科瓦伊的葬礼是在他死后第三天举行的，邻居前来凭吊的不少。他们是来纪念这位老人，向他表示敬意的。他虽是个仆人，却受到广泛的尊敬和喜爱。他被安葬在我家的坟地里，他的棺材正好被安放在我那当过上校的祖父的灵柩旁边。在葬礼进行的全过程中，我一刻也没有离开过哈尼娅。她是和我同乘一辆雪橇去的，本来我想和她一道回家，可是卢德维克神父要我去邀请那些送葬的邻居到我家里来暖和暖和身子，吃顿斋饭。这时候，哈尼娅便由我的同学和好友赛义姆·米查－达维多维奇负责照料。他的父亲老米查－达维多维奇是个波兰公民，也是我父亲的邻居。他是鞑靼人，是个伊斯兰教徒，不过他的家族好几代以来就定居在我们这里，很久以前就获得了公民权和当地的贵族头衔。我必须跟乌斯吉茨基一家人同乘一辆雪橇，哈尼娅、戴维斯夫人和小达维多维奇乘坐另一辆雪橇。我看见这个心地善良的小伙子把自己的皮大衣披在她身上，随后他从驭手那里夺过鞭子，朝马吆喝一声，便像狂风似的驰去了。一回到家，哈尼娅就躲到她祖父的房间里去哭泣，我不能跟她进去，因为我得和卢德维克神父一道去照顾客人。

客人终于都走了，只有米查－达维多维奇还留在这里。他要在我家里度过圣诞节假期里剩下的日子，和我一道温习功课。我们两个都是七年级学生，毕业考试正在等待着我们。除此之外，我们还要在一起骑马，用手枪打靶，击剑和打猎。我们对这些方面的兴趣，要比翻译塔西佗①的《编年史》和色诺芬②的《赛洛培底亚》更大。这个小米查是个乐天派，又是个调皮的家伙，非常喜欢恶作剧；他性如烈火，可是又极其招人喜爱。在我们家里，除了我父亲之外，大家都非常喜欢他。我父亲之所以对他不快，是因为这个年轻的鞑靼人在射击和击剑方面都比我强。但是戴维斯夫人却非常喜欢他，因为他的法文说得像巴黎人一样好，他常常是谈笑风生，东拉西扯，幽默诙谐。他逗这个法国女人开心的本领比我们大家都强。

卢德维克神父本来抱有一线希望，想使他改信基督教，尤其因为这个小伙子常常拿穆罕默德来开玩笑，使他这种希望更大了。如果不是因为怕他父亲，他早就愿意抛弃《可兰经》了。他的父亲为了保持家族的传统，坚决信仰伊斯兰教。他再三说，作为一个贵族世家，他宁愿做一个老伊斯兰教徒，也不愿当一个新基督教徒，除了这点之外，老达维多维奇并无其他的土耳其人或鞑靼人的怪癖。他的祖先还是在维托尔德大公③时代就移居到了这里。他们和我家一样，算得上是个富裕的地主家庭，而且早就在这里定居了。他们家的产业，是由波兰国王杨·索别茨基④亲自授给轻骑兵上校米查－达维多维奇的，米查上校曾在维也纳城下立过赫赫战功，至今他的画像还挂在霍热尔的庄园里。我记得这幅画像给我的印象很奇特。米

① 塔西佗（约55—约120），古罗马历史学家。
② 色诺芬（约公元前430—约公元前354），古希腊历史学家、作家。
③ 维托尔德大公（1350—1430），1392年起担任立陶宛大公国的大公。
④ 杨·索别茨基（1624—1696），从1674年起被选为波兰国王。

查上校是个令人望而生畏的人，他的脸庞，只有上帝知道是被什么刀剑划得伤痕累累，仿佛刻上了《可兰经》的神秘的字句似的。他肤色黝黑，颧骨突出，眼角上挑，眼睛射出一种奇怪的阴沉光芒。这双眼睛有这样一种特点，无论你站在他的对面，还是站在他的两侧，它们总是从画像上直盯着你看。不过我的同学赛义姆却一点也不像他的祖先。他的父亲是在克里米亚同他母亲结婚的，他母亲不是鞑靼人，而是个高加索女人。我不记得她了，可是我知道大家都说她长得特别漂亮，年轻的赛义姆跟她长得像极了，就像一滴水跟另一滴水一样。

啊！赛义姆的确是个漂亮英俊的小伙子！他的眼角只是微微向上挑，几乎使人看不出来。这不是鞑靼人的眼睛，而是一双黑色的忧郁悲伤的眼睛，格鲁吉亚女人的眼睛就是这样。当他平静的时候，他的眼里就有一种难以描述的甜蜜表情，我从没有在别人的眼里见过，而且将来也不会看到。当赛义姆恳求什么的时候，他的那双眼睛那样望着你，看得你的心都软了，不能不满足他的要求。他有着一副端正典雅的面容，气宇不凡，仿佛经过雕塑师雕琢过的。他的肤色黝黑，但皮肤非常细嫩。嘴唇略微上翘，鲜艳得像覆盆子。他的笑容很甜美，牙齿像珍珠。但每当赛义姆和同学打架时——这是常有的事——他的甜蜜可爱之处就像骗人的幻影一样消失了。他变得几乎令人骇怕，他的眼角好像更往上挑了，那像恶狼的眼睛炯炯发光，脸上青筋鼓起，脸色也更阴沉了。这时候，真正的鞑靼人在他身上复活了，变得完全像那些和我们祖先战斗过的鞑靼人一样。然而这种情形持续的时间并不很长，过不了一会儿，赛义姆又会痛哭流涕地来向你道歉，亲你吻你，于是你便宽恕了他，言归于好。他心肠很好，极易受一时崇高感情的冲动。可是他漫不经心，常常轻举妄动，是个热情奔放的浪荡公子。他骑马、射击和击剑的技巧都很高超，但学习平平庸庸，因为他人虽很聪明，却有点懒，我们像亲兄弟一样相处，经常争吵，也经常和好，我们的友谊牢不可破。每逢假期和所有的节日，其中的一半时间，不是我在霍热尔度过，就是他到我家里来。现在就是这样，既然他来参加了米科瓦伊的葬礼，就得留在我们这里，直到圣诞节假期结束。

午饭后客人散尽，已是下午四点钟了。冬天日子短，天黑得快，一大片夕阳的霞光透过窗户射了进来。窗外，在夕阳映照的挂满白雪的大树上，乌鸦在跳来跳去，哇哇乱叫。从窗口望出去，可以看见一群群乌鸦，从树林飞到池塘上面，仿佛沐浴在夕阳的霞光中。午饭过后，我们都沉默不语地待在大厅里。戴维斯夫人已经回自己的房间去了，像平常一样她又摆弄起她的牌阵来。卢德维克神父在大厅里迈着匀称的步子来回走动着，一边还闻着他的鼻烟。我的两个小妹妹在桌子下面的地毯上嬉戏玩闹，互相用她们的小脑袋来顶牛，两人的金黄色鬈发纠缠在一起。哈尼娅、我和赛义姆同坐在窗边的一条长沙发上，朝外望着花园那边的池塘、池塘对岸的森林，望着渐渐消隐下去的落日余晖。

过了一会儿，天就全黑了。卢德维克神父出去做祷告。我的一个小妹妹追着另一个，跑进了隔壁的房间，只剩下我们三个留在大厅里。赛义姆开始说起话来，唠唠叨叨，说个没完。突然哈尼娅朝我靠了过来，低声说道：

“少爷，我害怕，我怕极了！”

“不要怕，哈尼娅！”我回答说，把她拉到我的身边，“你靠在我身上。啊，就这样。只要你和我在一起，什么事也没有。你看，我什么也不怕，我一定会保护你的。”

这不是实话，不知是因为整个大厅的昏暗，还是由于哈尼娅这句话的结果和米科瓦伊新近的死去，我也同样有一种奇怪的感觉。

“是不是给你拿盏灯来?”我问道。

“好的！少爷!”

“米查，叫弗兰涅克拿盏灯来!”

米查从长沙发上跳起身来，不久，我们便听到门外有一种奇怪的脚步声和吵闹声，大门砰的一声打开了，弗兰涅克像阵旋风冲了进来，米查紧跟在他后面，还抓住他的肩膀，弗兰涅克表情呆傻，神色慌张。米查抓住他的肩膀，像陀螺似的将他转来转去，他自己也跟着转，就这样转到了沙发面前才停住。米查说道：

“少爷叫你拿灯来，因为小姐害怕，到底你是愿意拿灯来，还是想让我扭掉你的脑袋?”

弗兰涅克去拿灯，立刻就回来了。一看到灯光刺痛着哈尼娅那双哭红的眼睛，米查就把灯吹灭了。我们又处在神秘的黑暗中，默默无语地坐在那里。这时候，皎洁的月光从窗口射了进来，哈尼娅显然又害怕了，因为她更紧地偎依在我的身上，我也本能地握住了她的一只手。米查坐在我们对面的椅子上，按照他的习惯，从好动好闹的天性一下子又转到了沉思，过了一会儿，他变得有点睡眼惺忪了。深沉的寂静又包围着我们，我们虽然觉得有点害怕，可是很惬意。

“还是让米查给我们讲个故事吧!”我说，“他可会讲了。你说好吗，哈尼娅?”

“好的!”小姑娘答道。

米查抬眼朝上看了一看，默想了一会儿，月光照亮了他那优美的侧影，不久，他就用他那颤动的、低沉悦耳的声音讲起故事来：

“在克里米亚的稠密森林那边，高山峻岭那边，住着一个善良的女巫，名叫拉拉。有一次，一个名叫哈龙的苏丹来到她的小房子。这个苏丹非常富有，他有一座用钻石做柱子、珍珠做屋顶的珊瑚宫殿。这座宫殿是那样宏伟巨大，从这一头走到那一头，需要走上一年。这个苏丹的头巾上镶嵌着真正的星星。头巾是用太阳光做成的。头巾的顶角是月牙儿，那是一个魔术师切下它来献给皇帝的。这时候，苏丹正好来到了女巫拉拉那里，他放声大哭起来，哭得惊天动地，十分悲切，眼泪洒在大路上，眼泪落在哪里，哪里就立刻长出了白色的百合花。

“‘你为什么哭呀，哈龙苏丹？’女巫拉拉问道。

“‘我怎能不哭呢！’哈龙苏丹回答说，‘我只有一个女儿，她像朝霞一样美，可是我必须把她交给眼里喷火的妖怪黑德伏斯，他每年……’”

米查突然停住了，没有说下去。

“哈尼娅睡着了吗？”他悄悄问我。

“没有！我没有睡着！”姑娘用睡意蒙眬的声音回答道。

“‘我怎能不哭呢！’苏丹哈龙对她说，”米查继续说道，“‘我只有这么个独生女儿，而我不得不把她交给妖怪黑德伏斯。’

“‘不要哭，苏丹！’拉拉说道，‘你坐上这匹有翅膀的马，一直飞到波拉的洞穴。路上会有恶云来追赶你，你只要把这些罂粟籽往云里撒去，那些云便会立即睡着……’”

米查就这样讲了下去，后来他又打住了话头，朝哈尼娅望了一眼。小姑娘现在真的睡着了，她很疲乏，又悲伤过度，所以睡得很熟。我和米查都不敢大声呼吸、喘气，担心会惊醒她。她的呼吸均匀、平静，只是常常被深深的叹息所打断。赛义姆把头靠在一只手上，陷入了沉思，我仰面朝天望着，仿佛我也坐在天使的翅膀上，在天空中飞翔。当我意识到这个可爱的小姑娘完全信赖我，平静地靠在我的身上时，一种无法形容的欢乐浸透了我的整个身心。一阵颤动通过我的全身。一种非人世间的、新奇而又不可名状的幸福之音，从我的灵魂中发出，它开始歌唱，第一支乐队在演奏。啊，我多么爱哈尼娅呀！虽然直到现在，我只不过是作为一个兄长和保护人来爱她的，但是这种爱广袤无际，深不可测。

我轻轻地把嘴唇挨到哈尼娅的发辫上，亲吻了它。这个亲吻一点不会有世俗的杂念，因为我和这亲吻都同样是纯洁无邪的。

米查突然战栗了一下，从沉思中惊醒过来。

“你真幸福，亨利克！”他低声说道。

“是的，米查！”

可是，我们不能老是这样待在这里。

“我们不要叫醒她，就这样把她抬到她的房间里去吧！”米查对我说道。

“我来抱着她，你给我开门好了。”我回答他。

我小心翼翼地把一只胳膊伸到这个熟睡的姑娘头下，把她的头靠在长沙发上。接着我便轻轻地把哈尼娅抱了起来。我自己虽然还是个孩子，可是出生在一个身强力壮的家族，这个小姑娘是那样娇小轻柔，我就像抱一根羽毛似的把她抱了起来。米查打开了通往邻室的门，那里点着一盏灯，我们就这样把哈尼娅抱进了她住的那个绿色的小房间，她的小床已经铺好了，炉火也烧得旺旺的，老温格罗夫斯卡坐在火炉前面，拨动着炭火。她看到我这样抱着这个小姑娘，便大声喊道：

“啊，我的上帝！少爷干吗要这样费劲抱着这姑娘，难道你不会把她叫醒，让她自己走来吗？”

“温格罗夫斯卡，你说话轻声点！”我生气地说，“她是小姐，不是姑娘！我告诉你，她是小姐！温格罗夫斯卡，你听见没有？小姐困了，请你别弄醒她，你给她脱衣服，轻轻地把她放在床上睡觉，温格罗夫斯卡，你要记住，她是个孤儿，祖父去世了，你要好好安慰她。”

“啊，可怜的孤儿，她真是个孤儿了！”善良的温格罗夫斯卡非常动情地呜咽道。

为了这点，米查还吻了一下这个老太婆，接着我们又回去喝茶了。

在喝茶的时候，米查开心地笑闹着，可是我没有跟着他闹，首先是因为我悲伤；其次，我认为，像我这样一个身负保护人重任、有自己的尊严的人，决不能再像小孩子那样淘气了。这天晚上，米查受到了卢德维克神父的责备，因为我们在小礼拜堂做晚祷时，他跑到院子里，爬上冰窖的矮屋顶，在那里大喊大叫起来。这样一来，看院子的狗也从四面八方奔跑过来，跟着米查吠叫着，而且叫得那样凶，吵闹得我们都没法祷告了。

“你疯了吗，赛义姆？”卢德维克神父问道。

“神父，对不起，我是在用伊斯兰教的方式祈祷。”

“你这个捣蛋鬼。对任何宗教都不能开玩笑！”

“可是神父，我自己想信仰基督教，就是怕我的父亲不答应。穆罕默德对我来说算个什么？”

神父的弱点被他击中了，只好默不作声。我们便去睡觉了。我和米查共住一个房间，因为神父知道，我们爱在一起聊天，他不想妨碍我们。我脱完了衣服，发现米查不做祷告就脱衣服，于是我就问他：

“赛义姆！你真的一次祷告都没有做过吗？”

“谁说的，我做过祷告，你要是愿意，我马上开始。”

于是他站在窗前，抬眼望着明月，向它伸出双臂，用一种动听的歌唱声音叫喊起来：

“啊，安拉！阿格巴阿拉！阿拉凯里姆！”

他只穿着一件白衬衣，眼睛望着天空，显得那样优美动人，使我没法不盯着他看，接着，他向我解释说：

“我该怎么办呢，我不信仰我们的那个先知，他只许别人娶一个老婆，可他自己呢，爱娶多少个就娶多少个。另外，我跟你说，我还喜欢喝酒。除了伊斯兰教，他们不准我信别的宗教，可是我早就相信上帝了，我时常尽我所能地向他祈祷。到底我知道些什么呢，我只知道有一个上帝，别的就一无所知了。”

过了一会儿，他又转到别的话题上：

“你知道不知道，亨利克？”

“什么？”

“我有一些上等雪茄烟，我们不再是孩子了，我们可以抽烟。”

“拿来吧！”

米查跳下床去，拿出一包雪茄，我们各自点燃了一支，两个人躺在床上，一声不响地抽着烟，只是各人暗暗地朝自己那边的床下吐着唾沫。

过了一会儿，赛义姆又开口说道：

“你知道吗，亨利克？我是多么羡慕你，你现在真像个大人了！”

“当然啰！”

“因为你是个保护人了！啊哈，要是有谁留下什么人让我来保护，该有多好啊！”

“那可不是件容易的事，而且，你在世界上哪能找到第二个像哈尼娅这样的人呢？不过，你知道吗？”我用一种成人的口气继续说道，“我估计我甚至不能去上学了。一个在家里担当如此重要职责的人是不能去上学的。”

“你胡说些什么？难道你不再去上学了，大学也不想考了吗？”

“你知道我是喜欢学习的，可是应该把责任摆在首位。也许我的父母会把哈尼娅和我一起送到华沙去的。”

“他们连做梦也不会梦到这样的事的！”

“如果我还在中学念书，那是一定不会的。只要我上了大学，那他们就会把哈尼娅交给我的。难道你不知道，大学生意味着什么吗？”

“是的，是的！完全有可能，你先是照顾她，然后和她结婚。”

我立即从床上坐了起来。

“米查，你是不是发疯了？”

“为什么不能？一个中学生是不许可结婚的，可是大学生就许可，一个大学生不仅可以娶老婆，甚至还可以有孩子，哈！哈！”

可是在这时候，大学生的种种特殊待遇和特权我一点也不关心，但米查提出的问题却像一道闪电，照亮了我心灵深处至今还是模糊漆黑的那一部分。千百种思想，犹如千百只飞鸟，从我的脑海里掠过，和我最亲近的、心爱的孤儿结婚。真的，这是一道闪电！一道新的思想和新的感情的闪电！我仿佛觉得，有人突然在我的心灵深处点燃了一盏明灯。我的爱虽然深沉，但在这以前，还只是兄妹之爱，现在突然被这亮光一照，便发出了玫瑰色的光彩，而且变得炽热，产生了一种我从未体验过的暖流。和她结婚，和我的哈尼娅结婚，和这个金发的小天使，和我最珍贵的、最心爱的哈尼娅结婚！……我用一种更加轻微的无力的声音，仿佛回声似的，重复着刚才的问话：

“米查，你是不是发疯了？”

“我敢打赌，你已经爱上她了！”米查答道。

我什么话也没有说，便熄了灯。然后抓起一角枕头，热烈地吻起它来。

是的！我已经爱上她了！

三

葬礼后的第二天或第三天，我的父亲被发去的电报召回来了。我惶恐不安，生怕他取消我对哈尼娅的种种安排。我的预感在某种程度上得到了证实。父亲拥抱我，称赞我，对于我在履行职责时表现出来的热忱和认真态度显得高兴。他甚至说了好几次：“这是我家的血统！”只有当他非常满意我的时候才会说这种话的。他根本没有料到，我的热忱是出于什么样的个人私心。但是我的那些安排，并不中他的意。也许是戴维斯夫人言过其实的话产生了某种作用。不过，自从那天晚上我意识到这种感情之后，那几天里，我确实把哈尼娅奉为全家的上宾了。此外，对于她应该和我妹妹受同样教育的计划，他也不喜欢。

“我不反对也不取消任何安排，那是你母亲的事。”他对我说道，“她会按照自己的意思来做的，这是她管辖的范围。不过，应该好好考虑一下，怎样做才能对姑娘更有好处。”

“但是无论如何，我的父亲，教育从来不会损害什么人的，这是我不止一次听你说过的。”

“是的！那是指男人！”他回答说，“因为教育能给男人社会上的地位，可是对于女人却是另一回事。女人的教育应该和她未来的地位相符合，像她这样的姑娘只需要一般的教育就够了。她用不着去学法文、音乐或者这一类的东西。一般的教育能使哈尼娅更容易找到丈夫，找到一个诚实的公务员。”

“父亲！”

他惊奇地望着我：

“你怎么了？”

我脸红得像个甜菜头，血似乎就要从我的脸上喷出来似的。我的眼前一片漆黑。把哈尼娅和公务员相提并论，在我看来，简直是对我想象和希望的世界的一种亵渎。使我几乎忍耐不住要愤怒地叫喊起来。由于这种亵渎是出自我父亲之口，就更使我感到痛苦。这是现实对青年的火热激情所浇的第一瓢冷水，也是生活向幻想的高楼大厦射出的第一发炮弹。这是第一次的失望和破灭。对于这种失望和破灭所产生的痛苦，我们往往用悲观和怀疑来进行自卫。但是，就像一块烧红的铁，只要冷水滴在它上面，就会立即发出嘶嘶的响声，化成一缕蒸气而消失得无影无踪。人类火热的心也是如此，当它被现实的冰冷的手触动时，确实也会痛苦得嘶嘶响起来，不过它立刻就会以自己的炽热把现实本身烤得热热的。

父亲的话当时的确伤了我，而且是以一种奇怪的方式伤了我，其结果是我对父亲并不反感，反而生起了哈尼娅的气。然而过了不久，由于只有青年才有的那种内在反抗力，这些话就从我的心中永远被抹掉了。父亲对我的激动并不理解。他认为我是过分看重我所担负的职责，才会出现这种举动的，在我这样的年纪，这是非常自然的事，因此，他不仅不生气，反而表示赞赏，对于哈尼娅要受更高教育一事也不那么反对了。我和父亲商定，由我写信给还得在国外住一段时间的母亲，请她对这件事情做出最后的决定。我不记得我一生里后来是不是还写过一封像这样长、这样感情真挚的信。我在信里向母亲叙述了老米科瓦伊逝世的情形，他的遗言，我的打算、担心和希望，我极力触动她心中特别容易感动的那根同情的琴弦。我向她描述说如果我们不尽我们的努力去完成哈尼娅的教育，那我将永远会感到良心上的不安。总而言之，我认为，我这封信真正可以算是这类书简中的杰作，它一定会得到预期的效果的。这种想法使我平静了许多，我耐心等待着回信，回信竟是两封，一封是给我的，另一封是给戴维斯夫人的。我得到了全盘的胜利。我母亲不仅同意让哈尼娅受更高的教育，而且还非常热切地要我们这样做。我的慈母这样写道："我希望，如果你父亲同意的话，哈尼娅无论从哪一方面来看，都应该被看成是我们家的成员。为了纪念老米科瓦伊，为了他对我们家的忠心耿耿和献身精神，我们都应该这样做。"这样，我取得了巨大的、全面的胜利，赛义姆也衷心和我共享这个胜利，因为凡是涉及哈尼娅的，他都非常热心，仿佛他就是她的保护人。

说句老实话，他对这孤儿所表示的同情和关切，甚至使我有些不快。自从我意识到我的真实感情的那个永志不忘的夜晚之后，我和哈尼娅的关系大大改变了，从而这种不快感也越发强烈。我和她在一起时有一种捉摸不定的感觉，我和她以前那种亲密无间和天真烂漫的坦然相处完全消失了。就在几天之前，这个姑娘还在我的怀里安然入睡，现在却一想到这样的事情就会使我毛发倒竖。几天之前，我向她道早安或晚安的时候，曾像兄长那样吻她苍白的嘴唇，如今我只要一接触到她的手就像被火烫着了似的，快活得全身颤抖。我像通常崇拜初恋对象那样崇拜她。然而，这位天真的小姑娘既未曾料到这一切，也不知道这一切，还是照旧和我亲密相处，于是我心里暗暗对她不满，并且觉得自己是个亵渎神圣的人。

恋爱给我带来了无比的幸福，也给我带来了无穷的烦恼。如果我能向谁倾吐衷肠，如果我能在谁的怀抱里痛哭一场（附带说一句，我常常有这种奇怪的念头），那么压在我心上的重担，就会减轻一半。的确，我本来可以向赛义姆说出这一切，可是我担心他的那种性情，我知道，起初他会诚心实意地同情我，不过谁又能向我保证，第二天他不会用他那特有的方式来嘲弄我，不会用轻薄的语言来损害我的意中人，损害那位我不敢存丝毫非分之想的意中人呢？我的性格是内向的，此外，我和赛义姆还有个很大的不同，我总是有点多愁善感，可是赛义姆身上却找不到丝毫的感伤情绪。我只能忧郁地爱，赛义姆却能快快活活地爱。我对所有的人都隐瞒着我的爱情，甚至对我自己也是这样，因此，谁也没有看出我的感情来。就在这几天里，虽然我没有可资学习的榜样，但我却本能地学会了掩饰我的爱情的一切表现，譬如，别人一提到哈尼娅我就会心神不定啦，满脸羞红啦。总之，我变得非常狡黠，凭借这种狡黠，一个十六岁的孩子能够逃过最锐利的眼光的监视。我没有向哈尼娅倾吐情愫的意思。我爱她，这就够了。可是有时候，只剩下我们两个人在一起时，我真想跪在她面前，或者去吻她的裙边。

这期间，赛义姆却是双倍地愉快，成天闹开了恶作剧，欢笑着，开着玩笑。第一个逗得哈尼娅发笑的就是他，那是有一天吃早饭的时候，他建议卢德维克神父改信伊斯兰教，并且和戴维斯夫人结婚。

看到他对他们那副亲热和讲和的模样，还有他望着他们微笑的那种样子，就连器量很小的法国女人和我们的神父也没法对他生气，他只挨了几句责备，这件事便在哄堂大笑中过去了。他对哈尼娅的举动却总是带有一定的温情和关切，但是他那快活的天性，对她也免不了要流露出来。他比起我来要和她亲密得多。可以看出来，哈尼娅也是非常喜欢他的，因为只要他一走进屋里来，她就要快活些。他不停地取笑我，或者不如说，拿我的忧郁开玩笑，他把我的忧郁看成是一个急于想当大人的人故意装出来的假严肃。

“你们看着吧，他会当神父的!”他说道。

这时候，我就故意把我手上的东西掉在地上，好弯腰去拾它，借以掩饰我脸上泛起的红晕。而卢德维克神父就会闻闻鼻烟，答道:

“赞美上帝！赞美上帝!”

就在这期间，圣诞节假期结束了，我想留在家里的那点微弱希望完全失去了。有一天晚上，人家吩咐我这个大保护人做好准备第二天离家上学。我们必须很早就动身，因为要先到霍热尔去，让赛义姆和他的父亲告别。我们早上六点起床，天还是黑乎乎的。啊，当时我的心情是那样阴沉，就像这冬天的早晨一样，一片阴暗，寒风飒飒。赛义姆的心情也坏极了。他刚刚从床上起来，就宣称这世界是愚蠢的，是糟糕透顶的。我完全同意他的意见。接着，我们穿好了衣服，离开厢房到大厅去吃早点。院子里一片漆黑，雪片被风卷起，像刀片一样锋利，扑打在我们的脸上，大厅的窗户露出了灯光，台阶下面停着套好了的雪橇，我们的行李已经放在雪橇上，马匹响着铃铛，狗在雪橇旁边吠叫，所有这一切给我们汇集成一幅十分凄凉的图画，叫人一看心就沉了下去。我们走进大厅，看见我父亲和卢德维克神父神情严肃地踱着步。哈尼娅还没有出来。我心里怦怦直跳，望着绿房间的那扇门，看她是否会出来，或是我不能和她告别就得离开。这时，父亲和卢德维克神父开始给我们忠告和道德训诲。他们一开始都是说，我们已经到了这样的年龄，用不着再三解释为什么要劳动和学习了，不过他们说来说去，讲的又全是这个内容。我听着他们的话，能听进去一半就不错了。我一面啃着面包，一面喝着难以下咽的热葡萄酒。突然，我的心跳得那样厉害，几乎坐不住了，因为我听到哈尼娅的房间里有沙沙的响声。门开了，从里面走出来的……竟是穿着晨衣、头上夹满卷发纸的戴维斯夫人，她温柔地拥抱了我，可是我大失所望，真想把那杯热酒浇在她的头上。她希望，像我们这样深明事理的孩子一定会取得优异的成绩，对此米查回答说，只要一想起她头上的卷发纸，就会在学习上信心倍增，坚忍不拔。而这时哈尼娅还不出来。

幸亏上天保佑，终于苦尽甘来。当我们从早餐桌旁站起来时，哈尼娅从她的屋里出来了，她睡意蒙眬，脸色红通通的，头发散乱着。我握着她的手，向她道早安。她的手是热烘烘的。我立刻想到，哈尼娅因为我要离开而发烧了，于是我的心里顿时幻想联翩。其实她的纤手不过是睡得温热了。过了一会儿，父亲和卢德维克神父都出去取信，准备让我们把这些信带到华沙去。米查骑上一只刚跑进大厅来的大狗，走出了屋子。只剩下我和哈尼娅在一起了。我眼里含着泪水，热情而炽烈的话语已经涌到了我的唇边。我没有打算向她表白我爱她，可是却有一种强烈的愿望想向她说出这样的话：“我亲爱的，我心爱的哈尼娅！”同时还想吻吻她的手。此刻正是让感情爆发的唯一适当时刻，尽管当着别人的面，我也可以这样做，绝不至于引起大家的注意，可是我一直没有这种胆量。然而，就是这一难得的时机，我也白白地放过去了。我已经走近她，向她伸出了手，可是我的举动是这样笨拙和别扭，我叫了她一声“哈尼娅”，声音是这样不自然，竟使我立即退了回来，一声不响了。我真想打自己耳光。这时候，哈尼娅却开口说话了：

“啊！我的上帝，少爷不在，该多么闷啊！”

“我会回来过复活节的！”我用生硬而不自然的低音回答道。

“可是离复活节还远着呢！”

“根本不远！”我嘟哝了一句。

就在这时候，米查冲进屋来，我父亲、卢德维克神父、戴维斯夫人和其他几个人也跟着进来了。“上雪橇！”“上雪橇！”的叫喊声在我耳边回荡着。我们都来到了门廊外，在这里，我父亲、卢德维克神父依次拥抱了我。可是等到和哈尼娅告别的时候，我有一股不可抑制的冲动，想紧紧拥抱她，像过去那样吻她，可是就连这点我现在也不敢做了。

“再见了，哈尼娅！”我向她伸出手时说道。此时此刻，我心里有上百种声音在哭泣，成百句的，最热烈、最温柔的话语涌到了我的唇边。

我突然看到姑娘在哭泣，我的心里顿时涌起了一种暴戾的思想，一种要把自己伤口撕裂的强烈愿望，就像我在后半生经常感受到的一样。因此，尽管我的心就要裂成碎片了，我却冷漠而生硬地说道：

“别这么无缘无故地伤心，哈尼娅！”我说完这句话，便朝雪橇走去。

这时候，米查在向大家告别，他跑到哈尼娅身边，抓住她的双手，虽然姑娘想把手缩回去，他还是热烈地吻着她的两只手。啊，这时候，我多么想揍他一顿啊！米查一亲完哈尼娅，便跳进了雪橇。父亲喊了一声：“上路吧！”卢德维克神父画着十字，祝福我们一路顺风。车夫朝马“嘿哒，嗬”吆喝了一声，铃声便响了起来，白雪在雪橇滑板下面吱吱地响，于是我们就出发了。

“坏蛋！无赖！”我在心里暗自责骂自己，“你对你的哈尼娅就是这样告别的！你使她苦恼，你还骂她流眼泪，你根本不值得她流眼泪……而且还是个孤儿的眼泪……”

我把皮大衣领子翻了上来，像个孩子似的呜咽起来。我只是轻轻地哭着，生怕被米查看见。不过米查早就看出来了，只不过他自己也感情激动，所以这时候才没有对我说话。可是当我们还没有到霍热尔的时候，他便说道：

“亨利克！”

“什么？”

“你在哭吗？”

“别管我！”

于是我们沉默不语了，过了一会儿，米查又开口了：

“亨利克！”

“什么？”

“你在哭吗？”

我什么也没有回答。米查突然弯下身去，抓起一把雪，取下我的帽子，把雪撒在我的头上，重新给我戴上了帽子，说道：

“这会让你冷静下来的！”

四

我没有回家去过复活节，因为毕业考试快到了。另外，我父亲还提出，要我在大学开学之前就考完华沙大学的入学考试，他知道我在长长的假期里是不愿意学习的，而且也知道我经过一个假期必定会把学校里学到的东西至少要忘记一半。所以我非常用功地学习起来，除了中学的课程和毕业考试以外，我和米查还跟一个年轻的大学生补习功课，这个大学生刚入大学不久，怎么样能考上大学，他知道得最清楚。

这一段时间，对我说来是令人难以忘怀的，因为就在这段时期，由我父亲和卢德维克神父在我头脑里辛辛苦苦树立起来的思想和观念的大厦都彻底崩塌了，我们家里的宁静气氛也被驱散了。这个青年大学生无论从哪方面来说，都是个极端的激进派。他在给我讲罗马史时，把格拉奇兄弟[①]的改革讲得那样精辟透彻，也把他对一切寡头政治的轻蔑和厌恶灌输给了我，使我那种贵族至上的保守信念像烟雾一样消散了。我的这位年轻老师坚信不渝地对我说，一个不久就要成为握有权力的、在各方面都有影响的大学生的人，应该摆脱一切“迷信”，并且只能以真正哲学家的悲天悯人的眼光去看待那一切。总之，他认为，一个人最能发挥统治世界的聪明才智，并对人类产生巨大影响的年龄，是在十八岁到二十三岁之间，因为过了这个年龄，一个人就会逐渐成为白痴，也就是保守派了。

他怀着怜悯的态度谈起那些既非大学生，也不是大学教授的人。然而，他有自己的一套理想，并且常常谈论它们。也就是在这时，我才第一次听到莫勒斯霍特[②]和布赫纳[③]的名字，他经常引用这

---

① 格拉奇兄弟，古罗马政治家，曾于公元前2世纪进行过农业改革，并要求限制执政官的权力。

② 莫勒斯霍特（1822—1893），意大利生理学家、哲学家。

③ 布赫纳（1824—1899），德国自然科学家。

两位科学家的话。你们真应该听听我们这位补课教师，听他以何等的热情谈到近代的科学成就，谈到伟大的真理。这些真理被愚昧和迷信的过去所轻视，只有现代的学者才会以前所未有的勇气把它们从“遗忘的尘埃”中发掘出来，并把它们公之于世。他在发表这些意见的时候，总是晃动着他那头又厚又密的鬈发，吸着不计其数的香烟，还打赌说，他是个抽烟老手了，因此对他来说，不论从鼻孔里出烟，还是从嘴里出烟，都是一样容易的，像他这样吸烟的，在华沙还找不出第二个人。随后他总是先站起来，披上他那件掉了一半扣子的大衣，还公开声称他必须赶紧走，因为今天他有个“小小的约会”。他一面说着，一面还神秘地眨眨眼睛。他还说，由于我和米查的年纪太轻，有关约会的事情他不能对我们说得太多，不过无须他多说，我们将来都会明白约会是怎么一回事的。

在这个年轻大学生的身上，除了这些我的双亲一定不喜欢的东西外，也的确有他真正优秀的品格。比如说，凡是他教过我们的功课，他自己都非常精通，而且还是个真正的科学迷。他总是穿得破破烂烂的，旧鞋，旧外衣，一顶像破鸟巢似的帽子，身上从来没有一分钱，但是他从来也不为个人的困难、穷困甚至不幸而愁眉苦脸，他是靠自己对科学的热爱而活着的，并不把个人的不幸命运放在心上。我和米查都把他看成是某种超凡脱俗的优秀人物，看成是智慧的海洋，看成是一位无法推翻的权威。我们深信，人类一旦发生危险，需要有人去拯救的话，那么这个人必然是他，必然是这个伟大的天才。他自己也是这么看的。我们被他的信念所迷住，就像被万能胶粘住了似的。至于我，也许比这位老师走得还要更远，这是对我过去所受教育的一种自然的反抗，何况那个大学生还真的给我打开了未知的知识世界的大门，使我深深感到我过去的思想活动的范围太狭窄了。我被这些崭新的真理迷住了，就没有更多的时间去思念和梦想哈尼娅了。最初，当我刚回到学校时，我的理想对象时刻出现在我的心上，她给我的来信更煽起了我心灵圣坛上的爱火。但是在这个青年大学生的思想的海洋面前，我那个小小的乡村天地，虽然它是那样宁静、那样平和，却渐渐变得越来越小了，哈尼娅的形象虽未完全消失，也好像随着它沉入迷漫的云雾中了。至于米查，他和我一样，也走上了激烈改革的道路，他更少想到哈尼娅，因为有一个名叫约佳的女中学生常常坐在我们宿舍对面的窗口，赛义姆开始为她唉声叹气，食不甘味，一连好几个整天，他们各自坐在自己的窗前，像两只关在笼子里的小鸟那样彼此对视着。赛义姆坚信不疑地认为"非此女别无所爱"。有时他仰面躺在床上，正看着书，随后却把书摔在地上，突然跳起来，抓住我，像个疯子似的大叫大喊：

"啊，我的约佳！我多么爱你呀！"

"见你的鬼去吧！赛义姆！"我对他说。

"啊，是你，不是约佳！"赛义姆答道，装出惊讶的样子，随后又看起书来。

考试的日子终于来到了。我和赛义姆双双顺利通过了中学的毕业考试和大学的入学考试，于是我们就像飞鸟那样自由了，不过还留在华沙尽情地玩了三天。我们利用这段时间，给自己置办了大学的校服，还设宴庆贺，我们的补课老师认为这样的庆贺是必不可少的。其实所谓设宴庆贺就是我们三个人来到一家老字号的饭馆里狂欢滥饮一番。

喝完了第二瓶酒，我和赛义姆的头就有些天旋地转了，那个以前给我们补习功课的老师，现在成了我们的同学，也是满脸通红。

这时候，突然有一种异常的激动和急需吐露衷情的愿望占据了我们的心，于是这位老师便开口说道：

“嗨，现在你们是大人了，我的孩子们，世界向你们敞开了大门。如今你们可以寻欢作乐了，可以乱花钱，摆摆少爷的阔气，可以谈情说爱了，不过，我要告诉你们，这些都是蠢事。这种寻欢作乐的生活，缺乏我们为之生活、工作和斗争的理想，也是愚蠢庸俗的。可是为了能理智地生活，聪明地进行斗争，就必须清醒地看待一切问题。说到我自己，我认为我看问题是清醒的，凡是我没有亲自接触过的，我就绝对不相信，我劝你们也要这样。我的上帝，世界上有那么多的生活道路和不同的思想，而且一切又是这样混乱不堪，要使一个人不迷失方向，鬼才知道需要多么清醒的头脑啊！不过，我坚信科学，这就够了。我不会被事物的表象所迷惑。谁要是说人生是愚蠢的，我也不会用瓶子去砸他的脑袋。可是知识总是存在的，如果不是这样，我早就向我的脑袋开枪了，我认为人人都有权利自杀，如果我在这方面也感到失望，那我必定会自杀的。然而，科学是决不会令人失望的。一切都可能使你失望！你恋爱，可是女人却欺骗了你。你相信，可是怀疑终将出现。然而你可以一生安安静静地坐在那里去观察研究鞭毛虫，你可以一切不闻不闻，一直到那么一天，你觉得一切都渐渐模糊、昏暗了，那就是你的末日来临了。以后便是讣告，一张带黑边的相片，一篇写得多少有点愚蠢的关于你的传略，于是喜剧结束了。以后就万事皆休了。我的孩子们，我可以给你们打保票，对于一切胡说八道，你们可以大胆地拒不接受，可是学问，我的英俊少年们，才是一切事物的根本！而且它还另有好处，你只要专心致志地去研究学问，你就能放大胆地穿着有破洞的皮鞋走来走去，就敢睡在草垫子上，它对你说来，是毫无关系的。你们懂吗？”

“为健康干杯！向科学致敬！”赛义姆高声喊道，他的两眼像炭火一样在发光。

老师用手把一头乱蓬蓬的亚麻色头发往脑后推去，他喝干了杯中的酒，吸了一口烟，然后从鼻孔里喷出两股浓烟来，接着说了下去：

“除了自然科学——赛义姆，你已经喝醉了——除了自然科学之外，还有哲学，还有各种不同的思想，这些也一样能使生活丰富多彩。不过我更喜欢自然科学。对于哲学，特别是唯心论的实用哲学，我甚至可以告诉你们，我是没有好感的。那全是废话，它像是在追求真理，但是它追求真理犹如一条狗在追自己的尾巴。一般说来，我是不能容忍废话的，我喜欢事实。你从水里是挤不出乳酪来的。至于说到伟大的思想，那完全是另一回事，为了它，你甚至可以抛头颅、洒热血。可是你们和你们的父亲走的是一条愚蠢的道路，这就是我要对你们说的话。伟大的思想万岁！”

我们又干起杯来。我们都喝得酩酊大醉了。我们觉得，饭店里这间昏暗的房间显得更加昏暗了。桌上的蜡烛发出朦胧的亮光，烟雾弥漫，连挂在墙上的图画都看不清了。窗外的院子里，一个乞丐在唱一支圣歌：《神圣崇高、纯洁的圣母》。他每唱完一节，就用小提琴拉起一段悲伤的叫花子的曲调来。我的心里充满了种种奇怪的感情。我相信这个老师的话，可是我觉得他并没有把一切可以使生活充实的东西都讲出来。我觉得还缺乏一样东西，一种思念之情不由自主地涌上我的心头，于是在幻想、美酒和一时的感情冲动之下，我低声说道：

“先生，还有女人，一个心爱的、忠实的女人。难道这样的女人在一个人的生活中是无足轻重的吗？”

赛义姆唱了起来：

> 女人就是水性杨花，
> 相信她的人是傻瓜。

老师用古怪的眼光望着我，仿佛在思考什么别的问题，他抖了一下身子说道：

“啊呀，已经显出多情的苗头来了。你知道吗！赛义姆比你要懂事得多。你会吃亏的。当心啊，当心！我要告诉你，只要你一不小心，就会有女人来破坏你的前程，毁了你的一生。女人啊，女人！（说到这里，老师照例又眨巴起眼睛来。）我懂得这是些什么货色。我不能抱怨。老天爷，我真的不能抱怨啊！可是，我知道，你不能向魔鬼伸出一根手指头，因为他立即会把你整只手都抓过去。女人！爱情！我们的全部不幸就在于把蠢事看成了意义重大的事。你们要是像我那样玩玩，那是可以玩玩的，但决不能把整个生命都垫进去。你应该头脑清醒，可不能花了大钱买些废品。你们也许会认为，我尽在说女人的怪话！我连做梦也不会这样做。相反的，我喜欢女人，可我不会让她们把我自己搞得晕头转向。我还记得，我第一次爱上了一个叫罗拉的女人。当时我认为，比如说她的衣裙，就是一件神圣的东西，实际上，它不过是印花布做的。你们看，难道她没有在天上飞，而是在泥地上走，就该受到责备吗？不，蠢人是我，是我硬把翅膀安在她的身上。男人本身就是一种有很大局限性的动物。每个人的心中都有上帝才知道的一个或两个意中人，可是等到他觉得需要爱时，哪怕他遇见第一只好看的小鹅，也会对自己说：‘就是她！’直到后来，他才承认自己错了。可是由于这次小小的错误，不是搞得他灰心丧气，就是一辈子像个白痴。”

“不过你也得承认，男人是需要爱的。你自己也和别人一样感到了这种需要。”我说道。

一丝几乎使人觉察不出的微笑出现在老师的唇边。

“每一种需要，”他答道，“都可以用不同的方法去满足。我是按照自己的意愿去做的。我劝别人也这样做。我已经说过，我不会把蠢事看成是重大的事。我是清醒的，真的，我比现在还要清醒。我就看见过不少这样的人，他们的一生都被一个傻婆娘拴住了，而且为了这个傻婆娘，他的生活就像线团一样被搞得乱七八糟。我再说一遍，把整个生命花在这上面，那是很不值得的。人生还有更美好的事物和更崇高的目标。爱情是渺小的！为清醒干杯！”

“为女人的健康干杯！”赛义姆高声叫道。

“好吧，就为女人的健康干杯吧！”老师回答，“她们是招人喜爱的东西。只要别把她们看得太重就行了，为女人的健康干杯！”

“为约佳的健康干杯！”我叫道，一面跟赛义姆碰杯。

“好了，现在该轮到我了……”他反驳说，“为了……为了你的哈尼娅的健康干杯，她们都是一个样！”

我的血直往上涌，两眼冒火。

“你给我住嘴，米查！”我喊道，“我不许你在这个小饭馆里提到这个名字！”

我说着，把酒杯摔在地上，碎片往四下溅开去。

“你疯了！”老师大声叫道。

可是我根本没有疯，只是怒不可遏。我能听老师对女人品头评足，甚至听得津津有味，我也能像别人那样嘲笑她们。我之所以能这样做，是因为我没有把这些评论和嘲笑同我家的任何一个女人联系起来。我甚至连想都没有想到过这一般性的理论能安在我那些心爱的人身上。可是，当我在这家小饭馆里，在这些烟雾、灰尘、空酒瓶、瓶塞和嘲讽的谈话之中，听见别人这样轻率地提到我那纯洁无瑕的孤儿时，我就觉得好像是听到了最令人厌恶的亵渎神灵的话，这是对哈尼娅的一种莫大的侮辱，以致我气愤得差点昏厥过去。

米查惊讶地盯着我看了好一会儿，后来他的脸色也突然阴沉起来，两眼露出了凶光，额上青筋突起，脸孔拉长了，变得凶狠可怕，像个真正的鞑靼人。

“我喜欢说的，你却不许我说！……”他用粗哑的声音说道，气喘得话都说不下去了。

幸亏这时老师出来调解了。他喊道：

“你们真不配穿这身制服！怎么啦？你们还想打架，或者像小学生那样互相揪住对方的耳朵！你们真是伟大的哲学家，拿酒杯在对方的头上敲碎！你们不觉得害臊吗？你们还配谈一般的理论问题！你们不觉得害臊吗？你们把观念的争论降低到拳头的格斗，太不像话了！听我对你们说，我举杯向大学致敬，如果你们不好好地碰杯，如果你们的杯里还剩下一滴酒没有喝完，那你们就是坏蛋！”

我们两个都冷静下来了。尽管赛义姆醉得比我还厉害，但他是最先冷静下来的。

“请你原谅！我真是傻瓜！”他温和地说。

我们热烈地拥抱。为了向大学致敬，我们把酒喝得一滴不剩。接着老师带头唱起了《让我们欢乐吧》这首歌，惹得店里的伙计们通过那扇通向店堂的玻璃门望着我们。外面天色已经黑了下来。我们都喝得酩酊大醉。我们的欢乐达到了顶点，现在开始消退了。老师首先沉思起来。过了一段时间，他才说道：

“一切都是美好的，不过，总的说来，人生是愚蠢的。所有这一切都不过是人为的补救办法，可是对人的灵魂到底效果如何，却是另一回事了。明天和今天一样：照样是贫穷，四堵墙壁，一块草垫子，一双有破洞的皮鞋和……说也说不完。工作，工作，至于幸福……完了！一个人只有尽量欺骗自己，沉醉在幻想之中……祝你们健康！”

他一说完，便拿起他那顶帽檐破裂的帽子戴在头上，在他已经没有了纽扣的衣服上机械地做了几个动作，像是在扣衣服似的，他点起了一支烟，挥了一下手，说道：

“好了，你们去付账吧，我是个穷光蛋！再见！你们记得我也好，忘记我也好，都悉听尊便。对我反正都是一样。我并不是一个很重感情的人。再见吧！我的诚实的小伙子们！”

他的最后这几句话是用轻柔的、充满感情的声调说出来的，似乎和他不看重感情的声明相反。其实他那颗可怜的心，也像别人的心一样，需要爱，也能够爱。可是从他童年时代起，不幸、贫穷和炎凉的世态把他锻炼得非常内向，不太合群。他是个热情的人，然而却很骄傲，因此，他常常害怕会受到别人的拒绝，不敢先对别人表示出他的感情来。

我们两个在那里多待了一会儿，心里有一种悲戚的感觉。也许这是一种悲戚的预感，因为在我们今后的一生中，再也见不到我们的老师了。无论是他自己还是我们两个都没有料到，那置人于死命的病菌，那无可挽救的不治之症，早已侵蚀着他的肺部。贫困，过度劳累，废寝忘食地阅读书籍，彻夜不眠和饥饿，更加速了病情的恶化。就在这年秋天的十月初，我们的补习老师便死于肺病。送殡的同学寥寥无几，因为当时正值假期。只有他的母亲，一个在多米尼克教堂旁边卖圣像和蜡烛的小贩，为她儿子号啕痛哭。儿子在世时，她常常不了解他，可是她却像所有的母亲一样，非常爱他。

五

就在这次宴饮之后的第二天，霍热尔的老米查派来了车马，我和赛义姆一大早就出发回家了。我们有两天难走的路程，所以天刚蒙蒙亮我们就起床了。在我们住的那所公寓里，人们都还沉浸在梦乡中，只有对面厢房的一个窗口上，在天竺葵、香罗兰和倒挂金钟的鲜花中间，闪现出那个女学生约佳的小脸。赛义姆背起了旅行袋，戴上了大学生的制帽，站在窗边准备上路。他这样做就是要让别人知道他快走了。他得到的回报是，在鲜花丛中闪现出忧郁的眼神。他一手按胸，一手送去飞吻，藏在鲜花中的那张小脸满是羞怯的样子，立即退到屋内黑暗深处去了。在楼下，一辆由四匹高头大马拉着的轻便马车，驶进了院子里的石板地。是告别和上路的时候了，可是赛义姆还在窗前站着，希望再看到她一眼，然而他的希望落空了。窗边再也没有出现人影。我们只好下楼了，当我们经过那条通往厢房的昏暗的过道时，才看见厢房的楼梯上有一双白袜子、一件栗色的裙子，一个弯着的身影。两只炯炯发亮的眼睛，被一只手遮住，从暗处朝明亮处注视过来。米查立即奔了过去，我则坐进了停在门外的马车，我听见了悄悄说话声和酷似亲吻的声音。不久，米查出来了。他满脸通红，微露笑容，显得有些激动．上车后便坐在我的旁边。车夫挥鞭催马，马车启动了，我和米查都不由自主地朝窗口望了一眼，约佳的小脸又出现在鲜花中间，过了一会儿，她伸出一只小手，挥动着一条白手绢。再一次告别之后，马车便驶上了大街，载着我和那个可怜的约佳的漂亮心上人走了。

天刚破晓，整个城市都还在睡梦中。黎明的玫瑰色光辉，正映照在沉睡的住房窗户上。处处能听到小鸟晨起后的啾鸣声。有时有个别赶早的行人，用他的脚步声惊起了那沉睡的回声。偶尔能见到一两个看门人在打扫门前的街道。有时来自农村的装满蔬菜的马车辚辚而来，朝城里的市场驶去。到处是静悄悄的。天空明朗，空气清新，夏日的早晨大都如此。我们的这辆小马车，被四匹骏马拉着，仿佛是用绳子拉着一颗核桃，在石砌路上跳跃前进。不久之后，从河面上飘过来一阵阵清新凉爽的微风，吹拂着我们的脸庞。马车在桥板上发出咯哒咯哒的响声。半个小时之后，我们驶过了哨卡，便飞驰在广袤的田野、庄稼和森林中间。

我们的肺深深呼吸着早晨的清新空气，眼睛欣赏着沿途的美景。大地从睡梦中苏醒过来了，珍珠般的露珠挂在潮湿的树叶上，在各种谷物的穗子上晶晶发亮。小鸟在灌木的篱笆上欢腾跳跃，吱吱喳喳，叫成一片，迎接这可爱的白天来临。在晨雾中，森林和草原仿佛从襁褓里展现出来。草原上到处都有水洼在闪耀发光，鹳鸟在金盏花的金色花丛中涉过水洼。从村间茅屋的烟囱里，浅红的炊烟袅袅腾升。微风吹拂着金黄色的麦田，掀起阵阵细浪，把夜露抖落下来。到处都是欢歌笑语，万物欢腾。仿佛一切都苏醒了，都充满了生机，好像四周都在歌唱：

当朝阳射出第一道光芒，
大地和海洋都在欢唱……

这时候，我们心里有什么样的感受，这是大家都能体会出来的，只要他回想起他青春年少时，在一个如此美好的夏日早晨重返故乡的情景就够了。我们童年的时光和中小学生的时代已经一去不复返了，青春年华在我们面前展现了广阔的前景。有如一望无际的草原，百草丰茂，鲜花盛开，视野一望无涯，那是一块有趣的而又未知的土地，我们在美好的预兆中直向那里前进。我们年轻、强壮，肩膀上几乎像小鹰那样长着翅膀。青春是世界上一切财富中最大的财富，我们拥有这样的财富，却还分文没有用过哩！

我们兼程而进。所有的大站都有安排好了的驿马在等着我们。经过了一整夜的赶路之后，第二天傍晚，我们驰过一座森林后，就看见了霍热尔，或者不如说，看到了沐浴在夕阳中的米查家的清真寺的尖塔。不一会儿，我们便驶进了栽种着柳树和水蜡树的堤坝，堤坝两边是一片广大的湖面，湖上有水力磨房和锯木厂。在杂草丛生的两边堤岸上，在白日骄阳烤热的湖水上，一群群青蛙发出昏昏欲睡的低鸣声和咯咯声，伴送着我们。这一切表明，白天即将消逝。笼罩在尘埃中的家畜和羊群，成群结队地沿着堤坝往农家走去。到处都有一群群的人，拿着小镰刀、大镰刀，肩上扛着耙子，匆匆朝家里走去，嘴里还哼着“达娜，啊达娜”。这些诚实的农民拦住马车，吻着赛义姆的双手，热情地向他表示欢迎。过了不久，太阳更加西沉了，那光芒四射的圆盾已有一半隐没在芦苇后面，只有宽广的金色光带辉映在湖的中央，两岸的树木倒映在光滑如镜的水面上。我们稍微向右转了过去，霍热尔庄园的白色墙壁就出现在菩提树、白杨、枞树和榉树中间了。院里响起了钟声，召唤着人们去吃晚饭。同时在清真寺的塔楼上，传出了家庭阿訇沉闷的吟唱声，宣告星夜已从天上降临到大地，伟大的安拉！正好与阿訇的声音相呼应，一只鹳鸟站在它筑在高出屋顶的树梢上的巢里，起初，它像一只伊特鲁里亚[①]的水壶，凝立在那里，像一尊雕像，一动不动，突然它把尖嘴抬向空中，仿佛是刺向天空的一把钢矛，接着它垂下头欢叫起来，一面不停地点着头，像是在表示欢迎似的。我瞟了赛义姆一眼，他眼里噙满了泪水，容光焕发，充满了他所特有的那种欢快。我们的马车驶进了院里。

老米查坐在嵌有玻璃的门廊前面，从烟斗里冒出阵阵蓝烟，望着眼前平静而勤劳的生活所组成的动人场景，眼里充满了欢乐。一看见他的儿子，他就急忙站了起来，抱住他，久久地把他搂在怀里，尽管他一向对儿子很严厉，却爱他胜过一切，他立刻询问儿子的考试情况，接着又是一阵拥抱。所有的家人仆役都跑了出来，欢迎他们的少爷。几只小狗高兴地在他身边跳来跳去。从门廊里面，一头驯养的母狼飞奔而来，它是老米查的心爱之物。赛义姆大声叫着它："米拉！米拉！"母狼双脚搭在他的肩上，舐着他的脸，随后发疯似的围着他转来转去，扇动着鼻子，高兴得露出了它那可怕的牙齿。

接着我们来到了餐厅。我现在是以一个要求改革的人的眼光，在巡视霍热尔和它里面的一切东西。里面的变化不大，赛义姆的祖先们，骑兵上尉和少尉的肖像仍旧像过去一样挂在墙上。那位令人望而生畏的米查，索别茨基时代的铁骑兵上校，依然像过去一样，用他那凶狠的眼光望着我，他那布满刀痕的脸孔，我觉得更加丑陋、更加可怕了。变化最大的是赛义姆的父亲老米查，他那一头黑油油的头发已经斑白了，浓密的胡须几乎全成了花白。他的面貌比过去

① 伊特鲁里亚，处于现代意大利中部的一古国，以金工和陶器等手工艺品而闻名。

更显示出鞑靼人的特征了。啊，在赛义姆与老米查之间有着多大的差别啊！老人有着一张额角高耸、表情严厉，甚至有点狰狞的面孔，而年轻的儿子则有一张天使般的面孔，像鲜花一样娇嫩、可爱。但是我难于把老人望着他儿子时所表现出来的那种挚爱之情描绘出来，我也无法把他的眼睛追逐他儿子一举一动的那种神情描写出来。

我不想妨碍他们，便在一旁站着，可是那位老人像真正的波兰贵族一样殷勤好客。不大一会儿，他就对我表示欢迎，拥抱了我，还要留我过夜。我急于赶回家去，无意留在那里过夜，但我不得不留下来吃晚饭。我离开霍热尔时，已是深夜了。等我到达家里，金牛宫七星已经升上了天空，这意味着已是午夜了，村里各家的窗户都已没有灯光了，只有在远处的森林里，还能看见松脂坊里幽暗的灯光。狗在农舍附近吠叫。在通往我家宅院的菩提树林荫路上，放眼望去，是一片漆黑。有个人骑马从我身边走过，他赶着几匹马，嘴里还哼着小曲。可是我没有看清他的面孔。我来到了宅院的门廊前面，窗户全黑了，很显然，人们都入睡了；只有狗从四面八方围拢过来，在马车周围欢叫着。我走下车去敲门。我敲了很久，都没有人出来开门。我感到不快，我原以为家里的人会等着我回来的。又过了一会儿，才有灯光从玻璃窗上闪动过来，传出了一个睡意惺忪的声音，我听出那是弗兰涅克的声音，他问道：

“是谁呀?”

我回答了，弗兰涅克打开门，立刻抓住我的手吻了起来。我问他，家里的人是否都很好。

“都好!”弗兰涅克回答说，“只有老爷到城里去了，明天就会回来的。”

他边说边把我让进饭厅。他点亮了挂在桌子上面的那盏灯，便出去沏茶了。我怀着种种思绪和一颗跳动激烈的心，独自一人在那里等了一阵子。不过等待的时间不长，卢德维克神父很快就出来了，他身穿一件睡衣，好心的戴维斯夫人也穿着一身白睡衣出来，她和平常一样，头上卷着卷发纸，戴着睡帽，还有比我早一个月从学校回来过假期的卡佐。这些善良的人都非常热情地欢迎我，看到我长得这样高，都惊叹不已。神父说我长得真像个大男子汉了，戴维斯夫人也再三说我长得更魁梧英俊了。卢德维克神父，这个可亲的老人，过了一会儿，才试探着问我有关考试和学校证书的事情。他一听到我的成功，竟激动得热泪盈眶，紧紧地把我抱住，连声说道："可爱的孩子！"就在这时候，从隔壁房间里，传来了光着脚丫的啪哒声，我的两个小妹妹穿着睡衣戴着睡帽飞跑出来，嘴里还不停地喊着："亨利克回来了！亨利克回来了！"便跳到我的膝盖上。戴维斯夫人说，两个年轻的小姐穿着这样随便的衣服就来见人，不感到害臊吗，可是无论她怎样说也无济于事。两个小姑娘什么也不问，就用她们的小胳膊抱住我的脖子，把她们可爱的小嘴唇紧紧贴在我的脸颊上。过了一会儿，我才讪讪地问起哈尼娅是否还好。

"噢，她长大了！"戴维斯夫人回答说，"她马上就会出来。她一定是在打扮哩！"

我没有等多久，五分钟过后，哈尼娅出来了。我望着她，上帝啊，仅仅半年多时间，这个纤细瘦弱的十六岁孤女就发生了那样大的变化！现在站在我面前的几乎是一个成年的，至少是快要成年的小姐了。她的身体丰满了，结实了，出落得如花似玉、更加娇美了。她的面容白嫩，但很健康，她的面颊红红的，犹如黎明时的霞光。健康、年轻、俊俏、妩媚从她身上流露出来，犹如一朵含苞欲放的玫瑰花。我注意到，她也好奇地用她那双碧蓝的大眼睛望着我，我还发现，她也看出了她在我身上所引起的惊异和深刻印象，因为一个难以描述的微笑正在她的嘴角上时隐时现。在我们双双对视时的那种好奇心中，已经有了一种少男少女的羞怯神情了。啊！那种单纯的亲切的兄妹关系，那种天真无邪的关系，已经消隐到森林深处去了，再也不复返了。

啊，她嘴角上的那个微笑，她眼里的那种静谧的欢乐，实在是太可爱了。

悬挂在桌子上面的那盏油灯的灯光，照亮了她的金发。她身穿一件黑衣裙，外面披着一件黑披风，是匆匆忙忙披上的，她用一只手在胸前捏住了它，露出了她那雪白的脖子。在她匆忙穿上的零乱衣着中，自有一种妩媚动人之处。从她身上散发出一种睡眠的温馨。当我和她握手问好时，她的手温热、柔软，犹如天鹅绒一般，一接触到它，我就觉得有一种快感深入我的骨髓之中。哈尼娅的内心和外表都大大改变了。我离开她的时候，她还是个单纯的小姑娘，还有一半像仆人；现在她出落得真像个小姐了，脸上的表情高贵，一举一动都有大家闺秀的风度。这说明她受到了良好的教育，得到了上流社会的熏陶。一眼就能看出，她在精神和智慧方面都已经觉醒了，无论在哪一方面，她都不再是个孩子了。这从她那种无法描述的笑容，从她看我时的那种天真的娇态可以看得出来。这种娇态表明她已经懂得：现在我们之间的关系和以前是大不相同了。没有多久，我还看出，她在某些方面甚至超过了我。虽然在学习方面，我读的书比她多，但在生活方面，在对不同的身份、不同的话的理解力方面，我依然还是个单纯的孩子。哈尼娅对我的态度比我对她要更为落落大方。我作为保护人，作为少爷的尊严已经消失得无影无踪了。在回家的路上，我一直在考虑，该怎样向哈尼娅问好，该向她说些什么，该怎样对她表示关心和爱护，可是这些计划全都不中用了。现在我们的地位，不知怎么搞的，变得反过来了。不是我去关心她，体贴她，而是她来关心我，体贴我了。一开始我对这种状况并不十分明了，可是我没有理解的却感觉出来了。我原来已经想好了，该怎样来问她正在学什么，已经学会了什么，她是怎样消磨时间的，戴维斯夫人和卢德维克神父是否对她满意等等；然而现在，倒是她来问我了，她嘴角上老是挂着笑容，问我干了些什么，学了些什么，将来的打算如何。事情就是这样奇怪，一切都和我原来的设想完全不同。总而言之，我们相互之间的关系完全倒过来了。

谈了一个小时，我们都去休息了。我走进了我的房间，感到有点像在梦里，有惊异，有失望，也有失败感。心里充满了各种各样的印象。重新得到鼓舞的爱情又开始喷薄而出，犹如一道穿过燃烧的房屋裂口的火焰，不一会儿，就把其余的印象全都淹没了。我的眼前，只有哈尼娅的倩影，她年轻美丽、袅袅婷婷的倩影，像我刚才看见的那样迷人，身上散发出睡卧时的温馨，一只白嫩的手在胸前捏住匆忙穿上的披风，垂散下来的发辫，所有这一切，激起了我年轻人的幻想，使我对其他的一切都淡然冷漠了。

眼里映现着她的倩影，我堕入了梦乡。

六

翌日，我起得特别早，跑进了花园。那是个美好的早晨，朝晖满地，花香馥郁。我立即朝榆树林荫道上跑去，因为我的心告诉我，我会在那里见到哈尼娅。可是我太相信我的感觉了，哈尼娅根本不在那里。直到早饭以后，我才单独见到她，我问她愿不愿意到花园里去走走。她欣然同意了，她跑回自己的房间去，不久就回来了，头上戴着一顶大草帽，遮住了她的额头和眼睛，手里还拿着一把阳伞。她从帽子下面调皮地朝我笑了笑，仿佛在说："你看我这样多美啊！"我们一同朝花园走去。我转上了榆树林荫路，边走边想该怎样开始这次谈话。同时我也料到，在这方面比我强的哈尼娅是不会来帮助我的，相反，她甚至会拿我的窘态来开心。我在她旁边走着，一言不发，用马鞭抽打着花圃里的花朵，一直抽到哈尼娅大笑起来。她抓住我的鞭子，说道：

"亨利克先生，难道这些花得罪了你吗？"

"嘿！哈尼娅，花算得了什么！不过，你也看到，我真不知怎样开口来和你说话。哈尼娅，你变化很大。啊，你变得多厉害啊！"

"就算变得很厉害，那又怎么样，难道这也叫你生气了？"

"我不是这个意思。"我有点难过地说，"我是有些不习惯，因为我觉得，我过去熟悉的那个小哈尼娅，跟现在的你竟判若两人了。那一个已经伴随我的记忆、我的心……长大起来了，像个妹妹，哈尼娅，像个妹妹，所以……"

"所以这一个（她用手指着自己）你就觉得陌生了，是不是？"她轻声问道。

"哈尼娅，哈尼娅，你怎么会这样想呢？"

"这是顶自然的呀，虽然有点叫人伤心。你在心里寻找你以前对我的那种兄妹感情，可是现在找不到了，就是这么回事！"

"不，哈尼娅！我并不是要在我心里寻找那个以前的哈尼娅，因为她永远是在我心里的，我是要在你身上找到她。至于我的心……"

"至于你的心，"她愉快地打断了我的话，说道，"我能猜得出来，一定是留在华沙的什么地方了，是和另一颗幸福的心儿在一起了。这是很容易猜到的！”

我深深地凝视着她的眼睛，我自己也不知道，她是不是有点想试探我，或许是她根据昨天她留给我的强烈得使我无法掩饰的印象，就想用有点残酷的手段来戏弄我。这时候，我心里突然萌发了反抗的愿望。我想我的神态一定很可笑，我像头快死的母鹿那样用眼睛盯住她看，接着我克制住了刚刚使我动心的感情，回答道：

“如果是真的，那又怎么样呢？”

在哈尼娅美丽的小脸上，掠过了一种几乎觉察不出来的惊讶和似乎是不快的神情。

“如果真是那样，那么变了的不是我，而是你！”

她一说完，便蹙起眉尖，斜眼看着我。我们默默地走了一会儿。这时候，我尽力掩饰住她的话所给予我的愉快。我心想，她是在说，如果我爱上了别的姑娘，那么变了的就是我。这样说来，她没有变，她对我……

我高兴得不敢将这一聪明的推论进行下去了。

尽管如此，变了的不是我，不是我，而是她。半年以前，这个对人情世故还是一无所知的小姑娘，根本不会想到要来谈什么感情的问题，要谈这种感情的问题，对她说来，就像中国话一样难懂。可是今天，她谈起这类感情来，却是这样自由自在，流利顺口，仿佛在朗读她背熟了的功课。这个不久前还充满孩子气的头脑，竟发展那么快，变得那么聪明伶俐。的确，这样的奇迹常常发生在年轻姑娘中间，常常会有这样的事情，晚上睡觉时她还是个孩子，第二天一觉醒来，却变成了一个少女，换上了另一种思想和感情。对于生来就很机灵、敏感而又理解力强的哈尼娅说来，在她满十六岁之后，又有半年多的时间生活在另一种社会环境中，再加上学习、阅读各种也许是偷偷摸摸搞来的书籍，所有这一切都足以使她大大地改变了。

然而这时，我们仍默默地并排走着。哈尼娅首先打破了沉默：

“那么你是在谈恋爱了，亨利克先生？”

“也许是的！”我笑着回答道。

“那你一定要想念华沙了？”

“不，哈尼娅，我情愿永远不离开这里！”

哈尼娅迅速望了我一眼，显然她是想对我说什么，但她没有说出来。过了一会儿，她用阳伞轻轻拍打着自己的裙子，像是在回答自己的想法，说道：

“啊！我是多么幼稚天真啊！”

“你为什么这样说，哈尼娅？”我问道。

“哎，没什么，让我们在这条长凳上坐一坐，谈谈别的什么吧。从这里望过去，风景不是很美吗？”她突然问道，嘴上露出我熟悉的微笑。

她在林荫路边的那张长凳上坐了下来，这条长凳正好放在一棵枝叶稠密的大菩提树下，从这里可以看见池塘、堤岸和池塘对岸的森林。风景确实美极了。哈尼娅用阳伞指点给我看风景，可是我虽然喜爱自然风景，此时却连看一眼的心思都没有了。首先是因为这片风景我非常熟悉，其次有哈尼娅在我身边，她比周围的一切要美妙不止一百倍。最后，因为我正在想别的事情。

“你看那些树倒映在水中有多美啊！”哈尼娅说道。

“我看得出来，你是个艺术家。”我回答说，既不看水，也不看树。

“卢德维克神父正在教我画画。啊，你不在的这段时间里，我真是学了不少的东西，我想……你怎么啦？你在生我的气吗？”

“不！哈尼娅，我没有生气。我怎么能生你的气呢？但是，我看得出来，你是在回避我的问话，而且……我们两个尽在捉迷藏，而不是像过去那样，坦诚相见，直率地说出自己的心里话来。也许你觉察不出来，可是我却感到很苦恼，哈尼娅……”

这些直率的言语不仅毫无作用，反而使我们两个都感到非常不安。哈尼娅确实是把她的一双手放在了我的手里，我紧紧握住它们，也许握得太用力了；还有更惊人的事情，我迅速地俯下身去，热烈地吻着她的双手，其神情完全不符合一个保护人的身份。随后，我们两个都非常窘迫，她羞得连脖子都红了，我也一样。最后我们两个又一言不发了，真不知道该怎样来开始那种坦诚相见的直率谈话。

后来她看我，我看她，我们的脸又像红旗一样红了。我们像一对木偶似的坐在那里。我觉得我的心跳得自己都能听见。我们的处境真是难堪得很。我时时觉得有只手正抓住我的衣领，要把我摔在她的脚前，然而又有另一只手抓住我的头发，紧紧按住我不让我动弹。哈尼娅突然站了起来，用急促慌张的声音说道：

“我该走了，我得去上戴维斯夫人的课，快到十一点钟了。”

我们顺着原路往家里走去，又和原先一样默默无言。我又像刚才那样用鞭子抽打着花朵，不过，现在她也不怜惜这些花了。

要是我们能完全恢复我们过去的关系，那有多么好啊！

“耶稣玛丽亚！我到底是怎么回事呀！”当哈尼娅把我独自留下时，我心里这样自问道。我爱得竟是这样深，连我自己都觉得悚然了。

这时，卢德维克神父朝我走来，他要我和他一道到田庄上去看看。在路上，他向我谈起了有关我家财产的种种情况，我对这些事情毫无兴趣，但又不能不装出专心听的样子。

我的弟弟卡佐利用这次假期的机会，整天不回屋子，把时间都花在马房里、森林里，有时带上枪骑马去，或者驾一只小船泛游湖上。这时，他正在农庄的场院里驯几匹小马。他骑着一匹栗色马，一见我和卢德维克神父，就策马朝我们奔来，那匹马在他胯下发疯似的蹶跳着。卡佐请我们欣赏这匹马的体形、烈性和迈步的姿态。然后他下了马，和我们一道步行着。我们一道去看了马厩、牛栏、谷仓，正要到地里去看看时，突然有人来报告说，我父亲回来了。于是我们不得不折身返回家去。我父亲从来没有这样热烈地欢迎过我，听了我考试的情况，他就抱住了我，说他从此以后要把我当作成年人看待了。他对我的态度也确实有了不小的变化，对我更信任、更亲切了。他立刻就和我谈起了有关我们财产上的一些事务，他打算买进邻近的一处田产，问我的意见如何。我猜想他故意对我说起这件事，是要向我表明，他是多么看重我，是真的把我当作成年人、当作家里的长子来对待。此外，我知道他是非常喜欢我的，为我在学习上的进步而高兴。他现在以一种特别慈爱的眼光望着我，这是过去没有过的。我随身带回来的那张学校发的证书，使他这个做父亲的感到无比骄傲。同时我还注意到，他在考察我的性格、思想方法和荣誉观念。他有意向我提出各种问题，以便做出判断。看得出来，我在这场我父亲主持的考试中考得不错。虽然我的哲学原则和社会原则与我父亲的大相径庭，可是我一点也没有把它们吐露出来。对于其他事物的认识，我们的意见则差别不大。我父亲那张严厉的狮子脸上从来也没有像现在这样和颜悦色。这天，他还送给我一大堆礼物。他送给我一对手枪，不久前他和佐尔先生决斗就是用的这两把手枪，枪上还刻有几道记号，代表他在青年时代服兵役时进行过的几场决斗。接着他又给我一匹东方种的骏马和一把祖传宝刀，刀柄上嵌有宝石，刀身很宽，是用大马士革钢打成的，上面雕刻着圣母的金像，刻有“耶稣玛丽亚”的题字。这把刀是我家最珍贵的祖传宝物之一，而且早就是我和卡佐梦寐以求的一件东西，因为它刀锋犀利、削铁如泥。父亲把这把刀交给我的时候，先拔刀出鞘，挥砍了几下，砍得呼呼生风，满屋刀光闪闪，随后他用刀在头上画了十字，亲了一下圣母像，才把刀交给我说：“我把它传给适当的人了。我没有辱没过它，你也应该这样！”随后我们拥抱在一起。这时卡佐乘机把刀拿了过去，尽管他才十五岁，却气力非凡，他开始舞起刀来，其刀术之敏捷准确，决不会辱没任何一个有经验的刀术教师。我父亲满意地望着他，说道：

“他会成为一个好刀手的。不过你也能和他一样好，是不是？”

“我能，爸爸。我一定能打败卡佐。在所有和我一起学刀术的同学中间只有一个人超过我。”

“谁？”

“赛义姆·米查！”

父亲蹙起了眉头：

“噢，是米查！不过，你比他更强壮。”

“就是凭了这点，我才能和他平分秋色，唉，不管怎么样，我和赛义姆是不会决斗的。”

“嘿，那可不一定！”我父亲回答说。

午饭后，我们大家都在那座爬满葡萄藤的宽敞凉台上坐着，从这里可以看见大院子和远处那条两旁栽着菩提树的林荫路。戴维斯夫人正在用钩针钩一块祭坛用的罩布，我父亲和卢德维克神父一边抽着烟斗，一边喝着黑咖啡。卡佐在凉台前面转来转去，眼睛跟着那些在空中飞翔的燕子转动着。他很想用枪打它们，但父亲不准他打。我和哈尼娅在一起看我带回来的绘画，但是我们的心思都不在画上，至少对我说来，这些画不过是掩人耳目，不让人看见我在注视着哈尼娅。

“喂，你认为哈尼娅怎么样？是不是觉得她变丑了，保护人先生？”父亲问我，开玩笑地望着那个小姑娘。

我开始认真地看画，从画纸后面回答道：

“爸爸，我不认为她变丑了，倒是她长大了，变样了。”

“亨利克先生已经责怪过我的变化了。”哈尼娅从容地插了一句。

她的勇气和镇定都使我感到惊异，即使让我来说这句话，也不会那样镇定自如。

“她变丑变美都无关紧要！”卢德维克神父说道，“不过她学习得倒是又快又好。让戴维斯夫人说说，她的法语不是进步得很快吗？”

这里必须说明一下，卢德维克神父尽管是个学识渊博的人，却不会法语，尽管他和戴维斯夫人在我家相处了十多年之久，也没有学会法语。这个可怜的人却又非常看重法语，而且认为，掌握法语是受过高等教育的不可缺少的标志。

“我并不否认哈尼娅学来容易，而且爱学习。”戴维斯夫人说道，“不过，我必须向你告发她。”她转身对我说道。

“啊，夫人！我到底犯了什么过错呀？”哈尼娅合起手掌大声说道。

“犯了什么过错？你得马上在这里解释清楚。”戴维斯夫人说道，“请你想一想，这位小姐哪怕只要有一丁点时间，就迫不及待地抓起一本小说来看。我说话是有根有据的。晚上去睡觉时，她不但没有吹灭蜡烛躺下，反而一看就是几个小时。”

“这样做很要不得！不过我知道，她是跟她的女老师学的。”我父亲说道。当他心情好的时候，老爱和戴维斯夫人开玩笑。

“啊，对不起，我已经是个四十五岁的女人了！”法国女人回答说。

“唉嘿，我可从来没有这样想过！”我父亲说道。

“您真坏，先生！”

“这我倒不知道，不过我倒晓得，如果哈尼娅能从什么地方弄到小说，那绝不是从图书室借来的，因为图书室的钥匙是由卢德维克神父掌管的，所以责任就该由她的老师来承担了。”

的确，戴维斯夫人看了一辈子小说，而且她又特别喜欢把她读过的小说讲给别人听。她一定也给哈尼娅讲过。因此，在我父亲半开玩笑的话里也包含着一部分实情。他是故意要这样说的。

“你们看，是谁骑马朝我们这里来了？”卡佐突然叫道。

大家都朝菩提树林荫路的黑暗处望去，在林荫路外大约还有一俄里远，我们看见一股灰尘，它以极快的速度朝我们这里滚来。

“这可能是谁呢？骑得多快呀！”我父亲站起来说道，“尘土这样大，什么也看不清了。”

天气真的很热，已经有两个多星期没有下雨了，因此，每次有车马经过，都会掀起一股白色尘土。我们又看了一会儿那滚滚而来的尘土，还是什么也看不出来。等到这股尘土离庄园只有几百步远的时候，突然从尘土中间露出了一只马头，大张着红鼻孔，眼睛发亮，鬃毛飘动起来。这匹白马疾驰如飞，几乎脚不沾地。马背上那个照鞑靼人骑法伏在马脖子上的人不是别人，正是我的朋友赛义姆。

“赛义姆来了！是赛义姆！”卡佐叫道。

“这个疯子要干什么，院门是关着的!”我大声喊道，跳了起来。

来不及开大门了，因为谁也来不及赶到那里。这时侯，赛义姆仍然像疯子似的冲了过来。人们都相信，赛义姆非撞在栅栏上不可了。栅栏有六英尺多高，顶上还削得尖尖的。

“上帝啊！请您保佑他吧!”卢德维克神父叫道。

“大门！赛义姆，大门！”我像着了魔似的大声喊了起来，挥舞着手帕，拼命朝院里跑去。

突然间，赛义姆在离院门只有五步远的地方，在马鞍上直起身子，闪电般地扫了栅栏一眼，接着我就听到坐在凉台上的女人们的叫喊声，马蹄猛踏在地上的响声。马用后脚一蹬，前腿飞腾在空中，以最快的速度越过了栅栏，连一眨眼的时间都没有滞留。

赛义姆一直冲到凉台前面才把马紧紧勒住。由于冲得过猛，马蹄深深陷进了地里。他随即摘下帽子，把它当旗子似的挥动着，大声叫道：

“你们好！我尊敬的先生们、女士们！您好！我向尊敬的先生问安（他边说边向我父亲鞠躬），向尊敬的神父、戴维斯夫人和哈尼娅小姐问安！我们大家又在一起了。万岁！万岁!”

他说完就跳下马来，把缰绳扔给了正好从大厅里出来的弗兰涅克。赛义姆拥抱了我的父亲、神父，吻了女士们的手。

戴维斯夫人和哈尼娅吓得脸色煞白，到这时也没有恢复过来。正因为如此，她们便把赛义姆当作得救的人来欢迎，连卢德维克神父也说道：

“你这个疯子！你这个疯子！你把我们都吓坏了，我们以为你这下就要完了。”

“喏，那是为什么?”

“那座院门啊！你怎么能这样横冲直闯呢？”

“横冲直闯！我本来就知道院门是关着的，啊哈，我有一双非常锐利的鞑靼人的眼睛！”

“难道你跳的时候就不害怕吗？”

赛义姆大笑起来：

“不，一点也不怕，卢德维克神父。不过，这是我那匹马的功劳，而不是我的！”

“真是个勇敢的孩子！”[①] 戴维斯夫人说道。

“啊，是的，并不是每个人都敢这样做的！”哈尼娅补充了一句。

“你是想说，不是每匹马都能跳得过去的。至于人嘛，敢跳的人有的是！”我回答说。

哈尼娅对我凝视良久。

“我不想劝他去试试。”

随后她就望着赛义姆，眼里现出钦佩的神情。说老实话，这种鞑靼人的大胆行动，常常是博得女人们欢心的冒险行动中的一种。撇开这一行为不说，还应该看看这时的赛义姆，他的神采是多么动人啊。一头漂亮的头发垂到了前额上，由于急剧的运动，他的两颊绯红，他的眼睛炯炯发亮，闪烁出欢乐和欣喜的光辉。

现在，他站在哈尼娅身旁，以好奇的眼光望着她，任何一个艺术家也无法想象出比他们这一对更美丽的人儿了。

至于我呢，我被她的话刺得难过极了。我觉得，在她说“我不想劝他去试试”这句话的声调里，含有嘲讽的意味。我以询问的眼神望着父亲，他刚才正在观看赛义姆的那匹白马。我了解他那做父

---

① 原文是法文。

亲的自尊心。我也知道，每逢别人在某一方面超过我时，他就会嫉妒。他早就对赛义姆不满了。如果我也露一手，表明我的骑术并不逊于赛义姆，我料想父亲是不会反对我的。

“这匹马跳得真勇敢，爸爸!”我说。

“不过，这鬼家伙也骑得很大胆。”他嘟哝了一句，“可是你呢，你也敢这样跳吗?”

“哈尼娅也怀疑我不行。”我有点悲哀地答道，“我能试试吗?”

我父亲犹豫了一下，看了看栅栏、马和我，说道：

“算了吧!”

“当然啰，跟赛义姆比起来，还不如把我当老太婆看待好。”我伤心地叫道。

“亨利克，你说什么傻话啊！”赛义姆喊道，双手搂住了我的脖子。

“跳吧！跳吧！孩子，好好地跳吧！”父亲说道，他的自尊心受到了伤害。

“把马给我牵到这儿来！”我朝弗兰涅克喊道，他正在院子里慢慢地遛这匹累了的坐骑。

哈尼娅突然站了起来，她大声叫道：

“亨利克先生，你这是因为我才去试的，我不要！我不要你跳呀！你别去跳呀……为了我。”

她说这些话时，盯住我的眼睛看，仿佛她无法用语言来表达的一切，尽在这眼神中了。

啊，此时此刻，为了这个眼光，就是让我流尽最后一滴血也在所不辞。但是我不能，也不愿意退缩了，我那受了伤的自尊心这时候完全占了上风，于是我控制住自己，淡淡地说道：

“哈尼娅，如果你认为，这是你引起的，那你就错了，是我自己高兴要跳的。”

我这样说着，不顾大家（父亲除外）的劝阻，跃身上了马，驱马朝菩提树林荫路走去，弗兰涅克打开院子大门，我一出去，他又立即把门关上了。我心里痛苦，纵然是栅栏再高两倍，我也要跳过去。我走了大约有三百步远，便掉转马头，先让马小跑，接着便飞奔起来。

突然，我发现马鞍在我身下松动了。

之所以发生这种事，二者必居其一：要么是马肚带在上次跳的时候就断裂了；要么是弗兰涅克为了更好地歇马，将马肚带松开了，又由于他的糊涂或由于他忘记了，便没有事先告诉我。

现在为时已经迟了，马以最快的速度冲向栅栏，我也不想去勒住马了。“要死就死吧！”我心里这样想道。一种悲观绝望的情绪在我心中萌生。我双腿狠命地夹住马肋，风在我耳边呼啸。霎时间，栅栏在我的眼前闪现。我挥动马鞭，觉得自己腾空而起，从凉台传来的叫喊声进入我的耳膜，随即眼前一片漆黑，我躺在院里的草地上，过了一会儿，才从昏迷中醒了过来。

我跳了起来。

“怎么回事？”我叫道，“是我摔下来了？是我昏过去了？”

我身边站着我父亲、卢德维克神父、赛义姆、卡佐、戴维斯夫人和哈尼娅，她脸色像夏布一样白，眼里噙满了泪水。

“你怎么样？你怎么样？”大家纷纷问道。

“根本没事……我摔下来了，但这不是我的过失，是马肚带断了。”

一点不假，在瞬间的昏迷之后，我觉得身体完全健康，只是有点喘不过气来。我的父亲开始摸我的手、腿……和背。

“不痛吗？”他问我。

“不痛，我身体好得很！”

我很快就不气喘了。我只是不高兴，因为我觉得我的样子可笑。的确，我看起来一定是可笑的。我从马上摔了下来，由于冲力，我被摔过了那条环绕草地的大路，跌到草地上。其结果是，我那身浅色衣服的胳膊肘和膝盖部分都给草地染成了绿色，衣冠不整，头发散乱。尽管这样，这次事件却给我带来了短时间的好处。刚刚不久之前，赛义姆作为客人，而且是刚到的客人，成了我们大家瞩目的对象，可是现在，虽然我付出了胳膊肘和膝盖弄脏的代价，却夺走了他的这种特殊地位。哈尼娅不停地责备她自己，说她是这次冒险行动的起因（顺便说一句，这话是对的），招致了这种严重的后果。于是她为了弥补她的过错，便尽量对我表示亲切和温柔。在这种情感的感染之下，我很快就变得心情舒畅了，而我的愉快又感染了大伙，虽然他们刚才都吓坏了。我们玩得都很开心。下午的茶点端来了，哈尼娅以女主人的身份招待大家。吃完了茶点，我们又一起来到花园，在花园里，赛义姆又像个孩子似的尽情玩耍。他放声大笑，开起各种各样的玩笑来。哈尼娅也兴高采烈地跟着他闹。最后赛义姆说道：

“啊！我们现在三个人在一起玩得多痛快！”

“我真想知道，我们三个谁最快活？”哈尼娅说道。

“那一定是我！”赛义姆说。

“可能是我吧？我天生就是个乐天派。”

“最不快活的要算亨利克！”赛义姆接着说道，“他生来就是个严肃的人，又有点伤感。要是他生活在中世纪，他准会成为一个游侠骑士或者行吟诗人的，只是有一点遗憾，他不会唱歌！可是我们俩（他转向哈尼娅说）彼此性格完全合得来。”

“我不同意你的意见，我认为性情相反的人才是真正合得来，因为这样一来，一个有，另一个没有，正好互相取长补短。”我说道。

“谢谢你啦！让我们设想一下你天生爱哭，哈尼娅小姐天生爱笑，于是你们结婚了……”

“赛义姆！”

赛义姆望着我笑了起来。

“这有什么！年轻的公子，哈哈！你还记得西塞罗在《为亚企亚斯辩护》中说的‘年轻小伙子害臊了’吗？不过，这算不了什么，因为你是个有名的爱无缘无故脸红的人。哈尼娅小姐，他是有名的爱脸红。现在他脸红，既是因为他自己，也是因为你。”

“赛义姆！”

“没什么，没什么！还是让我来谈那个假设吧。于是你，哭泣公子，和你，爱笑小姐结了婚，就会发生这样的事情：他哭你笑，彼此永远无法理解，你们永远不会情投意合，老是互相扯皮。你们这样两种天性能算是结合得好吗？啊，和我在一起，那就完全不同了，我们一辈子都会快快活活的。事情就是这样！”

“啊呀呀！你在胡说些什么呀！”哈尼娅说道。

然而，他们两个都哈哈大笑起来，笑得前仰后合。

至于我，却一点想笑的愿望都没有。赛义姆不知道，他灌输给哈尼娅的我和她性格不同的这番话，是多么伤害我。我恼恨极了，于是便朝赛义姆冷笑道：

“你对我的看法真奇怪。不过，使我更加惊奇的，是我发现你对爱伤感的人倒有一种偏爱。”

“我?”他真有点吃惊地问道。

“是的！我只要提醒你某一扇小窗子，窗子上有几盆鲜花，鲜花中间还有一张小脸蛋，我敢打赌，我真没有见过比那张脸更忧郁的了。”

哈尼娅开始拍起手来。

“啊嗬嗬，我可听到新闻了！”她边说边笑，“好啊！赛义姆先生，干得真不错!”

我以为赛义姆会惶恐不安，失去他的兴致。可是他只说了一声：

“亨利克!”

“什么?”

“你知道，该怎样去对付那些舌头太长的人吗?”他又笑了起来。

但是哈尼娅开始取笑他，逼着他至少要把他那个意中人的名字告诉她。他没有考虑多久，就说出了：“约佳！”如果他真对这件事非常在意的话，那他为了他的坦率却付出了很高的代价。因为从这时候起，一直到晚上，哈尼娅就再也没有让他安宁。

“她长得漂亮吗?”她问道。

“还可以。”

“她的头发和眼睛是什么样的?”

“很漂亮，不过不是我最喜欢的那一种。”

“你最喜欢的又是哪一种呢?”

“头发要金黄色的。眼睛吗，请原谅我冒昧，要碧蓝的，就像现在我看着的这双眼睛。”

“唉，赛义姆先生!”

哈尼娅双眉紧蹙。赛义姆合起双手，向她赔礼道歉，眼里露出一种只有他才有的那种无与伦比的动人神情，说道：

“哈尼娅小姐，请你不要生气。难道我这个可怜的小鞑靼人还会冒犯你吗？别生气了！请你笑一笑吧！”

哈尼娅望着他，当她望着他的时候，她额头上的阴云便渐渐消失了。他真是把她迷住了。一丝笑容出现在她嘴边，她的眼睛明亮了，容光焕发，最后她用轻柔温和的声调说道：

“好吧，我不生气就是了，不过，请你老实点！”

“我一定，凭我对穆罕默德的热爱起誓，我一定！”

“那么你是很热爱你的穆罕默德了？”

“就像狗爱叫花子那样！”

他们俩又大笑起来。

“喂，现在请你告诉我，”哈尼娅又开口说道，“亨利克先生爱上了谁呢？我问过他，可是他不愿意告诉我。”

“亨利克吗？你知道什么吗？”说到这里，他朝我看了一眼，“他大概谁也没有爱上，可是将来他一定会爱上的。啊，至于爱上谁呢，我知道得很清楚。说到我嘛……”

“你怎么样？”哈尼娅问道，竭力想掩饰她的慌乱。

“我也会一样。不过……等一等，也许他已经爱上了。”

“赛义姆，我请求你别说了！”

“我亲爱的好小伙子！”赛义姆边说边搂住我的脖子，“啊哈，可惜小姐不知道，他是个多么好的人啊！”

“嘿嘿！我知道！我记得我爷爷死后，他对我是那样好。”哈尼娅说道。

一小朵悲伤的云飘到我们中间了。

“我告诉你，”赛义姆想把话题转到别的方面，说道，“我告诉你，我们考完大学入学考试之后，和我们的补习老师一道喝醉了，那时候……”

“你们都喝醉了？”

“是的，唉，那是一种无法避免的惯例。那时候我们都喝醉了。于是我，你看，我这个糊涂虫，提出要为你的健康干杯，可是亨利克立即跳了起来，对我大声说道：你竟敢在这样的地方提到哈尼娅的名字！因为那是间普通的小饭店。我们差点打起来了。他是决不允许别人对你有丝毫的不敬的，他是个说一不二的人。”

哈尼娅把手伸给了我。

“亨利克先生，你真好！”

“算不了什么。”我被赛义姆的话感动了，回答说，“不过，哈尼娅，你自己说说，赛义姆能这样说，不也一样好吗？”

“哎，我算什么好人！”赛义姆笑着说道。

“当然是的，你们两个都是好人。我们在一起真是好极了！”

“你来当我们的女王！”赛义姆热情地喊道。

“先生们，哈尼娅，快来吃晚饭！”从花园的走廊上传来了戴维斯夫人的叫唤声。

我们三个人都高高兴兴地回去吃饭了。饭桌摆在凉台附近，几支用玻璃罩罩着的蜡烛发出亮光，一群飞蛾绕着灯光飞来飞去，碰撞在玻璃罩上。野葡萄的藤叶被和煦的晚风吹得簌簌作响。从白杨树后面，冉冉升起一轮金色的大月亮。我、哈尼娅和赛义姆三人的最后那一段谈话，使我们三个都变得特别和睦、特别亲热了。这样一个宁静安适的夜晚，也对我们的长辈们产生了影响，我父亲和卢德维克神父的脸上也像晴空一样明朗。

晚饭之后，戴维斯夫人开始摆起她的牌阵来。我父亲的兴致很高，和我们说古道今，这往往表示他的心情很好。

“我记得有一次，”他说，“我们来到离克拉斯诺夫斯克不远的一个村子里，那天晚上，黑得伸手不见五指（他说到这里，抽了一口烟，把烟雾向蜡烛光吐过去），人累得像犹太人的瘦马一样，我们屏息静气地站在那里，接着就……”

接着他讲述了一个奇怪的惊险故事。卢德维克神父虽然听过不止一次，还是连烟都停止抽了，越来越专注地听了起来，他戴上眼镜，频频点头，一再说着：“唔！嗯！唔！嗯！”或是喊道：“耶稣玛丽亚，后来怎么样了？”我和赛义姆肩靠肩地坐在一起，眼睛直盯着父亲，贪婪地听着，不放过他的每一句话。可是，我父亲讲的故事，在大家脸上所激起的印象，却不及赛义姆的那样明显，他的一双眼睛像燃烧的煤炭一样发光，两颊通红，他那种东方人的热烈天性，犹如油漂在水上面一样显而易见。他简直坐不住了。戴维斯夫人看到他这副模样，便笑了起来，还用眼神指给哈尼娅看，然后她们两人都注视着他，觉得很有乐趣，因为他的那张脸有如一面镜子，或者像一池平静的水，无论什么东西，只要一走近它的面前，都会立即反映出来。

就是今天，当我想起我们度过的那些夜晚，我的心情也不免激动。打从那个时候起，不知水面上涌起过多少波涛，也不知天上飘逝过多少云彩，但是生了翅膀的记忆不停地把那种场面展现在我的眼前——那是一座地主的庄园，一个平静的夏夜，一个和睦相爱的幸福家庭，一个年老的头发斑白的退伍军人在那里讲述他一生的经历，年轻一辈人的眼里炯炯发光，还有一张像野花一样美的脸。啊呀！从那时候起，水里掀起过多少波涛，天上飘逝过多少云彩啊！

这时候，时钟敲了十下，赛义姆站了起来，因为他父亲要他回家过夜。我们决定全体都去送他，陪同他一直到竖立在菩提树林荫路口的十字架前，也就是靠近第二座院门的地方。我还要骑马再送他一程，直到过了草地。于是我们大家都动身去送他了，只有卡佐没有去，他已呼呼入睡了。

我、哈尼娅和赛义姆走在前头，我和赛义姆牵着马步行，哈尼娅走在我们的中间。三个长辈走在我们的后面，林荫路上非常昏暗，只有月光穿过浓密的树叶，把点点银光洒在昏黑的路上。

“让我们来唱点什么吧，就唱一支古老优美的民歌，比如关于费朗的那支歌。”赛义姆说道。

“这支歌现在谁也不唱了，我会唱另一支歌：‘啊，秋天，秋天，树叶在树上枯黄了！’”哈尼娅回答道。

于是我们商定，先唱关于费朗的歌，神父和我父亲都很喜欢这支歌，因为它使他们想到逝去的岁月，然后再唱“啊，秋天，秋天”那支歌。于是哈尼娅把她洁白的纤手按在赛义姆那匹马的马鬃上，开始唱道：

月亮已经西下，狗已经沉睡了，
有人在树林那边拍起了手掌，
一定是我的费朗前来赴约，
他在等我，在我们喜爱的枫树下。

我们一唱完，从我们身后的黑暗中便传来了长辈们的叫好声：“好啊！好啊！再唱一个！”我尽力和着他们，可是我唱不好。哈尼娅和赛义姆都有副好嗓子，特别是赛义姆。有时我太走调了，他们就取笑我。后来他们又唱了几支歌。在他们唱的时候，我就在想，为什么哈尼娅老是把手放在赛义姆那匹马的鬃毛上，而不放在我的马上呢？她特别喜欢那匹马，她时时依偎在它的脖子上，或者用手拍拍它，一再说道：“我的小马！我的小马！”这头温驯的牲畜就喷着鼻子，用张大了的喷着鼻息的鼻孔去碰她的小手，好像要找糖吃似的。所有这一切使我心里感到怅惘。于是我什么也不看了，只盯着那只一直放在马鬃上的手。

这时候，我们来到了十字架前，菩提树道路就到这里为止。赛义姆开始跟大家告别，一一说着“晚安”，还吻了戴维斯夫人的手。他本想吻哈尼娅的，但她没有让他吻，担心地望了我一眼。等到赛义姆已经上了马，她才走近马前，和他谈起话来。这个地方没有菩提树的荫蔽，借着月光，我看见她抬头望着赛义姆，满脸温柔的表情。

“你可别忘了来看亨利克先生。我们要老在一起玩，一起唱歌，好了，晚安！”

她说完，便将手伸了过去，接着，她就和长辈们一道转身回家，我和赛义姆则骑马朝草地那边驰去。

我们骑着马，在没有树木的开阔的路上默默地驰了一会儿。四周是那样明亮，连路旁生长的矮杜松树的小针叶都清晰可辨。只有马的喷息和马镫相碰的响声不时打破了这种沉寂。我偶尔朝赛义姆看一眼，他在沉思，他的眼睛注视着黑夜茫茫之处。我有一股不可抑止的愿望想谈谈哈尼娅。我觉得非常有必要来谈谈她，我需要向别人诉说我这一天来的种种印象，谈谈她说的每一句话，可是我不知道怎样和赛义姆开始这种谈话。然而赛义姆却先谈起来了，他突然无缘无故地朝我弯过身来，搂住我的脖子，亲着我的面颊，大声叫道：

“啊，我的亨利克，你的这位哈尼娅是多么漂亮，多么迷人啊！

让华沙的那个约佳见鬼去吧!”

他的这一声喊叫，犹如突然刮起的一阵冬天的寒风，使我浑身战栗。我什么话也没有说，只是把他的手从我的脖子上拿开了，冷冷地推开他，继续一声不吭地朝前走去。我看到他心神不安，也不再说话了。过了一会儿，他转身向着我说道：

“你为什么生气?”

“你太幼稚了!”

“也许你是嫉妒吧?”

我把马勒住了。

“晚安，赛义姆!”

很显然，他还不想和我告别。他不太情愿地伸出手来和我握别，接着他张开口，像是要说什么似的，可是我立即掉转马头，慢步朝家里走去。

“晚安!”赛义姆叫道。

他还在原地站了一会儿，然后也慢慢地往家里走去了。

我放慢了速度，缓缓地走着。这是个美好的月夜，宁静而温煦，露水布满了草原，看起来真像一片宽广的湖泊。从草地里传来了秧鸡的叫声，一只鹭鸶在远处的芦苇丛中啼叫着。我抬眼望着那满天繁星的夜空，真想祈祷一番、大哭一场啊!

忽然，我听见了身后的马蹄声。我回头一看，是赛义姆。他赶上了我，和我并辔而行。随后他又挡住了我的去路，用激动的声音说道：

“亨利克，我觉得你神色不对，才返回来的。最初，我想要是你生气，就让你生气好了！后来，我就替你担心，我不能漠不关心。告诉我，你怎么了，也许是因为我和哈尼娅说话太多了！也许是你爱上她了，亨利克?”

我给眼泪哽住了，一时竟答不上话来。如果当时我能按照最初的念头，立即投入这个诚实的小伙子的怀抱中，尽情地大哭一场，把一切都告诉他，那就好了。噢哈！我已经说过，在我的一生中，有多少次遇到别人对我热诚相待，而我就要向他诉说衷肠的时候，就有一种无法遏止的固执的傲慢向我袭来，把我的心凝结起来，使我话到嘴边又咽了回去。要消除这种傲慢，比用十字镐去挖石头还要困难。我的一生中，有多少幸福都是被这种傲慢给毁掉了，又有多少次我后悔莫及啊！但是，每当这种事情发生时，我依然是身不由己，故态复萌。

赛义姆说“我替你担心”，就是在可怜我，单是这句话就足以把我的口封住了。

因此，我一直沉默着，他用他那双甜蜜的眼睛望着我，用一种请求和惋惜的语调说道：

“亨利克，也许你爱上她了。你也看出了我是喜欢她的。不过，事情可以到此为止，如果你要我这样做，我可以不再和她说一句话。你说说，你是不是已经爱上她了！你是不是在生我的气!”

“我没有爱上谁，也没有生你的气。我有点不舒服，我从马上摔下来后，身上摔痛了。我根本没有爱上什么人，仅仅是因为从马上摔下来的缘故。晚安!”

“亨利克！亨利克!”

“我再对你说一遍，我是因为从马上摔下来了!”

我们重新告别了。赛义姆上路前亲了我一下，他的心情较为平静了，因为从马上摔下来是实有其事的，所以他对我的话也就信以为真了，接着他就骑马回去了。我却怀着一颗沉重的心独自骑马回家，心里充满了深沉的悲伤，止不住的泪水把我哽住了：我为赛义姆的好心而感动，也对我自己感到不满，心里骂自己为什么要回绝他。我催马飞驰，不一刻就到了家门口。

客厅里的灯火还亮着，从窗口传出了钢琴声。我把马交给了弗兰涅克，便进了大厅。哈尼娅在弹一支我不知道的曲子。她带着初学者的那种自信在演奏，因为是初学，常常弹走调，不过这已经使我感到心满意足了，因为我有的是一颗恋爱的心，而不是对音乐的鉴赏。当我走进大厅时，她朝我微笑，没有停下来。我在她对面的一张椅子上坐了下来，开始注视着她。通过乐谱架，我可以看到她那宁静明朗的前额和整齐的眉毛。她的眼睑低垂，一心贯注在自己的手指上。她继续弹了一会儿，才停住了，抬起头来望着我，用一种爱抚的温柔声调说道：

"亨利克先生！"

"什么事，哈尼娅？"

"我想问你一点事……啊！你有没有邀请赛义姆先生明天来这里？"

"没有！父亲希望我们一起到乌斯吉查去，我母亲寄来一个包裹，要我们转交给乌斯吉茨卡太太。"

哈尼娅没有答话，只轻轻弹了几下钢琴。很明显，她这几下不过是机械地弹弹而已，心里却在想别的事情。过了一会儿，她又抬眼望着我：

"亨利克先生！"

"什么事，哈尼娅？"

"我想问你件事情……唉，华沙的那个约佳长得漂亮吗？"

这简直是太过分了！愤怒和痛苦在撕裂我的心。我立即朝钢琴走去，我回答的时候，气得嘴唇都发抖了。

“比不上你漂亮。你可以放心！你完全可以大胆地用自己的姿色去把赛义姆夺过来。”

哈尼娅一听这话，就从钢琴凳上站了起来，她的脸颊立即涌现出气恼的火辣辣的红晕。

“亨利克先生，你在说什么呀？”

“说了你想要做的！”

我说完这句话，便折起帽子，向她鞠了一躬，离开了大厅。

七

经过这一整天的折磨忧虑之后，那一夜我是怎么度过的，就不难想象了。我躺在床上，首先问自己，到底发生了什么事情，为什么我整天都在瞎折腾？回答是很容易的，什么事也没有发生。这也就是说，我对赛义姆和哈尼娅的责怪是毫无道理的，他们既没有超出常情的越轨行为，也没有干过其他超越了好奇和喜欢的事情。哈尼娅喜欢赛义姆，赛义姆也喜欢哈尼娅，这是可以肯定的。但是，我有什么权利就为了这点大发脾气，搅得大家不安呢？所以错的不是他们，而是我。这种想法本该使我平静下来。可是恰恰相反，尽管我一再对自己解释他们之间只是一般关系，尽管我再三对自己说，真的什么事也没有发生，也无论我怎么承认，我多次向他们发脾气是错误的，但是我总是觉得，有一种难以把握的危险威胁着我的未来。然而这种危险尚不明确，还没有成为把柄供我去指责米查和哈尼娅，因此它就更使我感到痛苦了。除此之外，我又想出了一条理由，尽管我没有权利去责怪他们，但是我有足够的理由为自己感到忧虑。所有这些都出于一种敏感，都是近乎难于捉摸的东西，我那颗一向单纯的心，一旦陷入其中，就像是掉进了黑暗之中或是站在十字路口，感到心慌意乱、痛苦难言了。我感到劳累不堪、筋疲力尽，像是经过了长途的跋涉。此外，还有一个念头，而且是最坏的、最使我感到痛苦的念头，不断萦绕在我的脑际：正是由于我自己，由于我的嫉妒和愚蠢，意外地促成了这对人儿的相互亲近。啊，尽管我阅世不深，缺乏人生经验，但那时我还是意识到了这一点的。这样的事情，我是能够猜测到的。而且，我也知道，我在这些歧路上徘徊，决不会走向我所希望的地方，而是会引向感情和一些常常是转瞬即逝的、意义不大的情况驱使我去的地方，然而这些情况有时又显得那样重要，往往影响着一个人的祸福。至于我，我是非常不幸的，也许有人会认为我的那些悲伤，不过是庸人自扰。可是我要告诉他，痛苦的大小不是由它的实质决定，而是取决于我们各个人对它的感受。

不过，什么事也没有发生，至少还没有发生！我躺在床上，嘴里一再说着这句话，直到我的思想渐渐模糊起来，变得支离破碎，像通常睡梦时那样纷繁杂乱。在它们的影响下，种种互不关联的思想因素开始浮现出来。我父亲讲过的故事，故事中的人物和事件，又跟当前的现实，跟赛义姆和哈尼娅，跟我的爱情混杂在一起了。也许我有点发烧，特别是白天摔了一跤，更有可能发烧了。快烧光了的蜡烛的烛芯已经塌落在烛台里，变得昏暗了，然后又冒起一股蓝色的火焰，跟着火焰越来越小、越来越弱，直到后来，就要熄灭的火光又像回光返照似的亮了一下，终于熄灭了。夜一定是很深了，公鸡在窗外啼叫。我睡得很沉，但并不安稳，直到第二天很迟才醒来。

翌日早晨，我睡过了吃早饭的时间，随之也就睡过了在午饭前同哈尼娅见面的机会，因为一直到下午两点钟，她都要在戴维斯夫人那里上课。不过，我却因为睡足了觉，精神又好了，对世界的看法也就不那么阴暗了。我想，我要对哈尼娅和蔼、亲切，以弥补我昨天对她发的那顿脾气。可是，有一件事我没有料到：我最后那几句话不仅刺痛了她，而且伤害了她。哈尼娅和戴维斯夫人来吃午饭的时候，我兴冲冲地迎上前去，可是突然间，仿佛一盆冷水浇到了我的身上，顿时退了回来，我的满腔热情也随之凉了下去。我之所以这样，并非出自本意，而是因为遭到了拒绝。哈尼娅非常彬彬有礼地向我问好，但态度是那样冷淡，使我要对她表示热诚的愿望一下子都丧失殆尽了。随后她就坐在戴维斯夫人的旁边，整个午饭期间，她都像不知道有我这个人存在似的。我承认，在这种时刻，我觉得我的存在是那样荒谬、那样可怜，要是有人用三分钱来买它，我也会对他说，你给的价钱太高了。可是我该怎么办呢？我身上的反抗意志又爆发了，我决定针锋相对，向哈尼娅报复。我竟会这样对待一个我爱得胜过一切的人，真是咄咄怪事！老实说一句，我这是“嘴在骂、心在哭”呀。整个午饭期间，我们没有直接说过话，都是通过第三者来交谈的。比如说，哈尼娅说傍晚会下雨，她这是对着戴维斯夫人说的。我也同样对着戴维斯夫人而不是直接回答她，说不会下雨。我甚至认为，这种相互怄气和间接对话，虽然令人不快，却也十分有趣。我心里在想，等我们到了乌斯吉查后，我倒要看看，年轻的小姐，我们该怎样相处。我们不是要一道去乌斯吉查的吗？等到了乌斯吉查后，我要当着外人的面，故意问她一些问题，她不能不回答我，这样一来，我们之间的隔阂就会消除！我对这次访问乌斯吉查抱有很大的希望。当然，戴维斯夫人会和我们一道去的，但她不会有什么妨碍。不过现在，我更担心的是怕这些吃饭的人中，会有人看出我们在斗气。如果有人看出来了，那他一定会问，我们是不是在斗气，这样一来，就什么也瞒不住了，就得把真相说出来。一想到这点，我脸上就火辣辣的，心里非常害怕。啊！说来奇怪，我看出哈尼娅对这一点并不像我那样担心，而且她看到我害怕，反而觉得开心。于是我又觉得自己受到了侮辱，不过对此我毫无办法。想到下午就要到乌斯吉查去，我就有了信心，像一个快淹死的人抓住一块木板那样，紧紧抓住这个念头不放。

很显然，哈尼娅的心里也在想乌斯吉查，因为吃过午饭后，她给我父亲端来咖啡时，吻了吻他的手说：

“老爷，我不去乌斯吉查，好吗？”

“啊，这个亲爱的哈尼娅又是多么可恶呀，多么可恶呀！”我心里想道。

可是我的父亲有点耳背，没有立即听清楚，他亲了亲她的前额，说道：

“你想怎么样，我的小妞儿？”

“我只有一个请求！”

“什么请求？”

“我不去乌斯吉查，好吗？”

“你怎么啦？身体不舒服吗？”

我又在想，她若是说自己身体不舒服，一定会得到允许的，特别是当时我父亲的心情很愉快。

但是，哈尼娅从来不说谎。即使是无害的谎话，她也从来没有说过。所以她不仅没有推说头疼不去，反而回答道：

“不，我很好，就是不想去！”

“噢，那你还是要去乌斯吉查的，你应该到那里去一次。”

哈尼娅行了一个屈膝礼后，一句话也没有说就出去了。至于我，那真是高兴极了。要是当时可能的话，我真想用手指来羞羞她，气她一气。

不过，过了一会儿，只剩下我和父亲单独在一起时，我就问他，为什么哈尼娅非得去乌斯吉查不可。

“我是想让我们的邻居们都习惯于把她看成是我们的亲属，哈尼娅到乌斯吉查去，也有代表你母亲去的意思，这点你懂吗？”

我不仅懂了，还真想为他的这种想法去吻我这位可爱的父亲哩！

我们打算五点钟出发。哈尼娅和戴维斯夫人在楼上换衣服，我吩咐套好一辆供两个人乘坐的轻便马车，我自己则打算骑马去。到乌斯吉查有一个半米拉[①]的路。由于天气很好，我们的旅程一定会很愉快的。哈尼娅走下楼来，虽然身穿一套黑衣服，但却很雅致。这是我父亲要她这样打扮的，我的一双眼睛简直无法离开她了。她是那样可爱，我立刻觉得我的心软了，而反抗的愿望和假装的冷淡都已经飘到九霄云外去了。然而我的女王却以真正王者的风度从我身边走过，连看都不看我一眼，虽然我也尽量把自己打扮得漂亮些。附带说一句，哈尼娅也自有她的难处，因为她实在不愿意去那里，这倒不是她想气气我，而是有别的更为充足的理由，这是我后来才知道的。

五点整，我上了马，女士们也进了马车，于是我们就出发了。

---

① 波兰古代距离计算单位，1 米拉合 7467 米。

一路上，我都是走在哈尼娅的那一边，想尽一切办法来引起她对我的注意。她看我只有那么一次，那还是在我的马用后脚站起来的时候，她平静地从头到脚打量了我一眼，甚至还朝我嫣然一笑，当时真让我欣喜异常，可是她立即又把脸转向戴维斯夫人那边，和她侃侃而谈，竟使我无法插嘴。

我们终于来到了乌斯吉查。在那里，我们又见到了赛义姆。乌斯吉茨卡太太不在家，家里只有乌斯吉茨基先生，两个女家庭教师——一个是法国人，另一个是德国人——和两位小姐，大的叫罗师拉，和哈尼娅同岁，是个漂亮的、性格有点轻浮的黑发姑娘；小的叫马丽娜，还是个小孩子。女士们互致问候之后，都到花园采草莓去了。乌斯吉茨基先生却把我和赛义姆带去看他新买的武器和专门用于围猎野猪的猎犬，这些狗是他用高价从伏罗兹瓦夫买来的。我已经说过，乌斯吉茨基是远近一带最醉心于打猎的人，而且品德高尚，乐善好施，喜爱活动，又很富有。他只有一个缺点使我有点受不了，那就是他老爱笑，每说几句话就拍拍他的肚子，一再说道："笑话，亲爱的先生，它叫什么？什么？"就是因为这个缘故，人们才把他称作"笑话邻居"，或"叫什么邻居"。

于是这位"笑话邻居"便把我们带去看他的狗屋。他没有看出，我们宁愿和年轻的小姐们在一起，认为这比去看他的狗屋强百倍。有一阵子我们倒是耐着性子听他讲自己的事情，直到我想起，我还有一件事情要去告诉戴维斯夫人，可是赛义姆却直截了当地说道：

"尊敬的先生，这一切都很好！猎犬也不错。不过，我们更愿意到小姐们那里去，您说我们该怎么办呢？"

乌斯吉茨基先生双手拍着肚子：

"笑话！亲爱的先生，它叫什么？什么？嗯，好吧，你们去吧！

我跟你们一起去。”

于是我们都去了。但是我很快就明白了，我抱着这样强烈的愿望想和小姐们在一起，真是打错了算盘。哈尼娅和她的女伴们合不来，也依然不理睬我。而且也许是故意这样做的，只和赛义姆亲近；于是我只好去陪罗拉小姐了。到底我和罗拉小姐谈了些什么，我怎么控制自己，没有瞎说一气，以及我如何回答她的那些彬彬有礼的问题，我都不记得了，因为我一直在监视着赛义姆和哈尼娅，侧耳倾听他们在谈些什么，注意他们的眼神和一举一动。赛义姆没有发现，但我的举动却被哈尼娅看出来了，于是她故意放低声音，或者和她的伙伴眉来眼去，使她的伙伴欣喜异常，有点飘飘然了。“等着吧，哈尼娅，”我心里想道，“你对我使坏，看我怎样回敬你！”我起了这样的念头，便转向我的女伙伴。我忘记说了，罗拉小姐看上了我，而且在我面前表现得相当明显，于是我也跟她亲热起来，和她谈笑风生。其实我哪里想笑，倒是真想大哭一场。罗拉小姐用她那双水汪汪的深蓝色的眼睛望着我，显得容光焕发，她开始堕入了谈情说爱的情调中。

啊，要是她知道我此时是多么恨她就好了！但是，我自己扮演的角色也太过分了，竟做出了不应该做的事情：在谈话当中，罗拉小姐说了赛义姆和哈尼娅的许多刻薄话，虽然我心里气得发抖，但是我没有按照应该做的那样去反驳她，只是傻笑了一下，就一声不吭地放它过去了。我们就这样走来走去，散步了一个小时。然后大家就在枝叶下垂的栗树下面共进晚餐。栗树的枝杈垂到了地上，仿佛在我们的头顶上面形成了一座绿色的华盖。直到这时我才明白，哈尼娅之所以不愿意来乌斯吉查，不仅是因为我，还有其更充分的理由。

事情是这样的：戴维斯夫人出身于法国的一个古老贵族家庭，而且比别的家庭教师受过更好的教育，自认为高于乌斯吉查的那个法国女人，至于那个德国女人就更不放在她的眼里了。而那两个女教师却又认为自己高于哈尼娅，因为她的祖父当过用人。不过，受过良好教育的戴维斯夫人举止有礼，并未让她们感觉出来，可是这两个外国女人却表现得非常露骨，看不起哈尼娅甚至到了粗暴无礼的地步。这不过是一般女人常见的嫉妒和小心眼而已，可是我不允许她们这样对待我亲爱的小哈尼娅。对我来说，她要比整个乌斯吉查的人重要一百倍，哪能让她成为她们讥讽的对象呢！哈尼娅以她令人起敬的性格，豁达而又温婉地忍受她们的轻视，但这使她感到屈辱。要是乌斯吉茨卡夫人在家的话，绝不会发生这样的事情，现在，这两个女教师便利用了女主人不在家的机会。赛义姆刚刚在哈尼娅的身边坐下，她们便开始嘀咕和说起风凉话来了。罗拉小姐因为嫉妒哈尼娅的美丽，也加入了这场冷嘲热讽。我对她们的嘲弄进行了多次的回击，甚至过于激烈了。过不了一会儿，赛义姆就取代了我，虽然我有点不情愿。我看到愤怒有如闪电在他的眉宇之间出现，但是他迅即冷静了下来，平静地转向那两个家庭教师，轻蔑地望着她们。他机智俏皮，幽默风趣，巧言善辩，这对他那样年纪的人来说真是少有的。没有几个回合，就把她们打得落花流水，无地自容了。戴维斯夫人以她的威严来帮助他，我不仅帮助了他，甚至还真想狠狠地揍这两个外国女人一顿。罗拉小姐不想引起我的不满，也倒向了我们这一边，虽然不是诚心实意，却开始对哈尼娅表现出比平时多几倍的友好态度。总而言之，我们是大获全胜。但是，不幸的是，这一次的功劳又落到了赛义姆的身上，我又懊丧不已。尽管哈尼娅十分镇定，也只能强忍住眼睛里快要涌出来的泪水，使它不至于流出来。她开始用感激和崇敬的目光望着赛义姆，把他当成了自己的救星。因而，当我们从餐桌上站起身来，又开始成双成对地在花园里散步时，我听见哈尼娅侧身对着赛义姆，满怀激情地低声说道：

“赛义姆先生，我真是非常……”

她突然把话停住了，生怕会大声哭出来，并且听任她的感情凌驾于她的意志之上。

“哈尼娅小姐！我们别再提它了，请你不要放在心上，值不得为它生气的！”

“啊！赛义姆先生，你也看得出来，我真是难以说出口。不过，我还是要感谢你。”

“为了什么？哈尼娅小姐，为了什么？看见你流泪，我真受不了。我很愿意为你……”

这一回轮到他说不下去了，因为他找不到适当的词句，也许是他及时发现自己任凭感情激动不能自制了。于是他慌忙转过头去，不愿让别人看见他的激情，也沉默不语了。

哈尼娅两眼含着晶亮的泪光望着他，在这种时候，我也就不想再去关心发生什么事了。

我以一个年轻人的全部热情爱着哈尼娅，我崇拜她，我像爱天上的仙女一样地爱她。我爱她的姿色，我爱她的那双眼睛，我爱她的根根秀发，我爱她甜美的声音，我爱她的每件衣裙，我爱她呼吸过的空气。这种爱浸透了我的全身，不仅是我的心，也包括我的整个灵魂。我只在这种爱情中生活，也只为这种爱情而活着，这种爱情有如血液流遍我的全身，有如热气从我身上散发出来，对于别的人来说，除了爱情，还有其他东西存在，可是对于我，整个世界只存在于爱中，爱情之外便什么也不复存在了。对世界来说，我是又聋、又瞎、又愚蠢，因为我的理智和感官只关注那一种情感了。我觉得我有如一支火把在熊熊燃烧，发出火光。这火光正把我烧成灰烬，我正在毁灭和死亡。这种爱情是什么呢？是一个灵魂对另一个灵魂的大声叫喊，大声疾呼："我崇敬的人儿，我神圣的人儿，我亲爱的人儿，请听听我吧！"所以我就不想关心发生什么事了，但是，我知道，哈尼娅并不是对我，对我的爱情的真诚要求做出了回答！一个渴望着得到爱情的人，处在这些冷漠的人群中，仿佛是在一座广袤的森林里踯躅徘徊，他在那里喊叫、呼唤，期待着有亲切的声音来回答他。所以我再也不去关心发生什么事了，因为通过我的单恋和徒然的呼唤，我预感到和听到了赛义姆与哈尼娅相亲相爱的和谐声音。他们用心灵的声音彼此呼唤着，他们彼此心心相印，他们自己却还不知道，我多么不幸呀。这一个是另一个的林中回声，那一个又像林中回声似的应和着这一个的呼唤。难道我有什么办法去反对这种对他们来说是幸福，对我则是不幸的必然结局吗？我又有什么办法去反抗这种自然的法则、这种事态发展的不可抗拒的必然性呢！当一种无法战胜的力量把哈尼娅拉向另一方面的时候，我又怎么能够去获得她的心呢！

我离开了大家，独自一人坐在花园里的椅子上，而这些想法犹如一群受惊而起的小鸟，在我的脑海里掠过。一种强烈的痛苦和失望占据着我。我感到即使在我家里，在那些对我非常亲切的人们当中，我也依然是孤独的。在我看来，世界是那样空虚、那样冷漠，我头上的苍天对人类的不幸又是那样漠不关心，使我不由自主地萌生出一种思想，这种思想压倒了其他的一切思想，吞没了一切，并以它那阴森凄凉的肃穆把一切都掩盖了起来，这种思想的名字就是

“死亡”。这样一来，就能走出这座迷宫，结束一切痛苦，解决这全部可悲的喜剧，砍断那折磨灵魂的一切锁链，使它在经受磨难之后能得到休息。唉！我那时是多么想得到这种休息啊，这是一种黑暗的休息。万念俱灰的休息，也是一种静谧的、永恒的休息！

我是一个被眼泪、痛苦和瞌睡折腾得精疲力尽的人。“我得睡觉！睡觉！”我心里想，“不惜一切代价，哪怕牺牲性命也在所不辞！”后来，又从那平静的广阔无垠的苍穹中，从我过去童年时代所幻想的苍穹中，一种思想像一只飞鸟似的飞了出来，降落在我的脑海里，这种思想就包含在这简短的话里：

“如果？”

这是一座新的迷宫，我又受到无情的命运的摆布而陷进了这个迷宫中。啊！我感到非常痛苦，而那边，就在邻近的林荫路上，阵阵快乐的笑谈声，交谈者温柔的悄声慢语，传到了我的耳际。我的周围鲜花盛开、芳香馥郁。鸟儿在树上啁啾，即将归巢栖息了。我的头上是明朗的天空，被夕阳的霞光照得殷红，一切都是那样平静、欢乐。唯独我在痛苦，在这万物生机勃勃、欣欣向荣之际，独有我在咬紧牙关，渴望去死。

我突然全身颤抖，一件女裙在我面前窸窣作响。

我抬眼一看，来的是罗拉小姐，她显得恬静而温婉，同情地望着我。啊，也许还不止同情。在黄昏的光芒中，在树木的阴影里，她看起来显得更苍白，她那似乎是偶尔弄乱了的浓密发辫，垂在她的肩上。

此时此刻，我并不觉得她可恨可恶了。“唯一的富于同情心的人儿，你是来安慰我的吗？”我思忖道。

“亨利克先生，你有点忧郁，你不舒服吗？”

“啊！是的，我不舒服！”我激动地喊道，抓住她的手，放在我那发烫的额头上，后来我又狂热地吻起它来，随即跑开了。

“亨利克先生！”她在我身后轻轻地呼叫。

就在这一刻，赛义姆和哈尼娅出现在花园里的小路拐角处，他们两人都看见了我这种感情的爆发，看见我吻罗拉的手，看见了我把她的手按在我的额头上，他们两个都看见了，会心地微笑着，交换了一下眼色，仿佛彼此在说：

“我们知道这是什么意思。”

然而这时，到了该回家的时候了。尽管一出院门，赛义姆就该朝另一个方向走去，可是我还是担心，他会不会送我们一程，于是我急忙跃身上马，大声说着，天已经很晚了，赛义姆和我们都该回家了。告别时，罗拉小姐特别热情地握着我的手，可是我却没有那样回报她。接着我们就动身上路了。

一出院门，赛义姆便朝相反的那条路走去，在和哈尼娅告别时，他第一次吻了她的手，她也没有拒绝他。

她也不再不理睬我了。我此刻的心情是温柔的，并没有对早上的怄气耿耿于怀，可是我对她的那种心情，却做了最坏的解释。

过了几分钟，戴维斯夫人便昏昏欲睡了，她的头向两边歪来倒去。我看了看哈尼娅，她没有瞌睡，她的一双眼睛睁得大大的，闪耀着幸福的光芒。

她没有打破沉默，显然她是沉浸在自己的思想中了。一直到离家不远的时候，她才望了我一眼，看到我在沉思，便说道：

“你在想什么？是在想罗拉吗？”

我一句话也没有回答，只是咬紧了牙关。心里在想，你折磨我吧！如果折磨我会给你带来愉快，那就折磨我好了，可是我是决不会哼一声的。

但是，哈尼娅做梦也没有想过要来折磨我。

她问这个问题，因为她是有权利这样问的。

她对我的默不作答感到惊异，于是又问了一遍，我依然没有回答，她认为我还在生她的气，也就不再说话了。

八

几天以后的一个早晨，曙光的第一道玫瑰色光辉透过百叶窗上的心形孔洞照射进来，把我从睡梦中惊醒。过了片刻，传来了敲窗的响声。出现在玫瑰色的孔洞中的，不是诗人密茨凯维奇长诗中的佐霞的脸孔，她那时就是这样唤醒塔杜施的；[①] 也不是我那哈尼娅的脸孔，而是看林人瓦赫的满是胡子的脸孔，他瓮声瓮气地喊道：

“少爷！”

“什么事？”

“一群公狼在波霍洛维树林里追逐一只母狼，我们去诱猎它们，好吗？”

“等我一下！”

我穿好衣服，拿起猎枪、猎刀便出来了。瓦赫站在外面，浑身都被露水弄湿了。他身背一支已经生锈的单筒长枪，但是这支枪在他手里，从来是弹无虚发。天还早得很，太阳还没有升起，人

---

① 亚当·密茨凯维奇（1798—1855），波兰民族的伟大诗人。佐霞和塔杜施都是他的长诗《塔杜施先生》的主人公。佐霞敲窗唤醒塔杜施的典故见长诗第四章。

们也还没有下地干活，田野上也没有放牧的牲畜。东方的天空中刚刚露出一片蔚蓝、粉红和金黄，西方依然是昏暗的。这位老人真是性急！

“我已经备好了一辆双轮马车和一匹马，我们要到森林里的那块砍伐空地去。”他说道。

我们坐进马车便出发了。刚驶过谷仓就碰见一只兔子从燕麦地里蹿了出来，从我们前面夺路而过，跳进了草地里，在那闪耀着银色朝露的草地上，现出了一条深色的足迹。老人说道：

“野兔子穿路而过，真是个坏兆头。”

随后他又加了一句：

“已经不早了，不久地上就要见影子了！”

这是说，太阳就要出来了，因为在曙光里，物体是不会把影子投在地上的。

“难道有了影子就坏事吗？”我问道。

“要是影子很长，那还有办法可想，如果影子短，那就无法可想了。”

在打猎的行话里，那就是说，越晚越糟，因为大家都知道，越接近中午，影子就越短。

“我们打哪儿开始呢？”我问道。

“就从刨树坑那里开始，当然是在波霍洛维森林里。”

波霍洛维森林是整个大森林的一部分，那里的树木长得特别茂密，树坑就在那里，那个树坑，其实是暴风雨把一棵老树连根拔起，留下的一个大坑。

“你想用诱叫的办法，瓦赫，能行吗？”

“我先学母狼叫，也许能引来一只公狼。”

“也许不会来的。”

“哎，会来的！”

到了瓦赫的小屋，我们把马车和马都交给一个小孩照看，徒步向前走去。走了一个半小时，太阳升起来了，我们也在树坑里藏好了。

我们四周是一片难以穿过的长得密密麻麻的小灌木林，间或有一些大树，树坑非常深，我们藏在里面，连头都露不出来。

“现在我们背靠背地站好。”瓦赫低声说了一句。

我们相互背靠背地站在坑里，只有我们的头顶和枪筒露出地面。

“留心，我要叫了！”瓦赫说道。

瓦赫把两个手指放进嘴里，摆好了位置，便发出一声像狼嚎一样的长啸，母狼呼唤公狼时就是这样嚎叫的。

“留心！”

他把耳朵贴在地上。

我什么也没有听见。瓦赫从地上抬起头来悄悄说道：

“它在叫哩，不过还很远，有半米拉远。”

然后他等了一刻钟，又把手指放在嘴里，嚎叫了一声。那可怕的叫声穿过树丛，传向远方，越过潮湿的洼地，在松树之间回荡着。

瓦赫再次把耳朵贴在地面上。

“狼应声叫了，离这里最多不过一俄里半路了。”

的确，现在我也听见了从远处传来的低沉的狼嚎声，不过距离很远，刚刚能听得见，在树叶的沙沙声中已经能够分辨出它来。

“会从哪个方向出现呢？”我问道。

“会从你那边出来，少爷！”

瓦赫又叫了第三声。回应的狼嚎声相当近了。我紧紧握住猎枪，我们两人都屏住了呼吸。广漠无际的静寂，只有微风吹动着榛树时树叶上的露珠掸在地上的沙沙声。远处，在森林的另一边，一只松鸡的啼叫声，传到了我的耳中。

突然，在距我们大约三百步远的丛林中有什么东西在动，杜松树枝急剧地晃动着，从深暗的杜松树叶间，露出了一个三角形的灰脑袋，尖耳朵、红眼睛。我无法开枪，因为距离太远了，我只好耐心地等着，心里却急得乱跳。不一会儿，那只野兽从杜松树丛中露出了全身，奔跳了几跳，朝树坑而来。它急速地向四面八方嗅着。在距我一百五十步远的地方，这只狼停住不动了，它竖起耳朵，像预感到了什么似的。我知道它再也不会走近了，我扳动了枪机。

枪声混合着那只公狼的哀叫声，我立即从树坑里跳了出来。瓦赫也跟在我的后面，可是我们却没有在它原来站的地方找到那只公狼。瓦赫仔细察看着草地上露水被踩过的地方，说道：

“它流血了！”

草地上真有血迹。

“虽然距离很远，却打中了！没有放空枪！它流血了！啊，它流血了！我们去追它！”

于是我们寻迹追去，我们沿途看到了被践踏的草地和血迹。有的地方血迹很多，显然是因为这头受伤的狼不时停下来喘喘气。不过，我们在灌木林里也走了一两个小时。太阳已经升得高高的。我们走了相当远的一段路，可除了血迹，什么也没有找到，有时连血迹也找不见了。后来我们来到了树林突出的一角，血迹穿过一片有两俄里长的田野，朝池塘方向走去，最后消失在长满芦苇和菖蒲的沼泽地里。没有猎犬，我们就没法朝前走了。

“它跑不了多远的，明天我准能找到它！”瓦赫说道。于是我们就回家了。

不一会儿，我就不再去想那只狼和瓦赫了，也不再去想这次出师不大顺利的狩猎了，我又回到了我平时的那个烦恼圈中了。当我们走到森林边上，一只野兔几乎是从我的脚下蹿出，我不仅没有开枪打它，反而吓了一跳，仿佛是从沉思中惊醒了过来。

“啊，少爷！就是我的亲兄弟从我眼皮底下溜过，我也会给他一枪的！”瓦赫嘟哝道。

我只是笑了笑，一声不吭地朝前走去。我走在一条称为“阿姨小路”的林间小路上，这条小路一直通向到霍热尔去的那条大路。我在潮湿的地上看到了新的马蹄痕迹。

“瓦赫，你知道这是谁留下的马蹄印吗?”我问道。

“我猜想，这是霍热尔的少爷，骑马上我们宅院去的。”瓦赫答道。

“我也要回宅院去了。再见，瓦赫！”我说道。

瓦赫邀请我到他那就在附近的小屋去吃点东西。我知道，如果我拒绝他，他是会难过的，但是我还是拒绝了，答应他明天早晨再来。我不愿意我不在的时候，让赛义姆和哈尼娅两人待在一起的时间太久。自从那次访问乌斯吉查之后一连五天，赛义姆天天都来到我的家里。就在我的眼皮底下，这两个年轻人的爱慕之情迅速发展着。但我还是不断地监视着他们，就像看护着我的眼珠一样，而今天是第一次让他们有机会两人长时间地待在一起了。“啊！噢！”我心想，“这一下他们两个就会互相表白了！”于是我像一个完全失去希望的人一样脸色煞白了。

我害怕这样的事，就像害怕某种不幸，就像一个人害怕已成铁案的死刑判决一样，他清楚地知道死刑判决必须实施，可是他却要想尽一切办法来拖延这一判决的执行。

一回到家里，我就在院子里碰见了卢德维克神父，他头上戴着一只袋子，脸上蒙着一个铁丝网罩，他正要到蜂房去。

“赛义姆来了吗？卢德维克神父！”我问道。

“他来了，已经有一个半小时了！”

我的心不安地跳着。

“我在什么地方能找到他呢？”

“他和哈尼娅、艾乌尼亚一道到湖里去了。”

我急忙奔向花园，跑到湖边停泊小船的地方。真的，那条较大的船不在了，我朝湖面望去，一时间什么也没有看见。我猜想赛义姆一定是把船划到右边赤杨树林那里去了，因为这样一来，湖边丛生的芦苇就能把船和人都遮住。我抓起一把木桨，跳进一条只能容下一人的小船，轻轻地划入湖中，我紧贴着芦苇划去，一直不离开芦苇太远，这样我能看见别人，而别人却看不见我。

没划多久，我就看见他们了，那只小船一动不动地停息在一片广阔的没有被芦苇覆盖的水面上，桨垂在那里。我的小妹妹艾乌尼亚坐在小船的这一头，另一头则坐着赛义姆和哈尼娅。艾乌尼亚背朝着他们，高兴地拍打着湖水，玩水玩得着迷了。赛义姆和哈尼娅几乎是肩靠肩地坐在一起，像是在互相倾谈似的。这时候风平浪静，水波不兴，湖平如镜，小船、哈尼娅、赛义姆和艾乌尼亚就像在镜子里似的平静地、一动不动地映照在水面上。

这真是一幅优美的图画，可是我一看到它，血就立刻往我的头上涌来。我全明白了，他们把艾乌尼亚带来，一是这个孩子既不会妨碍他们，也听不懂他们的爱情倾诉；二是可以遮人耳目。“完了！”我心里在想。“全完了！”甚至连芦苇也这样说。“完了！”水波抚摸着我的船舷，仿佛也在说。我的眼前突然一片漆黑，我觉得我的身上忽冷忽热，脸也毫无血色了。“你已经失去了哈尼娅！你已经失去她了！”我的头上，我的内心里都有这样一个声音在向我喊道。接着我又听见了同样的声音在喊：“耶稣，玛丽亚！”随后它又在说：“再划近些，藏在芦苇里，你就会看到更多的东西了！”我听从了这声音的召唤，像只猫似的把船划向前去。可是这样近的距离依然听不见他们在说什么，只是看得更清楚些。他们并排坐在一起，倒没有手拉着手，不过赛义姆是面对着哈尼娅的。有一瞬间，我觉得赛义姆跪在她面前，不过这只是我的一种感觉而已。他面向着她，哀求似的望着她，但她没有看他，而是心神不定地朝四下里观望，后来她又抬眼望天。我看出她心慌意乱，我也看到他在哀求她，后来我又看到他在她面前合起双手，她也慢慢地转过头来，把眼睛转向他，紧接着我看到她的身子向他那边倾斜过去。突然间，她身子一震，像是清醒过来似的，直往船舷那边挪动着身子。这时候他立即抓住她的一只手，像是怕她掉进水里似的。我看见他握着她的手不放。之后我就什么也看不清了，因为一片云雾蒙住了我的眼睛。我丢下了船桨，倒在船舱里。“救命啊！救命啊！上帝！”我心里想道，“他们要杀死我了！”我感到我的呼吸停住了。啊！我是多么爱她，又是多么不幸啊！我躺在船舱里，愤怒地扒开了自己的衣服，同时我也感到，这种愤怒完全是无足轻重的。是的，我是无能为力的，就像一个被人绑住了双手的大力士一样无能为力。我能有什么作为呢？我能杀死赛义姆，杀死我自己，我能用我的小船去冲撞他们的小船，把他们双双淹死在水中，可是我无法消除哈尼娅心中对赛义姆的爱情，而把她完全地、毫无保留地占为己有啊！

啊！这是一种对愤怒的无能为力的感觉，一种束手无策的感觉呀！此时此刻，这两种感觉几乎比其他一切感觉都更使人觉得揪心。我总是以哭为耻辱，哪怕是背着人哭也是如此。每当痛苦使我泪如泉涌时，自尊心就会以同样的力量使我把它们咽下去。然而现在，这种无能为力的愤怒终于无法忍受下去而爆发了，它撕我肺腑，痛如刀割。如今面对着这种孤独，面对着这条载着一对情侣的小船——它映现在平滑如镜的水面上，面对着这宁静的碧空，和那些在我头上沙沙作响的芦苇，面对着这种寂静、我的不幸和可悲的命运，我禁不住放声大哭，泪如泉涌了。我仰卧在小船中，双手交叉在脑顶上，由于这巨大的难以表述的悲伤，我几乎号啕大哭起来了。

后来，我感到身体虚弱。一种麻木的感觉传遍我的全身。思维也几乎停止了活动，我觉得四肢冰冷。我越来越衰弱了。我以剩下的一点知觉，感到了死神的来临，感到了一种寒气袭人的巨大的宁静。我觉得这个阴森可怕的地府女王已经把我抓住了，于是我用平静的黯然无神的眼睛来欢迎她。“一切都完了！”我这样想道，仿佛一块巨石从我心上落下来了。

可是，什么都还没有完结。我在船里到底躺了多久，连我自己也不知道。不时有轻盈柔绵的云彩从我眼前飘过蔚蓝的天空。有时鸥鸟和灰鹤悲哀地鸣叫，飞过空中。太阳已经高悬在空中，炽热灼人。风息了，芦苇也不再簌簌作响，而是一动不动地伫立在那里，我仿佛从梦中惊醒过来，朝四下里张望着。哈尼娅和赛义姆乘坐的小船不见了。整个大自然的寂静、安宁和欢快，与我刚刚醒来时的那种麻木状态，形成鲜明的对比。周围的一切显得那样平静和欢快，暗青色的蜻蜓停息在船舷上，栖落在像盾牌一样的睡莲的扁圆形叶片上。灰色的小鸟在芦苇秆上跳来跳去，欢快地啁啾着。到处都可以听到那些偶尔掠过水面的蜜蜂发出的嗡嗡声。野鸭也在水草中间呷呷乱叫，水鸭带着自己的一群儿女在湖里嬉游。鸟禽的王国和鸟禽的共和国在我面前展现了它们日常生活的场景，可是我对此却毫无兴趣。我的困倦尚未消失。这一天天气很热，我的头痛得受不住了，于是我俯身在船边上，双手舀着水，用干裂的嘴唇喝起水来。我的力气恢复了一点。于是我拿起桨来，在水草中间划回家去。时间已经不早了，家里的人一定要问我到哪儿去了。

在回家路上，我竭力让自己平静下来。我想，要是哈尼娅和赛义姆已经相互表白了爱情，也许反倒要好一些，至少是结束了这种捉摸不定的可恨的日子。不幸之神掀起了它的面甲，以其本来的面目出现在我的面前。我认识它，并且不得不与之斗争。奇怪的是这种想法，甚至使我觉得它自有一种痛苦的魅力。但是，对于他们两人的情况，我并没有确切的把握。于是我决定略施小计，去盘问艾乌尼亚一番，至少也要尽力去试一试。

我回到家时，正好他们在吃午饭。我冷冰冰地和赛义姆点点头，便默默地入席就餐了。我父亲望着我，大声说道：

“你怎么啦，是不是病了？”

“不，我没病，就是累了点。我早上三点钟就起床了。”

“为什么起得这样早？”

“我和瓦赫一道打狼去了，我打中了那只狼。后来我就躺下睡觉了。现在觉得头有些痛。”

“你自己去瞧瞧镜子，看看你的脸色多难看。”

哈尼娅中断了吃饭，紧紧盯着我看了一会儿。

“也许是昨天访问乌斯吉查对你有所影响吧，亨利克先生！”

我直视着她的眼睛，几乎是气汹汹地问道：

“你这是什么意思？”

哈尼娅显得有些慌乱，开始支支吾吾解释起来。赛义姆出来解围：

“喏，这是很自然的事，谁在恋爱，谁就会萎靡不振。”

我先是看了看哈尼娅，随后便望着赛义姆，慢慢地、一字一板地、每个音节都读得很重地回答说：

“我没有看到你和哈尼娅有什么萎靡不振的！”

他们两人的脸顿时红了起来。出现了片刻令人难堪的沉默。连我自己都不清楚，是不是做得太过分了。不过，幸运的是，我父亲并没有听清我们说的每一句话，卢德维克神父也把这样的事看成是年轻人常有的斗嘴而已。

“这是一只螫人的马蜂，他叮着你们了吧！你们得小心，别去惹他！”他闻着鼻烟，大声说道。

啊，上帝啊，我的这次胜利带给我的快乐是多么微不足道呀，我情愿拿它去换赛义姆的失败。

午饭后经过客厅时，我照了照镜子。我的样子确实像鬼，眼睛发青，面容憔悴。我觉得我丑多了，可是现在我对这一切都不在乎了。

我去找艾乌尼亚。两个小妹妹的午饭吃得比我们早，现在她们正在花园里的儿童游乐场上玩。艾乌尼亚漫不经心地坐在一张木椅上，这张木椅是用四根绳子吊在秋千架的横梁上的，她坐在上面，喃喃自语，不时摇晃着她那一头金色的鬈发，摆动着她的两只小脚。

她一看见我便微笑了，伸出了双手，我把她抱了下来，朝林荫路的深处走去。

后来我在一张椅子上坐了下来，把艾乌尼亚放在我的面前，问道：

“艾乌尼亚今天一整天都干了些什么呀?”

“艾乌尼亚同她的丈夫和哈尼娅一道划船去了。”她洋洋得意地回答道。

艾乌尼亚把赛义姆叫作自己的丈夫。

“艾乌尼亚乖不乖呢?”

“乖!”

“哈，乖孩子总是听大人们怎么说话的，这样他就可以学到不少东西。艾乌尼亚记得不记得赛义姆和哈尼娅说了些什么呢?”

“我忘了。”

“哎，也许艾乌尼亚还能记得一点吧?”

“我忘了!”

“你真不乖。艾乌尼亚得赶快想起来，要不，我就不爱她了。”

这个小姑娘开始用拳头擦着她的一只眼睛，用另一只含着眼泪的眼睛斜视着我，一脸苦相，嘴角往下耷拉着，像是要哭的样子。她用一种快要哭泣的颤抖声音说道:

“我记不得了!”

这个可怜的小孩子怎么能回答我的问话呢?说老实话，连我自己都觉得我真傻。同时，我也为自己用这种方法去哄骗一个天真可爱的小天使而感到羞耻。我问的是一回事，想知道的又是另一回事。再说，艾乌尼亚是我们全家人的，也是我的掌上明珠，所以我不忍心再去折磨她了。我亲了亲她的小脸蛋，抚摸了一下她的小脑袋，就让她去了。这个小姑娘立即朝秋千那里跑去。我也离开了那里，依然和刚才一样，毫无所知。不过，我深信，赛义姆和哈尼娅已经相互表白了他们的爱情。

这天黄昏时分，赛义姆对我说道:

“我要一个星期看不到你了。我要走了。”

“到哪儿去?”我淡然地问道。

“我父亲要我到苏姆纳去看看我的叔叔，我要在那儿住一个星期。”

我望了哈尼娅一眼，她听了这个消息脸上毫无反应。很显然，赛义姆事先已经告诉过她了。

她只是淡淡一笑，从她的手工上抬起头来，既带点媚态又有点调皮地瞟了赛义姆一眼，然后说道：

“你是不是非常喜欢到那里去呢?”

“就像一只被人牵着锁链的狗一样。”他急忙回答说。不过，他一看到那个不喜欢听任何粗话的戴维斯夫人有些不快，便打住话头了。他做了个鬼脸，接着说道：

“请原谅我不恰当的比喻，我是爱我叔叔的，可是夫人知道，我更喜欢待在这里，待在戴维斯夫人的身边……”

他这样说着，脉脉含情地望着戴维斯夫人，招引得大家都哈哈大笑起来，连戴维斯夫人也笑了。尽管她很生气，但她对赛义姆却有一种偏爱。她轻轻地揪起他的一只耳朵，和颜悦色地说道：

“年轻人，我都能做你的母亲了!”

赛义姆吻着她的手，他们又和好如初了。我在心里想着：“我和赛义姆是多么不同啊！若是我得到了哈尼娅的倾心，那我就会高兴得只会幻想和仰望天空了，我哪里会有闲情来开玩笑呢？可是他却像什么事也没有发生似的，开玩笑，做鬼脸，真是谈笑风生。”

甚至当他幸福得满脸春风时，也是快快活活的。

他正要离开的时候，对我说道：

“你知道，我有话要对你说，骑马送我一程。”

"我不去，我没有兴趣去送你。"

我回答的口气是那样冷淡，使赛义姆感到惊讶。

"你变得有点怪了，这段时间里，你完全成了另一个人了，不过……"他说道。

"快把这句话说完吧！"

"不过，对于恋爱的人，一切都是可以原谅的。"

"除了那些妨碍我们的人外。"我淡淡地答了一句。

赛义姆用疾如闪电的目光望了我一眼，直透我的灵魂深处。

"你说什么?"

"我说，我不去。再说，并不是所有的事都能原谅的！"

如果不是因为大家都在场的话，赛义姆一定会当场就把事情弄个一清二楚的。可是，在我还没有拿到确切的证据之前，我是不想立即和他摊牌的。不过，我看得出来，我最后这句话使赛义姆大为不安，也使哈尼娅十分害怕。赛义姆又磨蹭了一会儿，找出微小的借口来延挨时间，末了他看准一个机会，低声对我说道：

"快去骑马送我一程，我想和你谈谈。"

"下次再谈吧，今天我觉得不舒服。"我大声答道。

九

赛义姆确实是到他叔叔那里去了，他待了不是一个星期，而是十天。这些日子我们在立特温诺夫过得很不愉快。哈尼娅像是在躲着我，提心吊胆地望着我。说老实话，我也没有打算和她坦诚相见，自尊心使我缄口不语了。但是我也不明白为什么，她总是想方设法不让我们有片刻单独在一起的机会。很明显，她是在想念赛义姆。她神情憔悴，甚至一天天在消瘦下去，我心痛地看到她对他的思念，心里就在想：“这不是姑娘的任性和一时的喜爱。不幸的是，这是真挚的、深沉的爱情！”而我自己也变得脾气暴躁、愁眉苦脸、惆怅颓丧。无论我父亲、卢德维克神父和戴维斯夫人如何问我：到底是怎么回事，是不是病了？我都一概否认。他们的关心反而使我更加苦恼。我整天都是孤单单地过日子，不是骑马，就是待在树林里，或者驾着小船在水草中间穿行，我像个野人似的活着。有一次，我身背猎枪，带着猎犬，在森林里燃起了篝火，就在篝火旁边度过了一整夜。有时，我和我家的牧羊人待上大半天，由于他老是一个人放牧，性格都变野了。他还是个郎中，穷年累月地采集各种草药，研究它们的特性，他把我也带进了这个充满巫术和迷信的神秘世界里。不过——有谁还会相信——有时候，我真是想念赛义姆，想念这个我称之为我的“痛苦的命运”的人。

有一次，我去拜访了霍热尔的老米查。这位老人一看到我是特意去拜访他的，心里非常高兴，张开双臂来欢迎我。不过，我到那里去是另有目的的，我是想看看画像上那个可怕的米查的眼睛，就是那个曾在索别茨基时代担任过轻骑兵上校的。当我望着这双像是会跟着人转的眼睛时，我就想起了我的祖先，他们的画像挂在我家的客厅里，他们也是同样的严厉，同样的冷酷无情。

我的心里受到这些印象的影响，也变得特别激动。孤独、宁静的夜晚，和大自然生活在一起，这一切本可以使我平静下来的，但是我却像身上中了一支毒箭似的。我常常沉浸在幻想中，这反而使我的心情更坏了。有时，我躺在树林的某个偏僻角落里，或者是躺在漂浮在水中的小船上，我就想象我是在哈尼娅的房间里，我跪在她的面前，吻着她的脚、手和衣裙，用最亲昵的名字呼唤她，她便用那双可爱的手放在我发热的前额上，说道："你的苦难受够了，让我们忘记过去的一切吧，那是一场令人不愉快的噩梦！亨利克，我爱你！"但是，我立即就惊醒过来，这灰暗的现实，这像阴天一样阴沉的我的未来，使我觉得更加可怕了，我将永远失去她，一辈子都将失去她。我变得越来越粗暴了，我躲避着人，甚至连我的父亲、卢德维克神父和戴维斯夫人都不想见了。连卡佐也使我讨厌了，他像孩子似的多嘴多舌，他的好奇，他那整天不停的笑声和层出不穷的恶作剧都使我厌烦透了。尽管如此，这些亲爱的人总是想方设法为我消愁解闷，暗地里为我的愁态而苦恼，弄不明白到底我是怎么回事。哈尼娅不知是出于猜测，还是别的，完全相信我是爱上了罗拉·乌斯吉茨卡小姐，于是她尽一切努力来安慰我。但是，就连对她，我的脾气也坏透了，害得她在和我说话时，总是提心吊胆。我父亲虽然也和一般父亲那样严厉而冷漠，现在也来为我分忧了，想转移我的注意力，同时也想问个明白。他不止一次地和我闲谈。以为这种闲谈会使我心情愉快。有一次，吃过午饭后，他和我来到了院里，用探询的目光望着我，说道：

"有时候，你是不是注意到了一件事？我早就想问你了。你有没有看出，赛义姆在哈尼娅身边转得太勤了？"

按照一般常理，我该会心慌意乱，而且就像通常所说的那样"被当场抓住"了。可是我当时是那样镇静，连哆嗦也没有打一个，叫人一点也看不出我父亲的话对我有什么影响。我非常平静地回答说：

"不，我知道，没有这回事的！"

我父亲干预这件事使我心里很难过，我认为，这件事只关系到我一人，就该由我自己去解决。

“你能保证吗?”父亲问道。

“我敢保证。赛义姆爱上了华沙的一个女学生!”

“你该知道，你是哈尼娅的保护人，你应该照看好她。”

我知道，我父亲之所以提及这事，就是要激发我的自尊心，让我把注意力转到别的事情上，使我的思想从这个阴沉的转来转去的圈子里摆脱出来，但是我像是有意反抗似的，冷淡而忧郁地答道:

“我算什么保护人，父亲当时不在家，老米科瓦伊才把她托付给我了，但我并不是真正的保护人。”

我父亲皱起了眉头，他看出采用这种方法，并不能使我恢复正常，就又另谋良策，他那灰白胡子下面露出了笑容，半认真半开玩笑地问道:

“也许是哈尼娅已经把你给迷住了。孩子，说吧，是不是这样?”

“哈尼娅，一点儿也没有，这真是可笑!”

我竟撒了一个弥天大谎，而且这个谎说出来，竟比我意料的容易。

“那么，也许是罗拉·乌斯吉茨卡了，是不是?”

“罗拉·乌斯吉茨卡是个轻浮的姑娘!”

我父亲有点不耐烦了:

“如果你没有爱上谁，那么你干吗像个头一次上操的新兵那样，拖着脚走路呢?”

“我哪里知道，我什么事也没有!”

出于对我的关心，我父亲、卢德维克神父，甚至连戴维斯夫人也没有放松对我的盘问，可是这些盘问却使我感到痛苦，越来越无法忍受了，最后连我和他们在一起都觉得难受了。我脾气越来越坏，常常为了一点小事就火冒三丈。卢德维克神父看到我身上这种专横性格的某些特征随着年龄的增长而越发显露出来，便望着我的父亲，意味深长地笑道："都是些好斗的公鸡！"后来连他也觉得不耐烦了。我和父亲曾多次发生过很不愉快的事情，甚至有一次在吃午饭的时候谈起贵族和民主时，我激动地宣称，我一百次地宁愿自己不是出身于贵族家庭。我父亲立即把我逐出了房间，女人们都哭了。其结果是，全家人愁眉不展了两天。至于我呢，当时我既不是贵族，也不是民主派，只是个失恋的不幸的人。什么原则、理论和社会信念，我当时都不感兴趣，如果我同别人争论，支持一种观点去反对另一种观点，我那样做完全是由于斗气，既不是针对某个人，也没有任何的理由。出于同样的原因，我也和卢德维克神父争论起宗教问题来，结果是他摔门而去。总而言之，我不仅把自己，也把全家人弄得惶惶不可终日。因此，当十天没有露面的赛义姆来到我家时，每个人都像一块石头从心上落下来似的，觉得无比欣慰。他来看望我们时，我不在家，因为我那时正骑着马在村子周围走来走去，直到傍晚时分才回到家里，我一直骑进了院里，看马的孩子立即跑上前来把马接了过去，说道：

"霍热尔的少爷来了。"

正好这时候，卡佐跑了过来，将这消息又告诉我一遍。

"我已经知道了！"我粗暴地回答说，"赛义姆在哪儿？"

"我猜他和哈尼娅是在花园里，我找他们去！"

我们两个走进了花园，卡佐跑在前面，我慢慢地跟在后面，我故意不急于去见到这位客人。

我还没有走到五十步，就在林荫路的转弯处，看见卡佐急忙掉头朝我跑来。

卡佐是个出色的小丑和爱开玩笑的人，离我还很远，就做出种种鬼脸和怪动作，像只猴子似的。他满脸通红，把手指放在嘴上，一边微笑着，一边又想把这笑声压下去，他走到我身边，低声说道：

“亨利克，嘻嘻！嘻嘻！嗞！”

“你在搞什么鬼花样？”我不满地叫道。

“嗞！老天作证，嘻嘻！赛义姆正在忽布树的凉亭里给哈尼娅下跪哩！千真万确！”

我立即抓住他的肩膀，手指都掐进他的肉里了。

“闭嘴！留在这里！对任何人都不许吐露一个字！懂吗？你留在这里，我一个人去，别作声，如果你希望我活着的话。任何人也不能告诉！”

卡佐起初只是觉得这件事有趣好笑，可是一看到我面无人色，显然被吓呆了，他张着大嘴，站在原地一动不动。这时我像疯子似的朝忽布树凉亭飞奔过去。

凉亭的四周长满了伏牛花，我在花枝中间，像条蛇似的急速而又无声无息地爬着，一直爬到凉亭的墙基脚下。墙是用细木条做成的格子墙，所以，里面的一切我看得见、听得清。这种偷听者的可耻行为，当时在我看来丝毫也不觉得可耻，我轻手轻脚地拨开树叶，侧耳倾听。

“好像是有人来了！”我听见哈尼娅压低声音说道。

“没有人来，是树叶在响。”赛义姆答道。

我透过树叶的绿色屏障，望着他们。赛义姆已不再跪在哈尼娅的面前了，而是坐在她身旁的凳子上。她的脸色像夏布一样白，双眼紧闭着，歪着头靠在他的肩上，他一只手搂着她的腰，感情炽热地、无限欢乐地紧紧抱住了她。

“我爱你！哈尼娅！我爱你！爱你！”他激动地一再说道。

他低下头来，用嘴唇追寻着她的嘴唇，但是她向后退缩着，像拒绝他的吻似的。可是他们的嘴唇还是碰上了，紧紧结合在一块，相互用力地吻着，持续了相当长的时间。啊！我觉得好像是几个世纪！

而且我觉得，他们要说而尚未说出的一切，都在这次接吻中表示出来了。一种羞耻之心使他们难以开口了。虽然他们接吻很大胆，却没有交谈的勇气。四周万籁俱寂。在这种死一般的寂静中，只有他们急促而激动的呼吸声传入我的耳中。

我双手紧紧抓住凉亭的木条，我担心这些木条会在我的紧握下折断碎裂。我两眼发黑，觉得天旋地转，大地在我脚下好像正在陷进无底的深渊中。但是，无论如何，我也要知道他们还想说些什么，即使拼了命也要去听。于是我尽力控制住自己，用干裂的嘴呼吸着空气，把额头紧贴在格子墙上，我倾听着，还数着他们的呼吸次数。

寂静又持续了一段时间，哈尼娅终于首先开了口，她悄悄说道：

“够了，已经够了！我都不敢看你的眼睛了！我们离开这里吧！”

她把头转向旁边，想从他的搂抱中挣脱开来。

“啊！哈尼娅！我遇到了多么好的事啊！我真是幸福极了！”赛义姆叫道。

“我们走吧！这儿会有人来的！”

赛义姆立即跳了起来，两眼灼灼有光，鼻翼翕动着。他回答说：

“就让整个世界都来好了：我爱你！我要当面告诉所有的人。我自己也不知道这件事是怎么开始的，我跟自己斗争过，也痛苦过，因为我以为亨利克爱你，你爱他。可是现在我不顾一切了。你爱我，这是决定你幸福的大问题了！啊！哈尼娅！哈尼娅！”

这时又传来了接吻的声音。然后，哈尼娅开始用一种柔声的、仿佛是虚弱的声调说道：

“我相信！我相信！赛义姆先生！不过，我也有许多话要跟你说。他们想把我送出国，到太太那儿去。昨天戴维斯夫人就曾和老爷谈到这件事。戴维斯夫人认为，我是亨利克先生这种反常现象的根子。他们认为他爱上了我。到底是不是爱上了我，我也摸不着头脑。有时我觉得他是爱上了我的。但我不了解他，我怕他。我预感到，他会来阻碍我们的，会把我们拆散的，而我……”

她用刚刚能听见的声音说道：

“我非常非常地爱你！”

“你听着，哈尼娅！”他回答道，“任何人都不能拆散我们！如果亨利克不让我来这里，我就写信给你。我认识一个人，他一定会把信送到你手中。我自己也会从湖那边骑马过来，傍晚时分你一定要到花园里来。但是，你不能离开此地，如果他们要把你送走，我无论如何也要想办法阻止你离开。上帝在上，哈尼娅，请不要再说这样的话了，我会发疯的！啊，我心爱的，我最最亲爱的人儿啊！”

他抓起她的双手，狂热地吻着它们。她猛地从凳子上跳将起来。

“我听见了声音，有人来了！”哈尼娅惊慌地叫道。

虽然没有人来，也没有人来过，他们还是离开了凉亭。夕阳的霞光把金色的光辉射到他们身上，我觉得这阳光像血一样红。我也步履蹒跚地朝家里走去，在小路转弯的地方，我见到了一直守候在那里的卡佐。

“他们走了，我看见他们了。告诉我，我该干什么？！”他轻声说道。

“朝他的脑袋开枪！”我愤怒地喊道。

卡佐的脸色红得像玫瑰一样，一双眼睛像是磷光在闪动着。

“好!”他立即答道。

“站住！别犯傻了，你什么也别管，你不能卷进这件事情中去。以你的名誉起誓，卡佐，决不能说出去。一切都由我来办。如果我需要你，我会告诉你的：可是你一个字也不能对别人提起!”

“即使把我杀死，我也不露一点口风!”

我们沉默地走了一会儿。现在，卡佐也意识到了问题的严重性，看出了将会发生的危险事件。他的心也怦怦直跳，他用炯炯发光的眼睛望着我，然后说道：

“亨利克!”

“什么事?”

虽然没有人能听见我们，我们还是用压低了的声音说话。

“你会和赛义姆决斗吗?”

“我不知道，也许会的!”

卡佐停住了脚步，突然搂住了我的脖子。

“亨利克，我亲爱的！亨利克，我心爱的、唯一的哥哥，如果你想和他决斗，那就让我来替你去吧！我已经能够对付他了，你就让我去试试吧！让我去试试吧！亨利克，让我去试试吧!”

卡佐不过是向往一种骑士的行动。但是我从来也没有像此刻那样，觉得他真是我的亲兄弟，于是我也紧紧地把他搂在我的胸前，说道：

“不，卡佐！我现在什么也不知道，而且，他也许不会接受你的挑战。我还没有把整个事情弄清楚。现在你去吩咐他们早点给我备好马，我要比他早一些离开，然后在路上截住他，和他谈一谈。现在你要注意他们，但不要叫他们看出你已经知道他们的事情了。

去吩咐他们把我的马备好！”

“你带不带武器去呢？”

“呸，卡佐！他身上也没有带武器。不带，我只想和他谈一谈。你放心好了，快到马厩去吧。”

按照我的吩咐，卡佐立即跑去了。我也慢慢地朝家里走去。我头上仿佛被人用斧背打了一下似的。说句实话，我真不知道怎么办好，我也不知道该采取什么行动。我只是想大声喊叫。

在我还没有完全确信我已经失去哈尼娅的心以前，我希望能肯定下来，认为那样一来我就可以安下心来。现在当不幸之神掀开自己的面甲，让我看到了它那副冷若冰霜的面孔，它那双呆滞的眼睛，一种新的犹豫不定又在我的心中产生了，这不是对不幸的犹豫不定，而是比它还要坏一百倍，是束手无策的感觉，是如何与不幸进行斗争的犹豫不定。

我心里充满了苦涩、悲痛和愤恨。献身的声音，自我牺牲的声音，过去常在我的心里回响：“为了哈尼娅的幸福，你就放弃她吧！你首先应该为她的幸福着想，牺牲自我吧！”现在这些声音完全沉默了。默默忍受悲痛的天使、温柔的天使和眼泪的天使，都已经远离我而去了。我觉得自己像只任人践踏的甲虫，被人忘记了，但毒刺尚在。我听任不幸来追逐我，就像群犬追逐一只孤独的狼一样，狼受了过分的欺侮，被逼得走投无路了，于是我也像狼一样，开始反扑了。我的心中激发出一种新的积极的力量，它的名字就叫“报仇”。我开始感到，我对赛义姆和哈尼娅是有那么一种仇恨了。我心里在想：“我宁可失去我的性命，我情愿失去我在世上的一切，也决不让他们两个人得到幸福。”我就像个罪孽深重的人抓住十字架那样，紧紧抓住了这种思想，我已经有了活下去的理由了。我前方的地平线又清晰可见了。我深深地呼吸着，深深地、自由自在地呼吸着，过去我从来没有这样呼吸过。杂乱无章的思想现在又恢复到正常的状态，而且以其全部的力量转向一个方向——仇恨赛义姆和哈尼娅的方向。等我回到家里时，我几乎又变得镇定自若、神态冷静了。大厅里坐着戴维斯夫人、卢德维克神父、哈尼娅、赛义姆和卡佐，他刚从马厩回来，一步也不再离开他们两个人了。

“给我的马准备好了吗？”

“准备好了。”

“你能送送我吗？”赛义姆插了一句。

“可以。我正想到干草堆去，看看有没有什么损失。卡佐，把你的位置让给我。”

卡佐让出了位置，于是我就挨着哈尼娅和赛义姆坐在窗边的一张木椅上。我不由得想起，不久之前，也就是在米科瓦伊死后，我们也是这样坐在一起的，听赛义姆讲述关于苏丹哈龙和仙女拉拉的克里米亚神话。不过那时候，哭得伤心的小哈尼娅把自己的金发小脑袋靠在我的胸前，随即便睡着了。今天，同一个哈尼娅，却利用大厅里越来越昏暗的暮霭，偷偷地握着赛义姆的手。从前，欢乐的友谊把我们三个人联系在一起，如今爱与恨就要展开生死搏斗。不过，表面上看来，一切都是平平静静的，那一对情人相对而笑，我也比平常要快活些，但是，谁也没有注意到，那是一种什么样的快活。过了一会儿，戴维斯夫人请赛义姆弹点什么，于是赛义姆站起身来，在钢琴前面坐下，开始弹起肖邦的《玛祖卡舞曲》来。这时候，我和哈尼娅单独坐在长椅上。我注意到她像眺望彩虹那样注视着赛义姆，她凭借音乐的翅膀在幻想的天地中翱翔，所以我决定把她拉回到现实中来。

“真的，哈尼娅，这个赛义姆真是多才多艺，又会弹又会唱。”我说道。

“啊！是的！”她答道。

“而且他长得多么漂亮，你现在好好看看他。”

哈尼娅随着我的目光也朝那边望去。赛义姆坐在黑暗中，只有头部被夕阳的余晖照亮着，在这片亮光里，他两眼朝上，看起来真像个充满了灵感的人。他此刻的确是热情洋溢。

“真是很美吧，哈尼娅！”我又说了一遍。

“你很爱他吗？”

“我爱不爱他无关紧要，只要女人们爱他就够了。啊！那个女学生约佳是多么爱他啊！”

哈尼娅光溜的前额上露出了不安的神色。

“那他呢？”她问道。

“哎嘿，他吗，今天爱这个，明天又爱那个，他从来没有长久地爱过一个女人。这是他的本性。如果他什么时候说他爱你，你可不要相信他（说到这里我加重了语气），他所需要的是你的吻，而不是你的心。你明白吗？”

“亨利克先生！”

“真的，算我多嘴了。这跟你没有什么关系，而且，像你这样温文尔雅的姑娘，决不会让一个外人来吻你的。哈尼娅，请你原谅我。我觉得，就连这样的假想，那也是对你的冒犯。你是决不会那样做的，是不是，哈尼娅！决不会的！”

哈尼娅站了起来，想走开，我抓住了她的手，强迫她留下了。我努力装得心平气和，但是愤怒使我喘不过气来，像是喉咙被爪子钳住了似的。我觉得我不能控制自己了。

“回答我！否则，我不会放你走的！”我带着被抑制的愤怒说道。

“亨利克先生，你想干什么？你都在说些什么呀！”

“我是说，我是说……你不要脸！哼！”我咬牙切齿地低声说道。

哈尼娅不由自主地又在长椅上坐了下来。我看看她的脸色，白得像夏布似的。但是我对这个可怜的孩子已经毫无怜悯之心了。我抓住她的手，紧紧捏着她的小手指，继续说道：

“你听着，我曾经拜倒在你的脚下，我爱你超过世上的一切……”

“亨利克先生！”

“安静点！我听见了，也看到了所有的一切！你是个不要脸的人！你和他都不要脸！”

“我的上帝！我的上帝！”

“你是个不要脸的人！我连你的衣裙边都不敢吻，可他却吻了你的嘴，你自己还抱住他吻！哈尼娅，我鄙视你！我憎恨你！”

我的话憋在喉咙里了，我只是急速地呼吸着，憋得我喘不过气来了。过了一会儿，我又说道：

“你猜对了，我一定要拆散你们！哪怕要丢掉性命我也要拆散你们！即使我要杀死你，杀死他和我自己也在所不惜。我刚刚对你说的不是真话，他是爱你的，他不会抛弃你，但是我要拆散你们！”

“你们这样起劲地在争论些什么呀？”坐在大厅另一端的戴维斯夫人突然问道。

有那么一刹那，我真想站起来，把一切都和盘托出。但是我立即压下去了，用一种平静而有点断断续续的声音说道：

“我们在争论我们花园里的哪一座凉亭最漂亮，是忽布树凉亭呢，还是玫瑰花凉亭？”

赛义姆突然停止了演奏，凝视着我们，然后平静地说道：

“我认为，忽布树凉亭比所有其他的凉亭都要漂亮。”

“你的趣味不错。哈尼娅却是另一种意见。”我答道。

“是真的吗，哈尼娅小姐?”他问道。

“是的!”她轻声答道。

我重又感到，这样的谈话我也是很难坚持下去的。仿佛有一些红色的圆圈在我的眼前晃来晃去。我立即跳了起来，跑过几个房间，来到了餐厅。我拿起一个放在桌上的盛满水的长颈玻璃瓶，把水浇在我的头上。后来我自己也不知道为什么，就把瓶子摔在地上，碎成了上百块碎片，随即便跑到门廊那里去了。

我的马和赛义姆的马都已经备好了鞍子，等在台阶前面了。

过了一会儿，我又回到了我的房间，把身上的水擦干，然后又来到了客厅。

大厅里，我只看到卢德维克神父和赛义姆，他们都非常惊慌。

“出什么事了?”我问道。

“哈尼娅病了，昏过去了。”

“什么？这是怎么回事?”我抓住神父的胳膊，大声叫道。

“你刚出去之后，她就放声哭了起来，后来就昏过去了，戴维斯夫人带她到自己的房间去了。”

我什么也没有说就朝戴维斯夫人的房间冲了进去。哈尼娅的确曾大声哭过，也曾昏厥过，不过，她的发作已经过去了。我一看见她，便忘了一切。我不顾戴维斯夫人在场，像疯子似的跪在她的床前，叫道：

“哈尼娅，我心爱的！我的亲爱的！你怎么啦?”

“没有什么，已经好了!”她声音微弱地答道，想笑出声来，“已经好了，真的没事了！”

我在她的床前坐了一刻钟。吻过她的手后，我回到了客厅。这是在说谎，我并不憎恨她，我从来也没有像现在这样爱她。但是，当我在大厅里一看到赛义姆，就真想扼死他。啊，现在我恨的是他！打从心底里恨他！他和神父立即朝我走来。

“哎，她怎么样了？”

“已经好了！”

我转向赛义姆，凑近他的耳边说道：

“快回家去，明天我们在森林边上的那个小山丘上会面。我要和你谈谈。我不愿意你来这里，我们的关系必须中断。”

赛义姆的血涌上脸来。

“这是什么意思？”

“明天再给你说，今天我什么也不想说了。你明白吗？我不想说。明天早上六点钟。”

我一说完，便回到了戴维斯夫人的房间。赛义姆跟着我走了几步，就停在门口了。几分钟之后，我从窗口看见他骑马离开了我家。

我在哈尼娅小屋隔壁的那个房间坐了一个小时，我不能到她房间去，因为哈尼娅哭得精疲力尽，已经睡着了。戴维斯夫人和卢德维克神父到我父亲那里去商量事情了，我独自一人坐在那里，一直到吃晚饭的时候。

在吃晚饭的时候，我发现我父亲、卢德维克神父和戴维斯夫人的神情既神秘又严肃。我承认我惶恐不安。他们是不是猜到了什么呢？这很有可能，因为在我们这小辈人中间，今天确实发生了某些非常不自然的事情。

“我今天接到了你母亲的来信。”父亲对我说道。

“妈妈身体好吗？”

“完全好了。不过家里发生的事情她很不放心，她想早些回来，可是我不答应她，她必须在那里再疗养两个月。”

“妈妈有什么不放心的呢？”

“难道你不知道，村里流行天花！我真是考虑不周，把这件事告诉她了。”

老实说，村里流行天花，我是一点也不知道。也许我听人说过，可是我对它毫无反响，早就忘记了。

“父亲，你不去看看妈妈吗？”我问道。

“等等看吧，这事以后再说！”

“我们亲爱的夫人在国外都快一年了！”卢德维克神父说道。

“为了她的身体，需要这样！冬天她就可以在家里了。她来信说，她觉得好多了，只是老记挂着我们，不放心。”我父亲说道。

然后他转向我，继续说道：

“吃过晚饭后，你到我房间来，我想和你说点事。”

“好的，爸爸。”

我站了起来，和大家一道到哈尼娅那里去。她已经全好了，甚至想起来，可是父亲不让她起来。晚上大约十点钟，一辆轻便马车来到门前。这是斯坦尼斯瓦夫医生来了，他一下午都在农民家里看病。他仔细地检查了一下哈尼娅，说她没有病，只是需要娱乐和休息。他禁止她学习，说她需要多参加各种活动，使身心都感到愉快。

我父亲请教他，是把我的两个妹妹送到别的地方去，等瘟疫过了再回来，还是留在家里好？医生安慰他说，没有什么危险，他本人曾特意写信给我母亲，要她放心就是了。接着他就去休息了，因为他累得实在支持不住了。我手拿蜡烛送他到卧室去，他将和我睡在一起。我自己也真想躺下休息，因为这一天的种种经历把我折腾得精疲力竭了。这时弗兰涅克走了进来，说道：

“老爷请少爷去一下！”

我立即去了。我父亲坐在他房间里的书桌旁边，桌上放着母亲的来信。卢德维克神父和戴维斯夫人也在那里。我的心犹如一个站在法庭上的罪犯那样，惊悸地跳动着。我几乎断定，他们是要询问我关于哈尼娅的事情。我父亲和我谈起一些非常重要的事情，为了让我母亲放心，他已经决定把我的两个妹妹和戴维斯夫人送到科伯强我的叔叔家里。不过这样一来，哈尼娅就得单独和我们在一起了，我父亲不想让她一个女孩子留在家里。同时，他还说，他知道在我们这几个年轻人中间发生了某种事情，他不想追问，也不表示赞赏，不过他希望哈尼娅的离开会使我们之间的事情不了了之。

这时候，他们都用询问的眼光望着我，并立即露出了惊讶的神色，因为我对哈尼娅的离开不仅不表示反对，反而感到很高兴。我也有自己的考虑，哈尼娅的离开就等于中断了她与赛义姆的一切关系。同时，在我心里像磷火似的闪现出这样一种希望，把哈尼娅送到我母亲那里去的只能是我，而不会是别人。我知道，收割即将开始，我父亲是不能离开的。我也知道卢德维克神父从来也没有去过国外，所以只有我能担当此任了。然而，这种希望很小，转瞬之间，它就像磷火一样熄灭了。我父亲说，再过两天乌斯吉茨卡太太就要到国外的海滨去，她已经答应把哈尼娅带去，送到我母亲那里。后天晚上，哈尼娅就要离开，这使我感到怅然。但是我宁愿她离开，即使我不能陪送她去，也不愿意她留在这里。况且，我承认，当我一想到明天把这一消息告诉赛义姆以后，他会有什么反应和行动，我就感到无比欣慰。

十

第二天早上六点钟，我来到小山丘上，赛义姆已经等在那里了。当我骑马朝那里走去时，我就暗下决心，一定要镇定自若。

“你想和我说什么？”赛义姆问道。

“我要告诉你，我全都知道了。你爱哈尼娅，她也爱你，米查，你骗取了哈尼娅的爱情，你的行为是可耻的，这是我首先要对你说的一句话。”

赛义姆的脸色煞白，突然暴跳起来，骑着马直朝我冲了过来。我们的马差点对撞了。他问道：

“为什么？为什么？你说话可得小心！”

“首先因为你是回教徒，她是基督教徒，你不能和她结婚。”

“我会改信宗教！”

“你父亲决不会让你这样做！”

“啊！他会的！此外……”

“此外，还有别的障碍。即使你改信了宗教，无论是我，还是我父亲，都不会把哈尼娅给你，现在不会，永远也不会！你懂吗？”

骑在马上的米查俯身朝向我，每个音节都说得很重地回答道：

“我也决不会去求你们的！现在你该明白啦！”

我依然很镇静，我打算把哈尼娅离开的消息留到最后才说。

“她不仅不会成为你的人。”我也用同样的语调，冷冰冰地回答说，“而且你再也见不到她了。我知道你会写信给她，不过我预先警告你，我会监视这一切的，即使是头一次被抓住，我也会把你的送信人狠狠鞭打一顿。你自己也不能到我家去了，我不准你来!”

“等着瞧吧！”他气冲冲地答道，“现在该轮到我说了。不是我，而是你的行为可耻！现在我看得很清楚，我问过你，你爱不爱她，你回答说，不爱。我本打算及时退出，但是你拒绝了我的自我牺牲。这是谁的过错呢？你说你不爱她，这是在撒谎。由于你的自尊心，由于你的自私和骄傲，你才羞于承认你是爱她的，你是偷偷摸摸地爱，我是光明正大地爱，你是暗地里在爱，我是公开大胆地爱。你破坏了她的生活，我却努力使她幸福。这是谁的错误呢？我本来是会退出来的，上帝可以作证，我本来是会退出来的。但是现在为时太晚了。现在她爱我。你好好听着我对你说的话：你们可以禁止我到你家里去，也可以没收我的信，但是我要对你们发誓，我是决不会放弃哈尼娅的，我忘不了她，我要永远爱她，哪怕她走到天涯海角，我也要找到她，我的行为是光明磊落的，是诚实坦然的。我爱她！我爱她胜过世上的一切，她是我的整个生命，没有她我就活不下去了。我不会给你家里带来不幸。但是你要记住，现在我心里有一种连我自己都觉得可怕的东西，我已经做好了一切准备。嗯，如果你们虐待哈尼娅……”

他说这些话时，说得很急。他脸色苍白，嘴紧闭着。强烈的爱情攫住了这个火一般热的东方性格，如同火中的热气一样，从他身上喷射出来。但是我对此置若罔闻，以冷静的、淡漠的坚定态度回答道：

“我来这里不是来听你的陈述，我蔑视你的威胁。我再次告诉你，哈尼娅永远也不会是你的!”

“你再听我说，我是怎么爱哈尼娅的，爱得有多深，我都不想说了，因为我无法表达出来，而你也不想了解。我要向你声明，尽管我是那样爱她，但只要她爱你，我心里也还保存有那种高尚的情操，我就会永远放弃她。亨利克，我们都应该为她着想啊！你一向都是个气度很大的人。所以你听着，放弃她吧！以后你对我提出什么要求，甚至要我的性命都可以。这是我伸给你的手，亨利克，这是事关哈尼娅呀，事关哈尼娅呀，你可得记住！”

他俯身过来，张开着双臂，我勒马后退。

“让我和我父亲去照顾她好了，我们已经替她安排得妥妥当当的。我荣幸地通知你，哈尼娅后天就要出国，你再也看不见她了。好了，再见！”

“啊，既然是这样，那就等着瞧吧！”

我掉转马头朝家里走去，再也没有向后看一眼。

哈尼娅离开之前的两天里，我家里的气氛一直很沉闷。戴维斯夫人和我的两个妹妹在我和父亲那次谈话之后的第二天就离开了，家里只剩下我、父亲、卢德维克神父和哈尼娅。这个可怜的姑娘已经知道她必须离开这里，感到很绝望。很显然，她想求我帮助她，想从我这里得到最后的救援。不过我猜出了她的意图，就尽力避免单独和她在一起。我非常清楚自己，只要一看到她的眼泪，她就能从我这里得到她所要的一切，我是什么也不会拒绝她的，我甚至回避她的眼神。每当她望着我或我的父亲时，她的眼里都有一种哀求的目光，使我无法忍受。

不过，话又说回来，即使我愿意为她去向父亲说情，我也知道那是无济于事的，因为我父亲一旦决定了的事，就再也不会改变了。除此之外，由于内疚，我也和哈尼娅离得远远的。我和米查最后的那次谈话，我近来的严厉态度，我所干的全部事情，以及我不接近她，却远远监视她的行径，都使我有愧于她。当然，我是有理由监视她的。我知道，米查像一只猛禽那样，一天到晚都在我家的周围转来转去。就在我们谈话后的第二天，我就看到哈尼娅慌慌张张地把一张字条藏了起来。毫无疑问，不是他的来信，就是她给他的信。我猜想他们还可能见过面，尽管黄昏时刻我在监视着赛义姆，却无法抓住他。这两天真是光阴似箭，很快就过去了。哈尼娅晚上就要到乌斯吉查去了。那天下午，我父亲到城里市场上去买马，还把卡佐也带去了，好让他试试马。只有我和卢德维克神父两个人在陪着哈尼娅。

我注意到，随着决定性时刻的越来越近，哈尼娅就越是表现出一种奇怪的不安，她神情恍惚，浑身颤抖，她有时像受了惊吓似的畏缩成一团。太阳终于西沉了，沉入翻腾的云层里，云呈黄色，预示着一场冰雹和暴风雨的来临。好几次，听到了西方天空中远远传来的雷鸣声，像是即将来临的暴风雨在咆哮，空气显得沉闷、燥热，充满了雷电。小鸟躲在屋檐下或者大树上，只有燕子在空中来回飞翔。树叶不再沙沙作响了，而是昏昏欲睡地垂挂在那里。庄园里传来了从田里回来的牲口的哞叫声。一种沉闷的不安笼罩着整个大自然。卢德维克神父吩咐关好窗户。我想在暴风雨来临之前赶到乌斯吉查去，于是我站了起来，朝马厩走去，吩咐把马车赶到门口来。当我离开房间的时候，哈尼娅也站了起来，随即又坐了下去。我看了她一眼。她脸上一阵红，一阵白。“我真要闷死了！闷死了！”她大声叫道，坐在窗前，用手帕扇了起来。而且她那种奇怪的心神不定越来越显而易见。“还是再等等好，过不了半小时，暴风雨就要来了！”卢德维克神父对我说道。“有半个小时，我们就能到乌斯吉查了，而且谁也难以断定，这种天气是不是一场虚惊呢！”我回答说。于是我跑进了马厩，有一匹马已经给我备好了马鞍，可是，套拉车的马，他们却像平时一样拖拖拉拉。过了半个小时，车夫才把马车赶到大门口。我骑马跟在车后。暴风雨看来就在头顶上了，我不想再耽搁了。哈尼娅的行李已经搬出来了，安放在车上。卢德维克神父身穿一件白亚麻布外袍，已经等在门口了，他手里拿着一把大白伞。

“哈尼娅在哪里，她准备好了吗？”我问神父。

“准备好了，她到小教堂去祷告已经快半个小时了！”

我跑到小教堂，那里没有哈尼娅，我又从小教堂跑到餐厅，从餐厅到客厅，到处都找不见哈尼娅。

“哈尼娅！哈尼娅！”我开始喊了起来。

没有回答。

我有些着急了，跑到她的卧室去。我原以为她或许又病了。房间里只有老温格罗夫斯卡坐在那里抽泣。

“是不是到了该和哈尼娅小姐告别的时候了？”她问道。

“小姐在哪里？”我焦急地问道。

“小姐到花园去了！”我赶紧跑进了花园。

“哈尼娅！哈尼娅！是上车的时候了！”

一片寂静。

“哈尼娅！哈尼娅！”

像是回答我的喊声，受到暴风雨到来前大风的吹动，树叶发出了不安的响声，还掉下了几颗大的雨点。然后又是一片寂静。

“这是怎么回事？”我问自己，惊恐得连头发都要竖起来了。

“哈尼娅！哈尼娅！”

有那么一刹那，我仿佛听见了从花园另一端传来的回答声。我松了一口气。“啊！我真是个傻瓜！”我心里想道，便朝回答声传来的那个方向奔了过去。

我在那里什么也没有找到，连一个人影也没有。

花园的这一边是一道篱墙，墙外是一条土路，直通草地中间的羊圈。我抓住墙头朝土路望去，路上空无人迹，只有庄园里的牧童伊格纳兹正在篱墙下面的水沟里放牧鹅群。

“伊格纳兹！”

伊格纳兹脱下帽子，朝篱墙跑了过来。

“你看见小姐没有?”

“看见了，小姐刚刚从这里坐车过去的！”

“什么？她到哪儿去了?”

“噢，朝树林那边走的，是和霍热尔的少爷一道坐车走的，他们把马车赶得快极了！”

耶稣！玛丽亚！哈尼娅是和赛义姆私奔了呀！

起初，我一下子蒙得摸不着头脑了，后来这事像闪电似的掠过我的脑海。我想起了哈尼娅的心神不定，还有我看见她拿的那封信，这一切都表明他们是预先安排好了的。米查给她写过信，还和她见过面，他们挑选了我们动身前这个时刻逃走，因为他们知道，这个时刻大家都在忙乱着。耶稣玛丽亚！我全身都在冒冷汗，我不知道我是怎么回到大门口来的。

“牵马来！快给我牵马来！”我用可怕的声音叫喊。

“出什么事了？出什么事了?”卢德维克神父大声问道。

但是回答他的却是一声巨雷，正好这时候它在半空中轰响了。我催马飞驰，风在我耳边呼呼直响。我冲进了菩提树林荫路，策马朝他们走的那条路上飞奔而去。我跃过一道栅栏又一道栅栏，继续朝前飞驰。车迹清晰可循。不过这时候，暴风雨来临了，天空一片昏暗，一道道耀眼的闪电划破重重乌云。有时整个天空都是一片火光，接着便是一片深沉的黑暗，雨水像一道道溪流似的倾泻下来。道路两旁的树木痉挛似的朝四面八方扭动着。我的马被我疯狂地鞭打着，被马刺踢着前进，开始喘息、呻吟起来了，我自己也愤怒得喘不过气来。我把身子伏在马颈上，追寻着路上的车迹前进，除此之外，我就什么也不顾，什么也不想了。就这样，我驰进了森林。这时候，暴风雨越来越凶猛可怕了，仿佛天和地都在大发雷霆。森林里的树被狂风吹弯得有如一片麦田，它那黑色的树枝起伏不停。雷声在黑暗的松树中间回荡着。雷电的轰鸣，树枝的沙沙声，树枝折断的咔嚓声，所有这一切交织成一支可怕的合唱队。我再也看不见车迹了，但是我仍然像狂风一样向前驰骋。直到驰出森林，借着闪电的亮光，我才辨认出了路上的车痕。然而同时，我不无担心地看到，我的马呼吸更困难了，步子也更慢了。我加倍地鞭打着我的坐骑，在这森林外面，尽是一片沙地。我本可以从它旁边绕过去的，但是赛义姆一定也是从这里穿过去的。这样一来就会使他的逃走缓慢下来。

我抬眼望天。“啊，上帝啊！让我快快追上他们吧！然后如果您愿意，即使杀了我也可以！”我绝望地叫喊道。我的祷告上帝果真听见了。突然间，红色的闪电划破了黑暗，借着它的红光我看见了正在奔驰的那辆小马车，我还辨认不清那两个逃亡者的脸孔，但我相信那一定是他们。他们和我相距半俄里远，不过他们跑得不快，因为天昏地暗，大雨滂沱，赛义姆不得不小心翼翼地前进。我发出一声既包含着愤怒，又充满欣喜的喊叫。现在他们是无法逃脱的了。

赛义姆回头一望，也大喊了一声，随即用鞭子抽打着那两匹受惊的马。凭借闪电的亮光，哈尼娅也认出了我。我看到她绝望地紧紧抓住赛义姆，他对她说了些什么。几秒钟后，我已经离他们这样近，连赛义姆的声音我都听见了："我身上有枪，不要靠近！要不，我就开枪了！"他在黑暗中喊道。但是我什么也不怕，离他们越来越近了。"站住！站住！"赛义姆喊道。我离他们只有十五步远了，不过路开始好走了，赛义姆又挥鞭催马飞奔。转瞬之间，我们的距离又拉大了，不过我又赶上了他们。这时候，赛义姆转过身来。开始用手枪瞄准。他怒气冲冲，瞄准却很镇静。再有一会儿，我就能用手抓住马车了。但是砰的一声枪响……我的马朝旁边一跳，跟着又跳了几下，前腿便跪下了，我把它拉起来，它又一屁股坐下了，大声喘息着，和我一起倒在地上。

我立即跳了起来，拼命追赶着，但这不过是瞎跑一气罢了。马车很快就离我越来越远了。后来，当闪电划开乌云时，我才又一次看见了它。马车连同我最后的希望，一道消失在远方的黑暗中。我试图大声叫喊，但喊不出声来。我气喘吁吁的，马车的辚辚声传到我的耳中，越来越弱了，越来越弱了。最后我被石头绊了一跤，倒在地上了。

过了一会儿，我又站了起来。

"他们走了，走了，消失得不见踪影了！"我大声地一再说着，我自己也不知道我到底是怎么一回事。我浑身无力，在这暴风雨里，在这茫茫黑夜中，我独自一人，形单影孤。这个魔鬼米查战胜了我。啊，若是卡佐没有和我父亲进城去，要是我们两个人一起去追赶他们，那该有多好啊！可是现在呢，"怎么办？现在该怎么办？"我大声叫喊，这样能使我听得见自己的声音，才不至于发疯。我觉得连风也在嘲笑我，它嘻嘻笑道："你坐在路上，没有马。他和她却远走高飞了！"风在怒吼，在狂笑，在嘻嘻冷笑。我又回到了我的马那里，从它的鼻孔里流出了一道像溪流一样的开始凝结的黑血，不过它还活着，奄奄一息，它把失去光泽的眼睛转向我。我坐在它旁边，头靠在它身上，我仿佛觉得自己也要死了。此时，风在我头上呼啸，它大笑着，喊叫着："他和她远走高飞了！"有时候，我觉得听见了那可怖的车轮的辚辚声，它飞驰在黑暗中，把我的幸福也带走了。风在不停地呼啸："他和她远走高飞了！"我很奇怪地昏迷过去了。我不知道昏迷了多久，等我清醒过来时，暴风雨已经停息了。一片片明亮的、轻柔的白云，飞快地飘过天空、云块之间。夜空蔚蓝，明月高悬，田野上升起了滋润的雾气。我那匹已经僵硬了的死马使我记起了所发生的一切。我环顾四周，想认出这是什么地方。在右方，我看见远处的窗口上有灯光在闪烁，于是我急忙朝那里走去。原来我就在乌斯吉查的村口。

我决定到庄园去见乌斯吉茨基先生，在这里要见他很容易，因为乌斯吉茨基先生不住在大院中，而是住在他的一所独立的小房里，他经常在这里工作和睡觉。他的窗子还亮着灯光，我敲了敲门。

他亲自给我开了门，见到我，吓得他直往后退。

"笑话，看看你成了什么模样！亨利克！"他说。

"我的马在乌斯吉查附近给雷打死了，我没有别的办法，只好到您这儿来。"

"以父与子的名义！你全身都湿透了，会着凉的，不过现在太晚了。笑话！我叫他们给你送吃的穿的来！"

"不！不！我得马上回去！"

"是吗？为什么哈尼娅没有来？我妻子两点钟就要离开这里。我们以为你会送她来这里过夜的。"

我突然决定把一切都告诉他，因为我需要他的帮助。

“先生，我们家发生了一件不幸的事情，我希望您不要告诉任何人，连您的夫人、女儿和家庭教师都不要告诉，因为这关系到我家的名誉。”

我知道他是不会告诉别人的，不过，要把这件事隐瞒住，我也不抱多大的希望，因此，我事先给他打打招呼，以便他在必要的时候也可以替我们做做解释工作，所以我把这一切都告诉了他，只有我爱哈尼娅这一点除外。

“那么你一定得跟赛义姆决斗啦！笑话！什么？”他听了我的叙述后说道。

“是的！我想明天就去和他决斗。不过，我今天还要去追寻他们。我请求您给我一匹最好的马。”

“你没有必要去追他们了，他们并没有跑得很远。他们跑来跑去总得要跑回霍热尔去。他们又能跑到什么地方去呢！笑话！他们会回到霍热尔来，跪在老米查的面前！他们别无他法……老米查会把赛义姆关在谷仓里，而小姐呢，他会把小姐送回到你们家里。笑话！什么？可是哈尼娅呀哈尼娅！唉！”

“乌斯吉茨基先生！”

“喏！喏！我的孩子，你别生气！我不会把她当坏女人看待，可是我家的女人们对她可就会有不同的看法了！我们何必浪费时间呢？”

“啊，是的！我们别浪费时间了。”

乌斯吉茨基考虑了一会儿。

“我知道该怎么做了。我马上就去霍热尔，你现在也回家去，不过最好还是等在这里。如果哈尼娅还在霍热尔，我就把她带回来送到你家里去。你会说，他们不会把她交给我的。笑话！不过，我倒愿意让老米查和我一道把哈尼娅送回你家，因为你父亲是个性情暴戾的人，他一定会向老米查挑战的！但是，这不能怪那个老头子，是吧？”

“我父亲不在家！”

“那就更好了！那就更好了！”

说到这里，乌斯吉茨基先生拍了拍手。

“雅涅克，你来一下！”

他的男仆走进了房间。

“十分钟之内给我备好车，明白吗？”

“也给我备匹马，好吗？”我说道。

“给这位先生准备另一辆车。笑话，亲爱的先生！”

我们沉默了片刻，过了一会儿，我说：

“先生，您能让我给赛义姆写封信吗？我情愿用书信去向他挑战。”

“为什么？”

“我担心老米查不让他决斗，他会把他关上一段时间，他会认为只要这样惩罚一下就够了，可是我觉得这太轻了！如果赛义姆已经被老米查关起来了，你就无法见到他，由老头子转告他是不行的，但是你可以把信交给别的人。我也不想把决斗这件事告诉我的父亲。也许他会向老米查挑战。不过，那个老头子是无辜的。如果我先和赛义姆决斗了，那我父亲就失去挑战的理由了。另外，你自己也说过，我必须和他决斗。”

“我的确是这样说的，决斗！决斗！对于贵族说来，这是最好的办法，无论是老的，还是少的，全都一样。对于别的人，可以不这样做。笑话！可是对于一个贵族说来，那就只能如此。好，你就写吧！你做得对！”

我坐了下来，写了下面这封信：

你是个无赖，我这封信就是给你的一记耳光。如果你明天不带着手枪或刀剑到瓦赫小屋的附近去，那你就是最无耻的懦夫了，你好像就是这样的人！

我把信封好后交给了乌斯吉茨基先生。然后我们都来到了院子里，因为给我们准备好的马车已经停在那里。我刚要上车，脑海里突然闪出一个可怕的想法。

“先生，如果赛义姆没有把哈尼娅带回到霍热尔去，那又怎么办呢？”我对乌斯吉茨基先生说道。

“如果他没有回霍热尔，那他也有时间到别处去的。现在是夜晚，有五十条道路通向四面八方……你就是去找也等于瞎跑一气。不过，他能把哈尼娅带到哪里去呢？”

“到N城！”

“这一对马哪能跑十六米拉远呢？这点你就放心好了。笑话！什么？明天我就到N城去，甚至今天也可以去，不过，还是要先去霍热尔一趟。我再向你说一遍，你放心好了！”

一小时之后，我回到了家里。夜深了，非常深了，但庄园的窗户都还闪着灯光，显然是人们拿着蜡烛在各个房间里跑来跑去。当我的马车驰到大门口时，门立即打开了，卢德维克神父手拿蜡烛来到了门廊里。

“轻点！”他把一只手指放在嘴唇上，轻轻地对我说。

“哈尼娅呢？”我焦急地问道。

“说话轻声点！哈尼娅已经回来了，是老米查送她回来的。你到我那儿去，我把一切都告诉你。”

我们来到了卢德维克神父的房间。

“你怎么啦？”

“我追他们来着。米查开枪打死了我的马。我父亲回来了吗？”

“老米查刚走，他就回来了。啊，真是不幸，不幸啊！现在医生在陪着他。我们以为他要中风的。他想立刻去找老米查决斗。你不要到你父亲那儿去，免得打搅他。明天你再请求他不要和老米查决斗。这是深重的罪过，但是那位老先生并没有什么过错。他已经打了赛义姆一顿，并把他关起来了，他又亲自将哈尼娅送了回来。他还嘱咐大家不要说出去，幸亏你父亲当时不在家。”

所有这些都说明，乌斯吉茨基先生真是料事如神，猜得多准啊。

“哈尼娅怎么样了？”

“她全身湿透了，在发烧。你父亲痛骂了哈尼娅一顿。可怜的孩子！”

“斯达希医生看过她吗？”

“看过了，他立即吩咐让她躺下休息。老温格罗夫斯卡守在她床边。你在这里等我一下，我到你父亲那里去，告诉他你回来了。他派出人马到四周去找你。卡佐也不在家，找你去了！上帝！全能的上帝，怎么会发生这样的事呀！”

卢德维克神父一说完，就到我父亲那里去了。我无法坐在他房间里等着，便跑到哈尼娅那里去了。我并不想见到她。啊，不！这次她付出的代价太大了。我只是想证实，她真的回来了，她又一次安全了。在我家里，在我身旁，不再受到暴风雨和今天这些可怕事件的袭击。当我走近她的房间，一种奇怪的感情涌上心头。我心里感到的不是愤怒，不是仇恨，而是深沉的悲哀，是一种巨大的无法描述的怜悯。怜悯这个不幸的可怜人儿，她成了赛义姆疯狂的牺牲品。我把她想象成一只被老鹰抓走的鸽子。啊！这可怜的姑娘一定受到了很大的侮辱。她在霍热尔、在老米查面前感受到了多大的羞耻啊！我立即暗立誓言，无论是今天，还是以后，我都决不会责备她，而且还要像什么事也没有发生过似的对待她。

我刚刚走到她的房门口，门就开了，老温格罗夫斯卡从里面走了出来。我叫住了她，问道：

"小姐睡着了吗？"

"没有睡！没有睡！可怜的人！"老太婆答道，"啊！我的宝贝少爷！你要是看见这里发生的事情就好了，老爷是怎么痛骂哈尼娅的（说到这里，老温格罗夫斯卡撩起围裙擦着眼睛），当时我就心想，这个可怜的姑娘会当场死去的，她当时真是吓坏了，全身也湿透了。啊！耶稣！耶稣啊！"

"唉，现在她还好吗？"

"少爷你看看去吧。这一切会使她大病一场的，幸好医生就在近处。"

我要温格罗夫斯卡立即回到哈尼娅那里去，要她别把房门关上，因为我想看看哈尼娅，哪怕是从远处看着她也好。我从黑暗的房间里，从开着的房门望进去，看见哈尼娅身穿睡衣坐在床上，她脸色非常红，目光炯炯，我还看出她呼吸急促，显然是在发烧。

是进去，还是不进去，我犹豫不决。正好这时候卢德维克神父碰了碰我的肩膀，说道：

"你父亲叫你去！"

"卢德维克神父，她病了。"

“医生就会来看她的。现在，你去和你父亲谈谈。去吧，去吧，已经很晚了！”

“几点钟了？”

“午夜一点了！”

我用手拍了拍额头。早上五点钟，我就该去和赛义姆决斗的呀！

十一

我和父亲谈了半个小时，然后回到了我的房里，一夜都未曾躺下睡觉。我在考虑，要在五点钟赶到瓦赫的小屋，就得四点钟离开家，现在还剩下不到三个小时了。而且，过了一会儿，卢德维克神父又来看望我，看我在这次疯狂的追逐之后是不是病了，有没有把淋湿的衣服换掉。但是对我来说，湿透也好，没有湿透也好，全都无所谓。神父劝告我，要我立即上床去睡，可是他自己却在我这里唠叨个没完，时间又这样过了一个小时。

卢德维克神父又把老米查说的话详细地告诉了我。从这些话中可以看出，赛义姆简直是孤注一掷了，但是，他对他父亲说，舍此就别无他法了，他认为，私奔成功之后，他的父亲也只好祝福他们了，我们也不得不把哈尼娅许配给他了。同时还表明，就在和我的那次谈话之后，赛义姆不仅给哈尼娅写了信，而且还和她见过面，就是在那次见面时，他说服了她私奔的。姑娘一开始并不了解这种行为的严重后果，却本能地竭力反对，可是赛义姆却用种种甜言蜜语和爱情来打动她。此外，他还把这次私奔描绘成不过是一次乘车到霍热尔去罢了。从此以后，他们就会永远生活在一起，永远幸福了。他还向她保证，不久之后，他就会亲自把她送回我家来，不过那要在她成了他的未婚妻之后。那时候，我父亲就会同意这一切的，我也不得不颔首默认了，而且更重要的是，我有了罗拉·乌斯吉茨卡小姐在身边，也就更容易心情舒畅了。后来，他恳求她，乞求她，苦苦哀求她。他对她说，为了她，他宁愿牺牲一切，甚至生命，和她分手，他就会活不下去，他就会投水自尽，就会开枪自杀，或者把自己毒死。到了最后，他又跪在她的面前不起来。苦苦的哀求终于使姑娘动了心而同意这一切了。不过，他们刚开始逃走时，哈尼娅就害怕了。她含着泪水，哀求他转回去，但是他不答应，正如他对他父亲说的，那时候，他连整个世界都置之不顾了。

这就是老米查对卢德维克神父说的一番话。他之所以要这样说，也许是想证明，赛义姆采取这种疯狂的行动，完全是出于忠诚的爱情。卢德维克神父经过全面的分析之后，并不赞成我父亲责怪哈尼娅的忘恩负义和大发雷霆。照神父看来，哈尼娅并没有忘恩负义，只是被世俗罪孽的爱情迷住了心窍，同时，卢德维克神父还向我进行了一番有关世俗爱情的精辟教诲。但是我并不因为哈尼娅的这种世俗爱情而责怪她，只要她的爱情转向另一个对象，我就是拿性命去换也在所不惜。我特别可怜哈尼娅，同时我的心里越来越爱她了，要想让我不爱她，除非把我的心撕成碎片。我还请求神父在我父亲面前替哈尼娅说情，要他像对我解释的那样，去对我父亲解释她的过失。随后我们就告别了，因为我想独自待一会儿。

神父离开以后，我从墙上取下了我父亲送给我的那把出名的古老马刀和两把手枪，把清晨决斗的一切准备就绪。对于这次决斗，直到这时，我既无时间去考虑，也不愿多去想它。我只想拼他个你死我活，这就是我的所思所想。对于赛义姆，我相信他是不会爽约的。我用轻软的擦布小心翼翼地擦着马刀，虽然这把马刀历时二百余年，但它那发青的宽大刀面上仍无一丝砍痕；尽管它在这些年代里砍过无数的头盔和甲胄，喝过不少瑞典人、鞑靼人和土耳其人的鲜血，刀上的金色题字“耶稣玛丽亚”依然清晰可辨，闪闪发亮。我试了试刀锋，像丝带一样的薄，刀柄上的土耳其蓝宝石仿佛在向人微笑，似乎在请求我的手去握住它、温热它。

我擦完马刀，又摆弄起手枪来，因为我不知道赛义姆会挑选哪种武器来决斗。我给扳机上了油，用碎布擦了擦子弹，接着我又非常小心地给两把手枪都装上了子弹。天空已呈现出灰色，现在是三点钟了。我做完了这些事情，便靠在沙发上，开始沉思起来。从事件的全部过程中，从卢德维克神父告诉我的那些话中，我越来越清楚地得出这样一个确凿无疑的事实，那就是，在已发生的这些事情里面，有我自己不可推卸的责任。我扪心自问，我是不是忠实地完成了老米科瓦伊交给我的保护人的职责呢？回答是“没有”。我是不是只想到哈尼娅而没有想到自己呢？回答是“不”。那么我在这整个事件中所想到的是谁呢？是我自己。而且，哈尼娅这个温柔的毫无保护的姑娘处在我们当中，犹如一只鸽子落在凶鸟的巢里。我无法消除我心中那种特别不愉快的思想：我和赛义姆都像争夺一只美味的猎物那样争着撕碎她。而在这场争斗中，凶鸟们关心的只是自己，她应负的责任最少，受的痛苦却最大。再过两个小时，我们就要为她进行一次最后的斗争，这种想法令人不快，也使人痛苦。我们这些贵族阶级的人对待哈尼娅真是太粗暴无礼了。不幸的是，我母亲久不在家，而我们这些男人的手又太粗暴了，把那朵被命运抛掷到我们中间的娇艳的鲜花捏碎了。对此，我们全家都负有罪责，现在必须用我的，或者赛义姆的鲜血才能将它清洗干净。

对于这二者，我都做好了应变的准备。

这时候，天色越来越明亮，映现在我的窗上。窗外，燕子在啁啾鸣叫着，迎接黎明的到来。我吹灭了桌上的烛光，现在天几乎全亮了。大厅里的时钟已敲响了三点半。“喏，是时候了！”我心里想道。我披上了一件斗篷，以便遮住我的武器，免得被碰见的人看见，随后我就离开了房间。

当我走过宅院时，我发现通向厅堂的大门已经敞开了，这扇大门通常晚上都是用狮子头铁锁锁住的。显然，家里有人出去了。我必须谨慎小心，决不能被别人撞见。我沿着庭院的边缘蹑手蹑脚地朝菩提树林荫路走去，仔细地察看着四周的动静。不过我觉得周围的一切依然还在睡梦中。直到我走上了林荫路，才敢抬起头来，深信家里没有人能看见我了。经过昨夜的那场暴风雨之后，早晨显得格外清新、明媚。林荫路上潮湿的菩提树发出蜂蜜似的芬芳，强烈地刺激着我的嗅觉。我转向左边，朝铁铺、磨房和堤坝走去，这条路是通向瓦赫的小屋的。在早晨的清新和明媚的影响下，疲倦和睡意一下子从我的身上消失了。我心里充满了欢乐，仿佛有一种内心的预感在告诉我，再过一会儿就要进行的这场决斗我一定会打赢。赛义姆是个射击能手，但是我的枪法也不差；赛义姆在使用刀剑方面的确比我灵巧，但我的力气比他大，而且大到每当我一剑刺过去，他几乎都招架不住。“总之，一切都只好听天由命了！”我心里想道，“一切都会了结了！长期折磨我的、压得我喘不过气来的这个难解之结，即使不能解开，也会一刀两断了。”另外，无论赛义姆是出于真心实意，还是虚情假意，他对哈尼娅都是负有罪责的，他必须偿还他的罪过。

我这样思考着，不觉来到了湖岸边。晨雾和水汽不断从空中下降到水面上。黎明把蓝色的平滑湖面洒上了一层朝霞的光辉。明媚、静谧，一切都呈现出玫瑰色彩。只有野鸭的呷呷叫声从芦苇丛里传到了我的耳中。这时候，我都快要走到水闸和桥边了，突然我停住了脚步，仿佛被钉在地上似的。

我父亲背着双手，站在桥上，手里拿着一根已经熄灭了的烟斗，他趴在栏杆上，站在那里，沉思地望着湖水和晨曦。很显然，他和我一样，也是一夜未睡，一大早出来，想呼吸清晨的新鲜空气，也许想到处转转，看看他的农田。

我没有一下子看见他，因为我是沿着路边走的，柳树又把桥栏杆遮住了。等我看见他时，相距不过十步远了。我躲在一棵柳树后面，竟不知道怎么办好。

但是我的父亲依然站在那里，我看到他满脸忧虑，神情疲惫。他环视着湖水，喃喃念起了他的早祷，祷文传入我的耳际，清晰可闻。

"健康的玛丽亚，你大慈大悲，上帝与你同在。"接着他声音低了下来，随后又高声念道：

"你生命之果受到赞美！阿门！"

我站在柳树后面，等得急不可耐，打算悄悄溜过桥去。我是能溜过去的，因为我父亲是面向湖水而立的，此外，我已经说过，他有点耳背，那是他在军队服役期间，剧烈的大炮的轰鸣声把他的耳朵给震聋了。我轻手轻脚地往桥上走去，想穿过桥，到达对面的柳树林里。然而不幸的是，铺得不好的桥板响了起来，我父亲回头一看：

"你在这里干什么？"他问道。

我脸红得像甜菜头一样。

“出来转转，父亲。我是出来转转的！”

但是我父亲朝我走了过来，把我裹得紧紧的斗篷掀了起来，指着马刀和手枪问道：

“这是干什么的?”

我没有别的办法，只好供认了。

“我要把一切都告诉你，爸爸。我是去和米查决斗的！”我说道。

我原以为父亲会大骂我一顿的，可是出乎我的意料，他并没有发脾气，只是问了一声：

“是谁向谁挑战的?”

“是我向他挑战的！”

“也不和你父亲商量一下，一句话也不说就去决斗吗?”

“我是昨天追到乌斯吉查时，立即向他挑战的，当时我无法向你请示，也害怕你不准我去决斗。”

“你说对了！快回家去！这种事留给我去办！”

我的心比任何时候都要痛苦，也更加失望。我大声叫道：

“我的父亲，我以你认为神圣的一切、以对祖先的铭念来恳求你，别不让我去跟那个鞑靼人决斗。我记得你把我叫作民主主义者，还为此而生我的气，可是现在我想起了我身上流的是祖父和你的血。爸爸，他侮辱了哈尼娅！难道就这样放过他吗？决不能让别人背后议论，说我们这一族人任凭一个孤女被欺侮，而不去替她报仇。我更应该这样做，因为我爱她，爸爸，我没有把这件事告诉你，但是，我可以发誓，即使我没有爱上她，仅仅为了她是个孤女，为了我们的家族，为了我们的名誉，我也会做我现在要做的事。良心告诉我，这是高尚的行为！爸爸，我想你也不会否认这一点的。如果这真是一件高尚的行为，我决不相信你会不让我成为一个高尚的人。我决不相信！爸爸，我决不相信！爸爸，你要知道，哈尼娅是被人侮辱了！我已经挑战了！我许下了诺言。我知道我还没有成年，可是，难道一个未成年的人就不会有成年人那样的自尊心、那样的荣誉感吗？我挑战了，我已经约定了。你不止一次地教导我，荣誉是贵族的最高准则。我已经约定了，爸爸！哈尼娅被侮辱了，这是我们家的污点！而且我已经约定了，爸爸！爸爸！”

我把嘴唇紧贴在他的手上，我伤心地大哭起来；我几乎是在祈求我的父亲；不过，当我说着这些话时，他那严厉的脸孔变得温和慈祥起来。他抬头仰望着天空，一颗硕大的泪珠、真正父亲的泪珠，掉在我的前额上！他内心正经历着激烈的斗争，因为我是他的眼珠子，他爱我超过世上的一切，所以他在为我而战栗，他终于低下了他那颗白发苍苍的头，用轻得刚能听得见的声音说道：

“让你祖祖辈辈信仰的上帝保佑你，去吧！孩子，去和那个鞑靼人决斗吧！”

我们相互拥抱在一起，父亲把我紧紧地搂抱着，久久地把我抱在他的怀里。后来，他终于从激动中平静下来，用坚定而愉快的口气对我说道：

“孩子，好好地打吧！让祖辈的在天之灵都能听见！”

我吻着他的手，他又说道：

“是用刀剑，还是用手枪？”

“由他挑选！”

“有证人在场吗？”

“没有，我信任他，他也信任我，我们要证人干什么？”

我又搂住了他的脖子，因为到了我该走的时间了。我走出一段距离，再回首一望，我父亲依然站在桥上，远远地朝我画着十字，给我送行。朝阳的第一道霞光照射在他那高大的身躯上，仿佛一轮光环在围绕着他。在霞光中，这位高举双手的白发老军人使我觉得他就像一只年老的雄鹰，在远远地祝福它就要开始过自由飞行生活的小鹰，而这种生活是他从前所喜爱的。

啊！我当时真是热血沸腾，心潮滚滚，充满了无比的欢乐、自信和激情，这时候，即使在瓦赫的小屋旁有十个赛义姆，而不是一个赛义姆在等着我，我也会向这十个人挑战，和他们决一雌雄的。

我终于到达了小屋旁，赛义姆已在林边等着我了。我承认，当我望着他的时候，我心里就有这样一种感觉，好像一只狼在望着自己的捕获物似的。我们相互好奇而又恶狠狠地盯着对方的眼睛看。在这两天里，赛义姆变样了，变得更瘦更丑了，也许这是我个人的感觉。他的眼睛发出狂热的光芒，嘴角抽动着。

我们两个立即朝森林深处走去，路上没有交换过一句话。最后我们来到了松林中间的一小块空地上，我停了下来，说道：

“就在这里，你同意吗？”

他点了点头，开始解开外衣，好脱掉它便于决斗。

“你挑选吧！”我指着马刀和手枪，对他说道。

他指了指他带来的马刀，那是一把用大马士革钢制作的土耳其马刀，刀尖很弯。

这时候，我脱掉了外衣。他也跟我一样，不过，在脱下外衣之前，他先从口袋里拿出了一封信。

“如果我死了，就把这封信交给哈尼娅小姐。”

“我不拿。”

“这不是情书，只是一封解释的信。”

“好吧！”

我一边说着，一边卷起衬衫的袖口来。直到这时候我的心才开始跳得快一些。赛义姆终于抓起了刀柄，挺直了身子，摆好了击剑的姿势，挑战似的把马刀傲慢地横握在头上，简短地说了一声：

“我准备好了！”

我也摆好了同样的姿势，把我的马刀架在他的马刀上。

“开始吗？”

“开始！”

“那我们就动手吧！”

我非常凶猛地朝他攻了过去，他不得不后退几步，好不容易才架住了我的刀势。可是我每刀砍去，他回击得那样迅速、敏捷，使每次的攻和防几乎是同时发出响声来。

他满脸通红，鼻孔张大，眼睛像鞑靼人一样，朝上挑起，发出灼人的光。有一会儿，只能听见刀锋的碰撞声，钢铁的单调响声，和我们两人嘴里的喘息声。没过多久，赛义姆就明白了，如果决斗拖得太久了，他是必定要失败的，因为他的体力和肺部都会支持不住的。他的额上冒出了大滴大滴的汗珠，呼吸越来越急促了，他被一种暴怒，一种战斗的狂热控制住了。由于跳动而散乱的头发垂落在他的额头上，他那张着的大嘴里，雪白的牙齿在闪光。谁都能看得出来，他一拿起刀剑，一闻到血腥气，他那鞑靼人的天性就苏醒了，就变得野蛮起来了。不过，我的愤怒也不低于他，力气却比他大，因而占有一定的优势。有一回，他没有架住我的刀砍，血就从他的肩上流了下来。几秒钟后，我的刀尖又划破了他的前额，一道鲜红的混杂着汗水的血流顺着脸孔流到了他的嘴上和下巴上，他的样子看起来实在可怕。这好像把他激怒了。他像只受伤的猛虎，蹿上前来，又立即跳开，他的刀锋有如风驰电掣，在我头上、臂旁和胸前急速地飞舞着，我非常吃力地才把这种疯狂的刀法架住。尤其是因为我一心放在进攻上，招架起来就显得更吃力了。我们一次次地挨得那样近，两个人的胸部几乎都相撞了。赛义姆突然向后一跳，他的马刀在我的太阳穴边呼啸着，我非常凶猛地架开了他的刀击，用力之大竟使得他一时抽不回刀来护住他的头部，我瞄准了一刀，这一刀下去真会把他的脑袋劈成两半……可是，突然间，我的头上竟像遭到了雷劈一样，我大叫了一声：耶稣玛丽亚！马刀就从我的手上掉了下来，我像一棵被砍倒的大树那样，脸朝下地倒在地上了。

十二

有很长一段时间，我既不知道，也不记得我后来到底是怎么样了。等到我清醒过来时，我正躺在我父亲的房间里，躺在我父亲的床上。我父亲坐在我旁边的一张椅子上，头朝后靠着，他脸色苍白，眼睛时闭时睁。百叶窗都关上了，桌上点着蜡烛，房间里是那样寂静，连滴答滴答的钟声我都能听见。有一段时间，我漫无目的地望着天花板，想集中我那懒散零乱的思想。后来我试着翻动一下身子，但是，我头上的那种无法忍受的疼痛使我一动也不能动了。这疼痛多少使我想起了发生过的一切，于是我用低微的、虚弱的声音叫道：

“爸爸！”

我的父亲身体惊颤了一下，然后朝我俯下身来，他的脸上现出了又是高兴、又是激动的神情，说道：

“上帝啊，我真感谢您！他恢复知觉了！什么事？我的孩子，什么事？”

“爸爸，我和赛义姆决斗过吗？”

“是的，我亲爱的儿子，别再去想它了！”

沉默了片刻，我又问道：

“爸爸，是谁把我抬回到这间房里来的？”

“是我把你抱回来的。不过，你不要再说话了，别累着自己！”

过了还不到五分钟，我又问起他来，不过这次我说得非常慢。

“爸爸！”

“什么事？我的孩子！”

“赛义姆怎么样了？”

“他因为流血过多，昏过去了。我叫人用车把他送回霍热尔去了。”

等我再想问哈尼娅和我母亲的情况时，我的知觉又在渐渐地失去。我仿佛看见了黑狗和黄狗双脚直立起来，在我的床边跳来跳去，我开始注视着它们。接着我又梦见我听到了林中传来的笛声。我还常常看到，挂在我床对面的不是那座钟，而是一张人脸，一会儿从墙上往下看着我，一会儿又藏在墙后面。这倒不是一种完全昏迷的状态，不过是发烧发得神志不清了，这种状态还持续了一个相当长的时间。有时我觉得清醒些，这时候，我就能分辨出围在我床边的那些人的脸孔：我父亲的，卢德维克神父的，卡佐的，斯达希医生的。我记得在这些脸孔中，有一张脸我没有见到，是谁的呢，我记不清楚了，但是我知道，是缺少那么一张脸的，而且我本能地在寻找它。有一天晚上，我睡得很沉，快到天亮的时候我才醒了过来，桌上的蜡烛还在点着，我觉得自己非常非常虚弱。突然之间，我发觉有一个人俯身在我的床头，我没有一下子认出来，可是一看到她，我是那样欣喜异常，仿佛我已经超脱了尘世进入了天堂似的。那是一张天使的脸，它是那样温柔可亲，那么圣洁，那么善良，泪水默默地从她的眼里流了出来，我也觉得自己忍耐不住要哭出声来了。正好在这时候，我的知觉又恢复了，我的眼睛又能分辨东西了，于是我轻轻地叫道：

“妈妈！”

这张天使般的脸朝我那只静放在被单上的瘦骨嶙峋的手俯下身来，将它紧贴在她的嘴唇上。我竭力想抬起身来，可是我又感到了太阳穴上的疼痛，我只好喊道：

“妈妈，痛！”

我母亲——她就是我母亲——开始给我换去放在我头上的冰绷带。过去换一次绷带，我都要受一次痛苦，可是现在，这一双温柔可爱的手，在我被砍伤的头上，动作是那样小心，那样轻柔，使我感觉不到丝毫的疼痛，于是我轻轻地说道：

“太好了，真是好极了！”

从这时起，我就更清醒了一些。快到傍晚的时候，我才开始发起烧来。我往往在发烧时见到哈尼娅，虽然我在清醒时从未见到过她。然而我总是看到她处在某种危险中。有时看见一只红眼的狼直朝她冲了过去，有时，她又被某个人带走，这个人像赛义姆，但又不是赛义姆，这个人满脸长着黑毛，头上生着一对角。每当这种时刻，我便叫喊起来，或者是谦恭有礼地请求那只狼或那个长角的怪物，不要把哈尼娅抢走。这时，我母亲便把她的手放在我的额头上，噩梦往往会立即消失。

到了后来，我的烧热终于退了，我也变得完全清醒了。但这并不意味着我的病情好转了。随即又发生了并发症，出现了极度的虚弱，很显然，我的生命快要结束了。我整天整夜地望着天花板上的某一点。看起来我是清醒了，但是我对一切都非常淡漠了。对于我来说，是生是死都无所谓了，对于守候在我床边的那些人，我也是漠不关心的。我感受到这种种事物，我看得见周围所发生的一切，我也记得这一切，但是我无法集中我的思想，也没有力量去理会它们。有一次，黄昏时刻，我显然是要死了。他们在我的床头，点起了一支巨大的黄蜡烛，接着我又看见身穿圣袍的卢德维克神父，他在给我举行临终圣礼，为我涂着圣油。他一边做，一边抽泣着，差点昏了过去。我母亲不省人事，被人抬出了房间。卡佐坐在墙边号啕大哭，还揪着自己的头发。我父亲双手紧握着，完全像石头人那样呆坐在那里。这一切我都看得清清楚楚，但我依然是无动于衷，和往常一样，用呆滞无神的眼睛望着天花板，望着脚那头的床栏杆，或者望着窗户。乳白的、银色的月光穿过窗户照射进来。

接着，所有的仆人开始从各扇门里走了出来。由卡佐带头哭起来，抽泣、呜咽和号啕大哭的声音响彻了整个房间。唯有父亲还像原先那样呆呆地坐在那里。后来，大家都跪在地上，神父开始祷告，但是他哽咽得无法再念下去了。我父亲突然站立起来，喊叫道：“啊！耶稣！耶稣！”随即便扑倒在地上，就在这时候，我觉得我的手指和脚尖开始变凉了，有一种奇异的困倦感向我袭来，真想打哈欠。“啊！我就要死了！”我这样想着，便睡着了。

但是我没有死，确实是睡着了，而且睡得那样深沉，一直过了二十四小时我才醒了过来，醒来时我感到强壮多了，连我自己也莫名其妙，怎么会这样的。我的冷漠态度消失了，是强壮的年轻躯体战胜了死亡，它以新的力量激发了新的生命。现在，在我的床边又出现了无比欢乐的场面，使我都无法描绘它们了，卡佐高兴得简直要发疯了。后来他们告诉我，决斗之后，我父亲立刻把受伤的我抱回家中，当时医生都不敢担保我能活下来。他们不得不把我这个好心的弟弟卡佐关了起来，因为他一心要追捕赛义姆，就像追捕一只野兽似的。他还发誓说，如果我死了，只要他一见到赛义姆，就要开枪把他打死。幸亏赛义姆也受了伤，不得不在床上躺了一个时期。

从这时候起，我的身体大有起色，日益强壮了。生的愿望又回到了我的身上。父亲、母亲、神父和卡佐日夜守护在我的床前。这时候，我是多么爱他们呀！无论他们之中的哪个人，只要一离开我的房间，我就会非常想念他的。伴随着生命的重返，我过去对哈尼娅的那种感情又重新回到了我的心田。当我从这场人人都以为是长眠的睡眠中苏醒过来时，就立刻问起哈尼娅来。我父亲回答说，由于村里流行的天花日益猖獗，她已经和戴维斯夫人以及我的两个妹妹都住到我的叔叔家去了，不过她身体还健康。同时他还告诉我，他已经宽恕她了，要我放心。不过，后来我还常和妈妈谈起哈尼娅，母亲看到我对这个话题比别的话题更感兴趣，也就主动谈起它来，等到结束时，还要说些不大明确却很动听的安慰话：只要我身体一复原，她和我父亲都会和我谈起许多我所感兴趣的事情，不过现在我必须安心养病，尽快让身体痊愈。

她一边说着，一边悲哀地微笑着，我高兴得真要哭起来了。然而，家里有时也发生一些事情，使我不得安宁，甚至令我感到恐惧。比如有那么一次，那是在傍晚的时候，我母亲正好坐在我的身边，仆人弗兰涅克进来，请她到哈尼娅的房间去。

我立即在床上坐了起来。

“哈尼娅回来了吗？”我问道。

“没有！她还没有回来。他请我到哈尼娅的房间去看看，因为她的房间要粉刷，要重新糊上墙纸。”我母亲回答道。

有时我觉得，我周围的那些人的额头上都笼罩着一层沉重的愁云和掩饰得不好的悲哀。到底发生了什么事情，我一点也不知道。就是去问他们，也得不到正面的回答。我追问卡佐，他的回答也和别人的一样，说家里一切都很好，我的两个妹妹、戴维斯夫人和哈尼娅不久就会回来的，最后，还叫我静心养病。

“为什么会有这种悲伤的气氛呢？”我问道。

“好吧，我把一切都告诉你，老米查和赛义姆天天都到这里来，赛义姆整天都在哭哭啼啼，非要来见你不可。可是我们的父母担心他们的访问对你会有不好的效果。”

我笑了起来。

“赛义姆真是个鬼精！他差点把我的脑壳劈成了两瓣，现在倒来为我伤心哭泣。你说说，他是不是还在想哈尼娅？”

“嘿！他还会想什么哈尼娅！当然，我不清楚，也没有问过他，不过我想，他已经放弃她了。”

“这还是个问号哩！”

“不管怎么样，得到她的将是别人，这点你就放心好了。”

卡佐说到这里，便像学生那样做了个鬼脸，以一副调皮鬼的神态说道：

“我甚至还知道是谁，不过，但求上帝保佑……”

“保佑什么？”

“保佑她早日回来。”他急忙说了一句。

他的话使我大为宽心了。几天之后，父亲和母亲都坐在我的床边。我和父亲在下棋，过了一会儿，我母亲出去了，没有关门，抬眼望去，可以看见外面的一排房间，这排房间的尽头是哈尼娅的房间。我朝那间屋子望了一眼，什么也看不清，因为除了我这间屋外，所有的房间都是昏暗的。就我在黑暗中所能看到的，哈尼娅的房门是关着的。

突然有一个人，好像是斯坦尼斯瓦夫医生，走进了那间房子，他进去后，也没有随手把门关上。

我的心不安地跳动着，哈尼娅的房间里点着灯。

灯光把一道明亮的光带投射到隔壁那间黑暗的大厅里，从这道光带中，我仿佛看见一阵阵淡淡的烟在袅袅飞舞着，就像阳光中的灰尘在旋转一样。

我的鼻子渐渐闻到了一股不知是什么的气味，后来这种气味越来越强烈，我的头发突然倒竖起来，我分辨出这是杜松子的气味！

“爸爸，这是怎么回事？！”我粗暴地叫道，把棋子和棋盘都掀翻在地上。

父亲慌乱地站了起来，他也闻到了这股讨厌的气味。急忙把房门关上。

“没有什么！没有什么！”他赶紧回答说。

可是我已经站了起来，尽管我还走不稳，我还是快步朝门口走去。

“为什么烧杜松子？我要到那里去！”我大声叫道。

父亲抱住了我的腰。

“你不要到那里去！不要去！我不让你去！”

我感到绝望了，于是我抓住包扎在我头上的绷带，气冲冲地嚷道：

“好吧！我发誓，我要扯下这绷带来，用手撕裂我的伤口。哈尼娅死了，我要去看她！”

“哈尼娅没有死，我向你保证！”我父亲喊道，抓住我的双手，和我扭在一起，“她病了，不过现在好多了，你放心吧！要冷静些！难道我们的不幸还不够吗！你躺下来，我把一切都告诉你。你不能到她那里去！你会害死她的！你冷静些，快躺在床上，我起誓，她真的好多了。”

我全身无力，倒在床上了。嘴里一再嚷道：

“我的上帝！我的上帝！”

“亨利克，你镇定些！难道你是娘儿们吗？坚强些，她已经脱离了危险，我答应过你，要把一切都告诉你，我会告诉你的。但是，这必须等你缓过来再说。把头靠在枕头上，好，就这样，把被子盖上，安静地躺着！”

我听从了。

“我已经平静了。快说，爸爸，快说！无论如何，我要知道所有的真相。她真的好些了吗？她到底出了什么事？”

“现在你就听我说吧。赛义姆同她私奔的那天晚上，下了一场暴风雨，哈尼娅当时身上只穿了一条薄裙子，全湿透了。这次疯狂行动使她付出了不小的代价，米查把她带到霍热尔后，因为那里没有衣服可换，所以她只好又穿着她原来的那身湿透了的衣服回到了家里，当晚她就全身发抖，发起高烧来。第二天，老温格罗夫斯卡又脱口而出，把你的事情告诉了她，甚至对她说，你已经被杀死了。很自然，这又使她的病情加重，到了傍晚，她就人事不省了。有很长一段时间，医生不知道她害的是什么病，直到后来……你也知道，当时村里流行天花，现在也还没有绝迹。哈尼娅得天花了。”

我双眼紧闭着，因为我觉得自己快要昏过去了，最后我又说道：

“爸爸，你往下讲吧！我很平静。”

“有一段时间，”我父亲接着说道，“她的病情极其危险。就在我们以为会失去你的那一天，她也几乎要死了。你们两个总算幸运地渡过了危急关头，今天，她和你一样，正在恢复健康之中，过不了一个星期，她就完全好了。这些日子家里真是难过呀！真是难过呀！”

父亲说完后便盯住我看，好像担心他的话会使我那颗还很衰弱的心承受不住似的。但是我一动不动地躺在床上。我们都沉默了一段相当长的时间。我把思想集中于这个新的不幸上。我父亲站了起来，在房间里大步地踱来踱去，还不时地看看我。

长久的沉默之后，我开口说道：

“爸爸！”

“什么事，孩子？”

“她是不是……破相得很厉害？”

我的声音平静而低沉，可是我的心在等待回答的时候，却怦怦直跳。

“是的！就像一般出天花的一样，也许不会留下什么痕迹来的，不过现在有些麻点，以后可能会消失，一定会消失的。”我父亲回答说。

我转身面向着墙，我觉得我的病比以前加重了。

但是，一星期之后，我已经下床了。过了两个星期，我看见了哈尼娅。啊呀！在这张本来是那样美丽、那样可爱的小脸上，竟发生了那么大的变化，我实在不想去描写了。这个可怜的姑娘从她房间里出来的时候，虽然我事先起过誓，决不露出丝毫的表情，但当我第一次见到她时，我突然全身虚脱了，竟一下子晕了过去。啊！她满脸麻点，破相得实在太难看了。

等我从昏厥中清醒过来时，哈尼娅在大声哭泣着，既是为她自己，也是为我而悲哭，因为我那时也不像人样了，倒像个影子。

“这全是我的错！这全是我的错！”她一边哭，一边重复道。

“哈尼娅，我的好妹妹，不要哭，我是永远爱你的！”我大声喊道，抓住她的双手，像过去那样，想把她的手拿起来吻一吻。

突然间，我大吃一惊，把手缩了回来。那双手过去是那样白嫩，那样纤细，那样可爱，现在却变得令人望而生畏。手上布满了黑麻子，而且又是那么粗糙，叫人一见就恶心。

“我会永远爱你的！”我费力地又说了一遍。

我是在说谎。我心里只有无限的、令人悲伤的怜悯，只有兄妹之间的友爱，过去的那种强烈的感情已经像一只小鸟似的，飞得无影无踪了。

我来到花园里，就在赛义姆和哈尼娅互相表白衷情的那座忽布树凉亭里，我放声哭了起来，仿佛在悲哭一个死去的亲人似的。

对我来说，过去的哈尼娅确实已经死了，或者不如说，是我的爱情已经死了，心里只留下一片空虚，还有像未愈合的伤口那样的痛苦，以及使我泪水横流的回忆。

我在那里坐了很久很久，在这秋日的静悄悄的傍晚，夕阳的余晖映照在树梢上。家里的人在到处找我。后来我父亲来到了凉亭。

他望着我，他尊重我的情感，让我的悲伤流露。

“可怜的孩子！”他说道，“上帝严厉地考验了你，但是你应该相信他。他永远是按照自己的旨意行事的。”

我把头靠在我父亲的胸前，我们都不说话，沉默良久。

过了好一会儿，父亲才开口说道：

“你过去非常喜欢她，因此，你告诉我，如果我对你说：‘我把她给你，让她成为你的终身伴侣。’那你会怎样来回答我呢？”

“爸爸！”我回答说，“爱情可能会消失，但荣誉永远也不会。我已经准备好了随时娶她。”

父亲和蔼亲切地吻着我。

“上帝祝福你！我知道你是什么样的人了。不过这不是你的义务，不是你的职责，而是赛义姆的！”

“他会来这里吗？”

“他会和他父亲一道来的，现在他父亲全都知道了。”

天快黑的时候，赛义姆才来，他一看见哈尼娅脸就红了，接着又变得像夏布一样白。好一会儿，从他脸上的表情就可以看出，他的心正在和他的良心展开激烈的斗争。显而易见，那只名叫“爱情”的飞鸟也已经从他身上飞走了。然而，这个诚实的小伙子终于战胜了自我，他站了起来，伸出了双手，然后跪在哈尼娅的面前，大声说道：

“我的哈尼娅，我永远是那个我。我决不会遗弃你的，决不会！”

泪水顺着哈尼娅的两颊滚滚流了下来，但是她轻轻推开了赛义姆。

“我不相信，我不相信现在还会有人来爱我！”她说道，用双手蒙着脸，接着又大声说道：

“啊，你们全都是那样好、那样高尚，只有我最下贱，罪孽最大。不过现在一切都完了，我已经变成另一个人了！”

不顾老米查的苦苦劝说，也不听赛义姆的再三恳求，她坚决拒绝了他的求婚。人生的第一场暴风雨，就把这朵可爱的含苞待放的鲜花摧残了。可怜的姑娘，经历了这场暴风雨之后，现在她所需要的是一个神圣的、安静的地方，以慰藉她的良心，安抚她的心灵。

她真的找到了这样一个神圣的、安静的栖身之地。她成了一位慈善姐妹会的修女。

后来，由于新的事件和另一场可怕的暴风雨，又使我很久没有见到她。

但是过了几年之后，我竟意外地看到了她。平静和从容又出现在她的天使般的脸孔上。那场可怕的病留在她身上的痕迹完全消失不见了。她穿着一件黑衣裙，戴着一顶修女的白帽，显得无比美丽。不过，这是一种非人世间的美，不是人类的美，而是一种天使的美。

炭笔素描

第一章　我们要在这一章里认识那些主人公，预料会有更多的事情发生

羊头镇镇长办公室里是那样安静，就像播种罂粟的时节一样。镇长是个年纪不轻的富裕农民，名叫弗兰齐什克·布拉克，他坐在桌子前面，正全神贯注地在纸上涂来画去，镇里的文书佐乌齐凯维奇先生临窗站着，用手挥赶着苍蝇。

办公室里的苍蝇多得和牛棚里一样。所有的墙壁都被苍蝇污染得完全失去了原有的白颜色。就连挂在办公桌上面的相框中的玻璃，还有镇长办公用的纸张、印章、公文簿和十字架，也都是污迹斑斑了。

苍蝇在镇长身上飞来飞去，就像在普通的陪审员身上一样。由于佐乌齐凯维奇先生的头发擦了香膏，喷过香水，更加招来了苍蝇。成群结队的苍蝇在他头上转来转去，有的落在他那留着分头的发缝里，形成了一块块有生命的活动的黑斑点。佐乌齐凯维奇先生常常轻轻地举起手来，然后突然打下，只听见头上啪的一声响，那群苍蝇便飞向空中，发出嗡嗡的响声。这时，佐乌齐凯维奇先生把头低了下来，用手指从头发中间把打死的苍蝇拈了出来，向地上摔去。

时值下午四时，整个村镇一片宁静，因为人们都下地干活去了。在办公室的窗子外面，有一头母牛在墙上擦痒，不时地把呼哧呼哧的鼻子伸到窗口来，嘴里还挂着一串串口涎。

为了驱赶苍蝇，这头母牛还常常歪起脑袋重重地撞着自己的脊背，有时还用短角去抵墙。恰好这时候被佐乌齐凯维奇先生在窗里看见，便大声呵斥起来：

“啊哩！让鬼把……”

接着他朝挂在窗边的镜子里望了望自己，用手整了整头发。

镇长终于打破了沉默。他用玛茹尔人[①]的腔调说道：

“佐乌齐凯维奇先生，你来写这个‘报交（告）’吧，我老是写不好，你又是文书。”

这时候，正好遇上佐乌齐凯维奇先生不高兴，只要他一不高兴，任何事情就得镇长自己动手去做。

“我是文书，那又怎么样！”他轻蔑地说道，“文书是专给县长或者警察局长写报告的。至于写给你们那些村长的书信，那就只好劳你自己的大驾了！”

接着他又用目空一切的傲慢态度加了一句：

“对我说来，镇长又算老几，不过是个普通的农民罢了。不管你把农民抬高到什么位置上，可农民终究是农民！”

然后他又整了整头发，对着镜子望了望自己。

镇长被他刺痛了，便生气地说道：

“你们看看他！难道我没有和警察局长一道喝过茶吗？”

“在我看来，喝茶又算得上什么了不起的大事哩？！”佐乌齐凯维奇不以为然地说道，“我想，也许连阿拉克酒都没有加吧？”

“不对，是加了阿拉克酒的！”

“好吧，就算是加了阿拉克酒，那我也不写这份报告。”

---

① 属于玛佐夫舍地区的居民，在今华沙以北一带。

镇长火冒三丈，大声说道：

“既然你认为自己是这样娇贵的上等人，那你为什么还要死乞白赖地恳求当镇文书呢？”

“谁向你恳求过？我当这个文书是因为我和县长是老相识。”

“真是老相识哩！每次县长来这里，你连个屁都不敢放！”

“布拉克！布拉克！我警告你，你少给我来这一套！你们农民连同你的这些文书，就像骨头长在我的嗓子眼里，真叫我难受极了。一个有教养的人在你们中间待久了，也会变得庸俗不堪的。要是我发起脾气来，就会让这些文书和你都见鬼去的！”

“真要这样做，那你以后干什么去呢？”

“干什么？难道我不当文书，就要去啃木头吗？一个有教养的人门路多的是，你就少替那些有教养的人瞎操心吧！甚至就在昨天，督察官斯托乌比斯基还对我说过：‘唉，佐乌齐凯维奇先生，你不能当上副督察官那才见鬼哩！因为你知道草是怎样长出来的。’你知道，副督察官是干什么的吗？骑马到各处庄园看看，和乡绅们打打牌。你只要对他们通融那么一两次，你的口袋就会装得鼓鼓的。今天又有哪个酿酒厂不徇私舞弊呢？就在我们的羊头镇，斯科拉贝夫斯基先生不是也在做手脚吗？你的这些话只能对傻瓜去说，我才不在乎当你的什么文书，一个有教养的人……”

“嘿嘿！少了你世界也不会完蛋的！”

“世界倒是不会完蛋，可你就只好把刷子放进柏油桶里去搅搅，用它去写你的报告吧！当你的天鹅绒衣服下面还没有感受到棍打的疼痛时，你一定会觉得挺不错的！”

镇长开始搔起他的头皮来了。

“只要一说你几句，你就立刻跳起来！”

“那你就少给我开口好啦!”

“算了! 算了!”

于是办公室里又恢复了平静，只能听到镇长的笔在纸上发出缓慢的沙沙声。

过了一会儿，镇长伸了伸腰，把笔在外衣上擦了擦，说道：

“好了，凭了老天爷的帮助，我总算把这份通知书写好了。”

“那你就念来听听吧，看你胡诌了些什么。”

“我可不是在胡诌! 凡是要说的话，我都一笔不落地写上去了。”

“我说，你就快念吧!”

镇长双手捧起那张纸，开始念了起来：

“给夫热强什村村长：以圣父、圣子和圣灵之名，阿门。上司有令要把征兵名单在圣母节后准备好，还有放在教区神父那里的户籍，以及我们在你们那里做工的小伙子，你明白吗? 这些统统都要写好。凡是满了十八岁的，做工的，也要在圣母节前打发回来。如果这些事你没有办好，你就会受到训斥，我也会和你一样。阿门!”

这个虔诚的镇长每逢星期天听牧师讲道都是用阿门来做结尾，于是他就认为这样的结尾不仅完全有必要，而且符合庄严文体的全部要求。可是佐乌齐凯维奇听完却大笑起来。

“你写的就是这样的东西?”他问道。

“你想要写得更好些，那就请你自己去写吧!”

“我确实要写，因为我真替羊头镇感到害臊!”

佐乌齐凯维奇一说完，便坐了下来，拿起笔，先画了几个圆圈，像是在养精蓄锐，然后便挥笔疾书，转瞬之间，这份通知书便写好了。佐乌齐凯维奇摸了摸头发，开始念了起来：

“羊头镇镇长致夫热强什村村长：接上级命令，征兵名册应于某年某月某日准备齐全。特告知夫热强什村村长：凡羊头镇农民的户籍存放于教区办公室的，应迅即提出，按期送至我镇。现今还在你村做工的羊头镇农民，也务必于该日遣返我镇。”

镇长全神贯注地听着每一个字音，他的脸上露出了专注和满意的神气，几乎带有宗教的虔诚。字字句句在他听来都是那样庄严优美，而又不失为官样文章，比如开头那一句，接上级命令，征兵名册……镇长非常欣赏这个“接”字，他永远也学不会这样贴切地应用它。即使他开头用了这个字，后边也无法接着写下去。可是在佐乌齐凯维奇的笔下，这些字就像流水一样一泻而下，甚至在县办公厅里也没有人比他写得更好。现在就差盖上大印了，于是镇长拿起了公章，用力盖在那张纸上，连桌子都给震动了。这封公文便算大功告成，手续完备了。

“咳，真是个好脑袋瓜子！好脑袋瓜子！”镇长说。

“这算得了什么！”态度已经温和下来的佐乌齐凯维奇说，“一个人之所以是文书[①]，就是因为他会写书。”

“那你也写书吗？”

“那还用问，好像你没有看见似的。办公室里的那些书又是谁写的？”

“真的！”镇长答道。

过了一会儿，镇长又接着说道：

“名册一定会像雷电那样快地送来！”

“你现在就该考虑考虑，要把村里的那些无赖去掉。”

“怎样才能把他们去掉呢？”

---

① 在波兰语中，文书和作家是同一个词。

“我告诉你，县长老是说，羊头镇的人坏透了。他说他们老是在酗酒。他说，布拉克不把这些老百姓管住，就得把账记在他的头上。”

“咳！这个我知道。”镇长答道，“什么事情都找到我头上来。像罗扎尔卡·科瓦利哈生孩子，法院判决打她二十五大板，只是为了叫她不犯第二次，只是为了警告她，一个没有结婚的闺女这样做是不光彩的，是谁判决的？是我吗？不是我，是法院。这件事和我有什么关系？她们爱生孩子就让她们生去好了。是法院这样判决的，后来却把责任归到我的身上来。你知道不知道，县长刚刚说完，体罚已经被取消了，就打了我一记耳光。他说任何人都不许打人了，可是我的脸上却挨了一下，这就是我的命运……”

正好这时候，那头母牛用脑袋往墙上一撞，连办公室都震动了，镇长愤怒地大声叫道：

“哎呀呀！这该死的畜生！”

一直坐在桌子旁边的文书，这时又朝镜子里瞧了瞧自己，然后说道：

“你这是活该！你为什么不去管束他们！酗酒的事也是这样。一只癞皮羊就把大家都带坏了，难道人们不明白，谁是羊头镇的带头羊？是他把大家带进酒店的。”

“的确，这是人人都知道的事情。不过说到喝酒这件事，大家在地里干活干累了，喝点酒也是无可非议的。”

“不过，我告诉你，只要把热巴一个人去掉，村里的一切都会好起来的。”

“你是要我把他的脑袋敲掉吗？”

“脑袋倒不用你敲掉。现在不是要搞征兵名册吗？你把他的名字写进名册里，让他去抽签好了。”

“可是他结了婚，还有个一岁多的孩子。”

“上面有谁知道他的这些事？他也不会去上诉。就是去上诉，又有谁会去听他的呢？在征兵的这个时期，人人都忙得不可开交。”

“嘿！文书先生！文书先生！你这样做可不是为了反对酗酒，而是为了他的老婆。这可是桩亵渎神明的罪过啊！”

“这和你有什么关系！你不想想你的儿子今年都十九啦，他得和别人一样去抽签。”

“这个我知道，可是我不会让他去抽的。万一他非去不可，我也要把他赎回来。”

“嗨！要是你是个大富翁……”

“上帝让我手里积了一点钱，尽管数目不大，也许还够做赎金。”

“你得付出八百卢布的现钱。”

“既然我说过我要付钱，哪怕是现金我也会付的。只要老天保佑我以后继续当镇长，不出两年，这些钱又会回到我的手里来的。”

“能回来还是不能回来，反正我也需要钱用，我是不会让你独吞的。一个有教养的人总比一个普通人开销大。要是我们用热巴来顶替你儿子，那你就可以省下一大笔钱了。你在路上是拾不到这八百卢布的。”

镇长考虑了一会儿。能够省下这样一大笔钱的希望使布拉克动了心，仿佛幸运正在对他笑脸相迎。最后他说：

“就这样定了。不过这可是一件危险的事情。”

“这事不用你出面。”

“可是我害怕的正是这点，事情是你干下的，将来还得归罪到我的头上来。”

“那就悉听尊便吧！你去付你的八百卢布好啦！”

“我并没有说我不心疼那笔钱呀！”

“嘿嘿！你不是说过，那笔钱将来会回到你手里，那你还心疼什么呀！不过，你也不要过分相信你那镇长的位置。他们还不了解你的全部底细，要是他们知道得像我那样多……”

“办公费你拿的比我还要多！”

“我不是指办公费，我是说更早时候的事。”

“唉，我不怕，我是按照上司的命令做的。”

“好吧！你还是到别处去解释吧！”

佐乌齐凯维奇一说完这句话，便拿起了他那顶草绿色的网帽，走出了办公室。太阳已经西沉了，人们纷纷从地里往家走。文书最先碰见的是五个割草的男人，个个肩上扛着一把大镰刀，他们朝他鞠躬，嘴里说着“赞美基督”，文书只是把他那擦了香膏的头点了一点，并未说那句“永远永远”的答话。因为照他看来，一个有教养的人是不适于说这句话的。而他，佐乌齐凯维奇，正是这样一个有教养的人，大家对此都是一清二楚的，只有那些别有用心的人或者居心不良的人才会怀疑他的教养。对这些人来说，只要别人的才能稍微胜过他们，就像谁在他们的眼睛里放进了盐，他们就会夜不能寐。

如果我们按照我们应该做的那样，给一切知名人物都立下传记，我们就会在这个出类拔萃的文书的传记中读到这样的记载：他是在驴子城受的小学教育，那是驴子县的县城，羊头镇就属于这个县。十七岁那年，这个已经长得像大人一样的佐乌齐凯维奇才读到二年级。若不是突然出现了那个狂风暴雨的时期[1]，使他永远中断了他在纯学术方面的前途，也许他能更快地高升。由于那时受到老师们不公正的迫害，佐乌齐凯维奇被年轻人所特有的激情所鼓励，站到了那些富于感情的同学们的前列，和那些迫害者大闹了一场，于是他撕毁了书本，折断了尺子和钢笔，抛弃了智慧女神，进入了马尔斯和贝罗娜[2]的军界。这在他的生活中是这样一个时期，在这个时期里，裤子不是穿在皮靴的外面，而是塞进皮靴里面的，人们满怀激情地高唱着："向你们致敬，大贵族先生！"激情中包含着辛辣而又可怕的嘲笑。兵营的生活，放声歌唱，满室的烟雾弥漫，驻防时的浪漫经历——在这些驻地里，那些胸前、背上、头上和其他地方都挂满了小十字架的少女们，"为了祖国和祖国的英勇保卫者们"，是不会吝惜自己的一切的——这样的生活，我可以说，正适合年轻的佐乌齐凯维奇热情奔放而又好动的性格。这种生活恰好能够实现那些过去不止一次震撼着这类青年心灵的幻想。他们在学生时代曾偷偷阅读《雷那德·雷那迪尼》和其他作品，这些作品激发了青年们的想象，发展了他们的思维，激动着他们的灵魂，使他们获得了上面所说的心灵的幻想。

然而，这种生活也有它黑暗的一面，或者说是冒险的一面，佐乌齐凯维奇表现出超人的勇敢，达到了令人难以相信的地步。幸亏夫热强什的那道栅栏现在还保存着，这道栅栏即使最好的马也难于越过，可是在一个雷雨交加的夜晚，由于受到继续保卫祖国幸福的激情所驱使，佐乌齐凯维奇先生一下子就跳过去了。到了今天，虽

---

① 指 1863—1864 年在波兰举行的反俄武装大起义。

② 马尔斯是罗马神话中的战神，贝罗娜是罗马神话中的战争女神。

然这样的时代早已过去了，但是佐乌齐凯维奇每次来到夫热强什，看见这道栅栏，连自己都不敢相信。他心中思忖道："真是活见鬼！今天我可再也不能跳过去了。"

在这次连战地报道都曾提及的超人壮举之后，像保护眼珠那样保护着佐乌齐凯维奇先生肩背的命运女神，仿佛被他的勇敢吓坏了，便突然离开了他。那次事件过后还不到一个星期，有一天早晨，佐乌齐凯维奇先生曾多次经受过考验的肩背遭到了打击。幸亏老天爷保佑，他不是被子弹或刺刀所伤，而是遇到了另一种无情的工具，它是由牛皮腰带和铅头做成的。这种工具把我们这位招人喜爱的主人公原来本是光滑的脊背打得伤痕累累、血迹斑斑。

从这时候起，他的思想和感情发生了根本的变化。他俯卧在羊头镇酒店的硬板床上，彻夜无法入睡，于是他就左思右想起来，想呀想呀，就像伊格纳齐·罗约瓦那样，终于得出了这样一个结论：一个人只能用他所特有的才能去为大众服务。知识分子就应该用智慧去服务而不是用肩背。不是每个人都有智慧的，可是人人都有背部，所以他也不必再让他的背部去受苦了。在这条他所走过的道路上，他到底还能为祖国做出什么更大的贡献呢？难道还要他去再跳一次栅栏吗？不，已经跳够了！"还是让别的人去跳吧。"他想道。还要继续去流血吗？难道他的血流得还少吗？不，再也不能了！现在只能用相反的方法、和平的方法去为大众服务，只能用知识分子的身份，也就是用知识去为大众服务。由于他知识丰富，加上他熟悉驴子县的几乎所有居民的情况，所以他一定能为大众服务得很好的。

于是他走上了新的道路，开始从事新的职业，在这条道路上他已经升到了镇文书的地位，而且正如我们所听说的那样，正在梦想当副督察官哩！

不过，文书这个职务他干得还不错。良好的教育永远都会博得人们的尊敬。前面我已经说过，我的这位招人喜爱的主人公，对驴子县的每一个居民都有所了解，因此，人们都非常尊敬他，其中也不免夹杂着一定的戒心，生怕得罪了这位不平凡的人物。乡绅们见到他都向他点头致意，至于农民们，老远就向他脱帽鞠躬，嘴里说着“赞美基督”。可是我在这里感到有必要向读者解释清楚，为什么佐乌齐凯维奇先生不以通常的“永远永远”来回答“赞美基督”呢？

我已经说过，他认为一个有教养的人是不屑于这样回答的，当然也还有别的原因。凡是独立不羁的人大都是勇敢而又激进的，而且佐乌齐凯维奇先生早在那个暴风骤雨的时代就深信“灵魂只是一股气而已”。此外，这位文书大人时下正在读一部名叫《西班牙的伊萨贝拉，又名马德里宫廷秘史》的作品，这本书是由华沙书商布勒斯拉维尔先生出版社出版的。这部从各方面说来都写得不错的浪漫史，深受这位佐乌齐凯维奇先生的喜爱，甚至把他激动得有一个时候真想丢下一切跑到西班牙去。当他一想起马弗利吻着伊萨贝拉脚上的袜子时，他就思忖：“既然马弗利能够成功，那我为什么就不能成功呢？”为了这些袜子，他差点去了西班牙，因为他当时还有一种想法，认为“在这个愚昧落后的国度里，一个人只会虚度年华、浪费青春”，幸亏还有别的原因，也就是国内的袜子，把他留住了，个中奥妙这篇史诗以后就会谈到。

由于阅读了布勒斯拉维尔先生出版的那部使我们文学大增光彩的《西班牙的伊萨贝拉》，佐乌齐凯维奇便对教会产生了怀疑，以至于凡是和教会有直接或间接关系的一切他都持怀疑态度了，这便是他不按习惯用“永远永远”来回答那些割草人的原因。他只是朝前走去……他走呀走呀，直到遇见一群姑娘，肩上扛着镰刀从收割地里回来。这时候她们正好要经过一块积水的洼地，她们一个跟着一个，像一群鹅似的蹚了过来，她们把裙子撩起，露出一双双红润的小腿肚。直到这时，佐乌齐凯维奇才开口说话：“小山雀们，你们好！”接着他就站在那条小道上，每个姑娘经过那里时，他都要拦腰把她抱起，和她接吻，末了还做出要把她扔进水里去的姿势，不过他不是真的要把她们扔进水里，仅仅是开开玩笑，吓唬她们而已，这些姑娘便大叫起来：“哎呀呀！哎呀呀！”一面还笑个不停，笑得连大牙都露出来了。等到她们过完了，这位文书先生听着她们的议论，心里也觉得美滋滋的。一个说：“我们的文书真是个漂亮的小伙子。”另一个说：“他像苹果一样红润！”第三个姑娘说：“他头上有一股玫瑰香气，当他拦腰抱起你来的时候，你就晕头转向了。”文书朝前走去，心中充满着欢乐。可是当他走到第一座茅屋前面，他听到有人在议论他，于是他在篱笆外面停了下来。篱笆的另一面是一个长得非常浓密的樱桃树果园，里面摆放着许多蜂箱，离蜂箱不远处有两个女人在说话，一个用围裙兜着一些马铃薯，用小刀在削皮，另一个说道：

“哎呀！我的斯达霍娃，我真是担心啊！老是怕他们把我的弗兰涅克拉去当兵，我真怕得要命呀！”

斯达霍娃答道：

“你该找文书去，找文书去呀！他若是不能帮助你，那就没有人能帮助你了！”

“我的斯达霍娃，你说我该拿什么东西去送他好呢！空手去求他是不行的。镇长还好说话些，不管你送给他的是鸡蛋，还是黄油，或是一匹麻布、一只母鸡，他什么东西都会收下，不会说一句挑剔的话。可是文书对这些东西连看都不看一眼，他实在傲慢得可怕啊！要去求他，就得打开钱包，至少要给他一个卢布才行。”

“你们等着瞧吧！”文书暗自嘟哝道，“看我要不要你们的鸡蛋还是母鸡，难道我是个受贿的人？你们还是拿你们的母鸡去求镇长好啦！”

他这样想着，便用手扒开樱桃树枝，正想要看看那两个女人是谁，突然从他身后传来了马车的辚辚声。文书掉过头望去，马车上坐着一个年轻的大学生，歪戴着帽子，嘴里还叼着一支香烟，赶车的正是弗兰涅克，就是刚才两个女人谈到的那个人。

大学生探身车外，看见了佐乌齐凯维奇先生，便向他挥了挥手，大声说道：

“你好啊！佐乌齐凯维奇先生！你那里有什么新闻？你干吗老是在你的头发上擦上两寸厚的油膏呢？”

“我是您恩主先生的仆人！”佐乌齐凯维奇先生回答道，深深地鞠了一躬。可是等马车走远了，他便朝车子那边嘟哝了一句：

“愿你还没有到家就跌断脖子！”

文书先生最讨厌这个大学生。他是斯科拉贝夫斯基夫妇的表侄子，每年夏天都要到他们家来度假。佐乌齐凯维奇不但讨厌他，而且还像怕火一样地怕他，因为他老是挖苦人，这是一个大无赖，常常故意讽刺和嘲笑佐乌齐凯维奇先生，在这一带只有他一个人瞧不起文书，因为他对他毫无所求。有一次他甚至在全村大会上，当面指着佐乌齐凯维奇，说他是个大笨蛋，还叫农民们不要听他的话，文书心里总想报复报复他，可是……无计可施。若是别的人，他多少总知道一点底细，可是对于这个大学生，他却一无所知。

这个大学生来得真不是时候，因此文书满肚子不高兴地朝前走去，走到离大路稍远一点的那座农舍前面才停了下来。他一看到这座农舍，脸色才明朗起来。这座农舍也许比村里的其他房子还要简陋，可是收拾得非常整洁。房前打扫得干干净净，院子里丛生着一簇簇菖蒲。篱笆旁边是一堆木柴，一块大木柴上还夹着一把斧头。稍远一点是一间堆放杂物的库房，门敞开着，它旁边是一座板棚，既是牛棚，又做马厩，再过去是一片田地，一匹马在那儿吃草，一步一步地移动着。牛棚前面是个大粪堆，上面躺着两头猪。一群鸭子在粪堆周围伸长脖子找东西吃。木柴旁边一只公鸡正在木屑中间扒来扒去，当它找到了一颗谷粒或是一条虫时，便大声“咯嗒，咯嗒”地叫起来。那些母鸡一听见召唤，便争相飞奔过去，彼此用尖嘴抢啄着那可口的东西。

在农舍的大门前面，一个女人正在劈苎麻，嘴里还哼个不停：“啊依，达大大！啊依！达大大！啊依！大大那！”她旁边躺着一条狗，前爪向前伸展着，还不停地摇动着脑袋来驱赶那些落在它残缺耳朵上的苍蝇。

这个女人很年轻，大概只有二十岁，长得特别端正秀气，头上戴一顶农妇通常爱戴的那种帽子，身穿一件白衬衫，中间用一条红带子系上，衬衣下面一对健壮的乳房高高隆起，像两颗洋白菜一样。她身强体健，肩膀和臀部都较宽，腰部却很细，体态轻盈灵活，总而言之，她是只母鹿。

她身材苗条，头不大，脸色稍微苍白了一些，但由于受到阳光的照射，便呈现出一种金黄的色泽。她有一双乌黑的大眼睛，眉毛长得就像是画上去的，她有一个好看的鼻子和一张樱桃小嘴。一头漂亮的黑发从帽子下面披散开来。

文书刚刚走近前去，躺在苎麻旁边的那条狗就站了起来，夹起尾巴吠叫着，时时露出它的尖牙，仿佛在笑似的。

“克鲁契克！”这女人用尖细而悦耳的声音叫道，“还不给我躺下！让虫子咬死你！……”

“晚上好！热巴太太！”文书开口说道。

“晚上好！文书先生！”女人答道，并没有放下手里的工作。

“你男人在家吗？”

“他到林子里干活去了！”

“这太不巧了！镇公所有事找他。”

镇里有事，这对普通老百姓来说，就意味着是倒霉的事。热巴老婆放下工作，惊慌地望着他，忧心忡忡地问道：

“哎呀！有什么事呀？”

这时，文书跨进了院门，站在热巴老婆的面前。

“你和我亲亲嘴，我就告诉你。”

“你离开点！”她回答说。

这时候，文书先生乘机抱住了她的腰，把她拉向自己的身边。

“先生，放开我，我要叫喊了！”热巴老婆叫道，用力地挣扎着。

“今天晚上你到我那里去，好吗？”文书没有将她放开，轻声说道。

“今天我不会去！永远也不会去的！”

“我的美人儿！热巴太太！……玛丽霞！”

“先……先生！你这是在冒犯神灵呀！先生！”她一面说，一面竭力想挣脱他的拥抱，可是佐乌齐凯维奇的力气很大，紧紧拖住她不放。他们开始搏斗起来，在搏斗时热巴老婆被苎麻绊倒在地，文书也随她一道摔了下去。

“啊！上帝啊！快救命呀！”热巴老婆大声叫喊起来。

就在这一瞬间，克鲁契克前来相助了，它竖起背上的毛，狂吠着，向文书一口咬去。因为文书先生是脸朝下背朝上地趴着，穿着一件短大衣，克鲁契克便咬住了没有被上衣遮住的后裤裆，通过裤裆，又咬住了里面的短裤，再通过裤衩，便咬住了他的皮肉，克鲁契克满口咬住了皮肉之后，便疯狂地摇动着它的脑袋，撕扯着。

“耶稣玛丽亚！”文书大叫起来，忘记了他是属于“自由思想派”的。

这时候热巴老婆已经挣脱站了起来。文书先生也像被开水烫着那样跳了起来。克鲁契克抬起了前脚，没有放开文书，文书拿起了一块劈柴，盲目地向后乱打，直到克鲁契克的背上挨了一下，才呜呜地哼叫着跳了开去。

可是过了不一会儿，它又重新扑了上来。

“快把狗赶走！快把这魔鬼赶走！”文书大叫道，死命地挥动着那块木柴。

女人叫开了那条狗，并把它赶出了院门外。

后来她和文书都一声不吭地站在那里，互相瞪着眼，对视着。

“啊呀！我的命多苦啊！你为什么这样望着我？”热巴老婆终于大声问道。她对这次流血事件感到后怕。

“你们会得到报应的！”文书先生大声叫嚷道，“你们会得到报应的！你们等着瞧吧！热巴就要去当兵了！本来我是想救救他的……可是现在……除非你们找到我门上来……你们会得到报应的！……”

她的脸一下子煞白了，仿佛有人用斧头狠击了她的脑袋一下，她两手摊开，张着嘴，像是要说什么似的。这时候，文书从地上捡起了他那顶有绿带子的网帽，急速地离开了，他一只手挥舞着那块木柴，另一只手捏住了他那被撕裂了大口子的后裆和内裤。

第二章　其他几个人物和不祥之兆

过了大约一个钟头，热巴和木匠卢卡斯坐着地主家的大车，从森林回到了家。热巴是个农民的儿子，长得像棵白杨树，粗壮结实，是个真正干斧头活的男子汉。他每天都到森林里去干活，因为地主把没有分给农民的全部森林都卖给了犹太人，他是被雇去砍伐松树的。热巴干活特别卖力气，他挣的工资也就最多。他干活时常常是这样，先往手心里吐一口唾沫，随后拿起斧头，挥动一下，便使劲地一斧头砍下去，整棵松树都被震得抖动起来，尺把长的碎块从树上飞迸出来。把木头装上大车，他又是第一把好手。那些犹太人手里拿着尺子，在树林里走来走去，抬头望望松树的末梢，仿佛在寻找乌鸦窝巢似的。对于热巴的气力，他们都惊讶不已，那个驴子城里的富商德里希拉对他说道：

"喏，热巴！让魔鬼把你抓去吧！唉，这里有六个格罗什给你去买酒喝……不，等等，给你五个格罗什去买酒喝……"

但是热巴并不稀罕这几个钱。他照旧挥动着大斧，树林里发出一片如雷似的响声，有时为着取乐，热巴还朝着森林大声叫喊起来：

"嗬嗬嗬！啊啊啊！"

他的声音在树木中间传散开来，随后又变成回声折转回来。

不久之后，喊声消失了，只能听到热巴挥斧砍树的声音。有时候，那些松树也用它们的树枝絮絮细语，如同森林中经常听到的那样。

这些伐木工人有时也放声歌唱，而热巴在唱歌方面也是名列前茅的。让我们来听听他和伐木工人们合唱的那支歌吧，这是热巴亲自教给他们唱的：

森林为什么轰隆，
　　　　布乌乌，
还发出可怕的响声，
　　　　布乌乌！
一只蚊子从橡树上掉下，
　　　　布乌乌！
摔断了一根脊椎骨
　　　　布乌乌！
心地善良的苍蝇，
　　　　布乌乌！
拼命地朝蚊子飞近，
　　　　布乌乌！
它问这只可怜的蚊子，
　　　　布乌乌！
要不要去请医生，
　　　　布乌乌！
啊！我不要医生，
　　　　布乌乌！
只要把本堂神父找来，
　　　　布乌乌！
也不需要任何药物，

布乌乌！

只要一把铁锹和铁锄，

布乌乌！

在酒店里，无论干什么，热巴总是第一名。他爱喝杂醇酒，只要他一喝醉酒，就特别爱打架。有一次，他把在地主家做长工的塔马齐的脑袋打了一个窟窿，连女管家约兹伏娃也诅咒他，说她可以在那个窟窿里看到他的灵魂了。还有一次，当时他才十七岁，在酒店里把一伙休假的士兵揍了一顿。那时是斯科拉贝夫斯基当镇长，他把他带到办公室，在他头上轻轻地敲打了两下，只是做做样子给人看的。事后镇长很和气地问他：

“热巴，你的胆子真不小！你是怎么对付他们的，他们不是七个人吗？”

“那有什么，老爷！他们的双脚因为赶路走得太累了，我只需要这样碰一碰他们，他们就一个个地倒在地上了。”

斯科拉贝夫斯基先生设法把这件事平息下去了。他早就对热巴另眼相看，有些偏爱。因此，农妇们都私下议论，说热巴是他的儿子。“你只要看看，这个狗崽子真有股贵族气派！”她们这样说道。

但是，这不是真的。大家都知道热巴的母亲，可是他的父亲是谁，却无人知晓。热巴自己租了一座房子和三亩地，后来这些都归他所有了，于是他就在自己的土地上耕耘。由于他是个善于经营的农民，家境也还过得去。后来他结了婚，娶了这样好的一个老婆，你就是打着灯笼去找也找不到比她更好的女人了。若不是他太喜欢喝烧酒，他的家庭一定会更加富裕幸福的。

可是你对他又有什么办法呢！如果有人劝说他，他就会对你说：

“我喝酒是用我自己挣来的钱，你管不着！”

他在村子里什么人都不怕，只有在文书面前他才老实一些。每当他远远地看到那个戴绿边帽子、鼻子翘起、有一副山羊胡子、穿着高筒皮靴的人在路上踯躅时，他就马上摘下自己的帽子来。文书知道热巴的一桩秘密：那是在革命起义期间[①]，有人让热巴去送一些文件，他就去送了。这对他又有什么关系呢？！那时候，他才十五岁，不过是替人放鹅、放猪的年龄。可是后来他想到，送了文件就得担当一定的责任，从此他就害怕起文书来了。

热巴就是这样的一个人。

这一天，当他从森林里回到了家中，他的妻子眼泪汪汪地跑上前来，嘴里不停地哭诉道：

“啊，我的老天爷呀！过不了多久，我的眼睛就再也看不到你啦！我再也不能给你缝衣、洗衣啦！也不能给你做饭了！我可怜的人，你就要到世界的尽头去了。”

热巴感到莫名其妙。

“你怎么啦，女人？你是不是发疯了，还是什么毒虫咬了你？”

“我没有发疯，也没有被虫子咬过，只是那个文书到我们家里来过，他说，你是没有法子可以躲过这次征兵的……唉！你就要走了，你就要远走天边了！”

他开始详细地询问她：文书到底为什么来这里，他都说了些什么。她把全部经过都告诉了他，只是隐瞒了文书先生对她的猥亵，因为她害怕热巴会去痛骂文书一顿，或者上帝保佑，会去揍他一顿，这反而会使事情闹得不可收拾。

---

① 指 1863 年 1 月在波兰爆发的反俄大起义。

热巴末了说道：

“你真傻！你哭什么？他们不会把我拉去当兵的，因为我已经超过了年龄。另外，我又有房子又有地，还有你这个傻婆娘和这个同样苦命的小虾米。”

他说着，用手指了指摇篮，摇篮里躺着那个苦命的小虾米，也就是他们那个刚满一岁、长得结实的儿子，他两脚乱蹬着，扯开嗓门大叫，把人的耳朵都要震聋了。

热巴老婆开始用围裙擦着眼睛，说道：

“这一切又算得了什么呢？难道他不知道你曾把那些文件从这座森林送到那座森林去的事吗？”

听到这话，热巴便搔起头皮来了。

“他确实知道！”

过了一会儿他又说道：

“我去找他说说，也许没有什么可怕的！”

“你去吧，去吧！”女人说道，“你带一个卢布去吧！到他那里去不带卢布是不行的。”

热巴从箱子里拿出了一个卢布，便到文书先生那儿去了。

文书是个单身汉，没有自己独住的房子，他住在湖边的一所公寓里，大家都把它叫作“砖房”。在那里有两间房子和一扇侧门供他使用。

第一个房间空空荡荡的，堆放着一些稻草和一双高筒靴，第二间既是客厅又是卧室。里面放着一张床，几乎从来没有收拾过，床上有两个没有枕套的枕头，枕头里面的羽毛已经露了出来。旁边有一张书桌，桌上摆放着墨水、笔、公文簿和十几本由布勒斯拉维尔先生出版社出版的《西班牙的伊萨贝拉》，两副穿脏了的英国式衣领，一盒香膏，一卷卷烟纸，还有一根插在锡烛台里的蜡烛，红红的烛芯露在外面，烛芯周围有一些苍蝇溺死在烛油里。

窗子旁边挂着一面大镜子，窗户对面放着一个衣柜，里面堆放着文书先生华美精致的衣物：各种颜色的裤衩，五颜六色的衬衫、领带，手套、便鞋，甚至还有一顶大礼帽。文书先生只有去驴子县城的时候才戴这顶礼帽。

除了这些之外，在我们现在谈到的这个时候，在靠近床边的那只沙发上还放着文书先生的外裤和棉内裤，文书先生自己则躺在床上，读着一册由布勒斯拉维尔先生出版的《西班牙的伊萨贝拉》。

他的境况，这里当然不是指布勒斯拉维尔先生的，而是指文书先生的境况，是悲惨的，甚至是那样的悲惨，只有维克多·雨果那样的文采才能把这种悲惨的境况描绘出来。

首先，他觉得他的伤口痛得要命。阅读《伊萨贝拉》过去对他说来，是一种无限的乐趣和满足，现在不仅增加了他的疼痛，而且还加深了他在与克鲁契克搏斗之后所产生的烦恼。

他有些发烧，好不容易才把他的精神集中起来。他常常产生一些可怕的幻想，正好这时他读到：年轻的塞拉罗在战胜卡尔利派之后遍体鳞伤地来到了艾思库列阿，年轻的伊萨贝拉一见到他，非常激动，脸色都煞白了，薄绸子的衣服在她胸前波浪似的起伏抖动着。

“将军，你受伤了吗？”她声音颤抖地问塞拉罗。

读到这里，这位不幸的佐乌齐凯维奇先生便认为自己真正就是那个塞拉罗。

“啊，哎呀！我是受伤啦！”他用嘶哑的声音回答道，“至高无上的女王啊！请你原谅，我不能告诉你是在哪里受的伤，道德不允许我说。啊啊！至高无上的……”

“将军，请你休息一下！坐下吧！坐下吧！请你把你的英雄业绩告诉我。”

“告诉你可以，要我坐下却不能！”塞拉罗伤心地叫道，“啊！原谅我吧，我的女王！该诅咒的克鲁契克……不，我是想说，那可恶的堂·约瑟！哎哟！哎哟！……”

这时候，疼痛赶走了他的幻想，塞拉罗向周围环视了一番，蜡烛在桌子上点着，而且发出噼啪的响声，因为正好烧着了那溺死在蜡烛油里的苍蝇，还有不少的苍蝇在墙上爬来爬去……啊，难道这是在公寓里，而不是在艾思库列阿？女王伊萨贝拉怎么也不见了？这时候，佐乌齐凯维奇先生完全清醒过来了。他在床上仰起身子，把手绢伸进床下的水壶里，把它浸湿后贴在他的伤口上。

然后他转身朝着墙睡下了，半睡半醒地幻想，显然他又坐上了一列特别邮车，来到了艾思库列阿。

“亲爱的塞拉罗！我的亲爱的！我要亲自来包扎你的伤口！”女王轻声说道。

塞拉罗的头发直竖起来，他觉得自己的处境十分危险，他怎么能拒绝女王呢？可是他又哪里能让女王来包扎自己的伤口呢？他的额上冒出了大颗大颗的冷汗珠，突然间……

突然间女王不见了，房门砰的一声被打开了，在门边站着的恰好是那个堂·约瑟，塞拉罗的死敌。

“你是谁？你想干什么？”塞拉罗问道。

“是我，热巴！”堂·约瑟阴郁地答道。

佐乌齐凯维奇第二次清醒过来，艾思库列阿又变成了砖房，蜡烛在点着，苍蝇在烛芯上烧得噼啪响，把蓝色的油点溅了出来。门边站着热巴，而在他背后……啊，连笔都从我的手上掉下来了……从那半开着的门里，克鲁契克的脑袋和前爪正好伸进来了。

这只怪物用眼睛紧紧盯着佐乌齐凯维奇先生，仿佛又在笑似的。

冷汗真的从佐乌齐凯维奇先生的额头上冒了出来，他的脑海里出现了这样的想法："热巴是来打断我的骨头的，而克鲁契克又会从后面帮助他……"

"你们两个想干什么?"他胆战心惊地问。

热巴把卢布放在桌上，谦恭地说：

"尊敬的文书先生，我是为了……征兵的事来的。"

"滚！滚！快给我滚开！"佐乌齐凯维奇怒吼起来，他又神气十足了。

他怒气冲冲，跳起身来，想朝热巴冲过去，然而就在这时，他觉得那在与卡尔利派战斗时受伤的伤口痛得非常厉害，于是他又倒在枕头上，仅仅发出低哑的呻吟声：

"哎哟！哎哟！……"

第三章　思考与发现

伤口发炎了。

我看到一些漂亮的女读者，开始为我的主人公掉眼泪了。乘她们还没有昏倒之前，我得赶紧补充一句，我的这位主人公并没有因为这次负伤而死掉，命运注定他还要活得很长。话又说回来，如果他死了，我就要搁笔结束这部小说了，既然他没有死，我也只好继续写下去。

他的伤口确实是发炎了。但出乎意料，发炎倒给这位羊头镇的文书带来好处，事情的转化并不复杂，这伤口打掉了他的如意算盘，使他痛定思痛。他清楚地看到，他过去所干的尽是一些蠢事。现在我就请大家听下去。文书大人对热巴老婆，按照华沙人的说法，早就垂涎三尺，这是不足为奇的，因为她是这样一个美人，你在整个驴子县里再也找不出第二个来，所以他才千方百计想把热巴搞掉。如果他们真的把热巴送进了军队，那么文书先生就可以对自己说："放心大胆地去寻欢作乐吧！"可是要让热巴去顶替镇长的儿子，那可不是一件轻而易举的事。文书的确是个有权力的人，而佐乌齐凯维奇又是文书当中最有权势的一个。然而遗憾的是，在征兵问题上，他不是最高的决策机关。征兵一事还需要经过当地的警察局，经过征兵委员会、县长和驻军的长官，而所有这些大人物，对于让热巴去顶替镇长儿子当兵为国家服役并不感兴趣。"把他写进征兵册里去，以后又怎么办呢?"我的这位可爱的主人公问自己。他们一定会检查那份名册，一定会把教区的档案要去，而且也无法堵住热巴的嘴巴。于是他们就会训斥他一顿，甚至撤掉他的文书职务，这样一来，一切都完了。

最伟大的人物也会因为一时感情的冲动而干出蠢事，但他们之所以伟大就在于他们能及时地认识自己的错误。佐乌齐凯维奇对自己说，他答应布拉克把热巴写进征兵名册去，这是他干的第一件蠢事；他到热巴老婆那儿去，乘她劈麻时向她进攻，这是他干的第二件蠢事；用征兵来恐吓她和她的丈夫，这是第三件蠢事。多么崇高的时刻啊！这时，一个真正伟大的人物就会对自己说："我是个蠢驴!"这样的时刻也来到了羊头镇，你仿佛是从那庄严而又崇高的国度里展翘飞驰，来到了这个地方，因为这时的佐乌齐凯维奇也明确地对自己说了："我是个蠢驴！"

然而，当他为这件事流过血后（他热情地说：是流了心中的血），他会放弃他的计划吗？当他为此而牺牲了一条新裤子（这条新裤子的工钱还没有付给斯鲁尔）和一条内裤时（这条新内裤他自己也不知道是不是穿过第二回），他会放弃这个计划吗？

不！永远也不！

相反地，现在除了把热巴老婆搞到手外，还加上了一个报复他们夫妇和克鲁契克的愿望。佐乌齐凯维奇发誓说，如果他不能把脂油灌进热巴的皮里去，那他就是个十足的笨蛋。

第一天，当他换药时，他在思谋计策，第二天换药时，他在想方设法，第三天换药时他又在挖空心思。你们知道，他想出了什么锦囊妙计没有？他什么也没有想出来。

第四天，看门人从驴子城的药店里给他买来了止痛膏，佐乌齐凯维奇把它摊在纱布上，贴了上去。这药膏的效力多么神奇啊！几乎同时他大声叫了起来："我找到了！"的确，他是找到什么了。

第四章　这章可题为"野兽进入罗网"

过了几天之后，我不能确定是过了五天还是六天，在羊头镇酒店的小套间里，坐着镇长布拉克、陪审员哥穆瓦和年轻的热巴。镇长举起酒杯说道：

"请你们停止争吵吧！这有什么可争吵的！"

"可是我说，法国人决不会向普鲁士人屈服的！"哥穆瓦说着，一拳头打在桌子上。

“普鲁士人是狡猾的，狗杂种！”热巴说道。

“狡猾又怎么样？土耳其人会帮助法国人的，土耳其人最强大。”

“难道你不知道，最强大的是哈鲁班达（加里波的）！”

“你一定是肩膀先起床的吧，你从哪里扯出这样一个哈鲁班达来？”

“哪里是我把他扯出来的？大家不是在说，六年前他带着强大的兵力乘船从斯维瓦河下来，只是华沙的啤酒不合他的胃口，比不上自己家乡的好，他才回去的。”

“你不要瞎胡扯了！斯瓦布人个个都是犹太人！”

“哈鲁班达可不是斯瓦布人！”

“那他是什么人？”

“是什么人？他一定是皇帝，就是这样！”

“啊！你真是聪明透顶！”

“你既然这样聪明，那么我来问你，我们的始祖姓什么？”

“这还用问，那当然是亚当！”

“那是他的教名，我问的是真名实姓。”

“那我怎么知道？”

“你看看，我就是知道，他的姓名是斯克鲁西瓦。”

“你又在胡说八道！”

“你不相信，就请你听听：

海之星啊，你用自己的
乳汁把主神哺育长大，
是你‘毁灭了’我们始祖

播下的死亡种子。[1]

怎么样？那不是叫‘斯克鲁西瓦’吗？”

“噢，真是这样！”

“还是让我们来喝酒吧！”镇长说道。

“祝你健康！”

“祝你健康！”

“愿天主赐福！”

“赐福，赐福！”

“让上帝赐给我们幸福吧！”

三个人都把酒喝干了。由于当时正处在普法战争期间，陪审员哥穆瓦又把话题拉回到政治问题上来了。他说：

“法国人也是个不诚实不可靠的民族。我倒是没有见过法国人。不过听我父亲说，当他们在我们这里宿营时，对我们整个羊头镇来说，真好像是末日来临。他们对女人非常有兴趣！我家隔壁住着斯达西，他就是瓦伦提的父亲，他家里住进了一个法国人，也许是两个法国人。夜里，斯达西惊醒了，他说道：‘卡西卡，卡西卡，我看见了有个法国人在你身边转来转去！’她回答说：‘我也同样看到了。’斯达西又说：‘你对他说，让他滚开！’他的女人说：‘你去对他说吧，他根本不懂波兰话，你有什么办法呢？’”

过了一会儿，镇长布拉克说道：

“唉，还是让我们再来干一杯！”

---

① 波兰文中“毁灭了……”，读音为“斯克鲁西瓦”，意为“毁灭”，热巴在这里望文生义，取其最后一行，而忽视它的本来意义。

“愿上帝赐福!”

“愿上帝赐福!”

“嘿！为健康干杯!”

他们又把酒喝干了。因为他们喝的是阿拉克酒，热巴把喝干了的酒杯用力地放在桌子上，说道：

“这酒真不赖！真不赖!”

“再来一杯怎么样?”布拉克问道。

“那就倒吧!”

热巴的脸越来越红。布拉克不断地给他斟酒。后来他对热巴说：

“尽管你能用一只手把一麻袋豆子提到你的肩上去，可是你却害怕打仗。”

“我有什么可害怕的。如果真要打仗，那我也会去打仗的。”

哥穆瓦插了一句：

“有的人身材小，胆子大，有的人身高体壮腰大膀粗，却胆小如鼠。”

“这不对！我就不胆小如鼠!”热巴说道。

哥穆瓦继续说道：

“谁知道你的胆子如何?”

“我是会去的!”热巴说着，伸出一块面包那么大的拳头，“我只要一拳朝你们的脊梁骨打去，你们就会像旧木桶一样散架!”

“也许不会。”

“那你就来试试!”

“不要吵了！难道你们真想打架？来来来，再来喝一杯！”镇长插言道。

他们又喝起酒来，不过布拉克和哥穆瓦只是润了润嘴唇，热巴却把一杯杯烈酒一饮而尽，以致他的眼珠都翻白了。

“现在让我们来亲吻拥抱吧！”镇长说。

热巴在亲吻和拥抱时哭了起来，这表明他确实是醉了。这时他开始诉起苦来，悲伤地想起了两个星期以前的一个晚上，他那头死在牛棚里的青灰色小牛。

“啊！上帝把多么好的一头小牛带走了！”他伤心地叫道。

“唉！你用不着伤心！上面的一份文件已经送到文书那里，说凡是地主的森林都要分给农民。”布拉克说道。

热巴回答说：

“这才是公正的！难道地主自己种过那些树吗？”

然而过了一会儿，他又伤心地抱怨起来：

“啊，那真是一头难得的小牛呀！只要它一吃奶，就用头抵着母牛，它的屁股撅得都要挨近房梁了。”

“文书说……”

“文书对我有屁用！”热巴气冲冲地说道，“他对我说来，

就和伊格纳齐
一样重要……”

“不要啰里啰嗦了，还是再来喝酒吧！”

他们又喝了一杯。热巴稍微宽心了一些，便安静地坐在板凳上，正好这时门开了，门口出现了文书的那顶绿边帽、翘鼻子和山羊胡须。

热巴立即把他那顶早已歪到脑后的帽子扯了下来，扔到地上，他站起身来，低声含糊地说道：

“赞美基督！”

“镇长在这里吗？”文书问道。

“在！”三人齐声答道。

文书走近前来，酒店老板什莫尔跟脚送进一杯阿拉克酒。佐乌齐凯维奇接过酒嗅了嗅，露出一种不屑一顾的表情，便在桌旁坐了下来。

大家沉默了片刻。哥穆瓦最先打破了沉默，说：

“文书先生……”

“什么？”

“森林的事是不是真的？”

“真的！只要你们全村的人联合签写一份申请书就行了。”

“我可不在那上面签名！”热巴说道，他像所有的农民一样，对签名都有一种厌恶心理。

“谁也不会请求你。你若是不签名，你就会一无所得。这是你自己愿意的。”

热巴又摸起他的脑袋来。这时文书转过身去，对着镇长和陪审员，用一种官方的语气说道：

“关于分林子的事是真的，不过各户都得用篱笆把自己的那份围起来，免得发生争吵。”

“围篱笆花掉的钱比那些树值的钱还要多！”热巴插了一句。

文书没有理他，依然对着镇长和陪审员说道：

“关于篱笆的费用，政府已经把钱拨下来了，每户五十个卢布，那是花不完的，人人都会有结余的。”

热巴的眼睛炯炯发亮了，尽管他还是醉醺醺的。

“既然是这样，那我也要签名。钱在哪儿？”

“钱在我身上。这就是写好的申请书。”文书说。

他边说边拿出一张折成了四折的纸来，念了一念，农民们什么也没有听懂，但都显得很高兴。如果热巴清醒一些，他就会看见镇长正在对陪审员眨巴着眼睛。

这之后，怪事出现了！文书拿出钱来说道：

“喏，谁第一个签名？”

他们依次签了名，等到热巴拿起笔来时，佐乌齐凯维奇就把那份申请书拿开了，说道：

“也许你不愿意签吧？这可完全是自愿的！”

“我为什么不愿意签？”

文书便喊了一声：

“什莫尔！”

什莫尔出现在门口。

“哎，文书先生想要点什么？”

“你也来做个证人，这里的一切都是自己心甘情愿的！”

接着他就对热巴说：

“也许你真的不想签吧？”

热巴已经在上面签了名，而且还在纸上留下了一大滴墨迹。然后他从文书手里接过了钱，整整五十个卢布。随即塞进自己的腰包里，他大声喊道：

“快拿烈酒来！”

什莫尔送上酒来，他们又喝了一两杯。热巴双手撑在膝盖上，开始昏昏欲睡了。

他的头点了一下，两下，便从凳子上滑了下来，躺在地上，嘴里还在嘟哝道：“上帝啊，请可怜我这个有罪的人啊！”随后便睡着了。

热巴的老婆并没有来找他，她知道，只要他一喝醉酒，他就会打她一顿，这样的事经常发生。等到第二天热巴清醒过来，他又会向老婆赔礼道歉，热情地吻着她的双手。在他清醒的时候，他从来没有对她说过一句严厉的话，可是一旦他喝醉了，她就免不了要挨打受骂。

热巴在酒店里睡了整整一夜。第二天，太阳升得很高时他才醒了过来。他东张西望，擦了擦眼睛，才看出这不是他的家，而是酒店，也不是昨天的那个单间，而是带有柜台的那个散座大厅。

"凭圣父、圣子与圣灵之名!"

他看得更清楚了，太阳已高高升起，通过彩色玻璃照射到柜台上，什莫尔站在窗前，身穿一件披衫，头缠包布，摇头晃脑地大声祷告着。

"什莫尔！狗养的!"热巴大声叫道。

但是，什莫尔毫不理睬他，身子前后摆动着，从腰上解下了一根皮带，吻了吻它，继续着他对上帝的祈祷，他感谢上帝给了这样一个明媚的早晨和高悬空中的太阳，感谢他把黑夜送走，而把阳光灿烂的白天带到了人间，他赞美上帝的伟大和万能。

这时候，热巴在自己身上摸来摸去，检查自己的东西，凡是在酒店过夜的农民都是这样做的。他摸着了那笔钱。

"耶稣玛丽亚！这是什么呀？!"

就在这时候，什莫尔也停止了祈祷，他脱下披衫和头巾，把它们放进里间，随后缓步转了出来，显得严肃而又平静。

"什莫尔!"

"唔！你有什么事呀?"

“我的这些钱是从哪里来的?”

“怎么，你不知道吗？笨蛋！昨天你不是和镇长商量定了，由你代他儿子去抽签，你拿了他的钱，还签订了契约。”

这时候，热巴的脸色就像白墙那样煞白，他把帽子扔在地上，用脚去踩它，大声吼叫着，连酒店的窗玻璃都震得嘎嘎作响。

“唉，你这个丘八，快给我滚出去!”什莫尔一字一顿地说道。

半个小时之后，热巴回到了自己的草房。他的老婆正好在做早饭。一听见他开院门的响声，她就满脸愠色地从灶旁跑了出来。她开口骂道:

“你这个酒鬼……”

等到她看了他一眼之后，她也吓坏了，她几乎认不出那是他了。

“你怎么啦?”

热巴走进屋内，刚开始他连一句话也说不出来，只是坐在椅子里，眼睛望着地上。但是他的老婆追问他，终于问出了发生的那些事情。“他们出卖了我，就像犹大出卖了耶稣一样！”末了，热巴说了这句话，他也不管耶稣被出卖给法利赛人是出于不同的原因。……这时轮到他老婆号啕大哭起来，热巴也跟着她抽泣，摇篮里的婴儿也哇哇哭叫着，站在门外的克鲁契克，也发出悲怆的吠叫声，使得邻近的女人们，手里拿着炒勺赶忙跑了出来，彼此打听着:

“热巴家里又发生了什么事啦?”

“一定是热巴又打老婆了，还会有别的什么事!”

然而这时候，热巴的老婆哭得比他还伤心，因为这个不幸的女人非常爱他，超过世上的一切。

第五章　在这一章里我们要认识羊头镇的司法界及其主要领导人

第二天，村法庭举行例会，除了几位地主即乡绅陪审员外，全镇的陪审员都出席了。这些乡绅陪审员为了不脱离本阶层的人，便采取了英国的政策，即不参与原则，这个原则特别受到杰出活动家约翰·布赖特的称赞。然而这并不排除“知识阶层”对镇上事务的间接影响。假如“知识界”中的某人犯了什么案件，那他只需在开会的前一天，把佐乌齐凯维奇先生请到家里，然后对这位知识界代表献上美酒和雪茄，案件就会轻而易举地得到解决。到了吃午饭时间，你只要彬彬有礼地邀请佐乌齐凯维奇，说：“请，请！佐乌齐凯维奇先生，请入席吧。”

佐乌齐凯维奇入席就了座，第二天他就会装作无所谓的样子对镇长说：“昨天我在密奇塞夫斯基家、斯科拉贝夫斯基（或者奥希切辛斯基）家吃午饭。唔！他女儿也在家里，我知道这是什么意思。”在午宴上，佐乌齐凯维奇竭力保持温文尔雅、虚怀若谷的态度，对于各种各样他不认识的菜肴，他表现得和别人一样，人家怎么吃，他也怎么吃。至于和乡绅的这种亲密交往所带给他的极大欢欣和满足，他总是丝毫不露声色。

他是一个机灵的人，处处都能随机应变，应付自如。因此他在这样的场合里不仅毫不怯场，反而能侃侃而谈，有时他还提到“那个正直的警察局长”或者“那个有才干的县长”，说他昨天还和县里的这些头面人物玩过一个戈比一点的牌。一句话，他竭力表示出，驴子县里的所有大人物对他都是亲如兄弟的。他的确注意到，当他说这些话时，那些女士都奇怪地望着她们的盘子、碟子，但他以为这是一种时尚。吃过午饭之后，他不止一次地感到惊异，还没有等到他告别，乡绅就拍着他的肩膀说："好吧，祝你健康，佐乌齐凯维奇先生！"不过，他也认为这又是上流社会中流行的一种习俗罢了。握手告别时，他感到主人的手里有什么"沙沙作响的东西"。这时候，他便弯过他的手指，往乡绅手心里伸过去，把他手里那些"沙沙作响的东西"挖过来，同时他也不会忘记加上这样一句："尊敬的先生，我们之间何必这样多礼！至于您的案子，尊敬的先生，您完全可以放心！"

的确，那位尊敬的先生完全可以放心，因为佐乌齐凯维奇先生早已把布拉克镇长和陪审员哥穆瓦掌握在自己手中，凡是他们三人决定的案件，其他陪审员仅仅通过一下就行了。这毫不奇怪，因为在每个集体中，通常才干杰出的人都发挥出极大的作用，并把事物的发展方向牢牢掌握在自己手中。

由于佐乌齐凯维奇先生的精明能干和天生的才华，镇里的事务一定是处理得有条不紊、清清楚楚的了。可惜却有一样不幸，那就是佐乌齐凯维奇先生只是在某些案件中才发表自己的意见，并向法庭说明，从法律的观点来看应该如何判决这一案件。至于其他的案件，如果事先没有那种沙沙作响的东西关照过，那就只有让镇法院独立去处理，而他在整个案件的审理过程中就会一言不发地坐在那里。这时候，那些陪审员便会觉得缺少了主心骨，感到十分狼狈。

在贵族当中，说得精确些，在这些地主当中，只有一位地主弗洛斯，他是小进步村的二地主，开始时曾作为陪审员参加过镇法院的会议，他认为知识界应该参加这些事务。可是出乎他意料，大家的反应都很坏，乡绅们都把他看成是“赤党”，因为他的姓名“弗洛斯”就是最好的证明。而农民们呢，对于自己的独立性有着一种民主的感情，他们认为地主不能和农民坐在一条板凳上，他们的最好证据就是：“你看，别的地主都不这样做。”总之，农民们指责弗洛斯先生，说他是个不像地主的地主。而佐乌齐凯维奇先生也不喜欢他，因为他没有用过那沙沙作响的东西去博得他的友谊。有一次，弗洛斯先生以陪审员身份来参加会议，在会上，他甚至命令佐乌齐凯维奇闭嘴，于是对弗洛斯先生的不满便带有普遍性了。其结果是在一个美好的早晨，他听到坐在他旁边的一个陪审员向大家说了下面这一段话：“难道您，尊敬的先生，也是乡绅吗？奥西切辛斯基先生是乡绅，斯科拉贝夫斯基先生也是乡绅。可是您，尊敬的先生，却不是乡绅，只是一个暴发户！”弗洛斯先生那时正好买下了克鲁哈沃拉庄园，一听到这番话，就撒手不管这一切了，让乡里的事交由乡里去办，就像过去城里的事由城里人办一样。贵族们都说“他倒霉了”，同时为了替不参与原则做辩解，他们还引用了一句已成为民族智慧的谚语：“农民难教。”

这时的镇务会议不再为“知识阶层”的参加而苦恼，在处理各种案件时也不需要上述人士的帮助，单靠羊头镇的领导智慧就能明察善断。按照“巴黎的智慧适合于巴黎，加里西亚的自治适合于加里西亚”这一原则，那么羊头镇的智慧对羊头镇来说也就绰绰有余了。此外，不容置疑的是，农民的实际判断力，或者换句话说，在维斯瓦河畔的国家及其管辖的地方，被称为“健全的农民智慧”，要比任何一个外来的知识分子有用得多，而且这个国家及其管辖地方的居民们，从一生下来就已经把那种“健全的智慧”带到了世上。对于这一点，我认为是无须加以论证的。

这种智慧立即在羊头镇上显示出来了，就在本文所谈到的这次会上，他们正在念一份上级来的公文，询问羊头镇是否愿意自费在自己的区域内修筑那条通往驴子城的大道。到会的那些元老都不喜欢这个计划，因此，一个当地的议员便发表了一个值得称赞的意见，认为那道路无须修筑，因为大车可以从斯科拉贝夫斯基家的草原上通过。如果斯科拉贝夫斯基先生当时在场，他一定会找出许多理由来反驳这一提议的。可是由于这位乡绅恪守不参与原则，没有出席这次会议，这一修正的提案差一点就要被一致通过，如果不是佐乌齐凯维奇先生前一天曾在斯科拉贝夫斯基家吃过午饭。在吃饭的时候，他还给雅德维佳小姐讲述了在马德里杀死两位将军的故事，这是他从布勒斯拉维尔出版社出版的《西班牙的伊萨贝拉》一书中读来的。饭后当他握着斯科拉贝夫斯基先生的手告别时，又感到了他手中那沙沙作响的东西。现在文书先生没有去记录这个修正的提案，却停止了挖鼻子，放下了手中的笔，这通常表示他要发言了。

"文书先生有什么话要说?"会上的人一齐问道。

"我只想说，你们都是些傻瓜蛋!"文书镇静地回答。

真正的议会演说，哪怕是寥寥数语，其威力也是巨大的，因此，上面这句话一说出，既是对修正案的反对，也是对羊头镇首脑们的行政方针政策的抗议。这些首脑便惶恐不安地你望着我，我望着你，开始搔起他们那高贵的思维器官来了。这一举动不容置疑地表明他们是在深入思考这一问题了。在沉默了一段长时间之后，终于有一位代表用询问的口气说道：

"那是为什么?"

"就因为你们是傻瓜!"

"那无疑是的!"一个声音说。

“草地毕竟是草地呀！”另一个声音接着说道。

“春天化冻的时候，那里也无法通过。”第三个结束时说道。

其结果是，提出经过斯科拉贝夫斯基家草地的修正案被否决了，接受了上级政府的计划。他们根据提供的预算，把修筑道路的费用摊派下去。他们起先打算只让地主负担这笔费用，因为他的草地再也不会受到损害。可是这个新的提案，也被佐乌齐凯维奇先生给否决了。于是这些司法界的首脑便个个想方设法把自己的负担转嫁给别人，同时又能让自己的同胞觉得他们这些人为了公众的事业而做出了最大的牺牲，从中感受到内心的快乐和满足。公正已经在羊头镇司法界的头脑中深深地扎下了根，以至于每个人都无法逃避这一负担，除了镇长和陪审员哥穆瓦外。他们却主动承担了监督的责任，以便使道路的修建进行得又快又好。

不过应该承认，镇长和陪审员哥穆瓦的这种大公无私的牺牲精神，正如超出一般道德标准的种种道德一样，却在其他陪审员中间引起了不满，甚至遭到了一个陪审员的抗议，他愤愤不平地说道：

“为什么你们就不出钱！”

“既然你们出的钱都够了，我们又何必再出什么钱哩！”哥穆瓦回答道。

这样一个论证，我想，不仅羊头镇的头脑健全的人，就是任何一个别的人也找不出反驳的话来的，甚至就连那个提抗议的陪审员在沉默片刻之后也用完全信服的口气说道：

“那倒是不假！”

这件事情处理完了，他们本可以有条不紊地去处理其他案件，如果不是两只小猪出乎意料地闯进了这间司法大厅。这两只小猪发疯似的从没有关紧的大门窜了进来，毫无缘由地在大厅里乱奔乱跑，还在人们的脚下钻来钻去，发出刺耳的尖叫声。会议只好中断，这些司法界的头面人物也投入了追赶不速之客的行列中。在一个短时间里，这些代表竟十分难得地一致吆喝道："啊哧！啊哧！噢！你们这些遭瘟的！"还说了些诸如此类的话。这时候，两只小猪从佐乌齐凯维奇的双腿中间钻了过去，把那条浅黄色的裤子染上了特别令人讨厌的绿色污迹，正如我们在报纸刊载的外省通讯中所读到的那样，这种绿色污迹是无法洗掉的。尽管佐乌齐凯维奇先生用甘油香皂去洗，用自己的牙刷去刷，也没有刷洗干净。

然而，由于羊头镇代表们过去没有失去过，这次也不会失去的果断和毅力，两只小猪终于被抓住了后腿，无论它们怎样反抗挣扎，还是被扔出了门外。随后，会议的议事日程又继续进行下去。按照这个程序，现在要审理一个名叫希罗达的农民控告上面提到过的那个地主弗洛斯的案件。事情是这样的：一天夜里，希罗达的几头牛在弗洛斯家的苜蓿地里吃得个又撑又饱，清早就离开了这个贫穷的山谷，到达了一个更为美好的牛的极乐世界里。伤心绝望的希罗达把这一不幸的事件提交到法院，请求得到公正和补偿。

法院深入案件的实质，以其特有的敏锐性做出了判决。尽管希罗达故意把牛放进了弗洛斯的地里，如果他的地里长的是燕麦或是小麦，而不是那"鬼东西苜蓿"，那么这些牛现在也会活得好好的，又健又壮，绝对不会遇到这种可怕的饱胀病，而成为它的牺牲品。他们从这个大前提出发，通过既是逻辑的，又是法律的道路，从而达到小前提。于是法庭做出判决：引起牛死亡的起因绝对不是希罗达，而是弗洛斯先生，所以弗洛斯先生应该赔偿希罗达的牛，为了警戒后人，弗洛斯先生还应付给镇公所五个卢布，作为镇里的基金费；如果被告拒绝支付这笔款项，应向他的佃户伊克·兹维诺斯征收。

后来他们又审理了几件民事案件，这些案件，因为和这位大智大慧的佐乌齐凯维奇先生均无直接或间接的关系，全是由法庭独立做出判决的，而且是根据羊头镇这些头面人物的公正无私的立场做出的。由于“知识界”奉行上面提到的英国式不参与原则，使得会议的普遍和谐和一致性很少受到干扰，只是偶然被中风呀、烂肠子啊和瘟疫之类的言谈所打断，而这些话语通常是争讼的双方在表示祝愿时无意说出来的，或者是由法官们自己说出来的。

我认为，正是由于这种无法估量的不参与原则，才使得所有的案件都能得到这样的判决：无论是胜诉一方，还是败诉一方，都要向镇公所交纳一笔不小的费用。这样做，既保证了镇长和文书希望在镇里得到的独立自主性，又直接教育了村民不要随随便便打官司，从而使羊头镇的道德水平达到十八世纪哲学家们所梦想不到的程度。还有一件事也该在这里提一下，对于这件事我们姑且不表示赞扬也不表示非难，那就是佐乌齐凯维奇先生往往只把交给镇公所的款子的一半记入他的账本里，而将其余的一半单独收管，供“意外事件”之用，归镇长、文书和陪审员哥穆瓦三人支配。

最后是法庭审理刑事案件。于是他们命令乡警去把犯人带来，让他们站在法庭前面。我无须多说，羊头镇所采用的监禁制度是最新式的，而且最符合文明的一切要求，这就是单独监禁。尽管有人诽谤它，但这种制度是不容置疑的。就是今天，每个人都会相信，在羊头镇镇长的畜栏里竟有四个单间。犯人们单独住在那里与各种牲畜为伴，关于这些动物，在一册《青年使用的动物学》书中有这样的描绘：“猪，一种由于本身肮脏而如此称呼的动物。”既然造化不给它们长角，那就证明造化自有自己的安排。囚犯们关在这样的牢房里，与这样的动物为伍，正如大家所知道的，既不会妨碍他们去思考问题，又有利于他们悔过自新，重新做人。

这时候，乡警匆忙来到那所监狱，从牢房里把犯人带到了法庭前面。押来的不是两个男犯人，而是一男一女。读者从这里可以轻易地推测出，羊头镇法庭所要审理的这件案子是如何触及到人的心灵深处以及人的微妙天性。的确，这个案件是非常微妙的。某个罗米欧，或者又叫瓦赫·勒赫尼奥，和某个朱利叶，又名巴希卡·查比安卡，一同在一家农户做工，一个当长工，一个当女佣。这里用不着隐瞒，他们相互爱上了，谁都离不开谁，就像涅瓦曾德赫离不开贝曾德哈[1]一样。一句话，他们相爱了，我不知道这是不是柏拉图式的爱情，不过我要说的是他们爱得非常强烈。然而不久嫉妒便钻进了罗米欧和朱利叶的中间，因为后者有一次看见罗米欧和庄园里的雅格娜交谈时间较长，从此那个不幸的朱利叶便一直在等待机会。有一天，根据朱利叶的观察，罗米欧从地里回来得太早了，而且他一回来就硬要饭吃，于是双方发生了争执，他们互相辩解着，同时也发生了几十下拳头和铁勺的碰打，当然这些碰打的痕迹是显而易见的，朱利叶的俊俏的脸上留下了青紫，罗米欧那具有大丈夫气概的前额上也割破了一道裂口。现在法庭需要判决的是哪一方面有理，是谁该付给对方五个兹罗提，或者说得确切些，是七十五个银戈比。

西方腐败的空气还没有侵袭法庭的健全的精神实质，因此他们对妇女解放是深恶痛绝的，认为它与斯拉夫民族那种田园牧歌式的气质是完全敌对的，法庭便把第一个发言权给了罗米欧，他用手捂着那被打破的额头，开始诉说道：

---

① 涅瓦曾德赫和贝曾德哈是比特拜的寓言中一对鸽子的名字。

“尊敬的法庭：这条母狗很久以来就在找我的麻烦。我同别的好人一样，回来吃下午茶，可是她却对我说：‘你这个狗杂种，东家都还在地里，你回来干什么？’她说：‘你想躺在炉灶边，对我挤眉弄眼是不是？’可是我从来也没有向她挤眉弄眼过。自从她那次看见我帮助地主家的雅格娜从井里打水以后，就对我生气了。她把给我的盘子往桌上一扔，差点把里面的饭菜都给震出来了，后来她还不给我东西吃，常常这样骂我：‘你这个狗杂种，你这个见异思迁的人，你这个背教的人，你这个付方丈！’当她骂我是‘付方丈’时，我就气得打了她一下嘴巴，她就用铁勺子狠狠朝我的头上打来。”

这位理想的朱利叶，听到这里再也忍不住了，她把握紧的拳头一直伸到罗米欧的鼻子底下，尖声叫喊起来：

“你说谎！你说谎！你像狗一样乱叫一气！”

随后她心里十分难过，便哭了起来，她转身面对法庭，大声说道：

“尊敬的法官们！啊！啊！我是个可怜的孤儿，上帝啊，救救我吧！我看见他和雅格娜，并不是在井边，叫他们都瞎眼！我看到他们走进黑麦地里，在里面待了做五次祷告那么久。我是说过，你这个放荡鬼，你有多少次对我说过，你是多么爱我，为了我，你会不惜一切！叫他全身溃烂，叫他的舌头变成木片！啊，我真命苦啊！不该用铁勺去打他的头！应该用大木棍去揍他！太阳还老高老高的，他就从地里回来了，马上就要拿饭给他吃，我态度温和地对他说，就像对别的好人一样：‘你这个小偷，主人还在地里，你干吗就回来了？’可是我没有说过他什么‘付方丈’，让老天爷来作证……可是他……”

这时候，镇长命令被告要遵守法庭秩序，他用责问的口吻来引起她的注意：

“你这讨厌的女人，为什么不把你的嘴闭上？”

沉默了片刻，法官们都在考虑判决的事，他们对情况有着多么细致的分析啊，为了保持法庭的尊严，为了警告羊头镇每一对相爱的人，他们并没有判处某一方应交出五个兹罗提，而是判决把他们两人再在监狱里关押二十四小时，每人罚交一个银卢布给办公室。

“瓦赫·勒赫尼奥和巴希卡·查比安卡各交来办公室五十个银戈比。”佐乌齐凯维奇先生记录在案。

这时候，法庭审理已告结束，佐乌齐凯维奇先生站立起来，将他的浅黄色裤子向上提了提，又把他那件紫罗兰色背心往下拉了拉，陪审员们都准备走了，已经拿起了帽子和鞭子，突然间，那扇被小猪闯入以后就一直关紧的大门，砰的一声被打开了，门口出现了热巴。他像黑夜一样阴沉，跟在他身后的是他的老婆和那只名叫克鲁契克的狗。

热巴老婆的脸色如同夏布一样苍白，她那清秀娇丽的脸上现出一种忧愁和谦卑的神态，她那双大黑眼睛里也噙满了泪水，沿着脸颊滚落下来。

热巴大胆地走了进来，头往后仰起，可是等到他一看见全体法官都在场，看到镇长的金属饰物，看见了十字架、山羊胡子、狮子鼻和一双大脚时，他的神气立即消失了，用非常微弱的声音说道：

“赞美！赞美！”

“永远！永远！”陪审员们一齐答道。

“你们来这里干什么？”镇长威严地问道。他开始心里也有点发虚，可是立即就镇定下来了。“你们有什么事？打架了还是怎么的？”

文书先生出乎意料地插了一句：

“你就让他们自己说吧!”

热巴开口说道:

“尊敬的法官先生们!……愿最光明的……”

“你不要说,你不要说,还是让我来说吧,你安静地待在那旦!”女人打断他说。

她边说边用手帕擦了擦眼泪和鼻涕,用颤抖的声音讲述了整个事情的经过。唉,她是来找谁的呀?她是在镇长和文书面前来控告镇长和文书。“他们把他叫去,”她说,“答应他只要签名,就能得到森林,于是他就签了字。他们给了他五十个卢布,他当时喝醉了,他不知道那是在出卖自己的性命,在卖我和孩子的命。法官先生们,他当时是喝醉了,他醉得不像是主的创造物了。”她止不住泪水横流,又接着说道:“他喝醉了,都不知道他干的是什么事。就是在法庭上,若是有人喝醉了,犯了什么过失,法官们也会宽容他的,因为他们说他不知道他所干的事,上帝怜悯我们吧!一个清醒的人决不会五十个卢布就把自己的命卖掉的!啊!请你们可怜可怜我,可怜可怜他和那无辜的孩子呀!我怎么活下去呀?!我这个不幸的女人,没有他,没有我那可怜的男人,独自一人活在世上!啊!上帝会为了这个赐福给你们的,会替不幸者来赏赐你们的。”

说到这里,她哭得再也说不下去了。热巴也大哭起来,时时用手去擦他的鼻子,法官们神情紧张,他们面面相觑,看着镇长和文书,不知道该怎么办好。

直到热巴老婆再能说出话来时,她重又诉说起来:

“我家男人就像中了毒一样,坐立不安,他说:‘我要杀死你,也不让孩子活下去,我要烧掉房屋。’他说:‘我决不会去当兵,我决不会去的!’可是我有什么罪呢?孩子又有什么罪过呢?他不管地里的事了，也不去割草，斧头也丢在一边了，成天坐在家里，唉声叹气。可是我一直在等法庭开庭，你们都是心向上帝的人，决不会让我们受到欺侮的，拿撒勒的耶稣啊，琴斯托霍瓦的圣母啊！请您给我们求求情吧！求求情吧！”

一时间，只能听到热巴老婆的抽泣声，后来一个老陪审员喃喃说道：

“把一个人灌醉了，然后又出卖他，真是缺德！”

“是的，真是缺德！”别人也附和道。

“愿上帝和他最神圣的母亲保佑你们！”热巴老婆跪在门边，大声说道。

镇长觉得无地自容，陪审员哥穆瓦也一样狼狈，他们两个都望着文书，而他一直在挖鼻子，等到热巴老婆说完了，他才停止挖鼻子，对那些正在嘀嘀咕咕的陪审员说道：

“你们都是傻瓜！”

一片沉寂，有如播种罂粟的时节。文书接着说道：

“条例明确写着：谁若是干涉自愿签订的契约，必定要受到海洋法庭的审判。傻瓜们，你们知道什么是海洋法庭吗？你们是不会知道的，你们这些傻瓜，海洋法庭就是……”

说到这里，他掏出手帕，擦了擦鼻子，在这段时间里，他的鼻子又聚满了脏物。随后他用带官腔的冰冷语气继续说道：“你们还要嘲笑别人，你们连海洋法庭是什么都不知道，就想把鼻子伸进这样的案件里，等到你们的第七层皮都被打痛时，你们就会知道什么是海洋法庭了。凡是有人自愿去代替应征的人，干涉任何一方都是不允许的。合同签订了，有证人在场，完全合法！宪法和法律就是这样说的，在农民事务最高委员会第一次会议上制定的法律也是这样规定的。你们要是不相信，就去看看诉讼程序和诉讼案例好了。如果他们在这个时候喝喝酒，那又算得了什么，难道你们这些傻瓜，不是时时处处都在喝酒吗？”

假如正义之神一手拿着天平，一手拿着出鞘的宝剑，从镇长的炉子后面走出，突然站到这些陪审员中间，也不会比海洋法庭、宪法、法律学、诉讼程序和诉讼案例更使他们惊恐不安的了。出现了片刻的沉默。过了一会儿，哥穆瓦才轻声地说起话来，大家都望着他，好像是为他的勇气而感到惊异似的。

“这倒是真的！一个人卖马要喝酒，卖牛要喝酒，卖猪也要喝酒，这已经成了习惯。”

“我们也是按照习惯来喝酒的！”镇长说道。

后来，陪审员们的胆子也壮了一些，他们对热巴说道：

“那又有什么可说的！你自己酿成的啤酒，你只有把它喝掉！”

“难道你还是个六岁的孩子，不知道自己做的是什么事吗？”

“他们也不会拿掉你的脑袋。”

“等你当兵走了，你可以雇个长工，让他住在你家里，陪伴陪伴你的老婆。”

整个会场又渐渐充满了欢乐的气氛。

突然文书又开口说话了，大家都静了下来。他说：

“但是，你们不知道什么该管，什么不该管。热巴威胁他的老婆和孩子，说要烧掉自家的房子，这种事你们就应该管一管，决不能轻易放过。既然他老婆来控诉了，就不能让她得不到公正处理而离开法庭的。”

“不对！不对！”热巴老婆绝望地喊道，“我不是来控诉他的，我从来也没有受过他的欺侮。啊！耶稣！啊，你活神的甜蜜伤口啊！

难道是世界末日到了吗?”

法庭进行了宣判，其直接结果是，热巴夫妇不仅没有得到好处，法庭反而正确地为了保障公共秩序和热巴老婆的人身安全，决定把热巴关在猪圈牢房里两天，为了让他将来不再产生类似的想法，决定罚他交纳办公室两个半银卢布。

热巴像疯子似的跳了起来，大声叫喊，他不会去猪圈的！他交给办公室的不是两个半卢布，而是把他从镇长那里得来的五十个卢布扔在地上，叫道：“谁要谁就拿去吧！”出现了可怕的混乱，乡警跑了进来，抓住了热巴，热巴就用拳头揍他，他也用拳头打热巴的脑袋。热巴的老婆大声哭喊起来，一个陪审员抓住她的脊背，把她推向大门，在她背上打了一拳，顺势将她推出门外。其他的陪审员帮助乡警抓住了热巴的头发，将他押往猪圈拘留所。

这时候，文书记下了“今收到瓦夫隆·热巴交办公室一卢布二十五个戈比”。

热巴老婆回到她那空荡荡的家里时，几乎是神志不清了。她看不见她面前的一切东西，路上的石头使她颠颠踬踬、跌跌撞撞，她绞扭着向上举起的双手，大声呼号着：

“呜！呜！呜!”

镇长的心还不坏，当他和哥穆瓦缓步走向酒店的时候，说道：

“我很可怜这个女人。也许我该再添给她二十五斤豆子，或者其他东西。”

这时候，就是那个替热巴老婆打抱不平的老陪审员，对其他陪审员说道：

“我要离开你们回家去了，我希望先生们下次开会时，再也不会发生这类的事情!”

他说完便坐进了马车，挥动了一下鞭子，马车便驶走了，因为他不是羊头村人。

第六章 伊摩琴①

写到这里，我想我的读者已经完全明白，并且高度评价我那位可爱的主人公的天才计划了。佐乌齐凯维奇先生，正如通常所说，在这盘棋上已经把热巴夫妇“将”死了。把热巴写进征兵名册去，不会有什么结果，可是将他灌醉，然后让他签订契约，拿了钱，事情就要复杂多了。这是一个巧妙的计策，它可以证明佐乌齐凯维奇先生在整个事情的进程中能够起到像在外交界那样的重要作用。镇长原本打算用八百卢布，也就是他的全部现金去赎买他的儿子，他很高兴接受了这个计划，尤其是佐乌齐凯维奇先生，不仅智慧过人，而且处事得体，在这件事情上他只要了二十五个卢布报酬。可是佐乌齐凯维奇先生并不是因为贪婪才要这笔钱的，正如他不是出于贪婪才和布拉克平分办公费的。我还应该指出，佐乌齐凯维奇先生常常欠下斯鲁尔的债，那是个驴子城里的裁缝，专给周围地区的人供应“纯巴黎式”的服装。

现在，既然我走上了这条坦率的道路，我就不再隐瞒佐乌齐凯维奇先生为什么在穿着上这样讲究了。这无疑是出自爱美的感情，可是也还有别的原因，那就是佐乌齐凯维奇先生在恋爱了，不过你

① 伊摩琴是莎士比亚剧本《辛白林》中的人物。英国国王辛白林，因婚姻问题遭到父王的反对、敌人的诬陷，但结果却是圆满的。

们不要以为他是爱上了热巴的老婆，他对热巴的老婆，照他自己说的，只是有点“嘴馋”罢了，除此之外，佐乌齐凯维奇先生还有一种更加高贵、更加复杂的感情。女读者们，如果不是男读者们，一定已经猜想到，这种感情的对象不是别人，正是雅德维佳·斯科拉贝夫斯卡小姐。每当皎月当空，佐乌齐凯维奇先生就不止一次地拿起他吹得很好的口琴来，坐在砖房前面的椅子上，眼睛望着地主的庄园，用缠绵多情的声调，有时也用低回幽怨的声音哼唱起来：

从每天的黎明直到深夜，
我的眼泪在不停地流淌。
晚上我唉声叹气辗转反侧，
悲叹我失去了一切希望。

在夏夜的富有诗意的寂静中，歌声一直向庄院传送过去。过了一会儿，佐乌齐凯维奇又唱了起来：

啊，人们，人们，无情的人们！
为什么要去毒害年轻人的生命？

不过，如果有人认为佐乌齐凯维奇先生是个痴情人，那我就要告诉他，他完全错了。这个伟大人物的头脑非常清醒，决不会成为痴情人的。在他的想象中雅德维佳小姐代替了伊萨贝拉，而他自己则是塞拉罗或者马尔福里，而这种关系的表现，也正如在西班牙一样，只是亲吻长筒袜子以及类似的动作。但由于现实与幻想不相符合，于是这位铁石心肠的人物有一次也泄露了自己的感情，那是发生在一天的傍晚，他看见木房旁边的绳子上晾晒着一条标有J.S记号和折缝处有王冠记号的裤子，他一眼认出了这是雅德维佳小姐的。这时候，尊敬的读者先生，请你告诉我，谁还能克制自己呢？佐乌齐凯维奇也无法克制住自己，于是他走上前去，开始热烈地吻着一条裤腿。地主家的女佣马尔戈什卡看见了这一幕情景，立刻带着她那饶舌的嘴跑进庄园报告说："文书先生在小姐的裤子上擦鼻子哩！"幸亏没有人相信她的话，也没有在裤子上发现什么鼻涕之类的脏物，因此文书先生的感情也就无人知晓了。

但是他有多大的希望呢？尊敬的先生女士们，你们不要把他想得太坏，他是有希望的！每当他来到地主的庄园，心里就有一种声音，它的确还很微弱，但在不断增强，在他耳边悄悄说道："也许今天在吃午饭的时候，雅德维佳小姐会在桌子下面踩住你的脚哩。……"

"唔，多花点鞋油算不了什么！"他用恋爱的人所特有的大方口气说道。

读了布勒斯拉维尔先生的出版物后，他的头脑里涌现出种种踩脚的可能性。可是雅德维佳小姐不仅没有踩他的脚——有谁能够理解女人呢——甚至当她看他的时候，也像在看一座篱笆、一只猫、一只盘子或者这一类东西似的。这个可怜的人，为了要引起她对自己的注意，真是煞费了苦心啊！有时当他打上一条从未有人见过的那种颜色的领带，或者穿上一条古怪花纹的新呢裤时，他就心想："唔，现在该会注意我了！"就连斯鲁尔本人给他送新衣服来的时候也说："嘿嘿！你穿上这样的裤子，就是去向伯爵小姐求婚也配得上！"哪有这样的事啊！他前去吃午饭，雅德维佳小姐进来了，高傲、纯洁得有如一位女王，令人望而生畏。带有大大小小折褶的裙子掩盖着她那有如大理石一般白皙的躯体，发出瑟瑟的响声。然后她坐了下来，用那纤巧的手指捏着勺子，连看都不看他一眼。

“难道她不知道，这是多么昂贵的啊？”佐乌齐凯维奇绝望地想道。

但是他并没有失去希望。他暗自思忖道：“要是我当上了副督察官就好了，事情就会是另一个样子，从副督察官到督察只是一级之差，一个人只要有了一辆马车和两匹马，到那时候，雅德维佳小姐就会在桌子下面握着我的手了。”佐乌齐凯维奇从握手一直想到了遥远的未来，由于这些想法太过隐秘和亲昵，我们就不好公之于众了。

佐乌齐凯维奇的感情有多么丰富，是很容易看出来的。一方面他怀有对雅德维佳小姐的崇高的感情，这种感情是符合这个青年的贵族天性的；另一方面他又有对热巴老婆的那种“嘴馋”的欲望。的确，热巴的老婆是个公认的美人。如果这个女人不是出奇的固执，而这种固执是应该受到惩罚的，那么这个羊头镇的“唐璜”也就不会那样为她费尽心机。一个普通女人的固执，而且又是冲着他来的，在他看来的确是傲慢无礼而又前所未闻。所以热巴的老婆在他眼里不仅具有了禁果的魅力，同时也使他想让她受到应得的惩罚，克鲁契克的事件更使他决意将计划付诸实施。但是他知道，那个女人会自卫反抗的，于是他才策划了热巴和镇长自愿签订代征契约的计谋。这样一来，至少在表面上，热巴本人，甚至他全家的祸福都取决于他的好恶了。

不过热巴的老婆在经过法庭的这场战斗之后，并不甘心认输。第二天正逢星期天，她决定到夫热强什去做礼拜，同时也想和神父商量一下，神父有两个，一个是地区的主持乌拉诺夫斯基神父，然而他是那么衰老，一双眼睛鼓得圆圆的，就像鱼眼一样，他的头不停地摇晃着。热巴老婆要找的不是这位老神父，而是助理神父齐吉克，他是个虔诚而又聪慧的人，她会从他那里得到好的主意和安慰的。她本想早点动身，赶在弥撒之前就能和齐吉克神父谈一谈，可是她有许多事情要做，还有她丈夫那一摊子事也得由她来做，因为她丈夫还关在猪圈拘留所里。等她把家里收拾好，喂了马、猪和母牛，煮好了早饭，并且把饭送给了拘留所里的热巴之后，太阳已经很高了，她知道她不能在弥撒之前赶到教堂了。

等她赶到那里，礼拜已经开始了，那些穿着绿外衣的妇女坐在墓地里，急忙穿上用手提来的便鞋，热巴的老婆也照样做了，随后她走进了教堂。齐吉克神父正在布道，老神父戴着圆顶帽子，坐在神坛旁边的一张椅子上，瞪着一双眼睛，脑袋不停地摇动着。福音书已经念过了，我不知道出于什么原因，齐吉克神父却讲起了中世纪卡吉米派的异端邪说来，他向自己的信徒们解释，应该如何采取符合教会准则的方法去对待这些异端邪说，同时他也谈到了当时针对它而颁布的圣谕。接着他又用浅近易懂而又富于说服力的语言去警告他的那些羔羊，他们是普通百姓，像空中的飞鸟一样贫穷，可是受到上帝的喜爱，决不能听信形形色色的假圣贤以及那些像魔鬼那样傲慢的人，他们播下的是稗子而不是小麦，收获的是眼泪和罪恶。在这里他又顺便提到了康迪拉克、伏尔泰、卢梭和奥霍罗维奇[1]，却不顾这些伟人之间的差别。最后他又详细地描述了那些罪孽深重的人在另一世界将遇到的不愉快事情。热巴的老婆立即精神为之一振，虽然她不懂齐吉克神父说了些什么，但她心里想道："既然他这样大

① 康迪拉克、伏尔泰、卢梭均为法国18世纪哲学家。奥霍罗维奇（1850—1917），波兰哲学家，心理学家。

声疾呼，以致汗流浃背，而且大家都在叹气，好像要把最后一口气都吐出来，那么他一定说得非常好。”布道结束后，又开始了弥撒。啊！热巴的老婆也在祈祷，这个不幸的女人虔诚地祈祷着，仿佛她一辈子从来没有做过祷告似的，不过现在，她越来越觉得好受多了。

庄严的一刻终于来到了，老神父全身白衣，有如一只白鸽，他从箱子里拿出了最神圣的圣餐盒，然后转身面对大家。他用一双颤抖的手捧着圣餐盒，就像捧着太阳似的，一直把它举到脸前，他闭起双眼，低着头，在那儿站了一会儿，仿佛在养精蓄锐似的，末了他高声唱了起来：

在这样伟大的圣餐面前！

大家作为回答，成百个声音吼唱起来：

我们匍匐在地，
让那些旧的传统，
为新的法规所代替，
而信仰将会弥补
与凡情不符的东西……

歌声雷鸣般响着，把门窗上的玻璃都震动了。管风琴在吼叫着，大大小小的钟都已敲响，教堂门前的鼓声在擂动，香炉里升起了袅袅青烟，阳光透过窗户照射进来，把一团团烟雾映成了彩虹。在这些喧嚣、烟雾、阳光和说话声中，那最神圣的圣餐盒高高地闪烁了一下。老神父时而把它放下，时而又把它举起。这时候，这个手捧圣餐的白衣老人，就像是从天而降的神仙，一半隐没在烟雾里，发出光辉，从他身上显示出了恩惠和欢乐，温暖着所有人的心和他们虔诚的灵魂。而这种恩泽和巨大的欢乐也把热巴老婆那颗苦难的灵魂置于上帝的庇护之下了。这个不幸的女人大声叫道："耶稣啊，隐身在这最神圣的圣餐盒里的耶稣啊，请您不要遗弃我这个苦命的人啊！"泪水从她眼里流出，然而这不是她在镇长那里哭泣时的泪水，而是一种欢乐的眼泪，虽然它像加尔各答的珍珠那样大，但这是一种甜蜜的平静的眼泪。热巴老婆匍匐在神坛前面。后来她自己也不知道发生了什么事情，她仿佛觉得，天使们轻轻地把她从地上拉起，像带一片枯叶似的把她带到了天上，带到了那永恒幸福的地方，那里既没有佐乌齐凯维奇和镇长，也没有征兵名册，那里只能看见一片光明，在光明之中是上帝的宝座，宝座周围光芒四射，她只好闭起眼睛，那里云集着无数的天使，犹如一群白翅膀的小鸟。

热巴的老婆在那里匍匐了很长时间，等她起来时，弥撒已经做完了，教堂里的人都走空了，烟雾已升至屋顶，最后一批人已走出大门，一个年老的教堂职司把神坛上的蜡烛吹灭，于是热巴的老婆也站了起来，走向教堂的偏房去找神父说话。

齐吉克神父正在吃午饭，当他们告诉他，有个哭泣的女人想见他时，他就立即出来了，他是个年轻的神父，脸色苍白而开朗，他那白净的前额长得很高，露出一副愉快的笑容。

"你这个女人，有什么事吗？"他用低沉而悦耳的声音问道。

热巴的老婆抱住了他的双脚，随后便把整个事件都告诉了他，她一面哭泣，一面吻着他的手，最后她谦恭地抬起了她那双黑眼睛，望着他说：

"啊，尊敬的神父，我是专门来向你求教的。希望得到你的帮助!”

齐吉克神父温和地说道：

“女人家，你来我这里是对的，可是我只能告诉你一点意见：把自己的一切苦难都奉献给主吧。主在考验他的忠实仆人，甚至非常严厉地考验他们，就像考验约伯一样，让自己的狗去舔他的伤口，或者像考验阿扎里亚斯[①]那样，上帝使他的眼瞎了，可是上帝知道自己所做的事，他会嘉奖那些忠诚的人。你丈夫所遭到的不幸，可以看作是上帝为了他的酗酒罪而对他的惩罚。你要感谢上帝在他活着的时候就惩罚他，他死后就能得到宽恕了。”

热巴老婆的一双黑眼睛望着神父，后来她抱了抱他的双脚，随后就站了起来，一句话也没有说，便悄悄地离开了教堂。

等到她走在路上的时候，她觉得喉咙里有什么东西堵住了。

她真想大哭一场，可是又哭不出来。

第七章　伊摩琴

下午大约五点钟的时候，在茅舍中间的大道上，远远地就能看到一把浅蓝色的阳伞，米黄色的帽子飘着蓝带，杏色的裙子上面有天蓝色的镶边，那是饭后出来散步的雅德维佳小姐，走在她旁边的是她的表兄弟维克多先生。

雅德维佳小姐可算是一位美貌的小姐。她有一头黑发，蓝眼睛，奶白的肤色，衣着考究，做工精美，紧身而又华贵，衣饰的光辉更

① 约伯和阿扎里亚斯均为《圣经》中的人物。

增添了她的娇丽，显示出她那优美的处女身段，她仿佛是在空气中飘动似的。雅德维佳小姐一手撑着阳伞，一手提着衣裙，裙子下面露出了白裤腿的衬边和穿着匈牙利皮鞋的一双纤秀的小脚。和她并排走着的维克多先生，虽有一头浅灰色的头发和刚刚蓄起来的胡子，看起来也像是个画中人。

这两个人都显得健康、年轻，充满着欢乐和幸福。同时这两个人都过着一种更高雅的、无忧无虑的有闲生活，一种不仅在表面世界里，而且在内心世界中，在更广大的愿望和更广博的思想的世界里都能展翅翱翔的生活，有时甚至能在金光灿烂的幻想之路上飞驰。

在这些茅屋中间，和农民、农民的孩子以及和粗鄙的环境一对比，他们两个仿佛是从另一个星球来的人。只要想到，这一对华丽、健康而又富于诗意的人，和这个充满灰色现实、过着半野兽式生活的平凡的村镇毫无共同的联系，倒也是一件愉快的事。他们与农村之间没有任何的联系，至少不存在精神上的联系。这两个年轻人并排走着，他们谈论着诗歌、文学，正如贵族少爷和大家闺秀平常所做的一样。那些身穿破衣烂衫的孩子，那些农民和村妇，甚至连他们说的词句和语言都听不懂，一想到这点就觉得很有意思，尊贵的先生女士们，你们定会赞同我的话的！

在这对高贵青年的交谈中并没有什么新鲜内容，大多是听过成百遍的事情。他们从这本书跳到那本书，就像蝴蝶从这朵花飞到另一朵花上一样。当一个人和自己心爱的人儿谈话时，这种谈话有如一块刺绣布料，爱人们可以在它上面绣出自己情感和思想的金色花朵来，那时他们的心扉会时时开启，就像白玫瑰绽开了自己的花蕊，这样的谈话就不显得空虚和平凡了。而且这样的谈话有时像一只高飞的小鸟扶摇直上，直达苍穹，深入到内心世界里，有时又像蔓藤植物沿着树干笔直向上爬去。可是在那边的酒店里，农民们喝着酒，用粗野的话语谈论着农民的事情。这一对人儿却像是在另一个国度里航行，他们的那只船真像古诺[①]的歌中所唱的那样：

象牙的桅杆，
绿缎的船帆，
纯金做的船舵。

此外，这里还应该补充一句，雅德维佳小姐为了试验一下自己的魅力，已经把她的表兄弟搞得晕头转向了，在这种情况下，诗歌便成了他们的主要话题。

“你读过艾利最近出版的那本书吗？”男青年问道。

“你知道，维克多先生，”雅德维佳小姐答道，“我简直迷上了艾利，我读着他的诗，就觉得自己是在听音乐，会情不自禁地把乌叶斯基[②]的这节诗应用到我的身上：

在白云中躺卧，
在寂静中消融。
泪水充满眼中，
听不见呼吸声，
只有大海的芬芳
迷漫在我的周围。

---

① 古诺（1818—1893），法国作曲家。
② 乌叶斯基（1823—1897），波兰诗人。

我们手握着手，

在飞翔，在航行……”

她突然停止朗诵，说道：“啊呀，如果我认识他，我相信，我一定会爱上他的，我们一定会互相理解的。”

“幸亏他已经结婚了！”维克多冷淡地回答说。

雅德维佳小姐低垂着头，闭住嘴唇，莞尔一笑，以至在她的脸蛋上现出了酒窝，她斜视了维克多一眼，便问他：

“你为什么说‘幸亏’呢？”

“‘幸亏’是对有些人而言。如果你的话实现了，那么，人生对他们说来就没有任何可留恋的地方了。”

维克多说这话的时候，一副悲剧的表情。

“啊！你太恭维我了！”

维克多又把话题转到抒情诗上：

“你是一位天使……”

“啊，不要再说了。还是让我们谈谈别的事情吧！难道你不喜欢艾利？”

“我刚刚开始恨起他来了！”

“你真是个愁眉苦脸的调皮鬼，真该给你点颜色看！我还是请你开朗一些。告诉我，你喜欢的诗人是谁？”

“索文斯基[①]！”维克多阴郁地说。

“可是我简直是怕他，尽是些什么讽刺呀，火呀，野蛮的发作呀！真够人受的！”

---

① 索文斯基（1831—1887），波兰诗人，著名作品有《讽刺诗》，长诗《故事片断》。

“可是这些东西是吓不住我的！”维克多先生一说完，便那么勇敢地注视着前方，一只刚从农舍跑出来的狗，一看见他这副模样，便吓得夹起尾巴，惊慌地退回去了。

现在他们走到了那座砖房的前面，一扇窗子里露出了一副山羊胡子、一个翘鼻子和鲜绿色的领带。接着，他们在一座漂亮的小房子前面停了下来，这座小房子爬满了野葡萄，后窗正对着池塘。

“你看这房子多么漂亮！这是羊头镇里唯一富有诗意的地方。”

“这是座什么房子？”

“原先是座幼儿园。当他们的父母在地里劳动时，村子的孩子们就在这里学习读书。爸爸为了这个才特意盖起这座房子来的。”

“现在干什么用呢？”

“里面堆满了盛烧酒的木桶。你知道吗，时代已经变了，我们不得不与我们的农民为邻，不过我们尽力不和他们建立任何的联系。”

“唔，唔！……然而……”维克多喃喃地说。

他还没有把想法说出来，他们就来到了一个大水洼前面，那里躺着几头猪，“脏得正和它们的名号相称”。为了绕过这个大水洼，他们不得不从热巴家的茅屋旁边走过去，于是他们就朝那个方向走去。

热巴的老婆坐在门前的木桩上，两只胳膊撑在她的膝盖上，一只手托着她的脸。她脸色苍白，呆若石头，眼睛红肿，目光迟钝，不思不想，直望着远方。

她甚至没有听见有人从这里走过，可是雅德维佳小姐立即看见了她，便向她说道：

“晚安，热巴太太！”

热巴老婆站立起来，向前走去，她抱住雅德维佳小姐和维克多先生的脚，轻声地哭了起来。

“热巴太太，你怎么了？”小姐问道。

“啊！我的好小姐！我的曙光啊！也许是上帝把您派到我这儿来的，请您帮助我，我的欢乐呀！”

这次，热巴老婆又把整个事情说了一遍，中间还不时地亲着小姐的双手，实际上是亲着她的手套，这双手套都被她染得泪痕斑斑了。这位年轻小姐被弄得不知所措。在她那美丽的严肃脸蛋上露出了很明显的张皇神色，她不知道该说什么好，最后，她只得犹豫不定地说道：

“我的热巴太太，我能对你说什么呢？真的，我非常同情你，可是我们现在一点权力也没有，也不参与任何事情……真的……我又能替你出什么主意呢？……你去找找我爸爸看……也许我爸爸……好了，再见，热巴太太！……”

雅德维佳小姐一说完，便高高地提起她的杏黄色裙子，以致她的长统皮鞋上面扣住白袜子的绿带子都能看见了。随后她和维克多先生一道朝前走去。

“上帝保佑你，最美的花朵！”热巴老婆在她身后叫道。

雅德维佳小姐脸现愁容，维克多甚至在她的眼睛里看到了眼泪。于是为了驱散她的悲哀，他便谈起克拉舍夫斯基[①]和文学海洋中那些较小的鱼儿来。谈话又渐渐活跃起来，不久他们两人便完全忘记了“那个不愉快的事件”。

“到贵族庄园去吗？”热巴老婆对自己说道，“我真该先到庄园

---

① 克拉舍夫斯基（1812—1887），波兰著名作家，一生写有五百卷文学作品和其他著作。

去，在找镇长之前就该先到那里去的！如果我不能从地主老爷那里得到帮助，那我又能从别的什么地方得到帮助呢？啊！我真是个傻女人！”

第八章　伊摩琴

地主庄园里有一座阳台，上面覆盖着葡萄藤。它面朝前院，也朝着两旁种有白杨树的道路。夏天，地主夫妇常常于午饭后在这个阳台上喝咖啡。现在他们也正好坐在那里，同他们在一起的还有教区主持乌拉诺夫斯基神父、齐吉克神父和酿酒检察官斯托乌比茨基。斯科拉贝夫斯基老爷是个心广体胖的人，红脸、大胡子，他坐在椅子上，抽着烟斗。他的太太在给大家倒茶。酿酒检察官是个虚无主义者，正在和那位老神父开玩笑，他说：

“嘿，请神父大人给我们讲讲那次著名的战役吧！”

老神父把一只手放在耳朵后边，问道：

“呃，什么？”

“请你讲讲那次战役？”检察官又大声说了一遍。

“嘿，是讲那战役吗？”神父问道。他像是在沉思，然后开始小声地自言自语起来，眼睛向上望着，就像在回忆什么事情似的。检察官露出一副想笑的脸容。大家都在等着听故事，尽管他们听过不止一百遍，因为他们经常逗引那位老人来讲那个故事。

老神父开始说道：

“唉，那时我还是个助理神父，教区的主持是格瓦庇什神父。我说得对，是格瓦庇什神父，就是他把那座教堂扩建了的，愿永恒的光照耀着他。有一次刚做完弥撒，我就对他说：‘长老。’他问：‘什么事呀？’我告诉他，我觉得要发生什么事似的，他说：‘我也感到有什么事要发生。’我们两个都在眺望。不久就看见了，从风车后面出来了一群人，有的骑马，有的徒步，还有旗帜和大炮。当时我心想：‘啊，从另一个方向出来的也许是羊群吧！’可那不是羊群，而是骑兵。他们一看到对面的人就喊道：‘停止前进！’而这一边的人也同样停住了。因为骑兵在这座森林里是不好展开的，于是这些人往右，那些人往左；这些人往左边，那些人又尾随着他们，后来他们才发现了，真难啊！于是他们向另一边人进攻了。还没有开始射击，空中就有什么东西闪亮了一下。我说：‘长老，你看见了吗？’他说：‘我看见了。’这时候枪炮齐鸣，那边的人冲向河边，这边的人不让他们过去，这个打那个，那个又打别的人。一会儿，这边人得势，过一会儿又是那边的人占了上风。大炮轰隆，硝烟迷漫，然后是白刃战。可是我立即看出来了，这边的人攻势不行了。我说：‘长老，那边的人占了上风。’他回答说：‘我也觉察出，那边的人要取胜了。’他刚刚说完这句话，这边的人撒腿就跑，那边的人紧追不放，把他们淹死、杀死，不少人当了俘虏。我想，这场战斗要结束了，可是完全不是那么一回事！这个……唉……我说……正是……唉……”

说到这里，老人挥了一下手，便深深坐进沙发里，似乎又陷入了沉思，只是他的头摇晃得比平时更厉害了，眼睛也比平时鼓得更突出。

检察官笑得连眼泪都流了出来。

“长老大人，是谁在跟谁打仗？那是在什么地方、什么时候打的呀？”检察官问道。

这位主持神父又把手放在耳朵边，说道：

“呃，什么？”

“啊哈！我笑得都直不起腰来了！”检察官对斯科拉贝夫斯基先生说道。

“来一支雪茄好吗？”

“要不要来一杯咖啡？”

“不，不要，我笑得不能吃喝了。”

斯科拉贝夫斯基夫妇也笑了起来，他们是出于对检察官的礼貌才笑的。他们照例每个星期天都要听一次这个故事，所以这种愉快是一般性的，突然它被阳台外面的一声低微胆怯的声音所打断，这声音说道：

“赞美天主！”

斯科拉贝夫斯基站起身来，走到阳台前边，问道：

“是谁在那儿？”

“是我，热巴家的。”

“有什么事吗？”

热巴老婆带着孩子，她尽量低低地弯下腰去，抱住了他的脚：

“我是来求救的，尊敬的老爷，也是来哀求怜悯的！”

“我的热巴太太，你还是让我安安静静地过一个星期天吧！”斯科拉贝夫斯基打断了她的话，用的是这样一种口气，使人觉得她每天都来打搅他似的，“你不是也看见了，我现在有客人，我不能为了你，而撇下他们不管。”

“那我愿意等等。”

“好吧，那你就等着吧！可是，我是无法让自己分成两个人的。”

斯科拉贝夫斯基说完，转身回到了他在阳台上的原先位置上。

热巴老婆也退到了花园篱笆前面，毕恭毕敬地站在那里，可是她等了很长的时间，贵族夫妇都在和客人谈笑取乐，时时有欢快的笑声传到她的耳朵里，这使她心里很难过，因为她这个不幸的女人不是来这里听笑声的。过了一会儿，维克多先生和雅德维佳小姐也一道回来了，随后大家都进了大厅。太阳渐渐西沉。仆人雅舍克，斯科拉贝夫斯基先生常常把他叫作“没出息的”，来到了阳台，开始布置起喝茶的桌子来。他换了桌布，摆上玻璃杯，又将小勺子乒乓作响地放进玻璃杯里。热巴老婆等呀，等呀！她曾经想，不如先回家去，等一会儿再来，可是她害怕会来晚！于是她便在篱笆旁的草地上坐了下来，给她的孩子喂奶。孩子吮着奶便睡着了，可是睡得不太安稳，因为从早晨起，孩子的身体就不太好。她也觉得自己从头到脚都在发寒发热，有时她也感到全身酸痛，可是她没有在意，只是耐心地等着。天渐渐地暗了下来，月亮已经出现在天空的圆穹上。喝茶的桌子都已摆放停当，阳台上也点起了灯烛，可是那些人还没有出来，因为雅德维佳小姐正在弹奏钢琴。热巴老婆在篱笆下开始念起晚祷“主的天使”来，然后她在猜想斯科拉贝夫斯基先生会怎样来帮助她，尽管她不十分了然，但她知道，贵族就是贵族，而且和警察局长、县长都是老相识，只要他一句话，一切都解决了。再加上天主的帮助，她就能逢凶化吉。同时她也想到，如果佐乌齐凯维奇和镇长出来反对，那么这位老爷知道该向什么地方去寻找公正。她心中暗忖道：“这位老爷是个好人，对人向来是仁慈友善的，他不会丢下我不管的。”她想得确实不错，因为斯科拉贝夫斯基确实是个富于人性的人。热巴老婆又想起，这位地主老爷对热巴一直是另眼相看的，再者，她那过世的母亲还曾给雅德维佳小姐喂过奶，于是她的心里感到了宽慰。“别人爱说什么就让他们说去吧，”她对自己说道，“一个人遇到了不幸，不到地主老爷那里求助，还能到别的什么地方去求助呢?”因此，在这里等待几个小时，在她看来也是无关紧要的事了。这时候，那些人又回到了阳台上，热巴老婆透过葡萄叶子看到，雅德维佳小姐正拿着一把银茶壶在倒茶，正如她死去的母亲所说：“这种水是那样香甜，你喝了满嘴都是香的。”随后大家便喝起茶来。他们交谈着，时时发出愉快的笑声。这时候，热巴老婆的脑子里才想起，地主阶级永远比平民更幸福，她自己也不知道，为什么眼泪又从她的脸颊上流了下来。然而不久，眼泪又被另一种印象所取代了，正好这时候，那个“没出息的”仆人端着热气腾腾的盘子来到阳台上，她才想起她已经饿了，因为午饭她什么也没有吃，只是在早上喝过一些牛奶。

“唉，要是他们给我一块骨头啃啃也好啊！”她想道。她知道，他们一定肯给她的，而且不单给骨头，可是她不敢去要，怕因此而得罪他们，要是当着客人的面闯进去，斯科拉贝夫斯基老爷一定会生气的。

晚餐终于结束了，检察官立即走了，半个小时后，两个神父也坐上了主人家的马车，热巴老婆还看见地主老爷扶着长老坐好了，这时她觉得是时候了，于是她便朝阳台走去。

马车驶走了，斯科拉贝夫斯基先生对已经上了路的赶车人大声说道：“若是在堤坝上翻了车，我就要把你也掀翻在地。”随后他抬头看天，想观测一下明天的天气。末了，他终于看见了热巴老婆那件在黑暗中闪闪发白的衬衫。

“那是谁呀?”

“热巴家的。”

“啊，是你！你要什么就快点说吧，因为现在很晚了。”

热巴老婆又把事情的经过向他叙述了一番，斯科拉贝夫斯基先生一边听着，一边吸着他的烟斗，末了他说道：

“我的热巴太太，要是我能够的话，我倒是非常愿意帮助你。可是我有言在先，不再过问村里的事了。”

“我知道，尊敬的大人！”热巴老婆用颤抖的声音说道，“可是我心想，大人，你是会可怜我们的……”

她的话突然被打断，斯科拉贝夫斯基先生说道：

“这一切都是对的。可是我能做什么呢？我不能为了你去违背自己的誓言，我也不能为了你去找县长，因为他已经说过，我经常用一些私人的事情去麻烦他。我还能说什么呢？我再说一遍，现在我对你，你对我都毫无关系……你有自己的镇公所，如果镇公所不能解决你的问题，那你和我一样，都知道到县长那里去的路。我还能对你说什么呢？今天你到那里说话比我更起作用，现在可不是过去那样的时代了。热巴太太，好了，愿主与你同在！”

“愿天主报答你！”热巴老婆抱住了老爷的双脚，用嘶哑的声音答道。

第九章　伊摩琴

热巴从猪圈出来之后没有回家，而是直接来到了酒店。大家知道，农民心烦时常借酒浇愁。他从酒店出来，和自己老婆的想法一样：一个人不幸时应该去找地主老爷，于是他到了斯科拉贝夫斯基先生的庄园，不过他把事情办糟了。

一个喝醉了酒的人是不知道他该怎样说话的。当他听到他老婆同样听到的关于不参与村事的话时，他还是胡搅蛮缠，说话也十分粗野。这不仅是由于农民固有的思想迟钝，因而使他不能理解这种崇高的外交原则，同时也由于农民所特有的粗暴，他大声叫道："所有的地主老爷现在都只关心他们自己！"结果他被轰出门外。

等他回到家里，他就告诉了他妻子：

"我到地主家去过了。"

"你什么也没有得到吧？"

他用拳头敲了一下桌子，说：

"应该烧死他们，这些狗杂种！"

"轻点，你这个糊涂虫！老爷对你说了些什么？"

"他让我去找县长，而他自己……"

"也许我们真该到驴子城去走一趟。"

"我当然要去！难道除了地主老爷，世上就没有别的人了！"他立即回答道。

真是奇怪的事情，到庄园去过之后，热巴对地主的憎恨甚至超过他对文书和镇长的仇恨。尽管镇长和文书曾那样残酷地算计他，可是热巴却认为，他们本来就是干坏事的人，然而地主绅士却不同，他能救而不想救他。

"我当然要去驴子城！"热巴又说了一句，"我要给他看看，没有他我照样能行！"

"你不要去，我的亲爱的！我的可怜的人，还是我一个人去。你只要一喝醉酒，你就会粗暴无礼，反而会增加我们的不幸。"

热巴一开始不想让步，可是一过中午，他又跑到酒店里去滥饮了一番，第二天也是如此，这位女人便什么也不问，一切全凭上帝的意旨，到了星期三，她就抱起孩子，动身到驴子县城去了。

那匹马因为家里要用，她只好徒步走去，天还没有亮她就起身了，因为到驴子城足有三米拉难走的路。她心里想，路上也许会遇到心地善良的赶车人，会把她捎上，至少也会让她坐在大车边上，可是她没有碰到任何一个人。早上九点钟的时候，她走累了，便在一座树林的边上坐了下来，吃了她用筐子带来的一块面包和几个鸡蛋，随后她又上路了。太阳开始有点灼人，因此，当她看到夫热强什村的佃户赫尔舍克正好拉着一群鹅到城里去卖的时候，她就请求他让她搭车进城。

“愿主与你同在！我的热巴太太。”赫尔舍克说道，“可是这里的沙土这样多，我的马就是拉我一个人都拉得很吃力，你若是给一个兹罗提，那我就把你带走。”

这时候，热巴老婆才想起她身上只有一个捷克币，包在手帕里，她拿出来给他，可是这个犹太人却说：

“一个捷克币吗？捷克币能抵什么用，那也算是钱！算了吧！”

他刚把话说完，就挥鞭催马朝前驶去了。路上越来越热，热巴老婆身上的汗水就像溪水一样滚了下来，然而她还是尽力朝前奔，一小时过后，她便走到了驴子城。

凡是真正熟悉地理常识的人都知道，从羊头镇方向进入驴子城必须经过一座宗教改革后建成的教堂。从前，教堂里有一座很灵验的圣母像，直到今天为止，每逢星期天，教堂外面整整一条街上总是坐满了乞求施舍的乞丐。不过这一天是个平常的日子，只有一个乞丐坐在栅栏下面，从破衣下面伸出一只没有脚趾的光脚，手里拿着一个鞋油盒盖子，嘴里哼唱道：

神圣的、天上的

天使般的夫人啊!

当他一看到有人经过的时候，他便停止了哼唱，而把那只脚伸得更远，还大声哭叫起来，仿佛有人在剥他的皮：

“大慈大悲的人啊，一个不幸的残废者在请求怜悯，让仁慈的上帝把地上的一切都赏赐给你!”

热巴老婆一看到他，便打开了手帕，把她的那个捷克币拿了出来，走近前去说：

“你有五个格罗斯[①]吗?”

她想给他一个格罗斯，可是这个乞丐把整个捷克币都抓到手后，便对她骂了起来：

“你连一个捷克币都舍不得给天主，那天主也舍不得给你帮助。趁我还没有生气，你趁早走开吧!”

热巴老婆只好对自己说道：“就算是我奉献给天主的吧！”于是她又朝前走去。

当她来到市场时，她开始心慌起来。到驴子城来并不难，在驴子城里迷路却很容易。这驴子城可不是开玩笑的。如果你到一个你不熟悉的村里去，你还得打听谁住在什么地方，何况在这样大的城市哩。“我真要淹没在这座大海里了！”热巴老婆心里在想。她没有其他办法，只好去问人了，要打听征兵委员的住址倒不难，可是等她找到他的住所时，她才知道，这位征兵委员已经去了省城。至于县长，人们告诉她，应该到县里去找他。嗨，县里在哪儿呢？哎呀！你真傻！真是个傻女人！那不就在驴子城，还能在别的地方吗?

---

① 格罗斯，波兰货币单位，相当于 1 分钱。

后来她就在驴子城里找来找去，末了，她看见那边有一座绿色的宫殿，大得惊人，大门顶上还画有一只鹰。这座宫殿前面真是车水马龙，停放着无数的大车、马车和犹太人的小车。热巴老婆还以为是在赶什么庙会哩！“县政府到底在哪儿呢?”热巴老婆抱着一个穿常礼服的人的腿问道。“女人，你不就站在它的前面吗？”她振作了一下，便走进了这座宫殿。她又在看来看去，那里满是走廊，右边是门，左边还是门，再过去除了门还是门，各个门上都写有字。她画了个十字，胆怯地、轻轻地打开了第一扇门，她看到这是一个大房间，隔断成一小间一小间，就像教堂里一样。一个隔断后面坐着一个人，身穿金纽扣的常礼服，耳朵上还夹着一管笔，隔断前面站着一大群男人，他们都是来交钱的。那个穿常礼服的人抽着一支烟，将写好的收据交给那些付钱的人，拿到收据的人都走出去了。这时候热巴老婆在想，到这儿来的人都要付钱，于是她又惋惜起那个给了人的捷克币来。她惶恐不安地走向那个有窗格的隔断去。

可是那里的人连看都不看她一眼。她只好站在那里，她站呀站呀，差不多站了一个小时。一些人进来，一些人出去。窗格里面的钟在嘀嗒嘀嗒地响着，可她还是站在那里。后来人越来越少了，连最后一个男人都走了，那位官员坐在桌子后面写起字来，热巴老婆才敢开口说话：

“赞美耶稣基督!”

“你是干什么的?”

“县长大人！……”

“这儿是会计室!”

“县长大人！……”

“我对你说，这儿是会计室。”

“请问县长在哪儿哩？”

这位官员用笔的另一头指着一扇门说：

“就在那儿！”

热巴老婆又来到走廊上。那儿？唉，到底在哪儿呢！这里到处都是门，数也数不清。该进哪扇门呢？末了她看到在这些你来我往的各色各样的人当中，有一个农民站在那里，手里拿着一根鞭子，于是她立即朝他走去。

“老伯！”

“你有什么事？”

“你是从哪儿来的？”

“我是从猪子村来的，你问这干什么？”

“县长在哪儿？”

“我哪里知道！”

后来她又问了一个有金纽扣的人，不过他没有穿常礼服，而且手肘上还有破洞。可是这个人连听都不愿意听，只说了一句：

“我忙得很！”

热巴老婆便朝一扇比较华丽的门走去，这位可怜的女人没有看见门上的布告：“非本机关的工作人员一律禁止入内！”她不是这机关里的人。可是这个布告，就像上面说过的，她没有看见，即使她看见了，她也不懂它的意思。

一打开那扇门，她就看到，这是一个空房间，窗子下面有一条长凳子，凳上坐着一个人在那里打盹。再过去是一扇通向别的房间的门，那儿，她看到一些穿礼服和军装的人在走进走出。

热巴老婆向那个坐在凳子上打盹的人走去，她并不怎么害怕他，因为这个人看起来也是个老百姓，他伸出的双脚上穿着一双开了口的皮靴。

她推了推他的肩膀。

他惊醒过来，看了她一眼，大声喊道：

“不许进来！你真胆大，还不快滚出去！”

这个可怜的女人飞奔而出，他在她后面挥舞着拳头，随后乓的一声把门关上了。

她第三次来到了这座走廊上。

她在一扇门边坐了下来，以农民所特有的耐心，决心在这里坐等，直到世界末日的来临。“总是能找到一个人来问问的！”她心里在想。她并没有流泪，只是擦了擦眼睛，那是因为痒。她觉得整条走廊和所有的门都和她一起开始旋转起来。

人们从她身旁走过，有的往左，有的往右，只听到开门关门的乒乓声。人们在大声说话，听起来叽里呱啦，像市场上一样嘈杂。

但是，上帝终于可怜起她来了。正好在她坐着的那扇门里，走出了一位体面的绅士，她曾经在夫热强什的教堂里看见过他，他碰了她一下问道：

“唉，女人，你为什么坐在这儿？你有什么事吗？”

“我是来找县长的。”

“这儿是法院执行官，不是县长。”

这位绅士指着走廊里面的一扇门说：

“在那儿，那扇有绿牌子的门就是。看见了没有？不过你现在不要去，他很忙。你就在这里等着，他一定会经过这儿的！”

这位绅士继续朝前走去，热巴老婆在他身后用这样一种眼光望着他，就像望着自己的保护神似的，她心想，也许老爷可怜她，会很快接见她的。

然而她在那里等了一段很长的时间，最后那扇挂着绿牌子的门砰的一声打开了，从门里走出一位年纪不轻的军人，他匆匆忙忙走过走廊。嘿嘿，一眼就能认出，他就是县长，因为他后面跟着一群找他解决问题的人。有的从左边追上前来，有的从右边跑了过来，热巴老婆听到了他们的恳求声："县长先生大人!""只有一句话，县长大人!""仁慈的县长大人!"可是他什么话也不听，还是继续朝前走来。热巴老婆一看见他，眼睛就立即模糊起来。"这是上帝的旨意啊!"她心里在想，因此她一个箭步冲到走廊的中间，双手高举着跪在地上，挡住了县长的去路。

县长看见她，便站住了，整个行列也在她的面前停了下来。县长问道：

"你有什么事?"

"最最神圣的县长大人！……"

她再也说不下去了。她心情紧张得连话都卡在嗓子眼里了，舌头也好像麻木了。

"你有什么事吗?"

"啊！啊……是……是……是为了征兵的事……"

"那怎么了？难道他们要把你拉去当兵，是吗?"县长问道。

那些来求告的人都放声笑了起来，表示钦佩县长的好心肠，但是他立即对这些巴结的人说道：

"请你们，请你们安静点!"

之后，他不耐烦地对热巴老婆说：

"你快点说呀，到底是为了什么事？我忙得很哩……"

可是，由于这些先生们的笑声，热巴老婆已经晕头昏脑了，她开始上句不连下句地说道："布拉克！……热巴……热巴！布拉克……啊！……”

“她一定是喝多了！”一位绅士说道。

“她把她的舌头留在家里了！”第二个说。

县长更不耐烦地又说了一句：

“你到底有什么事呀？你是喝醉了，还是怎么的？”

“啊，耶稣玛丽亚！”热巴老婆大声叫喊起来，她感到这救命的最后一块木板已经从她手里脱离开来，“最神圣的县长……”

但是他实在很忙，因为征兵已经开始，县长还有一大堆的事务，同时他还得在驴子城里筹备一次盛大的晚会。此外，他和这个女人又说不清楚，于是他只好挥了一下手，说道：

“啊！伏特加酒啊伏特加酒！真可惜，这个女人又年轻又漂亮！”

接着他又用同样语调对热巴老婆说话，她听了几乎要无地自容了。

“如果你清醒过来了，那你就把事情提到镇公所去，然后由镇公所再上报给我。”

这最后一句话真像鞭子抽打一样，说完他就匆忙朝前走了，跟在他后面的那些人又开始恳求：“县长先生大人！”“只要一句话，县长大人！”“仁慈的县长大人！”

……

走廊都走空了，显得一片宁静，只有她的孩子在哭泣。热巴老婆仿佛从梦中初醒似的站了起来，她抱起孩子，用一种好像不是她自己的声音哼了起来：

“啊……啊……”

随后她走出了这座房子。房子外面，天空布满了乌云，在地平线的尽头响起了雷声。

空气非常闷热。

当热巴老婆经过改革后建立起来的那座教堂，动身回羊头镇的时候，她心里在想些什么，我不想去描写。啊哈！如果是雅德维佳小姐遇到这样的事情，那我就会写出一部惊险的浪漫史来，我会用这部小说去迫使那些最顽固的实证主义者相信，在现今的世界上还存在着理想的人物。在雅德维佳小姐身上，一切印象都能得到自觉的表现：心灵的绝望挣扎会用同样绝望的，然而又是非常戏剧性的思想和言词表达出来。那无出路的穷境，那对于无能为力、软弱和压迫的深刻而又苦痛的感受，那种犹如暴风雨中一片树叶的角色，还有那种对从天上地下都无法得到救助的沉重的感觉，所有这一切都会激发雅德维佳小姐说出一段充满灵感和激情的独白来。我只要把这段独白抄录下来，就可以名扬四海了。

但是，热巴老婆呢？她不过是个普普通通的农家女子，当她痛苦的时候，她只有痛苦，再没有别的！热巴老婆被不幸这只强有力的手攫住，完全像一只被顽童摆弄的小鸟一样。她朝前走去，风在后面推着她，汗水从她额上流了下来，这就是她的整个故事了。有时她那生病的孩子张开口来，急速地喘着气，就像马上要死了似的，她就对他轻轻说道："雅希科！我亲爱的雅希科！"还把她那母亲的嘴唇紧紧贴在孩子的火烫的前额上。她终于走过了那座教堂，朝原野走去。她走了很远很远，突然停住了，因为一个醉醺醺的农民正朝她走来。

天上的乌云越积越浓，正在酝酿着一场暴风雨。时不时地雷鸣电闪，可是那农民什么也不顾，他让他的披衫在风中飘动，还把帽子拉下盖住了他的耳朵，东倒西歪地踯躅着，一边还哼唱着小调：

多达悄悄地

来到了园里，

她在挖药草。

可是我给了一棍子

打在多达的脚上

多达一溜烟跑掉了。

呜……呜！

他一看见热巴老婆便站住了，他摊开双手大声唱了起来：

啊，让我们到大麦地里去，

因为你是个好心的女人！

他想把她抱住。她担心自己和孩子，便向旁边一跳。那农民也紧追不舍，可是因为他喝醉了，踉跄一下，便摔倒在地上。他立即爬了起来，但他没有去追她，而是拾起了一块石头，用力地朝她扔去，石头在空中发出呼啸的响声。

热巴老婆觉得脑袋一阵疼痛，眼前一片漆黑，跪倒在地上。然而当她一想起“孩子”这个词时，她又朝前逃走了，一直逃到一个十字架下她才打住脚步，回头一望，只见那个农民离她已有半英里之远，蹒跚地走着，往城里去了。

可是就在这时候，她觉得她的后颈上有一股奇怪的暖流，她用手一摸，回手一看，手上全是血。

她的眼睛一阵发黑，便失去了知觉。

等她清醒过来时，她的肩膀正靠在那个十字架上。远远地有一辆从奥希契辛来的马车正驶近前来，马车上坐着奥希契辛斯基少爷和庄园里的家庭女教师。

奥希契辛斯基少爷并不认识热巴老婆，可是热巴老婆却在教堂里见到过他。她打算走近马车，求求少爷发发善心，在暴风雨来到之前能把她的孩子带走也好。于是她站了起来，但无力挪动脚步。

这时候，那位少爷已驱车来到她的面前，他看见了这个站在十字架下的不认识的女人，便大声叫道：

“女人！女人！快请坐下吧！”

“上帝保佑……”

“不过是坐在地上，坐在地上！”

啊，这个奥希契辛斯基少爷是全区闻名的调皮鬼，他一路上见人就要耍弄一番，这次也是拿热巴老婆来耍笑的，然后便驱车而去。热巴老婆只听见他和那个家庭女教师的大笑声，她还看到他们在接吻，不久他们就和马车一道消失在茫茫黑暗中了。

热巴老婆独自留在那儿。不过，有一句话说得对：“女人像癞蛤蟆一样，就是用斧头砍也砍不死！”过了一个小时，她又挪动脚步上路了，虽然她的腿还弯着，有点支持不住的样子，可是她还是挣扎着朝前走去。

“这孩子有什么罪过哩，他是一条小金鱼！啊，我的上帝！”她喃喃说道，把生病的雅希科紧紧抱在她的胸前。

后来显然地，她发烧了。她开始说起胡话来，像是喝醉了似的：

“家里的摇篮是空的，家里的男人已经拿起枪打仗去了。”

风把她头上的帽子吹掉了，她的一头漂亮的头发披散开来落到她的肩上，在风里飘动着。突然一道闪电划破长空，一声霹雳就在她的近处轰鸣，她的四周都是一股硫黄味，吓得她又蹲下了，这反而使她清醒了一些。她大声叫道："末日来临了！"她抬头望望天空，那是一个愤怒无情的狂暴的天空。她开始用颤抖的声音唱起圣歌来："凡是请求庇佑的人……"突然有一道凶恶的青铜色的闪光从云中落到地上。热巴老婆拼命朝树林里走去，可是那里面更黑，更令人害怕，还时时发出一种呜呜的声音，仿佛那些被吓坏了的树木在低声说话，因而汇成了一股巨大的窃窃私语声："怎么办？啊，上帝！"接着便是一片沉寂。有时又从森林的深处传来一种声音。热巴老婆心想，也许是妖怪在森林里大笑，也许是群魔乱舞，正朝这边走来，吓得她全身都起了鸡皮疙瘩。"只要走出这座树林，没有树林就不怕了，"她心里想道，"在树林那边有一座磨房，还有磨房主雅哥金斯基家的住房！"于是她用了她最后的一点力气，飞跑着，张开干裂的大嘴去呼吸空气。这时候，在她的头上，天上的闸门打开了，雨水夹着冰雹倾盆而下。狂风在怒吼，在咆哮！连树木都被吹得弯到了地上。森林里充满了雾气、水蒸气和雨水的波浪，连道路都看不清楚了。树木弯倒在地上，吼叫着，发出断裂的声音，到处都是树枝折断的响声——四周是一片昏暗。

热巴老婆觉得自己越来越衰弱了。

"救命啊，人们！"她用低弱的声音叫着，可是没有人能听见她的呼救声，狂风又把声音吹回到她的喉管里，压得她连气都喘不过来，这时候，她知道，她再也走不动了。

她取下了头巾，脱下了外衣和围裙，身上几乎只剩下一件内衣了，她把孩子包了起来。随后她看到近处有一棵像是在哭泣的白桦树，她手脚并用，才爬到那棵树下，她把孩子放在浓密的树枝下面，自己也倒在孩子的身旁。

"啊！上帝，请把我的灵魂拿去吧！"她低声说了这一句，便闭上了她的眼睛。

暴风雨还威风了一段时间，最后终于减弱了。这时，黑夜已经来临，浮云中间，星光在不断闪烁。白桦树下还躺着热巴老婆那一动不动的白色躯体。

“哪依！”在黑暗中传来了一个人的声音，不久又听到了大车的辚辚声，和马蹄踩在大水洼里的噼啪声。

这是赫尔舍克，夫热强什的佃农，他在驴子城里卖完了鹅，正连夜赶回家去。

他一看见热巴的老婆，便从车上跳了下来。

第十章　天才的胜利

夫热强什的赫尔舍克从白桦树下把热巴的老婆抱上了车，打算送她回羊头镇去。可是在路上，他遇见了热巴，热巴看到暴风雨来了，便驾着大车来接他的老婆。她在家里躺了整整一夜和第二天一个白天，第二天晚上她就起来了，因为孩子病了，她的亲戚们都来到她的家里，用神圣的花环为孩子祈祷祝愿。后来，那年老的齐索娃也来了，这个铁匠的老婆，手里拿着一个筛子和一只黑鸡，来为孩子驱邪除魔。孩子的病的确大有起色。可是热巴本人的不幸却越来越巨大，他毫无节制地把烧酒灌到肚子里，怎么劝说他也无济于事。

奇怪的是，当她清醒过来问起孩子时，他不但不对她表示关切，反而阴沉地说道：“你一个人在城里逛来逛去，魔鬼差点把孩子夺去了，若是你真把他丢了，看我会不会给你一顿好看的！”这时候，这个女人受到这样无情的对待，心里感到极大的痛苦。她本想用直接从无比痛苦的心里发出的声音去责备他一番，可是她仅仅大叫了一声“瓦夫隆”，便再也说不出话来了。她眼泪汪汪地望着他。热巴仿佛从他坐着的箱子上被人掀了下来，沉默了一会儿，然后用另一种口气说道：“我的玛丽希卡，请你原谅我说过的话，因为我知道，我亏待了你！”他一说完，便放声哭了起来，还亲着她的双脚。她也陪着他一起哭了起来。他觉得他配不上这样一个好妻子，可是这种和谐并没有持续多久，忧愁就像伤口一样折磨着他们，使得他们又立即争吵起来。当热巴回到家里，不论是喝醉了酒，还是清醒的时候，他对妻子一句话也不说，只是闷坐在箱子上，像狼似的望着地面。他在那儿一坐就是好几个钟头，有如化石一般。他的老婆在屋里进进出出，还像以前一样忙碌着，但同样是沉默寡言，以致到了后来，当一个人想要和另一个人说话时，都感到有些不自在了。他们虽然生活在一起，却像大吵大闹过似的，一种死寂般的沉默笼罩着这座茅屋。他们还有什么话好说的哩？！既然他们知道，他们已无法可想了，他们的苦命也就要完结了。几天之后，一些可怕的念头开始出现在热巴的脑子里，于是他去找齐吉克神父忏悔，神父没有替他赦罪，只吩咐他第二天再去。可是到了第二天，热巴没有去教堂，反而来到了酒店。人们都听到了他酒后说的话：若是上帝不肯帮助他，他就要把灵魂卖给魔鬼。村里的人都开始躲避起他来了，好像某种诅咒就要降临到这座茅屋似的。人们在传播种种流言蜚语，有如乞丐的棍子一样厉害。有的说，镇长和文书做得好，像热巴这样的坏人，只会招来上帝对整个羊头镇的惩罚，那些老婆子也开始给热巴老婆编造出一些无中生有的事情来。

有一天，热巴家的水井干涸了。热巴老婆便到酒店门前的那口井去打水，在路上，她听见孩子们在说："大兵的老婆来了！"另一个孩子说："不是大兵的老婆，而是魔鬼的老婆！"她一句话也没说便朝前走去，可是她看见了孩子们都在朝她画十字。她把水罐装满了水，便朝家里走去。什莫尔正好站在酒店门前，他一看见热巴老婆，便立即从嘴里把那挂在胡子中间的瓷烟斗拿下，对她叫道：

"热巴太太!"

热巴老婆停住问道：

"你有什么事?"

他说：

"你们到镇上的法庭去过吗?"

"去过。"

"你也去找过神父吧?"

"去过。"

"你还到贵族庄园里去过吧?"

"去过!"

"你到县里去过吗?"

"去过!"

"你们什么也没有得到?"

热巴老婆只是叹了一口气，什莫尔接着说道：

"你们真傻！全羊头镇再也找不出第二个像你们这样傻的傻瓜了！你们何必到处去求情呢?"

"那我该到什么地方去呢?"女人问道。

"什么地方?"犹太人回答说，"合同是签在什么地方的？是在纸上，没有了那张纸，也就没有了那个合同，只要把那张纸撕掉，不就什么事都没有了!"

“嗨，你说得倒容易！若是我能得到那张纸，我早就把它撕成碎片了。”女人回答说。

“哎呀，难道你不知道，那张纸是在文书手里？喏……我知道，热巴太太，你在文书那里一定能得到很多帮助的。他自己就对我说过，‘让热巴老婆到我这儿来求求我，那我，’他说，‘就会把那张纸撕掉，事情就全都完了。’”

热巴老婆什么话也没有说，只是提起水罐的提手，便朝家走去，这时候，院子里已经黑了。

……

晚上，文书先生已经脱掉了外衣，只穿着一件衬衫，他躺在床上，山羊胡子向上翘起，正在读布勒斯拉维尔出版社出版的那部《杜勒里宫廷秘史》。他正好读到西班牙公使奥洛查格正在吻着欧亦妮的袜子，这一场写得如此动人，使文书先生也无法安宁地躺在床上。蜡烛在燃烧，苍蝇在灯油里四下溅开。突然佐乌齐凯维奇听见有人在敲门，咚！咚！敲门声是那样轻，文书先生的耳朵刚刚能够听见。

“是谁在那里？”他大声问道。他非常恼火有人来妨碍他。

“是我！”一个低低的声音在回答。

“你到底是谁？”

回答的声音非常低：

“热巴家的！……”

佐乌齐凯维奇立即跳下床来，前去把门打开。热巴老婆走进门来，她是那样慌乱，想说什么可又说不出来。不过，佐乌齐凯维奇是个好人，他鼓励她，因为他没有穿外衣，便立即搂腰抱住了她，说道：

“啊哈！你终于来求我帮助了！在签订合同之后，玛丽霞，是吧？”

“是的！”

这时候他把她拉得更近，紧紧抱住了她，把他的嘴紧紧贴在她那发抖的嘴唇上。

“现在该怎么样呢？”他愉快地问道。

女人的脸色苍白得像夏布。

“凭上帝的意旨！”她轻声地答道。

文书先生便把蜡烛吹灭了……

第十一章　悲惨的结局

天上的大熊星已经下去了，启明星出现在空中，这时候，热巴家的门打开了，热巴老婆悄悄地回到了屋里，她刚一踏进门，便像钉子一样在地上站住了。她原来以为，热巴会像平时那样在酒店里过夜的，可是现在，他却坐在墙边的箱子上，将他的拳头放在膝盖上，眼睛望着地面。

炉膛里的煤火已经烧完了。

“你到什么地方去啦？”热巴阴沉地问道。

她没有回答，便倒在地上，躺在他的脚边，大声哭了起来。她开口说道：

“瓦夫隆！瓦夫隆！我全是为了你呀！为了你呀！我受了侮辱，他欺骗了我，然后还骂我，把我赶了出来。瓦夫隆！至少你应该可怜我的啊！我的亲爱的！瓦夫隆！瓦夫隆！”

热巴从箱子后面拿起了一把斧头。他用平静的语气说道：

“不！你的末日已经到了，可怜的女人！你快向这个世界告别吧，因为你再也不能看到它了！可怜的女人！你再也不能坐在这间屋里了！你就要躺在坟墓里了！……你……”

直到这时，她才恐怖地望着他。

“难道你真的要把我杀死吗？”

“是的！玛丽希卡，你不要白白浪费时间了，快画十字告别吧，然后一切都完结了，你连什么都不会觉得的，可怜的女人！”他答道。

“瓦夫隆！你真的要……”

“快把你的头放在这箱子上！”

“瓦夫隆！”

“快把你的头放在这箱子上！”他大声叫道，口沫四溅。

“啊！上帝啊！救命啊，快来人啊，救……”

只听见一下沉重的响声，接着便是一声呻吟和脑袋碰在地上的声音，继而是第二下响声和更轻微的呻吟声。随后是第三下、第四下、第五下和第六下响声。地上鲜血像溪流。火炉里的煤火已全熄灭。热巴的老婆从头到脚痉挛了一下，随后她的躯体伸直了，一动不动地躺在那里。

过了不久，一片巨大的鲜血似的火光驱散了夜晚的黑暗，地主庄园的建筑物着火了。

尾　声

亲爱的读者，现在我要在你们的耳边悄悄告诉你们，他们没有把热巴送进军队，像他们在酒店里签订的那种合同是不足为据的。可是你们已经看到，农民是不会知道这样的事情的，而知识阶级呢，由于他们的中立态度，也知道得甚少，因此，只有佐乌齐凯维奇才对这样的事情有所了解。但是他估计到，不管其结果如何，都能使问题复杂化，而担惊受怕一定会使那女人投入他的怀抱。

这位大人物没有算计错。

你们一定会问，他后来怎么样了？事态的发展又如何？热巴烧了地主的房子，便要来找他算账，可是一听到“着火啦”的叫喊声，全镇的人都起来了，于是佐乌齐凯维奇先生也就得救了。

他继续担任羊头镇的文书职务，而且现在有希望当选为本地法官。他刚刚读完《巴尔巴拉·乌布里克》这本书，希望会有那么一天，雅德维佳小姐会在桌子下面握住他的手。

至于他是否被选为法官，握手的希望是否得到了实现，那就只好诉诸未来，且听下回分解了。

附：鹤群

思乡之情（怀乡病）大多出现在那些由于种种原因而无法回国的人身上。不过，那些只要愿意便能回国的人也常常受到思乡之情的袭击。这种情感的萌发往往是触景生情：日出或日落，会勾起你对祖国阳光的联想；外国歌曲中的某一段曲调，会令你想起家乡的乐曲；即使是一丛树木，也会让你想起祖国的乡村。所有这一切都会触发你的思念之情，这时候，你的心里便充满了一种巨大的难以抑止的情感，你会突然感到，你就像一片树叶脱离了远处的亲爱的树那样。这样的时刻，你就会想到回国，或者，如果你的想象力丰富的话，你就会去创作。

有一次——那是多年以前，我来到了太平洋岸边的一个名叫阿纳海姆码头的地方。与我同行的有几位渔民船员，他们都是挪威人，还有一个专给他们做午饭的德国人。他们白天出海，晚上玩扑克。当时，玩扑克在欧洲还没有流行开来，但在美国的所有酒馆里却已赌博成风了。我独自一人，常常背扛着猎枪，到荒无人迹的草原上转悠，或者在海岸上徜徉以消磨时光。我到过沙滩，那是一条小河入海时形成的一大片沙滩地。我还在小河的浅水中嬉玩过，欣赏那些不知名称的小鱼、海虾，还有大海狮，它们在海边的岩石上晒太阳。对面则是小沙岛，岛上满是海鸥、鹈鹕和信天翁——一个真正的群鸟共和国。那里一片熙熙攘攘、吵吵闹闹和高声鸣叫声。有时候，在风平浪静的日子里，平静的海水呈现出一种碧蓝而又带金黄的颜色，我便驾着一叶小舟，向沙岛摇桨过去。岛上的鹈鹕还不习惯见人，往往用惧怕甚至惊慌的眼睛望着我，像是在询问我：你是何方来的怪物？我们从未见过你呀！我常常在那个小岛上观看太阳的西落，那景色真是迷人：霞光万丈，把整个海洋变成了金光灿烂，接着又把整个碧海苍天都染成了血红的颜色，它才慢慢地隐去，直到月亮高悬在美国的空中、奇妙的温热带夜色笼罩了整个大地。

荒凉的大地、无边的海洋和明媚的阳光，把我带进了一个神秘的世界，使我陷入了有神论中。我有一种感觉，仿佛我的周围有一位至尊的巨神，常常以海洋、天空、草原的形态出现，有时甚至又化身为生活中的细小事物，如小鸟、鱼虾、软体动物和岸畔的柳树。我有时会觉得，在那座沙滩和无人居住的沙岛上，也许住有一些人们无法看见的神怪，就像古希腊的牧神、仙女或怪物。不过，每当我头脑清醒时，我是不会相信这些神怪的。但是现在，我和大自然相处在一起，而且又是孤独一人，我便觉得有这种可能性。在这种时刻，生活成了梦幻，人在梦幻中幻想多于思想。至于我，唯一感觉到的是无边无际的宁静，它环绕在我的周围，我体验到了其中的乐趣。我时而思考着未来的《旅行书简》，时而又像个年轻的小伙子，幻想有一位美丽的姑娘前来和我相识，并且爱上了我。在这种悠然自得的放松中，身处在霞光霞色的海滩上，满脑子里都是说不尽的遐想和难以描述的愿望，我觉得我是个空前幸福的人。

有一天傍晚，我久久地静坐在这座沙岛上，直到深夜我才回到大陆上来。我几乎用不着划船，潮水就把我送到了岸边。

别的地方潮水往往是汹涌澎湃，此地却常常是风和日丽，海水轻轻地舔着沙滩，海浪也悄悄地触摸着海岸。我身边是那样寂静，即使距离很远，我也能听见别人的说话声，然而岸上却空无一人，我只能听见小船划桨的声音和海水摇曳着小船的轻微响声。有一次，我突然听见天空中传来的响亮声音，我抬头仰望，然而在黝黑的苍穹中，我什么也看不见。等到这声音再一次传到我的耳中时，我才分辨出，那是鹤叫声。

一大群鹤飞过我的头顶，朝圣卡塔里娜岛的方向飞去。然而此时，我便想起了我曾不止一次地听见过这种声音，那时候我还是个孩子，是从学校回家来过假期的。蓦然间，一种巨大的思乡之情油然而生，紧紧把我攫住。我回到了我从德国人那里租来的那间厢房，但我无法入睡，我的脑海里出现了祖国的一幅幅图景：这是松树林，这是乡村教堂，这是广袤的田野，上面种有一排梨树，这是农民的茅舍，这是果园树丛中的白色房屋。整个晚上，我的头脑里想的都是这些图景。第二天，我和往常一样又来到了这沙滩上，我感到这海洋、这天空，还有这草原和岸边的沙丘，以及那些海豹躺在上面晒太阳的岩石，都是那样陌生，都和我毫无联系，而我和它们也没有丝毫的关系。昨天我还觉得我和周围这一切是那样息息相关，我的脉搏是和这大自然的脉搏一起跳动。今天，我便问自己，我在这里干什么？为什么不回去？那种宁静和美好生活的感觉便消失得无影无踪了。过去在海水涨潮和退潮中流逝得那么平静和迅速的时光，如今我却觉得它长久得令人难以忍受。我开始思念我的国家，想起那里随着时光的逝去所发生的变化和它保留下来的东西。美国和旅行不再激起我的强烈兴趣，我的脑海里出现的是一大堆由回忆所产生的景象：我无法摆脱它们，尽管它们带给我的不是欢乐，恰恰相反，里面充满了忧虑，甚至悲伤。而且这种悲伤是从我们农村那种窒息和无助的生活与美国那种丰富多彩的生活进行比较时所产生的。我越是觉得我们农村生活的窒息和无助，便越是占据着我的心头，便越发觉得它的可贵，对它的思念越发深。在这以后的那些日子里，这些幻象显得更加的清晰，于是我的想象又把它们扩展、整理，去粗存精，而形成一种艺术构思。我开始给自己创造出一种新的世界来。

一个星期之后，一天晚上，这些挪威人又出海去了，我把自己关在厢房里，从我的笔下便涌现出了这样的词句，"羊头镇镇长办公室里是那样安静，就像播种罂粟的时节一样……"

起因于鹤群，我的《炭笔素描》便在太平洋的海岸上诞生了。

音乐迷杨科

他一生下来又瘦小、又羸弱。那些围在产妇床边的女邻居看到母子这样虚弱，都摇起了头。铁匠老婆西摩诺娃是个最聪明的女人，她便安慰起病人来。

“把蜡烛拿来，”她说，“我在你们床头点起蜡烛，看来你们是毫无希望的了，我的大嫂。你们要到另一个世界去了。赶快去把神父找来，请他宽恕你的罪过。”

“对！”另一个女人说，“该马上给孩子施洗礼，看来他等不到神父来就会死去。不要让孩子死了成野鬼，让他安心走吧！”

她一边说，一边点着了蜡烛，随后便抱起了孩子，把水洒在他的身上，使他眯了眯眼睛，然后她又说道：

“我以圣父、圣子和圣灵的名义给你洗礼，并赐名为‘杨’。现在你已经是天主教徒的灵魂了，你可以从什么地方来就回到什么地方去啦！阿门！”

然而，这个天主教徒的灵魂一点也不想回到他来的地方去，也不想离开他那瘦弱的躯体。相反的，他两只小脚拼命乱蹬，还啼哭起来，不过哭声是那样微弱和悲哀，连在场的妇女们都说：“这真像是只小猫在叫哩！”

他们派人去请神父。神父到来后，行完了他那一套仪式，便马上离开了。病人的情况慢慢好转。过了一个星期，她便下地干活了。婴儿虽然是奄奄一息，但还是活下来了，直到第四年的春天，当布谷鸟开始咕咕叫的时候，他的病情才有了好转，时好时坏地活到了十岁。

他的身体一直都很瘦小，皮肤晒得黑黑的，肚子鼓得很大，两颊凹了进去，一头差不多全是淡白色、像亚麻那样的头发，遮盖着他那双炯炯有神的大眼，这双眼睛看起东西来，仿佛在眺望遥远的地方。冬天，他时常坐在炉子的后边哭泣，不是由于寒冷，便是因为肚子饿的时候母亲还没有把吃的东西放在炉子上或者锅里。夏天，他只穿着一件衬衣，腰上系着一根布条子，头上戴着一顶草帽，他常常像小鸟那样，从草帽的破边下朝上仰望。他的母亲是个贫穷的雇工，天天像寄居在别人屋檐下的燕子那样度日。虽然她按照自己的方式很爱她的孩子，可是她也经常打他，还把他叫作"窝囊废"。他才八岁的时候，便开始去放猪羊了，家里没有什么东西可吃的时候，他便到树林里去采菌子，树林里的狼没有把他吃掉，那只好说是上帝对他的怜悯。

他是一个非常迟钝的孩子，像别的乡下孩子一样，和别人说话时，喜欢把一个手指放进嘴里。谁也不相信他能长大，更不信他将来会成为他母亲的安慰，因为他很懒惰。他为什么会这个样子，大家都摸不着头脑。他只有一种爱好，那就是音乐，他到处都能听到音乐。等他稍稍长大一些，除了音乐，他就什么也不想了。有时，他到树林里去放牲口，或者拿着篮子去采野果子，就常常空手回来，还嘟哝说：

"妈妈，树林里在奏什么音乐？啊！啊！"

母亲便回答他说：

"我给你奏音乐，我给你奏音乐，看你还怕不怕！"

于是她就拿起木勺来敲他，给他"奏"了一顿音乐，孩子便哭喊起来，连连保证他以后不再犯了。但他心里还是想，树林里确是有一种音乐在演唱……到底是什么在演唱呢？他搞不清楚，只知道松树、山毛榉、白桦、黄莺，一切都在演唱，整个树林都在歌唱。

回声在歌唱……田野上艾草也在歌唱，麻雀在房边的果园里啾啾叫，连樱桃树也在摇动奏出音乐。傍晚，他听到村里发出的那些声音，就认为整个村庄都在演唱。有一次人家派他去干活，让他扬粪，风吹着木杈，他也认为是在奏乐。

有一次，监工看见他头发散乱，呆呆地站在地里听那风吹木杈的声音……监工一看到这样，就解下皮带，给了他一顿教训。可是这对他有什么用呢！大家就叫他“音乐迷杨科”[①]……春天，他从屋子里跑出，到河边去吹牧笛。夜里，当青蛙呱呱地叫，秧鸡在草原上歌唱，苍鹰迎着露水在呀呀高叫，公鸡在篱笆后面引颈啼叫的时候，他便睡不着觉，一心一意地听着，他到底听到了什么音乐，那只有上帝才能知道。他母亲不敢带他到教堂去，因为风琴一响或甜蜜的歌声一起，这孩子的眼睛就仿佛蒙上了一层浓雾，真不像是这个世界的人了……

晚上，巡夜的人在村里转来转去，为了不打瞌睡，就数起天上的星星或者对狗低声地说着话。他常常看到杨科穿着一件白衬衣，在茫茫夜色中跑到酒店那里，他不进酒店，而是到酒店旁边便停住了，躲在墙下听。酒店里面的人在跳奥贝列格舞[②]，有时一位跳舞的青年会高叫一声“呜哈”，还可以听到皮靴的踢踏声，或者听到姑娘们的“想要干什么”的声音。小提琴轻快地奏着：“我们吃，我们喝，我们多快活！”大提琴用低沉庄严的声音伴和着：“上帝赏赐！

---

① “杨科”是“杨”的爱称。

② 奥贝列格舞是波兰的一种民间舞蹈。

上帝赏赐！”窗户被灯光照得通亮，酒店的每一根柱子好像都在颤动，在歌唱，在演奏，而杨科在倾听……

若是他有这样一把能轻快奏出“我们吃，我们喝，我们多快活”的小提琴，他会多么高兴啊！就是要这样一些会歌唱的薄木板，唉！他能从什么地方找到它呢？什么地方会做这样的提琴？只要让他拿一拿，他就会心满意足的！……可是他只能听，直听到巡夜人在他背后的黑暗中叫了起来：

“还不快回家去，你这个夜游神！”

于是，他只好赤着脚，尽快地跑回家去，在他身后的黑暗中正传来小提琴的声音：“我们吃，我们喝，我们多快活！”还有大提琴庄严的低音：“上帝赏赐！上帝赏赐！上帝赏赐！”

只要在收获节上或者在别人的婚礼上能听到小提琴的演奏，那对他说来，就像过“盛大的节日”一样了。过后他便坐在炉子后面，整天都不说一句话，一双炯炯发亮的眼睛，像猫一样在黑暗中望着。后来，他自己用薄木板和马尾做了一把小提琴，虽然不能拉出像酒店小提琴那样优美动听的音乐来，但还是能发出轻得像苍蝇和蚊子叫那样的声音。就是这样的提琴，他也从早到晚地拉着。为了这事他挨过不少的拳打脚踢，甚至被打得像一只伤痕累累的不成熟的苹果。他就是这样的天性。这孩子越来越瘦，可肚子还是那样胀大，头发越来越浓密，经常流泪的眼睛鼓得越来越大，而他的面颊和胸膛凹陷得越来越深，越来越深……

他完全不像别的孩子，倒像他那把刚刚能发出一点声音的用薄木板做的小提琴。在青黄不接的日子里，他差点饿死了，因为他常常只能靠吃生胡萝卜和占有一把小提琴的愿望来过活。

但是这种愿望并没有给他带来好处。

庄院里的仆人有一把小提琴，他有时在暮色苍茫的时候拉起来，以博得女仆的欢心。杨科常匍匐在牛蒡中，尽量接近饭厅那敞开的大门，以便很好地看看小提琴，它正好挂在门对面的墙上。这当儿，孩子通过眼神把自己的整个灵魂都奉献给了小提琴，因为在他看来，那是他最最珍爱的东西，也是一件他无法得到的圣物，甚至连摸一摸都不配。可是他又非常渴望得到它，哪怕在手中摸一摸，或者在近边饱看一顿也好……这颗可怜的小小的农家孩子的心，被这种欲望激动得颤抖起来。

一天晚上，饭厅里空寂无人，地主夫妇早就到国外去了，仆人也到女仆那边去了，房子显得空荡荡的。杨科蜷伏在牛蒡丛中，通过敞开的大门，久久地望着他那个寄托着全部愿望的目标。正好这时候皓月当空，月光透过窗子斜照着饭厅，在对面的墙上映出了一个明亮的大四方形，这个四方形慢慢地靠近小提琴，最后完全照在琴上。在黑暗中，这小提琴好像发出了一种银光，特别是它那凸出的琴腹被照亮得如此强烈，使得杨科几乎都不敢对直看它。在这皓洁的月光中，凹进去的琴腰、琴弦和弯把，所有这一切都看得一分清晰，琴钮亮得就像圣约翰节的萤火虫那样，旁边挂着的琴弓就像一根银条。

啊哈！所有这一切真是美妙而又神奇，杨科越看越入迷。他蹲在牛蒡丛中，两只肘臂支撑在瘦骨嶙峋的膝盖上，张着嘴，望着，望着……恐惧使他止步不前，难以抑制的欲望又推着他向前。不知是魔力还是什么，那小提琴在月光中像是在向他靠近，仿佛直向他游来……有时显得暗淡，有时又亮得耀眼。这是魔力，毫无疑问是魔力！这时候，风在吹，树在簌簌地响，牛蒡在轻微地摇曳，杨科清楚地听到：

“去吧，杨科！饭厅里没有人。快去吧，杨科！”

夜色清晰而明亮，夜莺在花园的池旁时而轻微、时而大声地歌唱：“快去！快进去！把它取下来！”诚实的猫头鹰却在杨科的头上轻盈地盘旋，对他说：“杨科，不要去！不要去！”后来，猫头鹰飞走了，夜莺留下了，牛蒡便大声地嘟哝着：“那里没有人啦！”小提琴又光芒四射……

可怜的杨科缩着身子，缓慢而谨慎地向前移动，此时夜莺又低声地唱了起来：“快去！快进去！把它取下来！”

白衬衫越来越接近饭厅的大门，黑色的牛蒡已经遮不住他了。饭厅的门外听到了杨科有病的肺部发出的急促的呼吸声。过了一会儿，白衬衫消失了，只有一只赤脚还露在门外。徒劳啊，猫头鹰！虽然你又一次飞了回来而且叫着：“不要去，不要去！”可是这时候，杨科已经走进了饭厅。

花园池塘里的青蛙突然一齐大声叫了起来，像是受了惊，过后又静默了。夜莺停止了鸣啭，牛蒡也不再低语。杨科轻轻地、小心翼翼地匍匐前进，可是恐惧笼罩着他。他在牛蒡里，就像野兽在原始森林中一样悠然自在，现在却像掉进陷阱里那样。他的举动仓皇，呼吸急促而带嘶响，同时黑暗又围困着他。夏天的闪电从东方掠向西方，又一次把饭厅里面照亮，照见杨科匍匐在小提琴的前面，仰望着。可是闪电消失了，乌云也遮住了月光，什么都看不见了，什么也听不见了。过了不久，一种低微的、像是哭泣那样的声音在黑暗中响了一下，好像有人不小心把琴弦碰响了。于是，突然……

从饭厅的角落里发出了一个粗壮的睡意惺忪的声音，怒气冲冲地问道：

“谁在那里？”

杨科屏住气。粗壮的声音再次问道：

“谁在那里？”

火柴在墙上擦着了，照亮了饭厅。后来……哎呀！我的上帝！传来了咒骂声，殴打声，孩子的哭声和“啊，上帝”的呼叫声，犬吠声，窗内拿灯照亮的人的跑步声，整个庄园一片喧哗……

第二天，可怜的杨科受到了村长的审讯。

他们要把他当作小偷来审讯吗？……那是毫无疑义的。村长和陪审员们都注视着杨科，他站在他们面前，把手指放进嘴里，睁着一双受惊的眼睛。他又瘦又小，伤痕累累，污迹斑斑，不知道自己在什么地方，也不知道这些人要对他干什么。为什么要审讯这样一个只有十岁、刚能站立起来的可怜孩子呢？难道要把他关进监牢还是怎么的？对于孩子应该有点恻隐之心啊！让巡夜人把他带到一边，打他几棍子，叫他第二次不敢再偷就行了。

那是当然的！

他们把巡夜人斯塔赫叫来：

“你把他带走，给他一顿教训。”

斯塔赫点了点他那愚蠢而粗笨的头，把杨科朝腋下一夹，像夹住一只小猫那样，把他带到谷仓里。这孩子不知是不懂事，还是吓坏了，一句话也没有说，只是像小鸟那样望着。难道他会知道他们要怎样对付他吗？直到斯塔赫把他带进了谷仓，按倒在地上，掀起了他的衬衣，狠狠地打他的时候，杨科才喊叫起来：

“妈妈！”巡夜人每打他一下，他就“妈妈！妈妈”地叫起来，可是他的叫声越来越低、越来越弱，直到最后孩子沉默下来，再也不能叫“妈妈”了……

可怜的被人摔破的小提琴啊！……

哎呀！这个愚蠢的坏家伙斯塔赫，哪有这样打孩子的?！况且这孩子又瘦又小，身体一直不好。

母亲赶来了，要带走儿子，可是她只好把他抱回家去了……第二天，杨科没有起来，第三天傍晚，他已经奄奄一息地躺在床上，盖着一条棉布毯。

燕子在篱笆外的樱桃树上歌唱。太阳透过窗玻璃照了进来，把金色的阳光洒在孩子蓬乱的头上和毫无血色的脸上。这阳光好像一条大道，这孩子的灵魂便沿着这大道渐渐地离去。至少在他死的一瞬间让他走在这条金光大道上，那也是件好事，因为他生前走的是一条荆棘小路。这时候，干瘪的胸中还有呼吸，脸上的表情像是在倾听窗外传来的村子里的声音。因为是傍晚，割草回来的姑娘们唱起了“啊，在绿色草地上”这支歌，从溪水那边也传来了阵阵笛声。这是杨科最后一次在听村里的音乐了。在他身旁的棉布毯上放着他那把薄木板做的提琴。

垂死的杨科脸上忽然发光了，从他苍白的嘴唇里发出了轻微的声音：

“妈妈！”

“什么呀，我的儿子?”母亲噙着泪水回答。

“妈妈，在天堂那里，上帝会给我一把真正的小提琴吗?”

“会给你的！孩子，会给的！”母亲回答说。她再也不能说下去了，因为从她那结实的胸中突然迸发出郁积的悲痛，她只能呻吟地哼着：“啊，耶稣！耶稣！”她伏倒在箱子上像发了疯似的号啕大哭起来，就像一个人眼看自己心爱的人被死神抓走而又无法救援。

她并没有救出他来，当她抬起头来再看她的儿子时，这位小提琴手的眼睛虽然仍旧睁着，但已经呆滞了。脸色肃穆、忧郁而僵硬，阳光也消失不见了。

安息吧，杨科！

第三天，地主夫妇从意大利回来了，同来的还有地主小姐和一个追求她的男青年。那青年说：

“意大利，多美的国家啊！”[①]

“那是一个艺术家荟萃的民族。在那里，有才能的人能够得到发现和保护，那真是幸运！[②]”小姐补充道。

白杨树在杨科的坟上簌簌地响着……

① 原文是法文。

② 从“在那里”起，原文是法文。

天　使

——农村景象

在乌彼斯库拉小镇上，刚埋葬完卡利克斯托娃，便举行了一次弥撒。等到弥撒做完后，教堂里还留下十来个女人在唱圣诗。当时已是下午四点钟。在冬天，四点钟就已经是暮霭苍茫。教堂里更是昏暗幽深。尤其是那雄伟的神坛完全被暗黑的阴影笼罩着，只有祭物旁边的两支蜡烛还在燃烧。那晃动的微弱烛光只能照亮小门上的镀金饰物和高悬在十字架上的基督的双脚，脚上钉着大铁钉。钉头在祭坛上闪闪发亮，犹如一个光点。那些刚刚熄灭的蜡烛，还在喷出一丝丝的青烟，使整个祭坛周围都弥漫着一种教堂所特有的蜡烛气味。

一个老头和一个年幼的男孩正在祭坛前面的阶梯上忙碌着。一个在扫地，一个在收拾阶梯上的地毯。当女人们唱圣诗的声音停止时，就能听见老头子在低声叱骂那个男孩。又饥又冷的麻雀在碰撞被雪花蒙住了的窗子，发出乓乓的响声。

女人们坐在靠近大门的板凳上。若不是那里还点着几支蜡烛，供她们读《圣经》用，也许四周还要更暗些。有一支蜡烛甚至还把另一排凳子后的神幡照得清清楚楚，能看清幡上画着一些在火光和魔鬼中间受苦的罪人。别的神幡上的图画就难以看清了。

女人们并不是在高声唱歌，而是用一种昏昏欲睡的声音在喃喃念着赞美歌。她们一再重复着这两句话：

当死亡的时辰来到，

请在主面前为我们祈祷。

这座沉浸在黑暗中的教堂，悬挂在凳子旁的神幡，脸色蜡黄的老太婆们，还有在黑暗中显得非常微弱的烛光——所有这一切都给人以一种非常阴森的甚至是令人害怕的印象。悲哀的安魂曲正好与这样的环境相称。

这些女人有时停止了唱歌，这时就有一位老太婆从凳子上站起来，用颤抖的声音说道："请您保佑，仁慈的圣母！"其余的女人便接着说道："上帝与您同在！"因为这一天是卡利克斯托娃安葬的日子，她们在说了"请您保佑"之后，又补充一句："请让她永远安息吧！主啊！愿永恒之光照耀她吧！"

卡利克斯托娃的女儿马丽霞坐在一个老太婆旁边的凳子上。现在轻盈柔软的白雪已经落满了她母亲的新坟，可是这个不到十岁的小姑娘还不理解自己所遭到的不幸，也不知道他人由此而产生的怜悯。她的一张小脸上长着一对又大又蓝的眼睛，有一种天真无邪的宁静，甚至有一种淡淡的神情。她的脸上流露出一种好奇心，别的就什么也没有了。她张着嘴，专心致志地盯住那面画着罪人和地狱的旗幡，随后她又朝教堂的深处望去，接着她便抬起头来，仰望着被麻雀碰撞的窗户。

她的眼睛里仍然是一副无忧无虑的神情。这时候，女人们已经昏昏欲睡地念了不下十次：

当死亡的时辰来到……

马丽霞搓揉着自己的一绺浅色头发，她的头发在脑后编成了两根像老鼠尾巴那样细的辫子。她显然感到乏味了。后来她又把目光转到老头子身上。

老头子走到教堂的中间，抓起一根从天花板上垂下来的打过结的绳子，为超度卡利克斯托娃的灵魂而敲起钟来，他只是机械地敲动着，很显然他在想别的事情。

这钟声也是晚祷结束的信号。老太婆们念完了最后一遍请求上帝能让她们轻松死去的祷词之后，都来到了广场上。一个老太婆拉着马丽霞的手也走出了教堂。

"库利科娃！"另一个老太婆问道，"你打算怎样安顿这个小姑娘呀？"

"我哪有什么好办法哩！伏依特克·马尔库瓦已经到了这里的邮政所，让他把这个小姑娘带到列什钦涅茨去，你看怎么样？"

"马丽霞到了列什钦涅茨又会怎么样呢？"

"亲爱的，就和在这里一样。她从哪里来，就让她回到哪儿去。也许地主的庄园会收留这个孤儿的，让她睡在仆人的下房里！"

她们一边说着，一边穿过广场，向一家小酒店走去。天色越来越黑了。这一天又寒冷又寂静，天空布满浓云，连空气里都充满了潮湿和带雨的雪花。雪水从屋顶上滴了下来，广场上到处是积雪和碎草，形成了一片泥泞地。这座由破旧颓败的房屋形成的小镇，看起来就像教堂一样的阴沉。只有少数几家的窗户闪烁着灯光。街上已经安静下来了，只有小酒店里的手摇琴还在奏着奥列别克舞曲[①]。

这琴声是在招徕顾客，因为酒店里一个顾客也没有。老婆子们走进小酒店，喝起了伏特加酒。库利科娃把半杯酒递给马丽霞，

① 波兰民间的一种歌舞曲。

说道：

“喝吧！你现在是孤儿了，你再也得不到母爱了！”

“孤儿”这个词又使老太婆们想起了卡利克斯托娃的死，于是卡普希钦斯卡说道：

“祝你健康，库利科娃，请喝吧！啊，我的亲爱的，她是突然中风的，连哼一声都来不及。牧师前来听她的忏悔，可是她早已翘辫子了。”

库利科娃回答道：

“我早就说过，她的身体越来越差劲了。上个星期天她来的时候，我就对她说：嘿，卡利克斯托娃！卡利克斯托娃！你最好还是把马丽霞送到庄园去。她却回答说：我只有这么个独生女儿，我谁也不给！她当时很难过，哭了起来。后来她到村公所去找村长，要办理一张‘官方的’文书。为此她花了四个兹罗提六个格罗什。但是她说：‘为了孩子，我不吝惜这笔钱！’亲爱的，她的眼睛平时就睁得很大，死后更是鼓了出来，人家想把她的眼睛合上，但是怎么也合不拢。大家只好说，她死了也还要看着她的女儿哩！”

“让我们再喝半升酒来消愁解闷吧！”

手摇琴一直在奏着奥列别克舞曲。老婆子们已经喝得有点迷迷糊糊了。库利科娃一再用悲伤的声音说着：“可怜的人！可怜的人！”而卡普希钦斯卡却想起了她丈夫死时的情景。她说：

“他死的时候，就只会喘气，就只会喘气，就只会喘气……”她的话越拉越长，情不自禁地唱了起来，还和着手摇琴的拍子。后来她站了起来，完全跟着奥列别克舞曲的调子边跳边唱着：

喘气！喘气！喘气！
啊依！哒哪！喘气！

突然她号啕大哭，给了那个琴师六个格罗什，又喝起伏特加酒来。库利科娃也感情激动地对马丽霞说道：

“记住，我的孩子！神父说过，你妈妈是大家用白雪埋葬的，天使一定会保护你的！”

她突然把话停住，惊奇地向四周扫了一眼，然后又用力地说道：

“我说是天使，就是天使！”

没有人否认她的话。马丽霞眨了眨她那双可怜的迟钝的眼睛，直望着这个矮小的老太婆。库利科娃继续说道：

“你成了孤儿，就再也不会遇到什么坏运气了。天使是保护孤儿的，天使们都很仁慈善良。唉，这十个格罗什你拿去。你就是步行到列什钦涅茨去，你也能走到那里，天使会指引你前进的。”

卡普希钦斯卡又唱了起来：

天使张开翅膀，永远把你保护，
在他的庇护下你安全幸福……

“别唱啦！”库利科娃喊道。接着她又问马丽霞：

“傻孩子，你知道谁在保护你呀？”

“天使！”马丽霞细声细气地回答道。

“啊！我的小姑娘，我的小宝贝！我的小虫子！有翅膀的天使会来保护你！”库利科娃心情激动地说着，同时还把小姑娘拉了过来，紧紧搂在自己的胸前，她心地正直，尽管她已经喝得醉醺醺的。

马丽霞现在也放声哭了起来。也许在她年幼无知的头脑里，在她那还什么也不能分辨的心灵里，此时也产生了某种激动。

酒店老板在柜台后面睡着了，蜡烛流下的蜡油形成了一个个蘑菇帽，手摇琴的琴师也停止了演奏。他望着店里的这幅情景，觉得很开心。

周围一片寂静。突然，门外传来马蹄在泥泞地的吧嗒声，和一声叱马的喊叫，打破了这里的寂静。

“吁！站住！”

伏依特克·马尔库瓦手提一盏点着的灯笼走进了酒店，他把灯笼放下，便擦动着双手来取暖。最后他对酒店老板说：

“来半升白酒！”

“马尔库瓦，你这个马夫！你把马丽霞带到列什钦涅茨去！”库利科娃叫喊道。

“我会带去的，人家已经吩咐过我了。”马尔库瓦回答说。

随后，他朝这两个女人望了一眼，便加上一句：

“你们都醉得像……”

“让天雷来打你吧！”库利科娃打断了他，“我对你说，对孩子要经心，要小心爱护。她是个孤儿了。你知道吗？傻小子，是谁在保护着她的？”

伏依特克对这个突如其来的问题，一时无言可答，只好把话题转到别的事情上去。他立即拿起酒杯来说道：

“让魔鬼祝你们……”

他还没有把话说完，便一口把酒喝光了。他眨巴眨巴眼睛，啐了一口，不高兴地放下酒杯，说：

“这哪里是酒，简直是清水！从别的酒瓶里再给我来一杯！”

酒店老板顺从地从另外的酒瓶里给他倒了一杯，伏依特克的眼睛眨巴得更厉害了。

“哎！你这里就没有阿拉克酒吗？”

马尔库瓦现在也经受着和女人们一样喝醉酒的危险。可是，就在这同一时间内，乌彼斯库拉的地主却在为一家杂志写一篇论据充分的长文章，题目是《论地主的酒类专卖权是社会制度的基础》。而伏依特克此时也正在无意地促进这一社会基础的巩固，尤其是这种卖酒的事业，哪怕是在小镇上，也是完全属于地主的。

他就这样出了五次力[1]，最后连灯笼都忘记拿了，灯笼里的蜡烛已经熄灭。不过他没有忘记马丽霞，他抓起睡得迷迷糊糊的姑娘的一只手，说道：

“走吧！鬼东西！”

女人们都在角落里睡着了，没有人出来和马丽霞告别。这是很平常的事情，她母亲躺在乌彼斯库拉的坟地里，她自己则要到列什钦涅茨去。

他们走出了酒店，坐上了雪橇。马尔库瓦朝马叫了一声“哟嗬”，他们便离开了酒店。雪橇开始在泥泞的街道上吃力地走着。可是一走到那白雪皑皑的旷野上，雪橇便疾驰如飞，积雪被雪橇一压而过，一点响声也没有。有时只能听见马匹的喷鼻声，还有远处传来的狗吠声。

他们走啊走啊。伏依特克驱赶着马，还用鼻音哼了起来：“记住，母狗，你答应我的事情。”过了一会儿，他就不再哼声了，开始像“犹太人”那样打起盹来，他忽而一下子侧向左边，忽而一下子侧

---

① 指连喝了五杯酒。

向右边。他还做起梦来，梦见自己弄丢了一大捆信件，到了列什钦涅茨便遭到一顿痛打。因此，他有时也是迷迷糊糊的，再三地说着“真见鬼”。马丽霞睡不着，因为她感到刺骨的寒冷。她睁着一双大眼，望着这一片白皑皑的原野。有时马尔库瓦晃动着的身子挡住了她的视线。这时她想起了她死去的妈妈。一想起妈妈，她妈妈的那张瘦削苍白的脸和那双睁得大大的眼睛便浮现在她的眼前。她下意识地知道，这张脸很慈爱，可是她不在人世了，就是到了列什钦涅茨也不会再看见她了。在乌彼斯库拉的时候，她亲眼看见大家是怎样埋葬她母亲的。她一想到这里，便真想大哭一场。可是她的膝盖和双脚都冻僵了，她是因为冷才哭了起来的。

说老实话，那天并没有霜冻，可是气候非常寒冷，这在冰雪融化时是常有的事。伏依特克因为有在乌彼斯库拉酒店里喝的酒垫底，他肚子里的热量还很充足。乌彼斯库拉的财主说得不错：“酒在冬天能暖人，而且是我们农民的唯一乐趣，如果剥夺了大地主给人民乐趣的这种权利，岂不是也就剥夺了他们对人民施加影响的可能性？”现在，伏依特克为能得到这种乐趣而欣慰，再也没有什么能使他烦恼的了。

后来，马匹走进了森林，在较为平坦的路上反而走得越来越慢，以至于雪橇歪向了一边，倒进了路旁的沟坑里。这样的情况也没有令他感到苦恼。的确，他惊醒过，可是究竟出了什么事，他也莫名其妙。

马丽霞推了推他说：

“伏依特克！”

“你叫嚷些什么？”

“雪橇翻进沟里了！”

但是，伏依特克只嘟哝了一句："再来一杯吧！"又呼呼睡着了。

小姑娘在雪橇旁边坐了下来，缩成一团一动也不动，她的脸孔不久便冻僵了，于是她又用力推着这个睡熟了的人。

"伏依特克！"

没有回答。

"伏依特克，我想回家啊！"

过了一会儿，她又说道：

"伏依特克，你不走，我就要自个儿走去了！"

后来，她真的走了。她以为到列什钦涅茨的路并不很远，而且她也认识，因为每逢星期天她都要和母亲一道到那里的教堂去。不过，现在她不得不独自一人走去。虽然是解冻的时节，但树林里的积雪还很深，因此夜色很明亮。积雪的光亮与天上白云的明亮相辉映，道路清楚可见，如同白昼一样。马丽霞朝森林的深处一望，连远处的树干她都能看得一清二楚，它们在白色的背景上显得黝黑而又宁静。她还清楚地看见树干上挂满白雪。树林里特别寂静，这给了马丽霞以勇气。树枝上的积雪融化成雪水，顺着枝叶掉落下来，发出了轻微的沙沙声。这是唯一的响声，除此以外，四周都是静悄悄的，静悄悄的。茫茫白夜，无声无息。

没有风。积满雪花的树枝一动也不动。一切都沉浸在冬眠中。那铺满大地的白雪，积满雪花的沉默的树林，还有天空中的白云，所有这一切都似乎组成了一个雪白的然而又是僵硬的整体。在解冻的时节里往往如此。在这万籁俱寂的大自然中，只有马丽霞是唯一的活人，像个小黑点似的在缓慢移动。仁慈善良的正直可爱的森林啊！那从树枝上落下来的水滴，不就是为孤儿而流的眼泪吗？树木对于这孩子是那样高大，又是那样富于同情心。她孑然一身，体单力薄，竟敢在夜里，在白雪皑皑的森林中独自踯躅着，而且她又是那样自信，似乎一切都不存在，皎洁明亮之夜仿佛在保护着她似的。一个年幼而羸弱的孩子，竟把自己献给和完全信赖这博大的力量，其中必有令人欣喜、感动的因素。世上的一切都是按照上帝的意志而存在的。马丽霞已经走了很久，终于精疲力尽走不动了。她的那双沉重而又太大的靴子不时地从她的那双小脚上脱落下来，妨碍她走路，而且要从雪地里拔出这样一双大靴，也真要花费她不小的力气。此外，她的双手也不能自由活动，一只手老是用力地握住库利科娃送给她的十个格罗什，已经冻僵了，她怕钱掉在雪地里。有时她大声地哭了起来，然后又戛然停住，像是在探听是否有人在听她哭叫。的确，森林听见了她的哭声。融化的雪水发出单调而又悲哀的响声。除此之外，也许还有别的人在听着吧。马丽霞愈走愈慢了。是不是她迷了路？哪里会迷路哩！路像一条雪白的、宽广的越远越窄的丝带，清清楚楚地摆在两行黑色树墙的中间。一种不可抗拒的瞌睡在控制着马丽霞。

她走到路旁，在一棵大树下坐了下来。她的眼皮便立即垂合起来。她有一会儿觉得她死去的妈妈正从坟地起来，踏着雪白的大路匆匆朝她赶来。可是，什么人也没有来。小姑娘却确信是有人来了，那么是谁呢？是天使。库利科娃不是说过，天使在保护着她吗？马丽霞是知道天使的，在母亲的茅屋里，就有一幅天使的画像。手里拿着一枝百合花，还长着一对翅膀。一定是他来了。融化的雪水滴得更响了。也许是他的翅膀碰到了树枝，落下了更多的雪花。静一静！真的是有人来了。积雪虽然柔软，但响声却很清晰。脚步声越来越近了，这是轻轻的、急速的脚步声。马丽霞信任地抬起了她的那双睡眼惺忪的眼睛。

那是什么?

一个灰色的三角形的脑袋，竖起一双耳朵，目不转睛地望着这姑娘……狰狞而又可怕……

穿过草原

——R队长的故事

我在加利福尼亚停留期间，有一次和我那位诚实而又勇敢的朋友R队长一道去访问我们的一位同胞J先生，他住在荒无人烟的桑托·卢奇亚山中。恰逢他不在家，我们只好在他居住的寂静荒凉的山谷中逗留了五天。只有一位印第安老仆人与我们为伴，他是主人留下来照看蜜蜂和安哥拉山羊的。我们按照当地的习惯，白天的大部分时间都是用睡觉来度过夏日的酷暑，晚上就围坐在用枯槲树枝点燃的篝火旁，听队长讲他离奇曲折的亲身经历和冒险故事，这些故事只有在美洲的荒漠中才能发生。

我非常愉快地度过了那些时刻。这是真正的加利福尼亚的夜晚，宁谧温暖，群星高照；篝火熊熊燃烧，透过火焰，我看到了这位老探险战士的魁梧而又优美匀称的身材。他正抬头仰望天上的群星，像是在追忆过去经历的事件，回忆那些心爱的名字，那些亲切的面庞，这种回忆给他的脸蒙上了一层淡淡的哀愁。现在就把我听到的一个故事，按照我听到的原样直书出来以飨读者，我想读者一定会像我一样听得入迷的。

一

下面就是队长讲的故事：

我是1849年9月来到美国的新奥尔良的，这个城市当时还带有法国的特征。后来我到了密西西比河上游的一个大甜菜种植园，在那里找到了一份报酬颇为优厚的工作。那时候我年轻好动，老待在一个地方抄抄写写使我感到厌倦。不久我就丢下了工作，开始过起丛林生活来了。我和我的伙伴们在路易斯安那湖畔，在鳄鱼、毒蛇和白蛉子中间度过了好几年。我们靠渔猎为生，有时我们放木排顺河而下，直达奥尔良，每次我们都能获得一笔丰厚的收益。我们的木排还常常放流到更遥远的地方，甚至深入血腥的阿肯色地区。这个地区直到今天人口也仍然稀少，那时候几乎荒无人烟。这种充满艰苦和危险的生活，还有和密西西比河上的盗贼以及与当时还住在路易斯安那、阿肯色和田纳西地区的印第安人所进行的流血械斗，使我那生来就非凡的体力得到了锻炼，也增加了我在草原的生活经验，使我对草原这部大著作中的知识，并不比任何一位红皮肤的战士[①]逊色。当加利福尼亚发现金矿之后，几乎每天都有大队移民离开波士顿、纽约、费城和其他东部城市前往那里。由于我有上述那段经历，其中的一队移民便请我去当他们的指挥官，或者按照我们的说法，当他们的“队长”。

我立刻就同意了，因为那时候，加利福尼亚简直被人说得天花

① 指印第安人。

乱坠，我早就打算到遥远的西部去了。当然我也完全了解这一决定的危险性。今天，从纽约到旧金山乘火车只需要一个星期，而真正的荒原是从奥马哈才开始的，可是那时候的情况完全不同。今天，坐落在纽约和芝加哥之间的大小城镇，那时候都还没有出现呢。甚至连芝加哥本身，后来才蓬蓬勃勃地发展起来，那时只不过是个默默无闻的简陋的渔村，随便哪张地图上都找不到。因此，不管是人，还是大车和牲口，都得穿过一片尚未开发的荒野，沿途居住着野蛮的印第安部落，如乌鸦、黑脚、帕夫尼斯、苏格斯和阿里卡等族。像我们这样的大队人马，要躲开印第安人是根本不可能的。因为那些像沙子那样流动的游牧部落并没有固定的住地，他们在广阔无际的草原上游荡着，猎取一群群的水牛和羚羊。我们前途未卜，困难重重，不过，既然要到遥远的西部去，就得有这个准备才行，甚至要准备掉脑袋哩。使我最担忧的是我身上的这副重担子。既然事情已经决定，除了准备上路，也没有别的办法了。准备工作持续了两个多月，我们得到遥远的宾夕法尼亚和匹兹堡去订购大车，购买骡子、马匹和武器，还要置办大量的粮草。直到冬天结束，一切才准备就绪。

我打算赶在春天的时候穿过密西西比河与落基山脉之间的大草原。我知道得很清楚，在这片宽阔无边、毫无遮拦的草原上，不少人因为受到夏季炎热的煎熬，染上了种种时疫而丧生。由于同样的原因，我决定让车队不经过圣路易斯走南方那条路线，而是走衣阿华、内布拉斯加和北科罗拉多这条路。这条路虽然有印第安人的威胁，显得更加危险，但是却对我们的健康有利。我的这个计划最初受到车队里一些人的反对，可是我断然宣布，谁若是不愿意按我这个队长的意志行事，就请他另寻高明。经过短时间的考虑之后，他们赞同了我的计划。春天刚一冒头，我们便上了路。刚开始几天，困难就接踵而来，尤其是因为大家对我和对旅途的条件都还未适应，所以问题更大了。我这个人的确还是得到他们信任的，因为我在阿肯色州的冒险经历使我在边境居民中获得了一定的声望，“大个子拉尔夫”的名字——当时草原上的人这样称呼我——曾不止一次地传进车队人们的耳朵里。可是，一般说来，作为指挥官，队长和移民的关系往往非常微妙。我的职责是选择过夜的宿营地，白天照看整个队伍，因为有时车队在草原上伸长到一英里路之遥。在宿营地要派出岗哨，让男人们轮流进篷车里去休息。

美国人的确有一种高度的组织纪律性，但由于旅途的劳累，人们的体力消耗过大，就是最坚强的人也会产生厌倦的情绪。每当此时，很多人都不愿意白天骑马奔驰、晚上站岗放哨，相反地，人人都想逃避轮到他身上的义务，只想整天躺在大车上。再说，和美国佬打交道，队长必须善于把严格的纪律和同伴的情谊结合起来，这一点可不是轻而易举的。在行军中和晚上宿营的时候，我完全是他们说一不二的头领。但是，白天遇到庄园或村庄（这在旅途开始时是经常遇到的），中途休息的时候，那我这个颁发命令的角色就起不了什么作用了。人人都各行其是，我只好经常跟那些目中无人的无赖汉交锋。经过许多次“较量”，证明我那玛佐夫舍人[①]的拳头比美国佬的更厉害，我的威望大大提高，从此再也不需要这样的较量了。另外，我对美国人的秉性也摸得很透，能够应付自如了。更不用说还有一双蓝眼睛从大车的帆布篷下面深情地望着我，也给了我坚持下去的决心。这双眼睛的主人长着一头浓密的金发，她是一位年轻

① 玛佐夫舍是波兰中部的平原地区，玛佐夫舍人即波兰人。

姑娘，名叫莉莲·摩里斯，来自马萨诸塞州的波士顿。这是一位体态轻盈、纤细小巧的姑娘，她有一副愁眉不展的孩童般的小脸蛋。

刚一上路这位年轻姑娘的愁容就曾引起我的注意，后来由于队长的职务弄得自己手忙脚乱，因此我的思想和注意力都转到了别的方面。头几个星期，除了日常见面时说一声“早安”外，我们几乎没有交谈过。莉莲是那样年轻，那样孤单，以至于引起了我的同情。她在车队里一个亲人也没有。我对这位可怜的姑娘有过几次小小的帮助。不过我倒不必用队长的权力和拳头保护她，使她免遭车队里年轻人的纠缠，因为年轻的姑娘在美国男人中间，即使得不到像法国男人那样的尊敬和礼遇，但至少总可以相信自己是完全安全的。看到莉莲的身体这样娇弱，我便把她安排在全队最舒适的一辆大车上，赶车的是最有经验的驭手史密斯。我亲自给她铺好坐垫，使她晚上也能舒舒服服地睡在上面。我还从我备用的好几张水牛皮褥子中抽出了一张最暖和的供她使用。这些微不足道的照顾，使莉莲对我感激不已，她不放过任何一个机会向我表示她的谢意。她是一位温文尔雅而又胆怯怕羞的姑娘。坐在同一辆大车上的格罗夫纳大妈和阿特金大妈很快就非常喜欢她。由于她性情温柔，她们便亲切地叫她“小鸟”。这个绰号不久便成了她的名字，整个车队都知道了。但是直到我发现那双天使一般的蓝眼睛是那样友好而又饶有兴趣地注视着我之前，我和“小鸟”并没有进一步的接触。

当然，我也可以对自己做这样的解释：在全车队里只有我一个人还有点上流社会的风度，而莉莲显然也受过良好的教育，因此，她才对我比对别人更亲近。可是我当时却做了另一种解释，她的关注使我的虚荣心得到了满足，也使我对她更加注意，越来越多地注视着她的眼睛。不久之后，我自己也感到莫名其妙，为什么以前我竟会对这样一位美貌的姑娘无动于衷。任何男人，只要他有一颗心，见了这样的姑娘都不能不心猿意马的。从此以后，我就爱骑着马在她的大车旁边转来转去。虽然还是早春，但中午的骄阳却烤灼着我们。骡子懒洋洋地拉着大车，整个车队在草原上延伸得很长，使你站在第一辆车上几乎望不见最后一辆。我常常催赶着胯下的马，从这头到那头往返驰骋，只为了能多看一眼那金黄的美发和那双蓝蓝的眼睛，它们已经深深地铭刻在我的心中。刚开始时，她挑动我的情思，但是还没有到使我神魂颠倒的地步。我常常想到我在这些陌生人中间已不再是个孤独的人，已经有一颗高贵的心灵在关怀我。这种想法给了我喜悦和鼓舞，鼓舞我的力量不是来自我的虚荣心，而是出于需要。这种需要使活在世上的人觉得不应该把自己的全部思想和感情浪费在像森林和草原那样抽象的和一般的对象上，而应该倾注在一个活着的他所爱的人的身上，不能让思想和感情沉醉在遥远的地方和无限的空间中，而要把自己置身于他所爱的人的心中。

从这时候开始，我不再感到孤单了，整个旅途对我说来也有了一种前所未有的新的魅力。要是在过去，车队在草原上拖拖拉拉，看不见最后一辆大车，我就会暴跳如雷，就会责怪他们麻痹大意、毫无秩序。然而现在，每当我伫立在高处，眺望那些白色的和条状的大车，在阳光下闪闪发亮，或者像一只只轮船在绿色海洋中破浪前进，看见武装的骑者在美妙如画的背景上奔忙的时候，我的心就沉浸在极为欢乐和喜悦的感情之中。我不知道为什么我会产生这种联想，可是我觉得我像古代的族长，正率领着一支《圣经》上所说的车队，朝圣地走去。骡子脖颈下的铃铛声和车夫们朗朗的吆喝声，像被爱情和大自然所激发的音乐那样伴和着我的思想。

然而，我和莉莲除了眉目传情外，几乎没有说过别的话。那两个和她生活在一起的女人，使我无法和莉莲单独谈话。不过，我看出我们之间存在着一种感情，虽然连我自己都还不能肯定该把它叫作什么，然而我确实感觉到它是存在的。从这时起，我心里就产生了一种奇怪的胆怯。但是，我对那两位女人却更加关心起来，我常常去看望她们，询问阿特金大妈和格罗夫纳大妈的身体健康。这样一来，我对莉莲的关心就有了充分的理由，让人看起来我对她们一视同仁，不偏不倚。莉莲当然也了解我的这种策略，于是，这种默契便成了我们两人的秘密，别人都不知道。

过了不久，这种只凭眉来眼去和偶尔交谈几句表示一点关切的做法，已经不能使我满足了。这位眼神甜蜜、头发金黄的姑娘，身上有一种不可抗拒的力量吸引着我。我整天思念着她，连晚上也要想她。我巡视完毕，累得精疲力竭，嗓子也因为不停地喊叫“一切正常”而变得嘶哑了。最后当我爬进自己的大车，盖上水牛皮褥子，闭上眼睛准备睡觉时，我仿佛觉得那些围着我飞来飞去的蚊子和白蛉子在不停地唱着“莉莲，莉莲”这个名字。她的倩影经常在我的梦中出现，我惊醒之后的第一个念头就是要像燕子似的飞到她的身边。多么奇怪啊！当时我并没有看出，这种胜过一切的强烈诱惑力，这种把一切事物都看成是无限美好的思想，还有她的大车所引起的翩翩联想，已经不是友谊，也不是对孤女的怜悯和关心，而是一种强烈得多的感情，这种感情一经出现，你就无法抗拒。

莉莲那温柔甜蜜的性格使所有的人都非常喜爱她，我早就察觉出这一点。当时我想，我只不过和别人一样对这位姑娘产生了迷恋。大家都非常喜爱她，像爱自己的独生女一样，每天我都亲眼看到这种爱的表示。她的同车旅友都是心地单纯的妇女，有些喜欢饶舌。可是，我常常看到，阿特金大妈，这位厉害的长舌妇，早晨常给莉莲梳理头发，并且像母亲那样亲热地吻着她。格罗夫纳大妈也用自己的手掌温暖着姑娘的那双在夜里冻僵了的手。男人们也对她关怀备至。车队里有个来自堪萨斯州的年轻冒险家，名叫亨利·辛普森，是个天不怕地不怕的猎手，人倒是个好人，可就是刚愎自用、傲慢无礼。所以上路以后，头一个月我就揍了他两次，好让他知道，在这个车队里有个人的拳头比他的更厉害，威望也比他更高。可是这个连共和国总统都不放在眼里的亨利，又是怎样和莉莲说话的呢？他半点大模大样的神气劲儿都没有。他摘下帽子，不停地说："对不起，摩里斯小姐！"完全像一只套着链子的大狗。可以看出，这只狗是随时准备听从这双孩子气的小手指挥的。车队休憩时，他总是想方设法靠近莉莲，以便能向她献种种小殷勤。他替她烧起篝火，为她挑选一块烟熏不着的地方，替她把毡子铺在青苔地上，还为她挑选最好吃的熟肉。他是带着一种羞怯的感情细心替她做这些事的，我真没想到他会这样。他对她的关怀在我的心里激起了一种与嫉妒相似的不满。

我只好自己生气，没什么别的办法。亨利除了值班以外，有权利自由支配他的休息时间，可以随意接近莉莲。可我永远是没完没了地值班。在路上行进的时候，大车一辆跟着一辆，常常距离很远。当我们进入荒无人迹的地区时，每当午间休息，我便按照草原上的惯例来安排它们，把大车排成一列纵队，一辆紧挨着一辆，车轮与车轮之间几乎连人都过不去。你简直无法想象，要安排好这样一条易于防守的队列，需要付出多少心血和劳动。那些骡子本来就是不听使唤的野蛮动物，它们就是站在原地不动，常常还要互相啃咬嗥叫，刨蹄尥蹶子。大车掉头急一点，往往又会翻车。要扶起这些木头和布幔搭成的房子，就得费去不少时间。骡子的嘶鸣，车夫们的叫骂，再加上铃响和跟在车后的狗的吠叫，汇聚成一种令人难以忍受的喧嚣声。等到我把一切都安排得像个样子了，还得去检查牲口卸下鞍套没有，赶车的是否先把牲口赶去喂饲料，然后让它们到河里去饮水。这时候，那些在行军中被派去打猎的人，也带着猎物从四面八方回来了。他们都跑到篝火旁边坐下，可是我连一点仅够喘气和进餐的时间都没有。

等到休息完了，我们动身启程时，我的工作几乎多了一倍，因为骡马上套要比卸套引起更大的混乱和喧闹。同时车夫们一个个还都想赶在头里。免得总是跟在别人后头走坏道，而道路常常是不好走的。于是便发生了争执、抱怨和咒骂，很不愉快地延误了我们的行程。这些事我都得经管。车队一上路，我就得紧跟着向导，走在最前面，以便观察周围的情况，事先找好水源丰富、易于防守又适宜宿营的地方。我常常抱怨我承担的队长职务。可是另一方面，当我想到，在这个宽广平坦的荒漠上，我是这个车队的全体人员和莉莲心目中的第一号人物的时候，当我想到这群行进在草原上的生物的命运都掌握在我的手中的时候，我便感到无上的自豪。

二

有一次，那是在渡过了密西西比河之后，我们在塞达河畔宿营。河两岸长满了木棉树，可以供给我们整夜烧的燃料。我刚刚派完人带着斧头到密林深处去砍柴，正想要回宿营地的时候，远远地看到，我们的人正在利用这美好的天气以及宁静而又温煦的时光，纷纷从营地走出，散开到草原的四面八方。当时时间还早，我们通常在下午五点钟就停止前进，第二天天刚破晓再动身上路。没过多久，我就碰见了摩里斯小姐。我立刻从马上跳下来，牵着马缰，朝她身边走去。我很高兴能和她单独在一起，哪怕是很短的时间。我开始问她，为什么像她这样年轻的孤身女人，竟决心踏上这样一条连最强壮的男人都要累垮的旅途。

我说："我本来是不会同意您参加我们车队的，最初几天我还以为您是阿特金大妈的女儿呢。现在要打退堂鼓是太晚了。不过，您的体力吃得消吗？亲爱的孩子，您要知道，越往前走，旅程就越发困难啦！"

"先生！"她抬起她那双忧郁的蓝眼睛望着我说，"这些我知道得很清楚，可是我非去不可。现在已经不能返回去了，这使我感到高兴。我父亲在加利福尼亚，他从合恩角给我来了一封信，说他在萨克拉门托害了热病，已经躺在床上好几个月了。可怜的父亲啊，他过惯了舒适的生活，习惯于我的照顾。他是为了我才到加利福尼亚去的。我不知道等我赶到的时候，我父亲是否还活着。但是我觉得我必须到他那里去，这只是尽我应尽的愉快的职责。"

听了这番话，我不好多说什么了。不管我再怎么反对她这次旅行，也为时太晚了。因此，我便向莉莲打听她父亲的详情，她很热心地告诉了我。从她口中我知道摩里斯先生原是一位波士顿州立最高法庭的法官。他后来破了产，便去到新发现的加利福尼亚矿区，想重振家业，让他那爱得胜过自己生命的女儿能重返上流社会。可是，现在他却在萨克拉门托的不利于健康的平原上害了热病。他觉得自己快死了，便给莉莲送来了最后的祝福。她立刻收拾了他留给她的一切财物，决定到父亲那里去。最初她打算走海路，可是，就在车队动身的前两天，她偶然和阿特金大妈认识了，于是，就改变了自己的主意。这位阿特金大妈是田纳西州人，她消息灵通，对于在密西西比河上有关我在著名的阿肯色州的冒险事件，我穿过草原旅行的经历以及我对弱者的关怀照顾（我认为这只不过是我应尽的义务）等等，她都知道得一清二楚。她在莉莲面前把我这个人有声有色地描绘了一通，这位姑娘就毫不迟疑地决定加入我领导的车队。阿特金大妈满口夸张地讲述，添油加醋地说什么我出身名门，是真正的骑士，所有这些都使得摩里斯小姐对我另眼相看。

“亲爱的孩子！”她刚一讲完，我就接着说，“你可以相信，在这里你不会受到侮辱，也不会缺少照顾。你的父亲是会恢复健康的，加利福尼亚是世界上最好的地方，没有人会得热病死在那里。只要我还有一口气，你就不会孤苦无依。现在，让上帝保佑你那甜美的脸吧！”

“谢谢，队长！”她激动地说。我们继续朝前走去，可是我的心却跳得越来越激烈。

我们的谈话渐渐地变得愉快起来，我们谁也没有料到，片刻工夫我们头上的晴朗的天空竟会突然被乌云笼罩起来。

“摩里斯小姐，这里的人都对你不错吧？”我又问她。万万没有料到，这个问题却引起了一场误解。

“啊，是的！”她回答说，“大家都对我好，阿特金大妈，格罗夫纳大妈……还有亨利·辛普森，他对我也很照顾。”

一提到辛普森，我就觉得好像被毒蛇咬了一口那样难受。

“亨利是骡夫，他分内的事是看管大车！”我冷冰冰地回答说。

可是莉莲没有听出我声音的变化，还是按照自己的思路想下去，她自言自语地继续说道：“他有颗诚实的心，我一生都要感激他！”

“小姐！”我深受刺激地打断了她的话，“你嫁给他也行。我只是奇怪，你为什么要对我吐露你的感情。”

我说这些话的时候，莉莲目瞪口呆地望着我，什么话也没有说。我们在一种令人窒息的沉默中走着。我不知道该对她说什么好，可是心里却对她和自己充满了一种愤懑的感情。对辛普森的嫉妒，使我感到难堪，可是我又控制不住自己。这种尴尬的局面使我十分恼火，于是我突然向莉莲冷冷地说了一声：

“晚安，小姐！”

“晚安！”她轻轻地回答道，同时赶忙把头掉转过去，以便掩饰她脸上滚下的两行泪水。

我跃身上马，朝斧头响的方向驰去，亨利·辛普森和其他的人都在那边砍柴，过了一会儿，一阵异常的苦痛涌上我的心头，仿佛莉莲的两行泪水，点点滴滴都落在我的心坎上。我掉转马头，又回到了她的身旁。我从马鞍上跳下来，挡住了她的去路。

“莉莲，你怎么哭了？”我问道。

“噢，先生！”她回答说，“我知道你出身名门，阿特金大妈告诉过我。过去你对我那么关心……”

她竭力不让自己哭出声来，可是她控制不了自己，没有把话说完，就被一阵抽泣噎住了。我的回答勾起了她的愁肠，她把我的话理解成一种门第的骄傲，使她深感到自己贫困处境的艰难。其实我根本没有想到我的贵族出身，只不过是嫉妒罢了。现在看到她悲恸欲绝的样子，我真想狠狠地揍自己一顿。我抓住她的一只手，滔滔不绝地说了起来：

“莉莲！莉莲！你理解错了，上帝可以作证，我说那些话不是由于傲慢。你看，除了这双手以外，我在世界上一无所有，家庭门第又有什么用呢？我痛苦是由于别的原因。我本来想走开，可是我看见你的眼泪，我就不能走开了。我向你起誓，我说的那些话伤了你的心，更伤了我自己的心！啊！莉莲，你在我心中并不是无足轻重的，啊，不！完全不！否则，我就不会在乎你对辛普森是什么看法了。他的确是个诚实的小伙子，可是问题不在这里。你瞧，你的眼泪使我多难受呀！因此，我诚心诚意地请求你宽恕，请你真诚地原谅我！”

我一边说，一边握住她的一只手，把它紧紧地贴在我的嘴唇上。这种不寻常的表示尊敬的方式和我诚心的请求，使这位姑娘逐渐平静下来。她没有马上停止呜咽，但流下的却是另外一种眼泪。宛如云雾中射出了阳光，她在抽泣中也露出了一丝微笑。我的咽喉也哽住了，我抑制不住内心的激动，仿佛有一种柔情在我心里翻腾。现在我们沉默地走在一起，但两人都觉得挺愉快。白昼消逝，傍晚来临，天气晴朗。在暮色渐渐降临的天空里，万道霞光把整个草原和远处的树丛以及我们的大车，还有那一行行飞向北方的野天鹅都照射得光辉灿烂，发出了紫红色和金色的光芒。草原上没有一丝风，野草一动也不动。远处传来了塞达河上瀑布哗啦啦的响声和营地那边的马嘶声。这迷人的夜晚，这一片处女地，再加上我身边的莉莲，这一切都使我深深地陶醉了。我的灵魂几乎要离开躯体，飞向遥远的天边。我觉得自己像一只钟摆那样摇晃着。我常常想握住莉莲的手，把它久久地紧贴在我的嘴唇上，可是我又担心她会生气。她走在我身旁，显得又安详，又温柔，似乎在沉思。她的眼泪已经收住。她时常抬起她那明亮的眼睛望望我。后来，我们又继续往前走，一直走到营地。

这一天虽然经历了不少的激动和烦恼，但最后还是在欢快的晚会中结束的。因为大家看见天气如此美好，都显得兴致勃勃，决定举行露天晚会。吃过了比平时更为丰盛的晚餐之后，我们点起一大堆营火，准备在营火旁边举行舞会。亨利·辛普森细心地铲去了周围几平方米的杂草，把土地压得像晒谷场那样平滑，然后又铺上一层从塞达河运来的细沙。等到观众围成一圈的时候，辛普森便在他预备好的场地上，伴随着黑人短笛的演奏，跳起了“快乐舞”，使得在场的人惊叹不已。他的双手放在两侧，整个身躯一动不动，只用脚尖和脚跟轮换着地。双脚跳动得那样急促，使人眼花缭乱，跟不上他的动作。这时候，笛子吹得更加起劲，第二个、第三个、第四个跳舞的人登场了。大家都兴高采烈，观众也加入了吹奏笛子的黑人乐队，有的敲起了淘金用的铁筐箩，有的用两片牛骨夹在手指中间，敲打着，发出手鼓的响声。整个营地响起了“歌手们！歌手们”的喊声。观众又围起了一个大圆圈，我们的两位黑人吉姆和克劳走进了圆圈的中央。吉姆拿着一面蛇皮做的小鼓，克劳拿着上面所说的那种牛骨片。两人翻动着白眼珠，互相盯住瞧了一会儿，接着便唱起了黑人歌曲，中间还不时跺脚和剧烈地扭动身体。歌声有时显得粗犷，有时又显得悲伤。每节歌曲的结尾都有重叠的“呐吓，啊哈”的喊声，声音越拉越长，最后变成野兽般的嚎叫。跳舞的人越来越兴奋，越来越热情奔放，他们的动作也变得越来越激烈疯狂。最后他们竟互相撞起头来，像这样用力地撞击，如果是欧洲人的脑壳，准会像核桃一样裂成碎片。黑人的身影被熊熊的篝火照得异常明亮。他们像疯了似的跳来跳去，确实构成了一幅奇幻的景象。在尖叫声、鼓声、笛声、洋铁筐箩以及牛骨片的响声中，还夹杂着观众发出的“好呀，吉姆”“好呀，克劳”的喝彩声，甚至还响起了枪声。后来黑人们累得筋疲力尽，倒在地上，不停地喘粗气。于是我吩咐给每人一勺白兰地酒使他们立即恢复过来。这时候，有些人高声呼喊，要我讲话。霎时间，人声和音乐声都停止了。我只好放开莉莲的手臂，攀到大车顶上，把脸向着所有在场的人。我从高处俯视着这些被火光照亮了的人，他们一个个体格魁梧，满脸胡须，腰上扎着小刀，头上戴着莺羽帽。这时我觉得自己置身在某种奇妙的境域之中，又像是当上了一群强盗的首领。然而，他们都是些诚实而勇敢的汉子，虽然他们当中有许多人曾经历过艰苦的、半开化的、动荡不安的生活。可是在这里，我们却组成了一个小小的世界，与社会的其他部分相隔绝，自给自足，面对着共同的命运，也受到同样的危险的威胁。在这里人们必须相互支持，像亲兄弟那样团结一致。我们周围无边无际的蛮荒和沙漠，迫使饱经风霜的矿工们互相爱护和照顾。看到莉莲这个无依无靠、孤苦伶仃的姑娘生活在他们中间，就像生活在父母家里一样平安的时候，就使我产生了这种联想。于是我以全队的领导者和一个旅伴的双重身份把这些想法和盘托出。他们一次又一次地打断我的话，向我鼓掌高呼："说得好哇，波兰人！为队长欢呼！为大个子拉尔夫欢呼！"当我看到在上百只晒得黑黑的强壮的手中间，有一双被火光映得分外红润的纤纤小手，像一对鸽子似的上下飞舞的时候，便感到无限的幸福。此时此刻，此情此景令我热血沸腾。对于我来说，什么荒原和野兽，什么印第安人和强盗，统统都不在话下了。我情不自禁地慷慨激昂地高呼道："我能对付一切，我会冲破前进道路上的一切阻力，哪怕把车队带到天涯海角去我也在所不辞。假如我说的不是实话，就让上帝诅咒我的右手！"回答我的是一片更加响亮的欢呼声。大家的心情都非常激动，齐声唱起了移民的歌曲："我渡过了密西西比河，我还要渡过密苏里河！"接着，车队里年龄最大的一个，在宾夕法尼亚的匹兹堡当过矿工的史密斯也讲了话。他以全车队的名义向我表示感谢，称赞我领导有方。史密斯讲完话之后，几乎每一辆篷车上都有人出来讲话。有些人讲得颇有风趣，特别是亨利·辛普森，他不停地高喊着：“先生们！假若我讲的不是真话，就把我吊死……”讲话的人讲得口干舌燥之后，笛子、响板便又响了起来，于是大家又跳起了“快乐舞”。这时，天色已经完全黑了，月儿升上了天空，它是那样明亮皎洁，连营火的火光都黯然失色了。人和篷车都沐浴在这通红和洁白的双重光亮中，受着双重光线的照耀。多么令人陶醉的夜晚啊！营地的喧闹嘈杂和草原的宁静安谧形成了鲜明而美妙的对比。我挽起了莉莲的手臂，漫步在营地旁。我们的视线从营火转向遥远的天际，一直消失在一片蜿蜒起伏的草木丛中，它们在银白色月光的照耀下，似乎像幽灵那样神秘莫测。我们就这样漫步着。在一堆篝火旁边，两个苏格兰高地人用风笛奏起了丹第的一支可爱而又忧郁的乐曲。我和莉莲站在旁边，静静地听了一会儿。我突然转过身注视着莉莲的脸，她低下了头。我自己也不知道为什么，要把她搭在我手臂上的那只纤手轻轻地按在我的胸口，久久不放，莉莲那颗小小的心开始扑通扑通地跳起来，它跳得那么厉害，仿佛被我握在手心里了。我们两人浑身都在颤抖，因为我们觉得在我们中间正在产生着一种神秘的东西，它把我们带进了一种新的境界。我沉浸在感情的波涛中，忘记了皎洁的月夜，忘记了近处的篝火和火旁的人群。我真想立即跪在她的脚下，或者至少能望一望她的眼睛。可是，她虽然紧紧地倚在我的肩上，却把头转了过去，好像是要把脸藏在黑暗中。我想说点什么，但又说不出来，我感到我说话的声音一定不像是我自己的了，我如果对莉莲说“我爱你”，我就会立即晕死过去。我当时还年轻，十分怕羞，而且我不仅受我的感官的支配，也受到我的理智的支配。我知道，我一说出“我爱你”，那就意味着我整个过去的生活就此结束，犹如一扇门关上了，而另一扇门又打开了，跨进去就是一个新的天地。虽然在那扇门后面我看到了幸福，但是我却在门边停滞不前了，也许是那里面强烈的光辉使我眼花缭乱。从内心而不是从唇边涌出的爱情是难以表达出来的。我只能把莉莲的手紧贴在我的心上。我们俩都沉默不语，我还不敢向她倾吐爱情。在这种美好的时刻，别的话我又不愿意说。

后来，我们两人像是祈祷似的，抬头仰望天上的星星。突然，在那堆大篝火旁边有人叫我，我们便走了回去。晚会就要结束了，为了使晚会能在庄严的气氛中结束，移民们决定在入睡以前一起高唱颂诗，在场的男人都脱下了帽子，尽管我们的信仰各不相同。大家都一起跪在草地上，唱起了“他们在荒漠中流浪”。此情此景，令人为之激动不已。颂诗一停，四周是那样寂静，连营火的火星爆裂声和河上瀑布的哗啦啦的流水声都清晰可闻。我在莉莲身旁跪下，偷偷地瞧了她一两次。她的眼睛发出奇异的光辉，仰望着天空，头发有点儿凌乱。她唱颂诗是那样虔诚，仿佛她自己就是一位天使，使人几乎要朝着她祈祷。

做完了祷告，男人们便各自分散，回到自己的大车上去。我按照惯例分派了守夜的人，然后自己也去休息。但是，等到夜蚊开始像每天晚上那样在我耳边唱起“莉莲，莉莲”这首歌的时候，我终于全明白了，在那辆篷车上休息的那位姑娘，是我眼中的光明，是我灵魂中的灵魂，对于我来说，世界上再也没有比她更可爱、更珍贵的人了！

三

第二天清晨，我们顺利地渡过了塞达河，进入了塞达河与温尼贝格河之间的辽阔平坦的草原。它蜿蜒而下，稍稍偏南，和衣阿华南部边界的一片林带连接在一起。莉莲一早起来，就不肯看我一眼。我看出她在沉思，好像是为了一件什么事情而感到羞怯或苦恼。可是，我们昨天并没有什么越轨的行为啊！她整天都没有离开大车。阿特金大妈和格罗夫纳大妈以为她病了，对她百般照顾和抚爱。只有我才知道她烦恼的原因，她既不是身体虚弱，也不是良心受到什么折磨，而是一个纯洁无瑕的少女的内心斗争，似乎有某种新奇的陌生力量在推着她，把她像一片落叶那样带到遥远的地方。这是对命运的预感，她感到在命运面前自己无能为力，迟早要服从这种力量。她会忘记一切，只有爱。

这位纯洁的姑娘在爱情的大门口犹豫不决、心潮起伏。她感到她必须跨进这座大门，可是又缺乏应有的勇气，她好似在梦幻里一样。我看出了其中的含义，高兴得连气都喘不过来了。我不知道这种感觉是否正当，可是，当我骑马经过她的大车，看见她像一朵鲜花那样受到摧残，我的心情就同一只凶猛的鹰隼看到鸽子落入自己的爪下而无法逃脱时的那股劲头差不多。当然我是不会伤害这只鸽子的，我还会不惜一切代价来保护这只鸽子，使她免遭别人的伤害。我的心里对她充满了深深的怜悯之情。可是，事物就是这样奇怪，本来我对莉莲的感情是那样甜蜜，然而这一天我们却像是吵了架似的，至少是感到不自在。我挖空心思，想方设法和莉莲单独待在一起，哪怕是一会儿也好，但终究没有成功。后来，幸亏阿特金大妈帮了忙，她说，小姑娘需要更多的活动，老是待在沉闷的篷车里会损害她的健康。这回我也猛然醒悟，她应该骑马去散散心，于是我便吩咐辛普森给她备马。虽然车队里没有女用马鞍，但是那种墨西哥马鞍也非常合适，这种鞍子前面高后面低，荒原边缘上妇女都经常使用它。我特别嘱咐，叫她不要走到车队看不见的地方。当然，在这一马平川的草原上迷路并不容易。我派出去的猎人，都在车队附近转来转去，常常要碰上他们中的这一个或者另外一个。至于来自印第安人的威胁也不太可能，只有帕夫斯尼部落在狩猎季节才会来到温尼贝格河这一带的草原，可是现在还不到狩猎的季节。不过，森林地带的南部可不单单是草食动物活动的地方，这里常常还有猛兽出没，所以小心一些也不是多余的，说老实话，我希望莉莲为了安全能走在我的身旁。这样我就能和她单独在一起了，因为按照通常的习惯，在车队行进期间，我总是远远地走在前面。我的前头只有两个混血儿向导，后面才是整个车队。事情的发展也果真是如我所愿，那天，我看到这位温柔的女骑手从车队里轻快地跑到我的身边，一种无法形容的幸福感顿时涌上我的心头。马上的颠簸弄散了她的头发，掀起了她的衣裙，那裙子马上显得短了些。她不时地拉扯她的衣裙，脸上露出一种令人神魂颠倒的羞涩的表情。她越来越近，脸庞红得像一朵鲜艳的玫瑰花，因为她知道我给她设下了一个圈套：我是想让我们两个人单独在一起。现在她正在向这个圈套走来。她明白这一点，虽然满脸羞红，但她非但没有止步，相反却装着一种并非心甘情愿，但又什么都不知道的样子走过来。当我们的两匹马并排走在一起的时候，我的心像小学生的心那样激烈地跳动。我找不出话来跟她说，直生自己的气。可是说句老实话，幸亏有个第三者帮了我们的忙，这个第三者就是爱情。它像天使那样走在，或者不如说是正在我们中间，我们马上被一种强烈而甜美的欲望吸引到一起。我受到一种不可抗拒的力量的支配，向莉莲弯下身去，装着去整理一下她的那匹马的马鬃。突然，我贴靠在她的前鞍上，把嘴唇紧紧吻着她的手。一股奇异的难以表达的幸福感流过我的全身，它比我所经历过的一切欢乐都更加巨大，更加强烈。接着我把她的小手紧紧压在我的心口上，我对她说，如果上帝把世界上的所有国家和一切财宝都送给我，我也不愿拿她的一小绺头发去和它们交换，因为我的灵魂和身体都完全属于她的了。

“莉莲！莉莲！”我接着说，“我永远不会离开你，我要跟着你跋山涉水，穿越荒原。我要吻你的脚，要为你祈祷，只要你爱我一点儿，只要你告诉我，我在你的心中占有一个位置。”

我说这些话的时候，觉得胸膛好像要爆炸似的。她听到我的话，也心慌意乱地再三说：“啊！拉尔夫！你是知道的，你全都知道呀！”听了这些话，我不知道该笑还是该哭，是逃去还是留下。就像我今天想望天堂那样，当时我真觉得我进了天堂，因为在这个世界上我什么也不需要了。

从此以后，只要队长的职责许可，我便和莉莲待在一起。而在到达密苏里河以前，队长的事务一天一天地减少，任何一支车队都没有我们头几个月的旅行那样顺利，人和牲口都已经习惯受纪律的约束，成了良好的旅行者。因此，我就不用那么吃力地照管他们了。他们信任我，车队士气旺盛，秩序井然。此外，丰富的食品和明媚的春天也给人们带来了欢快，增强了体质。我越来越深信，我大胆地率领车队不走圣路易和堪萨斯那条路，而走衣阿华和内布拉斯加这条路，的确是很高明的。前一条路上气候酷热，无法忍受，加上从密西西比河到密苏里河这一带，热病和其他疾病还常常夺走大量旅人的生命。在我们走的这条路上，由于气候比较凉爽，因此疾病大大减少，旅途上的困难也要少得多。

虽然走圣路易那条路在最初阶段受印第安人的威胁要小，要安全一些，可是我领导的车队有二百三十个男人，武器精良，又有充分的战斗准备，用不着害怕印第安人。况且住在衣阿华一带的印第安部落，常受到白人的打击，尝过他们武器的厉害，这些部落是不会贸然袭击人数较多的车队的。我们唯一必须预防的是夜里骡马受到袭击。因为在荒漠中偷走了驮运行李的牲口，车队就会孤立无援，陷于严重的悲惨境地。不过这要靠守夜人谨慎小心才行，他们和我一样，对印第安人的诡计都了如指掌。

队伍的秩序经过这么一番整顿，再加上车队的人习惯了这种严格的生活，因此白天我的工作比开始的时候大大减少了。这样我就有了更多的时间去谈情说爱。晚上我带着明天又能看见莉莲的念头入睡，清早起来我对自己说，马上就能看见莉莲了。我越来越幸福，爱得越来越深了。车队里的人慢慢都看出来了，但没有人指责我。我和莉莲已经博得了大家的喜爱。一次，老史密斯遇见我们两个人，大声地对我们说："上帝祝福你们——队长和莉莲！"他把我们两个人的名字联系在一起，使我们一整天都感到无比欣喜。格罗夫纳大妈和阿特金大妈现在常常对莉莲悄悄说些什么话，弄得姑娘的脸像朝霞似的羞红。她们到底说了些什么，莉莲从来也不告诉我。只有亨利·辛普森总是阴沉地望着我们，他也许是在打着什么坏主意，不过我毫不在意。

每天清早四点钟，我照例走在车队的前头。我的前面相隔一千步远，走着两位向导，唱着他们印第安母亲教给他们的歌曲。在我后面相隔同样距离走着整个车队，它像草原上的一条白带向远处延伸，蜿蜒前进。一天的幸福时刻来到了：将近六点钟的时候，我突然听到身后传来的嗒嗒的马蹄声。我回头一看，原来是我的心上人，我那可爱的姑娘来了。清晨的微风吹得她的头发轻轻飞扬起来，乍一看似乎是骑马奔跑造成的，但实际上是她故意不把头发系紧让它随意散开来的，这个小机灵鬼知道，披散的头发更增添了她的娇美，也知道我最爱她这个样子，每当风把她的发绺吹到我的身边，我就会把它放在我的嘴上亲着。我假装不知道她使的这些小心眼。我们的早晨就在这种甜蜜愉快的相会中开始了，我教会了她用波兰语说“早安”，每当听到她以悦耳的声调说出这个词的时候，她在我的心里就变得更加亲切可爱，而且还使我想起了祖国和故乡，想起了过去的岁月，以及我经历过的和失去的一切。种种回忆像海燕飞过重洋那样，飞过了草原。有时我真想号啕大哭，但是羞怯使我噙住了眼里快要流出的泪水。莉莲知道我虽然忍住了眼泪，内心却是非常激动的，于是她便像一只会说话的鹦鹉那样一再地用波兰文说：“早安！早安！早安！”这怎能不使我更加热爱这只小鹦鹉呢？后来我还教她学说别的词句，当她用说惯英语的小嘴吃力地念着波兰语的复杂语音，而我笑她念错了的时候，她就像孩子似的噘起了小嘴，假装生气不理睬我。可是，我们两个人从来没有红过脸。只有一次，我们之间出现了一朵小小的乌云。一天早晨，我在给她扣紧马镫的时候，过去当枪骑兵的野性一下子发作了，顺势吻起她的小脚来，或者不如说是吻起她那只在草原上磨破了的可怜的便鞋。即使如此，就是拿世界上的任何一座王位来换这只鞋子，我也是不干的。这时候，她尽力把脚往马身上躲闪，一边叫着：“啊！别这样！拉尔夫，请不要这样！”一边转过身去。后来我虽然再三请求原谅，想要安慰她，她却再也不肯靠拢我了。不过她怕伤了我的心，也没有回到车队去。我装着非常非常痛心的样子，一言不发地骑马前进，仿佛看破了世上的一切。我知道只有这样才能使她怜惜我。我猜得不错，不久，我的沉默就使她不安起来。她悄悄地驱马赶了过来，像一个孩子想知道妈妈是不是还在生气那样望着我。我虽然故意装着生气的样子，也不得不转过脸去，免得笑出声来。这样的事只发生过一次。我们常常像草原上的灰鼠一样活泼。上帝饶恕我吧！我这个全车队的指挥官，在她身边有时像个孩子似的淘气。有时候，我们安安静静地并辔而行，这时我会突然转身对她说，我有一件重要的新闻告诉她。等到她好奇地倾听时，我便轻轻地对她说"我爱你"，这时她也会红着脸，嫣然一笑地对我悄悄说"我也爱你"。我们就这样在草原上相互吐露了我们心中的秘密。这里只有风儿才能够听见我们的话。

日子一天一天飞快地过去，我觉得早晨和傍晚相隔那样近，恰如一条链子上相连的两个环节一样。偶尔也发生一两件事打破旅途中愉快的单调生活。有个星期天，混血儿威切达用套索抓住了一只在草原上称为"的克"的体形高大的羚羊和它的小羊羔。我把那只小羊羔送给了莉莲，她从骡子身上解下一只小铃铛，当作项圈系在小羚羊的脖子上，我们给它取名"卡蒂"。过了一星期，卡蒂就和我们混得挺熟，能从我们手里吃东西了。从此，在我们行军的时候就常常会出现这样的情景：我骑着马在莉莲这边走，卡蒂则在她的另一边奔跑，它那双黑黑的大眼睛仰望着我们，不住地咩咩叫着，像是在乞求我们的爱抚。

过了温尼贝格河，我们来到了一片有如桌面一样平坦的草原，这里一望无际，到处生机勃勃但却荒无人烟。两个向导时常隐没在茅草和藤蔓中间，我们的坐骑也仿佛在野草的大海中随波漂流。这个世界对莉莲说来是完全陌生的，我把这个世界指给她看，她被它的绮丽景色迷住了。她这样喜爱我的王国，使我感到自豪。时值春天，刚刚进入四月末，正好是一切花草蓬勃生长的季节，草原上凡是能开花的植物都在争妍斗艳。

傍晚，草原上飘荡着令人心醉的芬芳，宛如点起了千万支檀香。白天，微风吹拂，摇荡着繁花似锦的草原，数不清的红、黄、蓝、绿……五彩缤纷的花朵在闪耀摇动，使人眼花缭乱。在肥沃的草地上，一根根绽开着黄色花朵的枝条亭亭玉立，叫人想起家乡的迎春花。还有一种叫“泪花”的，银色细藤缠绕在它的枝条上，它那一串串像珠子一般透明的花朵确实像泪珠一样晶莹瑰丽。我的眼睛读惯了草原这部大著作，不止一次地发现了我所熟悉的药草。这儿是能医治伤口的“卡罗巴”的大叶子，那儿是白色的和红色的含羞草，只要人和牲畜碰它一下，它的叶子立刻就会合拢起来。还有“印第安斧头花”，它的香气能使人昏昏欲睡，甚至昏迷不醒。我一面教莉莲怎样读上帝创造的这本自然之书，一边对她说：

“亲爱的，既然你将来要生活在森林里和草原上，那你就得尽早地熟悉它们。”

在平坦的草原上，有些地方像绿岛一样生长着一丛丛木棉树和云杉树，上面严严实实地爬满了野葡萄和藤条，简直看不出树身来了。在藤条上面，又挂满了常春藤、菟丝子和类似我们的野玫瑰那样的多刺而攀附的野蔷薇，最外面一层又是一串串的花朵。森林里面，由于层层树荫的遮盖和蔓藤的阻隔，周围笼罩着一层神秘的昏暗。树干下面，阳光照射不到，春雨汇积成一大片积水坑，在阴暗中凝然如镜。树顶上、花丛间，能听到奇异的响声和小鸟的啾鸣声。

当我第一次把这些树林和像瀑布一样悬挂着的花束指给莉莲看的时候，她像着了魔似的站在那里，握紧了双手，连声喊叫：

“啊！拉尔夫，这难道是真的吗？”

她说她害怕走进树林深处，但是有一天正午，炎热使人难熬，一股股得克萨斯的热风吹过了草原，这时，我们两人带着卡蒂走进了树林的深处。

我们在一个水池边站住了，水里映出了我们两个和马匹的身影。我们沉默地站了一会儿。这里清凉、昏暗而又肃穆森严，像在一座哥特式教堂里一样，真有点令人敬畏。一丝丝阳光昏暗地透了进来，被树叶染成暗绿色。有一只藏在蔓藤里的鸟儿尖叫着：“No！ No！”似乎在警告我们不要再往前走。卡蒂颤抖起来，紧紧靠在马身边。我和莉莲双双凝视着，就在这时候我们的嘴唇第一次吻在一起，再也舍不得分开。她似乎在吮吸着我的灵魂，我也像在吮吸她的灵魂。我们两人都透不过气来了，但是嘴唇还紧紧地吻在一起。后来，她的眼睛仿佛蒙上了一层云雾，搭在我肩上的双手像是害热病一样哆嗦着，她忘了自己的存在，全身发软，把头靠在我的胸口上。我们两人都沉醉在对方的存在里，沉醉在幸福和激情中。我站立不动，心满意足，对她的爱非千言万语所能形容。我只是抬头望天，希望通过树叶的缝隙看见苍穹。

后来我们从狂欢中清醒过来，离开绿林深处，走到开阔的草原上。强烈的阳光和温煦的春风沐浴着我们，宽广而又欢欣的空间重新展现在我们的眼前，草鸡在野草丛中飞蹿而过。

田鼠在隆起的高地上挖了许多地洞，把这片高地挖成了一面大筛子似的。到处是成群的田鼠，一看到我们走近了，便立即钻入地下。在正前方，我们看见了车队和在车边忙碌的骑手。

我觉得我们好像从一间黑屋子里走出来，进入了明亮的世界，莉莲也有同样的感受。明朗的天空使我心旷神怡。可是，强烈的金色阳光照射在还留着我吻痕的莉莲的脸上，她对我们接吻的事还萦绕于怀，充满了畏惧和忧郁。

“拉尔夫，你不会觉得我是个坏姑娘吧?”她突然问道。

“啊，亲爱的，你怎么会这样想呢！我对你只有尊敬，只有最诚挚的爱，若是在我心里还有别的想法，那就让上帝把我忘掉吧！”

“那是因为我非常爱你！”她接着说。这时候她的嘴唇抽动着，轻轻地哭了起来。为了使她平静下来，我想尽种种办法安慰她，可是这一整天她总是闷闷不乐。

四

我们终于到达了密苏里河。印第安人通常都是选择渡河的时刻来袭击车队的。因为这种时候，大车一部分在这边岸上，另一部分则到了对岸，因此很难防守；驮运的牲口会挣扎蹶跳，车队就会陷入混乱。此外，我还得知，在我们到达河岸的前两天，就有印第安人的侦探跟踪我们了。于是，我断然采取了种种安全措施，让车队处于紧急状态。我不再允许大车像在衣阿华东部草原上那样拖拖拉拉地拉长距离前进。我吩咐所有的人都集中待命，做好战斗准备。到了岸边，找好了渡口，我就命令两支各有六十人的队伍分别在河的两岸挖筑一道土墙，以便凭借这些小小的工事和武器的掩护来保护渡河的安全。余下的一百一十人负责赶车过河。为了避免混乱，每次我只放几辆大车过去。经过这样的安排，一切都进行得有条不素，使对方无法袭击，即便要来偷袭，也得先占领一边岸上的工事，然后才有可能攻打渡河的人。后来的事件证实了我们的防范措施完全不是多余的，因为在两年之后，就在今日的奥马哈城这个地方，有一支四百人的德国车队，在渡河的时候被基瓦特部落杀得片甲不留。此外，通过这次渡河，我个人也获益不浅。我手下那些人过去都听到过在东部广泛流传的、关于渡过密苏里河的浑浊河水所遇到的许多骇人听闻的故事，现在他们看到我率领车队渡河是这样从容不迫、沉着镇定，因此便对我产生了盲目的崇拜，甚至还把我看成是统治草原的一位神灵。

对我的热情赞扬，每天都传到莉莲的耳朵里，使我在她眼里成了一个神话式的英雄。连阿特金大妈也对她说："只要有波兰人在你的身边，哪怕是下雨天你也可以放心大胆地睡在外边，他绝不会让你淋着的。"这些赞扬使这位姑娘感到无限骄傲。然而在整个渡河期间，我一刻也没有和她在一起过，我只好用眼神向她表达我的嘴唇无法诉说的心情。我整天骑着马在河里及河岸两边忙来忙去，我打算尽快地渡过这浑浊浑黄的河。河水总是夹带着腐烂的树枝、大量的树叶、杂草以及从达科他州冲下的发臭的淤泥，这种淤泥很容易引起热病。

糟糕的是，持久的紧张使人们极度疲惫，牲口也因为常常饮这种脏水而生了病。这种水我们自己也无法饮用，只有在煤火上煮沸几个小时才行。最后，我们用了八天时间，全部人马总算到达了右岸，一辆大车也没有损坏，只损失了七匹骡马。然而就在这一天，响起了第一次枪声。我手下的人杀死了三个钻进骡子群里来的印第安人，然后按照草原上可怕的惯例，又割下了他们的头皮。就在这次事件的第二天傍晚，属于帕夫尼族"血迹"部落的六个年纪较大的战士前来进行交涉，他们带着威胁的神情严肃地坐在我们的营火边，向我们提出用骡马做赔偿的要求，同时声称，如果要求被拒绝，立即就会有五百名战士前来攻打我们。既然车队已经过了河，而且又有工事保护，因此我也就不把这五百人放在眼里，我知道，他们派出使者前来交涉，只不过是要讨价还价，想不经过战斗便捞上一笔，因为攻战能否成功是没有把握的。要不是我想让莉莲亲眼看看这些红皮肤的人，我早就把他们赶走了。他们一动不动地坐在营火边，眼睛直瞪着火焰。这时候，莉莲躲在一辆车的后面，又胆怯又好奇地望着他们身上穿的用人发缝起来的衣服、柄上带有羽饰的板斧，以及脸上为表示准备战斗而涂上的红黑颜色。虽然他们有此准备，我还是坚决回绝了他们的要求。我改变了被动的态度，采取主动，我宣布，如果我的车队哪怕是丢了一匹骡子，我也会亲自出去寻找，并且不惜一切把他们的五百名战士的骨头抛撒在整个草原上。他们临走时，竭力控制住自己的愤怒，在头顶上挥舞着板斧，表示宣战，不过，我的话也使他们深受震动。他们离开营地时，我预先安排好的两百名战士，突然杀气腾腾地列成队形。他们高举着刀枪，发出战斗的呐喊声。我们的战斗准备，在这些野蛮的战士心里，一定留下了深刻的印象。

亨利·辛普森自愿去跟踪印第安使者。几小时以后，他上气不接下气地跑了回来，报告说有一支人数相当多的印第安人队伍正向我们开来。全车队里只有我一个人熟悉印第安人的习性，我知道这样的威胁并不可怕，因为印第安人仅仅靠一些用胡桃木做的弓箭来抵抗肯塔基制造的远射程步枪，没有多几倍的兵力是无济于事的。莉莲为我担心，像一片叶子那样颤抖着。为了让她放心，我把这些想法都告诉了她。其他的人都认为，一场战斗就要开始。年轻人斗志昂扬，早就在渴望着打仗。过了不久，我们当真听见了印第安人的呐喊声。可是，他们在相隔十来个箭射程的地方便停步不前了，似乎想等待适合的时机。在我们的营地上，一堆堆用木棉树干和密苏里河中的杨柳树干点起的营火，整整烧了一夜。男人们站在篷车四周，守护车队，女人们惊恐不安地唱起了圣歌。没有像平时那样把骡马放出去过夜，而是把它们围在大车中间，因此，它们便嘶叫着，互相啃咬着。那些猎狗闻到印第安人的气味，也狂叫个不停。总而言之，整个营地充满了喧嚣声和战备气氛。在短暂的寂静中，我们听见印第安哨兵发出了如同胡狼嚎叫一般悲伤而凶狠的呼应声。午夜时分，印第安人想放火烧草原。但是由于春天潮湿，尽管几天没有下过一滴雨，野草还是烧不着。

凌晨，我查完了哨，抓住片刻的时间去亲近莉莲。我看见她困乏而香甜地熟睡着，把头靠在好心的阿特金大妈膝盖上。大妈手持猎刀发誓说谁敢动她的小宝贝，她就要把整个“血迹”部落杀光。我不仅带着男性的爱情，同时也带着母亲的挚爱，望着那张美丽的、熟睡的脸庞。我也像阿特金大妈一样，谁若是威胁我的爱人，我就要把他撕成碎片，剁成肉泥。因为她是我的欢乐，我的希望，除了她，我只有流浪和无休止的冒险。我面前的情景就是最好的证据：一望无际的草原，武器的磕碰声，骑在马上度过的夜晚，打仗，还有那掠夺成性的红皮肤的强盗，而我的身旁却是这位可爱的姑娘正在安静地熟睡着。她是那样信赖我，相信我，我只说了一句话，她就认为袭击并不可怕，而且是那样放心地睡着了，就像睡在自己的家里一样。

望着这两幅不同的图景，我生平第一次对我的流浪和冒险的生活感到厌倦。我体验到，只有在她的身边，我才能心满意足，才能过平静的生活。“只要到加利福尼亚就好了，只要到加利福尼亚就好了！”我默默地想着，“啊！旅途的艰难困苦从这张苍白的脸上就可以看得出来。现在才走了一半路程，而且是较容易走的一半。不过等着我们的是富饶而又景色宜人的地方，那里天高气爽，永远是明媚的春天。”我一边想着，一边把我的大衣盖在她的脚上，免得她受到夜间寒气的侵袭。我又回到了前沿。这时候河上升起了浓雾，印第安人很有可能利用这个机会来试试他们的运气。营火渐渐熄灭，显得暗淡无光。一小时过后，连十步以外的人都难以看清。现在我命令那些放哨的人不停地呼叫口令。过了不久，整个营地除了哨兵们像念经一样传呼着“平安无事”之外，就再也听不到其他声音了。印第安人的营地那边鸦雀无声，仿佛那里的人都成了哑巴。这种沉寂使我不安起来。等到天空露出第一道霞光时，我们的人都感到又困又乏。只有上帝知道，我们大部分人度过了多少个不眠之夜，再加上又下了这场倒霉的浓雾，使人感到彻骨的寒冷。

我考虑与其等着挨打，静待印第安人行动，不如去进攻他们，把他们打个落花流水。我认为这不是枪骑兵的一时冲动，而完全是出于必要。大胆的进攻一旦成功，就能使我们威名大振。这消息在土著的部落中间一经传开，下一段路程的安全就有了保障。于是，我决定留下一百三十人，由经验丰富的“草原之狼”史密斯率领，坚守在工事里，而命令其余的一百人随我上马，摸索前进。大家的情绪都很高昂，因为天气非常寒冷，这样至少可以使身体暖和一些。到了离他们只有两三个枪弹射程距离的时候，我们就纵马冲刺，齐声呐喊，随着枪声，狂风暴雨般地冲进了野蛮人的营地。从我的后方突然有个不高明的射手射出一粒子弹，紧贴着我的耳朵擦过，但它只不过打掉了我的帽子。这时候，我们和印第安人展开了白刃战。

他们什么都准备好了，就是没有料到我们会进攻他们。看来像这种旅行者进攻围困者的事，在草原上还是第一次发生。因此他们吓得心惊胆战，只顾四散逃命，像野兽那样恐惧地嚎叫着，没有进行任何抵抗就被打死了。只有一小队人被迫退到河边，他们看到无路可逃，就决心背水一战。他们打得又勇猛又顽强，宁愿跳进水里也不愿投降。

他们用磨尖的鹿角制成的梭镖和用硬燧石制成的板斧对我们并未构成很大的威胁，不过，印第安人使用起它们来却非常灵巧。一眨眼工夫，我们就把他们打垮了。我抓住了一个高大的鲁莽汉，为了夺下他的板斧，我还击断了他拿板斧的那只手。我们还缴获了几十匹马，但这些马生性粗野狂暴，根本无法使用。我们抓到十来个俘虏，全都受了伤。我吩咐细心包扎好他们的伤口，后来，应莉莲的要求，还发给他们毛毯和武器以及重伤员所需要的马匹，把他们都统统放了回去。这些可怜的人本来以为我们一定会把他们绑在木桩上施以酷刑，竟喃喃地唱起了他们那单调的死亡的哀歌。刚开始的时候，他们被这些待遇惊得发呆。后来，他们又以为我们放开他们，是要按照印第安人的习惯，对他们进行追捕。直到最后，他们相信真的没有危险了，才高高兴兴地离开了。不仅如此，他们还不住地赞扬我们的英勇和“白花”——这是他们给莉莲起的名字——的善良。

虽然我们取得了巨大的胜利和预期的结果，但是这一天结束时，却发生了一件悲痛的事件，它给我们的欢乐蒙上了一层阴影。在战斗中我们的人没有被打死，只有十来个人程度不同地受了伤。伤势最重的是亨利·辛普森，他在战斗中过于冒进，到了傍晚，他的伤势大大恶化，几乎奄奄一息了。他想要对我说点什么，可是这个可怜的人，下巴颏儿被斧头劈掉了，无法说话。他含糊不清地说：“对不起……我的……队长！”一阵痉挛就把他的话打断了。我猜到了他想说的话。我想起了早晨从我耳边掠过的那颗子弹，但我还是像一个基督徒那样宽恕了他。而且我还知道，他把从没有对莉莲表露过的秘密的爱情带进了坟墓。看来，他是故意去寻求死亡的。他死在午夜。我们把他埋葬在一棵大木棉树下面，我还用刀在树皮上刻了一个十字。

五

第二天，我们继续前进。前面是一座更加广阔、更加平坦、更加荒凉的大草原，这个地区极少见到白人的足迹。总而言之，我们到了内布拉斯加。最初几天，我们在光秃秃的草原上行进得异常顺利，但也并非没有困难，那就是缺少柴火。普拉特河流经整个广阔无垠的平原，它的两岸也覆盖着浓密的杨树和柳树。可是，这条河河岸低洼，一到春天，就被洪水淹没，我们无法接近。晚上，我们只有用水牛粪烧起篝火。水牛粪因为没有晒干，不易燃烧，只是冒烟，发出暗淡的蓝光。因此我们只好竭尽全力朝前赶路，希望早日到达大兰河，以便在那里得到充分的燃料。这一带地区具有原始地带的一切特征。有时，在我们的紧密衔接的车队前面，一群群白肚皮的褐色羚羊奔窜而过；有时在野草的绿海中，体形庞大的粗角野水牛还时隐时现地露出硕大的脑袋，一双血红的眼睛闪耀着凶恶的光，喘气时鼻孔里还发出呼哧呼哧的响声。我们常常看见，成群结队的野水牛，好像黑点一般在草原的远方移动。

有些地方，我们还得穿过许许多多土拨鼠掘出的小山丘。印第安人并没有立即出现，过了几天之后，我们才看见三个有羽毛装饰的土人骑手。但是他们像幻影似的一下子就消失了。后来我才了解到，我在密苏里河岸所给他们的那次教训，使得“大个子阿拉”的名字——他们把“大个子阿尔夫”的名字改了——很快在草原掠夺者的各个部落中间流传开来，成为恐怖的化身，而我对俘虏表现出来的宽洪大量，又使这些野蛮凶狠，但也不乏骑士精神的部落受到感动。

到了大兰河之后，我决定在树木茂密的河畔上停留十天。摆在我们前面的后一半路程要比前一半更加崎岖难行，因为过了草原便是落基山脉，再过去便是犹他和内华达的不毛之地。我们的骡马虽有充足的饲料，但都劳累过度，而且掉了膘，需要较长一段时间的休息来恢复它们的体力。为此目的，我们便在大兰河和海狸湾汇合的河汊上安营扎寨，两面有河床保护，一面有大车列成一道强大的防御工事，使我们的营寨易守难攻。再加上水和木柴就地可取，因此也不怕受到敌人的围困。这样一来，营地的杂务不多，也不需要过分的防卫措施，我们的人员和牲口都可以得到充分的休息。这段时间是我们一路上所度过的黄金时期。这里风和日丽，晚上又是那样温暖，完全可以在露天里睡觉。

大家一清早就出去打猎，中午常常满载着羚羊和松鸡回来。这一带的野味简直俯拾皆是。一天里其余的时间我们不是吃喝、睡觉，就是唱歌或者以射击野鹅作为娱乐。一群群野鹅经常不断地飞过我们的营地。在我的一生中，再也没有比这十天更美好、更幸福的时光了。从早到晚我和莉莲几乎形影不离。这样经常的亲密相处，和过去那种短暂的会面相比，更使我相信，我会热爱这位甜蜜而善良的姑娘，至死不渝。现在我对她有了更深更亲密的了解。晚上我往往辗转不眠，思考着：她身上到底有什么魅力，为什么她对于我是那样宝贵，为什么她在我的生活中是那样不可缺少，就像我们必须呼吸的空气一样。只有上帝才能知道啊！我非常爱她那张秀丽的脸庞，长长的辫子，爱她的那双碧蓝的眼睛，那眼睛蓝得犹如内布拉斯加的万里晴空。我还爱她那窈窕优雅的身材，好像在对我说："永远帮助我，保护我吧！没有你，在这个世界上我就活不下去了。"是的，上天作证，我爱她身上的一切，连她的每一件破旧衣服在内。她有那样一种不可抗拒的吸引力把我吸引到她的身边，使我无法控制住自己。在她的身上还有另外一种魅力，那就是她的温柔多情。我一生遇到过不少女人，但像她这样的天使却从来没有遇见过，而且以后再也不会遇到了。现在我一回忆到这里，心里就充满了永恒的悲痛。她的心灵是那样敏感，就像一朵小花，只要有火挨近它，它就把花瓣合拢起来。

我的一言一语她都能心领神会，我的所思所想也都能引起她的反响，宛如一池深澄透明的碧波，像镜子似的反映出岸上的倩影。这颗纯洁无瑕的心是那样不由自主地沉浸在爱情之中。我体会到，她放弃了自己，被这种感情所征服。这说明她对我的爱情是多么深沉啊！凡是有高尚情感的男人，都会以心换心，忠诚待她的。她的确是我在这个世界上唯一最亲的亲人了。她是那样单纯、羞涩，我只好一再地说服她，让她相信，去爱别人并不是一桩罪过。为了能使她信服这一点，我不知花费了多少脑筋。我们在感情的激流中度过了河湾上的十天，正是在这里达到了幸福的顶点。有一天，晨曦刚刚出现，我们便散步到了海狸湾上游。我想带莉莲去看看海狸，它们那个繁荣兴旺的小王国离我们车队不过半英里之遥。我们小心翼翼地穿过灌木丛，不大一会儿便到达了目的地。那里既像河湾，又像河水冲积成的一片小湖。周围生长着高大的北美胡桃树，堤岸上覆满了柳树，波浪般的枝条一直垂进水中。海狸筑起的堤坝高高露出水面，堵住了河水，使河水总是保持在一定的高度上。这些聪明机灵的小动物建起的一幢幢小型的圆屋顶房子，伸出明净的湖面。

人的足迹从来没有踏上这块参天大树掩盖下的世外桃源。我们小心地拨开细长的柳枝，眺望着这块平如镜面的蓝色湖水。海狸还没有出来活动，这座小小的水中城池还沉浸在睡梦中。湖面上一片寂静，连莉莲的呼吸声都能听到。她那小小的长着金发的脑袋，紧靠在我的脸颊上，挤在树枝留下的缝隙里。我伸手挽着她的腰身，好让她在倾斜的河堤上站稳。我们耐心地等待着，饱览着令人心旷神怡的景色。由于过惯了草原生活，我爱大自然，就像爱自己的母亲那样，上帝看见世界时所感受到的欢乐，我也约摸能体会出来了。

清晨刚刚开始，曙光初露，慢慢地映红了胡桃树枝，一滴滴露珠从柳叶上滚下，大地越来越明亮了。过了不久，对岸出现了一只又一只褐色的松鸡，黑颈子，冠毛蓬松，喝起水来把嘴高高仰起。“唉，拉尔夫，多美啊！”莉莲悄悄地对我说。可是在我的脑海中却回荡着另一幅景象：我想在孤寂的山谷中盖一座小房子，她和我生活在一起，在永远的安宁和心满意足中度过我们平静的一生。我就这样，在大自然的欢乐中加进了我们的欢乐，在大自然的宁静中增添了我们心中的宁静，给这个黎明加上了我们心中的幸福的黎明。这时候，平静的湖面上突然泛起了涟漪，一只长着胡须的海狸脑袋伸出了水面，全身水淋淋的，被霞光映成了玫瑰色。随后出现了第二只海狸。这两只小动物向堤坝游去，用小嘴划开平静的湖面，还发出打喷嚏和吱吱叫的声音。它们爬上堤坝，用后腿站立起来，发出大声的呼叫。随着这声呼号，大大小小的脑袋就像应巫师的召唤那样，一齐伸出了水面，于是湖面上响起一片噼噼啪啪的击水声。这群动物刚出来就嬉戏玩水，还发出欢乐的叫声。最先出来的那对海狸站在堤坝顶上四下瞭望着，突然用鼻子发出一声长啸。转瞬间，有一半海狸爬上了堤坝，另外一半游到岸边，消失在柳树枝条下面，那里的湖水立即泛起了泡沫。还能听到一种类似锯木头的声音，那是海狸们正忙着啃咬树皮。

我和莉莲久久地站在那里，欣赏着这群动物的活动，玩味着它们的生活乐趣，一直到我们的响声打断了它们的幸福为止。为了改变一下姿势，莉莲突然碰了一下树枝，一眨眼工夫，所有的海狸消失得无影无踪，只有翻腾的湖水能说明深处还有动物在活动。过了一会儿，连湖水也平静不动了，周围又是一片寂静。只有啄木鸟敲打胡桃树的坚硬树皮找虫儿吃的声音才打破了这里的沉寂。这时，太阳已经高高地照在树上，灼热烤人。莉莲还不觉得疲劳，我们便决定围绕湖湾转一圈。路上我们碰上了另一条小河，它穿过树林，从对面流入了湖湾。莉莲没法蹚水过河，我只好抱她过去，尽管她挣扎，我还是像抱孩子似的把她抱在我的手臂里，向小河走去。不过这条小河是一条充满诱惑力的小河。莉莲害怕自己掉下去，双手抱住我的脖子，紧紧地依贴在我的身上，还把她那张羞得通红的脸藏在我的肩上。我的嘴唇紧紧吻着她的鬓角，轻声地说着："莉莲！我的莉莲！"我就这样抱着她过了河。上了对岸，我还想再抱她一会儿，可是她却用力挣脱了我。一种不安的情绪侵袭着我们，莉莲东张西望，好像害怕什么似的，脸上一阵白，一阵红。我们继续朝前走着。我抓住了她的一只手，把它紧紧压在我的心口。在那一瞬间，我真害怕控制不了自己。天气越来越炎热，热气从天空倾泻到地上，没有一丝风，胡桃树上的叶子一动也不动。只有啄木鸟还在敲打着树皮，而周围其他的一切东西都昏昏欲睡，似乎经受不起烈日的照晒，失去了生气。我觉得，整个森林好像中了什么魔法，我什么也记不起来了，只知道莉莲在我的身旁，这里只有我们两个人。莉莲大概觉得有些疲劳，因为她的呼吸越来越短促，粗声喘着气，她那张平时略显苍白的脸上，这时出现了一块块潮红。我问她是不是累了，要不要休息。她急忙回答："啊，不！不要！"好像连"休息"这两个字都不愿意想似的。可是她走了十来步，身体突然摇晃起来，低声说道：

"不行！我真的不能再往前走了！"

这时候，我又把她抱了起来，带着这个可爱的宝贝回到河岸上。河岸两旁的柳枝垂到地上，形成了一条绿荫的通道。我把她抱进这样一个绿荫的"闺房"里，放在苔藓上，在她的身边蹲下了。我凝视着她，我的心几乎停止了跳动，她的脸色也变得像麻布那样苍白，睁着一双大眼睛，惊慌地望着我。

"莉莲，亲爱的，你怎么啦？"我喊了起来，"是我在你的身边呀！"

我一面说，一面弯下身去，热烈地吻着她的双脚。

"莉莲！"我不停地说，"我唯一的人儿！我的最可爱的！我的妻子！"

当我说完最后一句话时，她全身颤抖了一下。突然，出于一种不寻常的狂热的激情，伸出双臂紧紧抱住了我的脖子，不断地说着：

"我亲爱的！我最最亲爱的！我的丈夫！"这时候，一切从我的眼里消失了，我仿佛觉得我们和整个地球都一道飞了起来……

直到今天我都不知道这一切是怎样发生的。等到我从令人陶醉的欢乐中清醒过来，恢复了知觉的时候，鲜红的阳光又一次透过胡桃树梢照射进来。然而，这已经是落日的余晖。啄木鸟不再敲打树皮，映在湖底的另一个太阳正在对天上的太阳微笑，湖里的动物都已入睡。多么迷人的黄昏！安谧，宁静，红霞满天。该是回车队的时候了。我们从低垂的柳枝丛中走了出来，我瞅了莉莲一眼，她的脸上没有懊恼，也没有忧虑，在她的那双仰望天空的眼睛里，只有一种平静的顺从，她那天使般的头上似乎环绕着一个庄严献身的光圈。我向她伸出手臂，她就把头平静地倚在我的肩上，眼睛仍然仰视着天空。她对我说：

“拉尔夫，请你再说一遍，我是你的妻子！你要常常这样叫我！”

无论是在荒原上，还是在我们就要到达的地方，除了心灵的誓言之外，再没有其他的誓约。于是我在这树林里跪下，莉莲也跪在我的身旁，我发誓说：“面对着苍天、大地和上帝，我向你莉莲·摩里斯发誓，我娶你为妻，阿门！”

她也回答说：

“我从现在起是你的妻子！永远如此，一直到死，我都是你的妻子，拉尔夫！”

从这时候起我们就结为夫妇了。从此以后，她不仅仅是我的心上人，而且是我的合法的妻子了。一想到这点，我们便感到无比的幸福。尤其我更感到特别的幸福，因为在我心里产生了一种新感情，一种对莉莲和对我自己的神圣的敬重之情，一种伟大而崇高的感情。这种感情使爱情变得更崇高、更具有幸福的意义。我们手拉着手，昂着头，眼睛闪闪发亮地回到了车队。大家都在为我们担心，已经有好些人四出寻找我们。后来我惊讶地获悉，有几个人曾经经过湖边，但却没有发现我们，而我们也没有听见他们的喊叫声，为了不至于引起别人的误解，我便把大家召集拢来。等到他们到来以后，我就拉着莉莲的手，神情严肃地走到他们中间，对大家说道：

“先生们，我谨向各位宣布，站在我身旁的女人是我的妻子，请你们大家作证。请大家在法院里，在法律面前和一切人面前作证，不管是东部的人还是西部的人提出询问，都请你们这样为我作证。”

“好呀！向你们夫妇致敬！”矿工们齐声回答说。接着，年老的史密斯依照惯例，对莉莲提出问题，问她是不是愿意嫁给我。当她回答说“愿意”时，我们就在大庭广众之前正式结为合法夫妻。在遥远的西部草原和那些还没有城镇法官和教堂的地方，都是这样举行婚礼的。直到现在，在整个美国，若是有人宣布娶和他住在同一个屋顶下的女人为自己的妻子，这样的宣布便会和法院的所有文件一样有效。所以没有一个人对我们的婚礼感到惊奇，除了习惯所要求的尊重以外，也不会有其他看法。大家都兴高采烈，喜气洋洋。他们都知道，我对待他们虽然比别的指挥官要严格，但我是出于好意，因此他们对我便一天比一天更友好。至于我的妻子，她本来就是全车队人的掌上明珠。全车队立即举行了庆祝晚会。人们点起了篝火。苏格兰人从车上拿出了自己的风笛，我们两个人都很喜欢他们的音乐，因为它给我们带来了美好的回忆。美国人也拿出自己心爱的牛角片。我们的婚礼之夜是在歌声、欢呼声和枪声中度过的。阿特金大妈一次又一次地拥抱莉莲，又是哭，又是笑，不停地点燃她那个常常熄灭的烟斗。尤其使我感动的，是后来举行的一次仪式。在美国，在那些大半生都在篷车上度着时光，经常四海为家的人们中间，就流行着这样一种风俗习惯。当月亮高高地升在空中的时候，男人们把一束束点着了的柳条绑在枪筒上，整个车队在老史密斯的率领下，簇拥着我们俩从一辆马车走到另一辆，每走到一辆车前面，他都要这样问莉莲：

“这是你的家吗？”

我那可爱的人儿每次都回答说“不是”。我们就这样走下去，走到阿特金大妈的车前，大家的心里都非常激动，莉莲一直是住在这辆车上的。当她轻声地回答说“不是”的时候，阿特金大妈便像头受了伤的水牛一样嚎叫起来，她把莉莲抱在怀里，一再地嘟哝着：“我的小宝贝！我的心肝！”悲伤的呜咽一再打断她的话，莉莲也抽抽噎噎地哭着。这时候，就连那些铁石心肠的人也不能不软下来，大家的眼里都噙满了泪水。队伍来到了我住的大车跟前，它被鲜花和绿叶装饰一新，我几乎认不出来了。男人们一齐高举火把，史密斯也用更加庄严、更加响亮的声音问道：

“这是你的家吗？”

“是的！是的！”莉莲轻柔地回答道。

这时候，所有在场的人都摘下了帽子，顿时一片寂静，静得都能听见火把的燃烧声和烧完了的小枝条掉在地上的咝咝声。这位白发苍苍的老矿工把自己青筋突起的双手伸在我们的头上，说道：“上帝祝福你们和你们的家，阿门！”

紧接着他的祝福是三声欢呼声。嗣后，大家都走开了，只剩下了我和我可爱的妻子。等到最后一个人走远了，莉莲把她的头靠在我的胸上，低声地对我说：“永远是你的！”此时此刻，闪耀在我们心中的星星真比天上的星辰还要多。

六

翌日凌晨，我把还在睡觉的妻子留在车上，一个人出去为她采集花束。我一边采花，一边不停地自言自语："你已经结婚了。"一想到这里，我乐得心花怒放。抬头仰望苍天，感谢上帝给了我这样的好运，使我成了一个真正的人，而且还把我的生命和另一个我爱得胜过一切的人的生命结合在一起。现在，在这个世界上，我再也不是一无所有了，虽然我的家只不过是一辆篷车，可我现在觉得比以前要富有得多了。回忆起以前的漂泊生活，我觉得那时真可怜，说来也很奇怪，我为什么会喜欢那样的生活。我从来没有想到，"妻子"这个词竟能蕴藏着那样大的幸福。妻子就是你最珍贵的亲人，也是你灵魂中最纯洁的部分。我一定早就爱上了莉莲，因为我是在用她的眼光去看待世界，一切以她为转移，只有和她有关系的事物我才能理解。现在我一说"妻子"这个词，就意味着："我的妻子，并且永远是我的！"我幸福得快要发疯了，我简直不能想象，我这样的可怜虫竟会得到这样的无价之宝。我还缺少什么呢？什么也不缺。如果草原更加暖和，莉莲在草原上更加安全的话，如果我没有答应我的车队把他们带到目的地的话，那我一定会高高兴兴地放弃到加利福尼亚去的打算。只要和莉莲在一起，就是在内布拉斯加住下来也心满意足了。我原先想到加利福尼亚去挖金矿，现在想起这种念头，我就觉得可笑极了。我扪心自问，有了莉莲，还要挖什么宝藏呢？我们两人要金子干什么？倒不如找一个四季如春的峡谷，砍些木头盖起一座房子，和她生活在那里。我们单靠铧犁和猎枪就能生活得很好，绝不会挨饿的。我就这样一边采花，一边思索着。等到我采了一大把花之后，便立即回到车队去，路上遇见了阿特金大妈。

“小家伙还在睡？”她一面从嘴里取出她那个一刻也不离身的烟斗，一面问道。

“还在睡！”我回答说。

阿特金大妈听了，眯起一只眼睛说：

“嗨！你这个坏小子！”

可是就在这时，“小家伙”已经起床了。我和大妈看见她从车上下来，把手放在眼睛上挡住阳光，向草原眺望。她一看见我，便飞跑过来迎接我。她是那样艳丽，那样清新，就像朝霞一样。我张开了双臂，她一下子投进了我的怀抱，把她的小嘴唇伸过来吻我，并且还叫喊着：

“早安！早安！”然后她踮起脚，深深注视着我的眼睛，嫣然一笑，调皮地问我：

“我是你的妻子吗？”

她是我的妻子吗？除了不停地吻她，爱抚她，还有什么别的回答哩？！我们在河汊口上就这样度过了这段幸福的日子。老史密斯接管了我的全部工作，直到车队出发为止。所以我们可以再次去访问我们的海狸和河湾。现在我抱着她过河，她再也不挣扎了。有一天，我们驾驶着一只红木做的筏子，沿大兰河逆流而上，在河道拐弯的地方，我指给她看一群野水牛。这群野水牛离我们不远，正在用双角挖掘河堤的烂泥，脑袋上都糊了一层厚厚的烂泥巴，仿佛戴上了一副盔甲。直到我们上路前两天，才停止了这种远游。一是因为有印第安人出现在这一带，后来又因为我那可爱的夫人身体有点不舒服。她脸色苍白，全身无力。我问她怎么样，她只是微笑，告诉我她没有什么问题。她睡觉的时候，我守护着她，尽力照顾她，连一点风也吹不着她。我为她发愁，弄得自己也差点病倒了。可是阿特金大妈一谈起莉莲的病，就神秘地眨眨她的左眼，还吐出一口口浓烟，把她自个儿全都遮住了。不过我还是惴惴不安，更使我焦急的是因为悲伤的念头不时地折磨着莉莲，她觉得我们这样热烈地相爱是不好的。有一次她把自己的娇媚的小手指头放在她每天必读的《圣经》上，忧伤地对我说：

“拉尔夫，你读读!”

我看了一眼。我一边读着这段话，一边被一种不祥的预感攫住了心：“谁若是把上帝的真理变成谎言，谁比造物主更崇敬创造物并为创造物服务更多，谁得到了永恒的祝福呢？……”

我一读完，她就说：

“上帝要是对我们生气，我知道上帝是慈悲的，就让他只惩罚我一个人好啦!”

我安慰她说：“爱情就是天使，他从两个人的灵魂中升起，飞向上帝，还给上帝带去了人间的赞美。”从此以后，我们再也没有谈到这个话题。出发前的准备工作开始了，需要检查牲口和车辆，还有成千件的小事情占去了我的全部时间。

离别的时刻终于来临，我们怀着依依不舍的心情，告别了河汊口，我们在这里度过了幸福的时日。可是当我看见车队又一次在草原上延伸开来，大车一辆接着一辆，骡子一匹接着一匹，鱼贯而行的时候，我就放宽了心，因为路程一天天在缩短，再过几个月，就能看见我们历经千辛万苦想要到达的加利福尼亚了。

最初几天的路程不大顺利。从密苏里河直到落基山麓，是一片不断升高的辽阔草原。我们的牲口很快就疲劳了，不得不常常停下来休息。此外，我们也不敢挨近宽阔的普拉特河，因为虽然洪水已经退去，但是现在正是春季大狩猎的季节，一股股印第安人经常在河畔徘徊，伏击着那些向北方转移的野水牛群。夜间值班的任务越来越繁重，越来越疲劳，没有一个晚上不发生情况。离开河汊口的第四天，一支人数相当多的红皮肤歹徒，想来抢劫我们的骡群，被我们击退了。晚上没有篝火是最伤脑筋的事，由于我们不敢挨近普拉特河，因此经常缺少燃料。本来水牛粪是可以代替木柴的，但是每天早晨都要下一阵小雨。水牛粪受了潮，是不容易烧着的。

野水牛群接连不断地出现，也使我很不安。有时我们看见地平线上出现几千头野水牛，它们像风卷残云，疾驰而过，把沿途的一切都践踏殆尽。我们只要遇上这样一群水牛，就会全部丧命。更为糟糕的是，除了印第安人外，草原上到处还有各种凶猛的兽类。继水牛而来的是可怕的灰熊、美洲豹以及来自堪萨斯和印第安地区的巨狼。晚上，我们在小溪畔宿营，每当夕阳西下，整个草原的各种兽类都到这里来喝水。有一次，一头大熊直向我们的混血儿向导维希特扑来，若不是我和老史密斯以及另一位向导托姆及时赶来营救，他一定会被熊撕成碎片的。我举起斧子朝熊的脑袋劈去，这一下劲头是那么大，连胡桃木的斧柄都裂成了两半。可是这头熊还是朝我扑过来，直到史密斯和托姆开枪打中了它的耳朵，它才倒了下去。这些凶猛的野兽一只只都是那样傲慢胆大，晚上竟敢走到车队附近，不到一星期我们就打死了两头野兽，它们距离大车只有一百步远。由于猛兽的骚扰，我们的狗从天黑吠叫到天亮，使人无法入睡。

从前有个时候我非常喜欢这种生活。一年前，我在阿肯色州遇到的危险比现在大得多，然而那时我却像生活在天堂里一样快乐。

可是现在，我一想起大车上我那可爱的妻子，她无法入睡，正在为我的安全提心吊胆，她的身体也因为焦急而消瘦下去，我就恨不得把印第安人，把美洲豹和灰熊统统送进地狱。为了使我心爱的身材苗条而又娇弱的人儿能尽快地得到安宁，我巴不得日日夜夜都把她抱在怀中。所以，经过三个星期的跋涉之后，我们终于看见一条白练似的河流，我心里那块沉重的大石头才算落了下来。这条河现在叫共和国河，那时候还没有英文名字。宽广的黑柳林带像黑纱一样披散在白净的河水两侧，为我们提供了丰富的燃料。虽然这种柳树燃烧时常常发出巨大的爆响声，火星飞溅到远处，但比起湿水牛粪来还是不知要强多少倍。我决定在这里休息两天。河岸上到处是乱石嶙峋，向我们预告着那座难以登攀的落基山脉的山麓已经近在眼前了。从晚间的寒冷就可以知道，我们已经到达了海拔高度相当高的地方。

早晚温差悬殊，给我们带来了不愉快的后果。有好几个人，包括老史密斯在内，都患了热病，不得不躺倒在篷车里。早在通过多病的密苏里河时就种下了他们的病根，现在由于疲劳过度，来了一个总爆发。不过，即将到达山麓，使他们增添了早日痊愈的希望。我的妻子一直是用一种天使般的献身精神，细心地看护着他们。

她自己也消瘦了。每当我清早醒来，第一眼就要看看睡在我身旁的那张清秀的脸庞。一看到她的脸色是那样苍白，眼睛周围又出现了黑圈，我的心便惴惴不安起来。每当我这样凝望她的时候，她就醒过来，向我嫣然一笑，然后又重新睡着了。这时我暗下决心，只要能到达加利福尼亚，哪怕让我的强壮的身体掉一半肉，我也心甘情愿。

然而，路程还是那么遥远！两天之后，我们又继续前进了。不久，共和国河就在我们的南面了，我们顺着白人河流域前进，向着普拉特河南部支流走去。这些支流大部分流经科罗拉多地区。山路越来越崎岖不平。我们开始进入真正的峡谷地带了，两旁峭壁重叠，一直伸向远方，一座比一座更陡峭。到处是岩石林立，有的异峰突起，有的低回盘旋，有的宛如城墙，有的地方像一道狭窄的走廊，有的又豁然开阔。这一带树木茂密，山坡上和断岩间，到处都长满了矮小的松树和橡树。随处可见淙淙的泉水，从陡峭的悬崖上直泻而下。在险峻的岩壁上，机灵敏捷的野兽矫捷地奔跳着，一看见我们便立刻消失得踪影全无。这里的空气凛冽而又清新宜人，一周之后，害热病的人都痊愈了。只有骡马由于缺乏内布拉斯加那样鲜美的青草，只好用当地主要植物金雀花作为饲料，变得越来越瘦，拉着装满货物的沉重大车爬山越岭时，喘气声越来越粗。

一天下午，我们终于看见了前方出现的一种幻景，好像是一大片尖峰突起的云彩，它是那样雄伟，把天和地都连成一体。顶峰上呈现出银白色、金黄色和天蓝色。这片巍峨的峰巅模糊不清，逐渐消失在远方的迷雾中。

看见这般景象，全车队发出了一片欢呼声。为了看得清楚些，人们爬到了篷车顶上。到处响彻了“落基山！落基山”的欢叫声，帽子在天空中飞舞，人人都笑逐颜开，精神振奋。

美国人就是这样来欢迎落基山的。而我呢，这时我回到了车上，把妻子紧紧地抱在怀里。面对着这座显得那样庄严神秘而又气势磅礴的巍峨神坛，我又一次在心中向她宣誓，永远忠实于她，矢志不渝。这时正当夕阳西下，不久，夜色便笼罩了整个地区，只有那庞然大物被夕阳的余晖照耀着，像是一堆堆巨大的通红的煤炭和熔岩在熊熊燃烧。艳红的火光渐渐变成了深暗的紫色，最后一切消失了，溶化在茫茫的黑暗中。只有星星，夜晚的闪烁的眼睛，从天空俯视着我们。

不过，我们距离这座山的主脉还有一百五十英里左右。第二天岩石挡住了视线，我们就看不见山了，后来，随着道路变得崎岖曲折，它时而出现，时而隐没。我们前进得很缓慢，新的障碍不断出现，尽管我们想方设法力求沿着河道前进，但由于河床过于陡峻，我们常常不得不绕道而行，在邻近的河谷里通过。这个地区满地都是金雀花和野荚豆，这东西不能用来喂骡马，倒是给我们增添了不少的麻烦，它们那长而硬的茎秆，只要一缠上轮子，车轮就无法转动了。

有时我们还遇到地面上的大裂口，有的甚至宽几百码，根本无法通过，我们只好绕远道。维希特和托姆这两位向导常常转回来报告遇见的新障碍。地面有时怪石突起，有时又突然下陷，无路可循。有一天，我们以为正在山谷中前进，可是突然间，山谷变成了一座巨大的山脊，在我们正前方，却是一座见不到底的深渊，两边的岩壁垂直而下，只要看一眼，就会心惊肉跳，感到天旋地转。生长在深渊底处的高大橡树，看起来就像一丛小灌木林，在橡树中间的野水牛，看起来好似一只只小甲虫。我们逐渐进入了乱石嵯峨、石堆林立、重峦叠嶂的地区，到处是悬崖峭壁，怪石峥嵘。骡夫的咒骂声和骡马的嘶鸣声，被这些石壁折射回来，引起了接二连三的回声。我们的篷车在草原的平地上看起来是那样高大神气，可是在巍峨的高山的衬托下，却显得那么微不足道。它们一辆辆进入山谷的时候，显得那样渺小，仿佛被深谷吞进大嘴里了。一路上每隔几百步，就有一道道的小瀑布拦住我们的去路，印第安人把它们叫作“微笑的水”。繁重的工作大大损害了我们人畜的体力。可是，高耸在天边的落基山脉，看来还是那么遥远，那样迷茫。幸亏我们的好奇心常常帮助我们战胜了疲劳，而不断变化的绮丽风光又使好奇心得以保持不衰。我们所有的人，包括来自阿列克汗的人，都从来没有见过这样荒凉原始的地方。连我看到这些岩石峡谷，看到大自然发挥它的巧思妙想，在峡谷的两岸用石头筑成的城堡、要塞和一座座城市，也感到无比惊异。我们偶尔也碰上一些印第安人，连他们也和草原上的印第安人不同，更加分散，更加野蛮。

白人的出现既引起他们的恐慌不安，又激起他们嗜血的天性。这里的印第安人比内布拉斯加的印第安人显得更残暴。他们的个子较高，肤色也更黑，宽扁的鼻子和东张西望的眼神，使他们的脸上有一种像关在笼子里的野兽那样的表情。他们的动作也像动物那样灵敏和狡猾。他们说话时爱用大拇指点着自己的面颊，面颊上画着蓝白相间的条纹。他们的武器是斧子和弓箭，弓是用山上的一种非常坚硬的藤条做成的，这种弓很硬，我们车队的人没有一个能拉得动。这些土人的特点是凶猛急躁，若是人数较多，就会带来巨大的危险。幸亏他们比较分散，我们遇到的最大的一支队伍人数也未超过十五人。他们自称属于泰伯吉斯·维迈诺纳和杨帕斯部落，他们的语言连我们那位对印第安方言非常熟悉的向导维希特都无法听懂。因此，我们想尽了办法也弄不明白，为什么他们总是先指指落基山，然后指指我们，接着又张开和合拢他们的手掌，我们觉得他们好像要告诉我们什么数目字似的。

道路越来越崎岖难行。我们尽了最大的努力，每天也只能走十五里路。与此同时，我们的马也不像骡子那样能吃苦耐劳，对饲料的要求又比较高，所以终于一匹匹地倒毙在路上了。人的体力也大大减弱了，大家整天都要和骡子一道用绳子拉车，遇到险坡时还得用力支撑住那些大车。身体单薄的人渐渐支持不住了。有几个人感到浑身筋骨痛，其中有一个因劳累过度，口吐鲜血，过了三天便死了，死的时候还抱怨自己不该一时心血来潮离开了纽约港。这时我们又到了最难走的一段路程，正在沿着印第安人叫作约瓦河的一条小河前进。这里不像科罗拉多东部地区那样陡壁林立，可是一眼望去，遍地都布满了大大小小的乱石，有的直立，有的平躺着，像是一座满是墓碑倒塌的破败的坟场。这是科罗拉多的真正的“荒地”，可与内布拉斯加北部那块类似的地区相媲美。我们历尽了千辛万苦，花费了将近一个星期的时间，才走出了这块“荒地”。

七

我们不停地赶路，一直到达落基山麓，才停下来休息。可是当我们从近处看到这座巍峨雄伟的岩石世界时，心中便充满了无穷的忧虑和恐惧。山腰被层层浓雾所环绕，峰顶则终年白雪皑皑，消失在茫茫云海中。这条山脉是那样宏大、那样沉寂而庄严，使我觉得自身的渺小，于是我立即跪在地上，祈求上帝保佑我，使我的车队、全体人员和我可爱的妻子能顺利地通过这堵一望无际的高墙。祈祷之后，我带着更大的勇气率领车队，深入了这座巨石构成的山口和通道，身后石壁重叠，把我们关闭在内，我们似乎和外面的世界完全隔绝了。头上是一片天空，几只苍鹰在翱翔。我们的身旁，除了花岗石外，还是花岗石。这里真是一座迷宫，有的像走廊、地窖，有的像石塔、石林，有的像静默的大厅和沉睡的卧房。这里还有陡崖和深渊，里面阴森可怕，仿佛有什么妖魔鬼怪在里面。大家都不敢高声说话，只能轻声低语。我们常常以为前面已经无路可行，像是有个人在对我们说：不要向前走了，这里是死胡同！在他看来，再走下去就要闯入上帝亲手查封的秘密禁地。晚上，周围岿然不动的群山蒙上了一层漆黑的外衣，皎洁的月亮又把银白色的光辉洒满了它的峰峦，在“微笑的水”里映出了种种奇异的倒影。这时候，就是最大胆的冒险家也会被吓得心惊肉跳。我们久久地围坐在篝火旁，怀着迷信的恐惧心情，窥视着那红光照耀着的山峦的漆黑深处，好像什么可怕的妖怪会在那里出现。

有一次，我们在岩石下面发现了一具死人的骸骨。从武器和残留的头发可以看出，这是印第安人的骸骨。可是有一种不祥的预兆攫住了我们的心，这个龇牙咧嘴的尸骨像是在警告我们，谁若是在这里迷了路，他就永远也走不出去了。恰恰就在这一天，向导托姆连人带马从岩石上掉了下去，当场就摔死了，整个车队都感到悲哀。从前，我们在路上有说有笑，现在连车夫都不再骂人了，整个车队一言不发地向前移动着，只有车轮的辚辚声划破了这里的寂静。骡子变得不听话了，常常挣扎着，停步不前。只要有一辆车停下来，跟在后面的全部车辆都得停下来。最使我苦恼的是，在这样艰难的时刻，我的妻子比以前更需要我的帮助和照料，可是我却不能待在她身边，因为我要两倍三倍地工作，要给别人做出榜样，鼓起他们的勇气和信心。我手下的人都有美国人那种坚韧不拔的精神，面对困难也毫不动摇，可是他们已经精疲力尽了。只有我的体力还能承受劳累的考验。许多晚上，我的休息时间还不到两个小时，我和别人一道拉车，安排守夜的岗哨，查看整个车队，一句话，我要比别人多做两倍的工作。然而，幸福却给我增添了力量，每次我总是劳累不堪地回到自己的大车上，但在那里却找到了我在这个世界上最珍贵的一切：一颗忠诚的心和一双亲爱的手，这双手替我擦干了满脸的汗水。莉莲虽然身体不好，却从来不肯在我回来之前去睡觉。我责怪她，她就用亲吻来封住我的嘴，恳求我不要生气。我安置她去睡觉，她入睡时还握着我的手。有许多次，夜里她醒来时，就把水牛皮紧紧盖在我身上，使我睡得更舒适。她永远是那样温柔甜蜜，那样关心我，爱我，使得我像崇拜神像一般地崇拜她，像吻最圣洁的东西那样去吻她的裙边，连我们的这辆大车也仿佛变成了一块圣地。她常常仰望那些雄伟宏大的岩石，和它们比起来，她虽然显得很纤小，但是她却能把它们遮住。只要有她在我的身边，我就看不见这些巨石了，我眼里就只有她。所以别人已经疲乏无力了，而我还精力充沛，这是毫不奇怪的。我心里明白，只要她需要我的保护，我身上就永远有使不完的气力。

经过了三个星期的艰难跋涉，我们终于进入了一个由大白河冲刷而成的峡谷。在峡谷口上，我们遭到印第安人的莫达赫部落的伏击，刚开始，我们的车队陷入了惊慌和混乱中。他们的红木箭竟射穿了我妻子的篷车顶，这时我便带着手下的人猛烈地向他们反攻过去，一下子把他们打得落花流水，杀死了他们四分之三的人。我们只抓到一个俘虏，那是个年轻的男孩子，才十六岁。等到他心神稍微定下来，便像杨帕斯人那样，指指我们，又指指西方，不断地重复着同样的手势。照我们推测，他是想说附近有白人。这种推测令人难以置信，但它却是真的。两天以后，我们刚刚驶过一座高地，一下子就看见了在我们的脚下有一座宽阔的平原，那里不仅有一辆辆的大车，还有新盖的木房，我们大家欣喜和惊讶的心情是可以想见的。这些木房子围成一圈，中间是一座没有窗户的大板棚。一条小河蜿蜒地穿过平原，河边一些骑手放牧着一群骡子。这个地方居住着和我们同种的白人，这使我感到惊奇，接着又感到畏惧。我想他们可能是一群犯了罪的不法之徒，为了逃避死刑才躲到这个荒原上来的。经验告诉我，像这样的社会渣滓，常常进入异常偏僻人迹不到的地方，在那里建立具有完善的军事组织的队伍。他们还常常创立新的居民点，一开始靠抢劫人口稠密的地区维持生活，而后随着人口的不断迁入，才逐渐发展成正规的州县。我曾经不止一次地在密西西比河上游和匪徒们相遇。那时候，我是一个伐木工，常常从新奥尔良向下游放木排，曾经和他们发生过许多次流血冲突，对于他们的残忍和好斗，我都是十分清楚的。

假若车队里没有莉莲，我是不会怕他们的。一想到如果我们打了败仗，而我被打死以后，她还会遭到危险，我便有些毛骨悚然，我有生以来第一次显得像个十足的胆小鬼。我认为，他们如果真是匪徒，一场战斗必然无法避免，而且比对付印第安人更加棘手。

于是，我立即向大家宣布当前的危险，要求他们做好战斗准备。我决心和他们决一死战，一定把强盗的巢穴彻底捣毁。为了达到这一目的，我决定先发制人。这时候，平原上的人也看见了我们，有两个骑手策马朝我们奔来。看到这种情景，倒使我松了一口气。真是匪徒，绝不会派出使者来的。近前一看，才知道他们是美国皮货公司的猎人。他们在这块小平原上建立了一座夏季宿营地，也就是所谓的“夏令营”。于是我们不仅没有遇到战斗，反而得到了盛情的款待和热情的帮助。他们是草原上粗犷而又很正直的猎人，非常热情地欢迎了我们。我们真要感谢上帝，他看见了我们的不幸，给我们安排了这样一次愉快的休息。自从离开大兰河以来，已经两个半月了，我们的体力都消耗完了，骡马也累得半死不活，在这里我们至少可以平平安安地休息一两个星期，有丰盛的食物款待我们，又有充足的饲料来喂饱我们的牲口。

对我们说来，这真是一次莫大的救助。索尔斯顿先生是这个营地的队长，他受过良好的教育，是个有教养的人。他发现我不是一个草原上的大老粗，就很快和我交上了朋友，还把自己住的房子让给了莉莲和我，她的健康状况愈来愈糟。

我让莉莲在床上躺了两天。她已是那样困乏无力，整整睡了二十四小时，连眼睛都没有睁开过一次。我一直坐在她床边，看守着她，不让别人来打扰她的休息。两天以后，她的身体恢复过来了，能够出门活动了，不过我还是不允许她做家务活。最初两天，我手下的人，倒在床上就呼呼大睡，等到大家都睡足了，我们才着手修补篷车，浣洗衣衫和被褥。这些诚实的猎人都很真心实意地从各个方面来帮助我们。他们大部分是受雇于公司的加拿大人，冬天打猎，设下陷阱捕捉海狸、臭鼬鼠和貂鼠等。夏天便到这个夏令营来，这里是他们存放毛皮的临时仓库。毛皮在这里经过初步加工，再由护运队护送到东部去。这些猎人每次为雇主工作好几年，他们的工作既繁重又危险，常常要深入非常荒僻的地区和原始森林，那里到处是野兽，隐藏着无数危险，经常要对付时时刻刻都准备打仗的印第安人。他们的报酬的确是优厚的，但是多数人并不是为了金钱而来，他们喜爱草原生活，喜爱经常不断的冒险。他们都是经过挑选的，人人膂力过人，体格魁梧强壮，能忍受一切艰难困苦。一看到这些剽悍魁伟、头戴皮帽子手持长枪的人，我的妻子就想起了她在波士顿读到的库柏的那些小说，这使她怀着强烈的好奇心去观看这座营地和它的日常生活。这些猎人像骑士团一样，自觉地遵守纪律。索尔斯顿既是公司的代理人，又是全队的队长，他完全按军事原则来进行管理。全队人都特别诚实可靠。所以，我们在他们这儿度过了一段非常融洽愉快的时光。他们也很喜欢我们的车队，据他们说，他们从来没有遇到过这样一支纪律严明、组织良好的车队。索尔斯顿在众人面前赞扬我不走圣路易和堪萨斯那条道路，而走北部这条道路的计划。他告诉我们，一个名叫马奇伍德的人，率领了一支三百人的车队，走的便是前一条道路，他们经历了酷热和蝗虫所造成的数不清的灾难，失去了所有的牲畜，最后全队人都死于阿拉帕赫族的印第安人手中。这些加拿大人有一次正好和这支阿拉帕赫人交战，大败了阿拉帕赫人，还缴获了他们剩下的一百多个头皮，包括马奇伍德的头皮在内。上面的故事就是阿拉帕赫人自己告诉他们的。这个消息对我的部下震动很大，连老史密斯这样经验丰富的冒险家，刚开始也是反对走内布拉斯加这条道路的，现在便当着大家的面对我说，我比他更“精明能干”，他从我这里学到了许多东西。经过在殷勤好客的夏令营的一段休息，我们完全恢复了体力。在这里，除了和索尔斯顿建立了友谊之外，我还结识了一位闻名全合众国的名叫麦克的男子，他不是夏令营里的人，而是和声名远扬的林肯和基德·卡斯顿两兄弟结为旅伴，在草原上流浪。这三个奇怪的伙伴能和整个印第安人的部落打仗，凭借他们那非凡的武艺和超人的勇敢，总是能取得胜利。麦克的名字今天已经成了许多作品描写的对象，当时他的名字却能使印第安人闻风丧胆，比合众国政府的种种协定更使他们折服。政府常常起用他做调停人，后来还任命他为俄勒冈州的州长。我遇见他的时候，他的年纪已经将近五十，然而头发却还是像乌鸦的羽毛那样墨黑，目光也依然是那样炯炯有神显得善良而刚毅有力。此外，他还是全美国最著名的摔跤能手，当我和他比试时，大家都感到意外，因为我竟是第一个他无法摔倒的人。这位和蔼可亲的人非常喜欢莉莲。他每次来看望我们，都要向莉莲表示祝福。离别时，他还送给她一双自己亲手缝制的精巧鹿皮鞋，这件礼物对莉莲非常适用，因为我这位可怜的人儿已经没有一双可穿的鞋了。

我们带着很好的兆头又继续上路了。他们详细告诉我们应该走哪条峡谷，还供给我们大量咸肉。慷慨的索尔斯顿先生又留下了我们那些累垮了的骡子，而把他们自己喂养得很好的健壮的骡子送给我们。去过加利福尼亚的麦克还对我们讲了许多神奇的故事，说那里不仅宝藏丰富，而且气候宜人，有举国无双的壮观的橡树林和大峡谷。于是，我们个个都信心百倍，满心欢喜。我们怎么能料到在进入这块福地之前，等待我们的却是苦难的十字架啊！我们离开营地的时候，久久地挥动着帽子，向那些诚实的加拿大人告别。离别的这一天，对于我是一个永远难忘的日子，因为就在这一天的下午，我生活里最可爱的小星星羞红了脸，双手抱住我的脖子，轻声地告诉了我一个消息。我听了之后，激动得热泪盈眶，立刻跪在她的脚下，亲昵地吻着她的双脚。现在，她不仅是我的妻子，而且还是我将要出生的孩子的母亲了。

八

离开夏令营两周以后，我们进入了犹他州的地界。我们的旅途多舛，像过去一样困难重重，但一开始我们进展得还算顺利。我们必须穿过落基山脉西麓的一些支脉，统称为瓦撒齐山脉的地区。奔腾的格林河和格兰特河穿过山脉直泻而下，汇合而成宽阔的科罗拉多河。科罗拉多河有无数条支流，它们伸向四面八方，把山脉切割成一条条易于穿过的通道。我们从这些通道穿越过去，不久便到了犹他湖。盐碱地区就从这里开始。我们周围是一块稀奇古怪的沉寂单调的地方。一块块粗糙的巨石环绕着宽广的荒原盆地，形成古罗马竞技场一样的圆形广场。巨大的石块都那样单调乏味，一块接着一块。这里的荒原和岩石寸草不生，了无生气，一片苍凉，使人想起《圣经》上的荒漠。这里的湖水是咸的，湖岸上光秃秃的，什么也不生长。

这里没有树木，赤裸裸的地面上泛出大片盐碱，有些地方覆盖着一种长着卷曲的阔叶的灰色植物，只要叶子被折断，就渗出一种咸味的黏液。这段路程枯燥乏味，几个星期也走不完，荒原总是走不到边，到处山石嵯峨，永远是那样单调。我们的体力又快衰竭了。以前我们经过的草原虽然单调，却带有生机，而这里的单调，却像死亡一样毫无生气。

人们越来越沮丧，对周围的事物漠不关心。我们穿过了犹他州，到处是一片死寂的土地！我们来到了内华达州，这里仍旧是大片大片的不毛之地！太阳烤得连我们的脑袋都要裂开了，阳光从盐碱地面反射回来，直刺人们的眼睛。拉车的牲口疲乏得一再用牙去啃地上的泥土，而且还经常像遭到雷击那样中暑倒地。大多数人勉强支持下来了，他们相信，至多再过一两个星期，内华达山便会出现在地平线上，攀过高山，后面便是想望已久的加利福尼亚了！一天又一天，一星期又一星期，我们就这样在非常艰苦的条件下度过了。有一个星期，我们因为缺少牲口，不得不扔掉三辆篷车。啊！这里确实是一块苦难的土地，悲伤的土地！到了内华达，荒原更加杳无人烟，因而我们的处境变得越来越糟，病魔也来袭击我们了。

一天早晨，我接到报告说，史密斯病倒了。我去看他生了什么病，哪知这位老矿工患的是伤寒病，吓得我的心都凉了。气候的多变不能不带来严重的后果，我们虽然有过短暂的休息，但疲劳一直没有消除，体力衰竭加上营养不足，使得病菌迅速生长。史密斯曾经像对亲生孩子一样爱过莉莲，在我们结婚的日子里还祝福过她，因此，现在莉莲坚持要亲自去照顾他。我是个意志软弱的人，担心她会被传染上，但是我没法阻止她尽基督教徒的责任。她夜以继日地守护着病人，阿特金大妈和格罗夫纳大妈仿效她的榜样，也参加了看护工作。可是第二天，老史密斯就昏迷不醒了，到了第八天，他便死在莉莲的手臂中。埋葬他的时候，我感到无限悲痛，泣不成声。这位老人不仅是我的同伴和左右手，而且也像是我和莉莲的父亲。我们本来希望在遭受了沉痛的损失之后，上帝一定会怜悯我们的，谁知道这仅仅是苦难的开端。就在这一天，另一位矿工又病倒了。以后每天都有人病倒，躺在篷车里，直到我们把他送进坟墓为止。我们就是这样在荒原中蹒跚地前进的。在我们后面，瘟疫紧紧地追随着，不断夺去更多的牺牲者。接着阿特金大妈也病了，由于莉莲的精心护理，她的病幸运地好转起来。在这些日子里，我心里极度痛苦，莉莲在照顾病人的时候，我常常是独自一人在车队的前面值班。在茫茫的黑暗中，我紧抱着头，像一只嚎叫着乞求怜悯的狗那样，请求上帝对她大发慈悲，但我没有勇气说："按你的意志而不要按我的意志行事吧！"晚上有的时候即使她和我睡在一起，我也会突然惊醒过来，觉得瘟疫似乎进了我的篷车，正在寻找莉莲。我不在她身边的时间又特别多，这对我真是一种难熬的折磨，压得我连腰都直不起来，就像一株被狂风吹弯的树那样。不过，到现在为止，莉莲经受住了所有的过度劳累和艰难困苦，虽然这些劳累和困苦连最强壮的人都难免倒下去。她一会儿上这辆篷车，一会儿又进入另一辆篷车。我总是注意观察她，她虽然变得消瘦，脸色也苍白了，但从脸上可以看出，她快要做母亲了。我不敢问她的身体到底怎么样，我只能紧紧地拥抱她，久久地把她贴在我的心口上。我想说些什么，可是嗓子里就像被什么东西堵住了似的，一句话也说不出来。

希望又逐渐来到了我的心上，《圣经》上那些令人不安的字句——“谁比造物主更尊敬创造物并为创造物效劳更多”，不再在我的耳边回响了。

我们已经靠近内华达西部了。经过了大大小小的内陆湖泊，再也不是盐碱地和满地岩石的荒原了。出现了一条条草原地带，这里地势较为平坦，绿茵苍翠，土地也更加肥沃。这两天来，没有一个人病倒，我认为我们的痛苦就要结束了，也确实是到了该结束的时候了！

我们一共死了九个人，还有六个尚未痊愈。传染病造成的惊恐，使队里的纪律松弛下来。我们的马匹几乎全都死光了，骡子也变得不像骡子了，简直像一副副的骨架子。我们从夏令营出发的时候有五十辆篷车，而现在只剩下三十二辆了。更糟糕的是，我们的粮食开始短缺了。谁都不敢出去打猎，害怕自己离开车队以后，一旦突然倒在外面，没法呼救。已经有一个多星期的时间了，为了节约粮食，我们靠黑田鼠充饥。这种田鼠肉臭气扑鼻，我们一闻到就觉得恶心，但仍然不得不勉强把它送到嘴里去。就是这种讨厌的食物也不是十分充裕的。幸运的是，一过了湖泊，野兽就经常出现，水草也更加肥沃了。

我们又遇到了印第安人，他们一反平日的习惯，居然在白天进入平原地区来攻击我们。由于他们有几支火枪，所以打死了我手下的四个人。我在混战中头部挨了一斧，受了重伤，流血过多，当天晚上失去了知觉。但我反而觉得有些高兴，因为现在莉莲不会再去照顾那些能使她染上伤寒的病人，而来看护我了。我在车上躺了三天，这是幸福的三天，我整天都和莉莲在一起。每当莉莲给我换绷带的时候，我都能够亲吻她的手，能看着她。第三天，我就能够骑马了，这时我的心里感到沉重起来，为了能和她多待在一起，我索性装起病来。

我只有躺在那里，才知道自己是多么劳累疲乏，我觉得我的骨头都像散了架似的。我曾经为妻子担惊受怕，忍受了不少痛苦，所以现在我瘦得皮包骨头。以前我曾那样仔细地看守过她，现在她也同样焦急不安地看护着我。一旦我的头部不再晃来晃去，一切就只好结束了。我必须骑上剩下的最后一匹马，带领车队前进。我们非前进不可了，因为现在有一种不安的气氛从四面八方包围着我们。天气热得异乎寻常，空气中飘动着一层浑浊的浓雾，仿佛是远方传来的火灾的浓烟。整个大地雾沉沉的，越来越黑，使人看不清天空，阳光透射到地上变成了不健康的绯红色。牲畜都出奇地惊恐不安，大声地喘着气，磨着牙齿。我们的胸膛也像有一团火在燃烧。我想这也许是从吉拉荒原刮来的那种叫人窒息的狂风引起的后果，关于这种风，我在东部时就听人提到过。可是现在一丝微风也看不见，草原上没有一根青草在摆动。傍晚，太阳落山时一片血红，夜晚非常闷热。病人都呻吟着要水喝，狗也吠叫个不停。我一连几夜都在车队方圆几里远的地方徘徊，想看看草原上什么地方着了火没有，可是哪儿都看不见火光。

后来，我终于安下心来了。我想这一定是火灾引起的浓烟，不过大火一定早已熄灭了。白天我注意到：成群的野兔、羚羊、水牛甚至于松鼠都成群结队地奔向东方，好像是要从我们千辛万苦想要去的加利福尼亚逃开！等到空气稍微清新一些，炎热稍微减弱一点的时候，我就更加确信，肯定是某个地方发生过火灾，但火已经熄灭了，那些动物只不过是想到别处去寻找食物罢了。现在，我们的任务就是要尽快赶到出事的地点，以便弄清楚，我们能不能穿过那片焦土，还是需要绕道过去。我估计，从这里到内华达山只剩下三百里路，也就是说，只有将近二十天的路程了。于是我决定，就是用尽最后一点力气，也要赶到那里。

现在，我们只好在晚上赶路，因为中午的酷热对牲口的体力消耗过大，而在白天，大车之间总还有一点阴影可供牲口休息。有一天晚上，我由于过分疲乏，再加上伤口尚未痊愈，无法骑马前进，因此只好和莉莲躺在篷车里。突然，我听到车轮子发出了一种奇怪的嘎吱声，仿佛驶上了一种特别的地面。同时车队里到处都响起了"停下！停下"的叫喊声。我立刻跳下大车，借着月光，看见车夫们弯着身子朝地上细心地察看着。这时有人叫起来："喂！队长！我们走在焦土上了！"我弯下身去抓起了一把泥土。的确，我们是走到了一片烧焦的草原上。

我让车队立即停下，当夜我们就待在原地不动了。第二天太阳刚刚升起，我们就看见了一幅使人目瞪口呆的景象。一眼看去，是一片无边无际的黑炭块似的焦土。不仅每一株树木和每一根野草都烧了个精光，就连地面也烧得像玻璃一样平滑，我们的骡子的蹄子和大车的车轮走在上面如同走在镜面上。远处的天空还是浓烟滚滚，我们无法估计这场火灾到底涉及的面积有多大。于是我不再犹豫，立即命令车队沿着焦土区的边缘往南走，而不在这片火灾的废墟上硬闯过去。过去的经验告诉我，穿越被烧焦的草原会发生什么后果。

在那里连一根可以喂牲口的青草都没有。很明显，这场火灾随着风向烧向了北方。我打算往南走，到达火灾区的边缘。大家虽然执行了我的命令，但都很不乐意，因为这样一来，只有上帝知道，还得再耽误多少时间。在中午休息期间浓烟越来越淡，天气却越来越炎热，连空气都似乎被烤得颤抖起来。这时，突然发生了一件奇迹般的事情。

出人意料，雾霭和浓烟一下子散开了，我们的前面出现了内华达山。它翠绿欲滴，含笑迎人。在它的峰峦上积雪皑皑，看起来仿佛就在眼前。我们用肉眼就能分辨出每一个峰巅，看得清山上碧绿的草坡和树林。一阵清风，带着松树的清香，越过了烧焦的荒野，吹到了我们这边。这使我们满怀希望，以为只要再走几个小时，我们就能到达它那鲜花盛开的山麓了。大家都被可怕的凄凉和劳累折磨怕了，一看见这幅幻景，人人都高兴得几乎发了狂。有的人跪倒在地上，放声大哭；有的人举手朝天，大笑不止；还有的人脸色苍白，说不出一句话。我和莉莲也流下了欢乐的眼泪，不过我在兴奋中还有些惊奇。我估计我们距离加利福尼亚至少还有一百五十里路。然而，巍峨的群山仿佛在焦土的另一边向我们微笑，而且高山似乎具有一种魔力，越来越靠近我们。它朝我们弯下身来，像是在邀请和诱引我们向前。虽然休息的时间还没有过去，但大家都不愿意再在这个地方久留了，连病人都从篷车里伸出干瘪枯瘦的手，恳求我们快快套上骡子立刻出发。于是我们精神振奋地赶路了。车轮走在焦土上的吱嘎声配合着甩鞭子的清脆响声，伴和这些声音的，还有人们的歌唱声和欢呼声。关于避开焦土绕道而行的事情就再也没有人提了。

为什么要绕道呢？既然离加利福尼亚和它那美妙的积雪覆盖的

高山只有几里路远，现在我们只要笔直穿过去就行了。这时候，浓烟又突然遮住了使我们充满希望的美景。赶了几小时的路，地平线越来越近。太阳终于落山了，夜色降临大地，星星在天空中忽隐忽现。我们仍然在继续前进，然而，高山比我们想象的要远得多。

午夜时分，骡子嘶叫起来，不肯迈步。一个小时以后，整个车队都停了下来，因为大部分牲口都倒在地上了。大家尽力想把它们扶起来，但是毫无结果。整个晚上没有人合过一下眼。当黎明露出第一道微光时，大家都贪婪地望着远方，可是什么也看不见。凄凉的黑色焦土一直延伸过去，直到天边。它是那样单调，那样沉寂，犹如有一条粗线把它和天空分割开来，而昨天我们看见过的高山，现在却无影无踪了。

大家都惊呆了。我想起了“海市蜃楼”这几个不祥的字眼，一切都明白了。我浑身发抖，只觉得一股寒气直透骨髓。怎么办？继续前进吗？如果在这烧焦的土地上还得再走上一百里，那时怎么办呢？转回去吗？假如这焦土只需再走几里路便结束了呢？此外，回头走这么长一段路，骡子是不是受得了呢？现在大家都站在这个无底深渊的边缘上，我实在没有勇气朝下看了。不过我还是想知道下一步应该怎样行动。于是我骑上马，往前面驰去，为了能看得更远，我来到一座高地上，用望远镜一看，只见远处有一块绿色地带。等到我骑马赶了一个小时的路程，到了那块绿色地带的时候，发现它只是一块洼地，大火只烧到了岸边，没有烧坏下面的绿草。而那片烧焦了的土地，无论用肉眼还是用望远镜都望不到它的边际。不行，没有别的办法，只有让车队折回去，绕过这块火灾区。我于是掉转马头，向车队骑去。我以为车队会停在我指定的地方等着我。

但是大家都不听我的命令。他们扶起骡子，车队又继续往前走了。他们回答我说：

“高山就在那儿，我们要到那里去！”

我也不想去阻止他们了，因为我知道，单靠人的力量已经无法阻挡他们。我本来可以和莉莲返回去，可我已经没有了篷车，莉莲现在和阿特金大妈同乘一辆篷车。

于是我们只好往前走去。夜晚又来临了，我们不得不停下来休息。在烧焦的草原上空出现了一轮大而红的月亮，照亮了这片漆黑的焦土，第二天早上，有一半骡子死掉了，于是，只剩下一半大车还能继续前进。白天热得要命，烧成焦炭的土地吸进去大量阳光，使空气像一团火似的那么灼热。在行进的路上，有个病号在痛苦的痉挛中死去了。但是没有人去埋葬他，我们只好把他放在草原上，又继续赶路了。昨天我发现的那个水洼里的凉水，使我们的人和牲口暂时解除了干渴，不过并没能恢复大家的体力。骡子已经三十六个小时没有吃过一根青草，它们只靠大车上的稻草维持生命。可是，稻草也快吃完了。自此以后，路上到处留下了骡子的尸体。等到第三天，只剩下了一头骡子，我用武力把它留下来给莉莲骑。所有的篷车和车上携带的、准备用来在加利福尼亚安家谋生的工具，统统都留在这永远受到诅咒的荒原上了。除了莉莲以外，我们全都靠徒步跋涉了。不久，我们又遇到了一个新的敌人，那就是饥饿。一部分食物被丢弃在车上，各人随身携带的食物很快就吃光了，又遇不到一头活的动物。全车队只有我一人身边还剩下几块面包和一小块咸肉，这是我为莉莲藏起来的，谁若是敢动一动它们，我就会把他撕成碎片，我自己也一口吃的都没有了。这可怕的土地还是一直伸展到远方，望不到边。

一天中午，幻景又出现在草原上，它仿佛故意来增添我们的痛苦。我们再一次看见了高山、森林和湖泊。可是到了晚上，情景比以前更加凄惨恐怖，白天焦土吸进去的全部光热，一到晚上，就全部散发出来，烧烤着我们的双脚，使我们的喉咙干渴得要命。就在这样一个晚上，我手下的一个人发了狂，他坐在地上，狂笑不已，那令人毛骨悚然的笑声在黑暗中还久久地追随着我们。莉莲骑的那头骡子终于也倒下死去了，饥饿的人们一眨眼工夫便把它撕成了碎片，这头瘦骡子怎能够二百个饥肠辘辘的人吃个饱哩！第四天和第五天过去了，饥饿使大家瘦成了骷髅似的，每个人都用仇视的眼光看别人。他们知道我身上还有一点食物，同时他们也清楚，跟我要吃的，就意味着死亡，保存性命的本能还是战胜了饥饿。我只敢在晚上给莉莲喂点东西吃，免得被人们看见，激起他们的愤怒。她再三求我和她分吃这些食物。我威胁她说，只要她再提起这件事，我就开枪杀死自己，这样一来她只好一边流泪，一边去吃东西。不过，她还是偷偷地留下一些面包分给阿特金大妈和格罗夫纳大妈吃。这时候，饥饿也把它的铁手伸进了我的内脏，我头上的伤口也复发了，使我感到火烧火燎似的疼痛。五天来，我除了喝点洼地里带来的凉水外，再没有吃过一口东西。一想起我身上带着面包和咸肉，并且随时都可以吃它，就使我更加痛苦。而且我还怕因为我的伤口复发而神志不清，会把这点食物一口吞下。

“主啊！”我心中默默祈祷，“请你不要抛弃我，不要让我变成野兽，吃掉维持她的性命的食物！”

然而上帝并没有怜悯我。第六天早上，我发现莉莲的脸上出现了鲜红的斑点，她的两只手烧得发烫，走起路来沉重地喘着气。她突然茫然若失地望着我，话说得很急，像是担心会立即不省人事似的：

“拉尔夫，让我留在这里，救救你自己吧！我已经没有希望了！”

我真想嚎叫、咒骂，可是我咬紧了牙关，一言不发，把莉莲抱了起来。我的眼前冒着火星，它们组成了这样的一句话：“谁比造物主更崇敬创造物并为创造物服务更多？”这时，我像一张绷紧了的弓弦，一下子松了下来。我抬头望着那恶狠狠的苍天，从心中发出一声反抗的呼声：

“是我！”

这时，我抱着我最珍贵的人儿，我可爱的神圣的受难者，向我的殉难地走去。我也不知道从哪里来的这么大的力气，我对于饥饿、炎热和疲劳已经完全无动于衷了。我什么也看不见，既看不见人，也看不见烧焦了的草原，我的眼中只有她。晚上她的病情更加恶化，已经神志不清，她不时地低声呻吟着：“拉尔夫！水！”可是我身边只有一点面包和咸肉了，我在绝望之中用小刀割开了我的手，用我的鲜血去滋润她的嘴唇。这时她突然清醒过来，尖叫了一声，接着又久久地昏迷过去。我当时以为她再也不会醒过来了。后来，她又醒了过来，想说些什么，可是高烧扰乱了她的神志，她轻声地呻吟道：

“拉尔夫，别对我生气，我是你的妻子！”

我抱着她继续走去，我痛苦得麻木不仁，一句话也说不出来了。第七天来到了，内华达山终于在地平线上出现了。等到夕阳西下时，她生命中的光辉就渐渐和太阳一起熄灭了。在她临终的时候，我把她放在烧焦的土地上，跪在她的身边。她的眼睛睁得大大的，呆呆地凝视着我，有一瞬间，她又清醒了，这是回光返照。她低声说道：

“我亲爱的！我的丈夫！”

接着，她全身抽搐了一下，脸上现出一种恐怖的神情，她死了！

我把头上的绷带扯了下来，昏迷过去了。后来发生的事情我都模糊不清了。好像是在梦幻中看见了一群人围拢过来，拿走了我的步枪。后来他们像是在挖掘墓穴，最后，我就完全陷进了疯狂和黑暗里。在黑暗里，我看见那火一样的字："谁比造物主更崇敬创造物并为创造物服务更多?"

一个月以后，我才在加利福尼亚的移民莫辛斯基的家里苏醒过来。我的健康稍稍好转，便又到内华达去了。那儿的草原重又长满了高高的野草，到处是一片绿茵的海洋，使我找不到莉莲的坟墓了，直到今天，我都不知道她的神圣的遗体埋在什么地方。同样我也不知道我怎么得罪了上帝，使他转过身去，不再理我，把我遗忘在这个荒原上。我只要时常能在她的坟上哭奠一番，我的日子也许就会轻松一些。我每年都到内华达去寻找她的坟墓，但是年年都空跑一趟。那个可怕的时辰已经过去了许多年，我痛苦的嘴唇也喃喃地说过了多次："按你的意志做吧！主啊！"没有了她，我觉得人生索然无味。我虽然活着，和人们来往，有时还说说笑笑，可是我那颗衰老孤独的心，却一直在那里哭泣、热爱、怀念和回忆……

我已经老了，不久就要走上另一条道路了，那是条通向永恒的路。我只求上帝让我在天堂的草原上找到我那心爱的人，从此不再分离。

奥尔索

秋天的最后几天，对这个位于加利福尼亚南部的小城阿纳海姆说来，正是娱乐和庆祝的日子。这时候，葡萄的收摘工作已全部结束，城里拥满了无数的工人。在这些工人中，一小部分是墨西哥人，大部分是卡菲拉的印第安人，他们是从加利福尼亚内地的圣·贝纳廷诺的崇山峻岭中出来谋生的土人。再没有比这些人给阿纳海姆带来的景色更绚丽多彩了。无论是墨西哥人，还是印第安人，都栖息在街头或卖东西的广场上，也就是所谓的市集上。他们躺在那里的帐篷里，有的干脆就住在露天里，因为在这个季节，天气总是晴朗温煦的。这是一座风景优美的小城，周围长满了一丛丛的加利树、蓖麻子树和胡椒树。城市像市场一样人声嘈杂，一片喧嚣，与长满仙人掌的荒野的深沉寂静适成奇异的对比，这些荒野是紧挨着葡萄地的。每到傍晚，当金光耀眼的夕阳沉入海中，万道霞光反照在天空时，就把成千上万只从山上一直栖息到海边的野鸭、野鹅、鹈鹕、海鸥和雁群都映成了玫瑰色。这时候，阿纳海姆城里点起了篝火，开始举行晚会了，黑人歌手们于是擂起了他们的羯鼓，每一堆篝火旁边都能听见鼓声和低沉的五弦琴声。墨西哥人穿着宽大的篷衫，跳起了他们最喜欢的“博莱罗舞”。印第安人手里拿着白色的“科特”长棍，伴和着他们，或者大声叫喊着：“哎，维瓦！”[①] 那些用红木燃烧起来的篝火，爆发出噼啪的响声，火星四溅。在那血红的火光里，

① 原文是“eviva”，西班牙人的喝彩叫好声。

可以看见欢跳的人群，而围绕在四周的则是当地的居民，他们手挽着自己美丽的妻子和女儿，兴高采烈地望着那些欢乐的人群。

然而，当最后一串葡萄被印第安人用脚踩榨完的这一天，才是最隆重的节日。因为这一天，由德国人赫尔希先生率领的巡回杂技团正好从洛杉矶赶来了，同时来到的还有赫尔希先生的动物展览，其中有猴子、美洲狮、非洲狮、一只大象和十几只返老还童的鹦鹉，这些动物组成了“世界上最壮观的奇景”。那些卡菲拉人把他们还没有喝掉的最后几个钱都奉献了出来。他们并不是要来看这些野兽，因为这些动物在圣·贝纳廷诺山里并不少见。他们要看的是那些女演员、大力士、小丑，以及马戏团里的所有技艺超群的表演。他们认为这些才是真正“伟大的艺术”，也就是一种只有靠超凡的法力才能实现的魔术。

如果有人认为，这个马戏团仅仅对印第安人、中国人或者黑人才有吸引力，那他一定会遭到赫尔希先生的一顿臭骂。马戏团的到来，不仅吸引了城郊四周的居民，甚至连附近一带的小城镇，如威士敏斯特、奥兰奇和洛斯·尼托斯的居民也都拥到了这里。“柠檬街”上充塞着形形色色、大小不一的车辆，连落脚的地方都没有了。整个巨大的“移民”区都轰动起来了。那些体态娉婷的年轻小姐，金黄色的额发垂在眼睛上面，她们坐在马车的前座上，得意洋洋地超过街上的行人，还故作娇态，露出雪白的牙齿。从洛斯·尼托斯来的西班牙小姐们从她们的绢纱面罩里向外面抛着种种媚眼。从四郊来的太太们衣着都非常时髦，骄傲地靠在她们那些皮肤晒得黝黑的男人肩膀上。这些男人大多是头戴一顶旧帽子，上面穿一件法兰绒衬衣，下面穿一条斜纹布裤子。由于没有打领带，领子上的纽扣都扣得紧紧的。

所有的人都在互相打招呼，彼此问候，仔细打量着别人的穿着，看他们是否时髦华美，然后便闲谈一阵子。

在那些装饰着鲜花、看起来像一把大花束的美国马车中间，青年男子们骑着雄骏的野马，从高高的马鞍上俯下身来，偷看少女们帽子下面俊俏的脸庞。这些半驯化的野马被街上的喧闹声惊吓了，鼓起它们血红的眼睛，双蹄竖立起来，嘶鸣着。不过这些勇敢的骑手对此毫不在意。

大家都在谈论那些“最壮观的奇景”，或晚上演出的种种节目，其新颖奇特将超过以往他们所看过的一切。的确，大幅的海报预告了这些真正的奇迹。马戏团的赫尔希先生自己就是一个“耍鞭子的艺术家”，他将要和最凶猛的非洲狮子登台献技。据节目单称，这头狮子将要向团主猛扑过去，而他的全部防身武器就是一根鞭子，但是这件普通的武器在这双神奇的手里却变成了（据节目单宣称）一把会冒火的利剑和盾牌。这条鞭子的末梢会像响尾蛇那样咬人，会像闪电那样发光，会像霹雳那样刺击，使那头凶猛的野兽永远和他保持一定的距离，尽管它龇牙咧嘴，也不敢扑到这位艺术家的身上。节目还不止这些。还有一个十六岁的奥尔索，是白人父亲和印第安母亲生的“美国的赫拉克勒斯[①]”。他一人能用肩膀扛起六个人，每个肩膀上站三个。此外，马戏团老板还悬赏一百美元，无论什么人，“不管其肤色如何”，凡是能在角斗中把这个少年大力士摔倒在地的，就能得到这笔奖金。整个阿纳海姆都在传播这样一个消息，说那位杀死过灰熊的猎手已经特地从圣·贝纳廷诺山里出来，要和奥尔索比比高低。这个猎人以勇敢大胆和膂力过人而闻名，自从加利福尼

① 赫拉克勒斯，希腊神话中的大力神，神勇无敌，屡建奇功。

亚成为加利福尼亚州以来，他是第一个敢用斧子和短刀去杀死灰熊的人。

这个杀熊者有可能打败这个十六岁的杂技团大力士，这给阿纳海姆的男子汉们以极大的鼓舞。因为这个奥尔索以前一直是所向无敌，把大西洋和太平洋之间最有力气的“美国佬”都摔倒在地上。如今若是被这个猎人打败，那么，加利福尼亚就会获得不朽的光荣了。女人们也对节目单上的另一个节目表现出强烈的兴趣：据说，就是这个孔武有力的奥尔索将顶起一根三十尺长的木杆，杆顶上站着那个“世界奇观”的小詹妮。海报把她吹嘘为“基督教时代开始以来”世界上最美的一个姑娘，詹妮虽然只有十三岁，马戏团老板也悬赏一百美元，任何一个姑娘，不论其肤色如何，如果能在容貌方面超过这位“空中天使”，就能得到这笔奖金。从阿纳海姆及其邻近地区来的那些小姐、小小姐和最小的小姐，在读着节目单上的这条说明时，都噘起嘴来，表现出不屑一顾的轻蔑态度。她们还认为，谁若是去参加这种比赛，就是贬低自己的身份。但是，她们个个都情愿放弃家中舒适的座椅，争相去看晚上的表演，去看那个还是孩子的对手。不过，她们谁也不相信，她的美丽能赛过比姆巴姐妹。比姆巴家的两姐妹，大的叫雷弗娇，小的叫梅塞德，她们懒懒散散地坐在一辆漂亮的马车里，正在读那张海报。在她们那无比美丽的脸上，看不到丝毫激动的表情，虽然她们都感觉到阿纳海姆全城的人此时此刻正把眼睛盯着她们，仿佛是在请求她们来挽救全州的名誉似的，而且全城的人都怀着一种爱国的自豪感，深信在这个世界的所有高山峡谷中，再也不可能找到比加利福尼亚的这两朵鲜花更美丽的花朵了。啊！雷弗娇和梅塞德两姐妹真是一双天姿国色的姑娘啊！在她们的血管里流着纯粹卡斯迪亚的血并不是毫无来由的，她们的母亲时常谈起这个血统，表明她既轻视那些有色人种，也瞧不起那些浅头发的人，也就是“美国佬”。

两姐妹都体态轻盈而窈窕，她们的举动都有点儿神秘的懒散，同时又是那样风骚迷人。无论哪个年轻人，只要一接近她们，就会萌发出一种难以抑制的、难以言状的欲望来，他的心就会跳得很厉害。雷弗娇和梅塞德身上显露出的百般娇媚就像木兰花散发出的沁人芬芳一样。她们的脸都很白嫩俊俏，面色晶莹透亮，泛出一丝淡淡的玫瑰红，有如黎明的霞光，一双黑黑的丹凤眼，显得非常甜蜜，眼神天真而聪慧。她们披着轻纱披肩，坐在装饰着鲜花的轻便马车上，既纯洁又安详，而且是那样美丽，连她们自己都似乎不知道她们有多美。阿纳海姆的人望着她们，真是大饱眼福，他们以她们为自豪，也衷心喜爱她们。如果这个詹妮竟能胜过她们，那她不知该有多美啊！《星期六评论》曾这样写道：“当小詹妮爬上了由奥尔索的强壮肩膀举起的木杆顶端时，当她冒着生命危险，悬挂在木杆顶端上，开始伸展双手，像蝴蝶一样拍打时，整个杂技场里都鸦雀无声，不仅观众的眼睛在注视着她的表演，就连他们的心也在跟着她的动作而颤动。”《星期六评论》最后写道：“谁若是在高杆上，或是在马背上看见过她一次，他将一辈子也不会忘记她，因为当代最伟大的艺术家，就连那个为皇宫旅馆作画的旧金山人哈尔维大师，也无法画出像她这样美貌的人物来。”

阿纳海姆的青年一来是因为持怀疑态度，二来是因为喜爱比姆巴姐妹，便认为这是一个骗局。不过，到底如何，只有到了晚上才能见分晓。这时候，马戏团周围熙熙攘攘，人群越聚越多。围绕着大马戏棚的是一长排木屋，从这些木屋里传出了狮子和大象的吼声，鹦鹉站在挂在木屋上的环架上，用刺破天的尖声大叫着。那些猴子呢，有的用自己的尾巴倒挂着，有的则在和观众逗乐。木屋四周用绳子围隔起来，使人和动物保持一定的距离。最后从那间大戏棚里走出了一支队伍，这支队伍的目的就是要激起人们的好奇心，使他们惊讶不已。队伍的前头是一辆由六匹马拉的大车，马头用羽毛装饰着，马夫们身穿法国驭者的制服，坐在马鞍上，驱车前进。大车上摆放着狮子笼，每个笼子里都坐着一位手持橄榄枝的姑娘。大车之后是一只大象，身上披盖着一块花毡，背上立着一座塔楼，塔楼里站着好几个弓箭手。号角劲吹，锣鼓齐响，狮吼鞭舞。一句话，整个队伍嘈嘈杂杂地行进着，像吵架似的。队伍并不就到此为止，在大象后面，还跟着一架带烟囱的机器，就像火车头似的，这架机器像一座管风琴，蒸气从机关里与其说是奏出了，倒不如说是最令人惊异地呼哨出了那首风行的民歌《扬基歌》。有时蒸气在管子里堵住了，就会发出平常的那种呼哨声，然而这丝毫也没有减低围观群众的热情。这些群众听到这蒸气呼哨出来的歌声，个个兴奋得不能自制，美国人大声呼叫："呼啦！"德国人高喊："啊嘿！"墨西哥人则是叫着："哎，维瓦！"卡菲拉人高兴得像野兽得到美味那样狂呼乱叫。

人群跟在大车后面走着，马戏场周围一带反而显得冷冷清清的。鹦鹉停止了尖叫，猴子也不再翻筋斗了。然而那"最壮观的奇景"却没有出现在游行队伍里。大车上既没有"无与伦比的耍鞭子"的团主，也没有"不可战胜的奥尔索"，更没有那位"空中天使"詹妮。他们都要留到晚上才会出来，以便产生更强烈的印象。这时候的马戏团老板时而坐在木屋里，时而到卖票房里转转。卖票房里他手下的黑人露出白牙齿在向观众微笑。他朝里面望了一望，一切都令他生气。奥尔索和詹妮正在马戏场里练习动作。然而这座大帐篷里却是又黑暗又安静，马戏场内部梯形座位的最高处，几乎完全黑暗了。不过，大片的阳光透过帐篷顶照射在铺满木屑和细沙的场地上。通过从篷布上透射进来的灰色光线，可以看到有一匹马站在木栅墙的旁边。马的旁边没有人，这匹雄壮的大马显然是劳累疲乏了，它用尾巴驱赶着苍蝇，拼命地摆动着它那用白缰绳系住的头，随即把头朝胸前弯了下去。过了一会儿，你就渐渐能看见别的一些东西了，那里有横放在沙地上的木杆，奥尔索通常就是用这根木杆来举詹妮的。还有几个糊着吸墨纸的铁环，詹妮就是要从它们中间穿过去的，但是这些东西都是乱七八糟地放在地上。整个半明半暗的场地和完全昏暗的马戏场内，给人以一座空房子的印象，仿佛它的窗户早就被钉死了似的。一排排梯形座位，只有几处地方有亮光，看起来就像一座废墟。那匹耷拉着脑袋的马也不能给这幅画面增添活力。

奥尔索和詹妮又是在哪里呢？一缕光线从帐篷开口处射进来，光线中有尘埃在飞扬和滚动，光线有如一条金带照在远处的几排椅子上，这条金带随着外面太阳的沉落而移动，最后便照射到了奥尔索和詹妮的身上。

奥尔索坐在长凳上，詹妮坐在他的身边。她那美丽的、孩子气的脸孔紧偎在这个大力士的肩膀上，她的一只手伸过他的脊背，搭在他的另一个肩膀上。姑娘抬眼向上，仿佛在细心听她的伙伴说话。奥尔索则俯身向着她，不时摇晃着脑袋，似乎是在向她解释或说明什么事情。他们就这样相互依偎着，真可以被看成是一对恋人，只不过詹妮那双穿着粉红色紧身裤的小腿还够不到地上，只是前后悬空地摆动着，完全是一副孩子气的姿态，使人想起制造陶器的动作。而她的那双向上看的眼睛，也只是表现出一种专心听讲和集中思想的神情，没有一点谈情说爱的情怀。而且她的身体也刚刚显示出成年人的初步轮廓。总的说来，詹妮还是个孩子，而且是个非常娇媚的女孩子，说来不能不得罪那位为皇宫旅馆作画的旧金山人哈尔维先生，因为就连他也很难想象出一个如此美丽的女孩来。她有张天使般的脸，她那双大大的有点忧郁的蓝眼睛，透露出一种深沉的、甜蜜的、充满信任的神情。黑黑的眉毛长在白嫩的前额上，显得无比俏丽，又仿佛总是在沉思似的。金黄色的、如丝般的、有点凌乱的鬈发，把暗影投在了她的额角上，不单是哈尔维大师，就连另一位名叫伦勃朗[①]的名画家，对这样的形象也不能不为之所动，从而挥笔作画的。这位姑娘使人想起了灰姑娘和葛莱琴[②]，而她的那种偎依的姿势，又揭示出她的怯生生的性格，说明她需要别人的保护。

她的这种体态，像葛莱慈[③]画中的少女一样，使她身上穿的那件紧身的演出衣裙显得格外动人。她穿了一条缀有银片的短纱裙，短得连膝盖都遮不住，和一条玫瑰色的紧身裤衩。她坐在金色的光带上，衬托着又深又暗的背景，看起来真像一个光亮而又透明的幻影，她那亭亭玉立的身材与那个青年的四方形的宽阔身体，适成强烈的对比。

身穿肉色紧身裤的奥尔索，远看就像是裸体的。同一道光线照亮了他那发育过分的、不匀称的肩膀，隆起的胸脯，干瘦的肚腹和短得与身体不相称的双腿。他那强壮粗犷的身体仿佛是用斧头随意砍削而成。他不单具有一般马戏团里的大力士的全部特征，而且还发展到这样粗壮的程度，竟使他看起来就像一幅漫画式的人物。另外，他长得很丑。他有时抬起头来，人们就能看到他的脸了，五官

---

① 伦勃朗（1606—1669），荷兰画家。

② 灰姑娘，北欧民间传说中的美丽少女；葛莱琴，歌德名著《浮士德》中的美女。

③ 葛莱慈（1725—1805），法国画家。

倒也长得端正，也许端正得过分了，反而显得有些僵硬，也像是用斧头砍削出来的。他那低矮的额头和一头像马鬃一样的黑发，直垂到鼻子上，这无疑是从他印第安母亲那里继承下来的，使他的脸上有一种阴沉凶恶的表情。他既像一头公牛，又像一只熊，总而言之，他的力气过人，也很凶暴，确实不是一个举止温和的人。

每当詹妮走近马厩时，那些可爱的动物都转过头来，抬起它们那聪慧的眼睛，发出轻轻的嘶鸣声，仿佛在说："亲爱的，你好啊？"但是，它们只要一见到奥尔索，就害怕得缩拢在一起了。他是个性格内向的人，老爱喃喃自语，脸色阴沉。赫尔希先生手下的那些担任马夫、丑角、歌手和走绳索的黑人，都很不喜欢他，一有机会便想法整治他。由于他是个混血儿，他们都瞧不起他，甚至还公然对他表示出轻蔑的态度。说句老实话，团主悬赏一百元给那些前来与奥尔索比试高低的人，倒不用担心会失去这笔钱。可是，团主既恨奥尔索，同时又怕他。当然，他的这种怕，就像一位驯兽师，譬如说，害怕一头狮子一样，也就是说，他可以毫无理由地鞭打他。

赫尔希先生之所以鞭打他，还有另一层原因，他认为如果他不打这个小伙子，小伙子就会来打他，而且他总是遵奉着克里奥尔女人[①]的原则，把鞭打当成惩罚，把不鞭打看成是奖赏。

奥尔索的情况就是如此。然而，从他突然爱上了詹妮以来，他就变得好多了。这件事发生在一年以前，奥尔索当时还兼管着动物。有一次，他去擦洗美洲狮子的笼子，那只狮子把利爪伸出铁栏，抓伤了他的头，这个大力士便走进铁笼，索性和狮子展开了一场可怕的搏斗，结果是他活着出来了，不过他的伤势不轻，当场就昏过去

① 克里奥尔人是南美的混血人种，由欧洲移民和当地土著所生。

了。后来他病了很久，尤其是那个团主还狠狠地鞭打了他一顿，因为他把美洲狮子的脊梁骨打断了。在他生病期间，小詹妮向他表示了不少的同情，没有人在旁边时，她替他包扎伤口。一遇到空闲的时候，她就坐在他的身边，给他读《圣经》，她把它叫作“好书”，里面讲到了人人要互爱、宽恕和慈悲。总之，这本书所讲的都是赫尔希先生马戏团里从未听说过的事情。奥尔索听着这本书，脑子里就在不停地思考，最后他得出的结论是：如果马戏团能像书中所说的那样好，那他也就不会这样桀骜不驯了。同时他也想到，若是那样的话，他也不会挨打了，甚至可能会有人爱上他的。那么爱上他的会是谁呢？绝不会是那些黑人和赫尔希先生，也许会是小詹妮吧，她的声音是那样甜蜜，犹如一只夜莺在他的耳边歌唱。

由于有了这样的想法，有一天晚上，他尽情大哭了一场，热烈地吻着詹妮的一双小手。从这个时候起，他就深深地爱上了她。而且从此以后，每当晚上演出时，只要小姑娘一骑在马上，他就要来到场地边，用一双关切的眼睛追随着她。他把糊有吸墨纸的铁圈摆好，对她微笑。当伴奏的音乐一奏出“啊！死亡临近了”的曲调时，他就把她举在木杆的顶端，使观众大为惊讶，连他自己也在担惊受怕。此时此刻他心里知道，一旦她掉了下来，那么马戏团里就再也没有人有这样一本“好书”了，所以他的眼睛老是注视着她，而他的这种谨慎小心，他动作中所表现出来的那种害怕的样子，更增加了表演的惊险性。随后，他们被暴风雨般的掌声召唤出来，一起来到场地谢幕时，他又总是把她推到前面，让她受到更多的喝彩声，他自己也高兴得喃喃自语起来。这个孤独的人只和她谈得来，也只有在她面前才能敞开自己的心扉。奥尔索憎恨马戏团，憎恨赫尔希先生，因为他和“好书”上的人根本不同。常常有一种念头把他带到天边，带到森林和草原上去。当这个到处流浪的马戏团来到一个渺无人烟的地方时，他的心里就会无比的激动，有如一只关久了的狼，一遇见森林，心里就会无限向往一样。他的这种性格，并不单是从他母亲那里继承下来的，因为他的父亲也是一个浪迹草原的猎人。他把自己的这些想法通通都告诉了小詹妮，同时还向她讲述了草原上的生活情形。对于这种生活，大部分是他猜想出来的，一小部分是他从草原来的猎人那里听来的，因为经常有猎人到马戏团来，他们不是给赫尔希先生送来野味，就是被团主为打败奥尔索而设立的一百元奖金所吸引。

小詹妮听着这些谈话和印第安人的幻想，总是把她的蓝眼睛睁得大大的，或是陷入沉思中。啊，奥尔索一个人是不会到荒原上去的。她会永远和他在一起，因此，他们都觉得非常愉快，尽管这种生活使人感到恐怖。他们每天都能看到新的东西，他们会有自己的农场，因此他们需要考虑所有的事情。

现在，这两个人正坐在这条光带中，互相交谈着，而不是在练习新的翻跳动作。马站在场里，耷拉着脑袋。小詹妮紧靠在奥尔索的肩膀上，一对沉思的眼睛凝视着空中，两条腿不停地摆动着。她的脑海里正在想着荒原的生活，有时她也提出一些问题，以便更好地了解这种生活。

“那么人住在哪里呢?”她抬眼望着自己的同伴，问道。

“那里有的是橡树。只要有一把斧子，就能建起一座房子来。”

“是的。不过，房子还没有盖起来的时候又住在哪里呢？”詹妮说道。

“那里总是很暖和的。那个杀熊的猎人说过，那里非常暖和。”

詹妮更加用力地摆动着她的双脚，好像在说，如果那里暖和，那她就什么也用不着担心了。过了一会儿，她又思考起问题来了。她在马戏团里有一只心爱的小狗，她称之为狗先生，还有一只小猫，她管它叫猫先生，它们的去向她也应该做出安排。

“狗先生和猫先生是不是也跟我们一道去呢？”

“一道去！”奥尔索回答道，并且高兴得嘟噜起来。

“我们要不要把那本‘好书’也带走呢？”

“带走！”奥尔索说道，他更大声地喃喃自语起来。

“好的！”姑娘高兴地数说着，“猫先生给我们抓鸟，狗先生遇到有什么坏人到我们这儿来，就会大声吠叫。你做丈夫，我就是你的妻子，它们就是我们的孩子。”

奥尔索听得美滋滋的，连自言自语都停住了，于是詹妮又继续说道：

“到那时候，就不再有赫尔希先生了，也不再有马戏团了，我们也用不着做什么事了。只是……啊，不……”过了一会儿她又说道，“那本‘好书’上说，人应该劳动，所以我有时候也要跳跳铁圈，跳一个、两个铁圈，跳三个、四个铁圈。”

显然詹妮除了跳铁圈外，想不出还有别的劳动形式。过了一会儿，她又问道：

“奥尔索，我是不是真的能跟你在一起呢？”

“是的，琪[①]，我非常爱你。”

他说这句话的时候，满脸生辉，使他的相貌几乎变得好看了。

然而，他自己也不知道，他应该怎样去爱这个金发的小姑娘。

他就像一只哈巴狗爱它的女主人一样。在这个世界上，他只爱

---

① 即詹妮的名字。

她一个人。在她的身旁，他的样子就像一条巨龙，但这又有什么妨碍呢？没有，一点也没有！

“琪，你听我说。”过了一会儿，奥尔索说道。

詹妮刚刚站了起来，想去看看那匹马。可是现在，为了听清奥尔索说的每一句话，她就跪在他的面前，两只胳膊支撑在他的膝盖上，双手托着自己的下巴，抬头听他说话。

然而，就在这时候，两个孩子很不幸，那个“耍鞭子的艺术家”正好走进了马戏场，而且当时又是他脾气最坏的时刻，因为他刚才在训练狮子的时候完全失败了。

这头老得脱了毛的猛兽宁愿人们让它安安静静地休息，根本不想朝这位艺术家扑过去，在鞭子一再地催打之下，它尽往笼子里面躲闪。团主绝望地想到，如果这头狮子在天黑之前还没有放弃它的这种温驯脾气，那么“鞭子表演”这个节目就要砸锅，因为鞭打一头尽自躲躲闪闪的狮子，就像吃龙虾时先吃尾巴一样，根本不算什么本事。

还有一件事也使这位团主的心情很坏，那个卖站票的黑人向他报告说，那些卡菲拉人已经把采葡萄挣来的钱都喝光了，因为，尽管来买票的人不少，但是他们买票付的不是现钱，而是印有 U.S. 字样的毡子，或是他们的老婆，尤其是年纪大的老婆。卡菲拉人的缺少现钱，对这位耍鞭子的艺术家说来，真是不小的损失。因为他原打算要卖个“客满”，现在如果站票卖不完，那就无法达到“客满”了。此时此刻，团主的心里只有一个愿望，恨不得所有的印第安人只有一根脊梁骨，他就可以当着阿纳海姆人的面，在那根脊梁骨上表演一番。他怀着这种心情走进了马戏场，一看到那匹马在木栅墙边闲站着，又显得很疲乏似的，他就勃然大怒。奥尔索和詹妮会在什么地方呢？他用一只手放在额角上，免得篷布缝里射进来的光线刺着他的眼睛。团主朝里面望去，立即看见了坐在那道光线中的奥尔索和跪在他身前的詹妮，一双胳膊支撑在他的膝盖上。一看见这幅情景，团主就把鞭梢往地上甩开。

“奥尔索！”

即使是一道雷电打在这两个孩子身上，也不至于引起他们这样大的惊恐。奥尔索双脚跳了起来，从长板凳座位中间的过道走了下来，他的动作是那样快，就像一头牲畜听到主人的呼唤就急忙跑到他的面前一样。后面跟着小詹妮，她吓得眼睛都睁大了，踉踉跄跄地碰撞在那些板凳上。

奥尔索走到场地里后，便在木栅边停住了，他脸色阴沉，默不作声。从棚顶上射进来的阳光现在清楚地照亮了他那由两条短腿支撑的赫拉克勒斯一样的身体。

“走近点！”团主用嘶哑的声音叫道。这时候，他那条伸展开来的鞭梢，在沙地上可怕地蠕动着，就像一只埋伏着的猛虎在摆动尾巴一样。

奥尔索朝前走了几步，他们互相盯着对方看了一阵子。团主显出一副驯兽师的神情，他要走进笼子里去鞭打一头凶猛的野兽，同时又在密切注视着它。

但是愤怒终于战胜了他的谨慎，他气得不停地跺着他那细长的穿着麂皮裤子和高筒靴的双腿。当然，使他这样暴跳如雷的，不仅是两个孩子的懒散。詹妮站在上面的凳子上望着他们，有如一头雌鹿望着两只山猫。

“小混蛋！捉狗的！狗杂种！”团主咒骂着。

他的那条鞭子疾如闪电，画了一个圆圈，呼啸着，啪的一声打了过来。奥尔索轻轻地哼了一下，向前蹿了一步，立即被第二下鞭子挡住了，随后是第三下、第四下……第十下。虽然没有观众，表演却开始了。这位伟大的艺术家高举着手臂，连动都不用动一下，只要他的手掌转一转，就像是安装在轴承上的一架机器的一部分，每转一次，就会在奥尔索的皮肉上划上一条鞭痕，使人觉得这条鞭子，或者不如说是这条鞭子的狠毒的末梢，竟把团主和大力士之间的整个空间都塞满了似的。团主渐渐兴奋起来，以致到最后，竟达到了一种真正的艺术家的狂热境界了。这位大师不过是在即兴表演，但是那条在空中飞舞的鞭子，却已经在这个大力士的脖子上划上了两条血痕，到了晚上就得用敷粉把鞭痕敷盖起来。

奥尔索始终沉默着。但是，鞭子每抽一下，他就朝前走近一步，而团主也就跟着后退一步，他们就这样在场地上转了一圈。后来那团主跳出了场地，就像一个驯兽师那样跳出了笼子。他立即在通向马厩的门口消失了……也完全像驯兽师一样。

然而当他走出去的时候，又把眼光转到詹妮的身上。

“上马去！以后再和你算账！”他大声叫道。

他的话音还没有落，只见白裙子在空中一闪，一眨眼工夫，詹妮就跳上了马背，像只灵巧的猴子。团主消失在幕布后面，马开始在场地里跑圈子，有时它的蹄子还踢着木栅墙。

“哟！哟！”詹妮细声地喊着，“哟！哟！”但是她的“吆喝声”倒成了一种呜咽声。这匹马越跑越快，马蹄乱踢起来，马身弯得越来越厉害。小姑娘站在马鞍上，一只脚踩在另一只脚上，看起来，她的脚尖好像只是触到马鞍似的。她那双裸露的粉红色的双臂急速地摆动着，以保持身体的平衡。她的那头秀发和轻柔的裙子被气流带动得飘扬开来，飞散在她的身后，她的身体也轻盈得犹如一只飞翔的小鸟。

“哟！哟！”她又叫了几声。这时候，泪水已经蒙住了她的眼睛。她不得不抬起头来看东西了。马的急驰使她头昏眼花，一排排高起的座位、木栅墙和场地，都开始在她的四周旋转起来，她的身体晃动了一下、两下，终于跌落在奥尔索的臂膀中。

“啊！奥尔索，可怜的奥尔索！”小姑娘抽泣着，说道。

“你怎么啦，琪？”小伙子轻声问道，“你干吗哭呀？不要哭！我不怎么痛，真的是不怎么痛。”

詹妮双手抱住他的脖子，开始吻起他的脸来。她全身愤慨得颤动起来，而哭泣也几乎变成了痉挛。

“奥尔索呀奥尔索！”她一再这样喊道，无法说出别的话来。她的双手紧紧搂住他的脖子。如果是她自己遭到毒打，也不会哭得如此凄楚悲恸。后来倒是奥尔索紧紧把她搂在怀中，开始安慰她了……他忘记了身上的痛苦，双手把她抱了起来，再一次紧紧把她贴在自己的胸前，他那因鞭打而绷紧的神经使他第一次感到：他对她的爱情绝不仅仅是像一只戴环套的狗爱它的女主人那样。他的呼吸急促，他的嘴也就随着呼吸的停顿而时断时续地说道：

“我现在一点也不痛了……只要你在我的身边，我就非常快乐……啊，詹妮！詹妮！”

这时候，团主在马厩里走来走去，一肚子怒火。他妒火中烧。他看见小姑娘跪伏在奥尔索的膝上，而从某个时期以来，这个美丽的姑娘在他心里激起了一种朦胧的尚未恶性发展的下流感情，但是他肯定詹妮和奥尔索是在谈情说爱，所以他就决定要报复他们。如果他鞭打她，他就会得到一种极大的满足。他要狠狠地鞭打她，他无法抗拒这种欲望。过了一会儿，他就把她叫来了。

她立即挣脱了大力士的拥抱，转眼之间就消失在马厩门口了。奥尔索傻呆呆的，非但没有跟着她去，反而步履蹒跚地朝座位走去，他坐在板凳上，胸脯急促地起伏着。

这时候，詹妮走进了马厩，起初她谁也没有看见，因为那里比马戏棚里还要昏暗。但是她担心团主会以为她违抗命令而鞭打她，于是她用一种很低的、非常害怕的声音说道：

“我来了，先生！我来了。”

就在这同一刹那，团主的手抓住了她的一只手，粗暴地喊道：

“走！”

如果他对她发一顿脾气，或者大声斥责一番，也不会比他一声不吭地把她拉进化妆室更使她胆战心惊的了。一路上她尽力往后挣扎着，用她的全部力气反抗着，一再急速地说道：

“赫尔希先生，我亲爱的、仁慈的先生！我再也不敢了……”

但是他依然粗暴地把她拉进了那间长方形的堆放服装的房间，随手反闩上了门。

詹妮立即跪在地上。她抬起眼睛，双手交叉着，全身像树叶一样颤抖着。她满脸泪水，想用再三哀求来使他心软，然而他却从墙上取下了鞭子，回答她道：

“躺下！”

这时候，詹妮绝望地抱住了他的双脚，因为她吓得几乎快死了。她身上的每根神经都紧张得像绷紧了的琴弦，任凭她把苍白的嘴唇紧紧贴在他那擦得锃亮的高筒靴上苦苦哀求也是枉然。相反，她的恐惧和哀求更加刺激了他，他抓起她的裙带，把她扔在堆满衣服的桌子上，后来他又费了一点时间才把她那双乱蹬乱踢的小脚压住，于是他开始鞭打起来。

“奥尔索！奥尔索！”小姑娘大声喊道。

就在这同一时刻，整个房门震动起来，从上到下嘎吱嘎吱地响着裂开了，半扇房门被一股巨大的力量打破，砰的一声倒在了地上。

门口站着奥尔索。

鞭子从团主手里掉了下来。他的脸色像死人一样灰白，因为奥尔索这时的模样也非常吓人。他的一双眼睛只能见到白眼球，他那张大嘴也是白沫横飞，他的头向前低着，犹如一头公牛。整个身体都是一副准备猛扑上去的姿态。

“滚开！”团主大声叱责道，企图用喊叫来掩饰他的惊慌。

然而闸门已经打开了。平时只要一声召唤就会像狗一样俯首听命的奥尔索，现在丝毫也没有退出去的打算。他只是把头低得更下些，仿佛有一股神力把他那钢铁般的肌肉鼓了起来。

“救命啊！救命！”这位艺术家拼命在呼喊。

人们听见了他的呼救声。

四个虎背熊腰的黑人从马厩那边出现了，他们飞速穿过那扇破门，朝奥尔索直冲过去，开始了一场可怕的搏斗。团主站在一旁，牙齿上下哆嗦着。很长一段时间，只能看见一堆黑色躯体互相扭打在一起，不断地转动着，他们拳脚相加，你来我往，动作迅速凶猛。在一片无言的寂静中，时而能听见一声呻吟，时而又是一声喘气声，或是鼻子翕动的声音。但过了不久，有一个黑人仿佛被一种超人的力量从那乱糟糟的一堆里抛了出来，在空中转动着，掉在了团主的身后，后脑勺砰的一声打在地板上。过了一会儿，第二个黑人又被摔了出来。打到最后，只有奥尔索一人站立起来。他的脸色比刚才还要可怕，全身都是血迹，头发直竖了起来。他的膝盖下面还紧紧压着两个已经昏迷过去的黑人。他站了起来，朝团主扑了过去。

艺术家闭起了他的眼睛。

就在这一瞬间，他觉得他的双脚离开了地板，后来他又觉得他好像是在空中腾飞，随后他就什么也不知道了，因为他的整个身体都摔在那半扇未倒的门上，然后就毫无知觉地跌到了地上。

奥尔索在身上擦了一把，便朝詹妮走去。

“走吧！”他简短地说道。

他拉着她的一只手，一起走了出去。这时全城的人都跟在六车的游行队伍和那架会唱《扬基歌》的机器后面，所以马戏团四周冷冷清清，空无一人。只有环架上鹦鹉聒耳的叫声划破了四周的寂静。这两个少年手牵着手，一直向前，朝街尾那边可以望得见的仙人掌野地里走去。他们沉默地走过了许多被加利树遮掩的房子，后来他们又穿过了当地的屠宰场，那里有成千上万只红翅的椋鸟围着屠宰场飞旋。他们跳过了那条大灌溉水渠，走进了一片柠檬树林，穿过这片树林，就到了仙人掌丛中。

这里已是荒原了。

放眼望去，那些带长刺的植物越长越高。盘根错节、枝叶交叉的仙人掌挡住了去路，用它们的钩刺钩住了詹妮的裙子。有些地方的仙人掌长得那样高，两个少年仿佛是在树林中行走。然而，即使在这样的森林里，谁也无法找到他们。他们信步走去，左拐右转，寻路而走，愈走愈远了。每到仙人掌的塔尖较小的地方，他们就能看见地平线上的那座青翠欲滴的桑达·安娜山。于是他们便朝那座山脉走去。天气非常灼热，暗灰色的秋蝉在仙人掌上鸣叫着。灿烂的阳光倾泻在大地上，干旱的土地被晒裂成龟纹的网状，坚硬的仙人掌叶也被晒得软了下来，花朵一片片地垂挂下来，一大半都枯萎了。

两个孩子一声不响地、沉思地朝前走去。然而周围的一切又是那样新奇，不久之后，他们就受到眼前景象的感染，连劳累痛苦都忘记了。詹妮的一双眼睛从这片仙人掌望着那片仙人掌。此刻，她又把探寻的目光转向仙人掌丛中，时时轻声地问她的伙伴：

“这里就是荒原吗？奥尔索？”

但是这荒原并不荒凉。从远处的仙人掌里，传来了松鸡的叫声。他们的周围也响起了种种奇怪的啼叫声、扑哧声和咽咽声。一句话，这是生活在仙人掌丛中的各种小动物所发出的种种声音。时而有一群大松鸡飞了出来，时而有许多头上长着肉冠的秧鸡迈着长腿跑过去。黑色的松鼠一听见他们的脚步声，便飞快地藏进地洞里。各种各样的野兔在东窜西跑。黄鼠用后腿蹲坐在它们的洞口，犹如胖乎乎的德国农民站在自家的门口一样。

他们休息了大半个小时，又继续前进了。不久，詹妮就感到渴得要命了。很显然，奥尔索那种印第安人的机灵被激发出来了，他摘下仙人掌果来给她止渴。这种果实非常多，每一棵开花的仙人掌上都长有这种果实。在采摘的时候，他们两个的手上都刺满了细如发丝的小芒刺。但是这种又酸又甜的果子真是大开他们的胃口，既可止渴，又能充饥。这荒原就像慈母一样把他们喂饱喝足了。他们觉得又有了力气，便迈步朝前走去。仙人掌层层叠叠，越长越高，简直可以说，它们是一棵接一棵地长上去的。他们脚下的地势开始渐渐往上高了起来。他们从小山上回头一望，看见了远处隐约可辨的阿纳海姆城，像是在地上生长的一大片树林，马戏团的踪影一点也看不见了。他们坚韧不拔地朝山峰走去，已经走了好几个小时，山峰的面目越来越清晰了。这里的四周又是另一番景象，在仙人掌丛中出现了各种各样的灌木林，甚至还有参天的大树。桑达·安娜山脉生有树木的山麓就是从此地开始的。奥尔索折断一棵小树，去掉枝叶，做成了一根木棍，这木棍一到他手里，就成了一件可怕的武器。印第安人的本能告诉他，在山里，哪怕只有一棍小木棍也比赤手空拳要好得多，尤其是因为太阳就要落山了。太阳那巨大的火红色盾牌已经远远落在阿纳海姆城的后面，沉入了海中，过了不一会儿，它就消失不见了。但是在西边，红色的、金黄色的和橘色的晚霞，犹如一条条长带布满了整个天空。山峦在夕阳中傲然屹立，仙人掌显示出种种奇异的形状，有的像人，有的像动物。詹妮觉得又累又困，但是他们还是竭尽全力朝山里走去，尽管他们自己也不知道为什么要这样做。不久之后，他们便看见岩石了。来到岩石旁边，便看见了一条小溪，他们喝足了泉水后便沿着溪流走去。起初，这些岩石都是突兀而起、七零八落，这时候它们便变成整块整块的石壁，后来这些石壁越来越高峻雄伟，于是他们走进了一座峡谷。

晚霞已经消失了，越来越深的黑暗笼罩着大地。在好些地方，藤蔓从溪流的这一边窜到了另一边，在溪流上面形成了一座拱顶，里面异常昏暗，而且阴森可怖。头上可以听到像是树木的沙沙声，但是在藤蔓下面却看不见这些树木。奥尔索猜想，到了这里就是真正的荒原了，里面一定有无数的野兽。他们不时听到从那边传来的各种可疑的声音，等到夜幕降临，就清楚地听到了山猫粗哑的叫声、美洲狮的怒吼和胡狼的嚎叫。

“你怕吗，琪?”奥尔索问道。

“不怕!”姑娘回答道。

不过，她已经疲劳不堪，再也走不动了。于是奥尔索就把她抱了起来，继续朝前走去，他希望能碰到一个垦荒的人或是墨西哥人的帐篷。有一两次，他觉得他看见了远处野兽的闪闪发光的眼睛。

这时候，他就用一只手把已经睡着了的詹妮紧紧抱在自己的胸前，另一只手则紧紧握住那根木棍。他自己也是很疲倦了。虽然他的力气很大，但詹妮开始让他觉得沉重了，尤其是他只能用左手抱着她，而要空出右手来做防卫用。为了喘口气，他常常停下来，然后再继续前进。突然间，他站住了，侧耳倾听着，他觉得，他听见了从远处传来的铃声，像是垦荒的人夜里挂在牛羊脖子上的铃声。于是他急忙朝前走去，不久就来到了溪流转弯的地方。铃声越来越清脆了，后来他还听见了狗吠声。这时候，奥尔索深信他现在快到有人住的地方了。对他说来，这正是紧要关头。他白天就被折腾得精疲力竭，现在开始觉得浑身无力、支持不住了。

他又转过了一道河湾，才看见火光。随着他越往前走，他那敏锐的眼睛就越加清楚地分辨出那是一个火堆和一只狗。这只狗显然是被拴在一棵树桩上的，它正在挣扎吠叫。他终于看见了一个人坐在火堆旁边。

“老天保佑，希望这个人能像‘好书’上的人一样！”他心中想道。

随后他决定叫醒詹妮，于是他大声叫道：

“琪，快醒醒！我们就会有吃的了！”

“你说什么？我们这是在哪儿?”姑娘问道。

“在荒地里!”她完全清醒了。

“那边是什么亮光呀?”

“有人住在那里，我们就会有吃的了!”

可怜的奥尔索，此时真是饿极了。

这时候，他们走近了那个火堆。狗叫得更凶了。坐在火堆旁边的那个老头子用手罩住眼睛，朝黑暗方向望过来。

过了一会儿，他问道：

“是谁在那里？”

“是我们！我们真的饿坏了！”詹妮细声细气地回答道。

“到前面来！”老人说道。

他们从藏身的一块大石后面走了出来，手拉着手站在火堆旁边。老人惊讶地望着他们，嘴里不由自主地叫了起来。

“这是怎么回事？”

因为他看到的这种景象，在这荒无人烟的桑达·安娜山中，真会使每个人都惊讶不已。奥尔索和詹妮都穿着马戏团的服装。这个美丽的姑娘身穿粉红色的紧身裤和一条短裙子，忽然出现在火堆旁，被火光一照，看起来真像一个幻想中的仙女。她身后站着一个非常健壮的方方正正的少年，同样穿着一条肉色的紧身裤，隆起的肌肉有如橡树上的树节子，透过紧身裤依然清晰可见。

这个年老的垦荒者瞪大眼睛望着他们。

“你们到底是什么人？”他问道。

这个小姑娘认为自己的口才显然比她的伙伴好，所以就抢先回答说：

“我们是马戏团的，亲爱的先生。赫尔希先生把奥尔索打得很厉害，后来又要来打我。奥尔索不让他打我，反而打了赫尔希先生和他的四个黑人，随后我们就逃到荒原来了。我们在仙人掌里走了好长时间，后来奥尔索抱着我走，我们便走到了这里。我们想要点东西吃。”

这个孤独的老人脸色开始明朗起来，他的一双眼睛以一种父亲般慈爱的神情望着这个美丽的小姑娘，她想一口气就把所有的一切都说出来。

“你叫什么名字，小姑娘?”老人问道。

“詹妮。”

“嗯，欢迎你，詹妮！还有你，奥尔索！我很少见到人。你到我身边来，詹妮!”

这个小女人毫不犹豫地用自己赤裸的双手抱住了老人的脖子，亲热地吻起他来，她觉得他就是“好书”上的那种人。

“赫尔希先生会不会找到这里来呢？”她把自己鲜艳的嘴唇从老人满是皱纹的脸上挪开了，问道。

“他只能找到一颗子弹！”老人回答说。过了一会儿，他又说了一句:“你们不是说过，想吃东西吗?”

“是，非常想。”

这个老人在火堆里拨弄了一会儿，从里面拿出了一只肥嫩的鹿腿，香味四溢。于是他们都坐下，吃了起来。

夜景多么美啊！月亮高高地悬挂在山丘的上空。密林中的夜莺唱起了甜蜜的歌声，篝火欢快地哔剥作响。奥尔索也高兴得喃喃自语起来。他和小姑娘像雇工那样狼吞虎咽。只有这个孤独的老人不知为什么，一口也没有吃。他只是盯着詹妮看，眼里噙满了泪水。

也许是他很久以前也做过父亲，也许是他在这人迹罕至的山林里难以见到人……

从此以后，这三个人就在一起生活了。

一个家庭教师的回忆

灯光虽然被罩着，我还是常常被它搅醒，我不止一次地看到米哈希直到深夜两三点钟还在用功学习。他那瘦小而又羸弱的身体，只穿着一件衬衣，趴在书本上。在万籁俱寂的深夜里，他用惺忪欲睡的声音一遍又一遍地背诵着希腊语和拉丁语的动词变位，声音是那样机械单调，仿佛教堂里的念经声。在他秀丽端正的脸上出现了劳累过度的红晕，一双熬红了的眼睛正在合拢起来。我叫他熄灯去睡，这孩子便悲伤地回答说：

“今天的功课我还不会呢！瓦夫钦凯维奇先生！”

从下午四点到八点，后来又从十点到十二点，我不是和他一道把所有的作业都做完了吗？要是我不相信他都会了，该做的作业都做完了，那我也不会去睡觉的。可是说句老实话，功课实在太多了。等这孩子学会最后一门功课，就把开始时温习过的功课全忘了。拉丁语、希腊语、古斯拉夫语，还有俄国各省的地名，把这颗可怜的小脑袋搅得乱七八糟，头涨脑热，使他不能入睡。于是他从被窝里爬出来，点亮了油灯，穿着衬衣就在桌子旁边看起书来。我责备他，他就哭了起来。的确是不应该允许他这样做的，免得他劳累过度。可是我又有什么办法呢？每天他不能不把功课都做完，否则就有被开除的危险，这样一来，对马丽亚夫人会是多么严重的打击，那只有上帝知道。她在丈夫死后，带着两个孩子度日，现在她把全部希望都寄托在米哈希身上。

情况到了几乎无可挽救的地步，因为我清楚地知道，过分紧张的学习有损于孩子的健康，甚至可能危及他的生命。至少需要加强他的体格，让他做做操，散散步或者骑骑马，可是没有时间来做这些事情。对孩子的欢乐、健康和生命所需要的每一分钟，都用在做功课上了。每天早晨，我把他的书本装进书包里，看到他瘦削的肩膀被那些拜占庭的书本压得又歪又弯时，我的心里就有说不出的痛苦。人家还常常说我把孩子娇纵坏了，还说米哈希不用功，俄语的重音也读不好，而且还爱哭。

我自己有肺病，孤身一人活在世上，对事物又很敏感，因此这些指责常常使我愤慨。米哈希是不是用功，只有我最清楚！这孩子才能一般，但他是那样坚持不懈，他的性格温顺恬静而又个性倔强，这在别的孩子身上我是从来没有看到的。可怜的米哈希是那样真挚、那样盲目地热爱他的母亲，只要告诉他，他的多病的母亲已经够不幸了，如果他再学习不好，就有可能送了她的命，米哈希一想起这些话，便会全身发抖。于是，为了不让母亲担忧，他便整夜整夜地学习。每当他得到不及格的分数，便止不住哭起来。可是有谁会去想一想，他为什么哭，他这时心里在想什么，什么样的责任感在支配着他？唉，谁还会去想这些呢！他的重音不好就不好吧！我并没有娇惯他，仅仅是更了解他罢了。我不是去责怪他考得不好，而是尽力安慰他，说这是我的责任。我一生劳累不堪，受过不少的饥寒之苦，我从来没有幸福过，将来也不会有幸福——让它见鬼去吧！我想起这些的时候，现在是不会咬牙切齿的了，但我不相信人值得活在世上。因此，我对别人的任何不幸都有一种深切的同情。

可是，我在米哈希那样的年龄，还可以到老城去追捕鸽子，我还有自己欢乐和玩耍的时刻。咳嗽也没能折磨我。我挨打的时候，别人刚一打我就放声大哭。此外，我就什么也不知道，什么也不关心了。米哈希却连这些都没有。如果生活也把他放在铁砧上，用它的铁锤锻炼他，使他像一个普通孩子那样，见到使儿童高兴的东西便会放声大笑，也会玩各种游戏，在露天的新鲜空气里玩得精疲力尽，那他就能茁壮地成长。可现在却完全不同。我看到他上学的时候满脸忧愁，放学回来被基里尔字[①]的书本压得腰弯背驼，紧张过度，连眼角都布满了皱纹，常常压制着自己不让哭出声来。因此，我才非常同情他，情愿做他的保护人。

我自己是一个教师，虽然是私家聘请的，如果我连学习的意义以及学习带来的益处都不相信，那我就不知道自己该做什么事啦！我只是认为，学习不应该成为孩子的悲剧，重音的好坏也不能决定孩子的命运和他未来的全部生活。

我还想，如果每个孩子都觉得有一只温柔的手在引导他前进，而不是用脚去踢他的胸脯，去践踏一切家里教给他们应该尊敬和热爱的东西，那么教育就能更好地完成自己的使命。我是一个顽固分子，绝不会改变自己的这些看法，因为我每次想起我那可怜的米哈希，就越坚信我的意见是正确的。我教他六年了，开始是他的家庭教师，后来他上了学，我就成了他的辅导教师，因此，我有足够的时间和他建立起亲密的关系。此外，我为什么还要隐瞒呢？我之所以喜欢他，还因为他是我最爱的人的儿子。她过去不知道，将来也不会知道我爱她这件事。我对自己是个什么人，是很有自知之明的。我——瓦夫钦凯维奇先生，是一个家庭教师，同时，又是一个多病的人。而她呢，名门望族的女儿，一位我连正眼都不敢瞧一眼的尊贵的夫人。可是我这颗被生活折磨碎了的孤独的心，就像被海浪掀

① 基里尔字是古斯拉夫字母的一种，即俄文字母的前身。

腾的贝壳，最后总得依附在什么东西上，我的心也就倾注在她的身上了。我怎么能控制住自己呢！此外，这对她又有什么妨碍呢？春天的阳光照暖了我的心，我从她那里要求得到的光和热并不比太阳多。我在她家里已经六年了，她丈夫死的时候我就守在她身边，我看到她那么不幸，那么孤独，又是那么善良恬静，她热爱儿女，在自己的寡妇生活和痛苦中又是那样坚贞圣洁……于是我就自然而然地对她产生了这种感情。但这种感情与其说是爱情，不如说是崇敬吧。

米哈希非常像他的妈妈。每当他抬头望着我，我便认为是看见了她。母子二人都有同样秀丽文雅的容貌，前额也一样被浓密的头发遮盖着，眉毛也长得一样的柔和，尤其是说话的声调更是令人难辨。母子二人的性格也很相似，都容易动感情，容易把观点直说出来。他们两个人都属于多愁善感、爱得真挚而又正直诚实的那一类人，他们能够做出最大的牺牲，可是在人生道路上和现实生活中却很难得到幸福，他们付出的多，得到的少。这一类人现在快要消失了，我想起有个生物学家曾经说过，他们注定要绝种，因为他们一生下来，他们的心就有了缺陷，那就是他们爱得太多。

米哈希的家庭从前非常富裕——但由于爱得太多，于是各种风暴便把他家里的财产都吹掉了，留下来的产业当然还不至于使他们穷困潦倒，甚至都称不上家境拮据，但和昔日相比，就算很不景气了。米哈希是这个家族的独根苗子，难怪马丽亚夫人那样爱他了，不仅是作为儿子，也是她未来的全部希望。不幸的是，由于母亲通常所具有的那种盲目，她把儿子看成了才智出众的天才。这孩子的确不笨，但他是这样一种类型的人，他们的才智只算中等，将来则会随体力的增强有所发展。在别的国家、别的条件下，他也许能学完中学、大学而成为各个领域中的有用人才，可是在给波兰儿童开办的俄国学校里，他只有受罪了。米哈希知道母亲对他抱着很高的期望，他只好徒劳无益地昼夜用功。我在这个世界上历尽沧桑，本打算对任何事情都采取无动于衷的态度，可是我不能不承认，世界上竟有这样是非颠倒、黑暗混乱的社会，真使我难以置信。在这个社会里，个性刚强、勤奋用功、孝顺母亲反倒会给孩子带来不幸。真是太不合理了。如果语言能够消除我的悲哀和痛苦，我会和哈姆雷特同声说：丹麦国里恐怕有些不可告人的坏事。

我和米哈希一起温习功课，仿佛他学业进步获得的好成绩，就决定着我的前途似的。我和这可爱的孩子都有一个共同的目的，那就是不要让她发愁，要向她汇报优秀成绩，让她幸福地微笑。每当他得了优秀的分数，放学回来时，便会显得满面春风，感到无比的幸福。在这样的时刻，我便觉得他一下子就长高了，身子也显得更加挺直了。他的那双常常是忧郁的眼睛，此时也充满了孩子般的欢乐，就像两团火似的炯炯发光。他会立即从瘦削的背上取下装满俄文书的书包，还没有进门便对我挤眉弄眼，一边还大声地说：

“瓦夫钦凯维奇先生，这回妈妈一定会高兴死啦！今天我的地理分数得了……你猜一猜多少?”

我假装猜不出来，他就得意洋洋地跑到我身边，双手抱着我的脖子，好像要悄悄地、实际上是大声地说：

“五分！真正的五分！”

这是我们两个人最幸福的时刻。这一天的晚上，米哈希便会翻来覆去地想，如果他全部得了优秀，那将会怎么样，他一半对我、一半对自己说道：

“等到了圣诞节，我们就回查列辛去，那时大雪纷飞，我们只好坐着雪橇回去。我们晚上到了家，妈妈一直在等我，她拥抱我，亲我，然后问我的成绩，我就故意装出一副苦相，这时妈妈拿起我的成绩单念着：‘优秀！优秀！优秀！’啊，瓦夫钦凯维奇先生！”

可怜的孩子眼里噙满泪水。我没有阻拦他，反而随着他那衰竭的想象，我也想起了查列辛的庄园，它的庄严、宁静，以及在那里做女主人的尊贵的夫人，想起了孩子带上好成绩回家后所给予她的欢乐。

我于是利用这样的机会开导米哈希，我对他说妈妈非常关心他的学习，但也同样关心他的健康，所以，我若是带他去散步，他就不应该哭。我吩咐他睡多久，就应该睡多久，不要深更半夜还起来看书。我常接到马丽亚夫人的信，拜托我好好照顾孩子的身体。可是我几乎天天都陷于绝望，不能不承认，要把我们这里的教育制度和孩子的健康协调起来是完全不可能的。假如是因为教的课程太难，我还有办法可想，我会把米哈希从现在的二年级降到一年级，马丽亚夫人是个聪明的女人，也会同意这样做的。可是教过的功课他都能完全理解，问题不在于学业本身，而是由于功课和作业所费去的时间，对此我是一筹莫展的。只有寄希望于即将到来的假期，休息能弥补劳累过度给孩子带来的种种缺陷。

如果米哈希不是个那么敏感的孩子，我也不会那样为他担心。他对失败比对胜利的反应更为强烈。不幸的是，上面我所提到的那些优秀成绩和欢乐时刻实在是太少了。我已经学会了看脸色，只要他一进门，我一眼便能看出他今天又考坏了。

“你考试又不及格了？”我问他。

“是的！”

“是你不会？”

有时他回答说：“我不会。”更多的回答是：“我会，可是我无法用俄语表达出来。”

有个叫奥维茨基的，是班里经常考第一的优秀生，我特意把他找来，让他和米哈希一道温习功课。他告诉我，米哈希成绩不好，主要是因为表达不出来。这孩子愈是心力交瘁，这样的失败愈是频繁出现。我注意到，当米哈希尽情地大哭一场之后，再坐下来做功课心里就更平静一些，像是安下心来了，只是他的嘴唇还在嚅动。不过在他致力于学习的这种克制和加倍努力中，有一种绝望和拼命的情绪。开夜车已经成了他的家常便饭。他怕我醒来后会让他去睡觉，便悄悄地起来，蹑手蹑脚地把灯拿到前厅去点亮，就坐在那里看起书来。等我发现他的时候，他已经在这个四壁冰冷的房间里待了好几个晚上了。我没有别的办法，只好自己也起来，把他叫到卧室里，又和他一起再把所有的功课都复习一遍，直到他自己相信他已经会了。我让他知道，没有必要在那里挨冻受寒。可是到后来，他自己也不明白，他到底学会什么了。这孩子失去了健康，越来越消瘦，变得更加憔悴，更加萎靡不振了。后来发生的一些事情才使我进一步明白，并不是用功和成绩不好消耗了他的精力。马丽亚夫人要我每天给米哈希讲一段波兰历史，有一天，我正在给他讲的时候，他突然跳了起来。我看到他脸上有一种探问的严厉表情，几乎把我吓坏了，他问我：

“先生，难道你说的这一切都是事实，真的都是事实吗？因为……”

“因为什么，米哈希？”我惊讶地问道。

他没有回答，反而放声大哭起来。

我明白了他哭的原因。毫无疑问，波兰孩子一定在外国人开的学校里听到了许多事情，这些事情既伤害了他们的最深挚的感情，也完全否定了家庭所教导他们应该尊重和热爱的一切。这样的事如果发生在别的孩子身上，除了不满和尽力克制仇恨外，听过也就算了，不会留下什么痕迹的。但像米哈希这样感情既丰富又强烈的孩子，却感到非常痛苦，可是他又不敢公然表示抗议，虽然有时他真想站起来大叫大闹一场。他只有愤怒，只有咬紧牙关忍受着，敢怒而不敢言。这样一来，他既要饱尝失败和坏成绩所带给他的苦痛，又要承受那种无法描绘的生活在双重人格中的痛苦。

两种力量、两种声音，每个孩子的义务就是对这二者的顺从。本来它们应该是融洽一致毫无矛盾的，可是现在却把米哈希向两个相对立的方向拉。这一种力量认为是纯洁的、高尚的、可爱的，另一种力量则认为是罪恶。在这两种力量的矛盾冲突中，米哈希听从了他的心灵所倾向的那种力量，同时又不得不假装去听从相反的那种力量。他必须从早到晚装成两面派，在这种压抑的苦痛中他度过了一天又一天，一周又一周，一个月又一个月。这孩子的处境是多么艰难困苦啊！

米哈希的命运真是多舛。人生的戏剧一般都是在青春之树掉落第一批叶子的时候才开始演出的。可是对他说来，所有的一切都给他带来不幸。精神上的压抑、难言的悲愤、心神的不安、徒劳的努力，与难以克服的困难进行斗争，希望的逐渐消失……在他十一岁的时候就开始了人生的戏剧。无论是他瘦小的身体，还是他那微弱的力量，都无法承受住这些压力。多少个日子和星期过去了，这可怜的孩子还在加倍地努力和用功，然而效果却越来越坏，越来越惨。马丽亚夫人的书信更加重了他精神上的压力：“上帝给了你，米哈希，不平凡的才能。”母亲通常是这样来结束她的信的。米哈希接到第一封这样的信时，便抓住我的双手，一边哭泣，一边对我说道：

“我怎么办呢？瓦夫钦凯维奇先生，我还有什么法子呢？”

的确，既然他天生没有学习语言和掌握重音的才能，那他又有什么办法呢？

万圣节前的定期考试来到了，他的成绩又是不好，三门主要功课都不及格。经他再三请求，我才没有把成绩单寄给马丽亚夫人。

“亲爱的好心的先生！”他双手合抱在一起说，“妈妈不知道万圣节考试会给成绩单的。等到了圣诞节，也许上帝会怜悯我。”

可怜的孩子还希望下次考试能考得更好，说老实话，我也是这样希望的。我以为他会习惯学校的规章制度，会习惯学校的一切安排，会学好俄语，读准重音。总而言之，我希望他用在学习上的时间将来会更少一些。如果不抱有希望，我早就写信给马丽亚夫人，把真实情况告诉她了。事实上，这希望并没有完全落空，就在万圣节刚过不久，米哈希有三门功课得了优秀，其中一门是拉丁语。在全班学生中只有他一人知道“高兴”一词的过去完成式。他之所以知道这个词的变化，是因为在这之前他得了两个优秀，于是他问我，“我高兴”拉丁语该怎么说。我想这孩子高兴得一定要发疯了。他一下子又恢复了他的精神和幽默。他写了封信给妈妈，开头是这样写的：“最亲爱的妈妈，你知道拉丁文‘高兴’这个词的过去完成式是怎样变的吗？无论是妈妈还是小罗娜，都一定不会知道的，因为在全班学生中只有我一人知道。”

保持这优秀成绩便成了他生活的目标。可惜他的幸运的光辉转瞬即逝。不久，他用致命的波兰重音去读俄语[①]，一下子就把他辛辛

---

① 俄语重音是不定的，而波兰语的重音一般是固定在每个词的倒数第二个音节上。

苦苦建立起来的一切都给摧毁了，再加上只有上帝才知道的那样多的课程，不允许孩子对每一门功课都花费他那衰竭的记忆力所必需的同样多的时间。此外，还发生了一件事情，更加重了他的不幸。米哈希和奥维茨基都忘记告诉我还有一门写作练习，他们两个都没有做。奥维茨基因为是班里的高材生，没有问他便通过了。米哈希却受到了公开警告的处分和开除出校的威胁……他们真的认为他故意不把练习告诉我，以便逃避不做，而这个丝毫不会说谎的孩子又无法证明自己的无辜。的确，他可以说，奥维茨基也忘记了，可是同学间的信誉不允许他这样做。我的保证不仅毫无帮助，反而招来对我的指责，说我的行为只能鼓励孩子偷懒，是在削弱学校的威信，损害学校为了消除家庭的影响而灌输给学生的新思想。这实在是令我愤慨！但是米哈希的神色更使我着急和担忧。当天晚上，我看见他双手紧抱住脑袋，以为我听不见，他轻轻地说：

“头痛啊！头痛！头痛！”

第二天早上，他母亲来了信，马丽亚对他的优秀成绩说了许多称赞的话，这又给了他新的打击。

“啊！我给了妈妈多么好的安慰呀！”他抽噎地喊叫道。

翌日，当我把书包给他背上的时候，他摇摇晃晃，差点跌倒在地。我想叫他不要去上学，他说不要紧，只是要我送他到学校，他怕中途头晕。中午回来时又带回了新的“不及格”，这个不及格还是他非常熟习的一门功课。据奥维茨基说，他太紧张了，一句话也说不出来。于是学校便对他做出了这样的评语：他是个身上充满了愚昧落后素质的、又懒又笨的孩子。

他一直努力和这种又懒又笨的评语进行斗争，就像一个溺水的人在拼命挣扎一样，但完全白费。后来连他自己也失去了信心，对自己的能力也没有自信心了。他得出的结论是：一切努力和用功都是徒劳的，学习不好是命中注定。同时他又在做着种种的设想：怎样告诉母亲，母亲又会多么悲痛，她那羸弱的身体又会受到怎样的损害。查列辛的神父是个好心人，但做事欠谨慎，他有时也给米哈希写信，每次来信都是这样结尾的："现在，米哈希，你要记住，你的学习进步不仅关系到母亲的欢乐，也关系到她的健康。"他真的记住了，而且记得很牢。甚至在睡梦中他也用凄楚悲痛的声音不断地喊着："妈妈！妈妈！"仿佛在哀求她宽恕似的。

圣诞节很快就要来到了。可是这孩子的成绩却越来越坏，优秀的成绩单是毫无指望的了，我只好写信给马丽亚夫人，老老实实地告诉她，孩子身体太弱，功课又太重，尽管他尽了最大努力，依然应付不了他的功课，因此有必要让他离开学校，在乡下住一段时期，先把他的身体养好。我从她回信中看出，她那颗慈母的心虽然受了刺痛，但不失为一个通情达理的妇人和一个慈爱的母亲。我没有把这件事告诉米哈希，我担心强烈的刺激会给他带来恶果，我只是暗示他，不管发生什么情况，他母亲都是知道他是在勤奋学习的，对他的一切失败她都会谅解的。这番话的确给了他一定的安慰，因为他放声大哭了起来，这是很久以来所没有过的。他一边哭一边还喃喃地说："我亲爱的善良的妈妈，我给你带来了多少痛苦啊！"然而当他一想到要不了几天，他就能回到乡下去，就能看见他的母亲和小罗娜，看到查列辛和马辛斯基神父，他便破涕为笑了。我也急于要回到查列辛去，因为我再也不愿意看到孩子的痛苦了。在那里等待他的是一颗慈母的爱心和乡亲们的忠诚相待，还有平静和安宁；在那里，学习对于他具有一种亲切感和故乡的情趣，而不是那种陌生的拜占庭式的东西，更不会对孩子们所珍视的一切都加以无情的嘲讽。在那里，他再也不必用绝望的语调来问我，是不是真正有波兰的历史。最后，在那里，整个气氛都是那样亲切和安宁，孩子们可以自由地呼吸。因此，我把假期看成是对孩子的拯救。我掐指计算着离假期还有多少时日。这些等待的日子，对我说来真是忧心忡忡，对于孩子则是活受罪。

好像倒霉的事都给他碰上了似的。按照学校规定，学生中间除了用俄语交谈以外，禁止使用其他语言。有一次米哈希忘记了，他顺口便对小奥维茨基说，他很喜欢他，说的不是校方规定的语言。为此他又受到了一次公开警告，理由是“腐蚀”别人。这件事正好发生在节日前夕。这次打击给这个自尊心强而又敏感的孩子带来多大的痛苦，我在这里都不愿意去描述了。他的脑海里一定会是思绪如麻啊！什么是好，什么是坏，什么该受处分，什么该受警告，都早已是非不清、观念颠倒了。

所有这一切都把这颗幼小的心撕碎了。在他的眼前，看见的不是光明，而是黑暗，不是前程似锦，而是毫无出路的死胡同。于是他的背佝偻下来，像一串被风吹弯了的麦穗那样。我看到他每天早晨去上学的时候，他的每根神经都绷得很紧，以至于这个十一岁孩子的脸上老是露出悲戚的神情，看起来他时时刻刻都想哭，可是强制着自己不让哭出来。他的眼睛就像一只受了伤的小鸟的眼睛。有时，一种奇怪的沉思和半昏迷状态控制着他，他的行动仿佛失去了意识。他成了一个沉默寡言、举止安详又呆板听话的人。当我告诉他是散步的时候了，他也不像从前那样拒绝不去，而是拿起了帽子，一声不吭地跟着我走。假如不是我看出在这种表面的顺从下，隐藏着一种消沉和怀疑的情绪，我就会对这种变化感到满意的。他还像从前一样坐下来复习功课、做作业，可是这完全是出于习惯。他机械地背诵着动词的变位，心里却在想别的事情，或者什么也不想。有一次，我问他是不是把所有的作业都做完了，他昏昏欲睡似的对我说：“先生，我想，这又有什么用处呢！”我从此再也不敢向他提起他的母亲，免得把这个孩子正在饮下的那杯苦酒斟得更满。

对于他的身体，我是越来越担心了，因为他一天天在瘦下去，最后几乎变成透明的了。他的那些细小的血管，过去只有特别高兴或苦恼的时候，才在太阳穴上显露出来，现在却时时可见。此外，令人感到奇怪的是，他反而长得更加俏丽，看起来恰似画中人。看到这孩子的一半像天使的脸，竟给人以一种残花败叶的印象，实在令人心痛。他已经背不动书包里的全部书了，我只好把几本书装进他的书包里，剩下的由我替他拿去，因为现在他上学和放学回家都得靠我接送了。对于任何尖酸刻薄的话语，我都一概置之不理了。圣诞节终于来到了。查列辛派来的马已经等了我们两天，随马一起送来的马丽亚夫人的信上写道，他们都在焦急地等着我们回去。“我听说，米哈希，”马丽亚夫人在信的结尾写道，“你的学习有些困难，我并不期望你的成绩都是优秀，我只希望你的老师们也和我一样，相信你是尽了一切努力的，希望能用好的评语来弥补你学习上的不足。”可是老师们想的完全是另一回事，他们对孩子的评语也根本不同。成绩不好，希望能得到好评语的想法也就落空了。最后一次因为不用“教课的语言”而受到的公开警告，就直接关系到这孩子的评语。他们认为：这孩子没有听从他们的教诲，将来不能为他们所使用，白白地占据着别人在学校里的位置。于是他被学校开除了。

米哈希傍晚带回了这个决定。当时屋子里几乎全黑了，因为外面下着大雪，我不能看清他的面孔，只见他走近窗前，站在那里，呆呆地望着街上和空中飞舞的雪花。我不满意孩子这时的思想情绪，它们一定像雪花那样在他脑海里翻腾着，乱成一片。可是我也不想和他说话，免得谈起那个开除的决定和他的成绩单来。我们在沉默中度过了一刻钟之久，这时天色完全黑下来了。我点起了灯，开始收拾起行装来，但是看到米哈希老是一动不动地待在窗前，我便开口问他：

“米哈希，你在那里干什么？”

“这是真的吗？”他以每个字都是颤抖和停顿一下的声音说，“妈妈和小罗娜现在都坐在绿色大厅里的火炉边，正在想我们吧！”

“也许是的！为什么你的声音这样颤抖，你病了吗？”

“没有，先生！我没有什么，只是全身发冷。”

我给他脱去外衣，立即让他躺在床上，他确是全身在发抖。我给他脱衣服的时候，看到他那瘦骨嶙峋的腿脚和细得如同芦苇秆一样的双手，直叫人心肝俱碎。我让他喝了一杯热茶，把可以盖的东西全给他盖上了。

“你现在好一点了吗，孩子？”

“啊，是的！就是头还有些痛。”

这可怜的头，真是有该痛的理由。不久之后，这疲乏的孩子便睡着了。在睡梦中，他那狭小的胸脯呼吸得很吃力。我把他的和我自己的东西都收拾好了。后来，由于这一天比平日要冷，我的胸部也有些发痛，很早就上床睡觉了。我吹灭了灯，差不多一躺下就睡着了。

将近午夜的时分，灯光和那熟悉的单调的读书声把我惊醒了。我看到桌子上亮着灯，米哈希坐在桌子边念书。他身上只穿着一件衬衣，脸在发烧，眼睛半闭半开着，像是要更好地运用他的记忆力，他的头稍微向后仰着，用昏昏欲睡的声音反复念诵着：

“连接词：amem，ames，amet。”

我推了推他的肩膀：

“米哈希！”

他醒了，眨了眨眼睛，惊讶地望着我，像是不认识我似的。

“你在做什么？你怎么啦？”

“噢，先生！”他微笑着说，“我要把全部功课从头复习一遍。我要让拉丁语得优秀，妈妈才会高兴的。”

我把他抱了起来，放回到床上去，他的身子像火一样烫着我。幸好有一位大夫就住在我们这栋楼里，我立即把他请了过来。他给孩子号了号脉，然后把手放在他的额上，他不用考虑多久，就断定米哈希得的是脑炎。

嘿，很显然，他的头脑里实在是装不下这么多的事情啊！

他的病情很快就恶化到了可怕的程度。我立即打电报给马丽亚夫人，第三天，前厅里的门铃突然剧烈地响了起来，报告她的来临。等到我一开门，便看见她那张被黑面纱遮着的脸像亚麻布一样苍白。她的一只手用力地扶在我的肩膀上，她的整个灵魂仿佛都凝集在她的嘴上，当时她问我：

“还活着吗？”

“活着……大夫说，现在好些了。”

她撩起了面纱，上面还凝结着一层白霜，然后便朝孩子的卧室急急奔去。

我说了谎。米哈希的确还活着，可是并没有好一些。他甚至连坐在旁边的母亲都认不出来了。直到我换了一块新鲜的冰放在他的脑门上，他才睁开了眼睛，吃力地望着他母亲。很显然，他的整个身心此时都在同高热和昏迷做斗争，他的嘴唇颤抖着，露出了一丝笑容，终于轻轻地叫出声来：

“妈妈！……”

她握着他的一只手，在他的旁边一坐就是好几个小时，连帽子都没有取下来，直到我提醒她，她才心神不安地回答说：

“真的，我都忘记脱帽了。”

等她把帽子脱下，一种奇异的感觉攫住了我的心。在那一头使她显得年轻漂亮的金黄色头发中间，竟有许多银丝在闪闪发亮，而三天前也许她头上一根白发都没有呢。

现在她亲自给孩子换湿毛巾，亲自喂药。她走到哪里，米哈希的眼睛就跟到哪里。可是不久，他又不认识她了。他的体温又升高了。在昏迷中他背诵着聂姆策维奇[①]的《关于茹凯夫斯基的颂诗》，这首诗他能全背下来，后来他又念了许多拉丁字。我实在不忍听下去，便常常离开他的房间。当他的身体还是健康的时候，他曾偷偷地学过祈祷文，以便回家之后能给母亲来一个意外惊喜。可是现在，在这万籁俱寂的深夜里，听到这个十一岁的孩子在临终前用单调而又细小的声音不断地念着：“我的主啊！你为什么抛弃我，为什么让我处在悲哀中，而让我的仇敌欺凌我。”[②]我不禁浑身发抖。

母亲的呜咽声伴和着这凄惨的谵语声……

这是圣诞节之夜……从街上传来了人们的嘈杂声和雪橇的铃铛声。城里已呈现出一派节日的欢快的气氛。从对街的窗户里可以看见一棵圣诞树，树上点着无数支蜡烛，挂满了用金银纸包裹的干果。同时还看到有许多孩子的头围在树的四周，他们那金色的和黑色的

---

① 聂姆策维奇（1757—1841），波兰著名诗人。

② 原文是拉丁语。

头发一绺一绺地在空中飘动着，他们欢快地跳跃着，仿佛是站在弹簧上一样。家家户户都是灯火辉煌，响彻着欢乐和惊讶的叫喊声。街上听到的也尽是人们的欢乐声，只有我们这个孩子还在悲切地重复着："我的主啊！我的主啊！你为什么抛弃我？……"[①]

有一群孩子手持各种彩扎来到我们的大门口，随即便听到了他们的歌声："他躺在马槽里……"圣诞之夜来临了，而我们却是忧心忡忡，生怕它会变成为死亡之夜。有一会儿，我们觉得米哈希好像清醒了一些，因为他在叫唤妈妈和小罗娜，但这只是短暂的一瞬间。他呼吸急促，而且越来越急促。有时他想把手伸向床头，中途便无力地落在床上。再也不能抱什么幻想了，这个小灵魂只有一半还在我们中间，他越来越不认识我们了。他的神志早已飞走了，现在连他整个人都在向一个黑暗广漠的远方奔去。他既不认识人了，也失去了知觉，甚至连他母亲的头也毫无觉察，她这时正绝望地躺在他的脚边……

仿佛有一座神秘的大门在朝他打开，他便往门里走去，连看都不看我们一眼。他的每一次呼吸都在把他和我们拉开。到这时候，病魔完全胜利了，有如洪水一般逐渐地而又残酷无情地把他淹没了，把他生命的火花一点一点地熄灭了。他那双搁在被子上面的手显得苍白无力，已经出现死的征象了。他的鼻子高高耸立，脸上也出现了一种淡漠的严肃神情。到最后，他的呼吸就像手表那样低弱、急速。过了一会儿，他又叹息了一声，于是沙漏计时器里的最后一粒沙子掉落下来了，死亡是无法避免的了……

午夜时分，我们都断定他快要断气了，因为他全身痉挛，发出

---

① 原文是拉丁语。

低弱的呻吟，好像被人往嘴里灌水似的，他突然一下子不作声了。可是我放在他嘴边的那面小镜子，还有呼气所凝结成的雾气。一小时以后，他的体温下降了，我们都以为他得救了，连医生都说他还有一定的希望。他母亲一听到这话便晕了过去……

在两个小时当中，他的病情逐渐好转起来。天快亮的时候，医生回家去了。我通宵达旦地守护在他身边已经有四个晚上了，我的咳嗽又逼得我透不过气来，于是我便来到前厅，躺在一床草褥子上，立刻就睡着了。马丽亚夫人的声音把我惊醒了。我原以为她是在叫我，可是在这沉寂的夜里我清楚地听见她在喊叫：

"米哈希！米哈希！……"

我顿时毛骨悚然，因为这母亲呼唤孩子的那种可怕的声音使我立即明白了。

我还来不及爬起来，她就进来了，手里还拿着一支点着的蜡烛。

"先生，米哈希死了！……"

我立即朝孩子的床边奔去。他果真死了。他的头仰躺在枕头上，嘴巴张开，眼睛不动地盯住一个地方，全身僵硬。这一切都不容置疑地显示出：米哈希已经死了。

我用被子将他盖好，因为他母亲从床边站起来的时候，把被子从他那瘦得皮包骨头的身上揭开了。我给他合上了眼睛。接着，我又不得不去照顾马丽亚夫人。圣诞节的第一天，我是在准备丧事中度过的，这种准备工作对我说来实在是可怕，因为马丽亚夫人不愿意离开尸体，还常常昏迷过去。等到人们来量棺材的尺码时，她昏倒了，后来在装殓尸体时，她又昏迷过去。到了后来布置灵台的时候，她又一次不省人事。那些装殓工人由于习惯了这种场面，便大手大脚地干了起来，她的悲痛就时时和他们的粗鲁发生冲突，使她又陷入昏迷之中。她亲自将木屑放在棺材里面的缎子下面，还像发烧似的低声喃喃，说垫子太低了。这时，米哈希还躺在床上，穿着一套新制服，戴着一副白手套，身体僵直，脸色明朗而无忧无虑。

我们终于把他放进了棺材，摆好了灵台，在四周点起了两排蜡烛。这个可怜的孩子生前在这间房间里念过许多拉丁语动词变位和做过不少的作业，现在这里竟俨然像一座小教堂，因为窗子都被关紧了，阳光照射不进来，而闪动的微弱的烛光把四壁照得有如教堂那样庄严肃穆。从他最后一次得了优秀成绩以来，我还没有看到过米哈希的脸色像现在这样明朗。他那端正俊美的脸孔朝着天花板，露出笑容，仿佛一个孩子在这种永恒的死亡休憩中得到了乐趣，并感到非常幸福。烛光的闪动使他的脸和笑容都显得像是个睡着了的活人。

他的那些没有回家过节的同学都先后来了。孩子们一看见蜡烛、灵台和棺材，便惊讶得睁大了眼睛，也许是这位同学的形象使他们感到惊讶。不久以前他还和他们在一起，像他们一样被装满书本的书包压得腰弯背驼。他还常常得到坏的分数，受到公开的指责和警告，他的重音不好，人人都可以去揪他的耳朵和头发。现在他却高高地躺在那里，使人无法接近，显得庄严而又平静，周围环绕着一圈圈烛光，大家都怀着敬意和恐惧之情来到他的身边，甚至连那个奥维茨基，尽管他是班里最优秀的学生，现在和他比起来，也显得平平常常的了。

孩子们互相用胳膊推搡着，悄悄地议论起来：现在他什么都不用害怕了，即使有人来了，他也用不着站起来了，他可以平静地微露笑容，他在那里完全自由自在，愿意干什么就干什么。他只要愿意，就可以爱怎么喊就怎么喊，甚至还可以用波兰语同背上长着翅膀的天使们谈话哩！

他们就这样一边低声议论着，一边向灵柩走近，为米哈希祈求永恒的安息。

第二天棺材盖上了，钉上了铁钉，被抬到墓地去了，那里，堆放着一堆堆混有白雪的沙土，一会儿我就亲眼看到他被埋葬了，我永远也见不到他了。今天，当我写这篇回忆的时候，已经过去好几个月了。但是我一直在想念你，为你悲痛，我的小米哈希！我的过早凋谢的花朵！你的重音念不好，但你有一颗正直的心……我不知道你在那里能不能听见我的话，不过我知道，你的从前的老师咳嗽得越来越厉害了，他越来越感到苦闷，越来越感到孤独，也许要不了多久，他就会和你一样，离开这个人世的。

为了面包

一　在海洋上——反思——暴风雨——抵达

从汉堡开往纽约的德国轮船“布鲁契号”正在茫茫无际的海上颠簸行进。

它已经航行四天了。两天前，这只轮船穿过爱尔兰的绿色海岸，开进了茫茫的大洋之中。从甲板上放眼望去，目力所及之处，尽是一望无边的绿色和灰色的洋面，低处像道道沟壑，高处如山峦起伏，都是急剧汹涌地晃动着，不少地方泡沫飞溅，远处是越来越黑，与布满白云的天际融成一片。

这些白云的亮光常常照射在洋面上，而在这晶莹透明的背景上，那漆黑的船身便显得格外轮廓分明。船头朝向西方，时而艰难地跃起在海浪上，时而又沉入海浪里好像沉没了似的，时而从眼中消失，时而又被抛起在大浪脊上，高得连船底都能看见，但轮船依然在破浪前进。海浪朝轮船涌了过来。轮船也朝海浪冲了过去，月自己的胸膛破浪航行。在它后面，是一条泡沫飞扬的白色水路，有如一条巨蛇在追逐着轮船。海鸥在轮船上空翱翔，上下翻腾，像波兰田凫一样欢叫着。

现在正是顺风，轮船只开动了一半马力，但所有的篷帆都扯挂起来了。天气越来越好。云隙之间的好些地方都能看见一块块蔚蓝的天空，它们在不停地改变着自己的形态。打从“布鲁契号”轮船开出汉堡以来，海上就不断有微风吹动，但从未出现过暴风雨。风是朝西吹的，而且有时还风平浪静。这时候，所有的船帆都被簌簌地收落起来，等到下次，再让风把它们鼓满得像天鹅胸脯那样。水手们身穿紧身的粗呢短裤，把主桅杆下桁的绳索收紧，还忧郁地唱起了号子："嗬……嗬……哟！"随着歌唱的节拍，他们时而弯腰曲背，时而站立挺直。他们的号子声，与见习军官的哨子声，融进了从烟囱里喷出的一阵阵或一团团灼热的黑烟的声音中。

为了观赏这美好的天气，旅客们都来到了甲板上。船尾上站的都是头等舱里的旅客，他们身穿大衣，头戴礼帽。船头那边则聚集着五颜六色的统舱里的移民，他们有的坐在长凳上，叼着烟斗；有的躺在甲板上；有的靠在船舷的栏杆上，凝视着下面的海水。

船上有几个手抱婴孩的女人，她们的腰带上都挂有铝杯。还有几个年轻人，不停地在船头到船桥之间来回走动，他们摇摇晃晃，竭力在保持身体的平衡。这些年轻人嘴里还哼起了《我的祖国在哪里?》，也许他们心里在想，他们再也看不见他们的"祖国"了。尽管如此，他们依然很高兴。在全部乘客当中，只有两个人最伤心，他们不和别人在一起。一个是年纪大的农民，另一个是年轻的姑娘，他们俩都不会德语，所以他们在这些外国人中间真是感到孤独寂寞。这两个人到底是谁呢？我们当中任何一个人，只要看他们一眼，就准知道他们是波兰的农民。

那位老农民叫瓦夫章·托波勒克，姑娘是他的女儿，名叫马丽霞[1]。他们要到美国去，这是他们第一次鼓起勇气走上甲板来，在他们那病容憔悴的脸上，露出了恐惧和惊讶的神情。他们用胆怯的目

① 马丽西亚、马丽希、马丽霞都是马丽亚的昵称，小称。

光望着那些旅客和水手，望着这条轮船和大口喷烟的烟囱，以及把海水泡沫飞溅到甲板上来的令人胆战的垛垛浪墙。他们相互之间都不敢说话，因为他们都被吓坏了。瓦夫章一手扶着栏杆，一手按住他戴的羊角帽，担心风会把它吹掉。马丽霞抓住她的父亲，每当轮船倾斜得越厉害，她就抓得他越紧，同时还害怕得低声惊叫起来。过了一会儿，老人才打破了沉默:“马丽霞?”

“什么?”

“你看见了吗?”

“看见了!”

“你觉得奇怪吗?”

“是觉得奇怪!”

不过，她与其说是觉得奇怪，还不如说是感到害怕。老托波勒克也是一样。幸亏这时候，风平浪静，太阳从云堆里钻了出来。他们一看见那“亲爱的太阳”，才放下心来，因为他们想到这个太阳“和他们利宾采的太阳是一个样的”！的确，在他们看来，这里的一切事物都是新的，都是他们所不知道的，只有这颗光芒四射的太阳才是他们的老朋友和保护神。

这时候，海面越来越平静。过了不久，风帆都落下了，从高高的桥楼上传来了船长的哨子声，那些水手便跑到桅杆上去收帆。一看见这些水手都爬上高高的桅杆，仿佛悬挂在深渊的上空，托波勒克和马丽西亚便觉得心惊肉跳。

“我们的小伙子们可干不了这个!”老人说道。

“凡是德国人能干的，雅希科也都能做到。”马丽西亚回答说。

“是哪个雅希科？你是在说苏伯科夫吗?”

“哪里是苏伯科夫，我是在说斯莫拉克，那个放马的。”

“他倒是个勇敢的小伙子，不过你别再去想他了。他配不上你，你也不能嫁给他。你是个当夫人的命，可他只不过是个马夫，而且一辈子也只能当马夫。”

“他也是有地的呀！……”

“是有地，不过他的地在利宾采。”

马丽西亚默不作答，但是她心里在想：“命里注定了的事，反正也是跑不掉的。”于是她只有伤心地叹气。这时候，船上的帆都已收好，螺旋桨却开始剧烈地转动着海水，整个轮船都跟着它颤动起来，不过船身的左右摇摆颠簸却几乎完全停止了。远处的洋面显得光滑、碧蓝，越来越多的旅客从舱里来到甲板上：有工人和德国农民，还有从沿海城市来的街头流浪汉，他们到美国去是为了寻求欢乐，而不是去找工作。甲板上挤满了人。瓦夫章和马丽西亚为了不引起别人的注意，便走到船头的尖角处，在一堆麻绳上坐了下来。

“爸爸，我们还要在这海上走多久呀?”马丽西亚问道。

“我也不知道，你要是去问别人，也没有人会把实话告诉你的!”

“我们到了美国，怎么和人说话呢?”

“他们不是说过，那里有我们的不少同胞吗?”

“爸爸！……”

“什么?”

“新奇倒是令人感到新奇，但总比不上我们的利宾采好。”

“你还是不要抱怨吧!”

但是，过了一会儿，瓦夫章像是在自言自语，又说了一句：“这是上帝的旨意！……”

姑娘眼里噙满了泪水，随即他们两人都想起了利宾采。瓦夫章·托波勒克回想起他为什么要到美国去，而他又是怎样踏上旅途的。事情是怎样发生的呢？那还是在半年以前的夏天，别人在苜蓿地里把他的一头母牛逮住了。逮住母牛的苜蓿地的主人要他赔偿三马克的损失费，瓦夫章不愿赔这笔钱，于是事情便闹到了法院，官司就这样拖延着，等着判决。那个遭受损失的主人不仅要求赔偿草地的损失，还要求支付喂养这头母牛的费用，而这笔费用却是与日俱增的。瓦夫章坚决不答应，因为他舍不得这笔钱。官司本身就花了不少钱，而且还一拖再拖，喂养母牛的费用也在不断增长。最后是瓦夫章败诉了。为了这头牛，只有上帝才知道他该付多少钱。由于他拿不出钱来，他们便把他的马也牵走了。法院又因为他抗拒，将他拘禁起来。托波勒克真是气得像条蛇似的扭动着身子，因为收割就要开始了，需要人手和牲口来干活。还没有等他把麦捆拉运回家，就下起了大雨，麦子都在麦堆里长了芽。于是他便想到，单是为了赔偿苜蓿地的损失费，就害得他小小的家业精光荡尽。他还想到他竟损失了这么多钱，还加上一部分牲口和今年的收成。这样一来，等到明年收割时，他和他女儿就只好去啃泥土了，或者只有出去要饭了。

因为他以前生活比较富裕，而且一帆风顺，现在他便感到伤心绝望了，只有借酒浇愁。在小酒店里，他认识了一个德国人，那人表面上是个走村串户采购亚麻的生意人，实际上，是个专门骗人到海外去的人贩子。这个德国人对他说了许多有关美国的奇迹和传闻，还许诺他一钱不花，就能无偿地得到一块比整个利宾采还要大的土地，包括草原和森林在内，说得瓦夫章都眉开眼笑了。他开始还半信半疑的，但那个卖牛奶的犹太人和这个德国人一唱一和，也说那里的政府会给每个人土地，“你种得了多少就给你多少！”这些情况都是犹太人从他侄子那里听到的。那个德国人还亲自拿出一大笔钱来给他看，其数目之大，不要说一般农民没看见过，就连本村的地主老爷一辈子也没有见过。他们就这样诱骗他，而他也终于被说动心了。他为什么要留在家乡呢？一场官司就花了他那么多钱，真够雇一个长工的了。难道他就甘愿这样下去吗？难道他真要手拿打狗棍出去讨饭吗？真要在教堂外面唱起“天上的圣女、可爱的小姐，请发发善心吧”？决不能落到这种下场！他心里这样想道。于是他和那个德国人击了掌，商量定了，在圣米哈尔节之前，他变卖了所有的家产，带着女儿上路了，现在他们正乘船到美国去。

然而这次出门远行并不像预期的那样顺利。在汉堡时，他们要去了他许多钱。上船以后，他们又都被安置在统舱里。轮船的颠簸、大海的无边无际，都使他们感到恐怖心悸。没有一个人能听懂他们说的话，他们也听不懂别人说的话，他们仿佛是人家的一件东西被搁在一旁，或者像块石头被扔在了路旁。那些德国旅客都在嘲笑他和马丽西亚。每到吃午饭的时候，大家都拿着餐具到分配食物的厨子面前，他们父女总是被人挤到了最后，因此，他们挨饿已不止一次了。在这条轮船上，瓦夫章感到忧伤、孤独而又陌生，除了上帝之外，再也不会有别人来照顾和关怀他们了。在女儿面前，他还装出一副无所畏惧的神态，他把帽子遮在额头上，他还要马丽西亚对各种事物都发生兴趣，他自己对什么都感到好奇，但什么也不相信。他常常感到恐惧，生怕那些“异教徒”，也就是他称之为旅客的那些人，会把他父女俩扔进海里去，生怕他们会强迫他父女改信宗教，或者强迫他签订什么契约，嘿，甚至会是一张借条。

轮船夜以继日地在茫茫大海上航行。它时时震动着，咆哮着，掀起阵阵波涛和泡沫。它像条巨龙似的在呼吸吐气。每到晚上，它的后面就有一条炽烈的火花飘带在飞扬，使他觉得这条轮船具有一种可憎而又非常神秘的力量。种种天真幼稚的恐怖，尽管他自己不承认，却使他时时处在神经紧张之中。因为这个离开故土的波兰农民，如今真的成了一个孤苦无依的孩子，的确他也只有听凭上帝的旨意了！此外，他所看见的一切，他周围发生的一切，他都无法理解。所以，当他现在坐在那堆麻绳上的时候，却被惶恐不安和烦恼压得低下了头，那也就毫不奇怪了。海上的微风在他耳边歌唱，还一再重复着："利宾采！利宾采！"有时，他觉得那是利宾采的风笛在吹奏。太阳也仿佛在说："你好呀，瓦夫章，我去过利宾采了！"但是螺旋推进器却在更加卖力地掀动着海水，烟囱喷射出的烟尘也更加急速，更加轰响，仿佛是两个恶魔鬼怪，把他推拉得离利宾采越来越远。

然而，马丽西亚的脑海中却是另外的一些想法和回忆，它们有如轮船身后的那条泡沫水路，或者像那群翱翔在轮船上空的海鸥。她回想起，那是在她离开故乡之前不久，一个秋日的黄昏，她到井边去打水，井上有桔槔。当时第一批星星已在空中闪烁，她一边扳动着桔槔，一边哼唱着："雅希科在饮马，卡霞在打水……"她心里是那样忧郁，她的哼唱也就像燕子在飞离故巢时一样悲鸣……过了一会儿，从漆黑的森林中不断传来笛子声，那是牧马人雅希科·斯莫拉克在发出信号，表明他已经看见了桔槔在摆动，马上就要从草地那边过来了。果真不久就听见马蹄声，他是骑马跑来的。他跳下了马，摇动着他的亚麻色头发。她还记得他对她说过的话，现在回忆起来，真像音乐一样美妙。她闭起双眼，仿佛斯莫拉克又在用颤动的声音对她轻轻地说道：

"如果你的父亲真是那样固执，那我就取出我在庄园的全部工钱，把我的房子卖掉，把我的土地也卖掉，然后我们就远走高飞，我的马丽西亚！”他说，“无论你走到哪里，我也会像大雁那样从天上飞到你的身边，或者像只鸭子那样从水上游到你的身旁，或者像个金环那样，滚也要滚到你那里去找你。啊，我唯一的人儿！你知道，没有你，我会多么痛苦！不管你走到哪里，我都会跟你到哪里。无论你发生什么事情，我也会和你共享命运，我们是同生同死的一对。我现在就凭这纯洁的井水向你起誓，如果我抛弃了你，就让上帝抛弃我好了。马丽西亚，我唯一的爱人！”

一想起这些话，马丽西亚就仿佛看见了那口水井，那个在树林上空又大又红的月亮，和那个活泼可爱的雅希科。她在这种回忆中得到了巨大的满足和快乐。雅希科是个坚强果断的人，所以她相信他会实现自己的誓言的。不过她唯一希望的，就是他现在能在她的身边，能和她一起倾听海滔的呼啸。能和他在一起，她定会更加活泼，更加快乐，因为他不怕任何人，他到处都能站住脚跟，独立生活。现在不知道他在利宾采干些什么呢？也许那里已经下了第一场雪，他是不是又拿起斧头到森林中去了，还是在放牧马群呢？也许他们又派他坐着雪橇到别的地方去了，或者在池塘的冰上面打洞。我最亲爱的人儿，你在什么地方呀？利宾采完全像过去一样呈现在她的面前：路上铺满积雪，霞光照耀在那些光秃的黝黑的树枝上面，一群乌鸦聒噪着从树林里飞到了村中。炊烟从烟囱中袅袅升起，井上的桔槔都结上冰了。而在远处，是披上了霞光和白雪的森林。

唉，现在她到了什么地方，她父亲到底要把她带到什么地方去呢？！远方，目力所及之处，尽是茫茫海水，淡绿色的沟壑和泡沫飞溅的浪峰，而在无边的海水原野上，只有这一只轮船，它像只迷途的小鸟，上面是浑然的天穹，下面是广袤的荒野，还有阵阵巨大的轰声，有如海洋在悲哭，风在怒号。而在那边，船头的前面，或许是第九重地，也就是世界的终极。

雅希科，亲爱的人，你会在这里追上她吗？你会变成一只雄鹰从空中飞到她的身边吗？你会变成一条大鱼从水上游到这里来吗？你在利宾采，是不是还在想着她呢？

太阳渐渐西沉，朝大海中落了下去。在起伏不停的波涛上，夕阳照成了一条宽广的大道，一直向船后伸展过去，形成了许多金色的鳞片，在变幻闪烁，在发光燃烧，最后消失在远方。轮船在这条金光大道上航行，仿佛是在追赶那没落的太阳。从烟囱里喷射的烟雾都变成了红色，船帆和潮湿的绳索也都披上了一层玫瑰色，水手们都在引吭高歌。这时候，殷红的夕阳越来越大，也越来越朝海洋深处沉没下去。不久之后，海波上只能看见半个红盾了。随后就只能看见满天霞光，再过一会儿，整个西边都是一片玫瑰色。而在这片光辉中，谁都无法分清：哪儿是耀眼的海水终结的地方，哪儿是苍天开始的地方。碧海苍天都在慢慢地消失，霞光映红的海洋发出单调的海涛声，但是很温和，仿佛在念晚祷似的。

在这种时刻，人的心灵就像长了翅膀，凡是他心里记住了的，全都会回忆起来；凡是他过去爱过的，现在爱得更加炽烈；凡是他所憧憬的，他就会朝它飞驰过去。瓦夫章和马丽西亚两个人都意识到，虽然风把他们像枯落的树叶那样飘吹，可是他们生长的那棵树却不在他们所要去的地方，而是在他们来的那个地方，那就是波兰的国土。在这块土地上，麦浪翻滚，森林密布，农舍星罗棋布，到处都是草原牧场。上面有金黄色的金凤花和波光粼粼的池水，到处是成群结队的雁鹤和燕子，路旁竖立起一座座十字架，菩提树中间是一栋栋白色的贵族府邸。在这块土地上，人们会脱下羊角帽，用“赞美基督”的话语来问候别人，别人也会用“永远永远”来回敬你的问候。她是个最仁慈、最可爱的母亲。她又是那样纯朴，比世界上的其他一切都更让人敬爱。因此，他们农民心里过去所没有感受到的，现在都感受到了。瓦夫章脱下帽子，晚霞映照在他那已开始花白的头发上。他心里烦躁不安，因为这个可怜的人不知道该怎样把他的这种种感受告诉马丽西亚。后来他终于说道："马丽西亚，我觉得好像还有什么东西留在海的那边哩！"

"留下了不幸，留下了爱！"姑娘低声回答说。她抬眼望天，仿佛在祈祷似的。

这时候，天色已经昏暗，旅客们开始离开甲板。然而，船上却有另一种繁忙的活动，因为在美丽的黄昏之后，夜晚往往并不那样宁静。所以船员们的哨子还在不停地吹着，水手们都在收紧绳索。最后的一道紫色光芒已沉入海中消失不见了。海里便升起了浓重的夜雾，星星在空中闪烁了一会儿就消失不见了。眼看着夜雾越来越浓，顷刻之间，它就遮蔽了天空，遮住了地平线和轮船。现在只有那根烟囱和主桅杆还清晰可辨，水手们的形体远看都像影子似的。一小时过后，一切都隐没在茫茫白雾之中，就连挂在桅杆上的亮灯和烟囱里冒出来的火花都看不清楚了。

轮船已没有颠簸的感觉，也许有人会说，现在海上是风平浪静，已被浓雾的重量压住，不能动弹了。

的确，黑夜已经来临，又黑又静。突然，在这种寂静中，从最遥远的水天相接之处，传来了一种奇怪的声响，仿佛是从巨大的胸膛中发出的沉重的呼吸声，正在朝轮船这边袭来。有时又使人觉得，这声音好像是有人在黑暗中呼号。后来又听到了远处传来的一片凄惨哭号的声音，这声音是这样悲切，如泣如诉。这些悲切的声响，正从黑暗和茫茫大海中朝轮船这边涌奔过来。

水手们一听见这种声音，都说是暴风雨正从地狱中狂泄出来。的确，这种推断越来越清楚了。船长已穿上了一种带帽子的橡胶雨衣，站在最高的指挥塔上。另一位船员站在他的岗位上，也就是站在灯光照亮的罗盘前。现在甲板上一个旅客也没有了，瓦夫章和马丽西亚也回到了他们住的统舱里。舱内一片寂静，固定在非常低矮的舱顶上的挂灯，把暗淡的灯光照射在舱内，照射在那些背靠着墙坐在床上的移民身上。底舱又宽又大，却十分昏暗，一般的四等舱往往都是这样的。它的天花板几乎和船壁连成一体，因此，那些在角落里的床铺，由于被木板隔断所隔，看起来与其说像床铺，还不如说是一个个黑暗的洞穴，而整个大舱房给人以一个大地窖的印象。里面的空气也充满了油帆布的气味、绳缆的气味、机油和潮湿的气味。在这里，与头等舱里的豪华房间相比，真是天壤之别。在这样的统舱里，只要航行两个星期，恶浊的空气就会把肺部损坏，脸上便会出现苍白憔悴的病容，甚至还常常出现坏血病。瓦夫章和女儿才航行了四天，但是，如果你把从前那个在利宾采的健康而又红润的马丽西亚，和今天这个憔悴苍白的马丽西亚一比，你竟会认不出她来了。老瓦夫章的脸色也像黄蜡一样。在最初几天里，他们两个都没有到甲板上去过，他们原以为不准他们上甲板。他们那里能够知道，什么是准许和禁止呢？！他们连动都不敢动一动，而且也不敢离开他们的东西。不过现在，不单是他们，就连其他人也都坐在自己的位置上了。整个统舱摆满了这些移民的大大小小的包袱，这更增添了舱内的杂乱和沉闷的空气。被褥、衣服、食品，各种各样的工具和洋铁器皿混杂在一起，大堆小堆地摆满一地，移民们就坐在这些东西的上面。他们几乎全是德国人，有的人嚼着烟叶，有的人抽着烟斗，烟雾直冲低矮的天花板，形成了袅袅上升的长带子，把灯光都遮没了。角落里有几个孩子在哭，但是平常的那种嘈杂声都静了下来，因为浓雾使所有的人都感到悲郁、惊恐和不安。移民中间那些阅历丰富的人都知道，这是暴风雨的前兆。而且大家心里也都明白，危险正等待着他们，也许会是死神的降临。然而，瓦夫章和马丽西亚对此却一点也没有意识到。尽管有人临时打开舱门一下，便能清晰地听见从茫茫天际之间传来的凶暴可怕的声音。

他们两个都坐在统舱的深处，也就是那个最狭窄的地方，因此离船头最近。那个地方颠簸得最厉害，所以他们的那些旅伴就把他们挤到这个旮旯里。老头儿啃着还是从利宾采带来的面包，姑娘则因为无事可做，就把自己的头发扎成绺绺，预备睡觉了。

然而，这种偶尔被孩子哭声打破的深沉的寂静，渐渐让这个姑娘感到惊恐不安起来。

“为什么今天这些德国人都在安安静静地坐着呢?”她问道。

“我怎么会知道？”瓦夫章像往常一样回答，“也许他们是在过节，或者有别的什么事情。”

突然，轮船剧烈地晃动起来，仿佛遇见了什么东西吓得全身发抖。身边的那些洋铁盒子都在发出悲惨的碰响声，灯里的火光在跳动着，显得更亮了。有几个惊愕的声音在问：

“这是怎么回事？这是怎么回事?”

但是无人回答。轮船又出现了第二次大震动，比第一次更强烈。船头突然翘了起来，接着又立即下沉。与此同时，一个大浪沉重地打在一边的圆形窗户上。

“暴风雨来了！”马丽西亚惊慌不安地低声说道。

这时候，轮船四周发出一种像是森林突然遭到狂风吹折的响声，接着又响起了一片嚎叫声，像是一群狼在嚎叫。狂风一次次地猛扑过来，使船身向一边倾斜，后来是轮船在打转转。时而高高跃起，时而又沉入波浪下面。船体的各个联结部位发出轧轧的响声。洋铁器皿、包袱、行李和工具在地板上滚来滚去，从一个角落滚到另一个角落，有好几个人被摔倒在地板上，破枕头套里的羽绒在空中飞舞，灯罩上的玻璃发出悲哀的嘎嘎声。

狂飙大作，海涛怒号，白浪如座座山峰涌向甲板。轮船在挣扎，妇女在叫喊，孩子在哭泣，人们在追赶自己的东西。在这一片嘈杂和混乱中，只能听见尖锐的哨子声，偶尔也能听到水手们沉重的脚步声，他们在上面的甲板上奔跑着。

“钦斯托霍瓦的圣母啊！”马丽西亚轻轻说道。

他们父女所在的船头像发了疯似的，忽而跳得高高的，忽而又深陷下去，尽管他们两个死死抓住了床架，但还是被抛来抛去，有好几次撞在天花板上。海浪的咆哮声越来越大，船体的龙骨都在吱吱作响，而且越来越可怕，仿佛船梁和船板随时都会崩裂开来。

“抓住，马丽希！”瓦夫章大声叫道，想盖过风暴的吼声，然而恐怖立刻就封住了他的喉咙，也封住了别人的喉咙。孩子们停止了哭叫，女人们也不再叫喊了，大家的心跳更加急速，所有的手都在拼命地抓住船上的牢靠地方。

风暴越来越疯狂。各种气象都失去了控制，雾因黑暗而显得更加浓重，云与水联成一气，风与水花搅和成一体，显得凝重而急速。一个个浪头好似大炮发射出来的炮弹，猛烈地打击着轮船，打得这条船左右摇摆，时而被抛入空中，时而被掷入海底。泡沫飞扬的巨浪常常把整条轮船遮没，汹涌翻滚的海水发出令人胆战心寒的轰鸣。

统舱里的油灯渐渐熄灭了，船舱里越来越黑暗，于是瓦夫章和马丽西亚都觉得自己仿佛进入了死神的领地。

“马丽希，”这个老农断断续续地说道，因为他连气都喘不过来了，“马丽希，宽恕我吧！是我把你带到这儿来送死的，我们的末日到了。我们有罪的眼睛再也不能看见这个世界了。我们连忏悔都来不及了，也来不及涂临终圣油了，也无法葬在地里了。我们只有从水里去接受可怕的审判了，可怜的孩子！”

当他这样说的时候，马丽西亚便意识到他们已到了无法挽救的地步了。于是种种思想便在她的脑海中涌现，而心里也在呼唤：“雅希科！亲爱的雅希科！你在利宾采能听见我的声音吗？”

极度的悲哀使她心如刀割，她便号啕大哭起来。她的哭声响彻整个大舱，而舱里的人们静默得像在送葬似的，于是从角落里便有人叫喊起来：“安静点！”但是这叫喊声立即打住了，仿佛被自己的声音吓住了似的。这时候，有一盏灯的灯罩掉到了地板上，那盏灯便熄灭了。船舱里更加黑暗了。大家都拥到一个角落里，以便互相挤得更紧些。到处笼罩着寂静的恐怖。在这种沉默寂静中，突然响起了瓦夫章的声音：“基督可怜我们！”

“基督可怜我们！”马丽西亚抽泣着，回应了一句。

“基督啊，请垂听我们吧！”

“天父啊！上帝啊！可怜可怜我们吧！”他们父女俩念起了祈祷文。在这漆黑的统舱里，这个老人的声音，和这个姑娘被呜咽间断了的应和声，便具有一种无比庄严的气氛，有些移民便脱下了帽子。姑娘的呜咽也渐渐停息了，他们的祈祷声便显得更加静穆，更加清晰了。舱外，风浪的咆哮在应和他们。

突然，从靠近舱门的那群人中间发出了一片惊叫声，原来狂浪把舱门冲开了，涌进了舱里。哗啦的海水溅流到各个角落。妇女们惊叫着，跳上了床铺，所有的人都觉得真是末日到了。

过了不久，一个值班的船员手提一盏提灯走了进来。他满脸通红，全身都湿透了，他只说了几句话就使妇女们安下心来了。他说进水是偶然的，还说轮船是在大洋上航行，危险性不大。的确，这样过去了一小时、两小时，尽管风暴越来越疯狂，轮船一直在咯吱作响，船头沉落下去，甲板被海浪淹没了，船体朝一边倾斜，但并没有沉下去。人们的情绪稍微镇静了一些，有的人躺下睡着了。这样又过了几个小时，一道灰白的亮光从顶上那扇铁格子穴洞里照射到昏黑的大舱。白天又来到了海洋上，像是被吓坏了似的，显得又忧郁又昏暗，但却给乘客们带来了一线希望和少许慰藉。瓦夫章和马丽西亚念完了他们记得的全部祷文之后，也爬进了他们的床，很快便呼呼入睡了。

一直睡到早饭的铃响，他们才惊醒起来。但是他们都吃不下。他们都感到头重得像铅似的，而且老头子的情况要比姑娘更糟糕，他那麻木僵硬的头脑已经无法思考任何问题了。那个鼓动他到美国去的德国人确实曾对他说过，需要漂洋过海才能到达，不过他从未想到要过这样大的海洋，还要在海上日日夜夜航行这么多天。他原以为只要坐上一只渡船就会渡过海去的，就像他一生中多次渡过河道那样。若是他早知道海洋是这样大的话，那他一定会留在利宾采，绝不会出来的。另外，还有一种思想使他满腹忧虑：是不是他和他女儿的灵魂都堕入了永劫呢？像他这样冒犯上帝，而让自己进入浑浊之中——此时他在这种浑浊中已经航行了五天，为了到达彼岸，如果那边果真有岸的话——这对于一个从利宾采来的天主教徒来说，是不是一桩罪孽呢？他的忧虑与恐惧与日俱增，可这样的日子还要过七天。单是狂风巨浪又接连持续了四十八个小时，后来总算平息下来了，他和马丽西亚又敢到甲板上来了。可是，当他们看到还在不断翻滚的海浪，高的像山峰一样，低的则像无底的深谷，直朝轮船袭来；于是他们又想到，也许只有上帝的手，或者人间以外的某种力量，才能把他们从这种灾难中救出来。

天气终于完全晴朗了。但是轮船依然在夜以继日地航行。船的前面始终还是浩瀚无际的海水，时而是碧绿，时而又是蔚蓝。海天相连，渺无边际。而在那片天空中，有时也高高地飘过朵朵明净的白云。傍晚时，这些白云便变成了红色，飞到遥远的西方睡觉去了。轮船在海面上追赶着这些小云。瓦夫章真的以为，也许这大海真是没有尽头的。但他终于鼓起了勇气，决心去问问别人。

有一次，他脱下了羊角帽，朝一个经过他身边的水手恭恭敬敬地鞠躬，问道："尊敬的先生，我们快到岸了吗？"

啊！真是怪事！这个水手不仅没有大笑起来，反而站住听他说话。在他那风吹日晒的红脸上，可以看出来，他是竭力在回忆，而某些回忆并不是一下子就能想起来的。过了一会儿，他问道："Was？"

"我们快到岸了吗，尊敬的先生？"

"还要两天，两天！"水手吃力地回答说，还伸出了两个指头。

"十分感谢您！"

"你们是从哪里来的？"

"从利宾采来。"

"利宾采是个什么地方？"

正当他们说话的中间，马丽西亚走近前来。她满脸羞红，胆怯地抬起了眼睛望着那个水手，操着乡下姑娘说话时的那种细声细气的语调说道："我们是从波兹南来的，先生。"

水手陷入沉思的样子，望着船舷上的一个铜钉，后来他又望着那姑娘，朝她的亚麻色头发瞟了一眼，于是他那被风吹日晒的脸上露出了激动的情绪。

过了一会儿，他郑重地说道："我到过革但斯克……我听得懂波兰话。我是卡苏伯人，是你们的同乡，不过那是以前的事了。现在我是德国人。"

他说完之后，便拉起了原先就拿在手中的那根绳头，随即转过身去，用水手的声调喊道："啊！啊！啊！"开始收拉起那根绳来。

从此以后，每逢瓦夫章和马丽西亚来到甲板上，他一见到他们，总要朝马丽西亚友好地笑一笑。他们也非常高兴，因为在这只陌生的德国船上，终于有了一个对他们表示友好的人，而且航程也不会很长了。

第二天早晨，当他们来到甲板上的时候，一幅奇异的景象就出现在他们的眼里。他们看见远处有件东西在海面上漂游。等到轮船驶近那件东西时，他们才看清，那是只大红桶，被海浪轻轻地晃动着。接着，远处又出现第二个、第三个和第四个这样的红桶。空气和海水都有些浑浊，但并不浓重，而且天色柔和，一片银色的光亮，万顷碧海，水波不兴。然而目力所及，却见越来越多的红桶在海面上漂浮，一群群白鸥展开黑翅膀在轮船后面飞翔、鸣叫。甲板上也是一片繁忙景象。水手们都穿上了新的制服，有的人在冲洗甲板，有的人在擦船舷上和船窗上的铜设备，桅杆上挂起了一面大旗，船尾上挂起了一面更大的旗子。

所有的旅客都显得活跃而兴奋。船上的人全都拥到了甲板上，有的还带着他们的行李，开始用绳子捆紧它们。

马丽西亚看到这情况，便说道："我们真的要靠岸了！"

她和瓦夫章的心情才舒展起来。散达胡克岛终于出现在西边了，接着又出现了另一个小岛，岛中央耸立着一座大厦。远处浓雾弥漫，有如一大片灰云，又像是一缕缕在海面上升起的烟雾，既朦胧不清，浓浊凝重，又深远又形状模糊不辨……一看见这幅景象，人们便纷纷议论起来，都指着那个方向看，就连轮船也发出了尖锐的汽笛声，仿佛它也是欣喜无比似的。

“这是什么？”瓦夫章问道。

“这是纽约！”站在他身旁的那个卡苏伯人说道。

这时候，那些烟雾开始分散开来，消失不见了。但是在原先的烟雾的背景上，当轮船劈开银色的海水前进的时候，便现出了房屋、屋顶和烟囱的轮廓。一座座尖塔在蔚蓝的天空中轮廓显得格外分明。除了尖塔之外，还有许多工厂的高大烟囱，烟囱上面是袅袅上升的烟雾，在空中形成一条条柔软的发辫。在下面，在这座城市的前方，是舳舻相继，桅樯林立，几千面旗子在桅杆顶上迎风招展，有如草原上的百花盛开。轮船越驶越近了，这个美丽的城市仿佛是从水中冒出来的。瓦夫章顿时感到无比高兴和惊讶，他脱下帽子，张开大嘴呆望着，傻看了一阵子，才开口和姑娘说话：“马丽希！啊，老天爷——”

“你看到了吗？”

“看到了！”

“惊奇吗？”

“惊奇！”

瓦夫章不但惊奇，而且还抱有幻想。一看到城市两旁的绿色海岸和公园的黑色林带，他又接着说道：“啊！感谢上帝，要是他们把这块地给我就好了，离城又近，又有一大片草原，而且离市场也不远。每逢赶集的时候，你一个人就能把牛赶去卖的，或者赶头猪去卖。这里的人像罂粟籽一样多。在波兰我只不过是个农民，在这里我就要成为一个地主了……”

就在这时候，宽阔壮丽的国家公园在他面前展开了它的全貌。瓦夫章一看到那一丛丛、一块块的树林，又说道：“我要向政府派来的那位德高望重的委员深深地鞠躬问安，还要聪明机灵地恳求他，请他把这片林地先分给我两符乌卡[①]好了。以后要是能增加就更好了。如果可以继承的话，就给我个继承权。每天早晨，我会派一个帮工把木柴运到城里去卖。光荣归于至高无上的天主。现在我才看出，那个德国人并没有要弄我……”

地主身份似乎也在向马丽西亚微笑。她自己也不知怎么的，突然想起了利宾采结婚时新娘唱给新郎听的那首歌曲：

你是什么样的新郎？
你是什么样的新郎？
你的全部家当，
只有帽子和外衫！

如果她成了女财主，若是那个穷小子雅希科前来找她，她还会不会对他唱这样的歌呢？

这时，有一只汽船从海港检疫所开出，直朝轮船疾驶过来。有四五个人上了大船，响起了谈话和呼喊的声音。不一会儿，又有一只汽船从城市那边开了过来，运来了旅馆和客店的代办人、导游、兑换钱币的人以及铁路代理人。这些人一上来就放开嗓子叫喊，推推挤挤的，在甲板上窜来窜去。瓦夫章和马丽西亚仿佛被卷进了漩

---

① 波兰古老的面积单位，1 符乌卡等于 16.8 公顷。

涡似的，自己也不知道该怎么办好。

那个卡苏伯人劝瓦夫章把钱换了，还保证他绝不会上当受骗，于是瓦夫章便照着做了。他把全部钱换成了四十七个银美元。当他换钱的时候，轮船早已驶近城市了。不但房子清楚可见，就是路上的行人也能看得一清二楚。接着，轮船驶过大大小小的船只，最后终于到达了码头，驶进一条狭小的船坞。

旅程终于结束了。

人们纷纷从舱里拥了出来，有如蜜蜂拥出蜂房那样。那条从甲板搭到岸上的狭小的跳板上，涌现出各种各样的乘客：走在前面的是头等舱的旅客，接着是二等舱里的人，最后才是那些随身带着行李的统舱乘客。当瓦夫章和马丽西亚被人们推拥着快走到跳板的时候，竟发现那个卡苏伯人就站在跳板旁边，他紧紧地握着瓦夫章的手说道："老乡，祝你幸福！还有你，姑娘，愿上帝保佑你们！"

"上帝会报答你的！"父女俩都齐声答谢他。但是他们来不及说更多告别的话人流就把他们拥上了小跳板。片刻之后，他们就走进了一座高大的海关大楼。

一个海关官员身穿带银扣子的灰制服，把他们的行李包摸了摸，便喊了一声："好了，走吧。"还向他们指了指出口。他们走出海关来到了大街上。

"爸爸，我们现在该怎么办呢？"马丽西亚问道。

"我们只有等着，德国人说过，政府派来的官员会立刻到这儿来找我们的。"

于是他们站在墙下，等待官员的到来。这时，在他们四周，响起了这个陌生城市的喧闹嘈杂声。他们平生从未看见过这样的地方：街道又直又宽，街上人如潮涌，像是在赶集似的。街上车水马龙，有马车、公共汽车和货车。他们的周围尽是一片奇怪的说话声，他们一句也听不懂。到处是工人和商贩们的叫喊声。时时有全身漆黑的人从他们面前走过，他们都长着一头大鬈发。瓦夫章和马丽西亚一看见他们，都虔诚地画起了十字。这个城市给他们留下了奇特的印象：它是那样热闹，那样熙熙攘攘，到处是火车头的汽笛声、车辆的隆隆声和人们的喊叫声。这里的人都是来去匆匆，走路都是大步流星，像是在追赶什么人，抑或在逃避别人的追逐似的。而且这里真是人山人海，人们的脸也长得那么怪，有的是大黑脸，有的是橄榄色的，还有的是红色的。在他们站着的这块地方，由于靠近港口，显得格外忙乱。人们从这些轮船上卸下货物，又把别的货物装进另外的轮船上，运货的车辆源源不断地来往奔驰，小货车在跳板上吱呀作响。叫喊声、喧嚣声响个不停，就像在锯木厂一样。

一小时一小时，就这样过去了，他们依然站在墙边，等待着官员的到来。

殊不知在美国的海岸上，在纽约，这个波兰来的农民和他的女儿竟也成了一幅奇异的景象：他披着一头花白的长头发，戴着一顶羊皮做的尖角帽。而这个从利宾采来的姑娘呢，穿着一件紫蓝色的长裙子，颈上挂着一串念珠。

可是，过路的人连看都不看他们一眼，便匆匆从他们身旁走过。

在这里，人们对任何脸孔、任何装束打扮都不会感到惊讶的。

一小时又过去了，天上布满乌云，开始下起雨来了，还夹着雪片，从海面上刮来阵阵潮湿的寒风。

他们一直站在那里等待官员的到来。

农民的天性富于耐心，但在他们的心中也不免感到有些沉重。在轮船上，他们在陌生人中间，曾感到孤独，也曾觉得那广袤的海水令人胆战心惊而又凶暴可恶。他们曾祈求上帝指引他们，像迷途的孩子那样，渡过那海洋的深渊。他们曾以为，只要他们的双脚踏上陆地，不幸就会结束。现在，他们已经来到了陆地上，身处在大城市中间，然而就是在这个城市里，在这些熙熙攘攘的人群中，他们顿时觉得他们比在轮船上的时候更加孤独、更加可怕。

政府的官员还没有来。要是他根本就不会来，要是那个德国人在欺骗他们，那么他们该怎么办呢？

一想到这里，这可怜的农民立即感到胆战心寒。他们该怎么办呢？唯有死路一条。

这时寒风钻进他们的衣服里，雨又把他们淋湿了。

“马丽西亚，你冷不冷？”瓦夫章问道。

“冷，爸爸！”姑娘回答说。

市内大钟又敲了一个钟点，夜幕开始笼罩着大地，码头上的一切活动均停止了，路灯也都点亮了，全城都处在一片闪烁的灯光海洋中。从港口出来的工人们粗声粗气地唱起了《扬基歌》，三五成群地朝城里走去。街上渐渐变得空无人迹了，海关大楼也关上了大门。

可他们依然站在那里等着官员。

黑夜终于来临了，港口一片寂静。只有轮船上的烟囱不时地发出声响，喷出一阵阵火星，随即便消失在黑暗中，或者是海浪拍打石砌的海堤所发出的哗啦声。有时也能听到个别喝醉了酒的水手在大声唱歌，他正要回到自己的船上去。街上的灯光在浓雾中变得阑珊了，可他们还在等待。

即使他们不愿再等下去，那他们又能到哪里去呢？他们又能做些什么呢？又有什么地方可去呢？他们劳累不堪的脑袋又能躺靠在什么地方呢？他们越来越感到寒风刺骨，饥饿也在折磨着他们。他们的头上哪怕只有片瓦遮身也好，因为他们全身都已经湿透了。啊，那官员没有来，而且也不会来，因为这样的官员根本不存在。那个德国人原是一家运输公司的推销员，他只要能从移民身上得到一笔回扣，别的他就一概不管了。

瓦夫章觉得他的双脚在摇来摆去，站立不住了，像是有一种非常重的东西压在他身上似的，也许是上帝的愤怒降临到他头上了。

他像一般农民能做到的那样，忍耐着，等待着。后来那个姑娘冷得发抖的声音才把他从麻木中惊醒过来。

“爸爸……”

“住嘴！这里可没有人来怜悯我们！”

“我们回利宾采去吧……”

“那你就去淹死好了……”

“啊！上帝，上帝啊！”马丽西亚轻轻念道。

瓦夫章很是伤心。

“没有娘的可怜孩子啊……但愿上帝能保佑你一个人也好……”

不过，她没有听见他的这句话。她已把头靠在墙上，双目紧闭，做起梦来了。这是一个断断续续的苦涩的不安的梦。在梦中，犹如一幅带框的画，她看见了利宾采，看见那个牧马人雅希科好像是在歌唱：

> 你是个什么样的新娘？
> 你是个什么样的新娘？
> 你的全部嫁妆？
> 只有悔恨的花冠！

第一道黎明的曙光已经照射在纽约港的海水上，照射在轮船的桅杆和海关大楼上。

在这灰白的曙光里，人们可以看到有两个人睡在墙下。他们脸色苍白、发青，身上盖满了白雪，一动不动地躺在那里，像死人似的。然而在他们的苦难史上，这仅仅是刚翻过去的前几页，至于以后的遭遇，那就请听下回分解。

二　在纽约

在纽约，从宽广的百老汇大街朝查坦姆广场那个方向走到港口，沿途穿过十多条街道，行人便到了这个城市的最贫穷、最肮脏破烂、最阴暗的地区。街道越来越狭窄了。那些也许还是荷兰移民建造起来的房子，都打上了年久日深的烙印。因此有的已经倾斜了，有的裂缝可见，房顶残破不全，墙上的抹灰都已脱落，房墙已深深陷进了地里，只有地下室的窗顶还露出在人行道上面。这里所看到的，已不是美国喜欢的那种直线条，而是奇怪的曲线。屋顶和墙壁一点也不整齐一致，而是高高低低、歪歪扭扭地杂挤在一起，真正是破陋不堪的贫民区。

由于这一带地靠海滨，街上低洼处常年积水，成了臭水坑，几乎从未干涸过。而那些在房屋间隙中间形成的小广场，俨然是装满了又浓又黑的臭水的池子。那些倾斜房屋上的窗户正忧郁地望着那些死水。污浊的水面上布满了碎纸片、纸块、玻璃片、木头和货物包上的小铅片。街上也充斥着这些破烂东西，换句话说，整个地区的街道都是由垃圾铺设而成，这里到处是肮脏、混乱和人民的贫穷。

这个地区建有“供餐的旅店”，也就是小客店。在这种客店里，一星期只要交两美元，就能管吃管住。这里还有许多小酒馆，也就是“酒吧间”。捕鲸船的老板们就是在这些地方给自己的渔船挑选到彪形大汉的，还有来自巴西、委内瑞拉和厄瓜多尔的秘密人贩子，在劝诱人们到热带的庄园去工作，为当地的瘟疫提供一批批牺牲者。这里的客店供给客人的都是咸肉、腐烂的牡蛎和海鱼，当然这种海鱼全是被海浪冲到沙滩上来的死鱼。此外，这里还有掷骰子的秘密赌场，中国人开的洗衣房，给海员们开设的各种娱乐场所。最后，这里还有许多犯罪、不幸、饥饿和眼泪的巢穴。

然而这一带也是非常热闹的，因为全部移民，如果不能在卡斯特列——加登的营房里得到临时的住宿，又不愿意或者不能在所谓工厂里得到工作，便都聚集在这里。他们在这里长住下来，在这里生活，也在这里死去。另一方面，如果说移民是欧洲社会的渣滓，那么，住在这个地区的人便是移民中的渣滓了。这些人成天东逛西荡，无所事事，一部分人是由于失业，另一部分人则是因为喜欢这样。

在这里，夜夜能听到枪声、呼救声、嘶哑的怒斥声、爱尔兰醉鬼的歌唱声，或者是黑人用头撞击时的呼号声。白天，时时有一群群流浪汉，他们头戴破帽，嘴里叼着烟斗，在围观别人的打架斗殴，同时还以他们的胜负来赌输赢，从一分钱赌到五分钱。白人的孩子和头上长着鬈发的小黑人，都不到学校去读书，而把时光耗费在街头的戏耍上。他们不是在玩一片片的牛角片，就是到垃圾堆里寻找残余的蔬菜、柠檬和香蕉。那些瘦削的爱尔兰女人每遇到一个偶尔经过此地的衣着整齐的人，便伸手向他要钱。

在这个人间地狱里，我们找到了我们的老相识——瓦夫章·托波勒克和他的女儿马丽西亚，他们所期望的世袭庄园成了一枕黄粱，而且也如梦一般地消失了，而现实给他们提供的住所则是一间已沉入地下的小房间。只有一扇玻璃已破的小窗子，房里的墙壁都长满了肮脏的黑霉和条条水渍。靠墙放着一个锈迹斑斑的小铁炉子，上面已有许多窟窿，还有一张三条腿的小桌子。在一个角落里，一堆麦秸代替了床铺。

这就是全部家业了。老瓦夫章跪在铁炉面前，在已经熄灭的炉灰里寻找被遗漏下来的土豆，而且每过一段时间他都要去翻找一下，但是这种徒劳的寻找已经是第二天了。马丽西亚坐在麦秸上，双手抱住膝盖，一动不动地望着地板。这个姑娘生病了，她形容憔悴，看起来还是原先的那个马丽西亚，可是，过去那红光满面的脸颊现在已深深陷下去了，而且脸色苍白、病态显露，整个脸蛋要比以前小了一圈。可她的眼睛却显得更大了，目光也更加呆滞。从她的脸上可以看出污浊的空气、过度的忧愁和质次量少的食物对她的影响。他们仅靠土豆来充饥，而且连土豆也断了两天了。现在他们真不知道怎么办好，也不知道怎样来维持他们的生命。从他们住进这条小街和这个洞窟以来，已经是第三个月了。因此他们的钱也都用完了。瓦夫章老头儿曾试着去找工作，但是连他想要什么都没有一个人能听得明白。他曾到码头上去搬运货物行李，还有把煤装进船里，但是他没有手推车，而且立刻就遭到爱尔兰人的一顿殴打。他想拿起斧头到船坞建设工地去劳动，人家又毒打了他一顿。况且，他也当不了工人，别人对他说什么，他一点也听不懂。无论他插手何种工作，无论他想投身到什么地方去，或者他走到哪里，人们都要嘲笑他，轰走他，推撞他，甚至还要打他。这样一来，他什么工作也没有找到。他既无能够挣到钱的工作，也不能向别人去乞讨。他的头发由于忧虑过度而变得全白了，希望落空了，钱用完了，饥饿也随之开始了。

在他自己的家乡，在他的同胞中间，如果他到了山穷水尽的地步，如果他病魔缠身，或者被孩子们赶出家门，那么他只要手拿拐杖，到岔路口去站在十字架下，或者站在教堂的大门外，嘴里唱起“大慈大悲的上帝，请听听我的血泪悲苦吧”，若是走过的是个绅士，他会给十文钱，如果是位贵妇人，她会在车里打发一个小姑娘，用她嫩红的小手把钱递过来，她还会睁着一双大眼睛看着他。如果是农民，会把半个面包送给他。要是个乡下老太婆，也会送给他一块咸肥肉。那时候，他可以像小鸟一样，用不着种地就能活下去。况且他站在十字架下，头上是十字架的双臂，再上面是蓝天，四周是肥沃的田地。在这样静谧的乡村里，上帝一定能听见他的呼号。然而，在这里，在这个喧嚣得可怕的城市里，仿佛置身于大机器中间，每个人都是急急忙忙地朝前赶路，眼睛尽盯着前面，谁也不去注意别人的不幸。在这里，一个人只会晕头转向，双手无用武之地，他的眼睛也无法将映入眼中的东西看得一清二楚。种种思想在他脑海中一闪而过。这里的一切都是那样奇怪，那样陌生、散漫和格格不入。如果一个人不能在这个转盘中周旋，那他就会被抛出圈外，像陶器一样被巨大的推动力量砸得粉碎。

啊，这是多么巨大的差别呀！瓦夫章在静谧的利宾采是个有田有地的农民，又是个陪审员，他有自己的产业，得到人们的尊敬，一日三餐都用不着发愁。每逢星期天，他总是手拿蜡烛站在祭坛的前面。可是在这里，他成了最末的一等人，像只走进别人院里的狗那样，胆子又小又害怕，蜷缩着身子，又饥又饿。在他遭受苦难的最初几天里，回忆老是在对他说："还是利宾采好！"良心也在责问他："瓦夫章，为什么你要抛弃利宾采？"为什么呢？就是因为上帝把他抛弃了。假如这条苦难之路有个尽头的话，他是愿意背负十字架的，也能含辛茹苦熬过去。可是现在，他清楚地知道，每天他都要接受更严厉的考验。每天早晨，太阳会照耀在他的和马丽西亚的更大的不幸上，还有什么办法呢？难道只有搓根草绳再念一遍祷词然后便上吊自尽吗？在死神面前，他是连眼睛都不会眨一眨的，可是他死了姑娘又怎么办呢？当他想起这一切的时候，他就觉得不仅上帝抛弃了他，连他自己的智慧也离开了他。他所看到的，前面尽是一片黑暗，连一点光明都没有，甚至连他所感受到的最大的痛苦，他也无法说个清楚。

而他最大的痛苦就是思念利宾采。这种思念日日夜夜都在折磨他，而且是最残酷地在折磨他，因为他自己都不清楚：这是为什么，他需要什么，也不知道他这个农民的灵魂到底在冀求什么，为什么会发出痛苦的哀号？他需要的是松树林、土地和麦秸顶的房屋、地主、农民和神父，以及祖国蓝天所覆盖的一切。所有这些，都是他的心所向往而又无法离开的，一旦离开了，它就会流血的。这个老农民觉得仿佛有一种力量在把他压进地里去。有时，他真想揪住自己的头发，一头撞在墙上，或者让自己摔倒在地上。若不然，就像一只被锁链套住的狗那样狂吠乱叫，或者像个疯子那样大喊大叫。叫喊什么人呢？他自己也不知道。现在他正是被这种不可名状的重担压得腰弯背驼，快要倒下了，但是这座陌生的城市却依然在喧嚷。他在悲号，在呼唤耶稣，可是这里连十字架都没有一个，也没有人来关心他，唯有城市在喧嚣吵闹。他的女儿坐在麦秸堆上，眼睛只盯着地面，默默地承受着饥饿和苦难的折磨。这真是件怪事，他和女儿老是待在一起，坐在那里一连几天却无话可说，仿佛他们是生活在敌视之中。他们都觉得这样的生活坏透了，难以忍受，但是他们又能说什么呢？化脓了的伤口最好别去触动它。除了这样的话题——口袋里没有钱了，炉灶里没有土豆可烤了，头脑里一片空虚，他们又能再说什么呢？

他们从没有得到别人的帮助，虽说住在纽约的波兰人不少，但住在查坦姆广场这一带的波兰人却没有一家是富裕人家。他们来到此地之后的第二个星期，也的确认识了两个波兰家庭，一家来自西里西亚，另一家来自波兹南的近郊，但这两家人都穷得快要饿死了。西里西亚来的那一家已经死了两个孩子，第三个也病倒了，两个星期来都和他的父母住在桥洞里，全家仅靠从街上捡来的东西活命。后来他们被送进了一家医院，从此就再也没有下落了。另一家的处境也不好，甚至还要更坏些，因为那家的父亲是个酒鬼。马丽西亚曾力所能及地帮助过那家的女人，如今她自己也需要别人的帮助了。

他们父女应该去投奔霍波根的波兰教堂，那里的神父定会把他们的处境告知别人，而得到人们的照顾。然而，他们怎么会知道有这么一座波兰教堂，或者这样一个波兰神父呢？而且他们又怎么能和别人交谈，或者去找人打听一下呢？这样一来，他们每花掉一分钱，就等于向贫穷的深渊又迈进了一步。

这时候，他们都坐着。一个坐在铁炉旁，一个坐在麦秸上。一个小时、两个小时过去了，房间里越来越昏暗，尽管当时还是中午，但海面上却起了浓雾。这是春天常有的现象，浓雾弥漫，无所不在。尽管外面已很暖和，但是坐在屋子里的父女俩依然冷得浑身发抖。瓦夫章终于失望了，他在炉灰里什么也没有找到。

“马丽希，”他说，“我再也受不了啦！你也会受不了的。我要到海边去捞些木头回来，总得把炉子生起来，也许还能找到点吃的东西回来。”

她没有答话，于是瓦夫章就独自走了。他已经学会了到港口去捡拾包装箱上的木片，这些木片是被海水冲到岸边来的，所有买不起煤的人都是这样做的。他捞木片的时候，常常被别人赶走，不过更多的时候是相安无事。有时还能捞到一些吃的东西，那是些从船上扔掉的烂菜和不要的菜叶。另外，当他在雾中走来走去寻找他所需要的东西时，就能暂时忘记自己的不幸，和揪心的思乡之情。他终于来到了海边，当时正好是午餐时间，因此只有几个孩子在岸边转来转去。这些小孩的确在向他叫骂，还向他扔泥巴和贝壳，但却没有打着他。各种各样的碎木块在水里飘动着，一个大浪把它们掀得高高的，另一个浪头又把它们卷进深水里。不一会儿瓦夫章就拾到了一大堆木块。

海面上还漂浮着一堆堆绿色的东西，说不定里面有能吃的东西哩！由于这些东西较轻，不易被冲到岸边来，他无法捞到它们。孩子们把绳子抛了过去，用这种方法就能把那些东西拉过来。瓦夫章身上没有带绳子来，只好眼馋地望着他们。等到他们都走了，他才去拾取残余。凡是找到的吃的东西他都随即吃了，一点也没有想到他女儿也饿着肚子哩。

但是命运却在对他微笑，在回家的时候，他遇见了一辆装满土豆的大车，在通往码头的路上深深陷入了烂泥地里，动不了。瓦夫章立即抓住了轮辐，帮车夫推动着轮子，车很重，令他的背脊都感到有些痛了。后来那些马猛力一拉，大车才驶出了泥地。由于土豆装得较满，被大车一震，有好多土豆从车上掉到了泥地里，车夫根本没有想去捡它们，他谢过瓦夫章的帮忙，便对他的马一声吆喝：

“喳，走!”就把车赶走了。

瓦夫章立即朝土豆奔了过去，用发抖的双手，贪婪地将土豆一一拾了起来，放进了兜里，于是他的心里顿时乐开了花。在饥饿的时候找到了一片面包，就等于找到了幸运，所以这老头儿在回家的时候，便一直在悄悄念叨：

“啊，真要感谢至尊的上帝，他看到了我们的苦难。现在木头有了，姑娘就能生火了，土豆也有了，足够吃两顿的。上帝是仁慈的，屋子里马上就会有生机，姑娘已经一天半没有吃东西了，她一定会高兴的。上帝真是仁慈啊!”

他这样自言自语地走着，一手抱着木柴，另一只手不时地去摸摸他的土豆，生怕它们会从兜里掉下来。他身上带着这份大财宝，抬眼望着天，充满了感激之情，重又喃喃起来：“我想过要去偷的，可是用不着偷，土豆自个儿就从车上掉了下来。我们本没有什么可吃的，现在倒可以饱餐一顿了。上帝是仁慈的！马丽西亚要是知道我带回这许多土豆，准会高兴得立即从麦秸上跳起来。”

可是马丽西亚从她父亲出去之后，一直都没有离开过她的草铺。以前，每当瓦夫章早晨出去捡木柴时，她就把炉子生着，烧上水，吃完了东西之后，便会好几个小时地望着火炉。她也曾出去找过工作，甚至有家小饭馆雇过她去洗盘子和扫地。但由于语言不通，不能领会雇主的意思，因而工作不好，只干了两天，便被雇主辞退了。此后她就再也没有出去找工作，更没有人给过她工作。她整天待在家里，不敢到街上去，因为街上有爱尔兰人和喝醉了的水手来纠缠她。在这种无聊的闲暇生活中，她感到格外痛苦。思乡之情折磨着她，就像锈斑在腐蚀着生铁一样。她甚至比瓦夫章更不幸，因为她除了饥饿和日常忧虑之外，除了对命运的束手无策和毫无希望之外，除了对故土利宾采村的无限思念之外，还有一种强烈地思念着牧马人雅希科的感情上的痛苦。的确，他曾向她发誓说："不管你走到哪里，我都会跟你到哪里。"她本来是想到这里当个女继承人和小姐的，可现在却完全变样了。

雅希科是个庄园的雇工，父母死后他会有一份继承的田产。可她现在一贫如洗、饥饿缠身，穷得就像利宾采教堂里的老鼠一样。雅希科会不会来这里呢？即使他来了，他还会把她抱在自己的胸前吗？会不会说："我可怜的姑娘，我亲爱的人儿！"还是会对她吼叫："滚开，你这个要饭的女人！"现在她还有什么陪嫁呢？只有破衣烂衫！连利宾采的狗都要对她狂吠乱叫了。可是利宾采那边对她却有一种吸引力，她愿意让灵魂飞离躯体，像一只疾飞的燕子越过大海，回到那里，即使是死在那里她也会乐意的。在那里，不管雅希科是想她还是不想她，她依然是非常爱他的。只要是在他身边，她就会感到平静、幸福和愉快。在全世界所有人当中，唯有他是她最亲的人。

每当炉火正旺，而饥饿也不像今天那样折磨着她时，那些熊熊燃起的火光和飞溅的火星一闪一闪的，仿佛都在向她谈起利宾采来，也使她想起以前和村里姑娘们在一起纺麻时的情景，雅希科从隔壁房间里望着她们，喊道："马丽希，让我们去找神父吧，因为我爱你！"可是她当时却回答说："住嘴，你这个坏蛋！"她又想起，当他把她从角落里强拉到房间中央来跳舞的时候，她用双手蒙住眼睛，轻声地说："快走开，我怕羞！"那时候，她觉得她是那样愉快，心里甜滋滋的。当炉火使她想起这些往事时，她常常泪流满面。可是现在，她眼里已经没有泪水了，正如炉灶里没有了火一样，因为她的眼泪都流光了。有时她觉得眼泪直往她胸里流，使她感到气闷难受。她感到非常劳累和衰弱，甚至连想象的力气都没有了。但是她依然默默地忍受着痛苦，一双大眼睛凝视着前面，活像一只被人折腾来折腾去的小鸟。

此刻，她坐在草铺上，还是那样默望着。有人走进了房里，马丽西亚以为是她父亲回来了，连头都没有抬一下，直到听见一个陌生的声音在说："喂!"

这是他们所住的这间破房子的主人，一个年老的黑白混血儿。

他脸色难看，衣着又脏又破，两颊鼓起，嘴里嚼着烟草。

姑娘一看见他就非常害怕。他们已欠下他一个星期的房租一美元，可是他们身上连一文钱也没有了。她只有苦苦哀求他了，于是她走到他的面前，双膝跪在地上，吻着他的手。

"我是来收那一块钱的。"他说。

她听懂了"美元"这个词，摇了摇头，露出哀求的眼光，用拙劣的英语向他解释，他们已经把所有的东西都卖光了，已经两天没有吃的，他们都饿极了，请求他可怜可怜他们。

"上帝会报答你的，尊贵的老爷!"她又用波兰语说了一句，她真不知道该说什么，该怎样办了。

这个尊贵的老爷并没有听懂他是尊贵的，但却猜到了他是收不到这一块钱的，而且他的猜想是那样确凿无疑。于是，他便一只手提起他们的小行李包，另一只手抓住姑娘的肩膀，轻轻将她推上了阶梯，把她带到了街上，还把那个行李包扔到了她的脚下。随后便以同样冷漠的态度推开了隔壁一间酒店，大声叫道："喂，帕德，这是给你的房间!"

"好的！我晚上来住!"酒店里有人回答说。

这个混血老人随即消失在昏暗的前厅里，只留下姑娘一个人在街上。她把行李包放在靠墙的一个凹处，免得滚到烂泥地里，她自己则站在行李包旁，像往常一样默默无言地、可怜巴巴地等着。

喝醉了的爱尔兰人经过她身边时也不再来纠缠她了。屋里虽然很昏暗，但街上却非常明亮，被亮光一照，姑娘的脸色就像生过一场大病似的，又憔悴又消瘦，只有那头亚麻色头发依然如故。她的嘴唇发青，眼睛也陷了进去，现出了黑晕，颧骨高高隆起，看起来就像一朵已经残败凋谢的花朵，或者一个已病入膏肓的垂死姑娘。

过路的人都以一种怜悯的眼光来看她。一个年老的黑女人走近前来问她一些问题，得不到对方的回答便生气地离开了。

这时候，瓦夫章正急急朝住处走来，他满怀喜悦之情，就像最贫穷的人由于得到上帝的仁慈而激起的那种高兴劲一样。如今他有了土豆，他就在想，父女俩该怎样来吃这些土豆，明天该怎样再到货车那里去等待。至于后天，他此时此刻就再也无法去想了，因为他的肚子饿得哇哇叫了。他远远地看见女儿站在房外的街道上，感到非常意外，便加快了步伐。

“你为什么站在这里?”

“房东把我们赶出来了，爸爸!”

“他把我们赶出来了?”

木柴从他手里掉了下来，这样做太过分了！正当他们有了木柴和土豆的时候，却把他们赶了出来！现在他们怎么办呢，到哪里去烤土豆，靠什么来活命呢？还有什么地方可去呢？瓦夫章在捡木柴的时候，又把帽子掉到烂泥地里了。

“啊，耶稣！耶稣!”

他急得团团转，张着大嘴，不满地望着他的女儿，随后又问了一遍:“他真的把我们赶出来了?”

好像他要到什么地方去似的，突然他又转过身来。等他开口说话时，他的声音已变得低沉、嘶哑而又严厉："你为什么不求求他，蠢姑娘？"

她叹了一口气，说："我求过。"

"你给他下跪没有？"

"下跪了。"

瓦夫章又像一条被人戳了一下的虫子那样转来转去。顿时他觉得眼前一片漆黑。

"你真是个没用的女人！"他大声说道。

姑娘痛苦地望着他："爸爸，这怎么能怪我呢？"

"你站在那里，一步也不要动，我去求求他，能让我煮熟这些土豆也好。"

他去了。过了一会儿，走廊里就传来一片争吵声、顿脚声和叫喊声。接着瓦夫章便跳到了街上，显然他是被一只有力的手推了出来。

他站了一会儿，便对女儿说了声："走吧！"

姑娘弯下腰去，想把行李包提起来，由于她身体虚弱，浑身无力，便觉得特别重。但是父亲并没有去帮助她，要么是他完全忘记了，要么是他没有看见姑娘提不动这个行李包。

他们朝前走去……这两个可怜的人——老头和姑娘，只要平时很难看到这种落魄景象的过路者，一定会激起对他们的关注。他们能到什么地方去呢？他们会到另一处黑暗和不幸的地方去忍受新的痛苦吗？

姑娘的呼吸越来越困难了，越来越沉重了，她的双脚东倒西歪，一下、两下，她终于用哀求的口气说道："爸爸，你来提这个破包袱吧，我已经拿不动了！”

他仿佛从梦中惊醒过来似的。

“你就丢掉它吧！”

“可是这些东西还用得着呀！”

“用不着了。”

他突然看到姑娘还在犹豫不决，便怒气冲冲地叫道：“丢掉，要不然我就宰了你！”

这一回她害怕得照办了，他们又朝前走去。这老头儿一再嘟哝道：“命该如此，就只好这样了。”后来他便一声不响了，可是他的眼里却露出了一种可怕的眼神。穿过那些非常泥泞的小街小巷，他们终于来到了一处港口，他们走过一座用木头架建起来的渡桥。经过那栋挂有“海员救济所”牌子的大楼，便来到海边。这里正在建造一座新的船坞。为了打木桩而搭起的高架子一直伸到了离海岸很远的地方。许多正在工作的人便在这些木架和木板中间走来走去。马丽西亚走到一堆木头旁边，便在木头堆上坐了下来，因为她再也走不动了，瓦夫章也一声不响地坐在她的旁边。

这时已是下午四点钟，整个码头都是一片生机勃勃的繁忙景象。

雾已消失了，柔和的阳光把光亮和慈爱的温暖照在这两个穷人身上。春天的气息从海面上吹到了陆地，又清新又充满了生机，使人心旷神怡。四周都是蔚蓝的天空和强烈的光线，使人多看了就会眼花缭乱。在远处，海天一色，赏心悦目。在靠近海港中心的那片蔚蓝天空中，可以看见矗立不动的桅樯、烟囱和在微风中轻轻飘扬的旗帜。在海波连天的远处，那些朝海港开来的轮船使人觉得时而像是在海面上飞腾，时而又像是在海水下面穿行。那被风鼓得满满的帆篷，远看就像是朵朵白云，在强烈的阳光下，在湛蓝的海水上，便发出了耀眼的白色。有些驶向外海的船只，后面留下了一条泡沫涌现的水路，这些船都是朝利宾采那个方向开出去的。在瓦夫章父女俩看来，这些船就是开往他们已经失去的幸福所在的地方。所谓失去的幸福，就是指较好的命运和宁静的生活。马丽西亚心里在想，他们到底犯了什么大的罪过，他们什么地方违抗过上帝的旨意，竟会使仁慈的上帝把他们抛弃在这遥远的海岸上，抛弃在这些陌生人中间，不理他们，把他们忘记了。要恢复他们昔日的幸福，全掌握在上帝手中。有多少轮船是朝他们故土那个方向开去的，但这些轮船却不理他们而独自开走了。马丽西亚已经精疲力竭了，她那颗可怜的心又一次飞到了利宾采，飞到了牧马人雅希科的身边。他还在想念她吗？他还记得她吗？她可是记得他的。因为只有处在幸福之中的人才会忘记，而在不幸和孤独的时候，一个人的情思总是围绕着他所爱的人，犹如忽布藤围绕着白杨树一样。但是他呢？也许他已经抛弃过去的爱情，打发媒人到别人家里去说亲了，甚至连想一想这个流离失所的姑娘，他也会觉得丢脸的。这样的姑娘除了一顶悔恨的花冠外，就别无所有了。如果在这个世界上还会有人向她求婚的话，那就只有死神了。

由于她在生病，倒不那么感到饥饿的折磨。然而，由苦难和虚弱引发出来的睡眠，却使她难以忍受，于是她闭起了双眼，苍白的脸孔也垂到了胸前。她常常惊醒过来，睁开眼睛看一眼，随即又闭上了。她梦见自己沿着一座悬崖峭壁行走，掉进了万丈深渊之中，就像农民歌曲中的卡霞“掉进了杜那耶兹河的深水中”一样。于是，她蓦地清楚地听到远方传来的歌声：

雅希科在高山上看见她掉下，

就放下绳子来救马丽西亚，

可是绳太短了，还差这么一截，

马丽西亚，亲爱的，快把你的辫子接上。

这时她突然惊醒过来，因为她觉得她的辫子没有了，她正在往深渊中掉下去。梦消失了，坐在她身旁的不是雅希科，而是她的父亲。眼前所见的不是杜那耶兹河，而是纽约的港口、海水、脚手架、桅樯和烟囱。又有几艘轮船开到广阔的洋面上去了。歌声就是从那些船上传过来的。宁静、温煦而又明媚的春天的晚霞映红了天空和海水。海面有如一面镜子，把每只轮船、每根木桩都映出了清晰的倒影，仿佛水下面还有另一只轮船、另一根木桩似的。四周的景色无比美好，空气中充满了某种幸福和巨大的欢乐，似乎整个世界都在兴高采烈，唯有他们父女俩最为不幸，是两个被人遗忘的人。工人们开始纷纷回家去了，只有他们两个是无家可归的人。

饥饿的铁手把瓦夫章的肠胃撕裂得越来越厉害，他阴沉而忧郁地坐在那里，脸上却显露出一种可怕的决心。无论何人此时看到他这副样子，都会感到害怕。因为在这张脸上有一种饿极了的野兽那样的表情，同时又混合着一种绝望的平静，就像死人的脸一样。整个时间，他没有和姑娘说过一句话，直到夜幕降临，船坞里的人都已走空，他才以一种非常古怪的声音说道：“我们走吧，马丽希！”

“到哪里去？”姑娘昏昏欲睡地问道。

“到水上那座木桥上去，我们就躺在木板上睡觉。”

于是他们便朝木桥走去。由于暮霭沉沉，夜色墨黑，他们便非常小心地爬了过去，免得掉到海里去。

美国的引桥结构有许多转弯处，就像是一条木头建成的走廊一样，末端有一座木板的平台，再外面就是打桩机。在这座平台的上面，还搭了一个篷顶，那是避雨用的。工人们就是站在平台上拉动打桩机的绳子来工作的，现在这里已空无一人了。

他们来到了平台上，瓦夫章说道："我们就在这里过夜。"

简直可以说，马丽西亚不是躺下，而是跌倒在那些木板上，虽然那里立即有大群蚊虫来叮咬他们，但姑娘却睡得很死。

突然，在夜阑人静中，瓦夫章的声音把她惊醒了。

"马丽希，快起来！"

在这种叫唤声中，有某种力量使她立即醒了过来。

"什么事，爸爸？"

在这黑夜沉沉，万籁无声之中，这个老农民的声音却显得那样深沉、可怕而又镇定："孩子，饥饿再也不会来折磨我们了，你也用不着挨家挨户去讨饭了，再也不会在露天里睡觉了。人们已经抛弃了你，上帝也抛弃了你，你的苦命到头了，让死神来拥抱你吧！海水很深，你不会感到痛苦的。"

尽管她的双眼因为恐惧睁得很大，但她在黑暗中还是看不清他。

"我要淹死你，我可怜的女儿，随后我就淹死自己。"他接着说道，"没有人会来救我们的，也没有人会来可怜我们，明天你就不会想要吃东西了，明天你会比今天美好……"

不！她不想死！她才十八岁，她有着青春给予她的畏死之心和强烈的生活欲望。一想到明天她就成了溺水鬼，她就要命丧黄泉，她就要躺在海水中，与那些鱼虾海怪为伍，她就会沉入黏滑的海底，她的整个心灵都受到了强烈的震撼。她是绝不会这样做的！此时此刻，她感到无比厌恶和恐怖，就连在黑暗中说这些话的亲生父亲，她也觉得是个恶魔。

这时，他的两手搭在她那瘦削的肩膀上，他的声音显得可怕的镇定，继续说道："就是你大声叫喊，也没有人听得见。只要我推你一下，连叫两声'主啊'的时间都要不了，一切就都过去了。"

"我不想死啊！父亲，我不想死！"马丽西亚大叫道，"难道你连上帝都不怕了。我亲爱的父亲，我的好爸爸，你可怜可怜我呀，难道我冒犯你了？我并没有抱怨过我的命运，我会和你一起忍饥挨饿，受苦挨冻的……爸爸！"

瓦夫章的呼吸更加急促了，双手像老虎钳似的捏得更紧了……姑娘也更加绝望地哀求她父亲免她一死。

"可怜可怜我吧！你发发善心吧，发发善心吧！我总算是你的亲生闺女呀！我可怜，我又在生病，我活在世上的日子不会很长了。我痛苦，我害怕呀！"

她这样哭叫着，抓住了他的长袍，她的嘴哀求似的亲吻着他那双要把她推向深渊的手，然而，这一切都像是在激怒他，他的镇定已转变成疯狂，他的呼吸急促，发出了呼哧呼哧的响声。有一会儿，他们两个都一声不响，不过如果这时有人站在他们附近，一定会听到很响的喘气和挣扎声，听见木板的咯吱声。夜深了，天又很黑，不可能有人来到这一带，因为这里是海港的终端。即使是白天，除了工人之外，也不会有别的人到这里来。

"发发善心吧！发发善心吧！"姑娘声嘶力竭地哀求道。

就在这时候，他一只手抓紧了她，猛地把她推到平台的边缘，另一只手在打她的头，企图阻止她的叫喊。实际上她的叫喊连一点回声都没有，只听见远处有一只狗在吠叫。

姑娘觉得她一点力气也没有了，后来她的双脚也悬空了，只有双手还抓着她的父亲。但是她的手已是软弱无力，她的呼救声也越来越轻微了，终于她的双手撕下了父亲的一块衣布，马丽西亚顿时觉得她在朝深渊飞落下去。正当她从平台上被推下去的时候，半空中她抓住了一根横梁，于是她整个身子都悬挂在海面上。

这老头儿弯下身去，说来真叫人寒心，他竟想去掰开女儿的那双手！

一连串思绪就像一群受惊的小鸟，化成种种幻象和闪电，在她的脑海里掠过，利宾采、桔槔水井、离乡背井时的情景、轮船、暴风雨、祈祷、纽约的落魄，最后就是此刻发生的事情。她还看到了一只大船，船头高高的，船上有许多人，人群中有一双手朝她伸了过来。上帝啊，是雅希科站在那里，是雅希科在伸出双手，而在船的上面，雅希科的上面，是圣母在微笑，她的四周是金光灿烂的光辉。一看到这景象，她就推开岸上的那些人："至高无上的圣处女啊！雅希科，雅希科啊！"过了一会儿，她最后一次朝父亲看了一眼："爸爸，圣母在那边！圣母在那边！"

就在这一刹那间，就是把她推向水里的同一双手，却紧紧抓住了她那双无力的手，以一种超人的神力把她拉了上来。她重又感到自己的双脚已经踩在脚手架的木板上了，一只手臂抱住了她，但这次是一个父亲的手臂，而不是刽子手的手臂，于是她把头紧靠在父亲的胸前。

等她从昏迷中清醒过来，看见自己正平静地躺在父亲的身边。尽管夜很黑，她却能看到父亲像个十字那样躺着，悔恨悲伤的抽泣使他全身震颤，也使他越发难过。

"马丽希！"他终于以一种因抽泣而时断时续的声音说道，"饶恕我吧，孩子！"

姑娘在黑暗中摸到了他的手，把它紧紧放在她那苍白的嘴唇上，轻声说道："爸爸，但愿主耶稣能宽恕你，就像我宽恕你一样。"

在地平线那边早已出现了灰白色的亮光，从亮光中显露出了又大又圆的月亮，于是又出现了一种奇异的现象，那就是马丽西亚看见从月亮中走出了一队小天使，像金色的蜜蜂，乘着月光向她飞了过来，他们的翅膀发出嗡嗡之声，围绕在她的头顶飞转，还用孩子似的声音唱道："受苦受难的姑娘，愿你得到安宁！可怜的小鸟儿，祝你平平安安，田野上的花儿，你忍受痛苦默默而无声，祝你永远安宁！"

他们一边唱着歌，一边把白水仙花和小银铃在她头上摇动起来，小银铃发出悦耳的声音说道："祝你睡得香甜，姑娘！祝你睡得香甜！睡吧！睡吧！睡吧！"

于是她觉得很舒坦，很开心，很平静，便真的睡着了。

黑夜过去了，天空开始泛白。白天来临了，曙光照白了海水。桅樯和烟囱渐渐从黑暗中显露出来，仿佛在向他们走近似的。瓦夫章跪在那里，俯身在马丽西亚身上。

他以为她死了，她那瘦小的身体一动不动地躺在那里，双眼紧闭，脸色苍白得像亚麻布，还白中带青。她静悄悄的，真像死了一样。老头儿摇摇她的肩膀，她也毫无反应，既不颤动，也不睁开眼睛。瓦夫章觉得他自己也快要死了。但是，当他把手放在姑娘的嘴上，觉得她还有呼吸，她的心也还在跳动，虽然跳动得非常微弱。不过他知道，她随时都有可能死去。如果从晨雾中能预示这将是一个晴朗的日子，如果阳光能使她温暖，她就会醒转过来，若不然她就再也醒不过来了。

海鸥在她头上飞翔，像是非常关心她似的，有些海鸥还停立在附近的木桩上。晨雾被西风一吹，渐渐消失了。这是春天的和风，既温煦，又使人感到清爽舒服。

不久，旭日东升，朝霞最先照在脚手架顶上，后来渐渐往下照，终于把金色的光芒照在了马丽西亚那死人似的脸上，仿佛在亲吻她，抚摸她，又像是在拥抱她。在这金色的阳光中，在那头由于晚上挣扎和湿气而散乱开来的金发环圈之中，她的那张脸简直就像是天使的一样。而且马丽西亚在经历了这许多不幸和苦难之后，她本人也几乎成了天使。

一个美丽的玫瑰色的白天从海上升起来了，阳光越来越暖和，春风怜爱地吹拂着姑娘，海鸥在头上盘旋，像个大花冠，还不住地鸣叫着，像是要唤醒她似的。瓦夫章把他的外衣脱下，盖在姑娘的脚上，他的心里又燃起了希望。

随着脸上的青色逐渐消退，两颊微微泛出了红晕，露出了一两次笑容，最后终于睁开了眼睛。

这时候，这个老农民便跪在平台上，抬眼向天，两道泪水顺着他那满是皱纹的脸流落下来。

他重又觉得这孩子永远是他的眼珠子，是他灵魂中的灵魂，仿佛是他所挚爱的胜过一切的圣物。

她不但醒了过来，而且醒来后还觉得比昨天好多了，更富于生机。海港的清新空气比屋子里的龌龊空气更有利于她的健康。她真的活过来了，因为她刚刚在木板上坐起，便立即叫道："爸爸，我非常想吃东西！"

"走，我的小女儿，到岸边去，也许那里能找到什么吃的。"老人说道。

她没有费多大劲就站了起来，他们朝岸边走去。这一天竟成了他们苦难生活中的一个例外，因为他们刚走出几步，就看见近旁的脚手架上有一个毛巾包着的布包挂在横梁上面，包里面有面包、煮熟的玉米和咸肉。这件事倒很容易解释：一个在这里工作的工人，昨天把一部分食物留下来供今天早饭用，这里的工人都有这种习惯。但是瓦夫章和马丽西亚对这件事的解释更简单：是谁把食物放在这里的呢？在他们的心目中，就是那个无时无刻不在关心着每朵花、每只鸟、每只蚂蚱和蚂蚁的“他”！

那就是上帝！

他们做完了早祷，便把不多的食物分吃了，然后他们沿着海滨来到了大码头。他们身上增添了新的力量。经过海关大楼之后，便转向华德街，朝百老汇大街走去。由于这条路很长，他们在中间还休息了几次，因此这条路走了整整两个小时。他们有时坐在木板上，有时坐在空箱子上。他们顺着街道走去，却不知道为什么要这样走。不过，马丽西亚认为，他们必须往市中心那个方向走。一路上，他们遇到了许多开往港口去的货车。华德街上车水马龙，川流不息，人们从一座座敞开的大门里走了出来，便匆匆忙忙地赶去做他们的日常工作。从这样的一座大门里，走出了一个身材高大、鬓发花白、满脸胡子的绅士和一个年轻的小伙子。那位绅士一走出大门，就碰见了瓦夫章和马丽西亚。他看了看他们的衣着，摸了摸自己的胡须，脸上露出惊讶的神情。随后，他又更加仔细地观察起他们来，脸上露出了笑容。

在纽约，竟然有人对他们笑脸相迎，友好相待，那简直是件奇闻，是种魔力。一看到这种情景，父女俩都愣住了。

这时候，白发老人走上前来，用最地道的波兰语问道：“你们是从哪里来的？”

他们如同受到雷击一般，瓦夫章一句话也说不出来，脸苍白得像白墙壁一样，两只脚都站不稳了。他既不敢相信自己的耳朵，也不敢相信自己的眼睛，马丽西亚首先清醒过来，立即跪在这位老先生面前，抱住他的双脚，说道："我们是从波兹南来的，尊敬的老爷，我们是从波兹南来的！"

"你们在这里干什么？"

"我们在这里遭了大难，又饿又冷，亲爱的老爷！"说到这里，马丽西亚便再也说不下去了。瓦夫章便匍匐在这位老先生的脚前，接着又去亲他的外衣下摆，而且还紧紧地抓住它，以为他是抓住了天堂的一角哩！

这是一位绅士，而且还是同胞绅士，他绝不会让他们饿死的，他会救济他们的，也绝不会让他们沉沦！

那个跟老绅士一起来的青年睁大了眼睛望着他们。围观的人越来越多，他们都张着大嘴惊讶地望着一个人跪在另一个人面前，还吻着那个人的脚。

在美国，这是前所未有的事情！老绅士对这些围观的人大为不满。

"这不关你们的事！"他用英语对他们说道，"你们快去干你们的事吧！"

接着他又对瓦夫章和马丽西亚说道："你们不要跪在街上，你们随我来！"

他把他们带到最近的一家小饭馆，他们走进一个单间，他就把门关上了。于是他们又在他的面前跪了下来，他立即制止他们，生气地说道："你们再也不要这样了，我们都是来自一个地方，都是一个母亲的儿女！"

说到这里，显然是他抽的雪茄的烟雾迷糊了他的眼睛，他在用手擦他的眼睛。

“你们饿了吧?”

“我们都两天没有什么可吃了，不过今天我们倒在海上捡到了一点吃的。”

“威廉,”他对那青年说道,“你去给他们要些吃的来!”

随即他又问道:“你们住在哪儿?”

“没有地方住了，尊敬的老爷!”

“那你们睡在哪里呢?”

“睡在水上。”

“是不是把你们赶出了住所?”

“是的!”

“除了你们身边的这些东西，就没有别的了?”

“没有了。”

“你们打算怎么办呢?”

“我们也不知道。”

这位老先生问得很急，像是在生气似的。突然他转向马丽西亚，问道:“你几岁了，姑娘?”

“到圣母升天节，我就满十八岁了。”

“你吃了不少苦，是不是?”

她什么也没有回答，只是恭顺地弯下腰去。

这位老先生的眼睛显然又被雪茄的烟刺痛了。

就在这时候，端来了啤酒和热气腾腾的肉菜。老先生叫他们赶快吃，他们回说，不敢当着老爷的面这样做，他就说他们是傻瓜。尽管他看起来脾气很坏，可是他们觉得，他真是一位从天而降的天使。

于是他们便吃了起来，显然这令他很高兴。他随即要他们把如何到美国来的前因后果都一一说给他听。于是瓦夫章便把全部情况都说了出来，一点也没有隐瞒，就像对神父做忏悔时一样。他听了很生气，便骂起他来。等到瓦夫章讲到他想把女儿淹死的时候，他就大声斥责道："我真想把你的皮剥掉！"

他立即转向马丽西亚说道："你到我身边来，姑娘。"

等她走近了，他便用双手捧着她的头，吻了吻她的额头。随后他想了一会儿，说道："你们真是受苦了。不过这倒是个好国家，问题在于你们要会想办法。"

瓦夫章睁大了眼睛，这位善良聪明的老先生竟会说美国是个好地方。

"真是这样，傻瓜。"他看到瓦夫章不相信，便这样说道，"是个好地方！我来这里的时候也是一无所有，现在我总算有口饭吃了。不过对你们农民来说，守住土地才是本分，不应该流浪在世界上。若是你们都离开了老家，那么谁还会留在本土呢！你们到这里来一点用处也没有，你们来得容易回去难啊！"

他沉默了一会儿，接着像是在自言自语似的："我在这里住了四十多年，几乎把祖国都忘记了。但是我有时也想念自己的故土。威廉一定要去那里一次，看看他的祖先生活过的地方……这是我的儿子。"他指着那青年说道，"威廉，将来你一定要从家乡带回一把泥土来放进我的棺材里，放在我的头下面。"

"好的，爸爸！"威廉用英语回答。

"还要放些在我的胸上，威廉，放在我的胸上！"

"好的，爸爸！"

这时候，雪茄的烟又把老先生的眼睛熏得那样厉害，他的眼珠像玻璃似的蒙上了一层雾。

随即他又发起脾气来。

“这孩子懂得波兰语，但他宁愿说英语，在这里不得不这样。谁若是踏进了这个地方，就意味着老家难返了。威廉，你快去告诉你姐姐，说有客人来我们家里吃午饭，还要住在我们家里。”

那小伙子立即奔了出去。老绅士陷入了沉思，好久不说话，后来他又像是对自己说话似的说道：“如果送他们回去，得花一大笔路费，况且他们又能回到哪里去呢？他们把全部家产都卖掉了，回去也只有靠乞讨度日。要是去打工，天知道这姑娘会怎么样？既然他们来到了这里，就得再去找找工作看。把他们送到某个移民区去，姑娘也好在那里结婚。他们小两口能积下一笔钱，如果他们想回到那边去，就能把老头儿也带回去。”

随后他便直接对瓦夫章说道：“你听说过我们在这里的移民区吗？”

“我没有听说过，尊贵的老爷！”

“你们是怎么到这里来的，你们这些人！真该感谢上帝，你们以后不会饿死了！在芝加哥，像你们这样的人就有两万，在密尔沃基也有同样多的人，在底特律，人数也不少，在布法罗的人还要更多，他们都在工厂里做工，不过，对农民来说，还是种地最好。我们倒可以把你们送到拉多姆去，送到伊利诺斯去。嗯，不过那里的土地很难得到。有人在内布拉斯加的草原上建起了一个新的波兹南，可是路又远了点，火车票太贵。得克萨斯州的圣马丽亚移民区也太远了。最好是到波罗维那去，尤其是我们能替你们搞到到那里去的免费火车票，这样一来，我送给你们的钱就可留作家用了。”

他又更深沉地考虑了一会儿。

“听着，老人家！”他突然说道，“现在阿肯色州的波罗维那正在兴建一个新移民区，那地方又美又暖和，几乎全是荒地，你可以从政府那里不花一分钱就得到一百六十莫尔格[①]带森林的土地。铁路上的费用也不多，你懂吗？我给你一笔生活费，火车票我也会给你，因为我能搞到免费的火车票。你们先到小石城，然后从那里换乘马车。到了那里，你就能找到一同上路的伙伴了。另外，我再给你写几封介绍信，我很愿意帮助你，因为你是我的兄弟。但是我更痛惜你的女儿，胜过对你的关心几百倍，你明白吗？你们遇见了我，真应该感谢上帝！”

说到这里，他的声音就变得更为温和了。

“孩子你听着！”他对马丽西亚说道，“这是我的名片，你要把它保存好，如果将来你有什么困难，比如说，你在世上成了孤身一人，没有人来关心帮助你，那你就来找我。你是个可怜而善良的孩子。若是我死了，就由威廉来照顾你。你切不可丢失这张名片。现在，你们都跟我走吧！”

路上，他给他们买了内衣和外套，终于把他们带到了家里，热情招待着他们。这一家人全都是好人，威廉和他姐姐詹妮都把他们两个当成亲戚一样对待。威廉少爷对待马丽西亚就像对待一位小姐似的，这反而使她很难为情。晚上有几位姑娘来拜访詹妮小姐。她们额上覆着刘海，身着华丽衣裙，个个都显得和蔼可亲。她们邀请马丽西亚一起玩。她们看到她脸色这样苍白，又长得如此漂亮，还有一头亚麻色头发，无不感到惊讶。她们见她俯身搂抱她们的双脚、亲吻她们的双手，便放声大笑起来。这位老绅士来到年轻人中间，

---

① 波兰旧面积单位。1 莫尔格合 0.57 多公顷。

摇晃着他那白发苍苍的头，嘴里还嘟哝着，有时还发发脾气。他时而说英语，时而又说波兰语。他同瓦夫章和马丽西亚谈起他们遥远的故乡，有的还能想起来，有的则忘记了。那雪茄的烟雾还时不时地刺痛他的眼睛，使他常常偷偷地去擦一擦它们。

等到大家都散去睡觉的时候，马丽西亚一看到詹妮小姐亲自给她铺床，便止不住热泪盈眶。啊！他们一家人是多么善良啊，不过这没有什么可奇怪的，这位老先生也是波兹南来的。

第三天，瓦夫章和马丽西亚便动身到小石城去了。这个老农民的口袋里现在有了一百美元，已经把过去的穷困潦倒全抛到脑后去了。马丽西亚也感到她头上有一只显而易见的上帝之手，而且她深信这只手决不会让她就这样消失的。既然上帝已把她从不幸中拯救出来，也就会把雅希科给她送到美国来，就一定会保佑他们两口子，也会让他们父女俩回到利宾采去。

这时候，窗外的城市和农场疾驰而过。这里完全和纽约不同，沿途都是耕地，远处是一座座森林，还有一栋栋小房子，房前屋后都种上了树木，各种各样的庄稼都长得绿油油的，形成了条条块块，完全跟波兰一样。瓦夫章看到这幅景象，止不住心潮澎湃，真想大声喊叫："嘿，森林和绿色田野啊！"草原上是放牧的牛群和羊群。在森林边缘地带，可以看到手持斧头的人。火车飞驰前进，越奔越远。越往前去，人烟越是稀少，已经看不见农田了。整个大地是一片广阔无际的荒原，风吹草低，波浪起伏，鲜花闪耀，道路的许多地方开满了黄花，犹如一条金色的绣带，这条道路很久以前走过马车。高高的杂草、毛蕊花和蓟草都在点头哈腰，仿佛在欢迎远方来的游客。雄鹰展开巨大的翅膀在草原上空翱翔，细心地俯视着大地。火车向前飞奔，像是要飞到一望无际的草原和天际相结合的那个地方去。从车窗朝外望去，可以看到成群的野兔和土拨鼠，有时还能看到带角的鹿头出现在草丛中。沿途再也看不到教堂、城市、村庄和房屋了，只有火车站。而在两个火车站之间，或者在火车站的后面，便连一个活人也见不到了。瓦夫章望着这一切，他的脑海里就在打转，他怎么也不明白，竟然会有这样多的“宝货”——这是他对土地的称呼——还是荒着的哩！

经过一天一夜之后，翌日早晨，他们走进了一座大森林，那里的树上都缠着胳膊粗的植物，使那里的森林茂密得如同一堵墙那样，斧子都无法砍下去。在这座浓密的树林里，不知名的小鸟在啾啾啼鸣。有一次，瓦夫章和马丽西亚都似乎看见，在这座森林的树木之间有一群头插羽毛的骑手，他们的脸色红得像镀了紫铜似的。看到这茫茫林海，这荒凉草原和树林，看到这奇异的景象和那些人，瓦夫章再也忍不住了，便开口说道：“马丽希！”

“什么，爸爸？”

“你看见了吗？”

“看见了！”

“你觉得奇怪吗？”

“是的，奇怪！”

最后他们经过一条比瓦尔达河宽三倍的大河——后来他们才知道这条大河就是密西西比河——直到深夜他们才到达小石城。

到了这里，他们就得打听去波罗维那的路了。

写到这里，我们暂时把他们放在一边。他们为了面包而流浪漂泊的第二阶段到此就结束了。第三阶段将在森林中，在斧伐声中和移民区的繁重劳动中进行。要知他们在这一阶段是否会少流眼泪，少受痛苦，少遇不幸，不久便知分晓了。

三　移民区生活

波罗维那是个什么地方呢？是个即将开发的移民区。这个地名显然是预先想出来的。根据有了名字就该有实物存在这一准则，于是便有了波罗维那移民区。先是纽约、芝加哥、布法罗、底特律、密尔沃基、马尼特沃克、丹佛和卡卢梅特等地的波兰文报纸，后来连英文报纸也不甘落后，一句话，凡是能听到说波兰话的地方，都齐声地向城市和世界，特别是向波兰移民宣告，他们之中如果有谁想要身体健康、富裕幸福、吃得油腻、活得长久，而且死后还一定能得到拯救，那他就应该在这个人世间的天堂里，也就是波罗维那，获得一角之地。那些广告还宣称，阿肯色州，也就是波罗维那所处的那个地方，还是个未开垦的地区，也是世界上最有益于健康的福地。的确不错，那个处在密西西比河对岸边缘地带的小城孟菲斯，就是个黄热病的温床，不过，据广告说，无论是黄热病，还是其他瘟疫，都无法越过密西西比这样的大河。而在阿肯色河上游的岸上，之所以不存在这种黄热病，还因为住在近处的那些霍克托印第安人会毫不留情地剥掉它的头皮，因此黄热病一见到红皮肤的人就会怕得发抖。由于事情就是这样巧合，东边是热病区，西边是红皮肤的印第安人，波罗维那的移民恰好处在一条完全中立的地带里。除此之外，波罗维那的前途无可估量，再过一千年，它将不容置疑地拥有二百万居民。那里的土地呢？现在每公顷只需一点五美元，可是到了那时候，每平方米就能卖到一千美元的价钱了。

这样的承诺和这样的前景，使人很难不受到迷惑。对于那些不愿与霍克托印第安人为邻的人，广告还保证说，这个骁勇善战的部落对波兰人特别有好感，因此可以预料，将来的关系一定会相处得非常融洽。而且，众所周知，凡是铁路穿过草原和森林的地方，就一定会竖立起电线杆，像一个个十字架那样，而这些十字架不久的将来就会成为印第安人坟墓的标志了。既然波罗维那一带的土地已经被铁路部门买去，那么印第安人的消灭也仅仅是时间问题而已。

铁路部门的确已买下了土地，这将保证移民村与外界的联系，保证产品的销路和未来的发展。不过广告却忘记了附带说明，这条铁路尚在计划之中，而且要等到政府拨给铁路部门的那些荒地都卖掉之后，资金才有保证，换句话说要等修建铁路所必需的资金都筹集好了才能进行。当然，在这样繁杂的事务中这样的疏忽也是可以原谅的。此外，对波罗维那来说，这种疏忽还有一个不同之处，那就是这个移民区并不在铁路线上，而是在更远的荒原中，人要进到那里，就得乘坐马车，还须一番跋涉。

这种疏忽必定会带来许多麻烦，不过，这些麻烦也只是暂时的，等到铁路一修建，就会自行消失。而且，在美国，大家都知道，是不能从字义上去对待广告的，因为，正如植物在美国土壤上长得枝繁叶茂，但结出的果实却不能吃一样。美国报纸上的广告也是吹得天花乱坠，使你无法在这些高调的谷糠中找出真实的谷粒来。当然，如果把广告中吹嘘波罗维那的那一套当作“欺人之谈”而把它搁置一边的话，那么，人们就会觉得，这个移民区绝不会比成千上万个别的移民区更坏。那些移民区当初在创建的时候也曾大吹特吹过。

从许多方面来说，波罗维那的条件都还不错。因此有许多散居在美国各地的波兰人，甚至有许多波兰的家庭，从大湖区到佛罗里达的棕榈林，从大西洋到加利福尼亚海岸，都前来报名，想成为这个即将兴建的移民点的移民。从普鲁士来的马祖尔人、西里西亚人、波兹南人、加里西亚人，从奥古斯特来的立陶宛人，以及从华沙附近来的马祖尔人，他们原先在芝加哥和密尔沃基的工厂里做工，但却渴望过一种农民的生活，于是他们便立即抓住这个机会，以便逃出这些被煤烟熏得乌黑的沉闷的城市，来到阿肯色州广袤的田野、森林和草原上，去从事犁耕和斧伐的工作。那些觉得得克萨斯州的圣马丽亚移民区太热，或者在明尼苏达又太冷，或者觉得底特律太潮湿，在伊利诺伊州的拉当姆又觉得吃不饱的那些人，便和前面提到的那些人结合在一起，聚集成好几百人，大部分是男人，也有一部分是妇女和孩子，都朝阿肯色州拥去。“血腥的阿肯色”这个称号并没有吓退这些移民。说句老实话，这个地区现在依然充斥着许多凶猛的印第安人，逍遥法外的盗匪和不顾政府法令而在红河上私伐木材的野蛮居民，以及形形色色的冒险家和从绞刑架下逃脱的罪犯。阿肯色州的西部，至今还以两大事件而名扬天下，一是印第安人与猎野牛人之间的血腥械斗，另一件是私刑法。但是马祖尔人有办法对付这一切，一个马祖尔人只要手中有一根棍棒，特别是当他前后左右都有马祖尔人在场的话，是从不会让人的，对于钻进他地界的外人，他会大声喝叫：“不许动，不许过来！再敢向前一步，我就打断你的腿！”

而且大家也都知道，马祖尔人是喜欢集体行动的，他们总是住在一起，互相照应，一人有事，大家都会手持木棍去帮助他的。

小石城便成了大多数人的会合点。但是从小石城到克拉克斯维尔——与波罗维那相邻的最近一个移民区，也要比从华沙到克拉科夫的距离还远些。而且糟糕的是，移民们必须经过一大片荒无人烟的地方，需要穿过密密的森林和湍急的河流。

曾经有那么几个人不想等齐大伙儿一道走，便单独出发了。从此再也没有他们的音讯，失踪了。但是大队人马却顺利地到达了营地，现在已在森林中安营扎寨了。

说句老实话，这些移民到了此地都大失所望。他们原以为给移民划定的土地、森林和建点地址都是现成的，但他们看到的仅仅是大片待砍伐的森林。黑橡树、红木、木棉树、浅色的无花果和阴沉的胡桃树，犬牙交错、重重叠叠地长成一大片。这片荒原可不是闹着玩的，下面荆棘丛生，上面藤蔓缠绕，像绳索似的从这棵树上爬到另一棵树上，形成一座座索桥，或者像一道道幕布，像一块块装饰有花朵的彩网。而且长得密密麻麻，郁郁苍苍，使我们的眼睛都不能像在我们波兰森林中那样看到较远的地方。人只要一走进森林，连头上的天空都看不见，只好在摸索中前进，一旦迷路，就无法生还了。那些马祖尔人看看自己的拳头，再看看自己的斧头和那些粗围十多码的大橡树，心中都充满了忧愁。有这样充足的木头盖房子，当柴烧，固然不错，可是一个人要把一百六十莫尔格的森林都砍光，再把地上的树根都刨干净，把树坑填平，然后再开犁耕种，这得要花费好几年的劳动啊！

但是除此之外又没有别的办法可想，于是他们便在到来之后的第二天，每个人都画了个十字，往手心里吐了口唾沫，哼了一声，拿起斧头便抡动起来，用力砍了下去。从此以后，在这座阿肯色州的森林中，每天都能听到斧头砍伐的响声，有时还响起回音缭绕的歌声：

雅辛科来了，从庄院里来了；亲爱的卡辛卡，
让我们走进森林，走进这黑暗的森林。

他们把营地建在一条溪河的河畔上，那里有一大片广阔的草原。空地四周将建起一座座住房，中央留着将来建学校和教堂用。不过这事还远着哩！眼下这里只是停放着一辆辆移民家属乘坐而来的大车。这些大车排列成三角形，以便一旦受到袭击就能像座堡垒那样进行防卫。在大车外面的这块空地的其余地方，放牧着骡、马、牛、羊，由武装的年轻人组成的护卫队看守着。移民们都睡在大车里，或者睡在由大车围成的空地上的篝火旁边。

白天，妇女和孩子们都留在营地里，只有响彻整个森林的斧伐声才能证明这里还有男人的存在。一到夜里，野兽便在密密森林中吼叫，那是美洲虎、阿肯色狼和山狗在吼叫。还有一种凶猛的灰熊，并不那么害怕火光，有时竟走到大车的近旁来。这种情况常常可以在黑暗里听到枪声和喊叫声："快起来赶野兽！"来自得克萨斯州荒原的那些人大多是经验丰富的猎人，他们很容易为自己和他们的家属猎获到猎物，有羚羊、鹿和野牛。因为现在正是春天的迁移季节，大批动物朝北方拥去。其余的移民只好靠从小石城或克拉克斯维尔买来的食物度日，主要是玉米面和咸猪肉。此外，他们还屠宰绵羊，因为家家都带来一定数量的绵羊。

每天晚上，大车中间便点起一堆大篝火，年轻人吃过晚饭后都不急于睡觉，便在这里跳舞。有一个爱好乐器的人带来了一把小提琴，他就用小提琴拉起《奥贝达斯曲》来。当小提琴的声音消失在森林的呼啸声和广阔的天空中时，其他的人便按照美国的方式敲起洋铁盘子来给他伴奏。这种沉重劳动的生活过得热热闹闹，但却是乱糟糟的，毫无秩序。首要的问题是建造住房，于是不久之后，就在这片空地的翠绿草地上竖起了许多房子的骨架，地面上到处都是刨花、树皮、木屑和各种各样的小木块。红木较容易加工，但这种树木要到森林深处才能找到。有的人把大车上的帆布拆下来搭起了临时帐篷。还有的人，特别是那些单身汉，并不急于去建蔽身的住所，也讨厌刨树根的工作，于是他们便在树木稀疏的地方，橡树和胡桃树这类被称为“铁树”长得较少的地方，开始掘地耕种起来。于是在这座阿肯色州的森林里，有史以来第一次听到了吆喝牲口的声音:“嘿！嗬！走!”

但是，像这样繁重的工作落在这些移民身上，真使他们不知道从何着手为好：是先造房子呢，还是先伐林造地，抑或是先去狩猎野兽。他们来后不久就看出，移民区的经纪人只凭印象就从铁路局手里买下了这块土地，他本人从来也没有到过这里，否则他就不会买下这样的一座原始森林，因为要买到一块树木较少的荒地，并非很难的事。的确，他和铁路局的管理人员后来曾一同来到这里，想丈量一下土地，并把每人应得的土地划分给那些移民。但是当他们看到这里的真实情况之后，只待了两天，还争吵了一番，便借口要到克拉克斯维尔去拿丈量仪器，就再也没有露面。

不久又真相大白：一些移民付钱多，一些移民付钱少，而且更糟糕的是，谁也不清楚自己分内的那块土地在哪里，也不知道该怎样去丈量他应得的土地。这些移民既无自己的领头人，也没有任何的权力机构来处理他们的事务，调解他们的纠纷。他们真不知道怎么办才好。如果是德国的移民，就一定会全体出动，先去砍伐森林，清理出一大片空地来，用集体的力量造好他们的房子，然后才会在每座房屋的旁边丈量他们的份地。但是马祖尔人个个都想立即占好自己的土地，盖好自己的住房，只管砍伐自己占地里的树木，而且他们个个都想占有这块草地的中央地段，因为那里的树木最少，离水源也最近。这样一来争执便不断发生，等到有一天，一位名叫格林曼斯基的人的大车仿佛从天而降突然来到这里的时候，这种争执便愈演愈烈。这位格林曼斯基先生，要是住在德国人聚集的辛辛那提，就会简称自己为格林曼，现在他住在波罗维那，便在自己姓名后面加上“斯基”二字，这样一来，他的生意就好做多了。他的大车有一座高高的帆布顶棚，两边棚布上写着黑色大字“酒吧间”，下面是一排小字：“白兰地、威士忌、杜松子酒。”

这辆大车怎么会完整无损地穿过克拉克斯维尔和波罗维那之间的危险地带？为什么草原上的匪帮没有抢劫砸烂它？那些分成小股进行抢劫活动的印第安人常常深入克拉克斯维尔的近处，为什么没有把格林曼斯基先生的头皮割下来呢？这确实是他的秘密。他顺利到达，而且到达当天就开始营业，生意很不错，这就够了。然而，也就在这一天，移民们开始吵架了。除了关于土地、工具、牛羊、篝火旁边的位置的无数次争论之外，还加上许多庸俗无聊的争执起因，例如，在这些移民当中出现了一种狭隘的美国爱国主义。那些从北方各州移民区来的波兰人开始赞美起他们原先住过的地方来，而嘲笑那些从南方各州来的移民，南方各州来的移民也以牙还牙，反唇相讥。这时候你就可以听到一种北美的波兰语，它混杂着美国的方言俚语，这种混合的波兰语是远离祖国，长期生活在外国人中间所形成的。

“你们干吗要吹嘘你们的南方呢？”一个从芝加哥来的小伙子说道，“在我们伊利诺伊州那里，随便你到哪里都能见到铁路。你要是坐上火车，处处都能见到城市！你要是到农场去，想在那里建房子，你用不着亲自去啃木头，只要去买现成的木料就够了。可是你们那里又是怎样的呢？”

“我们那里的一条大峡谷就比你们整条街道的房子还要更宝贵。”

“你还敢给我拌嘴！你还敢顶撞我！我在那边是老爷，在这里依然是老爷，你算什么东西？！”

“闭嘴！你要再胡说八道，看我不揍你一顿，或者把你的狗头浸在水里，看你能把我怎么样？！”

“你把我当傻子，我看你连狗屎都不如！”

在这个移民区里，情况简直糟透了。这些移民使人想起了一群无人放牧的羊。关于土地的争吵越来越凶，终于动手打起来了，而且是一个城镇或一个移民点来的人结成帮伙去和别的城镇或移民点来的人打起了群架。的确，那些经验丰富、年龄较大而又聪明能干的人慢慢获得了人们的尊敬和一定的威望，但他们也并不是常常能管得住这些移民。只有他们受到外部危险的时候，一种自卫的本能才能促使他们忘记他们的争吵。一天晚上，一伙印第安游民偷了他们的四十几只羊，移民们便全体出去追赶，而且毫不迟疑，他们把羊都追回来了，一个印第安人被打得奄奄一息，不一会儿就断气了。这一天大家都非常团结，可是第二天早晨，在砍伐树木的时候，他们又开始打了起来。不过到了晚上，等那个提琴手拉起他的小提琴来时，他们又和和气气地在一起了。他拉的不是舞曲，而是人人以前在茅屋下面听过的各种歌曲。这时候，所有的说话声都停止了，大家围绕着这个提琴手，站成了一个大圆圈。森林的沙沙声为他伴奏，篝火熊熊燃烧，火星四溅。他们站在那里，阴郁地垂着头，他们的心已经飞过了海洋。月亮已经高高地升起在树林的上空，他们依旧还在听着。但是，除了这些短时间的例外，移民区的一切都变得更加胡作非为了，秩序也更加混乱，仇恨在加深。这个被抛弃在森林中的小社会，几乎与别的人类社会隔绝，又被它的经纪人所抛弃。他们既无能力，又缺少办法来管理自己。

在这批移民当中，有两个我们所熟悉的人，那就是那个名叫瓦夫章·托波勒克的老农民和他的女儿马丽霞。他们来到阿肯色州，要在波罗维那分享同别人一样的命运。刚开始的时候，他们的境况要比别人好一些，说来说去，一座森林总比纽约的街头好得多，况且他们在纽约时是一无所有，如今在这里，他们有了大车，还有几头从克拉克斯维尔低价买来的牲畜和一些农具。在纽约的时候，有一种强烈的思乡之情在撕碎他们的心，可是在这里，繁重的劳动不允许他们再去想别的事情。老头儿从早到晚都在砍伐树木，他还要刮去树皮，砍削成木料准备盖房子用。姑娘则要在河里洗衣服，在家生火做饭。工作尽管辛苦，但活动和森林中的空气却把她在纽约时因贫穷而留下的病容渐渐消除掉了，从得克萨斯吹来的热风也把她的脸晒红了，露出了一层淡淡的金黄色光泽。那些从圣安托尼奥、从大湖来的年轻小伙子，时时都会为了她而拳脚相加。但是他们在这个问题上却是意见一致，众口一词，那就是马丽西亚的那双眼睛，从她金发下面看起来，犹如黑麦丛中的矢车菊，以及她本人就是人类眼睛所能见到的最美丽的姑娘。马丽霞的美貌给瓦夫章带来了好处。瓦夫章给自己挑选了一块树木最少的地段，却没有引起任何人的反对，因为所有的年轻人都站在他一边。好些年轻人还自愿前来帮助他砍树、锯木板和架房梁，而老头儿也很有心计，他知道他们的心思，于是他便常常说道："我的女儿在草原上行走，就像一朵百合花，就像一位小姐，就像一位公主。我喜欢谁就嫁给谁，但绝不会轻易地把她嫁人，因为她是个农场主的女儿。谁对我最敬重，最讨我喜欢，我就把她嫁给谁，绝不会把她嫁给一个懒汉的！"

所以，凡是帮助瓦夫章的人都认为是在帮助自己。

这样一来，瓦夫章的境况就比别人好得多了。一般说来，如果一个移民村的前景光明，那么其生活定会不错。可是这里的境况却日益恶化，一周复一周地过去了，空地周围都堆满了木头，地上满是碎片木屑，这里和那里建起了一道道黄色的房屋墙壁，但是他们做过的事情，比起他们应该完成的工作来，简直是微不足道。绿色的森林墙壁在他们的斧头下面退后得很慢。那些曾深入森林深处的人却带回了一个令人惊讶的消息，说这是座无边无际的森林，再往里走就是可怕的沼泽泥潭，树下是满地的死水，还说里面住着许多稀奇古怪的动物，从林之中还冒出一股像鬼魂似的蒸气，还有毒蛇在嘶叫，仿佛有一种声音在叫："不准来！"有些奇怪的树枝拉住他们的衣服，不让他们走。有一个从芝加哥来的小伙子还确信无疑地说，他亲眼看见一个像人似的妖怪，这妖怪从泥沼里抬起了他那蓬头垢面的脸，对着他怪笑，吓得他几乎跑不回营地来了。从得克萨斯州来的一位移民向他解释，那是一头野水牛，但是那个芝加哥来的小伙子怎么也不相信。于是这种艰难的环境又加上了这迷信的威胁。就在这个小伙子说了他看见妖怪之后不几天，便发生了一件事情，有两个年轻力壮的小伙子走进了森林，从此便不见踪影了。有几个人因劳累过度，腰痛得躺倒了，接着又是热病流行。关于土地的争吵越来越凶，以致发生了打伤、流血甚至械斗的事件。谁若是没有在牲口上打上记号，别人就会不承认他的所有权。营地四分五裂，大车都零零散散地停放在旷地的各个角落里，互相离得越远越好。大家都不知道，该轮到谁去看护畜群，于是羊群开始死亡了。但是有一件事却越来越明显，当太阳尚未出来露水便消失的季节来临之前，当那些种在森林边上的谷物抽青之前，当牲口还未增加数量之前，他们带来的粮食就会断绝，饥饿就会来临。

绝望的情绪开始笼罩着所有的人，森林中的斧伐声正变得稀少起来，耐心和勇气开始减退。但如果有人对他说："你干的，就永远归你了！"每个人都会继续干下去的。但是，现在谁也不清楚，什么是他的，什么不归他所有。对经纪人的正当抱怨也在不断地增长着，大家都在说，他们是被骗到这个鬼地方来的，只会白送性命。渐渐地，那些身边还有几个钱的移民，便坐上他的大车，到克拉克斯维尔去了。但是大多数的移民，都已把最后一文钱投进了事业，没有钱再供他们回到原来的住地了，他们面对不可避免的毁灭都感到束手无策。

斧头终于停止了砍伐，但是森林却在发出沙沙的声响，仿佛是在嘲笑人类的无能。"砍了两年的树，然后便是饿死！"移民们都在这样说。但是森林依然在嘲笑似的响着。

一天晚上，瓦夫章来到马丽西亚的身边，说道："你看，大家都会完蛋的，我们也会完蛋！"

"全凭上帝的意旨！"姑娘回答道，"既然上帝以前怜爱过我们，现在也绝不会抛弃我们的！"

她这样说着，抬起她那双矢车菊似的眼睛，仰望着天空。在篝火光里，她看上去俨然像教堂里的一尊圣像。

于是那些从芝加哥来的年轻人和从得克萨斯州来的猎人都望着她说："我们也不会丢下你，马丽霞，你这美丽的朝霞！"

可是她心里却在想，只有一个人她才愿意跟他走到天涯海角，这个人就是利宾采的雅希科。但是雅希科虽然向她发过誓，要像海鸥那样游过海洋来追赶她，要像小鸟那样飞到她的身边，要像金环圈那样滚到她的面前，他却没有游过来，也没有飞来，恰恰是他这个人抛弃了她这个不幸的姑娘。

马丽霞不会不知道，这个移民点的情况正在不断恶化。但是她以前经历过那样多的苦难，上帝都把她从深渊中救了出来。现在面对逆境，她的心非常平静，因为她相信上帝自会来救她的，任何力量都无法动摇她的这种信念。

另外，她也想起了纽约的那位老先生，他曾帮助他们摆脱苦难，将他们送到了这里。他把名片交给她时曾说过，要是她再遇到不幸，就去找他，他会永远救助她的。

现在，每天都有新的厄运降临到这个移民点。人们常常在夜里逃出去，他们的命运如何，那就难说了。四周的森林依然在嘲笑似的响着。

老瓦夫章终因劳累过度病倒了，整个脊椎骨痛得要命。头两天他还不在意，到了第三天，他就不能起床了。姑娘到森林中采集了许多干苔藓，将它铺在木板上，这些摆放在草地上的木板是准备盖房子用的。姑娘让父亲躺在苔藓上，还用酒给他调药吃。

“马丽希！”老头儿喃喃地说道，“死神已经穿过森林来找我了，留下你一个人在这世界上，成了无依无靠的孤儿，这是上帝在惩罚我的深重罪孽。因为我把你带到了海外，还要害死你，我一定会死得很痛苦的！”

“爸爸！若是我不跟你来，上帝定会惩罚我的！”姑娘答道。

“若是我能让你不是单身留在世界上，若是我能给你的婚姻祝福，那我就会死得轻松些。马丽希，你就把那个黑鹰奥利克选做你的丈夫吧！他是个好人，他不会抛弃你的！”

黑鹰是个从得克萨斯州来的百发百中的好猎人，一听到这话，便立即跪在老头儿的面前。

“啊！老爸！你就祝福我们吧！”他说，“我爱这个姑娘胜过自己的性命。我熟悉这座森林，我绝不会让她死的！”

他这样说着，一双鹰眼望着马丽霞就像望着一道彩虹那样，但是她却俯伏在老人的脚边，说道：“爸爸，你不要强迫我。我只嫁给我答应过的那个人，若不然我就谁也不嫁了。”

“不管你答应过谁，你都不会是他的人，因为我会杀死他的。你一定得嫁给我，要不谁也别想娶到你。大家都会在这里送命的，你也逃不了，如果我不来救你的话。”黑鹰奥利克说道。

黑鹰没有说错，移民点正在走向毁灭。又过了一两个星期，粮食便吃完了，人们已经在宰杀耕地用的牲口了，热病也在猎取越来越多的新的牺牲者。人们在这个荒原中时而抱怨、诅咒，时而又大声祈求苍天快救救他们。有一个星期天，所有的男女老少都跪在草地上做起了祷告，几百个声音一再唱着：“神圣的主啊！全能的上帝！神圣而永恒的上帝！请你对我们慈悲慈悲吧！”森林停止了摇曳，停止了响声，也在倾听着他们。直到圣诗唱完的时候，森林才重新响起来，仿佛是在威胁：“我是这里的大王！我是这里的大王！我是这里的至高无上者！”

但是熟悉这座森林的黑鹰奥利克的一双黑眼睛盯住它，有些怪异地望着它，随后他大声说道：

“好吧，那就让我们较量一番吧！”

人们都相继望着黑鹰，一种欣慰感在他们心中油然而生。那些在得克萨斯州就认识他的人对他抱有极大的信任，因为他在得克萨斯州的时候就是个有名的猎人。这个小伙子的确在草原上变粗野了，身体强壮得像棵橡树，他常常敢独自一人去和熊搏斗。从前他住在圣安托尼奥的时候，大家都知道他常常独自拿起一杆枪，便到荒原中去了，好几个月家里都看不见他，然而他总是能很健康地完整无损地回来。人们把他称作“黑”，是因为太阳把他晒黑了。有的人甚至说他曾在墨西哥边境上做过强盗，但这是无中生有。他带回家里来的只有兽皮，有时也带回印第安人的头皮，直到当地的神父声言要把他革除教籍，他才洗手不干这种勾当了。现在，在波罗维那，唯有他一个人什么都不怕，什么也不担心，森林供给他吃喝，森林还供给他衣着。当人们开始逃离波罗维那和束手无策时，他却把一切都抓在自己的手里，开始领导起来。他像空中的一只灰天鹅那样，让所有从得克萨斯州来的人都跟着他走。祈祷之后，当他向森林发出挑战时，人们心里都在想，他一定想出什么办法来了。

这时太阳落山了，灿烂的金光还高高地在胡桃树顶上照耀了一会儿，随后便变成了鲜红色，渐渐滑隐下去了。当夜幕降落时，南风劲吹，黑鹰拿起枪又到森林中去了。

黑夜开始时，人们便在远处的森林中看见好像有一颗金色的大星星，仿佛是一片初升的曙光，或者是个迅速上升的太阳，放射出血红的光芒。

“森林着火了！森林着火了！”营地里喊声四起。

成群的鸟发出咯咯的响声，从森林的各个方向飞了出来，它们叽叽喳喳地惊叫着。营地里的牲畜也发出了伤心的悲号。狗在吠叫，人们在惊慌地奔跑，担心大火会烧到他们这儿来。然而强劲的南风会把火势引离这片草地。这时远处又升起了第二颗金色的火球，接着是第三颗，这两颗火球不久便和第一颗的大火连成了一片，大火便在更大的范围内鸣吼着，火势像水一样朝四下散溢开来，它们顺着枯藤和野葡萄藤流窜过去。树叶都在噼啪作响，大风卷起烧着了的树叶像一只只火鸟似的，越飞越远。

胡桃树在大火中爆裂，发出大炮似的轰鸣声。红色的火蛇在这荒原的带油脂的树皮上蜿蜒穿行。各种各样的吱吱声、咆哮声，还有树枝的折断声，大火的深沉怒吼声，鸟类的聒噪声和野兽的嘶叫声混合在一起，响彻云霄。高耸入云的大树，像一根根火柱，摇摇欲坠。被烧着了的藤蔓从它们缠绕的树上断落下来，很可怕地摇动着，就像魔怪的手臂，把火星和火焰一树接一树地传烧下去。天空满是红光，仿佛那里发生了第二场大火，亮得如同白昼。后来所有火焰汇成一片火海，有如死神的呼吸，或者是上帝的愤怒，席卷这座森林。

浓烟、灼热和烧焦的气味弥漫整个大地。营地里的人虽然受不到大火的威胁，却在互相叫喊着。突然间，从大火那个方向，从火星四溅和火光中走出了黑鹰奥利克。

他的脸被浓烟熏得墨黑，怪吓人的，等人们围住他站成一个圆圈时，他便靠在他的猎枪上，说道："你们用不着砍树了，我放火烧了树林。明天你们就可以从这块烧光了的林地上，想要多少地就能得多少地。"

随后，他走到马丽霞身边说道："你必须嫁给我，是我放火烧光这树林的，这里还有谁比我更强呢？"

姑娘全身颤抖，因为火光照在他的眼睛里，使她觉得他特别可怕。

自从他们来到这里，她还是第一次感谢上帝：她的雅希科还在利宾采，没有到这里来。

这时的大火咆哮着，越烧越远。白天乌云蔽日，像是要下大雨的样子。天一亮就有人跑去察看烧过的地方，但由于太热了，人无法走近。

第二天，空中弥漫着浓雾，十几步以外，人们就很难看清对方了。晚上下起了雨，不久便转成了可怕的倾盆大雨。也许是大火引起气候的变化，以致积云为雨了。此外，还由于当时已是春天，通常在这个季节里，密西西比河的下游、阿肯色河与红河的汇合处，都要连下大雨的。促成这场暴雨的另一个原因是水的蒸发，因为在阿肯色州全境，到处都是沼泽、小湖和溪河，这些地方的水一到春天就会因远处高山的积雪融化而猛涨起来。整个林中旷地都变软了，渐渐变成了一个巨大的湖泊。整日整夜被雨水淋透的那些移民如今都病倒了，有些人离开移民点想到克拉克斯维尔去，但不久又都回来了，还带回了消息，说河水暴涨，无法过河了。处境是这样可怕，因为打从移民们来到这里已经过了一个月，带来的粮食已经吃完，又无法从克拉克斯维尔运来新的粮食。

瓦夫章和马丽西亚受到饥饿的威胁要比别人小一些，因为黑鹰那双强壮的手在照顾他们。每天早上黑鹰都给他们送野味来。这些野兽不是他打来的，就是他用陷阱捕来的。他把野味放在瓦夫章躺着的木板边上。黑鹰还把自己的帐篷支起给瓦夫章和马丽西亚避雨，他们只好接受他这种几乎是硬要给他们的帮助，别的报答他不要，只要马丽西亚。“难道这世上只有我一个姑娘吗？”姑娘恳求他说，“你走吧！去找个爱你的姑娘，我爱的是别人。”

可是黑鹰却回答说：“即使我走遍天下，也找不到第二个像你这样的人。这世上中我意的姑娘只有你一个，你一定要做我的妻子。如果老人家一死，你还能有什么办法呢？你只能找我，到那时候，我就抓住你，像狼抓小羊那样，把你带到森林中去，不过我不会吃了你。你是我的，只有你才能做我的老婆！谁还敢不让我娶你？我在这里会怕谁呢？让你那个雅希科来好了，我真想见见他呢！”

说到瓦夫章的病情，黑鹰的话一点也不假。老人的病越来越重。他经常发烧，还时时说呓语，讲他的罪孽，讲他的利宾采，还说上帝不会让他再见到自己的故乡。马丽霞既为他，也为自己，不知流了多少眼泪。虽然黑鹰曾向她保证，只要她答应嫁给他，他就会跟她一起走，即使是回到利宾采去他也愿意。他的许诺对她来说不是欢乐，而是痛苦。作为别人的老婆回到雅希科所在的利宾采，而且是一贫如洗地回去，还不如碰上第一棵大树就撞死的好。她心里在想，这样了结最好。

这时候，新的不幸又降临在这个移民点上。

雨越下越大。在一个漆黑的晚上，黑鹰又像平常那样到森林中去了。营地里突然响起惊恐的喊叫声："大水来了！大水来了！……"

等人们从睡梦中惊醒，睁开眼睛一看，黑暗中目力所及的地方，已是一片白色汪洋，受到雨点的拍打和狂风的吹动。闪烁不定而又朦胧的夜光照在波纹起伏的水面上，映出一片钢铁似的反光。从堆放着许多树木的森林边上，从焚烧过的森林那边，可以听到洪水汹涌的浪涛声和冲击声。

整个营区都响起了叫喊声。妇女和儿童都躲进了大车里。男人们都拼命朝草地的西边奔去，那里的树木还没有砍掉。洪水已经漫过他们的膝盖，且还在急剧地上涨。森林边上的浪击声在不断增强，这些浪击声与人们的惊叫声、呼唤人名声和救命的哀求声混合在一起。不久之后，一群群大野兽在洪水的追逼之下节节后退。可以看出，洪水的威胁在增长。羊在水里漂浮着，发出悲哀的咩咩声，在哀求救命，随后便被洪水冲到树林那边去，直到消失不见了。雨倾盆而下，每分每秒都让人感到更加胆战心惊。远处的响声都变成了惊涛骇浪的轰鸣声和呼啸声，大车在它们的冲击下都颤动起来了。

很明显，这不是一般的大雨，而是阿肯色河及其支流的洪水在泛滥，而且还是一场特大的洪水，它能把树木连根拔起，使树木折断。这是一场巨大的灾难，是一次自然因素的大破坏，是黑暗和死亡。

一辆停放在焚烧森林边上的大车被掀翻了。坐在大车里的妇女们发出了撕肺裂腑的呼叫声："救命啊！"几个黑黑的人影从树上跳了下来赶去搭救她们，但是洪水冲击着他们，把他们转了几转，便把他们卷到烧毁的森林那边，再也不能生还了。在别的一些大车上，人们都爬上了车棚顶上。暴雨越下越凶，阴沉沉的草原变得更加黑暗。时时有一根大木头，上面有人紧紧地抱着，时沉时浮地漂在水面上。常常有黑乎乎的野兽或人在水里漂浮，有时从水里伸出一只手来，随即又沉了下去，再也看不见了。

洪水越来越疯狂地轰响着，把溺水野兽的悲吼声和人们呼叫"耶稣，玛丽亚"的声音都淹没了。草原上出现了许多漩涡，是大车被淹没卷走了。

瓦夫章和马丽霞现在怎么样了，老头儿躺着的黑鹰帐篷里面的大木板救了他们，它像木排一样浮了起来，洪水带着它在空地打转，接着就朝森林那边漂去，乱撞了几棵大树之后，终于流进了河床中间，洪水把它冲向黑暗中，越冲越远。

姑娘跪在她的老父亲身边，举起双手向着苍天，祈求老天爷来拯救他们，但是回答她的只有被风掀起的洪水波涛声。

帐篷已经给掀掉了，木板本身随时随刻都有可能被撞散。因为它的前后左右都漂浮着连根拔起的大树，这些大树定会把它撞碎或者把它掀翻的。

后来木板漂进了一棵大树的枝丫中间，这棵大树只有树梢还露在水面上。然而就在这时候，树梢上面响起了一个人的说话声："快把枪接过去，你站到那一头去，等我跳上来的时候，木板就不会翻了。”

她和瓦夫章按照他的要求做了之后，只见一个人影从树枝上跳到了木板上。

这个人就是黑鹰奥利克。

“马丽希，我对你说过，我是不会丢下你不管的！上帝保佑你，我一定要把你们从这场洪水中救出来。”黑鹰说道。

他用随身携带的那把小斧，砍下了一根笔直的树枝，转眼之间就把它削好了。接着他把木板划出了枝丫，他用那根树枝做桨，划了起来。等木板一划进河道，他们便以闪电般的速度顺流而下。他们不知道会漂流到什么地方，只是任其漂去。奥利克常常把树木、树枝推开，或者把木板划开，以躲开屹立在前面的大树。他那非凡的力气仿佛又增加了一倍似的。尽管是在黑暗中，他的眼睛依然能看清每一个危险。一小时又一小时地过去了，任何一个别的人早就会累得倒下去的，可是他身上却连一点精疲力尽的影子都看不出来。等到天亮的时候，他们已漂流出森林地区，这一带见不到树木了。但是他们的周围是一片汪洋，像是大海。浑浊而又泡沫涌起的洪水掀起了一个个可怕的漩涡，在这广阔空荡的平原上奔腾咆哮。这时候，天已经大亮了，奥利克看到周围连一棵大树也没有，便停划了一会儿，转身对马丽霞说道：“马丽希，现在你是我的人了，因为是我把你从死神手里抢出来的！”

他光着头，满脸是水，由于劳累和与洪水搏斗，他的脸都红了，而且还露出一种强悍的神情，竟使得马丽霞第一次不敢当面这样回答他：她已经许配给别人了。

“马丽希！我亲爱的马丽希！”奥利克温柔地说道。

“我们要漂流到什么地方去呢?”姑娘问道，想改变话题。

“管它去哪儿！只要和你在一起，我心爱的人儿……”

“快划吧！死神还在我们的前面呢！”

黑鹰又划了起来。这时候，瓦夫章觉得自己不行了。他一直发着烧，有时烧退了，反而感到更加虚弱。对于这位年老体衰的老人来说，他经受的痛苦实在太多了，现在他已经到了灯尽油干的地步，快得到伟大的安宁和永恒的解脱了。正午时刻，他醒了过来，说道：“马丽希，我再也等不到明天了。啊！我的女儿，我的马丽希！我真不该离开利宾采，更不该把你带到这儿来，但是上帝是仁慈的，我受过的苦太多了，上帝一定会宽恕我的罪孽。若是你们能做得到的话，就把我埋葬好了。让奥利克带你到纽约去找那位老先生。他是个大好人，会可怜你的，会给你路费，你就回到利宾采去。我是再也不能回到那里去了。啊，上帝！仁慈的上帝，让我的灵魂能像鸟儿那样飞回到利宾采去，哪怕看上一眼也好。”

说到这里，他又被热烧得昏迷过去了，喃喃地说起胡话来：“我们是来求您庇佑的，至尊的圣母啊！”随即又突然喊叫起来：“你们不要把我丢进水里！我不是一条狗！”后来他显然是想起了不久以前由于穷得走投无路想把马丽霞淹死的那桩事情，于是他又喊叫起来：“我的孩子，你饶恕我吧！你饶恕我吧！”

这个可怜的姑娘躺在他的头边，不停地抽泣着，奥利克继续划着木板，可哽咽也堵住了他的喉咙。

傍晚时分，天放晴了，西落的夕阳出现在洪水滔滔的平原上，把一道道长长的金光投射在水面上，老头儿已是奄奄一息了。但是上帝怜悯他，让他平静地死去。起初，他悲伤地一再说道：“我离开了波兰，离开了波兰的土地！”但是后来，他在高烧的时候，觉得自已好像又回到了那个地方。他仿佛觉得纽约的那位老绅士给了他路费和置地的钱，于是他和马丽霞便动身回家了。现在他们正航行在海洋上，轮船正夜以继日地在行驶，水手们都在放声歌唱。随后他们便看到了他们当初乘船离开的那个汉堡港。许多城市在他眼前闪过，周围听到的又是德国话了。不过火车还在向前飞奔，于是瓦夫章觉得离家乡越来越近了，心中顿时涌起了巨大的欢乐。他的故乡以一种亲切的气氛在迎接他。那是什么？国界！这个可怜农民的那颗心像槌子敲打似的跳动着……他们依然在朝前驶去。啊！上帝啊上帝！这里已是马奇科的田地和梨园了……还有灰色的房屋和教堂。那边有一个戴羊皮帽的农民正在用犁耕地。瓦夫章从火车里伸出手去招呼他：啊，朋友！朋友！他说不出声来。火车还在飞驰，那边又是什么地方呢？是普齐伦布列城，过了普齐伦布列城就是利宾采。他和马丽霞在路上一边走一边哭。现在是春天。庄稼在蓬勃地生长，小甲虫在空中吱吱鸣叫……在普齐伦布列，钟声鸣响，正在祈祷欢庆……啊，耶稣，耶稣！为什么他这个有罪的人会得到如此之多的幸福呢？再越过这座小山丘，就能见到十字架和路碑了，那里就是利宾采的地界了。他们已经不是在走路，而是……像长了翅膀似的在飞，他们飞过了小山丘，到达了十字架和路碑前面。老人俯伏在地上，幸福得大叫起来，他亲吻着土地，爬到十字架前双手紧紧抱住了它。他现在到了利宾采了。啊，是的，他已经回到了利宾采，因为只有他那僵死的肉体还躺在那在洪水中漂浮的木板上，可是他的灵魂却已飞到了幸福和宁静的地方。

姑娘在他身边哭叫着“爸爸！爸爸”，也无济于事了。可怜的姑娘，他再也不会回到你的身边了，他在利宾采是多么幸福啊！

夜来临了。划船的树枝从奥利克手里掉落下来，因为他又饿又累。马丽霞跪在父亲的尸体旁，用断断续续的声音念着祷词。四周放眼望去，除了滔滔洪水之外，什么也看不见了。

他们已漂流在一条大河的河道上了，因为这时的洪流又把他们的木板急速推向前去，无法驾驭了。也许这是草原上的一块低地所形成的漩涡，因为它老是带着他们打转。奥利克觉得力气在离开他了。突然间他跳了起来，大叫道："凭基督的圣伤起誓，那边有亮光！"

马丽霞朝他所指的方向望过去，远处确有亮光在闪烁，像是一堆篝火，水面上也映出了一片亮光。

"这是一条从克拉克斯维尔开来的轮船。"奥利克急急说道，"是美国佬派来救人的。只要它能看见我们就好了。马丽西亚，我会救你的。啊！啊……"

同时他竭尽全力划着木板。亮光的确显得越来越大。从那鲜红的亮光中能隐隐约约地看出一条大船的轮廓来，它离他们还很远，不过彼此都在靠近。可是过了一会儿，奥利克看到那条船并没有再向前驶来。

这时候，他们的木板却驶进了一条巨大的急流，把他们带往和那条船相反的方向流去。

奥利克手中的那根树枝因为用力过猛突然折断了。现在他们没了桨，急流把他们冲得越来越远，那亮光也变得更小了。幸亏过了不久，木板撞在一棵大树上，这棵树孤零零地长在草原上，木板被树枝拦住了。

他们便大声呼救，但是洪水的哗啦声淹没了他们的求救声。

"我来放枪。"奥利克说道，"他们就能看见火光，还会听见枪声的！"

他刚想出这个办法，枪筒就已经朝天了，但是枪没有响，只听见撞针发出一声低沉的咔嚓声，火药受潮了。

奥利克像根木棒似的倒在木板上。真是无法可想了。他像死人那样躺了一会儿，后来他站了起来，说道："马丽希，若是别的姑娘，管她愿意不愿意，我早就把她抢到树林里去了。我也曾想过要这样对待你，可是我不敢，因为我爱你。我像只狼似的在这个世界上横行无忌，一般人都怕我，但我却怕你。啊，马丽霞，也许是你给我施了什么魔力……可是你又不肯嫁给我，我还不如死了的好。要么我能救你，要么我自己把命送掉。不过，要是我死了，那么你，亲爱的，就可怜可怜我，给我祈祷一番。我什么地方得罪过你吗？我并没有欺侮过你！唉，马丽希，马丽希，再见啦！我亲爱的人儿，我的太阳！"

她还没有明白他想要做什么，他就跳进了水里，开始划游起来。起初，她在黑夜中还能看见他的头和挥动的双臂。他在劈浪前进，因为他是个勇敢的游泳好手。可是过了不久，她就看不清他了。他是想游到那条船上去给她求救的，一股急流妨碍了他的动作，像是有人在拉他后腿似的。他奋力拼搏，终于又前进了。如果他能避开这股急流而游到另一道水流里，那他就一定能游到那只船边。但是，尽管他有超人的力气，也只能缓慢地向前移动。浑浊的黄水常常用泡沫蒙住他的眼睛，他只好把头抬起，换口气，在黑暗里他睁大眼睛，想看清那只大船在什么方向。大浪时而把他抛向后面，时而又把他高高举起。他的呼吸越来越困难，他觉得他的双腿都僵硬了。他心里在想："我游不到了。"可是有一个声音，像是马丽霞亲切的声音，在他耳边说道："救救我呀！"于是他又拼命地双手划起水来，他双颊紧绷，嘴里喷着水，眼睛鼓鼓的。……如果他想倒回去，他是能顺流而游回木板的，但他连想都没有想过要这样做，因为那船上的亮光越来越近了。的确，那只船也正航行在他搏斗的那股急流中，朝着他开来。奥利克突然觉得他的两膝和两脚都麻木了，他又拼命朝前划了几下，那只船更近了……“救命呀，救命！”最后一声被灌进嘴里的水哽住了，他沉入了水中。一个大浪打在他的头上，但是他又浮了起来。船就在近处了，就在近处了，都能听到船两侧的划桨声和打水声。于是他最后一次拼足力气大喊救命，他们听见他的呼救声，因为划水声变得更快了。但是奥利克又沉了下去，一个可怕的漩涡把他带走了……有一会儿，他还在水面上现出一个黑点，后来有一只手伸出水面，接着是第二只手，随后便完全消失在水里了……

这时候，马丽霞独自一人在木板上陪伴着父亲的尸体，像疯子似的呆望着远处的亮光。

然而急流却把亮光送到她这边来了，她看清了这船有十多把桨，这些桨在亮光里划动着，就像一条大蜈蚣的红脚。马丽霞拼命喊叫起来。

“嘿，史密斯！”有人用英语说道，“要是我没有听见有人喊救命，要是我没有听见第二声喊叫，你们就把我吊死好了。”

片刻之后，一双有力的手把马丽霞抱到了船上，可是船上却没有奥利克。

两个月之后，马丽霞从小石城的医院出来，凭着好心人给她捐助的一笔钱，她动身到纽约去了。

可是这笔钱并不多，她不得不步行一段路程。由于她已经学会几句英语，能请求检票员让她免费搭火车了。不少人对于这样一个贫困交加、脸色憔悴、有着一双大蓝眼睛、七分像鬼三分像人、流着眼泪乞求哀怜的姑娘，都产生了怜悯之情。并不是人在虐待她，而是生活和它的环境。在这个美国的漩涡里，在这个巨大的“商业中心”，像她这样一朵利宾采的鲜花又能有什么作为呢？又能有什么办法呢？那里的车子会在她身上碾过，而把她那单薄羸弱的躯体碾碎，就像每辆大车会把掉在路上的花朵压成碎片一样。

一只瘦骨伶仃的虚弱得发抖的手按动了纽约瓦特街上的一个门铃，是马丽霞前来向那位波兹南老绅士求助了。

一个她不认识的陌生人前来开门。

“兹沃托波尔斯基先生在家吗？”

“他是什么人？”

“一位地道的老绅士。”她拿出名片给他看。

“他死了。”

“死了？那么他的儿子威廉先生呢？”

“已经搬走了。”

“那么约安娜小姐呢？”

“她也搬走了。”

房门在她面前关上了。她坐在门槛上，开始摸起自己的脸来。现在她又来到了纽约，形单影只，既无帮助，又无保护，身上一文不存，一切全凭上帝的旨意了。

她要留在这里吗？绝不！她要到港口去，到德国轮船停靠的码头上去抱住船长的双脚，恳求他把她带回国去。如果他们可怜她把她带回去，那她即使讨饭也要穿过德国回到利宾采去，那里有她的雅希科。除了他以外，她在这个广大的世界上再也没有别的亲人了。如果他忘记了她，不肯接纳她，把她推出门外，那她就是死在他的近旁，也会感到心满意足的。

于是马丽霞来到了港口，在那些德国船长面前下跪哀求。如果她的身体得到更好的恢复，那她就是个漂亮的姑娘，他们也就会收留她，把她带走的。即使他们愿意带走她，可当时的规章制度也不许可。另外，这是件麻烦事……多一事不如少一事，落得安静。

姑娘睡在以前她父亲要把她淹死的那一夜睡过的那座架桥上，靠水里漂来的食物活命，跟她从前和父亲在纽约的情形一样。幸亏现在是夏天……天气暖和……

每天天一亮，她就来到德国码头上，恳求船长们行个方便，但每次都是徒劳无益。但是她有着农民的坚毅性格。现在她的体力在渐渐消失，她觉得如果现在她还不能回去，那她不久就会死去，因为和她命运相关的那些人都已经去世了。

有一天早晨，她挣扎着，一步一步地挪到了码头。她心想这是最后一次了，因为明天她就再也没有力气走动了。她决心这次不去恳求，而是看见第一艘开往欧洲去的船，就偷偷地溜上去，悄悄地躺在船底的某个角落里。等到船开了，即使他们发现了她，也不至于把她丢进海里去。要是他们竟会那样做的话，就让他们那么做好了。既然她命中该死，至于怎样死法，对她反正都是一样。但是在通到船上的那块跳板上，却有人在严密检查上船的人。她在第一次试图登船的时候，就被守卫推开了。她坐在水边的一个木桩上，心里在想，也许热病又来侵犯她了，于是她笑了起来，自言自语道："我是个有家产的小姐，雅希科，可我对你却是一片忠心。怎么，你不认识我了？"

这个可怜的姑娘得的不是热病，而是神经错乱。从此以后，她每天都到码头上来找雅希科。人们都习惯了她，也常带给她一些布施，她便谦恭地感谢他们，像小孩似的笑了起来。这种情况持续了两个月。可是，有一天，她没有到港口来，人们也没有再见到她，只有第二天的警察报纸刊登一条消息说，在港口的边上发现了一具少女的死尸，其姓名和籍贯均不知道。

胜利者巴尔特克

一

我的主人公名叫巴尔特克·斯沃维克[①]，由于他有个习惯，每当别人和他说话时，他老是瞪着一双大眼睛，于是乡邻们又把他叫作"瞪眼巴尔特克"。他这个人的确和夜莺毫无共同之处，相反，他的思维能力和憨愚鲁钝倒使他得了另一个绰号"傻瓜巴尔特克"。最后这个名字流传最广，而且毫无疑问，只有这个名字才会载入史册，流传千古。虽然巴尔特克还有第四个名字，那是他的官名。因为在波兰语中，"人"（cziowik）和"夜莺"（siowik）这两个词，在德国人听起来，是毫无差别的，而且德国人为了显示他们的文明，又喜欢把野蛮的斯拉夫姓名翻译成更高雅的名字，因此，当巴尔特克前去应征入伍填写名单的时候，就有了下面这场对话：

"你叫什么名字?"军官问巴尔特克。

"斯沃维克。"

"斯沃维克?啊，好得很!"

于是这位军官便把他的姓名写成了"人"。

巴尔特克是波格伦坪村人，不过，波格伦坪这个村名在波兹南公国和波兰王国[②]的其他地方都是常用的名字。巴尔特克除了土地、

---

① 斯沃维克（siowik）在波兰语中是"夜莺"的意思。

② 波兹南公国是1815年以后将原华沙公国划归普鲁士的一部分土地建立起来的一个行政地区，波兰王国指原属波兰贵族共和国的地区。

房屋和两头牛外，还有一匹花斑马，以及他的老婆马格达。由于有着这样一个良好的家境，他的生活倒也舒适安宁，而且完全合乎那首诗里的意境：

> 凡是上帝要给的都给了他，
> 于是他有了花斑马和老婆马格达！

的确，他的一生全凭上帝的安排，用不着他自己发愁。然而现在，上帝却给他安排了战争，巴尔特克便不免忧心忡忡了。通知书已经下来了，他必须应征入伍，从此他就得丢下房屋和土地，而把这一切都交给他的老婆去照管。波格伦坪的农民本来就穷得叮当响。巴尔特克每年冬天都得到工厂去打零工，以贴补他家的生活——现在可怎么办呢？谁知道这场和法国人的战争何时能结束呢？马格达一读完这张通知书，便放声大骂起来："让他们都不得好死！让他们都瞎了眼！……尽管你是个傻瓜……可是我非常心疼你。法国人绝不会放过你的，他们会砍掉你的脑袋，或者让你受重伤……"

巴尔特克觉得他老婆说得有理，他怕那些法国人就像害怕烈火似的。另外，他也真舍不得丢下这一切。法国人触犯了他什么呢？为什么他要去打仗呢？为什么他要去那些可怕的陌生地方呢？那里他连一个认识的人都没有呀！当他待在波格伦坪时，他觉得这里的生活既不好也不坏，平平常常，一旦别人要他离开村庄，他就觉得波格伦坪要比其他任何地方都好得多了。但是他命该如此，又有什么办法呢，他非去不行。巴尔特克拥抱了他的老婆和他十岁的儿子弗兰涅克，随后他吐口唾沫，画了个十字，就走出了他的茅屋，马格达也跟着他走了出来。在这离别的时刻，他们并没有表现出十分的悲伤痛苦。她和孩子都在抽泣，巴尔特克则一再说着："唉，行了，别哭了！别哭了！"随后他们走上了大路，这时候，他们才看到，整个波格伦坪村都和他们一样，遇到了同样的事情。全村的人都出来了，路上尽是应征入伍的人。他们都朝火车站走去，女人、孩子、老人和狗伴送着他们。每个应征入伍的人心情都很沉重，只有几个年轻人嘴里还叼着烟斗，还有几个人已经喝得东倒西歪、踉踉跄跄的，另外几个人在用嘶哑的嗓子唱道：

斯克日涅茨基戴着金戒指的双手啊，

再也不能挥舞宝剑去东征西战了。

还有一两个住在波格伦坪的德国移民，也惊慌不安地唱起了《保卫莱茵河》。这一伙乱糟糟的五颜六色的群众——他们中间还有宪兵的刺刀在闪闪晃动——大声叫喊着，争吵着，杂乱无章地在两堵篱笆中间朝村头走去。女人们搂着她们的"战士"的肩头抽泣着。一位老太婆露出了一口黄牙，向空中挥动着她的拳头，还有的女人在大声叫喊："愿上帝怜惜我们的眼泪！"时时能听到"弗兰克！""卡希卡！""约瑟夫！""再见啦！"的喊叫声。狗吠叫着，教堂敲响了钟声，神父念起了为临死的人用的祈祷词，因为在这群朝车站走去的人里，并不是个个都能生还，战争把他们全都要去了，但绝不会把他们全都送回来。犁头会在地里生锈，因为波格伦坪村已经和法国宣战，波格伦坪村绝不承认拿破仑三世[1]的权势，而且非常关心西班

① 拿破仑三世（1803—1873），法国皇帝，普法战争失败后宣告退位，后死于英国。

牙王位的继承[1]问题。钟声在那些已走出了篱笆的人群上空回荡着，他们经过村口的神像时个个都脱下了帽子，路上扬起了一片金黄色的尘土，因为这天的天气晴朗而又干燥，道路两旁的麦子已经成熟，麦穗沉甸甸的。在和煦的阵风吹拂下摇曳晃动着，发出沙沙的响声。云雀飞翔在蔚蓝的天空中，竞相欢快地歌唱着，仿佛要给人留下永生难忘的印象。

车站到了……这里更是熙熙攘攘，拥挤不堪。有来自上克日夫达村的人，有来自下克日夫达村的，有来自维夫瓦什齐涅茨村、聂多拉村和米日罗夫村的。这里人头攒动，声音嘈杂，混乱不堪。车站的墙上贴满了布告，把对法国的战争说成是"为了上帝和祖国"；军队是为了保卫自己受到威胁的家庭、妻子、儿女、房屋和土地才去作战的。似乎那些法国人特别仇恨波格伦坪人，上、下克日夫达人，维夫瓦什齐涅茨人，聂多拉人和米日罗夫人，至少那些读过布告的人会产生这样的印象。车站前面的人越聚越多，不断有新来的人拥到这里。在候车室里，从烟斗里喷吐出来的烟雾弥漫着整个大厅，连布告都被遮住看不清楚了。在这种人声鼎沸之中，人们很难听清别人的说话，大家都在走动、呼唤和喊叫。月台上可以听见用德语发出的命令声。这种刺耳的声调显得简短、生硬而又坚决。

铃声响了！随即是一声汽笛，从远处传来了火车头急促而雄壮的声音，它越来越近，越来越清晰，仿佛战争也随着这火车一道越来越近了。

响起了第二次铃声，人人心中顿时涌起阵阵战栗。有一个女人

---

① 西班牙王位问题是普法战争起因之一，法国反对德国的列奥波德·霍亨佐伦出任西班牙国王。

在大声叫喊："亚当！亚当！"很显然她是在叫喊她的亚当，可是别的女人听到她的叫喊声便都跟着喊了起来："来了！来了！"[①] 在这些叫喊声中又出现了一个更尖的惊叫声："法国人来了！"转眼之间，恐怖气氛不仅笼罩着这些女人，也影响到那些未来的色当战役的英雄。人们骚动起来了。正好这时候，火车进站了，所有的窗口都是带红帽檐的军帽和军装，士兵多如蚁群。在那些原先是装煤的车厢里，装载着阴森恐怖的乌黑的长身大炮。而在另外几节敞篷车里堆满了步枪用的刺刀。士兵们显然是得到了唱歌的命令，因为整列火车都震响着男人的粗壮有力的歌声。从这列长得看不到尽头的火车里，显示出一种力量和威势。

新兵们开始在月台上排成队列，但是每个新兵都尽可能地拖延时间来与家人告别。巴尔特克挥动着双臂，犹如挥动着风车的双翼，还鼓起了他的一双眼睛。

"好了，马格达，再见啦！"

"啊！我可怜的男人！"

"你再也见不着我了！"

"我再也看不见你了！"

"真是毫无办法呀！"

"愿圣母保佑你，救护你！"

"再见啦！要把家照管好！"

这个泪流满脸的女人抱住了他的脖子。

"愿上帝指引你前进！"

---

① 亚当（Adam）和来了（jada）在波兰语中读音相近，当那个女人在喊"亚当"时，别的女人以为是火车来了，故喊叫"来了"。

最后的时刻来到了。汽笛声、哭泣声和女人的抽噎声霎时间把一切都淹没了。“再见！再见啦！”那些应征的新兵已经离开了乱糟糟的人群。组成了一个黑色的紧密的集体，他们排成了方阵和纵队，以一种机器运动的准确性和规律性朝前走去。发出了“上车”的命令。方阵和纵队从中心分散开来，排成单行朝车厢走去，消失在车厢里面。火车头在远处响起了汽笛，喷射出灰色的烟雾，它像条巨龙似的喘息着，放出了一阵阵的蒸气。女人们的哭号声达到了顶点，有的用手绢蒙住眼睛，有的把双手伸向车厢，用抽泣哽咽的声音呼唤着她们丈夫或儿子的名字。

“再见啦，巴尔特克！”马格达在下面大声叫喊，“没有派你去的地方你绝不要去！让圣母保佑你！再见啦！啊，老天爷！”

“要把家照管好！”巴尔特克回答说。

火车突然震动了一下，车厢和车厢互相碰撞起来，随即火车朝前开动了。

“你可要记住你是有老婆和孩子的人！”马格达大声喊道，跟着火车跑了起来，“再见啦！以圣父、圣子和圣灵的名义。再见啦！”

火车越开越快，把这些来自波格伦坪，上、下克日夫达，聂多拉和米日罗夫的战士都带走了。

二

一边是马格达和别的女人哭哭啼啼地反身朝波格伦坪走去，另一边是装满刀枪的火车直向浅白色的前方疾驰飞奔，巴尔特克就在这列火车上。浅白色的远方一望无际，而波格伦坪村现在也只是依稀可辨，那高耸的菩提树灰蒙蒙的，教堂的高塔在阳光的照耀下发出耀眼的金光。不久之后，菩提树就看不清楚了，那高塔上的金十字架也只成了闪烁不定的小点。只要这一点还在发亮，巴尔特克就一直盯住它看，但是等到这一亮点都看不见了的时候，巴尔特克的心里便涌起了无限的惆怅。他感到全身乏力，就像要昏倒似的。随后他开始观察起那个军曹来，因为他认为：除了上帝之外，此时此地再也没有比这个军曹更伟大的了。现在巴尔特克的命运，完全掌握在军曹手中，可是巴尔特克自己却什么也不知道，什么也不理解。那军曹坐在长椅上，把卡宾枪夹在他的双膝中，抽起了烟斗，阵阵烟雾袅袅升起，像云彩那样时时遮住他那严肃而愁眉不展的脸孔。不仅是巴尔特克的眼睛在注视着那张脸，整个车厢里的所有眼睛都在望着那张脸，在波格伦坪或者在克日夫达，每个巴尔特克或者伏依特克都是他自己的主宰者，每个人也都要考虑自己的问题，都必须对自己负责，可是现在，军曹在掌握着他们的一切。如果他命令他们向右看，他们就得向右看，要是他命令他们向左看，他们也都得向左看。现在，每个人好像都在用眼光问他："我们将来会怎么样？"然而他所知道的也只是和他们一样多，如果哪个上级能够在这方面给他一道命令，或者进行一番说明，那他也会欣喜异常的。当然，这些农民是不敢问他的，因为战争是和全套军法审判机构一起产生的，什么是允许的，什么是不允许，大家心里都没底。至少是他们不知道，甚至一听到"军事法庭"这几个字就会吓得胆战心惊，他们越是不了解它的意义，怕得就越厉害。

不过他们觉得，这个军曹现在对他们说来，比在波兹南接受军事训练的时候，更是不可缺少的人了，因为只有他了解一切，会替他们着想，少了他，他们就会寸步难行。这时候，军曹显然觉得那支枪太重了，便把枪交给了巴尔特克，让他替他拿着，巴尔特克急忙接过枪来，他屏息凝气，瞪大了眼睛，像望彩虹似的望着军曹，然而他从这里面并没有得到多少安慰。

啊！一定是听到了什么坏消息，连军曹的脸色都非常难看了。每逢到了车站，便能听见歌声和叫喊声。军曹在大喊口令，东奔西跑忙个不停，好在上级面前显示自己的卖力苦干。但是，只要火车一离开车站，大家都安静了下来，就连军曹也不再发号施令了。对他说来，世界也有它的两面性，一面是清清楚楚、令人理解的，那就是他的房屋、妻子和铺盖；另一面却是黑暗的，十足的黑暗，那就是法国和战争。他的热情，正如整个军队的热情一样，往往会强烈地表现出来，波格伦坪的战士们很显然是受到了这种精神的激励，他们的热情不是深藏在他们的心里，而是表现在他们的肩膀上，因为每一个战士的肩上都有一个背包、一件军大衣和其他的军事装备，这对每个战士说来都是不轻的。

此时此刻，火车一直在呼叫咆哮着，朝远方飞驰而去。每到一站，都要挂上新的车厢和车头，站站都只能看到钢盔、大炮、马匹、刺刀和枪骑兵的军旗。晴朗的黄昏渐渐来临了，太阳依然放射出殷红的霞光。蔚蓝的苍穹上一朵朵轻柔的白云在徐徐飘动，从红霞的边缘一直伸展到西方。火车终于不再在车站上增加士兵和车厢了，它只是稍做停留，便又朝着霞光照射的地方飞奔过去，仿佛驶进了血的海洋。从巴尔特克和波格伦坪的战士们乘坐的敞篷车上望过去，可以看到大大小小的村庄和城镇、教堂的尖塔和一群鹳鸟——当它们在巢里单脚停立的时候，看起来真像一把把弯刀——以及孤零零的房屋和一座座樱桃园。所有这一切都是一闪而过，而且都呈现出一种鲜红的色彩。当军曹把头靠在行军包上，嘴里叼着陶瓷烟斗，已经呼呼入睡时，士兵们的胆子也更大了，开始低声交谈起来。伏依捷赫·格维兹达瓦也是个从波格伦坪来的农民，刚好坐在巴尔特克的旁边，用胳膊肘碰了碰他说道："巴尔特克，你听着！"

巴尔特克转身用一双鼓起的怅惘的眼睛望着他。"为什么你像一头被送去屠宰的牛那样望着我？不过，你这可怜的傻瓜，你确实是让人送去屠宰的啊！没错……"

"啊！啊！"巴尔特克悲叹道。

"你怕吗？"格维兹达瓦问道。

"我怎么会不怕呢？"

晚霞越来越红了，于是格维兹达瓦伸手指着晚霞轻声说道："你看到这些霞光了吗？傻瓜，你知道那是什么吗？那是血。这儿是波兰，也就是我们的国家，你明白吗？而在那边，那发红光的远方，就是法国……"

"我们很快就能到那里吗？"

"你着什么急呀？他们说，还远着呢！不过你不用担心，法国人会来欢迎你的……"

巴尔特克开始转动起他那波格伦坪的脑子来，过了一会儿他问道："伏依特克[①]？"

"什么？"

"你能否打个比方，那些法国人到底是哪种人？"

伏依特克的聪明才智在这里也遇到了一个深陷坑，倒栽进去容易，却很难爬出来。他知道法国人就是法国人。他曾听老一辈的人谈起法国人时，总是说他们是常胜军，老是打胜仗。归根结底，他

---

① 伏依特克是伏依捷赫的小称或更亲密的称呼。

也只知道，法国人了不起，但是他在这里却无法向巴尔特克解释清楚，让他了解法国人到底是怎样的不同。

于是他先重复了一下问题："到底是哪种人？"

"唔！是的。"

伏依特克只知道三种人：住在中间的是波兰人，一边是俄国人，另一边是德国人，但是德国人里面又有好几种。于是他只想把问题说个明白而不求其确切，便这样说道："法国人到底是哪种人，我只好这样告诉你：他们也是德国人，不过是更坏的一种……"

巴尔特克听他说后，也骂了一句："这些狗杂种！"

直到这之前，他对法国人只有一种感觉，那就是无法描述的恐怖感。可是现在，这个普鲁士的新兵却有了一种强烈的爱国主义的仇恨。不过，他对一切仍不十分理解，于是他又问道："德国人怎么会打德国人呢？"

听到这个问题，伏依特克就像苏格拉底第二似的，采用比喻的方法来说明："难道你的那只名叫维赛克的狗不是也常常和我的那只名叫布勒克的狗打架吗？"

巴尔特克张开了大嘴，对他的老师盯看了一会儿。

"啊，真的……"

"那些奥地利人也是德国人。"伏依特克回答说，"难道我们不是也和他们打过仗吗？希维尔什兹老爹说过，他那个时候打仗，什特因梅茨就曾对他们大喊过：'农民们，前进！向德国人进攻！'不过，和法国人打仗就不那么容易了！"

"啊，上帝！"

"法国人没有吃过一次败仗。如果法国人来进攻你，你也用不着害怕，更不必觉得自己丢脸了！因为他们个个都抵得上我们两三个人。他们有着犹太人那样的胡子，有的人还像魔鬼一样黑。你只要一碰上这样的人，保管就会魂归西天。”

“那么，我们干吗要去和他们打仗呢?”巴尔特克绝望地说道。

提出这种具有哲学意味的问题，伏依特克并不认为很愚蠢。很显然，他也受到了官方舆论的影响，于是他立即回答道：“我也是一样不愿去打仗的。不过，如果我们不去打他们，那他们就要来打我们，这是毫无办法的。你也读过了布告，法国人最恨的是我们农民，人们都在说：他们之所以觊觎我们的国土，就是想把波兰王国的伏特加酒偷运出去，我们的政府不允许，于是就爆发了战争。现在你该明白了吧?”

“我怎么会不明白呢!”巴尔特克回答说，他不愿再刨根问底了。

伏依特克又接着说道：“他们还想抢走我们的女人，就像狗抢骨头那样!”

“要是这样的话，他们也不会放过马格达了?”

“他们连老太婆都不会放过!”

“啊!”巴尔特克大叫一声，其声调仿佛在说：“真是这样的话，那就应该去打仗的!”

他确实觉得，法国人真是欺人太甚了。他们要把伏特加酒运出去，他倒觉得无关紧要，可是要来调戏侮辱他的马格达，那他是绝不允许的。现在，我们的巴尔特克开始从个人利益的立场上来看待这场战争了。他一想到有这样多的军队和大炮去保卫他那受到法国人威胁的马格达，心里就感到无比欣慰，他不自得握紧了拳头，在他心里，对法国人的恐惧和对法国人的仇恨交织在一起。他终于相信，除了前去打法国人外，已是别无他法了。这时候，天上的晚霞已经消失，天开始黑了下来。列车在不平的轨道上晃动得很厉害，随着列车晃动的节奏，钢盔和刺刀也在左右摇动着。

一个小时又一个小时过去了，成千上万的火星从火车头上喷射出来，在漆黑的夜空里翻腾飞舞，形成了一条条金黄的长线和火蛇。巴尔特克久久不能入睡，正如那些火星在空中翻腾一样，他的脑海里也尽想着战争、马格达、波格伦坪、法国人和德国人。他仿佛觉得，虽然他想从他坐着的椅子上站起来，但他却不能够。他终于睡着了，但也睡得迷迷糊糊的，而且立刻就做起了噩梦。他先是看到他家的那只狗维赛克正和伏依特克家的狗布勒克斯打着，直打得毛飞满地，他拿起棍子要去赶开它们。恰好这时又出现另一番情景，他看见一个黑得像沃土一样的法国人正和马格达坐在一起，马格达还显得很高兴，大笑着，露出了满嘴牙齿，其他的法国人都在嘲笑巴尔特克，还对他指指点点。是火车头咯哒响动，可是巴尔特克却认为那是法国人在叫喊：“马格达！马格达！马格达！”巴尔特克也大声叫喊起来：“狗杂种！强盗！快把我老婆放开！”可是他们依然在叫喊：“马格达！马格达！”维赛克和巴尔特克在狂叫，所有的波格伦坪人也在高喊：“绝不能把老婆给他们!”他是被捆绑起来了呢，还是怎么的？啊，他拼命挣扎着，扭动着，终于挣断了绳索，巴尔特克抓住了法国人的脑袋，于是突然间……

突然间，他的身上感到一阵剧痛，像是给人猛打了一拳似的。巴尔特克惊醒了，双脚站了起来，全车厢的人都被惊醒了，大家在问发生了什么事情。这个可怜的巴尔特克睡梦中抓住了军曹的胡须，现在他笔挺挺地站立着，两个手指放在太阳穴边行起了军礼。军曹双手挥动着，像疯子似的大叫着：“唉，你这头波兰的笨牛，我要把你的牙齿敲掉，我要把你打个稀巴烂!”

军曹愤怒地叫喊着，连声音都嘶哑了，巴尔特克再三行礼道歉，其他士兵都咬紧嘴唇忍住笑。但是他们也都感到害怕，因为从军曹嘴里又发出了这样的咒骂声："你这头波兰牛！你这头从波兰拉来的笨牛！"

后来一切又归于沉寂了。巴尔特克又在他原来的位置上坐了下来，他只觉得脸颊肿胀发痛，火车头似乎故意在气他，一直不停地叫着："马格达！马格达！马格达！"

他心里感到莫大的悲伤……

三

早晨来临了，光芒四射的灰白的亮光照射在这些沉睡的、被漫长旅途折磨得疲惫不堪的脸上。士兵们横七竖八地睡在他们的座位上，有的头低垂着，有的仰靠在椅子上。朝霞升起来了，把鲜红的霞光洒满了整个大地。空气清新，生气勃勃。士兵们都醒过来了。明亮的曙光驱散了阴影和朝雾，现出了一个他们感到陌生的国度。嘿，哪里还有波格伦坪啊，哪里还有上、下克日夫达呀，哪里还有米日罗夫呢！这里的一切都是那样陌生，那样不同。四周的山丘都长满了橡树，山谷里的房屋都是红瓦盖顶，白墙上都嵌有黑色的交叉图案。房子也像地主的庄园一样华丽，上面都爬满了葡萄藤。有的地方屹立着有尖塔的教堂，有的地方可以看到喷射出紫色浓烟的工厂的烟囱。这里的一切都显得拥挤不堪，缺少平地和农田，居民多得有如蚂蚁。城市和村镇都飞驰而去。火车经过了许多小站，一次都没有停过。一定是发生了什么事情，因为到处都挤满了人。太阳从小丘背后渐渐升起时，几个士兵开始祈祷起来，其他的士兵也跟着他们做起了晨祷，太阳的第一道金光便照射在这些农民士兵严肃而虔诚的脸上。

这时候，火车停在一个大站上，人群立即朝它围了过来，已经从前线传来了消息：胜仗！胜仗！电讯已到了好几个小时了。大家都以为要打败仗的，人们都被这胜利的喜讯所鼓舞，个个欣喜若狂。人们跳下床来，衣服还没有穿好就奔出门外，径朝车站跑去。一些房顶上已有国旗在飘扬，个个手中挥舞着手帕。他们把啤酒、烟叶和雪茄送到了车厢，其热情之高真是无法形容，人人脸上都是笑逐颜开，满面红光。“保卫莱茵河”的歌声像狂风暴雨响彻云霄。一些人高兴得哭了起来，另一些人互相拥抱祝贺。“我们的弗利茨[①]”打垮了他们，缴获了许多大炮和军旗，人们被崇高的激情所驱使，纷纷把自己所有的东西拿出来慰劳士兵。战士们也是个个兴高采烈，放声唱起歌来，车厢都被男人们雄壮的歌声震动着，但是老百姓听到他们不熟悉的歌声，都感到十分惊异。波格伦坪人唱的是“巴尔杜什，巴尔杜什，啊！绝不能失望！”“是波兰人！是波兰人！”人们一再地说道。人们都朝他们的车厢拥了过来。他们赞赏这些战士的雄姿英发，又听到了许多关于波兰军团英勇作战的故事，使他们的心情格外兴奋。

巴尔特克的脸面宽大，再加上他那满脸的黄胡须，鼓出的眼睛，高大瘦削的身躯，给人以可畏的印象，人们围观他，像看一种特别的动物似的。德国人有多么强壮的保卫者啊！像他这样的人一定能打败法国人的！巴尔特克满意地微笑着，因为打败了法国人，他也

---

① 弗利茨，即弗里德里克·卡罗尔，普鲁士王位的继承人，在1870年的战争中曾是一支部队的司令官。

感到高兴。至少这些法国人现在不会到波格伦坪去了，他们也不能调戏他的马格达了，也不可能掠夺他的土地了。所以他笑了，由于他的脸还很痛，一笑反而露出了一副怪相，令人实在害怕。另外，他还有一副荷马史诗主人公的胃口，大量的豌豆香肠和一瓶瓶啤酒，都被他那无底洞似的大口吞没了。有人送给他钱和雪茄，他都一概收下了。

“这些德国人真是不错！”他对伏依特克说道。过了一会儿，他又说了一句：“你看，他们把法国人打败了！”

但是，生性多疑的伏依特克却给他的高兴劲泼了一瓢凉水。伏依特克像卡珊德娜[1]那样预言道：“法国人常常在开始的时候打败仗，那是为了诱敌深入，以后他们就会集中全力，把你打得一败涂地。”

伏依特克并不知道，大部分欧洲人都与他的观点相同。他更不了解，所有的欧洲人也犯了和他同样的错误。

火车又朝前开去。目力所及，铁路两旁的房屋上都是国旗招展。在一些火车站，火车停留的时间较久，因为到处都停满了列车。从德国四面八方调来的士兵，正急急忙忙地赶着运往前线，以接替他们打了胜仗的弟兄，所有的火车都披上了绿叶的冠圈。步兵们把人们送给他们的鲜花都插进了枪膛，这些步兵大多是波兰人，每节车厢里都能听到他们的说话声和叫喊声。

“你好啊，小伙子，上帝要把你带到哪儿去呀？”

有时从疾驰而过的火车里，传来了熟悉的歌声：

在山多密什那个地方，

---

① 卡珊德娜，荷马史诗《伊里亚特》中的人物，特洛伊国王的女儿，能预言未来。

姑娘正和战士交谈。

巴尔特克和他的伙伴们立即齐声和唱：

战士先生，快来和我谈情说爱。

上帝保佑你，我还没有吃饭！

如果说，在出发的时候，这些波格伦坪人还是心情悲伤，那么现在，他们都显得异常兴奋而又精神倍增。然而从法国开来的第一列运送伤病员的列车却把他们的兴奋心情给扰乱了，这列火车停在德茨车站，以便给那些急需开赴前线的列车让路。可是等这些列车过完科伦大桥，需要好几个小时。于是巴尔特克和其他新兵都跑去看那些伤病员。他们有的躺在闷罐车里，有的则躺在敞篷车里，只有这些伤员才能看得清清楚楚，巴尔特克看了第一眼，他的英雄气概顿时就短了半截。

“你到这边来看看，伏依特克。”他惊恐不安地喊道，“你看看那些法国人把我们的同胞砍杀成什么样子了呀！”

这真是一幅惨不忍睹的景象。那一张张苍白的憔悴疲困的脸孔，有的被火药和创伤弄黑了，有的则血迹斑斑。面对车外群众的欢笑声，他们只有用呻吟来回应。有些伤病员在诅咒战争，诅咒法国人和德国人，乌黑焦灼的嘴唇时时喊着要水喝，两眼无神地转动着。在伤病员中间处处都可以看到那些垂死者的僵硬的脸孔，有的显得平静，眼睛周围显出一道紫青色的圆圈；有的则被痉挛扭曲了，睁着一双吓人的眼睛，露出咬紧的牙齿。巴尔特克平生第一次看见了战争的血的成果。他的心里又是一片混乱。他睁大着眼睛呆望着，张着嘴巴，木偶似的站立在人群中，被人们挤来挤去，背上还挨了宪兵的一棍子，他用眼睛寻找着伏依特克，终于见到了他，对他说道：“伏依特克，愿上帝保佑我们啊！真是可怕！”

“你也会这样的！”

“耶稣，玛丽亚！人们就是这样互相残杀的啊！要是平时一个农民这样打了另一个农民，警察就会把他抓进牢里，交付法庭审判的。”

“不过现在，谁杀人最多，谁就是英雄。你在想什么，傻瓜，你以为战争像军训那样，只用火药射击，或者只打靶子不打人吗?”

在这儿，理论与实践的区分一清二楚。尽管我们的巴尔特克已经是个战士，参加过军训和演习，还放过枪，也知道战争就是要杀人。然而现在，当他看到血肉模糊的伤病员，看见这些战争的可怕景象，他就觉得浑身难受，像要虚脱的样子，两条腿都快支撑不住了。他对法国人又产生了畏惧之心，直到他们过了德茨桥到达科伦之后，这种畏惧之心才有所消除。在中央车站，他们第一次看到了俘虏。俘虏四周围观着许多士兵和群众，他们骄傲地望着这些俘虏，但并不怀有敌意。巴尔特克用胳膊推开人群，挤了进去，他朝车厢里一望，顿时感到无比惊讶。

一大群法国士兵，身穿破烂的军装，既瘦小肮脏，又面容憔悴，把车厢挤得满满的，就像一桶腌青鱼。许多人都伸出手来接受群众送给他们的东西，只要卫兵不阻拦。与他从伏依特克那里听到的情况相比较，巴尔特克现在对法国人的印象截然不同了，他的心里又恢复了勇气和自信心，他环顾四周寻找伏依特克，发现伏依特克就站在他身边。

“你刚才说什么来的？”巴尔特克问道，“他们不过是些可怜虫，我只要把他们中的一个人杀死，就会有四个人吓得昏死过去。”

“准是他们倒霉了！”伏依特克回答说，他也有点感到意外。

“他们叽里咕噜说的是什么话呀？”

“当然不会是波兰话！”

看到这种景象而放下心来的巴尔特克，便顺着车厢一节一节地看了下去，当他巡视完这些正规兵之后，便嘟哝了一句：“真是够惨的啊！”

不过，最后几节车厢里装的都是佐夫兵[①]，这些人却给巴尔特克留下了更多的思考余地。由于他们都坐在有篷盖的车厢里，无法看清他们的身体是否是那样魁梧：一个人能抵得上两个或者三个普通人。不过，从车窗里望进去，却可以看见这些长着长胡子的士兵，他们肤色黝黑，眼里露出了凶光，个个都是久经沙场的战士，满脸杀气，表情凛然，巴尔特克又害怕了起来。

“这些人真吓人！”他低声说道，好像怕他们听见似的。

“你还没有看到那些没有被我们俘虏过来的士兵是什么样子呢！”伏依特克应了一句。

“但愿上帝保佑我们！”

“你等着瞧吧！”

他们看过了那些佐夫兵，又继续朝前走去，刚刚走到最后一节车厢，巴尔特克便突然后退了几步，像是被火燎了一下似的。

“啊！伏依特克，让上帝救救我们吧！”

从敞开的车窗，可以看见一个土尔科斯兵[②]，他脸色漆黑，眼睛

---

① 佐夫兵，1831 年成立于阿尔及利亚的法国步兵队。

② 土尔科斯兵，由殖民地来的士兵组成的一支法国步兵军团。

翻动着，一定是受了伤，因为他脸上显出一副痛苦的表情。

“你怎么啦?”伏依特克问道。

“这哪里是兵，一定是个魔鬼。上帝啊，请宽恕我的罪过吧！”

“你再看看他有一副多好的牙齿!”

“让魔鬼把他抓走吧！我再也不要看他了！”

巴尔特克闭口不语，过了一会儿他又问道：“伏依特克?”

“怎么啦?”

“朝他画个十字，是不是会有用处?”

“这些异教徒对这种神圣的信仰是无法理解的!”

响起了上车的信号，过了一会儿，火车又继续朝前开动了。直到夜幕降临，这个土尔科斯兵的那张黑脸，还有他的那双可怕的眼睛，却不断地在他眼前晃动着。如果以这个波格伦坪战士眼下的心情来判断，他是很难预计到自己将来会有一番作为的。

四

巴尔特克亲身参加的这次格拉维洛特阵地战，起初他只觉得在打仗的时候有东西可看，却无事情可做，因为战斗一打响，上级就命令他和他的团队把枪放在脚边，要他们在种满葡萄的小山丘下面待命。远处是大炮轰鸣，近旁是疾驰而过的骑兵，马蹄声震撼着大地，到处是旌旗招展，刀光剑影，一发发炮弹在小山上面的蔚蓝天空中呼啸而过，宛如一朵朵飞驰的白云。接着是烟雾满天，把整个地平线都淹没了，这使人感到，战争有如一场狂风暴雨，它席卷四面八方，但每处停留的时间却不长。

过了不久，巴尔特克所在部队的四周就出现了异常的活动。其他部队开始在他所在部队的周围聚集起来。在部队与部队之间的空隙处，拉来了许多马拽大炮，这些大炮迅即被卸下摆好，炮口对准了小山顶。整个山谷都布满了军队。现在是号令四起，副官们在急速奔跑着，我们的这些战士也在交头接耳，窃窃私语着："现在该轮到我们了！啊，是的！"或者不安地互相打听着："是不是就要冲锋了？""当然是的！"心神不安，生死问题已经摆在他们的面前了。在淹没住整个山丘的烟雾里，像是有什么东西在喧嚣，在发出可怕的爆炸声。大炮低沉的轰响和机枪子弹的哒哒声越来越近。远处传来了某种不大清晰的响声，还听到了霰弹炮声。突然，那些刚刚安装好的大炮开炮了，炮声震撼了大地和空气。炮弹发出可怕的呼啸声，在巴尔特克团队的头上飞过。他们都在翘首观看，只见一团通红的东西，像是一片小彩云朝他们飞来，里面还有咝咝的响声，随即便听到了格格声、呼呼声、尖叫声和轰鸣声，这些农民战士便叫喊起来："是炮弹！是炮弹！"就在这一瞬间，这只战争的凶鸟有如台风疾驰而来，它越来越近，终于掉下来了，爆炸了！可怕的响声震耳欲聋，一阵震动仿佛是天崩地裂，还掀起了一股狂风般的推力。站在大炮附近的那些队伍中，出现了一阵骚动，发出了惊叫声，接着是口令："立正！"巴尔特克站在前排，肩上扛着枪，昂起头，闭紧嘴唇，以免让牙齿打架，不许他发抖，也不准他开枪，只能站在那里等待。于是这里又落下了炮弹，一发、两发、三发、四发……十发……风吹散了山丘上的烟雾，才看到法国人已经占领了普鲁士的炮兵阵地，并把自己的大炮架在那里，现在正向山谷里开炮。不时从稠密的葡萄藤中蹿起一道道很长的白色烟柱。法国步兵在大炮的掩护下正朝山下走来，以便展开枪战。现在他们到了半山腰。风又把烟雾吹散了，可以清清楚楚地看见他们了。难道是葡萄在开放罂粟花？啊，不是，那是法国步兵的红帽子。有时他们隐没在高高的葡萄藤下消失不见了，只能看见三色旗在一些地方飘扬。步枪声急速而又杂乱地响着，时时会突然在一些新的地点响起来。炮弹还在不断地轰鸣，与空中的枪弹组成了交叉火力。山上不时有叫喊声传来，山下就有德国人的“乌拉”声回应着，山谷里的大炮也接连不断地朝对方发射，然而他们的团队依然站在原地，一动不动。

但是，火力圈已经渐渐逼近，包围了他们，子弹在远处像苍蝇似的嗡嗡响，或是发出可怕的刺刺声从近旁飞过。数量越来越多，就在他们的头上、鼻子、眼睛和肩膀旁边响着，成千上万，无法计数，居然在这样的地方还有人站着不动，真是令人惊叹不已！突然，从巴尔特克身后传来一声呻吟：“耶稣！”随即是一声命令：“站好！”又是一声呻吟：“耶稣！”“站好！”随后呻吟声越来越频急，命令声也更加急促，队伍也越聚越紧。子弹的呼啸更骤更急，更使人胆战心寒。周围尽是死人，真像是到了世界末日。

“你怕吗？”伏依特克问道。

“怎么会不怕呢？”我们的主人公回答道，牙齿都在格格作响。

但是，巴尔特克和伏依特克依然站在那里，他们两个全然没有想到要逃跑。既然上级命令他们原地待命，那就只有服从，巴尔特克说的不是真话，他比起那些处在与他同样地位的人要胆大得多，军纪支配着他的全部思维，而他的思维也没有把他当时的处境描绘得那样惊恐不安。当然，巴尔特克是意识到了他们会杀死他，他便把这种想法告诉了伏依特克。

“他们打死的人太多了，天堂里连收留你这个傻子的空位子都没有了。”伏依特克以不屑的口吻回答他说。

这句话使巴尔特克的心受到了很大的宽慰。他似乎觉得，天堂里的空位子真的已经被人占去了，一想到这里，他就平静下来，耐心地站在那里，他只觉得闷热异常，满脸都是汗。这时候，敌人的火力已经密集到那样可怖，眼见他所在的部队正在迅速地土崩瓦解，死伤的人已经不再有人去理睬了。垂死者的痛苦呻吟与炮弹的轰鸣声和枪弹的叭叭声交织在一起。从三色旗的移动中可以看出，被葡萄藤掩护的法国步兵正越逼越近。炮弹的爆炸使他们这支队伍急剧减少，他们开始感到绝望了。

不过，在这种绝望的后面，却蕴藏着焦急和狂怒，只要一声令下，让他们冲锋向前，他们就会像狂风那样席卷过去。他们再也不能站在原地不动了，一个士兵突然把他的头盔取下来，用力将它摔在地上，大声叫道："反正都是一死！"

巴尔特克又从这句话中得到了鼓励，他几乎不再感到害怕了。因为，既然人不免一死，那么死也就不是什么大问题了。这是种农民的哲学，这种哲学更优于任何其他的哲学，因为它给人以慰藉。尽管巴尔特克早就知道，人不免一死，不过现在听人说起，也就更加真实可信，于是他更觉宽心了，尤其是此时此刻，战争已经变成了一场大屠杀，他的团队连枪都没有响一声就已死伤过半，那些从打散的联队逃奔到他们这儿来的士兵，都已溃不成军，秩序混乱。只有从波格伦坪村，上、下克日夫达村和米日罗夫村来的这些农民士兵还遵守着普鲁士军队的铁的纪律，依然挺立在那里，不过，即使在他们队伍中间也能觉察出某种动摇不安。再过一会儿，他们也会挣脱纪律的约束，他们脚下的土地已经被鲜血浸透得又软又滑了，血腥气和火药味交杂在一起。由于尸体的隔开，有些地方的队伍都不能连成一体了。在这些依然挺立的士兵脚下，另一半士兵却躺在血泊中，他们在呻吟，在挣扎，已经奄奄一息，或者已在静默中死去。空气令人窒息，队伍中间议论纷纷，怨声不断："他们是把我们带到这儿来送死的！"

"谁也不能活着出去了！"

"闭嘴，波兰狗杂种！"一个军官在吆喝。

"你就到我这儿来站站看！"

"原地站好，混账东西！"

突然又有一个声音响起："在你的保佑之下……"

巴尔特克立即接了下去：

"神圣的圣母啊，我们向您祈求……"

于是就在这个硝烟弥漫的阵地上，一个波兰的合唱队高声唱起了钦斯托霍瓦保护神的圣母颂："请不要拒绝我们的祈求……"

他们旁边的伤员也用"玛丽亚！玛丽亚"的呻吟声来伴和着他们。显然是圣母玛丽亚听到了他们的祈求，因为就在这个时候，一位副官策马飞奔前来，下达了进攻的命令："拿起武器冲锋！乌拉！前进！"竖立的刺刀一下子都平端了起来，队伍立即排成了长长的横列，朝小山丘冲了过去，用刺刀去寻找那些眼睛尚未发现的敌人。不过，我们的这些农民士兵现在离山脚还有二百米，而且还得冒着敌人的强大火力才能冲过这片地带……他们会不会全军覆灭呢？他们会不会溃退下来呢？他们宁愿战死疆场也绝不后退一步，因为普鲁士的指挥官们深谙采用什么曲调能使这些波兰战士奋勇杀敌。在大炮的轰隆声中，在机枪的嗒嗒声中，在战火弥漫、队伍混乱和伤员的呻吟声中，最响亮的是军号和战鼓的声音，它们直冲云霄，奏出了使他们心中的每一滴血都会沸腾的颂歌。"乌拉！"那些马齐克在高呼，"只要我们还活着！"他们心情激动，满脸生辉！他们像旋风似的越过躺倒在地上的人和马的尸体，踏着大炮的碎片，他们跌倒了，但是他们依然在呐喊着，在高唱，奋勇向前。他们已经冲进了葡萄园里，消失在葡萄藤中，只能听到歌声在飞扬，偶尔能看到刺刀在闪光。山上的火力更加猛烈了，而在山谷里，军号不停地吹响着。法国的枪炮射击越来越急，越来越猛烈，突然间……

突然间他们都沉寂无声了。

在山谷里，那个被称为“战争之狐”的斯特因梅茨，点起了他的瓷烟斗，用非常满意的口吻说道：

“只要军号这么一吹，这些乡巴佬就会奋不顾身！”

过了一会儿，果真有一面傲慢地挥动着的三色旗忽然升起随即便倒了下去，再也看不见了。

“他们是不开玩笑的！”斯特因梅茨说道。

军号又吹起了那支颂歌，波兹南的第二支部队开上前来协同作战。

于是在葡萄藤中展开了一场白刃战。

现在，缪斯女神啊，请您赞美我们的巴尔特克吧！让后代的人都能知道他的功绩。此时此刻，他心中的全部恐惧、焦虑和绝望都已化作一腔愤怒。他一听到那支乐曲，他的每根神经都像钢丝一样绷得很紧，他的头发都直竖起来，两眼冒火。他忘记了一切，也忘记了“人总不免一死”，他的一双大手紧端着钢枪，跟着别人一道冲向前去。等他冲到山脚下，他至少跌倒了十次，鼻子都摔坏了，全身都沾满了泥土和鼻血，他气喘吁吁，张开大嘴呼吸着，但是他还是疯狂地朝前奔去。他瞪圆了眼睛，以便能发现葡萄藤中的法国兵。他终于一下子看见了三个站在军旗下的法国兵，他们都是土尔科斯人，他们以为巴尔特克要后退了，啊，不！此时此刻，哪怕是魔王亲自出战，他也要抓住他的双脚不放，他已经朝他们冲了过去，他们也高喊着迎了上来，两把刺刀有如两支置人于死命的利针，已经刺到了他的胸膛，可是我们的巴尔特克不慌不忙地把他们的刺刀往两边一架，顺势一转便刺了过去……立即就响起了可怕的呻吟声，两具黝黑的身体便倒在地上痉挛地抽动了一下。

就在同一瞬间，有十多个法国兵赶来帮助那举旗的第三个土尔科斯人。巴尔特克像凶神恶煞一样朝他们猛扑过去。他们开了枪，只见一下闪光一声响，但是同时，从烟雾中响起了巴尔特克沙哑的咆哮声："他们打偏了！"

这时候，他手中的枪挥动成一个可怕的半圆形，随即便是一片呻吟声。土尔科斯人一看到这个发狂的巨人，都吓得后退了。也许是巴尔特克听错了，也许是这些土尔科斯人说了几句阿拉伯语，但巴尔特克却明明听到，从他们的厚嘴唇里喊出了："马格达！马格达！……"

"让你们去想马格达吧！"巴尔特克高喊着，一步跨进了敌人的中间。

幸亏这时候，马齐科、伏依特克和别的战士都赶来帮助他。于是在这片浓密的葡萄园里，展开了激烈的肉搏战。刀枪的撞击声，鼻子里的哼声和搏斗者的急促呼吸声相互应和在一起。巴尔特克像狂风似的怒不可遏，烟雾迷住了他的眼睛，身上流着血，他看起来与其说像个人，倒不如说像只野兽，他忘记了身边的一切。每当他刺出一枪，就有一个敌人倒下，就有枪被打断，就有人被打破脑袋。他的双手快如闪电，挥动着那架播种毁灭的机器。他一步蹿到旗手身边，他的铁爪立即抓住了对方的喉头，那旗手的眼睛便鼓了出来，脸也涨红了，喉咙里发出了咕噜声，双手伸了开来，军旗便倒了下去。

“乌拉！”巴尔特克大声喊了起来，他举起那面军旗在空中挥舞着。

山下的斯特因梅茨将军看见了这面高举着的随即又倒下的军旗。

但是他看见这面旗只有半秒钟，因为在另半秒钟里，巴尔特克便用这面旗打破了一个戴金线军帽的脑袋。

这时候，他的战友们都已经冲到前面去了。

巴尔特克独自停留了一会儿，他把旗扯了下来，放进胸前的口袋里，他双手握住旗杆，朝战友们追了过去。

一大群土尔科斯来的士兵发出声声嚎叫，反身朝架设在山顶上的大炮跑去，那些马齐科也一面呐喊着，一面追了过去，手里还挥动着枪托和刺刀。

那些驻守在大炮阵地上的佐夫兵用步枪的火力来迎接那些朝他们跑过去的土尔科斯人和波兰人。

“乌拉!”巴尔特克高喊着。

他们跑进了大炮阵地，于是这里又展开了一场新的短兵相接的肉搏战。这时候，又有第二支波兰部队赶来参战。巴尔特克手里的旗杆现在竟成了一根魔杖，每次挥动都能在密集的法国兵中间打开一个缺口。那些佐夫兵和土尔科斯兵开始惊慌了，凡是巴尔特克所到之处，他们都节节败退。因此转瞬之间，巴尔特克就第一个坐在大炮上，仿佛骑在波格伦坪的牝马上一样。

然而，当别人还来不及看清他骑在这尊大炮上，他又骑在了另一尊大炮上，还打死了大炮旁边的另一名旗手。

“乌拉！巴尔特克!”战友们齐声欢呼。

战斗获得了全胜，全部大炮都被缴获了。溃不成军的法国步兵在逃往山后时被另一支普鲁士联队包围了，不得不缴械投降。

巴尔特克在追赶逃敌当中还缴获了第三面军旗。

巴尔特克的模样这时真是值得一看，他精疲力尽，满身是血，像铁匠铺里的风箱一样喘着气，现在他正和战友们一道走下山来，肩膀上耷拉着三面军旗，现在在他看来那些法国兵真是不堪一击。伤痕累累、气喘吁吁的伏依特克正好走在他的身边，于是巴尔特克便对他说道:“你以前是怎么说的？他们不过是些可怜虫，一点力气也没有，他们只会像小猫一样抓破我们的一点皮。可是我是怎样干掉他们的，你只要朝地上看看就明白了。”

“以前谁看得出来？你是这样厉害！”伏依特克回答说。巴尔特克的整个战绩，他都看得一清二楚，现在他对巴尔特克真是刮目相看了。

不过，有谁能不看到他的丰功伟绩呢？历史、整个团队和大部分军官都看见了。现在，大家都用惊讶的眼光来看这个浅黄胡子和眼睛鼓起的彪形大汉了。“啊，你这个该死的波兰人！”少校亲自对他说话，还扯了扯他的耳朵，巴尔特克高兴得张着大嘴，露出了牙齿。等到全团又在山脚下整队的时候，少校把他引荐给上校，上校又把他引荐给斯特因梅茨。

斯特因梅茨看了看他缴获的军旗，命令将它们收集起来，随后他就审视着巴尔特克。我们的巴尔特克又像根琴弦那样站得笔笔直直，还举枪致敬，这位老将军看了他一会儿，便满意地点了点头。最后他对上校说了几句话，只有“军士长”这个词听清楚了。

“他太傻了，将军。”少校回答说。

“让我们试试看。”将军说道，随即勒转马头，朝巴尔特克走去。

巴尔特克连自己也不知道该怎么办好：一位将军和一个士兵说话，这在普鲁士军队中是前所未有的事情。不过这位将军这样做并不困难，因为他会说波兰话，而且这个士兵又是缴获三面军旗和两门大炮的人。

“你是从哪里来的？”将军问道。

“我是波格伦坪村人。”巴尔特克答道。

“好，你的姓名呢？”

“巴尔特克·斯沃维克。”

“就是人。”那少校解释道。

“是人。”巴尔特克重复了一句。

“你知道你为什么要打法国人？”

“知道，老爷……”

“那你就说说看！”

巴尔特克开始嘟嘟囔囔起来：“因为……因为……”突然伏依特克说过的话涌上他的心头，于是他毫不迟疑地复述出来，免得再结结巴巴地说不清楚。

“因为他们也是德国人，不过是更坏的一种！”

老将军的脸上抽动了一下，像是要笑的样子。过了一会儿，老将军便对少校说：“你说得不错。”

我们的这个巴尔特克，自己觉得很是满意，依然像根弦似的站得直挺。

“今天这一仗是谁打胜的？”将军又问他。

“是我，大人。”巴尔特克心直口快地回答道。

将军的脸又抽动了一下。

“是的，是的，是你打胜的，这是给你的嘉奖！”

说到这里，这位年老的军人便从自己的胸前摘下一枚铁十字勋章，随后他从马上弯下身来，给巴尔特克挂上了这枚勋章。在上校、少校、上尉甚至在士官们的脸上，都极其自然地映现出将军的那种神情。将军离开之后，上校奖给了巴尔特克十个金币，少校送了他五个金币，以下各级军官都对他有所奖励，大家都笑着对他说，这次胜仗是他打的，这使巴尔特克高兴得有如上了七层天似的。

奇怪的是，唯有伏依特克非常不满意我们的这位英雄。

黄昏时候，他们两个都坐在火堆旁。当巴尔特克那张洋洋得意的脸被豌豆香肠塞得鼓鼓囊囊，就像香肠被豌豆塞得鼓鼓紧紧的时候，伏依特克便用一种惋惜的口气说道：

"唉，巴尔特克，你呀，你真是个大傻瓜，因为你傻得……"

"我怎么啦？……"嘴里被香肠塞满了的巴尔特克说道。

"干吗你，我的同乡，要对将军说法国人也是德国人呢？"

"那不是你自己这样说的吗？"

"但是你应该想到，将军和军官们都是德国人呀！"

"那又有什么关系呢？"伏依特克开始思考了一会儿。

"就算他们是德国人，你也不应该当面对军官们这么说呀，这不是让他们难堪吗……"

"我说的是法国人，又不是说他们……"

"唉，反正这是……"

伏依特克突然把话打住了，很显然他还想再说下去，本来他是想向巴尔特克解释清楚：当着德国人的面去说他们的坏话那是很不恰当的，但是他话到嘴边又缩了回去。

五

过了不久，普鲁士王家邮局给波格伦坪村送去了下面这封信：

赞美耶稣基督和他的圣母！最最亲爱的马格达，你好吗？你平平安安地躺在家里的热被窝里，那真是享福啊！可是我在这里打仗真是苦得很。我们围攻了梅茨大炮台，打了一次大仗，我把法国人杀得那样惨，把所有的步兵和炮兵都吓得惊慌逃命了，就连将军本人也对我惊讶不已，他说是我打赢了这一仗，还奖给我一个十字勋章。现在军官们和士官们都很尊敬我，不再打我的耳光了。后来我们又向前推进，打了第二仗，我不知道那座城市叫什么名字，我又打死了不少法国兵，我夺得了第四面军旗，我还打败了一个身材高大的重甲骑兵队的上校，把他俘虏了。我们的军官对我说，当我们的团队调回家乡时，让我写一份申请书，要求留下来。因为在战争中，除了不能好好睡觉外，倒是非常惬意的，要吃多少有多少，而且在这个国家里，到处都是酒，因为这是个很富裕的国家。我们还放火烧了一个村子，连孩子和女人都没有放过，这次行动我也参加了，教堂烧成了平地，因为他们都是天主教徒，许多人被烧焦了。现在我们正要去攻打他们的皇帝，到那时候战争就该打完了。可是，你要照看好我们的家和弗兰涅克，如果你不好好照管，等我回家后就让你尝尝我的厉害，要让你知道我是怎样的一个人，愿上帝保佑你。

巴尔特克·斯沃维克

很显然，巴尔特克对战争产生了兴趣，现在他把打仗看成是一门手艺了，他有了更大的信心，他现在参加战斗，犹如他在波格伦坪村参加田里劳动一样。每次战斗之后，他的胸前不是增挂了奖章，就是增挂了十字勋章。尽管他没有当上军士长，但他已被看成是全团首屈一指的战士了。他依然像从前一样，遵守纪律，服从命令，而且还具有不顾一切危险的人那种盲目的勇敢，这种勇敢已经不像开始时那样是从愤怒中产生的，现在的勇敢来源于战士的实际战斗经验和自信心。此外，他那超人的体力又使他能承受行军和站岗放哨的一切艰难困苦。他周围的人一个个都倒下了，唯独他一人精力充沛地活了下来，而且变得越来越凶猛，越来越粗野，成了一个更加残忍的普鲁士士兵了。现在他不仅枪杀法国人，也更加仇恨他们了，他已经成了一个耿耿忠心的士兵，盲目崇拜他的指挥官，他在给马格达的第二封信中写道：

我和伏依特克的看法有了分歧，所以我们大干了一场，你明白吗？他是个浑小子，因为他说法国人就是德国人，然而他们是法国人，德国人却是我们自己人。

马格达在回复他的两封信中狠狠地骂了他一顿，她是这样写的：

最亲爱的巴尔特克，在圣坛前跟我结婚的夫君，真想让天主惩罚你！你才是个混家伙，异教徒！你和那些恶棍一起去残杀信奉天主教的人民，你难道不知道，那些恶棍都是些路德教徒吗？而你这个基督教徒却去帮助他们！你只想打仗，你这个好吃懒做的混家伙，你现在什么事情都不做，尽和人打仗、吃吃喝喝，还残杀无辜。你不吃斋，还放火烧教堂，我真希望你到了地狱之后他们也用火来烧你。你还洋洋得意，自己逞能，连老人小孩也不放过。你要记住，你这只公山羊，圣书上对我们波兰人写下的金玉良言。从开天辟地到世界末日，至高至尊的天主决不会宽恕那些又笨又懒的人。你要好好地管住自己，你这个土耳其佬，免得将来我打破你的脑袋，我给你寄去五块钱，尽管我的日子过得很困难，而且也不知道将来怎么办好，家里的境况很不好。我拥抱你，最最亲爱的巴尔特克。

马格达

信中提出的忠告并没有引起巴尔特克的重视。“娘们儿懂个啥，”他心想，“倒爱管闲事！”他禀性难移，打起仗来依然和过去一样。几乎每打一仗，他都要得到奖赏。后来，他还受到了地位比斯特因梅茨还要高的人的注意。以致到了最后，当损失惨重的波兹南团队被送回德国内地休整的时候，他听从了军曹的劝说，打了申请报告，于是便留了下来，进了别的团队，其结果便是他一直打到了巴黎城下。

现在，他的信中尽是对法国人的轻蔑。“每次战役，他们都像受惊的兔子那样狼狈逃走。”他给马格达写道。他写的都是实话。但是这次围攻巴黎却不合他的胃口，在巴黎城下，他不得不整天躺在壕沟里，听着大炮的轰鸣，常常是一身泥土一身水。另外，他也很想念他原来的团队，现在他作为志愿兵加入的这个团队，尽是些德国人，他过去只会说一点点德国话，那是他在工厂里学来的，不过一句话里十个字中最多只会说四五个，现在，他的德国话说得可流利了。但是这个团队里的人却把他叫作“波兰牛”，幸亏他的那些十字勋章和一双令人生畏的拳头，才使他免遭别人更为恶意的嘲笑。不过，几次仗打过之后，他便获得了新伙伴们的尊敬，而且和他们的关系也渐渐亲密起来了。由于他给全团争得了巨大的荣誉，他们也就把他看作是自己人了。巴尔特克一向不愿意别人把他看成是德国人，认为这是对他的侮辱，如今他为了表示自己是法国人的敌人，也称自己是“德国人”了。他觉得，这是完全不同的两件事情，而且他也不愿意自己比别人差。不过，后来发生的一件事情倒能使我们的主人公进行深刻的反思，如果他的头脑能够反思的话。有一次，他的团队派出了几组士兵去伏击敌人的狙击兵，他们设下了埋伏，于是狙击兵便陷入了他们的包围之中。但是这一次，第一阵枪声响过之后，巴尔特克并没有见到红帽子在逃走，因为这支法国狙击兵全是由久经沙场的老兵组成，他们是一个外籍军团的残余士兵。尽管他们被包围了，但战斗得异常顽强，后来他们直冲过来，用刺刀从普鲁士军队的包围中冲出一条血路，他们反抗得那么英勇，竟有大部分士兵冲出了重围。其余的人知道狙击兵被俘之后都不免一死，因此他们都不愿活着落入敌人的手中，巴尔特克所在的那个连队，才抓住了两个俘虏。晚上，这两个俘虏被关在看林员的一间屋子里，准备第二天枪毙的。几个士兵在门外设岗防守，而巴尔特克则被安排在屋子里的那扇玻璃被打碎的窗子下面，看守被捆绑的两个俘虏。

其中一个年纪已经不轻，长着一把灰白胡子，脸上现出一副满不在乎的神气。另一个年约二十岁，脸上的胡须刚刚依稀可辨，他的脸孔不像个士兵，倒像个姑娘。

过了一会儿，年轻的那个说道："一切都完了！脑袋上一粒子弹，一切就都完了！"

巴尔特克浑身颤抖，连手中的枪也震动起来了，原来这个年轻人说的是波兰话。

"我反正都无所谓了。"另一个用一种厌倦的语调说道，"说句老实话，反正一个样，我已经活了这把年纪，也够本的了。"

巴尔特克的那颗心在军装下面跳动得更加急速了。

"你听着！"老的接着说道，"已经没有别的法子了。要是你害怕，就想些别的事情，要么干脆睡他一觉，生活是可悲的。上天可以作证，我对一切都无所谓了。"

"我真可怜我的母亲。"年轻的低声说道。

很显然，他为了抑制住自己的感情，要么是自己在欺骗自己，便开始吹起口哨来。突然他停住了口哨，用非常绝望的声音哭叫道：

"让天雷来打死我吧，我连向她告别一声都没有说呀！"

"那你是从家里偷跑出来的了？"

"是的，那时候我认为，只有打倒了德国人，我们波兹南人的日子才会好过一些。"

"我也是这样想的，可是现在……"

那个年纪大的挥了挥手。他又说了些什么话，因为声音太低，都被呼呼的风声淹没了。夜寒天冷，又不时飘落着阵阵细雨，附近的森林漆黑得有如服丧的黑纱，寒风在房间的四角呼号着，又像狗一样，在火炉的烟囱里尖叫着。免得被风吹灭而高挂在窗户之上的那盏油灯，把摇曳不定的灯光投射在房间里，然而站在窗边的巴尔特克却完全处在黑暗中。

那两个俘虏看不清他的脸，这对他说来兴许是件好事。因为在这个农民的心里，许多奇怪的事情正在汹涌翻滚。起初，他满是惊异，瞪圆了眼睛望着两个俘虏，竭力想听清他们的谈话。原来他们出来打德国人，是为了波兹南人生活得更加美好。而他也是为了波兹南人生活得更好才来打法国人的，可是那两个人明天就要被处死，这是为什么呢？这个可怜的人真是迷惑不解，他难以解答这个棘手的问题。他又能对他们说些什么呢？要是他能告诉他们，说他是他们的同乡，他非常同情他们，那该多好呀！突然他觉得他的喉咙好像被谁掐住了似的，他能对他们这样说吗？他能救他们吗？他若是这样做了，那他也会被枪毙的。嘿，真见鬼，他现在左右为难，一种悲怆的心情使他再也不能待在这个房间里了。

一种揪心的怀念之情仿佛把他带到了波格伦坪村，满腔怜悯——这在他这个战士的心中是个从未认识的客人——也在他耳边大声叫喊："巴尔特克，快救救他们吧！他们是你的同胞啊！"而他的心也想起了家，想起了马格达，想起了波格伦坪村。这种思念之情又是那样强烈，这是他从来没有过的。法国、战争，还有那些战役，他已经受够了。他越来越清楚地听到了这声音："巴尔特克，快救救这些自己人啊！"要是战争能在大地上销声匿迹该多好啊！从破窗户望出去，森林一片漆黑，像波格伦坪的松树一样悲号着，而且就在这悲号声中仿佛也有一种声音在呼叫他："巴尔特克，快救救你的同胞啊！"

他能做什么呢？

和他们一起逃到森林中去，还是采取别的什么办法呢？但是普鲁士纪律所灌输给他的一切，使他立即把这种想法给否定了……圣父圣子保佑啊！他只能丢弃这种想法，他，一个士兵，能去当逃兵吗？永远也不！

这时候，森林呼号得更响了，风的呼啸也更加悲哀了。

那个年纪大的俘虏突然开口说道："这风刮得就像我们家乡的秋天那样！"

"你让我安静一下好吗！"那年轻的用不满的口气说道。

可是过了一会儿，他又不停地一再说着：

"在我们那里，在我们那里！在我们那里！啊，上帝，上帝！"

声声悲叹混进了呼啸的风中，两个俘虏又寂然无声地躺在地上。

巴尔特克浑身像犯疟疾似的颤抖着，连他自己都不明白到底是怎么回事，这是最糟糕的事情，巴尔特克什么也没有偷过，可是他觉得自己就像偷了别人什么东西似的，害怕别人来抓他。他没有受到任何威胁，可他老是在胆战心惊。千真万确，他的脚在发抖，他的枪也变得特别沉重了。他感到喘不过气来，像是被一场大哭扼制住了似的。是因为马格达，还是由于波格伦坪？两者都有。不过，主要是因为他无法救出那个年轻的俘虏而感到无比的悲痛。

巴尔特克时时觉得他已经睡着了。这时，屋外的狂风刮得更加猛烈了，而在风的呼啸中，种种奇异的呼叫声在扩大，在增强。

突然间，巴尔特克头盔底下的每根头发都竖起来。因为他觉得，在那漆黑的潮湿的森林深处，好像有人在呻吟，在悲号："在我们那里，在我们那里，在我们那里！"

巴尔特克全身瑟缩了一下，用枪托敲打着地板，免得昏睡过去。

他的神志渐渐清醒了，……他抬头一看，两个俘虏依然躺在角落里。灯光摇曳，风在呼叫，一切都依然如故。

此刻灯光照亮了那个年轻俘虏的脸孔，那是张孩子的脸或是姑娘的脸。他的眼睛紧闭着，头枕着麦秸，看起来像个死人似的。

打从巴尔特克出世以来，还从来没有为这种怜悯痛苦过。显然有种什么东西把他的喉咙给扼住了。一种悲哀的哭声正要从他的胸膛里喷射出来。

这时候，那个年纪大的俘虏困难地侧过身来，说道：

“晚安，伏瓦德克……”

接着又是一片静寂。一个小时过去了，巴尔特克的确感到很不好受。风如同波格伦坪的风琴那样轰鸣着，两个俘虏静静地躺在那里。突然，那年轻的俘虏挣扎着抬起了身子，叫道：“卡罗尔？”

“什么事？”

“你睡着了吗？”

“没有……”

“你听我说！我害怕……你随便说点什么都可以，我可是要祷告了……”

“那你就祷告吧！”

“我们的在天之父，愿你的名字永远神圣，愿你的天国来临……”

呜咽突然中断了他的祷告……不过依然能听到他那断断续续的声音：“按照……你的意志……”

“啊，耶稣！啊！耶稣！”巴尔特克的心在悲号。

不，他再也无法忍受下去了。再待一会儿，他就会喊起来：“老乡，我也是波兰人啊！”然后就越过窗户……逃进森林，一切都只好听天由命了。

突然，从院里传来了整齐的步伐声，来的是队长和军士长，他们是来换班的。

第二天从早上起来，巴尔特克便喝得酩酊大醉，第三天依然是醉醺醺的……

但是在以后的日子里，新的行军、战斗和进攻又是接二连三地发生了……因此，作者很高兴地报告大家，我们的主人公已经恢复了平衡。不过，从那个晚上开始，他就迷上了酒瓶，常常从这里面寻找乐趣，有时是借酒浇愁。此外，他在战斗当中变得比以往更加残暴了，他的胜利也是接踵而来。

六

几个月又过去了，早已是春回大地。在波格伦坪村，果园里的樱桃树也已枝繁叶茂，鲜花盛开，地里的小麦长得绿油油的，满眼青翠。有一天，马格达坐在院里，正削着已经长芽了的土豆，预备做午饭吃，这些土豆给牲口吃要比给人吃更适合。但当时正青黄不接，而且贫穷已经来到了波格伦坪村，这些都可以从马格达瘦黑而愁苦的脸上看出，也许是为了驱散心头的苦闷，马格达闭起了双眼，用一种尖细的假嗓子唱起歌来：

啊！我的雅辛科去打仗，
啊，他给我寄来许多信。
啊，我也回了他好几封，
啊，因为我是他的婆娘。

麻雀在樱桃树上叽叽喳喳地鸣叫，似乎要赛过她似的。马格达一边唱着歌，一边还不时地看看那只躺在阳光中的小狗，有时也抬头眺望房屋旁边的那条大道，或是把目光转向那条从大道通向果园的小路，可能是因为这条小路是通向火车站的近道，而且上帝果真显灵，她这一天没有白看。远处出现了一个人影，马格达便把一只手放在眼睛上面，但是她什么也看不清楚，因为阳光太刺眼了。但是那条秃毛狗却立即惊醒了，抬起了头，吠叫了几声，开始警觉起来，它竖起了耳朵，左右摇晃着它的头。就在这时候，一段听不清晰的歌词传到了马格达的耳中，那只狗也立即跳了起来，朝来人方向飞奔过去，马格达的脸色突然煞白了。

“是巴尔特克，还是别人？”

她也噌的一下跳起身来，把装满土豆的筐子都掀倒在地了。现在，毫无疑问是他了。那只狗已经双脚搭在来人的肩膀上，马格达也飞奔过去，高兴地大声喊道：“巴尔特克！巴尔特克！”

“马格达，是我回来了！”巴尔特克喊叫着，向她送来一个飞吻，大步流星地朝她迎了过来。

他推开了院门，被门框绊了一下，差点跌了一跤。幸亏只摇晃了两下，于是他们俩就紧紧拥抱在一起了。

马格达抢着说道：“我还以为你不会回来了……我以为你被他们打死了……你怎么啦？让我看看你，我要好好地看看你。你瘦多了！啊！耶稣！啊，你这个可怜的人！啊，我最亲爱的……你回来了，你回来了……”

她把双手从巴尔特克的脖子上挪开了一会儿，仔细地打量着他，随即又紧贴在他的胸前。

“你回来了，感谢上帝……我亲爱的巴尔特克！你还好吧？快进屋里去……弗兰涅克上学去了！德国人常常欺侮我们的孩子……小家伙长得很结实，就是像你一样脑子笨。啊！你回来得正是时候，我真不知道该怎么办好了。我告诉你，家里苦极了，真是苦得要命啊！整个家都快败光了，圈舍的屋顶都刮飞了。你怎么样？啊！巴尔特克！巴尔特克！想不到我还能再看见你！你不知道播种的时候，我遇到了多大的困难……幸亏邻居们都来帮忙，但总不能都靠别人啊！啊，你好不好？身体还行吗？啊！我真高兴你回来。真高兴！上帝保佑你，快进屋去吧！啊，上帝！你是巴尔特克，可又不像巴尔特克了。你这是怎么搞的？啊，老天爷！”

这时候，马格达才看见巴尔特克脸上的长伤疤，从左边的太阳穴，经过脸颊，一直到下巴颏。

“没什么，是一个胸甲骑兵砍伤的，可是我也回敬了他一下。我住过医院。”

“啊，耶稣！”

“唉，这不过是小小的一块伤疤！”

“可是你瘦得像死神一样。”

“闭嘴！”巴尔特克回答了一句。

他的确很瘦，而且脸色憔悴，衣衫褴褛——一个真正的胜利者？此外，他连站都站不稳，身子摇摇晃晃的。

“你怎么啦？是喝醉了？”

“我……身体还很虚弱。”

他身体虚弱，这话不假。不过，他也是喝醉了酒的，因为对他这样一个皮包骨头、气衰力竭的人，只要一杯白酒就够他瞧的，何况他在火车站喝了四杯酒呢！不过这倒使他有了一个真正胜利者的神情和勇气，而这种神情是他过去所没有的。

“闭嘴！”他又说了一遍，“我们已经打完了 Krieg（战争），现在我是个老爷了，你知道吗？你看见了这个吗？”说到这里，他用手指着他的那些勋章和奖章：“你知道我是什么人吗？嘿！左！右！干草！

稻草……立定!”

最后一句“立定”的声音是那样尖锐刺耳，吓得马格达倒退了几步。

“你疯了!”

“你好吗？马格达！……当我说‘你好吗’，那就是说，你好吗？法国话你懂吗，傻婆娘？Musiu① Musiu！谁是Musiu？我是Musiu。”

“嘿，你这是怎么啦?”

“这关你什么事！什么？快拿午饭来②，懂吗?”

马格达的额头上开始愁云密布。

“你叽里呱啦说的是什么话呀？你这是怎么回事？难道你连波兰话都不会说了？你这个混人，我说得不错，他们都把你变成个什么样的人了!”

“给我拿吃的来!”

“走，进屋去!”

任何一道命令都会给巴尔特克产生不可抗拒的印象，因此，当他一听到“走”时，他就一个立正，两只手紧贴在腿侧，半转身之后，便朝他老婆命令的方向前进，然而当他走到门槛前，他才醒悟过来，惊讶地望着马格达。

“唉，你要干什么？马格达，你要……”

“开步走！前进!”

他走进了屋里，但在门槛上摔了一跤。这时候，酒真的开始涌

---

① Musiu应是Monsieur，法文“先生”的意思，这里是巴尔特克读音不准，才有Musiu一词。

② 巴尔特克在这里说的是德文。

到他的头上了。他开始唱起歌来，在房子里寻找弗兰涅克，尽管弗兰涅克不在家，他口里也在说着："你好，孩子！"接着他又放声大笑起来。他朝前迈了几步，高喊着"乌拉"便全身瘫倒在床上了。直到傍晚时分，他才醒了过来。他显得清醒多了，也休息过来了，和弗兰涅克打过招呼后，便向马格达要了十多个芬尼，又朝酒店奋勇前进了。他那赫赫战功的名声早已传到了波格伦坪村，因为同一团队里的其他一些连队的战士都比他先回到家，他们都谈起过他在格拉维洛特和色当大战的英勇事迹。现在，一听到这位英雄就在小酒店里，过去的伙伴们都赶来看望他了。

此刻，我们的巴尔特克坐在桌子旁，没有人能认出他来了，过去他是多么温和谦恭，如今他用拳头敲打着桌子，傲气十足，嘴里叽里咕噜像只火鸡。

"小伙子们，你们记得不记得，我那时是怎样打法国人的？斯特因梅茨又是怎么说的呢？"

"我们怎么会不记得呢！"

"人们一谈起法国人，就感到害怕，其实，他们是些可怜的家伙，他们吃起生菜来像兔子，他们逃跑的时候也活像兔子。法国人是不喝啤酒的，光喝葡萄酒。"

"这话不错。"

"每当我们放火烧村的时候，他们都拱起双手，大声喊起Pitte[①]！ Pitte！听起来倒像是请我们去喝酒，实际上是哀求我们放过他们，可是我们毫不理睬他们。"

"他们叽里咕噜说话，你能听得懂吗？"一个年轻的农民问道。

---

① 法语，"发发慈悲""发发善心"之意，与波兰语的Picie（喝）音相近。

“你是听不懂的，因为你太傻了，可是我听得懂，Done di pe[①]，你懂吗？”

“这是什么意思？”

“你们看见过巴黎没有？我们在那里接连打了好几仗，全是我们打赢了。他们没有好的指挥官，人们都是这么说的，大家都说，他们的鹿寨修得不错，但管理却糟透了。他们的军官都是群笨蛋，他们的将军也是些笨蛋，可是我们的军官都很不错。”

马捷依·凯兹，这个波格伦坪村见多识广的老农民，摇着头说道：“是的，是德国人打赢了这场可怕的战争，是他们打赢了，我们也帮助他们了，不过，我们能从这里面得到什么好处呢？也许只有上帝知道。”

巴尔特克瞪着眼看他：“你在说什么？”

“德国人从来就瞧不起我们，现在更要把鼻子翘得高高的了，就像是上帝都不在他们头上了，以后他们会更加欺侮我们的，甚至现在就对我们傲慢起来了。”

“你说的不对！”巴尔特克大声说道。

在波格伦坪村，凯兹老人具有这样的权威：全村的人都是以他的思想为思想的，因此，谁要是反对他，就会被视作狂妄分子。但是现在，巴尔特克是个胜利者，他自己也是个权威了。

然而大家还是惊讶地望着他，甚至露出了愤激的情绪。

“你怎敢顶撞马捷依！你算老几？！”

“马捷依有什么了不起！我还不愿和他这样的人说话哩！知道吗？小伙子们！难道我没有跟斯特因梅茨说过话吗？马捷依爱怎么

---

① 法语，应该是 donnec du pain（给我面包）。

想就怎么想好了，现在我们用不着去理他。”

马捷依对这个胜利者凝视了一会儿。

“啊，你这个傻瓜！”他说道。

巴尔特克一拳打在桌子上，震得所有的酒瓶酒杯都跳了起来。

“住嘴，混蛋！”①

“安静点，你叫喊什么！你就问问神父或者贵族老爷去吧，你这个傻呆子。”

“神父打过仗吗？贵族老爷打过仗吗？可是我打过。小伙子们，你们不要信他的话。现在德国人开始看重我们了，是谁打赢了这场战争？是我们打赢的，也是我打赢的。现在我们想要什么，他们就会给什么。如果我想在法国当个地主老爷，我就可以留在那儿。谁把法国人打得落花流水，政府是一清二楚的。我们的团队是最优秀的团队，军事文告上就是这样写的。现在波兰人的地位提高了，你们知道吗？”

凯兹搓了搓双手，起身走出了酒店。巴尔特克在政治战线上也打了个胜仗，那些和他一起留下来的年轻人，现在都把他看成是个了不起的人物了。他又说道：“无论我想要什么，他们都会给的，若是不给我，那还能给谁呢？凯兹这老头儿是个木瓜脑袋，你们知道吗？政府要你去打仗，你就去打仗好了，谁以后还会欺侮我呢？是德国人吗？那么这是什么？”

他说到这里，便把他的勋章和奖章拿给大家看。

“我是为谁才去打法国人的？不是为了德国人，难道还会为别人？现在，我甚至比德国人还更强，因为没有一个德国人能有我这

---

① 原文是德文。

样多的勋章和奖章。快拿啤酒来！我跟斯特因梅茨说过话，也和冯波德别尔斯基[①]说过话。快拿啤酒来！”

他们渐渐地喝醉了，巴尔特克开始唱了起来：

喝酒，喝酒，喝酒！
只要我的口袋里，
还有一文钱！

突然他从口袋里掏出一把芬尼来。

“拿去吧！我现在是个老爷了……你们怎么不想要？啊，我们在法国用的可不是这种钱。而是另一种钱。啊，我们在那里烧了多少地方、杀了多少人啊，只有上帝才知道……还有狙击兵。”

酒鬼的脾气是变化多端的。巴尔特克忽然出人意料，竟把桌上的钱又收归起来，开始伤心地哭叫着：“上帝啊，请拯救我这个有罪的灵魂吧！”

接着，他两个肘子支撑在桌子上，把头埋在手掌里，便默不作声了。

“你怎么了？”一个酒客问道。

“他们自己找死的，我有什么罪过？”巴尔特克伤心地喃喃说道，“我真是为他们伤心过，因为他们是我的同胞。啊，上帝，您发发慈悲吧，一个就像鲜艳的朝霞，第二天就苍白得像夏布一样。他们还没有断气，就给活埋了……快拿烧酒来！……”

随后是片刻的沉默，在场的人都面面相觑，无比惊异。

---

① 特奥菲尔·冯波德别尔斯基（1814—1879），普法战争中的总指挥，普鲁士将军。

“他在胡说些什么呀！”一人问道。

“他在和自己的良心说话呢！”

“管它什么战争，人就该喝酒。”巴尔特克嘟囔道。

他接连喝了两杯烧酒，一声不响地坐了一会儿。后来他吐了一口唾沫，又出人意料地恢复了他的兴致。

“你们和斯特因梅茨说过话吗？……可是我就和他说过。乌拉！快喝吧！谁来付钱？我来付！”

“你付钱，你这个酒鬼！”忽然传来了马格达的声音，“你不用担心，看我怎么还给你。”

巴尔特克用呆滞的目光望着进来的这个女人。

“你和斯特因梅茨说过话吗？你是什么人？”

马格达没有回答他，而是面向那些很感兴趣的听众，开始哭诉起来：

“唉，老少爷们，老少爷们！你们都看见了我是多么丢脸，我是多么悲苦！他回来了，我感到高兴，以为他是个好人，可是有谁知道，他回来时竟成了一个酒鬼。他甚至连天主都忘记了，也忘记了波兰话。他一回到家里就倒在床上睡着了，起床后清醒了一阵子，现在又喝得醉醺醺的，而且是用劳动换来的血汗钱来喝酒，你知道你拿的钱是从什么地方来的吗？那是我做牛做马，辛辛苦苦挣来的呀！啊，老少爷们！他已经不是个天主教徒了，他也不是个人了，他全被德国人迷住了，他尽说德国话，他正在找机会害人哩，他是个异教徒。他是……”

她说到这里，已是满脸泪水了，随后她又把声音提高了一个八度：

“从前他人笨，可心眼好。可是现在，他们把他变成个什么样的人了。我日日夜夜都在盼望他早点回来，可是他回来后，我既没有得到欢乐，也没有得到他的怜爱，万能的上帝啊，仁慈的上帝啊！你还不如傻了好，要么你就干脆变成个十足的德国人也好。”

最后这两句话她说得那么伤心，几乎是拉长嗓子在哭唱了，然而，巴尔特克却回了一句：“闭嘴，看我不揍你一顿！”

“你打吧！你砍掉我的头好了！你现在就砍啊！打呀！你打死我好了！”这女人叫嚷着，毫不示弱，还把脖子伸了过去。她转身面对大家说道：“啊！老少爷们！你们大家都来看看！”

但是这些农民都一个个地溜走了。不一会儿，酒店都走空了，只剩下巴尔特克和他的老婆，她还伸着脖子等他去砍杀哩。

“你干吗还像只鹅似的伸长着脖子？快回家去吧！”巴尔特克嘟哝道。

“你砍呀！”马格达再说了一遍。

“唔，我才不砍你哩！”巴尔特克回答道，把双手插进口袋里。

这时候，酒店老板想尽快结束这场吵闹，便把灯吹灭了，店堂里立即变得又漆黑又寂静。过了一会儿，黑暗中又响起了马格达尖锐的叫喊声：“你砍呀！”

“嘿嘿，我就不砍你！”巴尔特克用一种得胜的声调回答道。

月光下，可以看见两个人影从酒店出来，朝农舍走去。一个走在前面，还在无声地抽泣着，这是马格达。那个在格拉维洛特和色当大战中的胜利者巴尔特克，却低着头，顺从地跟在她的后面。

七

巴尔特克回到家里，身体是那样虚弱，有好几天都不能劳动，这对他的家庭来说是极为不幸的，因为他的家现在正急需一个强壮的男子汉来撑持。马格达已经尽了她的努力，她从早到晚忙个不停，邻居们也都尽力来帮助她，可是这一切仍无济于事，她的家业已濒临破产。她还欠了一笔债，钱是从德国移民尤斯特那里借来的，这个波格伦坪村的德国人，从原先的地主那里买了十多顷荒地，现在已成了村里家业最兴旺发达的人，他还积有一笔钱，专用来放高利贷的，他的钱主要是借给村里的地主雅金斯基。雅金斯基这个姓氏曾上过“金谱”，正是由于这个缘故，他不得不使他的家庭维持相应的场面。不过，尤斯特也借钱给农民。半年当中，马格达便欠下了他几十块钱的债，其中一部分是贴补家用，另一部分则寄给了正在打仗的巴尔特克。这笔债款本来问题不大，只要上帝赐给一个丰收的年成，再加上辛勤的劳动，就能从丰收的粮食中还清这笔借款。然而不幸的是，巴尔特克竟不能劳动了。起初，马格达还不相信他不能劳动，她去找过神父，请他帮助她的丈夫振作起来，但他确实不能劳动了。只要他一干活，就会喘不过气来，腰背发痛，他只好整天坐在茅屋前面。他身穿一件白色军服，头戴胸甲骑兵的头盔，嘴里叼着一根瓷烟斗，活脱是个俾斯麦的派头，他用一个至今身体还多病而无法劳动的男人的呆滞目光望着周围的世界。他坐在那里，时而想起战争，时而想到他的种种战功，时而又想到他的马格达，有时他浮想联翩，有时他什么也不想，就那么傻呆着。

有一天，他正好这样待着的时候，突然听见从远处传来的弗兰涅克的哭叫声。

弗兰涅克从学校回来，一路上哭得四周都荡着回声。

巴尔特克取下嘴里的烟斗。

“嘿，弗兰涅克，你怎么啦？”

“怎么啦？”弗兰涅克抽泣着，重说了一遍。

“你哭叫什么呀？”

“为什么我不能哭叫，有人打了我的耳光。”

“是谁打你的？”

“还有谁呢？除了博格先生。”

博格先生是波格伦坪村的老师。

“他有什么权利打你的耳光？”

“也许有的，因为他已经打了！”

正在菜园里挖地的马格达从篱笆里面出来，手里拿着锄头，朝孩子走去。

“你在说什么呀？”她问道。

“我还能说什么呢？我在说博格先生骂我是波兰猪，还打了我的耳光。他还说，他们要像打法国人那样，也要把我们踩在他们的脚底下，因为他们是最强的人。我并没有触犯他，就是当他问我，谁是世界上最伟大的人时，我回答说是圣父，于是他就打了我一巴掌，我哭了起来，他就骂我是波兰猪，还说现在就像打法国人一样……”

弗兰涅克又从头到尾说了一遍，还反复说着：“他说，我说……”于是马格达用手封住他的嘴，转身对着巴尔特克大声叫嚷道：“你听见了没有？你听见了没有？你去跟法国人打仗好了，也好让德国人来打你的儿子，就像打只小狗那样，就让他骂孩子吧！你去呀，你去打仗好了……就让这个斯瓦布人打死你的儿子。这就是对你的奖赏，真是活报应呀……”

说到这里，马格达也为自己的话语感到痛苦，便抱着弗兰涅克一道哭了起来。巴尔特克睁大着眼睛，张着嘴，呆呆地站在那里，什么话也说不出来，他弄不明白这到底是怎么回事，为什么会这样，难道他的战功都一钱不值了吗？……他一声不响地坐了一会儿，突然仿佛有什么东西在他的眼里闪现，热血也涌上了他的脸，对于一个普通的乡下人来说，惊异也像恐怖一样，很容易转变为愤怒的。巴尔特克立即站了起来，从咬紧的牙齿缝中迸出一句话来：

“我要去跟他评评理！”

他朝外走去，路不太远，学校就在教堂后面。博格先生此时正好站在台阶上，周围是一群小猪，他在扔碎面包给小猪吃。

他身材高大，年约五十岁，身体强壮得如同一棵橡树。他身材不胖，只是脸显得胖一些，并且有一双圆鼓鼓的眼睛，显示出强悍和坚定的神气。

巴尔特克朝他走过去。

“德国佬，你为什么打我的儿子？为什么？”他大声问道。

博格先生倒退了几步，眼睛盯着他，毫无畏惧之色。他傲慢地说道：“滚开，你这个波兰傻瓜！”

“你为什么打我的孩子？”巴尔特克又问了一遍。

“我还要打你呢，你这个波兰老粗。现在我要让你知道，谁是这儿的主人。快滚开，你去法院告我好了……滚！”

巴尔特克双手抓住教师的肩膀，用力摇来摇去，拉长了他的沙喉咙叫嚷道：“你知道不知道我是谁？你知道是谁打败了法国人？是谁和斯特因梅茨将军说过话？你为什么要打我的儿子？你这只斯瓦布狗?”

博格先生的鼓眼睛瞪得并不比巴尔特克的小，博格先生是个强壮有力的人，他决定出其不意地猛击一拳，以挣脱巴尔特克的纠缠。

这一拳正好打在格拉维洛特和色当两次战役的功臣的脸上。这样一来，这位农民也豁出去了。博格先生突然受到左右两拳的猛击，于是他的头也像钟摆那样左右摇动起来，所不同的是，他的头摆动得更急速可怕。在巴尔特克身上，那种使土尔科斯兵和佐夫兵闻风丧胆的征服者的英雄气概又复苏了。博格的儿子，二十岁的奥斯卡，一个跟他父亲一样魁梧有力的小伙子，急忙赶上前来帮助他的父亲，但也无济于事。于是爆发了一场可怕的短促搏斗，儿子被打倒在地，父亲觉得自己悬空了。巴尔特克双手把他托举起来，不知该怎样处理他好，不幸的是，房子前面正好有一只大泔水桶，那是博格夫人专门收集泔水用来喂猪的，只听桶里嘭的一声巨响，过了一会儿，才看见博格先生的双脚伸出桶外，拼命挣扎着，博格太太从房里冲了出来。

“快来人呀！救人呀！”

这个精明能干的女人立即把泔水桶推倒，她的丈夫和泔水一道倒在了地上。

邻近房子里的德国移民们都纷纷赶来援助他们的乡邻。

十多个德国人朝巴尔特克猛扑过来，有的用棍棒敲打他，有的拳脚相加，于是又出现了一场混乱的搏斗，在这一大群敌人中间，很难找出巴尔特克来。十多个人打成一团，这团人急剧地转动着。

但是，突然间，巴尔特克从这团混战的人群中突围出来了，他像疯子似的拼命朝篱笆跑去。

德国人也在后面追赶他，转眼间，篱笆发出了断裂声，一根粗大的木桩已握在巴尔特克的铁手中。

他迅速地转过身来，满脸怒容，他高举木棍挥舞着，吓得那群德国佬急忙后退。

巴尔特克追上前去。幸运的是，他一个也没有追上，这时候，他的火气也渐渐消了下来，转身朝家里走去。啊，如果这次打的又是法国人，那么历史就会把他的凯旋写成不朽的了。

然而情况是这样的：大约有二十个追击的人又聚集在一起，朝巴尔特克追过来，他只好缓慢地后退着，像一只野猪被一群狗追逐那样，每当他转过身来站住时，那些追击他的人也止步不前，他手中的那根木棒已使他们完全慑服。

不过这时候，他们又朝他扔石头，有一块石头打在巴尔特克的额头上，顿时鲜血流到眼里，他感到浑身无力，身体摇晃了一两下，便倒在地上，木棍也掉落在一旁。

“乌拉！”德国人欢呼雀跃。

可是，他们还没有走近他身边，巴尔特克又重新站起来了，他们被吓得惊恐后退，这只受伤的狼对他们来说依然是很凶狠的，况且现在离波兰人的住屋不远了，远远地看到有几个农民正急急朝战场奔来，德国移民们匆匆退回到自己的家里。

“发生了什么事？”那些跑过来的农民问道。

“我把这些德国人教训了一顿！”巴尔特克刚说完这句话，又晕了过去。

八

事情变得严重了，德国的报纸连篇累牍地发表蛊惑人心的文章，说是性格温和的德国移民受到了那些野蛮而又愚昧无知的群众的迫害，这些群众被反德国的宣传和宗教的狂热所煽动。于是博格竟成了英雄。他，一个性格沉静而又温文尔雅的教师，在普鲁士的边缘地区播种智慧之光，他是个在野蛮人中间传播文化的真正的使者，却成了暴乱的第一个受害者。幸运的是，他得到了千百万德国人的支持，他们绝不允许这类事件发生……以及诸如此类的话。

巴尔特克并不知道，他的头上正在酝酿一场多么严重的风暴，相反，他非常乐观，相信他一定会打赢这场官司，因为博格打了他的儿子，而且又是先动手打他的，后来还有那么多德国人上来围攻他，当然他完全有申辩的理由，他们还用石头打破了他的头。他们打的是谁呢？是他，一个名字上了《战地日报》的人，一个曾在格拉维洛特打了胜仗的人，一个曾经和斯特因梅茨说过话，并获得过许多勋章的英雄。他的确没有料到，那些德国人会不知道这些情况，会这样欺侮他。他同样没有想到，博格居然敢威胁波格伦坪村人，说只要有机会，他们德国人就要狠狠地揍波格伦坪村人，就是因为波格伦坪人英勇打击了法国人。至于他自己，他坚信法院和政府一定会支持他的，毫无疑问，他们知道他是个什么样的人，以及他在战争中的伟大功绩。即使别人不支持他，至少斯特因梅茨会替他说话，因为正是这场战争，使巴尔特克变穷了，家里还欠了债，他们总不能不公正地对待他呀。

然而就在这时候，德国警察来到了波格伦坪村，传讯巴尔特克，他们估计会有一场可怕的反抗，于是一下子来了五个荷枪实弹的警察。但是他们的估计是错误的，巴尔特克根本没有想过要反抗，他们命令他上马车，他就坐进去了，只有马格达在伤心痛哭，不停地叫嚷："唉，谁叫你那样卖命去打法国人的？现在可好了，落得这样的结果，可怜的人儿，竟落得这样的结果！"

"闭嘴，蠢婆娘！"巴尔特克回答。车子驶动后，他还对沿途过路的人微笑。

"我要让他们知道，他们欺侮的是谁？"他在马车里大声喊叫。

他的胸前挂满了勋章，俨然像个胜利者那样来到了法院。

法院倒是对他宽大为怀，他们考虑到各种因素的存在，一致决定从宽处理，巴尔特克被判处三个月徒刑。

除此之外，法院还判罚他一百五十个马克的补偿费，以偿付博格一家和其他受伤的德国移民。

"然而罪犯，"《波森[①]日报》在"法院专讯"报道上写道："在判决书宣读之后，不仅毫无悔恨之意，反而口出狂言，且无耻地列数他对国家的所谓种种功勋，然而法官对于辱骂法院和德国民族的新罪行却充耳不闻，不予处理，实在令人疑惑不解。"

与此同时，关在监牢里的巴尔特克却平静地回想起他在格拉维洛特、色当和巴黎的英雄战绩。

要说博格先生的行为没有受到任何舆论的指责，那也是不公正的。的确有过批评。在一个大雨滂沱的早晨，议会里有一个波兰议员，以其雄辩的口才指出，政府对波兹南地区的波兰人在态度方面

---

① 波森即波兹南。

有了很大的改变。他还提出，鉴于波兹南联队在战争中所表现出的英勇精神和牺牲，应该给波兹南人民以更多的权利。最后他还指出，波格伦坪村的博格先生滥用自己作为教师的权力，殴打波兰孩子，还辱骂他们是波兰猪，甚至还扬言，在这次战争之后，新迁来的移民定将本地的居民踩在自己的脚下。

当这位波兰议员演说的时候，正好下着大雨，而且这种天气容易催人入睡，因此，不仅保守党人在打瞌睡，而且国家自由党人也在昏昏欲睡，甚至连社会党人和中立派也哈欠不断，因为这件事发生在他们的“文化斗争”开始之前。

就在这一通“波兰抱怨”之后，议会立即转入了它预订的议事日程。

此时的巴尔特克却坐在牢房里，说得确切些，是躺在监狱的医务所里，因为他被石头打伤之后，在战争中留下的伤口现在又复发了。

当他不发烧时，他就想呀想呀，就像一只在沉思中毙命的火鸡那样，但是巴尔特克并没有死，只是思来想去，毫无结果。

不过，有时候，当科学称之为“神志清醒”的时刻，他也会想到，他不该那样卖力地去“收拾”法国人。

马格达的艰难时期来临了，她必须交纳罚金，可是这笔钱从哪里筹集呢？波格伦坪的神父愿意帮忙，但一看他的钱袋，总共不到四十个马克。波格伦坪本来就是个穷教区，再加上这位年高德重的神父从来也不知道他的钱是怎样花掉的。雅辛斯基老爷又不在家，据说他是到波兰王国[①]去向一位富有的小姐求婚了。

---

① 指沙皇俄国占领的以华沙为中心的波兰地区。

马格达真是一筹莫展。

延期付款，那是连想也不敢想的事，那么，还有什么法子可想呢？把牛马卖掉吗？现在正是收割的前夕，是最困难的时期。收割快临近了，家里也需要钱用，可是她已经是囊空如洗、一文不名了。这女人束手无策，真是绝望了。她好几次打报告给法院，希望看在巴尔特克立过战功的分上，减免他的刑罚，但是她始终没有收到过回文，限期快到了，随之而来的便是财产的扣押。

她不断地祈祷，她痛苦地回想起战前的美好时光。那时候，她的家庭尚且宽裕，巴尔特克冬天还能到工厂去打工挣钱。马格达到亲戚家去借钱，可是他们也是一贫如洗。家家户户都受到了战争的影响。她不敢去找尤斯特，因为她还欠着他一大笔债，甚至连利息都没有付过。这时候，尤斯特却出人意料地亲自来到马格达家里。

一天下午，她萎靡不振地坐在门槛上，因为她伤心绝望得已经浑身无力了。她望着那些在空中互相追逐的黄头苍蝇，心中暗忖道："这些小虫子是多么幸福啊！它们欢欢快快地生活，无需向别人付钱。"等等。有时候她又长叹一声，或者从她苍白的嘴唇中间发出喃喃的声音："啊！上帝啊，我的上帝！"突然，门外出现了尤斯特的大鼻子，以及大鼻子底下的长烟斗，马格达一见，顿时脸色煞白，尤斯特开口说话："你好！"

"你好，尤斯特先生！"

"我的钱呢？"

"啊，我尊敬的尤斯特先生，请您发发善心吧，我是个可怜的女人，我真是一点办法也没有。他们抓走了我的男人，我还要替他付罚金，我真是走投无路了，还不如死了的好，免得一天天遭受痛苦的折磨。请您再等等吧，我亲爱的尤斯特先生！"

说到这里，她就呜呜地哭了起来，她毕恭毕敬地低下头，亲吻着尤斯特先生又胖又红的双手。

“老爷快回来了，我打算向他借钱来还您的债。”

“啊，那罚金你又怎么去付呢？”

“我也不知道，也许只好卖掉那头母牛了。”

“那么，还是让我再借给你一笔钱吧！”

“愿上帝保佑您，我亲爱的先生，您虽是个路德派教徒，可是个大好人，我说的是实情。要是别的德国人全像您那样，村里的人就会祝福他们了。”

“不过，没有利息我是不会借钱的。”

“我知道，我知道。”

“那么，你就一起写个借条给我。”

“好的，您真是个大善人，上帝会报答您的！”

“我要到城里去，我们就去办签约吧！”

他到了城里，办好了签约。不过，在这之前，马格达曾和神父商量过，可她又能从他那里听到什么好的意见呢？神父只是说，这笔钱借期短、利息高，可惜的是，雅辛斯基老爷现在不在家，要是他在家，一定会帮助她的。然而，马格达绝不能等着她的牛马被扣押，只得接受尤斯特的条件。她向他借了三百马克，比罚金多一倍，因为她家里还急需一笔钱用。为了表明这次契约的重要性，巴尔特克必须亲自在契约上签字画押。为此事，马格达还专程去探了一次监，这位昔日的胜利者显得异常忧郁、憔悴，病病歪歪的。他曾写过一封申诉书，列数他的冤屈，但他的申诉未被接受。《波森日报》上的文章，使得行政当局的意见对他更为不利了，难道行政当局能不去保护那些生性和平的德国人吗？“在最近的这次战争中，他们对祖国的热爱和献身精神得到了多么充分的证明。”因此，他们拒绝巴尔特克的申诉完全合情合理，而巴尔特克的彻底崩溃，也就不足为奇了。

“现在我们全完了!”他对他的老婆说道。

“是全完了。”她重复着。

巴尔特克又竭力在思索问题。

“这是对我们的最残酷的欺压!”他说道。

“博格还在虐待我们的孩子。”马格达说道，“我去向他求情，他还大骂我一通。啊，现在德国人在波格伦坪村占了上风，他们横行霸道，真是无法无天了!”

“当然，因为他们最强大。”巴尔特克悲哀地说道。

“虽然我是个平平常常的妇道人家，可是我要告诉你，最强大的是上帝!”

“他是我们的庇护所。”巴尔特克接着补充了一句。

他们沉默了一会儿，随后他又问道:“唉，尤斯特是怎么说的?”

“要是上帝今年给我们一个丰收，那我们就能还清他的债务。说不定地主老爷也会帮助我们的，尽管他自己也向德国人借了债。据说他在战前就要把波格伦坪卖掉的。也许这次他会娶一位富有的小姐回来。”

“他能很快回来吗?”

“谁知道呢，庄园里的人说，他很快就会带着老婆一道回来的。只要他一回来，那些德国人就会去纠缠他，德国人真是无孔不入啊!他们多得像昆虫一样。无论你朝哪边看，无论你走到哪里，也不论是农村还是城市，到处都是德国人。也许这都是我们的罪过招来的!我们该到哪里去求救呀?”

“也许你能想出办法来，因为你是个聪明的女人。”

“我能有什么好办法呢？要是我有办法，我哪会心甘情愿去向尤斯特借钱。为了这笔钱，现在，我们的房屋、土地全都押给他了。尽管尤斯特比别的德国人要好一些，但是他也只把眼睛盯在自己的利益上，绝不会去照顾别人的，他也不会比别人更宽宏大量些。难道我是个傻瓜，连他为什么借钱给我都看不出来吗？可是我又有什么法子呢？又有什么法子呢？”她说到这里，扭动着双手，“你也想想办法，你从前不是顶聪明的。你打法国人倒是很有能耐，要是你头上没有片瓦遮身，嘴里没有面包去填肚子，我看你怎么办？”

这个格拉维洛特的英雄又低垂着头。

“啊，耶稣！耶稣！”

马格达是个温柔、好心的人，巴尔特克的痛苦使她心情激动，于是她立即说道：“安静点，亲爱的人，不要急，你头上的伤还没有好呢，你不要再伤脑筋了，只要上帝来个丰收年就好了，大麦长得真是喜人，已经弯到地上了，小麦也长得不错，土地可不是德国人，不会亏待人的。你在打仗的时候，田里的情况糟得很，可现在庄稼长得这样好，真叫人高兴。”

善良的马格达满含着泪水微笑起来。“土地可不是德国人……”她又重说了一遍。

“马格达！”巴尔特克瞪大了眼睛望着她，说道，“马格达！”

“什么？”

“啊，你真是……像……”

巴尔特克对她真是感激涕零，但是他无法把这种感情表达出来。

九

说实在话，马格达真可以抵得上十个比她差的女人，虽然她有时对巴尔特克很严厉，可她却是实心实意地爱着他。有时，当她火冒三丈时，比如那次在酒店里，她当众大骂他是笨蛋，但是平时她在别人面前总是说他好。“我的巴尔特克是在装傻，实际上他是个机灵鬼。”她常常这样对人说。不过，巴尔特克的机智聪明真可以和他的那匹马相媲美，要不是马格达，恐怕他连家里的土地和其他事情都会搞得一团糟的。现在，全部事情都落在马格达身上，她东奔西跑，到处求情，她从不放过任何一次机会以求得别人的帮助。上次探望之后，过了一个星期，她又急急忙忙赶去看望巴尔特克，她走得气喘吁吁，却满脸春风，喜形于色。

“巴尔特克，你好啊，我的宝贝！”她高兴地大声说道，“你知不知道，地主老爷已经回来了？他在华沙结了婚，他那年轻的夫人真是个大美人，而且还得到了她的一大笔陪嫁。啊，真是不错的！啊……”

波格伦坪村的这位地主老爷确实结了婚，把他的夫人带回了庄园，而且也确实得到了一大笔财产。

“真是不错。那又怎么样呢？”巴尔特克问道。

“别性急呀，傻瓜！”马格达答道，“我走得连气都喘不过来了。啊，耶稣……我去拜见过这位夫人，我见到了她，她像个女王一样出来见我，她年轻娇美，真像一朵含苞欲放的鲜花，又像朝霞一样艳丽。啊，这天气真热死人，我连气都喘不过来了！……”

马格达提起围裙，擦了擦脸上的汗水，过了一会儿，她又像放连珠炮似的说了起来：

“她穿了一条像矢车菊那种颜色的裙子，我跪在她的面前，她向我伸出手来……我吻了吻它。她的手香气扑鼻，而且细嫩得像孩子的手一样，她长得像画中的那些圣女，又有一副好心肠，很同情穷人，于是我就请求她帮助我们……愿上帝保佑她身体健康……她说：只要我做得到的，我一定帮忙。她就是这样说的，她说话的声音又甜又好听，你听了心里都会乐开了花似的，于是我又说起了波格伦坪村的人多么不幸，她说，唉，不光是波格伦坪村啊……这时候，我止不住哭了起来，她也哭了……直到老爷走了进来，他见到她在哭，便把她抱住吻着她，吻得非常文雅，老爷们可不像你们那样粗暴，于是她就对老爷说：尽力去帮助这个女人吧。他回答说：只要是你所希望的，世界上的一切我都会去做……但愿圣母保佑她，保佑这位可亲可爱的夫人，保佑她早生贵子，保佑她身体健康。地主老爷还对我说：你们受了很多苦，因为你们是落在德国人手里。不过——他说——我一定会帮助你们的，帮你们还清尤斯特的债。”

巴尔特克又开始担心起来。

“可是他自己也落在德国人手里呀！”

“那有什么关系，他的夫人很富有。现在他们能把波格伦坪的全部德国人都买过来，所以老爷才敢说这样的大话。他还说，选举快要进行了，人们要留心，绝不能去选德国人，不过，我会还清尤斯特的债教训那个博格的。于是他的夫人便搂住了他的脖子。老爷又问起你来，他说：‘若是他身体还不好，我就去跟医生谈一谈，让他出一张证明，证明他现在不能关在监牢里，若是他们不肯释放他，那就说家中需要他收割麦子，假释出来，到冬天再回去坐牢。’你听见了吗？昨天地主老爷进了一趟城，今天医生就来了波格伦坪村，是地主老爷把他请来的，他不是德国佬，他会写证明的。到了冬天你再来蹲监狱好了，你会像国王一样，这里又暖和，又会白给你吃的。现在你就能够回家干活了，我们也能还清尤斯特的债了。也许地主老爷会不要我们的利钱。要是秋天我们还不能全部还清，到时我就恳求夫人，但愿圣母保佑她！……你听见了吗？……”

“她是个仁慈的夫人，这没得说！”巴尔特克立即说道。

“你去见她的时候，一定要跪在她面前，你一定要跪下。要是你不跪，我会扭断你的狗头。只要上帝赐给一个丰收就好了。现在你看清楚了，这种帮助是从哪里得到的。是从德国人那里吗？他们之中有谁会为了你的那些臭勋章给你一个铜子呢？他们唯有把你的头打破，别的你休想得到。我告诉你，你一定要在夫人的面前跪下。”

“我怎么会不下跪呢！”巴尔特克坚定地回答。

命运似乎又在对这位胜利者微笑了，几天之后他得到通知，由于健康原因，他被假释出狱，等到冬天再执行监禁，他被带到了审判官面前，巴尔特克全身哆嗦着。这个昔日曾用利刃夺取过军旗和大炮的英勇战士，现在一看见穿制服的人，比见到死神还要害怕。他的脑海里立即下意识地涌起一种深沉的情绪，觉得这些都是迫害他的人，都在任意地摧残他。他觉得有一种巨大的不友好的，甚至是恶意的力量在追逐他，如果他反抗这种力量，就会遭到毁灭。因此，他现在站在审判官面前，就像以前站在斯特因梅茨面前一样。身子笔直，胸脯挺起，肚子缩紧，屏声息气地站立着。除了审判官，还有几个军官在场：巴尔特克的眼前仿佛是战争和军事审判庭的再现。那些军官们从金丝眼镜下面以傲慢和轻视的眼光望着他，就像普鲁士军官望着一个普通士兵和波兰农民一样。巴尔特克凝神静气地站立着，那个审判官用一种命令式的口气说话，他不是提问和劝说，而是在命令和威胁。他说，柏林死了一个议员，因此要举行新的选举。

“你这个波兰狗！你若是敢投雅辛斯基先生的票，你就等着瞧吧！”

这时候，军官们个个横眉怒目，露出威逼的凶光。那个叼着烟斗的军官，又把审判官的话重复了一遍：“你就等着瞧吧！”于是这个胜利者巴尔特克连粗气都不敢放一声。等到他听到“滚出去”，他便向左转过身走出门外，才大大透了一口气：他们命令他投上克日夫达村的苏伯达先生的票。对于这个命令，他并没有多加考虑，只是舒了一口气，现在他终于能回到波格伦坪村了。收割时节，他又能待在家里，况且地主老爷还会替他还清尤斯特的债务。他朝城外走去，路边上沉实的麦穗在微风中波浪起伏地摇曳着，轻轻发出一种农民感到亲切悦耳的簌簌声。巴尔特克身体还很虚弱，但太阳温暖着他。“嘿，世界真美呀！”这位憔悴的士兵想道。

离波格伦坪村已经不远了。

十

选举！选举！马丽亚·雅辛斯基夫人的脑海里想的尽是选举。她的所思所想，她的一言一行，甚至连做梦都离不开选举。

“尊敬的夫人真是个大政治家呀！”邻村的一位乡绅对她说道，以一种尊敬的姿态吻着她的纤纤玉手。但是这个大政治家的脸红得像樱桃似的，露出甜美的微笑，回答道：“啊，我们不过是尽我们的努力去宣传罢了。”

“约瑟夫先生一定会当选为议员的！”乡绅坚信不疑地说道。那位“大政治家”却回答说：“这正是我所希望的，虽然这不单是为了约瑟夫，也是大家的事情。”说到这里，这位“大政治家”的脸颊上又泛起一阵“非政治的”红晕。

“说老实话，你真是一位地道的俾斯麦！”乡绅大声说道，又吻了吻她的那双纤手。接着他们就在一起商量如何进行选举动员的问题。

那位乡绅主动承担了下克日夫达村和米日罗夫村的竞选活动（上克日夫达村是毫无希望的了，因为那是苏伯达先生的领地），马丽亚则负责波格伦坪村。她把整个身心都倾注到这个角色中去，一点时间也不让浪费。每天都能看见她来往于通往农舍的大路上，她一手提着她的长裙，一手撑着阳伞。从提起的长裙下面，可以看见她那双细嫩的脚，为了伟大的政治目标而不辞劳苦，奔走不停。她深入农户，一路上对正在田间劳动的农民说“上帝保佑你”，她探望病人，对村里居民亲切相待，甚至还尽力帮助他们，即使不是为了政治目的，她也会这样做的，因为她有颗善良的心，不过现在由于政治的需要，她做得更加起劲罢了。为了这个政治目的，为什么她不应该尽力去做呢?！现在她唯一不敢告诉她丈夫的是她对村民大会有一种无法克制的想去参加的愿望，她甚至已经打好了在大会上演说的腹稿，那会是一篇多么精彩的演说，多么感人的演说！的确，她害怕演说，不过，一旦需要她登台演说，那她就会妙语惊人！然而，当统治当局禁止村民集会的消息传到波格伦坪后，这位“大政治家”便把自己关在房间里，不禁气愤得哭了起来，把一块手绢都撕碎了，眼睛哭得红了一整天。她丈夫劝说她，不要“伤心”到这个程度，但也无济于事。第二天，她又以更大的热忱在波格伦坪村进行竞选活动。现在，马丽亚夫人是勇往直前，绝不后退了。她一天之内走访了十多户农家，还大骂那些德国人，以致她丈夫都不能劝阻她了。但是这没有什么危险，村民们都很高兴地接待她，亲吻她的手，并对她笑脸迎送，因为她长得那样漂亮、那样娇艳，无论她走到哪里，哪里就更加明亮。她也同样来到了巴尔特克的家里，秃尾巴狗一见她便大声吠叫起来，不过，马格达在惊喜之中用木棍敲了一下它的脑袋。

“啊！尊敬的夫人！我高贵的夫人！我好心的夫人！”马格达兴奋地叫着，热烈地亲着她的手。

巴尔特克按照他许下的诺言，立即跪在马丽亚夫人的面前。小弗兰涅克先是吻了一下她的手，随后便把大拇指放进自己的嘴里，呆呆地望着她，露出一副好奇的神情。

“我希望，”年轻的夫人在问候之后说道，“我希望，我们的巴尔特克一定会投我丈夫的票，而不投苏伯达先生的票！”

“啊，亲爱的夫人，我的曙光！”马格达叫道，“谁会去投苏伯达的票呢！谁投了谁就会遭殃！（说到这里，她又吻了一下夫人的手）请夫人别生气，一个人只要一提到德国人，就管不住自己的舌头了！”

“我丈夫刚才还在对我说，他要替你们还清尤斯特的借债。”

“愿上帝保佑他！”说到这里，马格达转身对巴尔特克说道，“你干吗像木桩子在那里傻呆着。啊，尊敬的夫人，他真像个大哑巴，实在对不起！”

“你们一定会投我丈夫的票，是吧？”夫人问道，“你们是波兰人，我们也是波兰人，所以我们应该团结在一起。”

“要是他不投老爷的票，我就把他的脑袋拧断！”马格达说道，“为什么你老像个木头似的站在那里，一动也不动，真是个木呆子！”

巴尔特克又吻了一下夫人的手，但他一直默不作声，脸色像黑夜一样阴暗，他又想起了那个审判官。

选举的日子日益临近而且终于来到了，雅辛斯基先生有必胜的信心。所有的乡邻都来到了波格伦坪村。他们已经投过票了，从城里回到了波格伦坪，现在都在等着神父带回来的消息。以后，就要举行一次庆功宴。晚上，雅辛斯基夫妇要到波兹南去，随后便到柏林去就职了。在这个选区中，有些村庄昨天就投完票了，所以选票结果今天必须揭晓。所有在场的人都很乐观，只有年轻的夫人有点心神不安，然而，她也是满怀着希望，露出了微笑。她真是个慈悲好客的女主人，所以大家都一致承认，约瑟夫先生在华沙找到的是一个真正的宝藏。此时此刻，这个宝藏无法静下心来待在一个地方，她来往于宾客之中，向每个人问上几百遍，以确认她的“约瑟夫一定会当选”。她并无什么野心，也不是受虚荣心的驱使而渴望成为一位议员夫人。不过，在她的头脑里，却萦绕着她和她的丈夫有一种真正的使命等待他们去完成的想法。所以她的心跳如同她结婚时一样急速。她美丽的脸上也充满了愉快的光辉。善于在宾客中间应酬的她，迅捷地来到她丈夫的身边，拉着他的衣袖，像个孩子似的在他耳边轻轻地叫了一声：“议员大人！”他微笑着，两个人都感到无比幸福，双双都有一种强烈的欲望去拥抱和亲吻对方。但是他们碍于客人在场，只好作罢。与此同时，所有的客人都时时刻刻在望着窗外，因为此时此刻，这个问题是最重要的了，故世的前议员是个波兰人，而在这个选区里，德国人是第一次提出自己的候选人的。然而这次战争的胜利却给了他们以勇气。正是为了这个缘故，这些聚集在波格伦坪庄园中的人都非常希望他们的候选人能够当选。在午宴之前，并不缺少热情洋溢的爱国演说，这些演说尤其令这位年轻的夫人大为感动，因为她还没有习惯听这种演说。她时时感到有一种恐怖袭上心来：要是他们在计算选票时舞弊又怎么办呢？不过，选举委员会里不单是德国人呀！年老的乡绅还向这位夫人解释选票的计算方法，尽管她已经听了好几百遍，但她还想再听听。啊，现在，这个问题涉及当地居民在议会中是拥有一个自己的代言人呢，还是一个敌人。再过片刻，这个问题就能见分晓了，而且立刻就能决定了，因为大路上已有一股灰尘飞驰过来。“神父来了！神父来了！”在场的人齐声叫道。夫人脸色苍白，大家的脸上也露出了紧张激动的表情，虽然他们都相信必胜无疑，不过这最后一刻，他们的心还是跳得特别快。来的人不是神父，而是骑马从城里赶回来的管家，也许他知道了结果吧？他把马在柱上拴好后，便急急跑进了府院。

客人和女主人都拥到了台阶上。

“有什么消息吗？有没有？我们的老爷当选了吗？什么？快到这儿来。你的消息确切吗？选举结果公布了没有？”

大家七嘴八舌，都在争着问他，那管家却把帽子抛向空中：“我们老爷当选了！”

夫人突然跌坐在椅子上，双手按在她那汹涌起伏的胸脯上。

“万岁！万岁！万岁！”大家齐声欢呼。

仆人们都从厨房里跑了出来：“万岁！德国人被打败了！我们的议员万岁！议员夫人万岁！”

“神父哪儿去了？”有人问道。

“他一会儿就回来！”管家回答说，“他们还在统计票数。”

“我们入席吧!”议员先生招呼道。

“万岁!”人们又是一阵欢呼。

大家又从前厅来到了客厅，向主人和女主人祝贺，现在是在较为平静的气氛中进行了，但是，夫人自己却无法抑制住自己的激动，她不顾客人的在场，双手搂住了她丈夫的脖子，不过，大家都不觉得她有失体统，相反，人人都非常激动。

“啊！我们又有生路了!”一个从米日罗夫来的乡绅说道。

这时候，台阶上传来了一阵脚步声，神父走进了大厅，后面跟着波格伦坪村的马捷依。

“欢迎！欢迎!”在场的人齐声说道，“谁得到了多数票?”

神父沉默了片刻，在众人的欢乐气氛中，突然响起了一句简短而刺耳的回答:“苏伯达当选了！……”

接着是一片惊诧，随即便是一串焦急和慌乱的问话，神父依然只回了一声:“苏伯达当选了……”

“怎么会呢？这是怎么搞的？是用了什么手段？管家说的可是不一样，到底出了什么事？……”

这时候，雅辛斯基先生把可怜的夫人带了出去，她咬住她的手指，以免哭出声来或者昏倒过去。

“啊，不幸啊不幸!”人们一再说着。

与此同时，在村里的另一边，传来了一片喧闹声，像是人们在欢呼庆贺，这是波格伦坪村的德国人在欢庆他们的胜利。

雅辛斯基夫妇又回到了大厅。人们听见他在门边对他夫人说道:“请你镇静一点!”这时她便停止了哭泣，眼里没有了泪水，只是非常红肿。

“现在请你告诉我们，这是怎么回事?”主人平静地问道。

“老爷，怎么会发生这样的事哩！”老马捷依说道，“就连波格伦坪村的农民都投了苏伯达的票！”

“是谁这样干的？”

“你说什么？是本地人吗……”

“是的，我亲眼看见了，大家也都看到，巴尔特克·斯沃维克就投了苏伯达的票。”

“是巴尔特克·斯沃维克吗？……”夫人问道。

“就是他！现在大家都在骂他，那家伙躺在地上哭。他老婆正在咒骂他，我亲眼看到了他是怎么样投票的。”

“应该把这样的家伙驱逐出村！”那个从米日罗夫来的乡绅说道。

“老爷，还有那些打过仗的人都像他那样投了苏伯达的票，他们说，有人命令他们这样做的！”

“这是欺骗！这是地地道道的舞弊！这选举是无效的！这是欺诈行为！”许多人都在嚷叫。

这一天，波格伦坪宅院中的午宴便显得异常沉闷了。

傍晚，主人夫妇便离开了波格伦坪村，但不是到柏林，而是去了德累斯顿。

这时候，巴尔特克却待在家里，既显得可怜，又遭人指责、谩骂和憎恨，连他的老婆都把他当作陌生人，他老婆整天都不和他说一句话。

秋天，上帝赐给了一个丰收年，而那位已经接收了巴尔特克全部家业的尤斯特先生显得心满意足，因为他这笔交易真是捞着了。

有一天，从波格伦坪村通往城里的大路上，有三个人急趱而行，其中有一男一女，还有个孩子。男的已腰弓背驼，俨然像个乞丐，而不是个身体壮实的农民。他们是到城里去的，因为他们无法在波格伦坪村居住和工作了。这天恰逢秋雨淅淅，那女的为失去她的农舍和背井离乡而伤心呜咽，男的则一声不响地走着。路上荒凉冷静，既无马车往来，也不见别人行走，只有被雨水淋湿了的十字架，在他们头上张着它的双臂。雨越下越大，越下越密，天色也更加昏暗了。

巴尔特克、马格达和弗兰涅克一家人到城里去了，因为这个格拉维洛特和色当战役的胜利者，为了博格的那件官司，冬天还得被关在监牢里。

雅辛斯基夫妇却一直住在德累斯顿。

灯塔看守

这篇小说是根据真实事件写成的，霍拉因曾在《美国通讯》中报道过这事件。

一

在离巴拿马不远的阿斯宾瓦尔，有一天，灯塔看守突然不知去向了。由于他是在暴风雨期间失踪的，人们便认为，这个不幸的人可能是在灯塔所在的石头岛的边上行走时，被一个大浪卷入海里了。等到第二天，他那只系在凹弯里的小船也不见了，这种猜测就更加合情合理了。这样一来，灯塔看守的位置就空了出来，必须立即找人补上，因为这座灯塔，无论是对于当地的交通，还是对从纽约开往巴拿马的轮船说来，都具有重要的意义。蚊蚋湾里到处是浅滩和礁石。即使是白天，要在这些滩石中间航行，也是艰难，而在夜里，由于热带的烈日烤热着海水，到了晚上便蒸发成浓密的水雾，航行几乎是不可能的。这时候，灯塔的光亮便成了那些船只的唯一向导了。寻找新灯塔看守的重任便落在美国驻巴拿马领事的身上了。不过，这可是一件棘手的事情：首先，因为他必须在十二个小时之内找到这样一个接任的人；其次，这个接任的人必须是个非常忠于职守的人，并不是随便什么人都可以录用的；最后是因为根本没有人前来应聘。灯塔上的生活是极其艰苦而又乏味的，它对于那些喜欢玩乐和酷爱自由流浪生活的南方人说来，是毫无吸引力的。灯塔看守几乎像个囚犯，除了星期天外，他一步也不能离开这个孤寂的岩石嶙峋的小岛。每天有一只从阿斯宾瓦尔来的小船，给他送来食品和淡水，东西一放完就立即离开了。在这个方圆不过一莫尔格大的荒岛上，就再也见不到第二个人了。灯塔看守就住在灯塔里，必须按照规定来管理它：白天他根据晴雨表的指示，悬挂各种颜色的旗子来报道天气，傍晚他把灯点亮。每天，他必须爬上四百多级又高又陡的环形阶梯，才能到达塔顶上的灯旁。有时，一天他得上来下去好几次，如果不是这样，那么这种工作也就不算什么繁重的了。一般说来，这是一种修道院式的生活，甚至还不如修道院，而是一种隐居苦修的生活。因此，这位伊沙克·法康布里奇领事因为找不到这样一个能长期工作的继任人而焦急万分，也就毫不奇怪了。然而就在这同一天，出乎意料地竟有一个人前来应聘，这位领事的欣喜劲儿也就不难理解了。这是一位老人，约有七十岁，但是身体矫健，腰板硬朗，举止风度都像一个军人。他的头发全白了，肤色黝黑得有如一个克里奥尔人[①]，但是一看他那双蓝眼睛，就知道他绝不会是个南美人。他的神情显得忧郁和悲戚，但却诚实正直。法康布里奇先生看第一眼就很满意，现在只要询问他一下就可以了。于是就有了下面这番谈话：

“你是从什么地方来的?”

“我是波兰人!”

“你以前干过些什么工作?”

“我一直到处流浪。”

---

① 克里奥尔人是南美混血人种。

“灯塔看守可是要待在一个地方的。”

“我现在需要的正是休息!”

“你从前曾在什么地方服务过，有没有官方的证明文件?”

老人从怀里拿出一块已经褪色的绸布，像是从一面旗子上撕下来的一角，他把它打了开来，说道：

“这就是证明。这个十字勋章是在一八三〇年①得到的；这第二枚西班牙勋章，是在卡罗斯战争②中获得的；第三枚是法国勋章；第四枚是在匈牙利③得到的。后来我在美国参加了反对南方的作战，不过这一次没有发给勋章，只有这一张证书。”

法康布里奇拿起了这张证书，开始读了起来。

“噢，斯卡文斯基？这是你的姓名吗？嗯……在拼刺刀的进攻中亲手缴获了两面军旗，……你真是个勇敢的战士!”

“我也会成为一个忠于职守的灯塔看守的。”

“每天得好几次爬上塔顶去，你的腿能受得住吗?”

“我是步行穿过大草原的。”

“太好了！你曾在海上工作过吗?”

“我曾在一条捕鲸船上工作了三年。”

“你好像干过不少的工作?”

“我一生没有经历过的就只有平静的生活了。”

“为什么?”

老人耸了耸肩膀，说道：

“命运如此。”

---

① 指1830年华沙起义，证明他参加了这次起义。

② 指1834年堂·卡罗斯和其侄女争夺王位的战争。

③ 指匈牙利1848年的革命。

“不过，我觉得让你来担任灯塔看守，似乎是太老了一点。”

“先生!”这位应聘者突然心情激动地说道，“我已经是心力交瘁了。你知道，我经历过的事情太多了，这个位置是我热切希望得到的。我老了，我需要休息！我对自己说：你应该待在这里，这里是你停泊的港口了！啊！先生，现在全靠你了。这样的位置我恐怕是碰不到第二次的。正好我这时在巴拿马，我正是碰上了好运气啊!我恳求你……看在上帝分上。我现在就像一只在大海中漂泊的小船，如果再不在港口停泊，那就会沉没的……你如果想使一位老人得到幸福……我可以向你保证，我是个诚实正派的人。不过……我已经过够了那种流浪的生活……”

老人那双蓝眼睛表现出那样一种热烈祈求的眼神，使这位心地纯朴善良的法康布里奇先生也心潮澎湃了。

“好吧!”他说，“我接受你的请求，现在你就是灯塔看守了。”

老人的脸上露出了难以描述的欣喜神情。

“谢谢你!”

“你能不能今天就到灯塔去?”

“能!”

“那么，再见吧！还有一句话要说在头里，只要你失职一次，你就会被撤职的!”

“明白了!”

就在这天的傍晚，当太阳在大海的另一端沉下时，一个阳光灿烂的白天就要过去了，接踵而来的是一个没有黄昏的夜晚。一个新任的灯塔看守显然已经就职了，因为灯塔已经像往常一样，把大片大片的亮光投射在海面上。夜晚是那样宁谧、寂静，是真正热带的夜景。到处是透明的雾气，在月亮周围形成一个巨大的圆圈，它像彩虹一样色彩斑斓，圆圈的边缘是那样轻柔淡白，很难与雾气区分开来。大海由于涨潮而波涛起伏。斯卡文斯基站在平台的灯旁，从下面望上去，有如一个黑点。他竭力想集中他的思想，专注在他的新职位上，然而由于他心情过于兴奋，竟不能正常地思考问题了。他此时觉得自己有如一只被人追赶的野兽，现在终于在一座人迹罕至的悬岩或山洞里，找到了藏身之地，再也不会受追逐奔波之苦了。他终于得到了一个安静的时期。这种安全感使他满心喜悦，有一种难以言状的幸福。如今，他站在这个满是岩石的小岛上，想起过去的流浪漂泊，追忆往昔的不幸和失败，只是报之一笑。他真像一只船，狂风暴雨撕裂了它的风帆，折断了它的绳索、桨舵，把它从云端抛入海底。这只船被海浪拍打着，掀起了无数的浪花，但是它顶风破浪，奋勇前进，终于到达了港口。这种狂风暴雨的情景在他的脑海里迅速掠过，与他即将开始的安宁的生活适成强烈的对比。他的惊险生活经历有一部分已经对法康布里奇先生谈过了，但是还有成千上万次别的不幸遭遇，他却还没有提到。他的命运真是坎坷不幸。每当他支起帐篷，砌好炉灶，打算久居在那里，就有狂风袭来，把他帐篷的木柱吹倒，将他的炉火熄灭，使他受到莫大的痛苦。现在，他从塔顶的平台上望着那灯光闪烁的海波，不觉心潮澎湃，昔日的种种经历涌上心头。他曾经转战四方，在流浪期间，他曾经干过几乎各种工作。他勤劳俭朴，为人忠厚，曾不止一次地积攒起一笔钱，但是，无论他是怎样富于远见卓识，怎样谨慎小心，到头来，他的积蓄总是一文不剩。他曾在澳大利亚挖过金矿，在非洲找过钻石，还在东印度当过政府的雇佣兵。有一段时间，他曾在加利福尼亚经营过一座农场，干旱却使他破了产。他又曾在巴西内地经商，与土著部落进行贸易，不料，他的木排却在亚马孙河上被撞得粉碎，只剩下他一人，又手无寸铁，而且几乎是赤身裸体，在原始森林中流浪了几个星期，靠采集野菜为生，时时刻刻都有可能被猛兽吞噬。后来他又在阿肯色州的海伦城经营过一家铁厂，却在全城的大火中被焚为瓦砾。嗣后，他又在落基山中被印第安人抓去，幸而奇迹般地遇见了加拿大猎人，才被搭救了出来。再后来，他又在来往于巴希亚和波尔多之间的一条轮船上当水手，还在一条捕鲸船上当过鱼镖手，这两条船都被撞坏了，沉入了海底。他在哈瓦那开过一家雪茄烟厂，当他卧病在床的时候，他的合伙人将钱款卷逃一空。最后他来到了阿斯宾瓦尔——也许这里将成为他的全部失败的终结。难道在这样一座小小的石岛上，他还能遭到什么不幸吗？无论是水，是火，还是人，都无法妨碍他了。而且就人的这方面来说，斯卡文斯基并没有受到多大的迫害，因为他所遇到的好人总是比坏人多得多。

不过他觉得，宇宙间的四大元素——地、水、火、风，都在迫害他。凡是认识他的人都说他命运多舛，以此来解释他的失败，甚至连他自已也几乎变成偏执狂了。他相信有一只巨大而仇恨的手，在一切陆地上和水面上追逐着他。但是他并不愿意把这种感觉宣扬出去，只是有时别人问到他，这只手是谁的，他才神秘地指着北极星那边说："是从那个地方来的！"的确，像他这样遭受接连不断的失败，而且这些遭遇又是那样稀奇古怪，真是容易把人逼上绝路的，特别是对一个屡遭打击的人来说更是如此。不过，斯卡文斯基却有印第安人那种坚韧不屈的精神，还有一种极大的、镇静的反抗力量，这种力量来自他心灵的正直豪爽。以前他在匈牙利的时候，有一次，由于他不愿抓住别人为搭救他而抛给他的马镫，不愿向人屈服求饶，竟遭到了十多下剑刺。他也同样不肯向不幸低头，他就像是在攀登一座高山，有如蚂蚁一样奋斗不息，尽管他跌下了一百次，但他依然要进行一百零一次的攀爬。他真是一个特别的怪人。这位老军人不知经历过多少次战火的考验、贫穷的锻炼，还被人打得遍体鳞伤过，但他依然保持着一颗天真无邪的童心。当古巴流行瘟疫之际，他也染上了热病，那是因为他把自己所有的奎宁全部送给了别人，自己一颗也没有留下。

在他身上，还有一种令人叹服的卓越的品格：在他经受了那么多挫折之后，依然充满着希望，从不失望，相信一切都会好起来。在严冬，他依然是精神焕发，预言着未来的重大事件[①]，他非常耐心地等待着它们的发生。整个夏季都在这种期望中度过……然而冬天一个接一个地消逝了，斯卡文斯基等来的，只有头发越来越白。他终于老了，他的体力开始衰退了，他的坚忍性也渐渐转化为与世无争了。而过去的那种镇静，也变得多愁善感了。这个经历过无数次考验的战士，竟会变成一个无缘无故就落泪的人。此外，还有一种最令人担忧的思乡病时时向他袭来，只要他一遇到这样的情景，比如看见燕子，看见像麻雀一样的灰鸟，山上的白雪，或者听到类似他昔日听过的歌曲，都会使他触景生情，勾起他思恋故土的幽情。……到了最后，只有一种思想在支配他，那就是渴望休息，这种想法完全支配着老人，把他的其他愿望和思想都掩盖下去了。这位饱经风霜的流浪者，除了想得到一隅安宁之地，使他能够休憩，在此静待天年外，再也没有值得他去追求和更宝贵的东西了。也许正是因为他被奇怪的命运所驱使，逼得他浪迹天涯，连一刻喘息的机会都难以获得，所以他才认为人类最大的幸福莫过于不再流浪。

---

① 指波兰民族独立运动。

确确实实，像这样微不足道的幸福，他是应该得到的。但是，挫折已经成了他的家常便饭，于是他希望休息，就和普通人渴望得到一件难以获得的东西一样，因此，他对它简直不抱任何希望了。现在，在十二小时之内，他意外地得到了这样一个职位，而这个职位就像是专为他而设的一样。所以，毫不奇怪，当他晚上点燃灯塔之后，他就像喝醉了似的。他在问自己：这是真的吗？他竟不敢回答说：这是真的。这个老人一小时又一小时地站在灯塔平台上，这种现实本身就给他提供了毋庸置疑的证据。他凝视着，心里美滋滋的，终于相信这是真的了，他仿佛觉得，这是他生平第一次看见大海。阿斯宾瓦尔的钟声已经宣告午夜的来临，可是他依然不想离开那高高的平台，一直眺望着。大海在他脚下掀起阵阵波浪，灯上的透光镜把一道巨大的三角形亮光投射在漆黑的茫茫海面上。除此之外，老人的眼睛还投向那完全黑暗的、神秘而令人畏怯的远方，但那远处的黑暗仿佛在朝着光亮奔过来。长长的浪头接二连三地从黑暗中滚滚而来，咆哮着，一直扑向岛脚。这时候，可以看见泡沫四溅的浪脊在灯光中闪烁出玫瑰色的光彩，上下起伏。潮水越涨越高，把沙滩都淹没了。海洋那神秘的话语声清晰可闻，而且越来越大，越来越高，有时像大炮的轰鸣，有时像森林在呼啸，有时像远处的人声鼎沸，有时又是一片寂静。随后老人的耳朵里又听到了几声叹息，几声抽泣，接着便是一片令人胆战心惊的咆哮声。海风终于把浓雾吹散了，但却带来了许多破碎的乌云，又把月亮遮住了。西风越刮越烈，巨浪汹涌，冲击着灯塔下的石基，浪花直达灯塔的墙基。暴风雨正在远方大逞威风。在那黑暗的波涛翻滚的海面上，有几点绿色的灯光正在船桅杆上闪耀，这些绿色的光点忽上忽下地飘动着，忽左忽右地摆晃着。斯卡文斯基离开了塔顶，回到了自己的住房。

暴风雨开始怒吼了。那边，在塔外，轮船上的人们正在与黑夜、昏暗和浪涛搏斗；而这里，在他的住房里，却是这样安宁和寂静，甚至连暴风雨的怒吼声也无法穿透这厚实的墙壁，只有时钟单调的嘀嗒嘀嗒声，仿佛在给这位劳累疲乏的老人催眠，使他安然入睡。

二

一小时又一小时，一天又一天，一周又一周地过去了。水手们认为，每当海上波涛汹涌时，常常听到黑夜中有人呼唤他们的名字。如果茫茫大海都能这样呼唤，那么当一个人垂老的时候，也许会有另一种更加黑暗、更加神秘的混沌来呼唤他吧，尤其是当一个人被生活折磨得筋疲力尽的时候，就更会感到这种呼唤的亲切。但是为了要听清这种呼唤，就需要安静。此外，老年人大多喜欢离群索居，仿佛早就有了进入坟墓的预感似的。对于斯卡文斯基来说，灯塔就像是半座坟墓了。再也没有比灯塔上的生活更单调乏味的了。要是年轻人来担任这个工作，他们肯定待不了多久就会弃职逃走的，所以担任灯塔看守的一般都不是年轻人，而是那些心情忧郁、性格内向的人。如果他们之中有人偶尔离开灯塔，来到熙熙攘攘的人群中，就会总是踉踉跄跄，像个酣睡初醒的人。在平常的生活中，有许多细微的印象会使你去适应一切，但灯塔上却没有这种种细微的生活印象。灯塔看守所能接触的一切就是广袤无际的大海和蓝天，它们并无固定的形体，头上是浩浩长空，下面是淼淼海水。而处在这海天之间的只有那孤独的灵魂！在这种生活中，人的思维活动就是不断地沉思默想，而且什么也不能把这个灯塔看守从那种沉思中惊醒过来，甚至连他的工作也无济于事。今天和昨天完全相同，犹如珠串上的两颗珠子，也许只有天气的变化，才是唯一的不同。但是，斯卡文斯基却感到平生从未有过的幸福。东方发白他就起床，吃过早饭后，就去擦灯上的透光镜，然后，他就坐在平台上眺望无际的大海，他的眼睛好像对他前面的景色永远看不够似的。在这浩渺的蓝色的背景上，总是能看到一群群鼓满的风帆，在阳光中闪闪发光，强烈得使人睁不开眼。有时，有许多船只趁着所谓的贸易风，一只接一只地排着长长的纵列，鱼贯而行，有如一串串海鸥或信天翁。红色的浮筒在微波中徐徐摇荡，给船只指示出前进的道路。在这些船帆中间，每天午后，总有一阵阵像鸟羽一样的灰色烟雾袅袅升腾，这是一只载满旅客和货物的轮船，从纽约开往阿斯宾瓦尔，船过之处，掀起阵阵浪花，形成一条泡沫的大道。在平台的另一面，斯卡文斯基可以清晰地看见阿斯宾瓦尔全城和它那繁忙的港口。港口里，桅樯林立，挤满了大大小小的船只。稍远一些，城中的白色房屋和高高的塔楼清晰可见。从灯塔的顶台望去，那些房屋就像海鸥的窝巢，船舶像一只只甲虫，人们行走在铺着白石的大街上，就像是一个个移动的黑点。早晨，东风刮起，把嘈杂的人声送了过来，但轮船的汽笛声盖过了它们。中午是午休的时间，港口中的一切活动都停止了，海鸥躲进了岩穴，海浪减弱了，好像变得懒洋洋的。这时候，无论是陆上、海上，还是灯塔上，都是一片沉寂，没有任何的喧嚣。海水退潮后留下的黄沙滩发出耀眼的光亮，在这广阔的海水里，有如一个个金色的斑块。塔身伫立在蔚蓝的天空中，显得格外挺拔。太阳把一道道亮光从空中直泻在海面上、沙砾上和岩石上。这时候，一种甜蜜的困倦感侵袭着这位老人。他觉得，他现在享受的这种休息是再好也不过了，当他想到这种休息可以继续享受下去时，就感到心满意足、无所遗憾了。斯卡文斯基陶醉在自己的幸福中，而且一个人总是很容易满足于命运的好转。于是他渐渐地恢复了希望和信心。他心里在想，既然世上的人会为那些残废者建造房屋，难道上帝就不会收留他这个残废者吗？随着时间的消逝，他的这种信念更加坚定了。这位老人对于灯塔、灯、岩石、沙滩和孤独都已经渐渐习惯了。他也习惯了那些栖息于岩缝中的海鸥，每到傍晚，这些海鸥便飞集在塔顶上。斯卡文斯基将剩下的食物抛给它们，不久，它们便和老人处熟了。后来一遇到他给它们喂食时，就有一大群白翅膀在他周围飞来跳去，于是这位老人就在它们中间走来走去，宛如一个牧人在羊群中间走动一样。退潮之后，他便来到下面的沙滩上，去捡美味的牡蛎和漂亮的珍珠贝，它们都是退潮后留在沙滩上的。晚上，他借着月光或灯塔的灯光，下到海里去捕捉那些游到岩缝里来的无数的小鱼。到后来，他竟爱上了这些岩石和这座不长树木的小岛，岛上只生长着一些矮小的能分泌黏液的草丛。然而，远处的美丽景色弥补了小岛的荒瘠。在下午这段时间里，只要天气晴朗，万里无云，他就能看到林木茂盛的两洋之间，直到太平洋海岸的整个地峡的全景。在这种时候，斯卡文斯基就会觉得自己好像看到了一座巨大的公园。成片的椰树、高大的芭蕉，组成了一个个无比绮丽的花束，点缀着阿斯宾瓦尔的房前屋后。再过去，在阿斯宾瓦尔和巴拿马之间，是一片广袤的森林，每天早晨和傍晚，都有一股股海红色的雾气在它上面腾起。这是一座真正的热带林，森林下面是一洼洼死水，上面缠满了藤蔓，还有巨大的兰花、棕榈、乳汁树、铁树、橡胶树夹杂其中，发出一阵阵林涛声。

借助于望远镜，斯卡文斯基不仅能看见那些树木和宽阔的香蕉树叶，甚至还能看见一群群猕猴和高大的秃鹳，以及无数的鹦鹉，它们时时飞翔在森林上空，仿佛是缤纷的彩虹在飞舞。斯卡文斯基十分清楚这样的森林，因为他的木排在亚马孙河上被撞碎之后，曾在类似的原始森林和荒原中流浪了好几个星期。他知道，在这外观绮丽而又令人赏心悦目的森林里面却隐伏着种种危险和死亡。他度过的那些夜晚，就曾听到过附近有猿猴的哀叫，美洲豹的吼声，他还看见过蟒蛇像巨藤似的缠绕在树上，他还知道，在这些睡梦般的林中湖泊里，到处都是电鱼和鳄鱼。他也十分清楚，在这些人迹罕至的荒原里，一个人的生活是多么艰险，那里的一片树叶也要比人大十倍，这种地方又是吸血的蚊蚋、水蛭和巨大的毒蜘蛛遍布成灾的场所。他亲自体验过这一切，亲自看见过这一切，也受过这一切的折磨。现在他从高处望着那些荒原，观赏它们的美丽，而自己又不再受到它们的侵害，就觉得无比欣喜了。他的灯塔使他免遭一切灾难。唯有星期天早上，他才离开小岛。这时候，他穿上带银纽扣的蓝制服，胸前挂上他的十字勋章。当他走进教堂时，他听到那里的克里奥尔人都在悄悄议论："我们有了一个正派的灯塔看守了，虽然他是个美国佬，却不是新教徒①！"老人听到这些话，便昂起了他那乳白色的头，显得有些自豪。一做完弥撒，他就立刻返回他的小岛去，而且心里很是高兴，因为他对大陆有一种不信任感。每逢星期天，他都要读读从城里买来的西班牙文报纸，或者看从法康布里奇先生那里借来的《纽约先驱报》，他急于在这些报纸上找出有关欧洲的新闻。这真是一颗可怜的老人的心！他虽然身居灯塔中，住在地球的另一面，但他依然心向祖国。有时候，每当给他送来食物和淡水的小船到来时，他便走下塔来，和港警约翰逊谈谈话。但是

① 这里指斯卡文斯基是个正统的基督教徒。

后来，他显然变得更加孤僻了。他不再进城去了，也不再阅读报纸，不再下塔来和约翰逊聊政治问题了。这样过了好几个星期，没有人看到过他，他也不再看见别人。唯有两件事情表示老人还活着：一是每天放在岸上的食物都被收走了，二是灯塔依旧有规律地每晚按时亮起来，正如每天早晨太阳从大海的另一端升起来一样准确无误。显然，这位老人对世事已经淡漠了，但这并不是由于他思念故土，甚至连他的怀乡之情也已淡薄了。对于斯卡文斯基来说，这个小岛就是他生死与共的整个世界了。他已经习惯于这样的想法：他到死也不会离开这个小岛、这座灯塔了。而且他简直想不起来，除此之外，世界上还有什么别的东西了。此外，他还成了一个神秘主义者。他那双温柔的蓝眼睛开始变得像小孩的眼睛一样，老是睁得大大的，像是盯住某一点呆看似的。由于长期的离群索居，面对的又是非常单调而又伟大的景色，这位老人已经失去了自我的独特感觉，他已经不是作为一个个体而存在，而是渐渐与周围的海天融为一体了。他对这一点并没有清楚地认识，只是一种无意识的感觉而已，以至于到了最后，他觉得天空、海水、岩石、灯塔、金黄色沙滩、鼓满风的船帆、海鸥、退潮和涨潮，全都化成了一个巨大的整体，成为一个巨大的神秘的灵魂；而他自己也陷入这个神秘之中，感应到了在他周围活动和生息的那个灵魂。他沉浸其中，因为它们陶醉，终于忘记了自身的存在。而他在这种自我限制中，在这种独特的生活中，在这种半醒半睡的状态里，却得到了一种伟大得几乎像半死那样的休息。

三

然而惊醒的时刻来到了。

有一天，小船送来了淡水和食物。过了一小时，斯卡文斯基才从塔上走了下来。除了平时照例送来的东西外，他看见多了一个包裹。包裹上面贴着美国邮票，帆布包皮上写着“斯卡文斯基先生收”。满腹狐疑的老人打开了包裹，见是一包书，他拿起了一本，看了一眼，立即又放回去了，他的双手抖动得很厉害。他蒙起了双眼，仿佛不敢相信似的，他觉得他是在做梦——这竟是一本波兰文的书。这是什么意思呢？！是谁寄给他的呢？刚一开始，他显然是忘记了，当他刚担任灯塔看守的时候，有一次他在从领事那里借来的《纽约先驱报》上读到了纽约成立波兰协会的消息，他立即给协会汇去了他半个月的工资，因为他在塔上的花费很少。波兰协会为了感谢他的捐助，便寄来了这包书，所以这包书来得很自然，但是老人一下子没有想起来。在阿斯宾瓦尔，在他的灯塔上，当他孑然一身、孤独寂寞之时，却得到了一包波兰文的书，对他说来真是一件非凡的事情，是一种从过去传来的声音，是一个奇迹。现在他觉得自己也像那些在黑夜中的水手一样，仿佛听到了有人用一种非常亲切的、他几乎忘记了的声音在呼唤他的姓名。他双目紧闭地坐了一会儿，他甚至觉得只要眼睛一睁开，梦境就会消失。不！被打开的包裹清清楚楚地呈现在他的眼前，午后的阳光照射在它的上面，其中的一本已经打开了。当老人伸出手去想把它拿起来的时候，在周围一片寂静之中，他听见了自己的心跳。他朝它望了过去，这是一部长诗，封面上用大字母印着书名，下面是作者的姓名[①]。斯卡文斯基对于这个名字并不感到陌生，知道他是个伟大的诗人，一八三〇年以后他曾在巴黎读过他的作品。后来当他转战阿尔及尔和西班牙时，他曾从本国同胞那里听到过这位大诗人越来越高的声誉，不过那时候，他正热衷于戎马生活，无暇去阅读书籍。一八四九年，他来到美国，过着冒险流浪的生活，几乎见不到一个波兰人，更无法读到波兰文书籍了。因此，他怀着一颗无比激动和剧烈跳动的心翻开了扉页。此刻，他觉得在这个孤岛上就要发生某种庄严的事情似的。而此刻也确实是寂静肃穆。阿斯宾瓦尔的钟声，已经宣告下午五时的来临。万里晴空，没有一丝云彩，只有几只海鸥在蔚蓝的天空中翱翔。大海在轻轻地摇荡。岸边的波浪仿佛在絮絮细语，轻柔地抚摸着沙滩。远处，阿斯宾瓦尔的白色房屋和婀娜多姿的棕榈树丛仿佛在微笑。这时候，这里的确有一种庄严肃穆的气氛。突然间，在这大自然的静穆中传来了老人颤抖的声音，他大声地朗读起来，仿佛为了使自己能更好地理解：

立陶宛，
我的故乡，
你正如健康一样！
只有失去你的人，
才知道应该怎样来珍惜你，
今天，
我看见并描写你的无比美丽的姿容，

① 指波兰伟大诗人亚当·密茨凯维奇。文中的长诗是《塔杜施先生》。

因为我非常想念你！

斯卡文斯基读到这里，再也读不下去了，字母仿佛在他的眼前跳动着，好像有什么东西在他心里翻腾，如同海浪那样越来越往上涌，堵住了他的喉咙，使他读不出声来。……过了一会儿，他强自镇静下来，又继续读了起来：

圣母啊！
你保护着光明的钦斯托霍瓦，①
你照耀在尖门②之上，
你庇佑着诺伏格罗德克③城堡和它忠诚可靠的人民。
我在孩提的时候，
你奇迹般地恢复了我的健康，那时候，
我悲痛欲绝的母亲把我献给你，
请你保佑，
我抬起了毫无生气的眼睑，
立刻就走到了你的圣坛前，
感谢天主使我得到了第二次生命！
现在请你再现奇迹，
让我们回到祖国的怀抱！
……

---

① 钦斯托霍瓦的明山有一座大教堂，里面的圣母像很有名。
② 尖门在立陶宛的维尔诺城。
③ 诺伏格罗德克是诗人密茨凯维奇的出生地。

读到这里，他心潮澎湃，热血沸腾，再也克制不住自己了。老人号啕大哭起来，扑倒在地上。他那银白色的头发和海边的细沙混合在一起了。他离开自己的祖国已经四十年了，没有听到祖国的语言也不知道有多少年了，然而现在这种语言却亲自找到了他。它远涉重洋，来到了地球的另一半，造访他这个孤寂的老人，他觉得它是那么亲切，那么珍贵，那么优美！在老人的哭声里，没有丝毫的悲痛，只不过是一种突然萌发的无限的爱，与这种爱比起来，其他的一切都是毫无意义的了……所以，他要用这号啕大哭来恳求亲爱的祖国给他以宽恕，宽恕他对祖国的感情淡薄了。因为他是这样苍老，又沉醉在这个孤寂的岩岛上，竟使他对祖国的怀念之情也开始消失了。然而现在，它又奇迹般地回到了他的身边，他怎能不激动万分呢！时间一刻又一刻地过去了，可是他还躺在那里。海鸥在灯塔上空盘旋，大声地哇哇叫着，仿佛在为自己的老朋友感到不安似的。该是他给它们喂食的时候了，所以有几只海鸥从塔上飞了下来，落到了他的身边。后来飞来的海鸥越来越多，开始轻轻地啄他，用翅膀拍打他的头。翅膀的声音把他吵醒了。他哭够了之后，才觉得心情平静了，他精神奕奕，眼睛也大放光彩。他情不自禁地把全部食物都抛给了海鸟，海鸟便哇哇地叫起来，争抢着食物。他自己又拿起那本书来。夕阳已经沉落在花园和巴拿马原始森林的后面了，正在慢慢地降落在大陆之外的另一座海洋上，但是大西洋上依然是余晖四射，室外也非常明亮，于是他又念了起来：

现在你把我那颗思念之心

带到山林、带到绿色草原中……

现在，转瞬即逝的暮色来临了，模糊了白纸上的黑字，老人把头枕在岩石上，闭起了双眼。这时候，那保护着“光明的钦斯托霍瓦”的圣母，已经把他的灵魂带到了那些被谷物装扮得五彩缤纷的田野上，天空中还有一道道很长的金色和红色的晚霞在照射着。而他则沿着这条金光大道，回到了自己挚爱的祖国，他的耳边回响着祖国的松涛，听见故乡的河流在絮絮细语。他看到，一切都和过去一样，它们都来问他：“你还记得吗？”他当然记得！他还看到了广袤的田地，未开垦的原野、草原、森林和村庄。现在已是黑夜了！平时在这时候，他的灯塔早已照亮了漆黑的海面，但是此时他却在故乡的村子里。他那苍老的头俯在胸前，正在做着甜蜜的梦。一幅幅景色，虽然有些杂乱，都在他的眼前急速掠过。他没有看见他的故居，因为它已被战争夷为平地了，也没有看见他的父母，因为在他还是孩提的时候，他们就去世了。但是村里的景象，却依然如故，仿佛他是昨天才离开似的：一排排茅屋的窗户都透着亮光，土堆、磨房，两个相对的池塘和彻夜不停的蛙鸣声。还是在很久以前，他曾在自己的村里放过整夜的哨，现在，那早已成为过去的景象又突然历历在目地出现在他的眼前。他又成了一个枪骑兵，又在那里站岗放哨。远处是一家小酒店，灯火辉煌，在万籁俱寂的黑夜里，酒店里又是唱，又是闹，又是跳，还有小提琴和四弦琴的奏鸣声，以及“呜哈！呜哈”的叫喊声。那些枪骑兵都策马飞驰而去，马蹄在石地上迸发出阵阵火星，只有他独自一个骑马站在那里，觉得无聊透了；时间过得真慢，灯火终于熄灭了。现在放眼望去，尽是一片浓雾，茫茫无际的浓雾，很显然这是草原上升起的热气，随后它有如一片白云，把整个草原都笼罩住了。你也许会说，这真是一座海洋，但它不过是草原。不久之后，你就会听到秧鸡在黑暗中的咯咯叫声，而白鹭也在芦苇丛中大声啼叫。夜色宁静而寒冷，这是个真正的波兰之夜。远处，森林无风而沙沙自响，有如海上的波涛声。过了不久，东方开始发白了，预示着黎明的临近，而公鸡也在院墙里啼叫起来，一家一家地应和着。天上也有了鸣叫的飞雁。他顿时感到精神焕发，心情舒畅。他听到了那边有人在谈论明天的战争。嗨！他一定要去参加的，他要像别的战士一样高举战旗，呐喊着，冲杀上去。尽管夜间的寒气把他冻得凉飕飕的，青年的热血，却像战鼓一样在擂响。天亮了，天亮了！夜色已淡白下去。森林、灌木、农舍、磨房和白杨树，都已经在黑暗中清晰可辨了。井上的辘轳在吱吱地响着，就像灯塔上的铁皮旗幡的响声一样。啊！这是多么可爱的国土啊，它在鲜红的朝霞中又是多么美丽啊！啊！这唯一的国土，这心爱的国土！

安静点！这警觉的哨兵听见有人在朝这边走来。一定是来换哨的。

突然间，有人在斯卡文斯基的头上大声叫道：

“嘿，老家伙，快起来！你怎么啦?”

老人睁开了眼睛，惊讶地望着站在他面前的那个人。残余的梦景还留在他的脑海里，正与现实进行着斗争。这些梦景终于渐渐淡化而消失了。站在他面前的是港警约翰逊。

“你怎么啦？是病了吗?”约翰逊问道。

“没有!”

“你没有点灯。你已被撤职了。一只从圣格罗摩来的船触礁沉没了，幸亏没有淹死人，否则你就要受到法律的制裁。现在你快跟我走，别的事情，你到了领事馆就会知道的!”

老人的脸煞白了，这天夜里他确实没有点灯。

几天之后，人们看见斯卡文斯基坐上了一条从阿斯宾瓦尔开往纽约的轮船。这个可怜的老人已经失去了工作。展现在他前面的又是新的流浪的旅程。风又把这片树叶吹落了，又让它在人世间飘零，又要随心所欲地去折腾它了。就这么几天，老人的精神大减，腰背也弯曲了，只有一双眼睛还炯炯发亮。当他走上新的生命旅程时，他怀里揣着一本书，时时用手去捂紧它，仿佛生怕它也会离开他而消失不见似的……

酋长

安特洛普小镇坐落在得克萨斯州的安特洛普河的河边上。这天，凡是能行走的人都急急忙忙地赶去看马戏团的演出。他们之所以表现出如此强烈的兴趣，是因为这个城镇打从它建立以来，一个拥有舞女、歌手和走绳索的马戏团前来这里演出还是第一次。这是座新建的城镇。十五年前，这里不但连一座房子都没有，就是这方圆几十里的地区也见不到一个白种人。不过，在这条河的河汊口上，也就是现在安特洛普镇所在的同一个地方，原先有一个叫恰瓦达的印第安人的村寨，这个村寨成了黑蛇族人的首府。黑蛇族的印第安人那时简直成了那些住在附近的，从柏林、格龙德纳和哈尔莫尼亚来的德国移民的眼中钉、肉中刺，使得这些移民再也无法忍受下去。的确，这些印第安人不过是为了保卫自己的“领土”而斗争。那是得克萨斯州政府曾以非常庄重的条约给予他们以永久权的。但是这些从柏林、格龙德纳和哈尔莫尼亚来的德国移民，根本不把这条约放在眼里。毫无疑问，他们虽然要夺走黑蛇族人的土地、水和空气，但也会给这一地区带来文明。当然，那些红皮肤的人也用自己的方式对他们表示了感激——那就是剥去这些德国人的头皮。这种状况是不能长此下去的。于是这些从柏林、格龙德纳和哈尔莫尼亚来的移民纠集了四百多人，还邀请了拉奥拉的墨西哥人前来助阵，便在一个月色皓洁的晚上，袭击了正在睡梦中的恰瓦达村寨。恰瓦达村寨被烧成了灰烬，寨里的居民，不分男女老幼，统统被斩尽杀绝。只有一小队战士因为当时正好在外面打猎，才幸免于难。留在村寨里的人一个也没有剩下，主要是因为这个村寨坐落在河汊口上，又适逢春季，洪水泛滥，无法渡过的洪水便把整个村寨都围住了。但就是这同一个河汊口，使印第安人遭到毁灭，却给德国人带来了好处。要从这河汊口逃走固然困难，却易于防守。基于这种考虑，就有许多从柏林、格龙德纳和哈尔莫尼亚来的移民立即迁移到了这河汊口上。转眼之间，在这块荒蛮的恰瓦达的废墟上，便出现了一座文明的城镇安特洛普。五年当中，它拥有的居民已达两千人。

到了第六年，由于河汊对岸发现了水银矿，它的开采又使人口增加了一倍。第七年他们根据"私刑法"，在城里的广场上公开绞死了黑蛇族剩下的十九个战士，这些人都是在不远的"死人森林"中被抓获的。从此以后，就再也没有什么人来妨碍安特洛普的发展了。城里出版两种日报和一种《星期一评论》。还在龙舌街上建起了三所学校，其中一所是高级中学。在绞死最后一批黑蛇族战士的那个广场上，建起了一座慈善院。每逢星期天，神父们都要在教堂里教导其教徒热爱自己的乡邻，尊重别人的财产，以及文明社会所具有的种种美德。还有一位旅行演说家甚至在市政大厅里做过一次"论各民族权利"的报告。

那些有钱的居民都在谈论建立一所大学的必要性，为此，他们要求州政府给予资助。市民们财运亨通，水银、柠檬、大麦和葡萄酒的交易使他们大发其财。他们都是些正直诚实、遵纪守法、勤劳节俭和有条不紊的人，而且个个都长得身宽体胖。若是谁在最近几年里前来访问这个一万多人口的安特洛普镇，他绝不能认出这些当地的富商十五年前竟是烧毁恰瓦达村寨的惨无人道的战士。白天，他们在商店、工厂、办公室里度过，晚上就泡在响尾蛇街上的那家名叫"金色阳光下"的啤酒店里。当你听到这些用缓慢的喉音唱着

“祝你胃口好”，或者用冷漠的声调唱起“啊！莫勒先生，这是可能的吗”；当你听到这些觥筹交错的声音、啤酒的冒泡声和啤酒溢出流到地上的哗啦声；当你看到这里是那样平静、那样秩序井然；当你看到那些市侩的油光光的脸孔和一双双鼓起来的眼睛，你就会以为你置身于柏林或慕尼黑的啤酒屋里，而绝不会想到是在恰瓦达的废墟上。不过现在这座城镇已是非常舒适，再也没有人会想起那个废墟了。这天晚上，所有居民都急于赶去看马戏团的表演，一是因为在辛苦的工作之后，娱乐便成了必需而又令人愉快的事情，二是市民们为马戏团的到来而感到自豪。众所周知，马戏团是不到小城镇去演出的，所以，冯·M. 德安马戏团的到来，就无可辩驳地证明了安特洛普的伟大和重要性。此外，还有第三个原因，也许这是激起大家好奇心的最重要的原因。

节目单上的第二个节目是这样说的：走钢丝，高度离地面十五尺，有音乐伴奏。表演者：著名特技表演家红鹫，黑蛇族的酋长，他既是黑蛇族之末代酋长，也是此部族的最后一人。表演动作：一、行走；二、安特洛普式腾跳；三、死神之歌与死神之舞。

如果这个“酋长”能在什么地方激起人们最大的兴趣，那就只有安特洛普了。冯·M. 德安在“金色阳光下”啤酒店里讲起了十五年前，他在前往桑达费的途中，于托纳多平原上遇见了一个奄奄一息的印第安老人，带着一个十岁的男孩，这老人确实是由于受伤和衰竭而死的。他在临死前曾说过，这个年幼的孩子是被杀死的黑蛇族酋长的儿子，也就是黑蛇族酋长的继位者。

马戏团抚养了这个孤儿。德安先生是在“金色阳光下”啤酒店里才知道安特洛普就是昔日的恰瓦达，而这位著名的杂技演员就将在他祖先的墓地上演出。这一消息使这个马戏团的经理心花怒放，因为他认为，只要能巧妙地加以利用，必然会产生轰动全城的效果。所以，不难理解，安特洛普的这些庸人市侩匆匆赶去马戏团，就是为了让他们从德国输入来的妻子儿女去看看黑蛇族的最后一个人——他们的妻子儿女有生以来从未见过印第安人——而且还可对他们说："你们看，十五年前我们就是把这样的人杀得寸草不留的！"于是市侩们就能从这些阿马尔钦和小弗利茨的嘴里听到惊讶的钦佩声"啊，天呀"，而感到得意洋洋了。全城也在不断地叫喊着："酋长！酋长！"

从早晨开始，孩子们就以好奇而又胆怯的神情，从板壁缝中朝场里窥视。那些年龄稍大一些的孩子被战士精神所鼓舞，在学校放学回家的路上，都排成整齐的队伍，迈着雄壮的步伐朝家里走去。为什么要这样做，连他们自己也不清楚。时值晚上八点钟。这是个美好的夜晚，天气晴朗，满天繁星。从城郊吹来的阵阵微风带来了柠檬树林的芬芳，到了城里就和酒气混合在一起了。马戏团里灯火辉煌。大门前插着燃烧的大松枝火炬，发出阵阵黑烟。阵风把烟雾和明亮的火光吹得摇曳不停。火光把这座建筑物的黑暗轮廓都照得通亮。演出场地是一座新建的圆形木板棚，尖屋顶，顶上飘扬着美国的星条旗。大门外聚集着一群没有买到票或是没有钱买票的人，他们都在观看马戏团的那些大车，而且更爱看入口处的那副布帘子，布帘上画着白种人和红皮肤印第安人的交战场面。每当布帘被掀开的时候，就能看见里面被灯光照亮的酒吧，桌子上摆放着几百只玻璃杯。后来他们把布帘完全拉开了，人群便蜂拥而入，于是座位之间的空道上便响起了人们的脚步声。不久，这黑黝黝的人流就把所有从上到下的空隙都塞满了。马戏场里照亮得如同白昼，尽管他们还没有装上煤气灯，但却有一盏用五十根灯头点燃的大吊灯，把缕缕灯光射在舞台和观众身上。在灯光映照下，可以看见那些啤酒迷的肥头大耳往后仰着，这能让他们的下巴更舒服一些，还能够看清女人们年轻的脸孔和孩子们美丽而又惊喜的面容，这些孩子惊奇得连眼睛几乎都要突出来了，而且所有的观众都露出了好奇、自满而又傻乎乎的表情。在嘈杂的谈话声中，常常能听到“新鲜水”“新鲜啤酒”的叫卖声。大家都在焦急地等待着演出的开始。终于响起了铃声，出现了六个穿高筒皮靴的马夫，分成两排站立在从马厩到表演场地的通道里，一匹狂暴的马从两排人中间冲了出来，既无座鞍，又无笼头，马上面飘动着一缕薄纱和彩带。那是舞女丽娜，在音乐的伴奏下开始了表演。丽娜是那样美丽，龙舌街上那个啤酒商的女儿，年轻的马蒂尔德，一看到她便惶恐不安起来，转身朝着同一条街上开杂货铺的青年弗罗斯的耳边，悄悄问他：“你还爱不爱我?”这时候，马在狂奔，像火车头那样喷着气。鞭子在挥舞。好几个小丑跟在舞女后面，叫喊着，拍打着自己的脸颊。舞女像闪电一样消失不见了，随即响起了暴风雨般的掌声。多么精彩的表演啊！但是第一个节目很快就过去了，接着是第二个节目，观众的嘴里都在不停地叫着：“酋长！酋长！”现在谁也不去注意那几个还在拍打着自己脸颊的小丑。小丑们还在像猴子似的表演杂耍的时候，马夫们便搬来了十几尺高的木架子，摆放在表演场地的两边。乐队停止了《扬基歌》的演奏，而改奏歌剧《唐璜》中那支悲怆的将军咏叹调。马夫们在两个木架中间架起了绳索。突然，一片红色的火光从入口处照射进来，把整个演出场地蒙上了一片血光。于是那个可怕的“酋长”，最后一个黑蛇族人，便在这血光中出现了。这是怎么回事呀？……出来的并不是那个酋长，而是马戏团的团长德安。他向观众鞠了一躬便开始说了起来。他很荣幸地请求各位可亲可敬的绅士，以及美丽而又同样可敬的女士们，要保持特别的安静。不要鼓掌喝彩，要绝对平静，因为今天酋长的心情非常烦躁，比平常更野蛮！这些话给观众留下了深刻的印象，而且事情也真是怪得很。就是这些在十五年前铲除恰瓦达村寨的安特洛普的高贵市民，如今却产生了一种不愉快的感觉。不一会儿，当丽娜在马上完成翻跳动作时，他们还庆幸自己坐得那样近，就在栏杆的后面，可以看得清清楚楚。现在却以一种羡煞的心情来看待那些后面高排上的座位了，而且与一般物理的规律相反，他们感到坐的位置越低，越是气闷。

不过，那个酋长还记得这一切吗？他可是从小就在德安的马戏团里长大成人的，而这个马戏团里大多是德国人。也许他还没有忘记那一切吧？！不过看起来不可能。他所处的环境和十五年的马戏团生活，他的艺术表演，他所获得的掌声，都不能不对他产生影响。

恰瓦达呀，恰瓦达！然而他们，这些德国人，现在也不是处在自己的国土上，他们远离祖国，除了商业事务所需要的外，也不再更多地去想它了。最重要的是吃喝问题。对于这个真理，不仅每个生意人都应牢记心上，就是黑蛇族的这个末代酋长也得铭记不忘。

这些联想突然被马厩里的一声粗野的唿哨打断了。马戏场上终于出现了观众焦急期盼的那个酋长。观众中间响起了一阵短促的低语声："就是他！就是他！"接着便安静下来了，只能听见门口一直在燃烧的松枝火把的响声。所有的目光都集中在这个酋长的身上，他今天要在祖先的坟地上表演特技。这个印第安人的确是值得看看的。他神气得像傲慢的国王，一件银鼠的大氅——那是酋长身份的标志——把他高大的身躯都遮住了，他野蛮得使人想起一只未经驯养的美洲虎，他的脸像是由青铜铸出来似的，有一颗老鹰似的头颅。他有一双地地道道的印第安人的眼睛：镇定、冷漠而又凶相毕露，闪现出一种冷峻的目光。他用眼睛朝观众巡视了一番，像是在搜索某个牺牲品。此外，他浑身上下都被武装了起来，鸟羽毛在他头上摇晃着，腰上挂着一把板斧和一把剥头皮用的尖刀。不过他手里拿着的不是一把硬弓，而是一根走钢丝时用来保持平衡的木棍。他站在场地中心，突然发出一声黑蛇族的战斗呼号："老天爷！"那些曾屠杀过恰瓦达村寨的人都清楚地记得这可怕的呼叫声，而且更令人奇怪的是，这些在十五年前面对成千上万这样的战士都毫无惧色的人，如今却在这唯一的战士面前冒冷汗了。不过，幸好马戏团的团长这时走近了那个酋长，对他说了些什么，像是在规劝他，让他冷静下来。这野兽像是受到了约束，劝说产生了效果。因为过了一会儿，酋长便在钢丝上摆动了。他眼睛盯着那盏大煤油灯，开始向前走动。钢丝弯得很厉害，有时甚至看不清楚。这时候，这个印第安人看起来就像是悬挂在空中似的。他像是在登高似的前进着。随后他退几步又向前走去，以保持平衡。他伸开两只被银鼠大氅遮住的臂膀，看起来俨然像两只大翅膀。他摇摇晃晃的，他要掉下来了！……但是他并没有掉下来。于是响起了一阵暴风雨般的掌声，随即又沉寂下来了。酋长的脸色显得更加冷峻凶狠，他那双注视着煤油灯的眼睛露出一种吓人的目光，场里的观众惶恐不安，但是谁也不敢打破这种寂静。这时候，酋长已经走到钢丝的另一端，他站住了，出人意料地唱起了一支战歌。

真是令人感到惊讶，这酋长是在用德语唱歌。不过，这是不难解释的，他一定早已忘记了黑蛇族的语言了，而且当时谁也没有注意到这点。所有观众都在听他唱歌。他的歌声越来越高亢、越来越雄壮。他一半是在唱，一半是在呼号，显得无比悲伤、粗犷和嘶哑，包含着杀伐的意味。

他们听到了下面的这段歌词："在每年的暴雨之后，五百名战士从恰瓦达出发，有的走上征途，有的参加春季大狩猎。作战回来的人都带回了头皮，打猎回来的人带回的是兽肉和野牛皮。他们的妻子都非常高兴地迎接他们。于是他们翩翩起舞，向伟大的神灵表示礼赞。

"恰瓦达是幸福的！妇女们在棚屋里劳作，孩子长大成美丽的姑娘和英勇的战士。战士们战死在光荣的战场上，到雪山去和祖先的鬼魂一道狩猎。他们的斧头从来不染指妇女和儿童的鲜血，因为恰瓦达的战士都是品德高尚的人！恰瓦达是强大的，但是从远洋来的白种人却放火烧毁了恰瓦达。白人战士不是在战斗中去打败黑蛇族，而是像胡狼那样进行深夜偷袭。把刀子刺进了正在熟睡的男女老幼的胸膛。

"恰瓦达就这样不复存在了，因为在它原来的位置上，白人建起了他们的石房子，被屠杀的部落和被毁灭的恰瓦达正在呼喊着复仇！"

酋长的声音更加嘶哑了。现在他在钢丝上摆动着，看起来俨然像一个复仇的天使长，高高地飞翔在人们的头上。很显然，就连马戏团的团长都觉得害怕了。马戏场里是死一般的寂静。酋长又继续呼号起来：

"整个部落只剩下一个孩子，那时他又小又弱。但是他曾向大地的精灵发过誓：要报仇雪耻！他要看到白人男女老幼的尸体！他要看到火与血！"最后这句话变成了愤怒的咆哮。整个马戏场里顿时响起了一片悄悄的议论声，成千个得不到回答的问题出现在人们的脑海里：这只疯狂的老虎要干什么？他的警告是什么？他会怎样去报仇雪恨？就他一个人吗？是留下还是赶紧逃走？要不要保卫自己？又怎样来保卫呢？Was ist das？ Was ist das？[1]响起了女人们的惊恐的声音。

突然间，从这个酋长的胸中爆发出一声不像人类的吼叫。他剧烈地晃动了几下，便跳到了木架子上，正好站在煤油吊灯下，高高地举起他的木棍。一个可怕的思想像闪电般掠过大家的脑际：他要打下吊灯，让燃烧的煤油流遍整个马戏场。从观众的胸中正要迸发出一声喊叫。可是怎么回事啊，场地上有人在喊："站住！站住！"原来是酋长不见了。他一跳下来便消失在通道里。他会不会放火烧毁这座马戏场呢？他到哪儿去了？啊！他又出来了，回到了场地中央。他气喘吁吁，精疲力竭，而又令人害怕。他手里拿着一个白铁盘子，朝观众伸了过去，用恳求的口气说道：诸位观众，高兴赏赐几个给最后一个黑蛇族人吧！……沉重的石头终于从观众的心上落了下来。殊不知这一切都是在节目的安排之中，是马戏团团长耍的一套诡计，是为了追求效果。半元和一元的美元像雨点一般丢了过来。对于黑蛇族剩下的最后一人，而且又是在安特洛普镇、在恰瓦达的废墟上，谁还会拒绝不给呢？人总是有良心的啊！

演出之后，酋长便来到"金色阳光下"啤酒店喝啤酒和吃甜饺子。生活环境显然已对他潜移默化了。他在安特洛普受到了极大的欢迎，尤其是女人们的欢迎，甚至还流传着他的许多桃色新闻呢……

---

① 德语，怎么回事？怎么回事？

第三个女人

一

我和希维亚特茨基共同居住和画画的那间画室，是没有付房租的，一来是因为我们两人总共只有五个卢布，二来我们对付房租一直是深恶痛绝的。

人们把我们画家叫作败家子。我宁愿把钱喝光，也不愿交给房东。

说到我们的那个房东，人倒不是个坏人，况且我们是有办法来应付他的。

一般他是一大早就来催房租。希维亚特茨基睡在一块铺在地板上的草垫上，上面盖着一条我们画肖像画时用来做背景的土耳其衬布，一见房东来了，他就半抬起身子，用一种像是从坟墓里发出的声音说道：

“见到先生您，真使我高兴，因为我夜里做了一个梦，梦见您死啦。”

房东是个非常迷信的人，而且怕死怕得要命。一听到这话，他就惊恐不安起来。希维亚特茨基立即躺在垫子上，两脚伸直，双手交叉摆放在胸膛上，继续说道：

“我看见您就像我现在这样笔直地躺着，您那长长的手指上戴着一副白手套，脚上穿着一双抛光的皮鞋。除此之外，您的变化不大。”

这时候，我就会加上这么一句：

“这样的梦有时候是非常灵验的！”

我觉得，正是这“有时候”把房东气得火冒三丈。结果是，他怒气冲冲地把门砰的一声关上，我们就听到他像疯子似的，一步跨四级阶梯奔下楼去了。不过，这个老实人也绝不会去叫法警来。

因为他很清楚，这样做是得不到什么好处的。当然，他无疑也想过，把这间画室连同厨房一并租给别的画家。就算他这样做了，也不见得比现在好，甚至还要更糟糕。

不过，我们的那一套把戏后来渐渐不灵了。房东对于死的梦已经听惯了。于是希维亚特茨基决定画三幅像乌茨那样的画，分别题为“死亡”“葬礼”和“大梦初醒”。很自然，我们的房东便成了这三幅画的主人公了。

画这种以死亡为主题的油画，是希维亚特茨基的特长。照他自己的说法，他把他画的死尸画称之为“大尸体”“小尸体”和“中不溜儿的尸体”。也许正是这个原因，从来也没有人来买他的画，尽管他很有才华。他把两幅这种“死尸画”送到巴黎当代绘画展览会上去展出，我也把我的那幅《维斯瓦河畔的犹太人》送去展出了。这幅油画在列入作品目录册时，题目被改成了《巴比伦河边的犹太人》，我们两个都怀着焦急的心情等待着评委会的评判结果。

当然，希维亚特茨基预先就料到，绝不会有什么好结果的，他认为：“评选委员会都是由道道地地的白痴组成的，如果不是由白痴组成的话，那我自己就是个白痴了，我们的画也是稀里糊涂画的，如果它们得奖了，那就等于让白痴达到他的顶峰了。”

在我们两人同住的两年中间，这个猢狲给我带来了多少烦恼，真是难以描述。

希维亚特茨基的最大愿望就是要叫别人相信，他是个神经不正常的人，是个丧失了道德的“活尸”。他常常装扮成酒鬼，其实他远远不是那样的人。他会斟上一两杯白酒，看看是不是有人在注意他喝酒，如果他觉得没有人注意他时，他就会用胳膊时碰碰我们之中的某个人，皱着眉头望着他，用一种从地底下发出来的声调问道：

“真的，我已经够堕落的了！是不是？是这样吧？！”

我们会立即回答说，他是个大傻瓜。这时候他就会暴跳起来，再没有比我们对他的堕落表示不相信更使他愤恨的了。不过，话又说回来，他本质上是个不错的小伙子。

有一次，我们在策尔海边的萨尔兹卡梅古山上迷了路。

由于夜幕降临了，又有摔断脖子的危险，希维亚特茨基便对我说道：

“听着，符瓦德克，你比我才华大，若是你摔死了，损失就更大了。我走在前头探路，如果我摔下去了，你就坐在原地不动，一直坐到天亮，到了早晨，你就有办法可以走出去了。”

“你不能走在前面，还是让我在头里走吧，我的眼睛比你的好。”我回答说。

希维亚特茨基却坚持说：

“即使今天我不摔断脖子，以后我也肯定会死在哪条阴沟里的……反正死在哪里对我都是一样。”

于是我们互相争执起来，各不相让。

这时候，天越来越黑了，像在地窖中似的。最后，我们只好用抽签的方法来决定谁走在头里。

希维亚特茨基抽中了，于是他朝前走去了。

我们走在山脊上，开始路还相当宽，后来越走越窄。根据我的估计，我们左右两边都是无底的深渊。

山脊越来越狭小了，而且风化了的岩石碎片，不断从我们的脚下滚落下去。

“没有别的办法，我只好用四肢爬着走了。”希维亚特茨基说道。

的确也只好这样办了。我们就这样爬着前进，像是两只黑猩猩。

可是过了不久，连爬都没法爬动了，这条岩石的山脊小路，比马背还要窄小。希维亚特茨基跨开双腿，骑坐在山脊上，我也跟着他坐了下来，我们手拉着手，一点一点地朝前移动着，我们的衣服都磨坏了。

过了一会儿，我听到希维亚特茨基的声音：

“符瓦德克！”

“什么事？”

“山脊已经到头了！”

“前面是什么？”

“什么也没有，一定是悬崖。”

“你捡块石头扔下去，听听有多深。”

我听见希维亚特茨基在黑暗中用双手摸石头，然后他对我说道：

“我扔了……你听着！”

我们两个都侧耳倾听着。

一片寂静。

“你听到什么声音没有？”

“没有！”

“我们走不出去了，肯定有一百英尺深。”

“再扔一次。”

希维亚特茨基又捡了一块较大的石头扔了下去。

毫无反响。

“难道真是深不见底吗?”希维亚特茨基说道。

“没有别的办法，我们只有坐在这里等天亮啦!”

我们就这样坐在山脊上。希维亚特茨基又扔了几块石头，一点反响也没有。一个小时过去了，又过了一个小时，我终于又听到希维亚特茨基的说话声：

“符瓦德克，可别睡着了……你有烟吗?”

我身上倒有香烟，可是我们两人都没有带火柴，真是倒霉透了。时间可能是午夜一点钟吧，也许还不到。

这时开始下起了毛毛细雨，周围一片漆黑，更深夜静。我相信，凡是生活在城乡人群中的人都无法真正体验到什么是寂静。我们周围万籁俱寂，我甚至能听见血在我的血管里流动，听到心在剧烈地跳动着。

刚开始，我对我们的处境还觉得挺有意思。在这样漆黑的夜晚，下面是万丈深渊，一个人像骑马似的跨坐在巉岩峻峰的山脊顶上，这对于生活在大城市的人说来，真是千载难逢的冒险机会啊！可是不久之后，天气越来越冷了，同时希维亚特茨基又开始发表起他的那套乏味的哲学高论来了：

“生活是什么？生活不过是龌龊的勾当。他们还侈谈什么艺术，艺术！让艺术见鬼去吧！艺术不过是像猿猴仿效人一样的对大自然的模仿，而且都是拙劣的货色……我去看过两次当代画家作品展览会，他们送去展览的油画竟是那样多，要是用这些画布做成床垫都够全世界的犹太人用啦！这又有什么用呢，那不过是最低劣地迎合小市侩的口味，是一种填饱肚子的投机买卖，是艺术上的无政府主义，仅此而已！如果有艺术，有真正的艺术，那也真会让人伤心死的。幸亏这个世界上没有真正的艺术……只有大自然，也许大自然也是卑鄙龌龊的……最好是从这里往下一跳，那就万事大吉了。只要有酒喝，我就会往下跳，可是现在没有酒，我也就只好不跳了，因为我曾经发过誓，绝不在头脑清醒的时候去死。”

虽然我对希维亚特茨基的饶舌已经习惯了，可在此时此地，身处荒野寂寥之中，天气又黑又冷，两边是悬崖峭壁，又找不到出路，他的唠叨真使我十分反感。幸好他说累住口了。他又拾起石头扔了下去，扔了好几次，每次都听到他说：“没有一点声音。”此后，我们都一声不吭地过了三个小时。

突然，我们听见了上面有呱呱叫和拍打翅膀的声音，我觉得过不了多久，天就要亮了。

这时，天空还是黑黝黝的，什么也看不见。不过我相信，这是山鹰在崖顶上飞翔。“呱呱”“呱呱”的叫声在黑暗的天空中越来越响了。使我惊异的是，竟有那么多的叫声，仿佛有一大群山鹰在头顶上空盘旋似的。不过，无论如何，它们正预示着黎明的即将来临。

又过了一段时间，我能看见我的扶撑在岩石上的双手了。接着，我看见了希维亚特茨基的肩背的轮廓，它完全像在黑暗里的背景上的一个黑色人体。地面渐渐显得更清楚了。随后，一抹淡淡的银光照射在岩石上，照射在希维亚特茨基的肩背上。亮光倾泻在黑暗中，仿佛有人把银色液体注入了黑色之中，它们相互融化在一起，把黑暗从黑色变成了灰色，由灰色又变成了奶白色。周围依然是阴暗和潮湿，所有的东西，无论是岩石还是空气，都弥漫着一种湿气。

天空每分每秒都在变得更加明亮。

我仔细地观察着这一切，努力记住这光线的不断变化，并在我的脑海里将它们描绘出来。突然，希维亚特茨基的叫喊声打断了我的观察。

“真见鬼！我们这两个傻瓜！”

转瞬之间，他就从我的眼前消失了。

“希维亚特茨基，你想干什么？”我喊道。

“别叫了，你看！”

我俯身向下一看，我看到了什么景象呢？原来我是坐在一块离地面不到一英尺半高的岩石上，四周是长满青苔的草地，一定是草地上的苔藓把那些石块的声音消失了，因为草地很平坦，远处是一条大路，路上有一群乌鸦，我却把它们当成了山鹰。我们只要把腿往岩石下面一伸，就能平安无事地回到住所。

可是我们却呆呆地坐在那块岩石上整整一夜，冻得牙齿直打抖。

不知道为什么，当我和希维亚特茨基正在为房东的催交房租而感到惊恐不安时，我又想起了这件一年半以前发生的事情，仿佛它是昨天才发生似的。

不过，这一回忆倒给了我一种安慰、一种欣喜。于是我立即对希维亚特茨基说道：

“你还记得吗，安特克？那次我们还以为是坐在深渊的边缘上，结果却是一条平坦的大道。现在也可能会出现类似的情况。尽管我们穷得像教堂里的老鼠，房东一心想把我们赶出画室去，说不定时来运转，一下子什么都变了，也许一座荣誉和财富的宝库就要向我们打开哩！”

希维亚特茨基正好坐在床垫上，边穿皮鞋边嘟哝道：生活就是早上穿鞋、晚上脱鞋，有勇气上吊自杀的人才是聪明人。如果他，希维亚特茨基不是个大傻瓜和可耻的胆小鬼，早就这样做了。

我那番乐观的估计打断了他的思路，于是他抬起了圆鼓鼓的眼睛望着我，说道：

“当然你是有充分的理由感到高兴。前天，苏斯沃夫斯基先生把你从他家里、从他女儿的心中赶了出来，今天房东也许又要把你从这间画室撵出去。”

遗憾的是，希维亚特茨基的话说对了。三天以前我还是卡佳·苏斯沃夫斯基的未婚夫，可是星期二，是的，是星期二，我却接到了她父亲写来的一封信。

亲爱的先生：

我们的女儿在父母的规劝下，已经同意割断将会给她带来不幸的联系。她永远会在母亲的胸怀和父亲的屋顶下得到可靠的保护。对我们做父母的来说，就是要尽一切努力来防止这种不幸的发生。不单是你的经济状况，还有你那轻浮的性格——这是你竭力想掩盖也掩盖不了的——都促使我们和我们的女儿解除和你的婚约，中断与你的一切联系。当然，这并不妨碍我们对你的友情。

前波兰国家财政委员会主任

赫里奥多尔·苏斯沃夫斯基

谨上

这就是那封信的内容。

说到我的经济状况，我是穷得叮当响的，对此我是完全同意的。但是，我真不理解，这个道貌岸然的老猢狲为什么要提到我的性格呢？

卡佳的发型使人想起法国大革命执政时期的式样。如果她不是把头发梳成今天的时髦发式，而是梳成执政时期的发型，那准要好看得多。我甚至请求过她这样做，但枉费口舌，因为她不懂这些事情。可是她面若敷朱、情采动人，活像是福图尼[①]画的美女一样。

正因为这点，我才那样爱她，也是因为这个缘故，接到她父亲来信的那天，我就像中了邪似的踉踉跄跄。直到第二天的傍晚，我的痛苦才减轻了一些。我对自己说："吹了就吹了吧！"幸亏当时我头脑里尽想着巴黎当代画家展览会和我画的那幅《巴比伦河边的犹太人》，这才大大帮助我承受了这次打击。我深信这是一幅相当不错的油画，虽然希维亚特茨基曾说过，就连展览会的过道上，也不会有陈列它的位置的。

我是一年前着手画这幅画的。

事情是这样的：

一天傍晚，我信步来到维斯瓦河畔，看到一只装满苹果的小货船被撞翻了，一群街头少年正在打捞水里漂浮的苹果。河岸上坐着一家犹太人，他们是那样悲痛欲绝，连哭都哭不出来了，只是绞动着双手，像一尊尊雕像似的呆望着河水。在这一家人中间有一个犹太老头，他是一家之主，显得非常穷酸；一个犹太老婆子；一个长得像麦卡博斯[②]那样粗壮的犹太青年；一个脸上长有雀斑，但鼻子和嘴唇却有一种刚毅之气的年轻姑娘，还有两个犹太孩子。天渐渐黑了下来，河水映出古铜色的光辉，晚景真是美极了！萨克森小岛上的树木全都沐浴在霞光中，小岛过去是广阔的水面，那里霞光万道，呈现出一派姹紫嫣红的色彩。接着是银灰的色彩，随后又变成了绛

① 福图尼（1839—1874），西班牙画家。

② 《圣经》中犹大的别名。犹大是出卖耶稣的耶稣门徒。

红色和紫色。天空的景色真是令人心旷神怡。那些色彩与色彩的转换是那样奇妙，又是那样难以描绘，使你的灵魂都为之悸动。四周静悄悄的，晚霞辉映，淡雅宁谧，一切都处在那样一种忧郁之中，使你真想大声叫喊、大声呼号。而这一伙沉浸在悲凄之中的犹太人，从最小的到最老的，全都坐在那里一动不动，恰像画室里那些摆弄姿势的模特儿一样……

我的脑海里立即想到，这就是我要画的画呀！

我是个不带画盒和油彩就不出门的人，于是我立即画起素描来。动手画之前，我对这些犹太人说：

“就这样坐着，不要动！到晚上我给你们每个人一个卢布。”

这几个犹太人一眼就看出我是干什么的，他们像生根似的坐在那里，我画呀画呀，专心致志地画了起来。那些调皮的少年已经从河里爬了上来，不久我就听到他们在我身后的起哄声：

“画家，画家，偷了东西，还说是捡到的！”

我也用他们的那种粗话和他们交谈，倒是把他们争取过来了，他们也不再向犹太人扔木片了。这样我的工作就能继续下去了。

可是出乎我的意料，这些犹太人倒高兴起来了。

“犹太佬，要伤心一些！”我大声叫道。

那个老婆子却回答说：

“画家先生，请您原谅，既然您答应了给我们每人一个卢布，我们为什么还要伤心呢？让那些什么也挣不到的人去愁眉苦脸吧！”

我只好用不付钱来吓唬他们了。

我画了两个黄昏的素描，然后他们又到我的画室给我当了两个月的模特儿。希维亚特茨基爱说什么就让他说什么去好了，反正它是一幅真正的好画，完全不是那种冷冰冰的画。它非常逼真，色彩自然。我甚至把那个年轻犹太姑娘白脸上的雀斑都画上去了。他们的脸孔也许可以画得更漂亮一些，但却不会有现在这样真实，这样富于个性了。

当我一心只牵挂着那幅画时，对于失去卡佳，我也就比较容易忍受了。现在希维亚特茨基又跟我提起了这事，可是我觉得它已是非常非常遥远的事了。这时候，希维亚特茨基正在穿第二只皮鞋，我却把茶炊点着了。

老安托尼奥娃送来了面包，希维亚特茨基一年来都在劝说她上吊自尽，当然她是不会那样做的。于是我们两人便坐了下来喝茶。

“你今天为什么这样高兴?”希维亚特茨基不客气地问道。

“我怎么知道，你等着看吧，今天我们准会遇到什么预料不到的事情。”

正好这时候，我们听到楼梯上的脚步声朝画室而来。

“是房东来了！这就是你预料不到的事情!”希维亚特茨基说道。

他一口就喝完了热茶，呛得眼泪都快流出来了，随即他一跳站了起来。由于我们的厨房就是过道，他就躲到画室旦的衣服后面去了。他从那里压低嗓音说道：

“我亲爱的，房东是喜欢你的，你去跟他谈谈吧！……”

“他怕你，你去应付他吧!”我说着，也躲进了同一个地方。

这时门开了，进来的是谁呢？不是房东，是苏斯沃夫斯基住的那幢房子的看门人。

我们从躲藏的衣服后面蹿了出来。

“我给先生您送来了一封信。”看门人说道。

我接过信来……向赫尔墨斯[①]起誓，这是卡佳写来的！我立即撕开信封，信是这样的：

我深信，我的父母会原谅我们的。你立刻赶到我家来，不必顾及时间太早。我们刚刚在公园里喝完矿泉水回来。卡

我真不敢相信，她的父母会原谅我，不过我也没有时间来思考这个问题了，我已惊讶得懵懵懂懂了。

过了一会儿，我把信递给希维亚特茨基看，对看门人说道：

“我的朋友，请你告诉小姐，我立刻就到！……等等，我没有零钱，这里是三个卢布（我身上仅有的三个卢布），你拿去兑换一下，你自己留下一个，剩下的还给我。”

顺带说一下，这个无赖拿走三个卢布后就再也没有露面了。这个可恶的东西心里清楚，我绝不会为了这点事到苏斯沃夫斯基家里去责骂他的，他就恬不知耻地占了便宜。不过当时我并没有把这件事放在心上。

“怎么样？”我问希维亚特茨基。

“没有什么！每头牛都得被宰杀的！”

我急于穿衣打扮，没有时间想出一句适合的话来回敬希维亚特茨基的讥讽。

---

① 赫尔墨斯，希腊神话中众神的使者，亡灵的接引神。

二

一刻钟以后，我按响了苏斯沃夫斯基家的门铃。

卡佳亲自出来开门。她多么妩媚动人啊！……她的身上还散发着刚刚睡醒的暖意，浅蓝色的带折褶的印花布衣服上散发出从公园里带回来的早晨的清新。她刚刚脱下帽子，头发有点乱。她满脸笑容，她的眼睛在笑，她那甜润的嘴唇也在笑……她自己就是真正的早晨。我抓住她的双手，吻了起来，一直吻到胳膊肘，她斜倚过来，在我耳边说道：

“你看是谁爱得最深呢？”

随后她牵着我的手，把我带到她的父母面前。老苏斯沃夫斯基脸上的表情，恰像一个为了祖国而献出自己独生儿子的罗马人。他们两个都坐在那里喝咖啡，母亲的眼泪不断落在咖啡杯里。他们一见我们走进去，都站了起来，苏斯沃夫斯基老爹说道：

“理智和职责迫使我说：不。但是一颗做父亲的心却有自己的权利。如果这是一种软弱的话，那就让上帝为此而来审判我吧。”

他抬起眼睛，表明他已准备好了要进行申辩，如果天上的法庭立即提出起诉的话，在我这一生中，除了在科尔索出售的意大利香肠和意大利通心粉外，就再也没见过比他此时的表情更富于罗马味了。这个时刻是如此庄严肃穆，连河马都会为之心潮澎湃、潸然泪下。苏斯沃夫斯基太太伸出双手，用抽泣的声调说话，更增加了这种庄严的气氛。

“我的孩子们，你们在生活中无论什么时候遇到了不幸，都可以躲到我这儿来，到我这儿来吧！”

她一边说，一边指着她的胸口。

哪有这样的大傻瓜！我怎么能躲到那儿去呢？怎么能呢？……如果是卡佳给我提供这样一个匿身之处，那又另当别论了。无论如何，两位老人的一片诚心还是令人感动不已的。我的心里充满了感激之情。

由于心情激动，我喝光了那么多杯咖啡，连苏斯沃夫斯基老爹都不安地望着煮咖啡壶和奶油壶了。卡佳不停地往我杯里倒咖啡，我在这段时间里则尽力在桌子下面踩她的脚，她把脚都缩了回去，轻轻地摇摇头，还笑得那样迷人，我真不知道，我为什么没有高兴得发疯哩！

我在那里停留了一个半小时，终于不得不走了，因为博布希正在画室里等我，他是来我这里学绘画的，每次上完课后他都要留下一张印有族徽的名片，而我总是把这些名片扔在一边。卡佳和她母亲把我送出前厅，这使我很不高兴，因为我多么想让卡佳一个人来送我啊！她这时的嘴唇真是美极了！

我穿过公园往家走，一群群的人刚喝完矿泉水回来……沿途我发现，这些人一看见我就停下了，我听见周围的人都在悄悄说着：“马古尔斯基！马古尔斯基！就是他！”年轻的小姐们穿着各种款式的印花布衣裙，衬托着她们那亭亭玉立、婀娜多姿的身段，都一个个地向我送来这样的秋波，仿佛在说：“你来吧，我们等着你哩！”真是见鬼啦！难道我就这样出名吗，还是有什么别的原因？我真是摸不着头脑。

我继续朝前走去，碰到的依然是同样的情景……在前厅的阶梯上，我正好迎面碰上了房东，就像一只船和礁石相碰时一样。啊，房租！

这时，房东朝前走了一步，说道：

“我的先生，尽管我常来麻烦您，但是请您相信，我对您是……真的！请允许我，尊敬的先生！……”

他刚说完话，就上前搂住我的脖子，紧紧拥抱起来。啊！我明白了，一定是希维亚特茨基告诉他，我要结婚了。他心想，从此以后，我就会按时付给他房租了。那就让他这样想好了……

我朝楼上跑去，在楼梯上我就听见了画室里一片喧闹声，我奔进屋里，画室里烟雾弥漫，昏黑一片。屋里有尤莱克·齐辛斯基、瓦赫·波特凯维奇、弗兰涅克·车普科夫斯基、老斯乌德茨基、卡尔敏斯基、伏伊特克·米哈拉克等人，他们玩得兴高采烈，正在把那个穿戴考究的博布希抛上抛下，一看见我，他们就把那个被抛得半死不活的博布希往房间中央一扔，立刻大喊大叫起来：

“祝贺你！祝贺你！祝贺你！”

“把他抛起来！”

转眼之间，我就落到了他们的手中，被抛了好一会儿，他们一边抛，一边还像一群猴子似的尖叫着。最后我站到了地板上，衷心向他们表示感谢，还保证邀请他们都来参加我的婚礼，特别是希维亚特茨基，我预先邀请他做我的傧相。

这时，希维亚特茨基举起双手，说道：

“这个小滑头还以为我们是在祝贺他订婚哩！”

“不是祝贺我订婚，那又是为了什么？”

“你是怎么搞的，难道你什么都不知道？”大家齐声问道。

“我什么也不知道，你们搞的是啥鬼名堂呀！”

“把《风筝报》给他，把那份早晨版的《风筝报》给他！”瓦赫·波特凯维奇大声叫道。

他们把那份早晨版的《风筝报》给了我，一致对我喊道："看看那条电讯吧!"

我看起电讯来，上面这样写着：

本报特电：马古尔斯基的油画《巴比伦河边的犹太人》荣获巴黎今年画展的大金质奖。评论界找不到恰当的词句来赞美这位大师的天才。阿尔贝特·沃尔夫称此画是惊世的杰作。希尔什男爵已出价一万五千法郎购买此画。

我要晕倒了，快救救我吧！我呆若木鸡，竟说不出一句话来。我知道这幅画会成功，但会有这样的成就，我是连做梦也没有想到过的啊!

《风筝报》从我手里滑下去了。

他们拾起了报纸，给我念了"最新消息"一栏中的有关消息：

第一条消息：我们从大师口中得知，他的这幅画将在我们这个美人鱼[①]城市展出。

第二条消息：波兰美术家协会理事会副主席询问我们的大师，是否愿意在华沙展出自己的杰作时，大师回答说："我宁愿在华沙展出我的画，也不愿在巴黎出售我的画。"我们希望我们的后代能在大师的墓碑上读到这两句话。(当然，上帝将会让这样的事尽力往后推迟。)

---

① 美人鱼是华沙的城徽，这里指华沙。

第三条消息：大师的母亲在读完从巴黎来的电报之后，由于过分激动而休克。

第四条消息：我们送稿去付印时获悉，大师母亲的病情已有所好转。

第五条消息：我们的大师已收到来自欧洲各国首都的要求展出其杰作的邀请信。

听了这些哗众取宠的胡编瞎说，我的头脑稍为清醒了一些。奥斯钦斯基，这位《风筝报》的总编辑，同时又是卡佳的追求者，看来是发疯了，因为他把事情做得太过分了。自然，我会首先在华沙展出我的画，可是第一，我对任何人都没有谈起过此事；第二，美术家协会副主席也没有问过我；第三，我也没有回答过他一句话；第四，我母亲去世已经九年了；第五，我还没有收到过一封要求展出此画的邀请信。

更糟糕的是，这时我突然想到，如果电讯也和这五条消息一样“真实可信”，那不是要了我的命吗？……奥斯钦斯基半年以前遭到了卡佳的拒绝，虽然她的父母都赞成这门亲事。也许他是故意来捉弄我的。要是那样的话，那就会像某部歌剧中所唱的那样：“用他的脑袋或别的这类东西来还债！”同伴们都安慰我说，奥斯钦斯基可能捏造这些消息，但电讯却不会是假的。

正好这时候，斯达赫·克沃索维奇也拿来了上午版的《极地报》，上面也登有这则电讯，我才松了一口气。

现在是他们挨个儿地向我祝贺了。

老斯乌德茨基是个口是心非的十足伪君子，他摇晃着我的手说道：

“上帝可以作证，我始终相信你的天才，一贯为你说好话（我知道你向来把我看作是笨驴）。亲爱的伙计，不过，上帝可以作证……也许你不喜欢我这样一个微贱的人叫你作‘伙计’吧。如果是这样，那就请你原谅我，我这完全是出于习惯，亲爱的上帝……”

我在心里诅咒他见鬼去吧，可是我还没有开口，卡尔敏斯基就把我拉向一旁，跟我说起悄悄话来，不过声音响得能让大家都听见：

“亲爱的伙计，如果你需要钱，只要说一声，我就……”

在我们这伙人当中，卡尔敏斯基是以乐于助人而闻名的，他常常对我们之中的某人说：“如果我的同行急需用钱，只要对我说一声，我就……再见！”他的确很有钱，我回答他说，如果我在别处搞不到钱，就一定去找他。这时候，别的朋友都走上前来向我祝贺。他们都是像金子一样的好小伙子。他们的拥抱把我的腰背都压痛了。最后是希维亚特茨基向我走来，我看出他非常激动，尽管他竭力不表露出来，他揶揄地说：

“虽然我知道你变成了犹太教徒，我还是要祝贺你！”

“虽然我知道你变傻了，我还是要向你表示感谢。”我回答说。我们紧紧拥抱在一起。

瓦赫·波特凯维奇大叫说，他的喉咙又干又渴，可是我身上一个子儿也没有。希维亚特茨基也只有两个卢布。其他的人也只带了一点零钱，于是大家凑在一起，买来了酒菜。他们为我的健康干杯。又一次把我往空中抛来抛去。等我告诉他们，我和苏斯沃夫斯基家的关系已经大为改善时，他们又为卡佳的健康干杯。这时候，希维亚特茨基来到我的身边，对我说道：

“难道你没有想一想，我的小书呆子，那位小姐在写信给你之前，他们就没有读过这条电讯？”

啊，老天爷！我真像挨了当头一棒！这一边的地平线开始明亮起来，那一边的地平线又昏暗下去。毫不奇怪，苏斯沃夫斯基夫妇是什么事都干得出来的，可是卡佳，难道她也会藏奸耍滑！

看起来很有可能，他们今天早晨在喝矿泉水的时候就看到了这条电讯，于是才写信叫我立刻赶来。

我气得真想立即跑到苏斯沃夫斯基家去问个究竟，可是我不能丢下这些伙计。……正好这时候奥斯钦斯基也来了，他仪表堂堂，性格平静，非常自信，像平常一样戴着手套。他像火光一样才气外露，同时又像猴子一样机灵。

他还在门边就派头十足地挥动着他的手杖，说道：

“我恭喜你，大师！我向你表示祝贺！”

他说“我”这个字时特别加重了语气，好像他的祝贺比别人的意义更大。也许的确是这样的吧！……

“你都瞎编了些什么？”我大声喊道，“你现在看到了，我是在读了《风筝报》之后才知道这一切的。”

“那关我什么事呢？”奥斯钦斯基答道。

“关于那幅画展览的事，我什么也没有说过呀！”

“你现在不是在说吗？！”奥斯钦斯基冷冷地说。

“他没有母亲，他的母亲更没有休克！”伏伊特克·米哈拉克叫道。

“我才不关心这些事哩！”奥斯钦斯基高傲地答道，脱下了第二只手套。

“那电讯可是真的吗？”

“真的！”

这一保证使我完全放了心。出于感激，我敬给他一杯酒，他把酒杯举到嘴边，一口气喝完了，然后说道：

“首先为你的健康干杯，第二你知道我要为谁的健康干杯！我祝贺你双喜临门！”

“你是怎么知道的？”

奥斯钦斯基耸了耸肩膀。

“因为今天早上八点钟以前，苏斯沃夫斯基到编辑部来过。”

希维亚特茨基开始骂起这些卑鄙的人来，我再也控制不住自己了，拿起帽子就跑了出去。奥斯钦斯基也跟着我出来了，不过我在路上甩掉了他。几分钟后，我再一次拉响了苏斯沃夫斯基家的门铃，又是卡佳给我开的门，她的父母都不在家。

“卡佳，你先看到过那份电讯？”我严厉地问道。

“是的！”

“可是……卡佳！”

“你怎么啦，我亲爱的？你不要责怪我的父母，他们总得有个可信的理由，才会同意我嫁给你呀！”

“那么你呢，卡佳？”

“我当然会利用这个大好的时机……你认为我这样做不对吗，符瓦德克？”

我的目光又温和了，我觉得卡佳做得完全对，我则要责问自己，干吗要像个疯子似的跑到这儿来呢？这时候，卡佳走近我的身边，把头紧紧靠在我的肩上。我半搂着她。她把脸转向我，闭起了眼睛，还把她的樱桃小嘴伸了过来，轻轻说道：

“不！不！符瓦德克！现在不要……等我们结婚了……我请求你……”

恰是这种请求，使得我把我的嘴紧贴在她的嘴上，我们紧紧亲吻着，吻得我们都喘不过气来。卡佳的眼里现出梦幻一般的神情……后来她双手捂着眼睛，说道：

“我这样求你，请你不要……”

她的嗔怪、她手指缝后的秋波传情，却使我激动得再次吻了她。当我们爱着一个人的时候，自然是非常想吻他/她的，胜过别的愿望，比如说打人的愿望。我爱卡佳，我的爱无边无际、热烈疯狂，生前死后永远相爱，矢志不渝。要么是她，要么谁也不爱，我的爱情就是这样！

卡佳忧心忡忡地说她害怕会因此而失去我的尊敬。我最亲爱的人儿，你怎么说起蠢话来了！我尽力安慰她，于是我们开始冷静地交谈起来了。

我们商量好了，如果她的父母坚持说他们是后来才看到电讯的，我也得装出对事情真相毫无所知的样子。随后，我就告别了卡佳，答应晚上再去。

我必须赶到波兰美术家协会办公处去，只有通过它我才能和巴黎当代画家展览会的秘书处取得联系。

三

我发了一份电报，声明我同意希尔什男爵出的价钱，不过，在卖给他之前，我要在华沙展出这幅画等等。

打电报和其他开支，我都是向美术家协会办公处借的钱，他们毫不迟疑就借给我了。一切都进行得很顺利……

《风筝报》和《极地报》都发表了我的小传，不过里面没有一句真话，正如奥斯钦斯基所说的："那关我什么事哩！"我也得到了两家画刊的约稿，他们要我的相片和那幅画的复制品。真是时来运转啊！

往后钱就会像流水一样源源而来。

四

过了一星期，我就收到了希尔什男爵汇来的第一笔款子。全部价款，要等买主得到那幅油画后才会付清。我从商业银行取出了五个法郎的清一色的金路易。活到现在，我还从来没有一次见过这样多的钱。我像一头骡子似的把它驮了回来。

我的画室里又挤满了人。我把这些金路易全撒到地板上，因为我从来没有过这样多的钱，现在我该好好地摆弄摆弄它们了。希维亚特茨基也和我一道摆弄起来……房东进来一看，以为我们都发疯了……我们是按照野蛮人的方式在纵情嬉戏啊！

五

有一天，奥斯钦斯基对我说，他感到幸运的是卡佳拒绝了他，因为这给他打开了更美好的前景，他这话是什么意思，我一点也摸不着头脑。

我听了很高兴，倒不如说我是无所谓的。不过有一点我相信，奥斯钦斯基是个在生活上善于应付一切的人。

当他追求卡佳的时候，她的父母，特别是她的父亲苏斯沃夫斯基，都是非常赞成他的。奥斯钦斯基对这位老人产生了这样大的影响，这个罗马人在他面前甚至失去了昔日那种尊严的威风。可是卡佳打从他们见面的第一刻起，就无法忍受他。这是一种本能的反感。而且我完全相信，他使她厌恶的原因，与我们这些熟知他为人的人对他的厌恶，是截然不同的。

与其说他是个怪人，不如说是个怪文人。

不仅在我们中间，就是在所有较大的文学艺术中心，当我们一想起某些人时，就会不由自主地问道：这些人为什么会有这样大的权势？

我的这位《风筝报》的朋友就是属于这样一种人。有谁会相信，奥斯钦斯基的权势的秘密，他的精神生活的核心，竟会是他不喜欢，也不尊重天才，特别是文学天才，而且他是靠轻视天才为生的。他蔑视天才。对他说来，生活上的严肃规矩，对事物的观察敏锐，和处世待物的聪明机灵，使他在社交生活中一直都是一帆风顺的。

应该看看他在会议上、在文艺集会上和在庆祝宴会上，是怎样讽刺挖苦别人的，这些人在创作领域里强过他十倍，看看他如何把他们逼入困境，如何用他的逻辑和知识把他们搞得狼狈不堪，如何把自己的文学优势强加在他们身上。

希维亚特茨基每每想到这里，就想用一根床板条去打破奥斯钦斯基的脑壳。可是我对奥斯钦斯基的显赫并不感到奇怪。真正有才华的人往往是迟钝、胆小，缺乏随机应变的能力，缺乏精神上的镇定自若……不过真正的天才，只要不受到别人的侵扰，就会双肩生翼、展翅翱翔，而在这样的条件下，奥斯钦斯基只好去睡大觉了，他还有什么话好说的哩。

未来会在这些人中间排定次序，定好等级，给每个人以相应的位置。奥斯钦斯基是个聪明透顶的人，不会不知道这点的，可是他心里却在嘲笑它。目前这个时刻，他是个要人，大家都非常器重他，而不愿去找比他更好的人，于是对他说来，也就心满意足啦！

我们这些画家对他的妨碍比较少，因此有时他会用他的那支生花妙笔写写文章吹捧我们一番，当然，那是为了《风筝报》的利益在和《极地报》竞争中的需要。不过话又说回来，他倒是个好伙伴，一个容易打交道的人，我甚至可以说，我是喜欢他的，不过……让奥斯钦斯基见鬼去吧，说他说得太多了。

六

他们竟这样对待我，总有一天我会被逼得砰的一声关上那扇大门的。

这是多么可笑啊！打从我有了名，有了钱以后，竟出乎我的意料，苏斯沃夫斯基就对我看不顺眼了。他自己，他妻子，卡佳的男女亲属，对我都是冷眼相看。

头天晚上，苏斯沃夫斯基就在说，如果我认为我的新地位能影响他们的行动，或者，如果我认为——他们就是这样看我的——我使他们沾了光，尽管他们为了孩子的幸福准备做出重大的牺牲，但是，他们的独生女儿也无法要求他们牺牲自己做人的尊严。她母亲还加了一句，他们的孩子在这种情况下知道到哪里去寻求庇护。好心的卡佳勇敢地站出来为我辩护，有几次甚至很不客气地顶撞了他们。可是她的父母却使劲挑剔我说的每句话。

只要我一说话，苏斯沃夫斯基就咬紧嘴唇，望着他的妻子，点点头，好像在说："我早就料到了这样的结局。"他们一天到晚就是这样对我横挑鼻子竖挑眼的。

这是道地的虚情假意，其根本目的就是要把我紧裹在他们的罗网里，就是想得到那一万五千法郎，他们想得到那笔钱，甚至比我还心急，尽管各人的动机不同。

现在是到了非解决不可的时候了！

他们把事情闹到了这种地步，几乎连我自己都觉得，我的那幅画得了金质奖章和一万五千法郎，倒像是犯了一桩大罪。

七

我们订婚的日子来到了。

我买了一只路易十五式的精巧的戒指，既没有得到苏斯沃夫斯基夫妇的欢心，甚至连卡佳也不喜欢，因为他们这家人，没有一个懂得真正的艺术。

我不得不劝说卡佳，以消除她的那种小市民的爱好和趣味，教导她如何艺术地去看待一切事物，因为她是爱我的，所以我希望能收到预期的效果。

订婚典礼，除了希维亚特茨基外，我谁也没有再邀请。我本来想在订婚之前，就让希维亚特茨基去卡佳家做一次礼节性的拜访，可是他坚决不去，还说自己虽然在身心方面都是个破落户，但还没有卑贱到如此地步，非要去拜访不可……真拿他没有办法！

我事先向苏斯沃夫斯基一家打过招呼，说我的这位朋友是个性格古怪的人，不过他却是个有才华的画家，也是个最正直的人。

苏斯沃夫斯基一听说希维亚特茨基画了许多大大小小的死人画，便皱起眉头说道，他一向只和正派的人来往，他的官场经历也从来没有过污点，他希望希维亚特茨基先生会懂得如何来尊重这个忠厚朴实家庭的传统家风。

不过，我承认在这个问题上我是有点担心的。因此，从天一亮的时候起，我就跟希维亚特茨基争论起来了，他坚持非要穿上护腿不可，我苦苦劝说他，请求他，甚至哀求他不要那样做。

最后，他终于让步了，说道：好吧，就让我自己当一次小丑好了。遗憾的是，他的那双皮鞋，使人一看就会想到中非探险队员穿过的鞋子。这双皮鞋当他从鞋店老板那里赊来的时候，黑漆就开始脱落了。

这又有什么办法哩！

更糟糕的是，希维亚特茨基的那颗脑袋，活像一座被大风折弯的森林所覆盖的苏台特山[①]峰。这点我只好迁就了，因为在这个世界上很难找出一把能够把他的一头鬈发梳理整齐的梳子，不过我硬要希维亚特茨基脱下他平常穿的那件工作服，换上了一套常礼服。这样一来，他的神态活像他的死人画中的人物，他也立即沉浸在那种“坟墓”的心绪中。

来到大街上，人们都目不转睛地望着他那根瘢节密生的手杖，望着他那顶硕大而又破旧的帽子。

不过我对这些早已习惯了。

我们拉了门铃，走了进去。

---

① 苏台特山，位于波兰南部的山脉。

刚走进前厅，我就听见了表兄雅茨科维奇的声音，他在大谈人口过剩的问题。人口过剩是表兄雅茨科维奇经常谈论的话题，也是他的智慧所在。卡佳身穿一件像白云似的细纱布衣裙，十分迷人……苏斯沃夫斯基身着大礼服，男亲戚们都是清一色的大礼服，姑姑婶婶们穿的都是丝绸衣服。

希维亚特茨基的到来，引起了一阵骚动，他们都用一种不安的目光注视着我们……希维亚特茨基忧郁地打量着周围，对苏斯沃夫斯基说道，"要不是为了符瓦德克结婚以及诸如此类的事"，他是不会打扰府上的。

这"诸如此类"的话，更是激起了大家的反感。苏斯沃夫斯基庄严地站了起来，问希维亚特茨基"诸如此类"是什么意思。希维亚特茨基先生回答说，对他说来都是无所谓的，不过，为了符瓦德克，他很愿意自己变得彬彬有礼，特别是，如果他知道苏斯沃夫斯基先生非常看重这点的话……我那未来的岳父望望他的妻子，望望卡佳和我。在他的眼神中，惊讶和愤恨在激烈斗争。

幸好我以少有的镇定态度，请我未来的岳父给我介绍一下他一大家子人中我还不认识的成员，这才挽救了这个尴尬的局面。

他把在座者一一做了介绍，随后大家便坐了下来。

卡佳坐在我的身边，把她的一只手放在我的手里，屋里挤满了客人。不过大家都很拘谨，默不作声，气氛显得很沉闷。

雅茨科维奇又谈起了人口过剩的问题，我的朋友希维亚特茨基眼睛注视着地面……在这种沉默的气氛中，表兄的声音显得越来越响，他的一颗门牙掉了，每当说"sh"这个音时，就会发出一种漏风的嘘嘘声。

"这个问题很可能会在整个欧洲引起极其可怕的灾难！"雅茨科

维奇说道。

“可以移民呀！”我旁边的一个客人说。

“统计数字表示，移民也不能防止人口过剩。”

希维亚特茨基突然抬起头来，把一双圆鼓鼓的大眼睛转向那个说话的人。

“那就必须采用中国的习惯了。”他用一种阴沉沉的男低音说道。

“如果可以的话，请问这中国的习惯又是怎讲？”

“因为在中国，做父母的有权溺死他们的呆笨的孩子，在我们这里，儿女们也应该有权利除去他们的呆笨的父母！”

这下可完了！真是雷劈惊天，姑姑婶婶们坐的椅子都发出了吱吱声，我这下可要遭难了！苏斯沃夫斯基闭起了双眼，一时连话都说不出来。

全室一片沉寂！

不久便听到了我那未来的岳父由于愤怒而发颤的声音：

“我的先生，我希望你作为一个基督教徒……”

“为什么我要做基督教徒呢？”希维亚特茨基打断了他的话，不友好地摇了摇头。

又一次打击！姑姑婶婶们坐的那张躺椅现在开始颤抖了，就像在发疟疾一样，正在飞向深渊……我觉得我脚下的大地也在裂开。

一切都完了，一切希望都付之东流了。

突然，传来了卡佳的银铃般的笑声，接着雅茨科维奇也笑了起来，却不知为什么要笑，我也大笑起来，同样不知道为什么要笑……

“爸爸！”卡佳大叫道，“符瓦德克事先告诉过爸爸，希维亚特茨基先生是个怪人。希维亚特茨基先生是在开玩笑。我知道，希维亚特茨基的母亲还在世，他对待他的母亲，可真算得上是个最孝顺的儿子哩！”

卡佳真是个魔鬼，不是个姑娘！她不仅会编造，而且还会猜测，希维亚特茨基确实有一个母亲，而且他真是个孝子！

卡佳的笑声和她说的这一席话，使室内的气氛大大缓和了。等仆人端着酒杯和点心进来时，气氛就更加活跃了。这仆人就是前几天拿走了我三个卢布的那个看门人，现在他们给他穿上了一身常礼服，真像一个侍者似的走了进来，一双眼睛紧盯着托盘，托盘里的杯子咔咔直响。他走得很慢，好像端的是装满了酒的大酒杯。

我真担心他会把整个托盘都掉在地上，幸亏我的担心是多余的……

过了一会儿，那些酒杯都斟满了酒。

我们就要举行订婚仪式了。

一个年龄不大的堂妹端来了一个放有两只戒指的瓷盘，由于好奇，她的一双眼睛睁得大大的，这个仪式给她带来了莫大的乐趣，她竟跟盘子和戒指翩翩起舞了。苏斯沃夫斯基站了起来，大家也跟着站立起来，只听见椅子移动的声音。

又是一片沉寂。我听到一位太太低声说道，她原以为我的戒指会“更体面些”。尽管有这样的低声议论，当时的场面可谓庄严极了，连苍蝇都从墙上掉了下来……

苏斯沃夫斯基说道：

“我的孩子们，请接受父母的祝福吧！”

卡佳跪下了，我也跪下了！

此时此刻，希维亚特茨基一定又是一副怪模怪样的表情，多么难看的一副脸孔啊！

但是我不敢朝他看，只好望着卡佳的细纱裙，它在已经褪色的红地毡的衬托下，真是好看极了。卡佳的父亲和母亲双双把手按在我们的头上，接着，我那位未来的岳父说道：

“我的女儿！你在家里是做女儿的最好的榜样，你对丈夫也应该如此，所以我无须再教导你怎样去尽你做妻子的职责，我希望你未来的丈夫会教导你。现在，我要对你，符瓦迪斯瓦夫……”

于是他发表了简短的演说，在他说教时，我数了一百下，以后又从一开始数了起来。公民苏斯沃夫斯基，官吏苏斯沃夫斯基，父亲苏斯沃夫斯基，罗马人苏斯沃夫斯基——现在可有了机会来表现他心灵的伟大了。……那些孩子、双亲、职责、未来、祝福、烦恼、纯洁的良心等词句，就像一群黄蜂在我的耳边嗡嗡直叫，它们停在我的脑袋上，叮咬我的耳朵、肩膀和额头……

我的领带一定是系得太紧了，因为我气闷得难受。我听到了苏斯沃夫斯基太太的哽咽声，这使我感动极了，因为她是个好心肠的女人。我听到了那个蹦蹦跳跳的堂妹的盘子里的戒指在沙沙作响……啊，耶稣基督啊！这个希维亚特茨基一定又在做鬼脸啦！

我们终于站了起来，堂妹把盘子端到我们的眼皮底下，我和卡佳交换了戒指……

哈哈！我订了婚啦。我以为仪式已经结束了！哪里会呢！苏斯沃夫斯基还要我们去接受所有姑姑婶婶的祝福。

我们只好照办了，我吻了五只像鹳鸟爪子那样的手……所有的姑姑婶婶都希望我不要辜负她们对我的信任。

她们究竟有什么可信任我的呢？表兄雅茨科维奇拥抱了我，我敢断定我的领带确实是系得太紧了……

不过最难受的时刻已经过去了，天开始黑了下来……他们端来了茶。

我坐在卡佳的身旁，一直装作不去看希维亚特茨基。这只猢狲又一次使我感到不安，别人问他要不要往茶里加点阿拉克酒，他却回答说，他一向是就着瓶子喝酒的……总的说来，那一晚结束得相当顺利。

我们告辞出来后，我深深吸了一口气。的确是我的领带系得太紧了。

我和希维亚特茨基默默地走在路上，这种沉默使我感到烦闷，不久就变得难以容忍了。我觉得我应该和希维亚特茨基说说话，谈谈我的幸福，谈谈一切都进行得相当顺利，谈谈我对卡佳的爱情。我是想这样做的，可是不知从哪里开头。直到离画室不远了，我才说道：

"希维亚特茨基，你得承认，生活还是美好的。"

希维亚特茨基止住了脚步，蹙起眉头望了我一眼，说道：

"哈巴狗！"

这天晚上，我们再也没有说过一句话。

八

订婚后又过了一个星期，我的那幅《巴比伦河边的犹太人》开始展出了。

这幅画是在一间单独的大厅里展出的，管理处也是单独收取参观费的，收入的一半归我所有……前来参观的人从早到晚络绎不绝。

我去那里看过一次，但他们都盯着我看，比看我的那幅画还热心。我再也不想去了，何必生这种冤枉气哩！

如果我的画真是一幅世界上从未见过的杰作，那么这些观众就应该怀着像看克拉奥人或者像看吞食生鸽的豪屯托[1]人那样的好奇心去看我的画呀！可是现在我倒成了豪屯托人。要是我真像希维亚特茨基说的，是只哈巴狗，那我倒也会感到满意的，可我是个画家，为了一个红极一时的人而贬低艺术，再也没有比这更使我愤慨的了。

九

三个星期以前，很少有人知道我这个人，可是现在我却收到了几十封来信，大部分是求爱的信，五封信中有四封是这样写的，“也许你读了这封信，就会讨厌女人”，等等。只要她们不来扰乱我的神经，我是不会讨厌女人的。

说老实话，要不是有了卡佳，我是不会不理睬这种感情的流露的。

最使我感到恼火的是，像这样一个“不认识的女人”，竟会希望一个从未见过她的男人，只要她一召唤，就赶去和她见面。还是先撕下你的面纱来吧，我那美丽的不认识的女人！等我见过你之后再来回答你吧……啊，我什么也不会告诉你的，因为我已经有了卡佳了！

我还接到过一封来自一位白头发的女朋友的信，她在信中称我为大师，把卡佳叫作傻女人。

---

① 西南非洲的土著民族。

"大师，她怎能做你的妻子呢?"我的白头发女朋友问道，"这样的选择怎么能配得上你这个全国瞩目的人呢！你是一场阴谋的受害者啊!"

奇怪的推想，还有更加奇怪的要求，说我不应该按照自己的心意去结婚，而应迎合群众的舆论去结婚。

这个可怜的卡佳，这些已经成了她的障碍了!

的确，世界上有比写匿名信更大的罪恶，但没有比这样的信更……怎么样才能表达得更确切呢？……算了，不去管它吧!

我和卡佳结婚的日期尚未确定，不过很快就会举行的。

现在我要卡佳穿上她最漂亮的衣服，和我一起到展览会去，让大家看看我们是在一起的……

希维亚特茨基的"死人画"也从巴黎送回来了。这幅画题名为《最后的会见》，画的是一个男青年和一个姑娘，他们双双躺在解剖桌上。这幅画的构思是那样巧妙，使人一目了然，你能看出这对青年男女生前相爱着，贫穷苦难拆散了他们，死亡又把他们结合在一起了。那些俯身在尸体上的大学生，个个表情严肃，解剖室的背景画得稍差一些，但两个死人却画得形神肖似，尸体上散发出一股股寒凛之气。在巴黎当代画家展览会上，这幅画没有得到任何的奖励，也许是因为它给人的印象太可怕了，太丑恶了。但评论界却很推崇它。

在我们的画家当中，的确有不少是有才华的，就在希维亚特茨基的那幅死人画旁边，就挂着弗兰涅克·车普科夫斯基的《科尔德茨基之死》，这幅画既气势雄浑，又富于独特的个性。

希维亚特茨基把弗兰涅克叫作白痴。首先是因为他的头发油光整齐，还蓄起了山羊胡子；第二是因为他的穿着最合时髦；第三是由于他受过很好的教育，对人彬彬有礼，老是提起他的那些出身高贵的亲戚。

然而，希维亚特茨基错了……

天才如同一只鸟，爱在哪儿筑巢就在哪儿筑巢，有时在荒无人迹的荒原，有时又筑在整齐优美的公园里。

我在慕尼黑和巴黎都见过一些画家，他们看上去像是啤酒厂的工人，或者像理发师和流浪者，谁也不会施舍给他们三个小钱的，可是他们都是那样富于激情，那样富于色彩感，又那么善于把这些感受搬上画布，真不能不令人叹为观止。奥斯钦斯基这个富于文采的记者，描写什么都有现成的确切的成语，他在《风筝报》上谈到这一特点时就用了“言为心声”这个成语。

在希维亚特茨基看来，历史画是愚昧落后的复古。我是从来不画历史画的，我个人对这一切都毫无兴趣，但是我到处听到的都是这种所谓进步的理论，他们还不厌其烦地大肆宣扬，真使我讨厌透了。

我们波兰的画家有个缺点，他们很容易接受某种艺术学说，然后就拜倒在它的脚下，用这些学说的观点去评价一切。按照这些学说去搞他们的艺术，其结果是他们的绘画远不如他们的理论宣传。和我上面提到的那些人相反，我还见过这样一些画家，他们大谈什么是艺术，应该怎样进行艺术创作，说得头头是道唾沫飞溅，可是轮到他们拿起画笔时，却什么也画不出来……

我常常想，艺术理论应该由哲学家们去创造，如果他们创造出来的是歪理，那也由他们自己负责。画家应该按照他们的心愿去绘画，而且要懂得怎样画画，这才是根本。

照我看来，即使是庸才也比最华美的理论更有价值，而最华美的理论也抵不上艺术的自由。

十

我和卡佳以及她的父母一起来到展览会上。

我的那幅画前面一直挤满了人。

我们刚走进展览室，人们就低声谈论起来，他们的注意力不是专注在我的画上，也不是集中在我的身上，而是集中在卡佳身上。特别是那些女士，更是目不转睛地盯着她看。我看出她得意洋洋，当然，我并不认为她有什么不对……

糟糕的是，她认为希维亚特茨基的那幅“死人画”，是幅猥琐下流的作品，苏斯沃夫斯基也接着说，她说出了他要说的话。可是我听了大为恼火，卡佳对艺术竟有这样的看法！

我借口要去见奥斯钦斯基，立即和他们告别，悻悻而去。我的确是去找奥斯钦斯基的，不过是为了把他拉去吃早饭。

十一

我看见奇迹啦，没有比这更令人惊讶的事了！

现在我才明白，人为什么要长眼睛。

噢哟哟！多美的美人啊！

我和奥斯钦斯基一道走着，在柳树街的转角上，我突然看见一个女人迎面而来。我骤然站住了，我呆若木头和石头．我睁大了眼睛，我失去了理智。我无意识地抓住了奥斯钦斯基的领带，又松开了他的领带。啊，救命啊！我要死了！

难道是因为她的相貌美？……她的相貌不仅长得美极了，她简直就是一幅艺术创作。她是绘画的杰作！色彩的杰作！感情的杰作！格罗齐[①]见到她准会死而复活的，接着他又会因为自己画了那样一些稻草人而悬梁自尽。

我看呀！看呀！目不转睛地盯着她，她一个人走来了，不是一个人！诗歌伴随着她，音乐和她在一起！是春天、欢乐和幸福伴随着她走来的。我拿不定主意该不该当场把她描绘下来，但是我真想跪在她的面前，我要为了她生得这样美而亲吻她的双脚。啊，我自己也不知道该怎样办才好……

她从我们身旁泰然走了过去，仿佛是夏日一样明媚光亮。奥斯钦斯基向她点头致意，但是她没有看见他。我仿佛从神志恍惚中惊醒了过来，大声叫道：

“我们跟住她!”

“不！你发疯了！我要系好我的领带，安静点！这是我的一个朋友。”奥斯钦斯基说道。

“是你的朋友？把我介绍给她!”

“我绝不会这样做！还是多关心你的未婚妻吧!”

我大骂奥斯钦斯基，甚至连他的祖宗八代都骂了。我决定自己去追这个不认识的女人。

幸亏她坐上一辆马车走了。

我远远地只能看见她的米黄色帽子和红阳伞。

---

① 格罗齐（1725—1805），法国画家。

“你真的认识她吗？”我问奥斯钦斯基。

“我认识所有的人！”

“她是什么人？”

“她是海伦娜·科乌查诺夫斯卡夫人，图尔诺人，有个外号叫‘寡妇小姐’。”

“为什么叫‘寡妇小姐’？”

“因为她的丈夫是在结婚晚宴上死去的。如果你的头脑已经冷静下来了，我就把她的历史告诉你。有一个很富有的、没有儿女的孤身老人，名叫科乌查诺夫斯基，他是乌克兰的科乌查诺沃地区的一位大贵族，他有许多有名望的亲属，他们都想当他的继承人，因为他体胖多病，这使那些继承人得到极大的快慰。我认识这些继承人，他们都是些令人尊敬的贵族，你还能要求他们什么呢！但是，就连他们之中最令人尊敬和最无私的人，都巴不得科乌查诺夫斯基早归西天，而且他们做得那样过分，那样露骨，这位老人一气之下，就向邻居的女儿求婚了，并且立即订立了婚约，把全部财产遗赠给她。接着就举行了订婚典礼，订婚之后，又举行婚礼，婚礼完了，又举行了盛大的结婚晚宴。当晚宴快要结束时，他突然中了风，当场就死了。于是海伦娜夫人就这样成了寡妇小姐——你明白了吗？”

“这事发生了多久？”

“已经三年了。那时她才二十二岁……打那以后，如果她想结婚的话，可能都结过二十二次婚了，可是她不想结婚……大家都认为她是在等哪一位公爵哩！可事实表明，她并不是这样，因为不久以前她就拒绝了一位公爵的求婚。此外，我还清楚地知道，科乌查诺夫斯卡夫人并不是一个矜持做作的女人。到现在为止，她一直和我们的最富于同情心、最有才华的著名女演员艾娃·亚达米保持着亲密无间的友情，就是最好的证明。她们过去是一所寄宿学校的同窗好友。”

我一听见这话，高兴得跳了起来。

如果真是这样，那就用不着你奥斯钦斯基了。我的亲爱的、诚挚的艾娃定会把我介绍给海伦娜·科乌查诺夫斯卡夫人的。

“你真的不愿把我介绍给她吗？”我问奥斯钦斯基。

“说老实话，一个人真想要认识住在同一个城市的人，那他自会有办法去认识他的。”他回答说，“你已经搞得卡佳都不理睬我了，所以我才不愿意让人家搬弄是非，说是我挑拨你这样干的……此外，我不知道……再见！”

十二

这一天，我该去苏斯沃夫斯基家吃午饭的。我给他们写了一张字条，说我去不成了。

的确，我从来没有牙痛过，这次可要牙痛一番了。

海伦娜整天都在我的眼前出现。一个画家对这样美丽的脸孔都不想，那他还算是什么画家哩！

我在心里已经画了十多张她的肖像了。同时我也构思好了一幅画，在这幅画里如果出现像海伦娜这样的脸孔，一定会给人留下深刻美好的印象。但我必须见过她几次后，才能画好这幅画。

我立刻去找艾娃·亚达米，可惜她不在家。晚上我收到卡佳的一封信，要我明天早晨到公园去喝矿泉水，然后再去喝咖啡。这些水呀，咖啡呀，真是烦死人！

我不能去，如果我早上不去找艾娃，那就整天也见不着她了……

艾娃·亚达米，这是她的艺名，她的真实姓名是安娜·叶德林斯卡，她是个很独特的姑娘。我和她早就是老朋友了，相互以“你”称呼。

她演戏已经五年了，但她一直保持着名符其实的贞洁。戏剧界的确有许多女人，尽管她们在肉体上洁身自好，但是只要她们把自己的全部欲望都揭示出来，我相信，就连最不知羞耻的狒狒，也会为那些没有被皮毛遮住的地方而感到脸红的。剧院能腐蚀人的灵魂，特别是女人的灵魂。

的确，很难要求一个天天晚上扮演爱情、坚贞和高尚等等的女人，最后会不形成这样一种本能的观念：贞操德行仅仅是戏剧和演员的装饰品，与现实生活完全是两回事。

艺术和真实生活的巨大差别，使这些女演员加深了这种观念。竞争和获得喝彩声，毒害了她们心中的一切高贵的激情。

和演员这样道德堕落的人长期相处，就会产生种种欲望。在这样的环境中，就连最洁白的安哥拉猫，它的身体也不会不受到玷污。只有经过艺术之火锤炼的伟大天才，或者是真正献身于艺术的人，才会不受到邪恶的侵蚀，就像水无法渗进天鹅的羽毛一样，才会战胜这些邪恶。艾娃·亚达米就是属于这种不可渗透的人。

我的同行们常常整夜整夜地一边喝着茶、抽着烟，一边谈论着艺术界的事情，从艺术界的最高级的诗人，到最低下的戏子。

艺术家，就是想象力比普通人更为发达的人，就是比一般人要更敏感的人，更富于幻想的人，更容易激动的人，是一个在幸福和欢乐的领域中无所不知并竭尽全力为之奋斗的人。这就是艺术家。

为了战胜诱惑，他必须具有比别人强三倍的性格和意志力。

但是，正如一朵特别美丽的花，它并没有理由一定会比别的花具有对付风暴的更大抵抗力，一个艺术家也没有理由一定会比普通人具有更坚强的性格。

相反地，倒是有理由证明他们性格的脆弱，因为这种艺术世界和日常现实世界的相互矛盾和冲突，耗去了他们的精力。

他们就像长期发着烧的病鸟，一会儿消失在云层上面，一会儿又在尘埃灰土中拖着它那沉重的翅膀。艺术使他厌恶尘埃和灰土，而日常生活又使他丧失了展翅高飞的力量，因此，艺术家的内心世界和外部世界就常常发生这样的矛盾和斗争。

世界对艺术家比对别人的要求更高，并且还要责怪他们，这可能并没有错。但是耶稣来拯救他们，那也是公平合理的啊！

奥斯钦斯基坚持认为，戏子之属于艺术界，就和长喇叭、黑管、弯号等等属于艺术界一样。但是他的意见是错误的。

艾娃·亚达米就是最好的证明，她是一个道道地地的艺术家，既有才华，又有艺术家的情操，它们就像母亲那样，使她免遭邪恶的侵蚀。

尽管我和艾娃有着深厚的友谊，但我很长时间没有去看她了。她见到我很高兴，虽然她脸上有一种我无法了解的奇怪表情。

“你好啊，符瓦德克，我终于见到你了！”她说道。

我看见她在家里，也非常高兴。

她身穿一件土耳其式的晨袍，在乳白的底色上衬着红色的棕榈树，还有天鹅绒的绣花，再加上宽大的袖口，映着她那苍白的脸和紫罗兰色的眼睛，那绣花真是好看极了。

我把我的这种印象告诉她，她听了很高兴，于是我就直截了当地对她说道：

“我亲爱的红演员！你认识那位科乌查诺夫斯卡夫人，那位美如天仙的乌克兰女人吗？”

“认识，她是我的同学。”

“请你带我去见见她……”

艾娃把头摇了摇。

“我的亲爱的！我的可爱的！你一向对我都是那么好，你就给我介绍一下吧！”

“不，符瓦德克，我不会带你去的……”

“你看看，你多么无情！可我以前有一次还差点爱上你啦！”

这个艾娃还真像一株含羞草，她一听这话，脸色就变了。她把胳膊肘支在桌子上，（多么好看的胳膊啊！）手掌托着她那苍白的脸，问道：

“那是什么时候的事？”

我只急着想谈海伦娜。不过，我以前真的有一次差点爱上了艾娃。现在我为了让她高兴，就把那次的经过告诉她：

“事情是这样的……有一次我们从剧院出来后，来到了植物园。还记得吗？那是个多么迷人的夜晚啊！我们坐在水池旁边的一张椅子上，你说你真想听听夜莺的歌唱。我当时有点忧郁。我觉得头痛，就脱下了帽子，你走到水池边把你的手绢浸了水，然后把它敷在我的额头上，你的手也放在那上面。当时，你在我的眼中，真像一个天使那样善良。我心里想道：如果我抓住这只手，把它贴在我的嘴唇上，那就一切都决定了，我会不顾一切地爱上你……”

“嗯，还有呢？”艾娃轻轻地问道。

“你突然挪开了身子，坐得离我远远的，好像猜到了什么似的。”

艾娃陷入了沉思，过了一会儿才回过神来，惶恐不安地说道：

“我们别谈这事了，我求求你……”

“好吧！我们不谈这个了。艾娃，你知道我是太喜欢你了，我才没有爱上你，前者排斥了后者。自从我认识你的时候起，我对你就有一种纯朴的真挚感情。”

“但是，你订婚了，是真的吗？”艾娃问道，她是按照自己的思路说的。

“是真的！”

“那你为什么不告诉我？”

“这件事曾一度中断，最近才又恢复的！如果你想对我说，我已经订婚了，就不该去结交海伦娜夫人啦！那我可以先回答你，我首先是个画家，其次才是个未婚夫！你是不是在为她担心呢？”

“你想到哪里去了。我不愿意把她介绍给你，是因为我不想引得人们对她说三道四。外面的人都在说，几个星期以来，半个华沙的人都爱上你了。人们还对你的成功，编造了许多离奇古怪的故事。不久以前，啊，就是昨天，我还听到了这样一个笑话，说你在‘十诫’之中为自己选择了一条，你知道是哪一条吗？”

“是哪一条呢？”

“不贪恋邻居的妻子……徒劳无益。”

“主啊，你是知道我的不幸的！……不过，这玩笑倒还不错。”

“一定是击中要害了！”

“你听着，艾娃！你想知道全部真相吗？我一向胆小、腼腆，过去和现在都很难博得女人的欢心。人们作何想法，只有上帝知道，连你也不会想到，在我的‘主啊，你是知道我的不幸的’这句话里，包含着多少意思啊！”

“可怜的大师！”①

“别说意大利语了！……把我介绍给科乌查诺夫斯卡夫人好吗？”

“我的符瓦德克，我不能这样做！……只要人们越把你看作是‘唐璜’②，那么我，作为一个女演员，就越不应该把你介绍给海伦娜这样一个非常引人注目的女人。”

“那你为什么要接待我呢？”

“我完全是另一回事！我是个女演员，我可以给自己引用莎士比亚的一句话：‘即使你纯如泪珠，洁白如雪，也难免受到诽谤。’”

“你知道，这会使我发疯的！人人都可以去认识她，拜访她，可以见到她，只有我不能！这是为什么？难道就是因为我画了一幅好画，得到了一定的名声？”

“从你这方面来说，你是对的，”艾娃面带笑容说道，“你没有想到，我事先就知道你为什么要来找我的。奥斯钦斯基来过这里，他劝我‘最好’不要把你带到海伦娜那儿去。”

“啊！我明白了！你就答应他了。”

“我没有答应他，我甚至生气了。不过，我想，‘最好’还是不让你和她来往。现在，我们来谈谈你的画吧。”

“别给我提什么画的事了！既然你不愿意，那就拉倒吧！不过我预先告诉你，不出三天，我就会结识科乌查诺夫斯卡夫人的，哪怕要我化了装去找她也在所不惜！”

“你可以化装成一个花匠，给她送一束鲜花去，就说是奥斯钦斯基叫送的。”

---

① 原文是意大利语。

② 唐璜，西班牙中世纪传说中的贵族青年，后来成了许多欧洲文学作品中的主人公，是作为花花公子出现的。

就在这一瞬间，另一个念头突然出现在我的脑海里，它是那样有趣，我高兴得拍打起自己的脑门来了。我完全忘记了刚刚还在生艾娃的气和对她的怨恨，大声喊道：

“你发誓，绝不泄露我的秘密!”

“我发誓!”艾娃好奇地说道。

“我告诉你，我要装扮成一个弹竖琴的乌克兰老歌手。我有全套的服装，我有竖琴，我到过乌克兰，我会唱乌克兰的民歌……科乌查诺夫斯卡夫人是乌克兰人，她准会接待我的。你这下可明白了吧!”

“多么奇妙的想法啊!”她说道。

因为她是个艺术家，不会不喜欢我的计划的。另外，她又向我保证，绝不会泄露我的秘密，丝毫也没有责备我的意思。

“多么奇妙的想法啊!”她又说了一遍，“海伦娜是那样地爱她的乌克兰，若是能在华沙这里见到一个来自乌克兰的老歌手，那她一定会高兴得热泪盈眶的……可是你该跟她说些什么呢？你又是怎样来到这里，来到维斯瓦河畔的？你怎样才能向她解释清楚呢?”

不知不觉，我的热情也感染了艾娃。

过了一会儿，我们都坐了下来，开始拟订出一个最佳的方案。

我们达成了协议：我先化装好了，艾娃乘马车到我的住所来，接我一道去，这样就不会引起街头观众的强烈好奇心，在艾娃没有把秘密泄露之前，海伦娜夫人一点也不会知道的。

我们两人都拿我们的计划逗笑了一番。我吻了艾娃的双手，她留我吃早饭。

晚上我是在苏斯沃夫斯基家度过的。

卡佳因为我早上没有去，有点不高兴，但是我像个天使那样，忍受了她的嗔怪和抱怨，同时，我心里却在想明天的冒险和海伦娜。

十三

已是上午十一点钟了！

艾娃还没有来。

我身穿一件胸口裸露的粗布衬衫，一件已经破旧，但还相当不错的乌克兰长袍，腰扎一根皮带，脚穿一双皮靴，加上其他全部必要的装束。

灰白的假发一直垂到我的眼睛上面。谁若是能看出我戴的是一头假发，那他准是个聪明绝伦的人。我的胡子是耐心的杰作，从早上八点起，我就忙着用黏性强的鱼胶把白线粘在我天生的胡子中间，到最后，我的胡子变得那样灰白，就是到我当真老了，也不会这样。稀释了的乌贼墨把我的面孔染成了深褐色。希维亚特茨基又把我的皱纹画得惟妙惟肖，我看上去真有七十岁了。

希维亚特茨基认为，我不用画画，单靠给人当模特儿就能维持生活，也许这能给艺术带来更大的益处哩！

等到十一点半钟，艾娃坐着马车来了。

我把我平常穿用的一包东西送到了马车上，以便我改装时用。接着我手拿竖琴，走下楼去，当我走到门口时，便大声说道：

“光荣属于主！”

亚达米先是一惊，随即称赞起来。

“真是个道地的老歌手，道地的老歌手！”她重说了一遍，大笑起来，“只有艺术家才会想出这样的花招来！”

顺便说一句，她本人看上去真像夏日的早晨。她身穿一件朴素的绸裙，头戴一顶插着罂粟花的草帽，害得我的眼睛老是盯着她看。她是坐着一辆敞篷马车来的。这时候，街上的人开始向我们围拢来，但她一点也不在意。

马车终于启动了，我的心跳得越来越快了，再过一刻钟，我就能见到这位绝代佳人海伦娜了。

我们还没有走出一百步远，我就看到了奥斯钦斯基朝我们走来。

“这真是个无所不在的人！”

他一看见我们就站住了，他向艾娃点了点头，便细细打量起我们来，特别是我。我不相信他认出了我。可是等我们驶过他身边之后，我回头一望，他依然站在那里，目光紧随着我们，直到转过街角，我们才看不见他了。马车驶得相当快，可在我看来，这段旅程仿佛走了一个世纪，最后，我们在贝尔维德尔大街上停住了。

我们来到海伦娜的住房前面。

我直朝大门奔去，好像这所房子着了火似的。

艾娃在后面边追边喊：

“多么讨厌的老头子！”

一个衣着华丽的男仆给我们开了门，他一看见我，眼睛就睁得大大的。艾娃使他放了心，她对他说道，这个老头子是和她一道来的。于是我们朝楼上走去。

正好这时女用人出来了，她说，夫人正在隔壁换衣服，说完她就离开了。

“你好，海伦娜！”艾娃大声叫道。

“你好，艾娃！”一个美妙清爽的声音答道，“等一等，等一等，一会儿我就好了！”

“海伦娜，你不知道，什么在等着你，你会看到什么人……我给你带来了一位竖琴歌手，一个道道地地的乌克兰老歌手，在乌克兰草原上流浪的歌手。”

隔壁房间里传来了一声欢叫，房门突然打开了，海伦娜奔了出来，她身穿紧身晨衣，披散着头发。

“歌手！瞎子歌手！在这里！在华沙！”

“不是瞎子！他看得见。”艾娃急忙回答说，她不想让玩笑开得太过分了。

然而已经太晚了，因为我这时候已经跪倒在海伦娜的脚边，大声喊道：

“上帝的天使啊！”

我双手抱住她的脚，慢慢地抬起头来，欣赏着她的那双纤纤小脚。人们，快跪下吧，乡亲们，快手捧神香前来朝拜呀，这是米罗的维纳斯，真正的维纳斯啊！……

“天使啊！”我又满怀激情地说了一句。

我这个老歌手的激动，无疑可以做这样的解释：在经过了漫长的流浪之后，我终于又看见了一个真正的乌克兰人。尽管如此，海伦娜还是从我的手中拔出脚来，朝后退去……转瞬间，我还看见了她那裸露的肩膀和脖子，它们使我想起了那不勒斯的普赛克[①]。随即她就消失在门后了，而我依然跪在房间中央。

艾娃摇摇她的阳伞吓唬我。她一边笑着，一边把她那羞红的鼻子埋在一束木樨草里。

这时候，我们隔着房门，开始了一场最漂亮的乌克兰方言的交谈，就像普里皮亚特河口的人和捷尔托梅利克人在交谈一样。

---

① 普赛克，希腊神话中人类灵魂的化身，以少女形象出现。

我事先就准备好了全部问题的回答，我像背书似的瞎说一气。我说我原是捷赫林的一个养蜂人，我的女儿嫁给了一个住在华沙的波兰人，我这个孤老头子一直在蜂场里忙碌着，终于我到这里来看她了。好心的人听了我的歌唱，都施舍一些钱给我。可是现在呢，我已经见到了我的宝贝女儿，给了她祝福，我就要回到故乡去了，因为我想念母亲乌克兰啊！我想要在蜂箱中间死去。每个人都不免一死，对我这个老菲米普说来，早就该轮到了……

艾娃真是个好演员！她清醒地知道我是谁，可她还是那样为我扮演的角色而感动，忧郁地点起她那秀丽的头来，满怀同情地望着我。

从隔壁的房间里，也传来了海伦娜激动得发抖的声音。

房门打开了一点，从门缝里伸出她的一只纤细白手，出乎意料，她竟给了我三个卢布！没有别的办法，我只好收下了。我以所有圣徒的名义，滔滔不绝地发出一长串祝福，朝海伦娜的头上送去。

女仆进来打断了我，她通报说，奥斯钦斯基已在楼下，他问夫人是否愿意接见他。

“不要让他上来，我亲爱的！”艾娃慌张地喊道。

海伦娜说，她当然不会接见他的。她甚至对他这样早就来拜访，感到十分惊异。说实在的，我也无法理解他的行动。奥斯钦斯基是个讲究礼节的人，而且以通晓各种礼仪而闻名，怎么会在这样早的时刻就来这里拜访哩！

“一定发生了什么事！”艾娃说道。

但是没有时间做进一步的探究了，就在这时候，海伦娜已经打扮得整整齐齐地出来了。同时仆人也禀告说，早饭已经准备好了。

两位女士来到了餐厅。

海伦娜一定要我入席就餐，我坚决不从，于是我抱起竖琴，便在门边坐了下来。一会儿就给我端来了一大盘食物。装得又满又多，六个乌克兰老歌手吃下去，也会得消化不良症。但我还是吃了起来，因为我太饿了。另外，我还可以在吃饭这段时间里，仔细地瞧瞧海伦娜。

真的，在全世界的美术展览馆里，你很难找出比这更美丽的头部来。我活了这样久，也从未见过这样明亮的眼睛。通过这双眼睛，你简直可以看见一个人的全部感情，就像明净的溪水那样清澈见底。她的那双眼睛，还有一种本领：她的嘴还没有笑，眼睛已经笑吟吟了。于是，她的那张脸也像阳光照在上面似的，显得那样明媚娇艳，她那紧闭的嘴唇又是那样无可比拟的甜蜜！这是一幅卡罗·多尔斯[①]画的头像，不过她的眼睛和眉毛的式样又使我想起了桑扎[②]的最高贵的形象。

我终于停住口不吃了，我盯着她看呀，看呀，我真愿意这样一直看到我死去。

“你昨天没有来我这里，我还以为下午你会来的。”海伦娜对艾娃说道。

“上午我有场排演，下午我去看了马古尔斯基的画展。”

“你看见那幅画了吗?”

“没有看清楚，人太多了……你呢?”

“我上午去看过。他真是个诗人，看了真会让你为那些犹太人伤心哩!”

---

① 卡罗·多尔斯（1616—1686），意大利画家，以画肖像画而出名。

② 桑扎，即拉斐尔·桑扎，意大利著名画家。

艾娃看了我一眼，我心里美滋滋的。

“我只要能去，就想多去看几次。”海伦娜继续说道，“我们一道去，好吗？今天就去怎么样？使我感到高兴的，不仅是能看到那幅画，也还因为我们中间出了这样一位天才。”

我怎能不崇敬这位女人呢！

接着我又听到她说：

“遗憾的是，这个马古尔斯基，人们竟讲了那样多关于他的奇闻逸事。我向你承认，我好奇得要命，我真想见见这个人。”

“是吗？”艾娃漫不经心地答道。

“你认识他，是吗？”

“我向你担保，你和他混熟了，就会失望的。骄傲自大，目中无人。噢哈，真是无聊透了！”

我真想大骂艾娃一顿，好不容易才忍住了。可是艾娃却用她那双调皮的紫罗兰眼睛望着我，说道：

“老头子，你是不是吃不下去了？”

我真要骂人了，我再也忍受不了了！

可是她又对海伦娜说道：

“噢，是的！佩服马古尔斯基比认识他更值得。奥斯钦斯基形容他是个长得活像理发匠的天才。”

如果奥斯钦斯基真是说过这样的话，那我就要把他的耳朵揪下来。至于艾娃，我非常清楚，她是个调皮鬼，不过这次她做得太过分了。

幸好早餐吃完了。

我们来到花园里，我就要在那里唱歌了。

这使我有点不高兴，我宁愿以一个画家的身份来和海伦娜认识，而不愿作为一个歌手来到这里。

但是现在太迟了。

我坐在墙边的栗子树下，阳光穿过树叶辉映在地上，形成了许多斑斑点点，随着风吹树叶，这些斑斑点点的亮光摇曳着，闪动着，时而消失，时而重现。花园很深很大，几乎听不到街上的喧闹声。再加上园中的喷泉又把外面的嘈杂声淹没了。天气很热，浓密的树叶中间可以听见麻雀的啾唧声，轻柔悦耳，仿佛在梦中似的，随后，又是一片静寂。

我发现这是一幅真正的好画：花园，茂密的树林，日影，喷泉，两个紧挨着坐在一起的无比娇美的女人，还有我这个手抱竖琴坐在墙边的老歌手，所有这一切都有一种魅力，我作为一个画家，更感受到它们的美了。

我差点忘记了我扮演的角色。于是我开始聚精会神地唱了起来：

人们认为我幸福无比，
我笑他们不知道底细，
他们看不见我的痛苦，
也不见我泪水横流。

我孤苦伶仃，漂泊四方，
我将痛苦地走进坟墓，
母亲啊，你为什么生我，
在这样悲惨的时代里？

艾娃着迷了，因为她是个艺术家，海伦娜也听得入神了，活像个乌兰克的女儿，而我呢——因为有两个这样的美人，望着她们，我就陶醉了。

海伦娜平静地听着，没有显出激动的样子，可是我从她那明亮的眸子里，看出我的歌唱给了她多大的快乐。

这和那些来华沙参加狂欢节的乌克兰女人有多大的不同啊！那些太太小姐在跳舞时，老是向她们的男舞伴唠叨，说她们是多么思念乌克兰，实际上，正像我的一位朋友说的，你就是用牵引机来拉她们，也无法把她们从华沙、从狂欢节拉回到乌克兰去。

海伦娜边听边频频点着她那美丽的头，不时对艾娃说："这歌我知道！"还跟我一起唱了起来。我已经镇静下来了，我从我的记忆和心灵深处，把我所有的全部乌克兰民歌材料都倾倒了出来，从歌唱将军、武士和哥萨克的，到赞美雄鹰、索尼亚、马露霞、草原、坟茔的，以及其他的歌曲，连我自己都感到惊奇，我从哪里学会了这么多的歌哩！

时间像做梦一般地过去了。

告别回家时，我心满意足……不过也精疲力竭了。

十四

在画室里，我非常意外地看见了苏斯沃夫斯基夫妇和卡佳，他们是想让我大吃一惊的……

为什么希维亚特茨基要告诉他们，说我不久就会回来呢？

无论是卡佳，还是她的父母都没有认出我来，这证明我的化装是多么出色的啊！我走到卡佳面前，握着她的手，她惊讶得直往后退。

“卡佳，你不认识我了？”我问道。

看到她那惶惑不解的神情，我笑了起来。

“那是符瓦德克！”希维亚特茨基说道。

卡佳仔细地打量着我，末了她笑着说道：

“呸！多么丑的老家伙！”

我是丑老家伙！我倒想知道，哪里还有更好看的人！不错，卡佳是受到她父亲苏斯沃夫斯基的美学原则的熏陶的，在她看来，任何一个老歌手都必然是丑陋的。

我又退回到我们的厨房里，几分钟之后，我就以平常的打扮出现在他们面前了。

卡佳和她的父母开始盘问我，为什么要化装成老歌手！

“为什么要化装……这很简单……你们知道，我们画家经常互相帮助，常常为朋友当模特儿，比如说，希维亚特茨基就给我当过那个犹太人的模特儿。卡佳，你在那幅画里没有看出是他吗？我现在就是在给车普科夫斯基当模特儿。我们画家之间，向来就有这样的习惯，尤其因为在华沙缺少模特儿。”

“我们来是想让你吃一惊的。”卡佳说道，“另外，我活到今天还没有见过一间画室。哎呀呀！真是乱七八糟的，所有的画家都是这样乱的吗？”

“差不多都是这样！”

苏斯沃夫斯基先生说，他宁愿看到这里更整洁些，希望以后这方面会有很大的变化。我真想把我的竖琴朝他头上砸去。这时候，卡佳露出一副娇媚的模样，笑着说道：

“有这么一个画家，他真是邋遢鬼！只要我那么一收拾，管保他的房间会大变样……一切都会井井有条，放得妥妥当当，灰尘也会打扫得干干净净。”

她这样说着，把自己的翘鼻子往上一仰，望着那些装饰着我画室四角的蜘蛛网，又接着说道：

“这样乱糟糟的，连买主也会吓跑的……人家来到这里，还以为是到了旧市场哩！嘿，就拿这件武器来说吧，它的表面锈得多厉害呀！但是，你只要把女用人叫来，让她用砖头摩擦一遍，它就会像新茶壶一样闪闪发亮了。”

哎呀，耶稣玛丽亚！她竟提起买主来了，还要用砖去擦我的从古墓中发掘出来的盔甲……卡佳呀卡佳！

心情愉快的苏斯沃夫斯基吻了吻她的额头。希维亚特茨基却发出一种可怕的声音，就像野猪的嚎叫声一样。

卡佳指着我的鼻子吓唬我说：“我请你记住，一切都要改变！”最后她又说：“如果这位先生今天晚上不到我家来，那他就太可恶了，我们也就不会再爱他了！”

她一说完，就闭起了眼睛。我不能不说，她的这种姿态真有股迷人的魅力……我答应她一定去，并把我未来的亲属送到了楼下。

我回到画室后，看到希维亚特茨基侧身而立，正在怀疑地望着放在桌上的一包一百卢布一张的钞票。

“这是什么？”

“你知道这是怎么回事吗？”

“我不知道！”

“我像个普通的小偷那样拿了人家的钱！”

“你说什么？”

“我把我的‘死人画’卖了。”

“这就是卖画的钱吗？”

“是的，我是个可耻的高利贷者！”

我拥抱了希维亚特茨基，衷心地祝贺他，于是他把经过告诉了我：

“你走后，我一个人坐在家里，不久来了一位先生，问我是不是希维亚特茨基，我回答说，我倒想知道，为什么我不是希维亚特茨基。他又说道：‘我看了你的画，想把它买下。’我说：‘好啊！但是请你允许我说一句，只有傻瓜才会买我这样低劣的画。’他听了又说：‘我不是傻瓜，但是我有一种怪癖，喜欢买傻瓜们画的画！’‘既然如此，那我就只好卖了！’我说。他问我要多少钱，我回答说：‘这对我又有什么关系呢？’‘我愿出这个价钱。’‘那好吧，你愿意给多少就给多少好了！’他付完钱后就走了，留下了一张印有‘医学博士比亚科夫斯基’的名片。我真是个卑鄙的高利贷者！事情就是这样。”

“死人画万岁！希维亚特茨基，快结婚吧！”

“我宁愿去上吊！”希维亚特茨基回答说，“我是个卑鄙的高利贷者，不是别的！”

十五

这天晚上，我是在苏斯沃夫斯基家度过的。

我和卡佳两个人坐在客厅的凹室里，那里有一张小沙发。

苏斯沃夫斯基太太坐在灯光明亮的桌子旁，在为卡佳缝制嫁衣。苏斯沃夫斯基先生也坐在那张桌子旁，正在细心地阅读晚间版的《风筝报》。

我心情不太好。为了驱散我心头的不快，就跟卡佳挨得近近的。

客厅里一片寂静。只有卡佳的悄悄说话声打破了这里的宁静，当我想拥抱她时，她就回答说：

“符瓦德克，爸爸会看见的!”

这时候，她爸爸高声念了起来：

“著名画家希维亚特茨基的题名为《最后的会见》的那幅画，今天已被比亚科夫斯基大夫用一千五百卢布买去。”

“啊，是的！希维亚特茨基今天上午卖掉了那幅画!”

我说道。我又想拥抱卡佳，可她还是低声说道：

“爸爸会看见的……”

我不由自主地把眼光转向苏斯沃夫斯基先生。我突然看见他脸色大变，他用一只手放在眼睛上挡住亮光，身子弯在《风筝报》上。

真见鬼！他在那份报纸上发现了什么哩!

“老爷子，你怎么啦?”苏斯沃夫斯基太太问道。

他站起身来，朝我们走近几步，便停住了，用眼光打量着我。他绞动着双手，开始摇起头来。

“您怎么了?”

“任何欺骗和罪恶终究会原形毕露的！”他用愤恨不平的声调说道，“我的先生，你读读吧，如果羞耻之心能容许你读完的话。”

他说完这句话，便做了一个像是给自己披上长袍的动作，并把《风筝报》递给了我。我拿起那份报纸，眼光停留在一条题为《乌克兰竖琴歌手》的消息上。我有点慌乱，急忙读起这条消息来：

近日来，我市出现了一位远方来客，他是个年迈体弱的乌克兰竖琴歌手。这个老歌手已拜访了所有居住在本市的乌克兰家庭，他以弹唱民歌来换取施舍。据悉，我们那位富于同情心的著名女演员艾·亚，对这位老歌手极为关切，恰好今天上午就有人看见她和他一道乘车出去。远方客人出现的头几天，本市就有一惊人的奇闻流传：我们最杰出的画家之一，曾身穿竖琴歌手的外套，其目的就是要躲过丈夫们和保护人的眼睛，而能轻易地进入名媛淑女之闺阁绣房。我们相信，此谣言纯属无稽之谈，因为我们的名演员绝不会参与此种勾当，根据我们的调查，该老人确系来自乌克兰，其神志虽然有些癫狂，但记忆却非常好。

真是要命啊！

苏斯沃夫斯基先生愤怒得说不出话来了，后来他怒不可遏地指责说：

“新的欺骗，新的诡计，你对你的行为还有什么可辩解的呢？今天我们不是看见了你那可耻的化装吗？那个老歌手是谁呢？”

“我就是那个老歌手！”我回答说，“但是我不明白，你为什么认为那是可耻的化装呢？”

这时卡佳一把从我的手里抢走了那份《风筝报》，读了起来。苏斯沃夫斯基更加愤怒地束紧了他的宽袍，说道：

“你刚刚踏进一个正派家庭的大门，就把丑行带了进来。你还没有成为这个不幸孩子的丈夫，就背叛了她，和一个轻浮女人胡混在一起，你践踏了她和我们对你的信任，破坏了你神圣的誓约……这是为了谁呢？这是为了一个演戏的婊子！”

听到这里，我气得发疯了！

“我的先生，您的这些陈词滥调，我已经听够了，这个婊子远远超过十个像您这样虚伪的卡托[1]……您对我说来，真是一钱不值，而且我还要告诉您，您使我讨厌极了，我对您和您的专横跋扈再也忍受不下去了！……”

我说不下去了，而且我也用不着多说了，因为苏斯沃夫斯基突然解开了他的背心，仿佛在说：

“你就打吧！不必吝惜你的气力，这就是我的胸口！”

我根本就没有想过要打人，我只说了一声“我告辞了”，因为我担心自己又会对苏斯沃夫斯基再说些气话。

我没有向任何人告别就出来了。新鲜空气使我发热的头脑清爽了些。当时已是晚上九点钟了。夜色非常美好。

我需要走走，以便使自己完全冷静下来，于是我急忙朝贝尔维德尔大街走去。

海伦娜住的那座别墅的窗户一片漆黑，显然她不在家。不知道为什么，我感到非常失望。

哪怕我只在玻璃上看到她的影子，我也就会平静下来的，现在我的火气又上来了。

我不知道下次见到奥斯钦斯基时我会怎样对付他，幸喜他不是一个逃避责任的人。

只是我不知道我该怎样来收拾他，那篇消息报道写得特别圆滑。奥斯钦斯基一定会否认，那个老歌手是一个化装的画家，他好像是在保护艾娃，却又向海伦娜揭露了整个事情的真相。很显然，他是想离间海伦娜对艾娃的好感，为了卡佳而对我进行报复，此外他还想出我的洋相。

---

① 卡托（公元前234—前149），古罗马政治家，演说家，属保守派。

要是他没有写我是神志癫狂倒也罢了，可是它已经发表出来了！在海伦娜眼里，我一定是非常可笑的，她肯定会看《风筝报》的。

啊，对艾娃说来，这真是一件不愉快的事，是对她的一次打击。这个奥斯钦斯基一定在自鸣得意了。我必须有所行动，如果我是《风筝报》的记者就好了，我一定知道该如何行动。

我突然想起，还是去找艾娃商量一下，她今晚有演出……我得立即赶到剧院去，等演出结束时，我就能见到她了。

时间还来得及……

半小时之后，我便到了她的化装室。

艾娃的演出快要结束了。于是我便观察起身边的一切来。众所周知，我们的剧院并没有特别奢侈的设备：白粉墙的房间，两盏煤气灯不停地摇曳着火光，一面镜子，一个洗脸池，几把椅子，一个角落里放着一把躺椅，也许是这位红演员的私有财产，这就是她的化装室……镜子前面放着许多化妆用品，一杯未喝完的黑咖啡，几瓶口红和香粉，画眉毛的画笔，几双依然保持着手的形状的手套，上面放着两条假发辫。旁边那堵墙上挂满了白的、粉红的、深色的、浅色的和黑色的衣服，地上还放着两筐女人的用品。房间里全是香水和香粉的气味。到处都凌乱不堪！仿佛这里的一切都是匆匆忙忙乱放在一起的，由于煤气灯光的摇曳，形成了无数的色彩和反光，产生了形形色色的光和影的效果。

这是一幅自成一格的图画，有其独特的风格。的确，这里跟普通女人的化装室没有多大的区别，然而它却有一种使它看起来不像一间化装室，而像一座殿堂的独特魅力和美妙之处。在这一切乱七八糟、匆忙杂乱之中，在这用石灰粉刷过的四壁之间，却有一种艺术的气息。

传来了雷鸣般的掌声。噢，演出已经结束了……透过墙壁，我听到了观众的欢呼声："亚达米！""亚达米！"一刻钟过去了，观众还在不停地喊叫。

最后，装扮成特奥多拉的艾娃奔了进来。

她头戴王冠，眼睛画得黑黑的，脸颊上涂满了红油彩，她的一头披散开来的头发落到了她那裸露的肩膀和脖子上，她的情绪是那样激动兴奋，又是那样疲劳无力，我几乎连她轻声说的"你好啊，符瓦德克"都听不清楚，她急忙脱下了王冠，还穿着皇袍就倒在了躺椅上。显然她无力说话，只是像只累坏了的小鸟那样默默地望着我。我坐在她的身边，一只手放在她的头上，此时此刻，我除了艾娃外，什么都不想了。

我在她那双涂得黑黑的眼睛里看到了尚未熄灭的激动的火焰，我在她的额头上看到了艺术的痕迹，我看到了这个姑娘怎样向艺术之神的祭坛上贡献出她的健康、她的心血和她的生命。我看到了她此时此刻连气都喘不过来的情景。一种怜悯、同情和疼爱的感情在我心中油然而生，它是那样强烈，我真不知道我该做什么好了。

我们一声不响地坐在那儿，最后，艾娃指着化妆桌上的那张《风筝报》，轻声说道：

"多么可恶啊！多么可恶啊！"

她突然神经质地哭了起来，浑身像片树叶似的颤抖着……

我知道得很清楚，她是因为疲劳才哭的，绝不是为了那张《风筝报》。那条消息不过是无稽之谈，到不了明天，大家就会忘记得一干二净的。在我看来，整个奥斯钦斯基抵不过艾娃的一滴眼泪。我的心跳动得越来越急速了，我紧紧握着她的双手，热烈地吻着它们，我把她的双手紧紧压在我的心口上，我的心跳动得异常剧烈，一种不可名状的感情正在我的心中涌起，我跪在艾娃的脚边，连我自己也不知道在干什么，云雾遮住了我的眼睛，突然我像失去了理智似的，把她紧紧搂抱在我的怀里。

“符瓦德克，符瓦德克，你可怜可怜我吧！”艾娃低声说道。

但是我紧紧地把她按在我那激动不已的胸前，我忘记了一切，我发疯了，我狂热地吻着她的额头、她的眼睛和她的嘴唇，我只会说这一句话了：

“我爱你！我爱你！”

这时候，艾娃头向后仰，双手热烈地抱住了我的脖子，我听到她的悄悄说话声：

“我早就爱上你了！”

十六

如果在这个世界上，对我说来还有比艾娃更可爱的人，那我就是一条醋渍青鱼了……

人们说，我们艺术家做事都是凭一时的冲动，这是不对的！事实表明，我早就爱上了艾娃，只不过我是一头蠢驴，竟没有意识到这一点。

只有上帝知道，那天晚上送她回家时，到底发生了什么事。我们手挽着手朝前走去，一句话也没有说。我不停地把她的胳膊往我这边拉，艾娃却把我的胳膊往她那边拉。我感觉出，她是在竭尽全力地爱我。

我把她送到楼上，当我们来到她的起居室时，我们都变得那样慌乱不安，两人都不敢正面看着对方。她用双手捂着脸，我轻轻掰开她的双手，说道：“艾娃，你是我的吗？是真的吗？”她紧紧贴近了我，回答道：

“是的！是的！”

她是那样迷人，她的一双眼睛是那样含情脉脉，而又炯炯发亮，她的整个姿态都是那样荡人心魄，以致我无法离开她了。

说老实话，她也离不开我，好像她是要弥补她的长久沉默和隐瞒感情似的。

我很晚才回到家里，希维亚特茨基还没有睡，正在灯下为一家画刊制作一幅木版画。

“这里有你的一封信！”他说道，仍然在埋头工作。

我从桌上拿起了那封信，感觉出信封里装有一只戒指。真是好极了，明天我正好用得着。我拆开了信封，读到下面的几句话：

> 我知道，送还这枚戒指会使你高兴，因为显然这是你预谋的目的。至于我，也不想去和一个女戏子竞争。卡

好在这封信写得简短。这封信满纸怒气，仅此而已。

如果在这之前，卡佳对我还具有某种魅力的话，这一下可就烟消云散，彻底完结了。

多么奇怪的事，大家都认为，艾娃是我化装和所有这一切活动的起因，实际上，她不过是后来所发生的那些事情的根源。

我把这封信一揉，塞进了口袋，就去睡觉了……

希维亚特茨基抬起了眼睛，期待地望着我，等着我说点什么，可是我一声未吭。

“那个无耻的奥斯钦斯基晚上看完戏后曾来过这里！”希维亚特茨基对我说道。

十七

次日上午，刚刚十点钟，我就巴不得跑到艾娃那里去，可是我有客人，去不成。

来客是卡托弗莱男爵，他是来订购我那幅“犹太人”的复制画的，他出价一千五百卢布，我要两千，结果成交了。

他走后，坦森贝格又来预订了两幅肖像画。希维亚特茨基是个反犹派，他骂我是“犹太画家”。但是我倒想问问：如果不是这些“财主”来买我们的画，还有谁会来买呢？这些‘财主”不愿买你希维亚特茨基的死人画，那可不是我的过错啊！

直到一点钟，我才赶到艾娃那里。我把那只戒指送给她，并用商量的口气对她说，婚礼一结束，我们就到罗马去。

艾娃欣然表示赞同。昨天晚上我们两个都是寡言少语的，今天却争着说话，谈个没完。

我把那两笔订货都告诉她了，我们两个都欣喜异常。两帧肖像画我必须在蜜月旅行之前完成。那幅给卡托弗莱的“犹太人”的复制画，我想等到了罗马以后再画。然后我们就回到华沙来，新建一个画室，我们的生活将会像在天堂一样美好……

当我这样设想未来的计划时，还特别提出，在我们今后的一生里，都要把昨天这个日子当成我们的节日来庆贺。

艾娃把头偎依在我的肩膀上，请求我别再说下去了。接着她就用晨袍的短袖裹住我的脖子，把我叫作她的“伟人”。她的脸色比平时苍白，眼睛也更呈紫罗兰色，由于欣喜而炯炯发光。

啊，我以前真是个大傻瓜！我身边就有这样一个女人，却还要到别处去找幸福，到一个与我陌生的社会阶层中去寻求幸福。

艾娃真是个天生的艺术家，她是我的未婚妻，于是她立即就担当起这个角色来，而且不由自主地就扮演了一个年轻而又幸福的未婚妻。但是，对于这个演剧多年的可爱人儿，她这样做，我毫无责怪的意思。

午饭之后，我们一道来到了海伦娜·科乌查诺夫斯卡夫人的家里。

从艾娃把我作为未婚夫介绍给她的时候起，那扮演老歌手的玩笑也就显得毫无恶意，不会引起两个朋友的误会了。海伦娜张开双臂欢迎我们，为艾娃的幸福而高兴。我们三个像疯子似的为那个老歌手、为那个扮演老歌手的人不得不听人家议论马古尔斯基而放声大笑。昨天我还想用匕首去刺杀奥斯钦斯基，今天却称赞起他的聪明机智来了。

海伦娜笑得连她那双明亮的眼睛都噙满了泪水。顺带说一句，她真是美极了。当拜访结束，她低头送别我们时，我的眼睛简直无法离开她了，就连艾娃也受到了她的强烈吸引，整天都在毫无意识地模仿她的鞠躬行礼和注视人的模样儿。

我们商定，等我们从国外回来，我就给海伦娜画一幅肖像画。不过在这之前，我一定要在罗马画好我的艾娃。如果我能再现她那娇嫩的、几乎是透明的脸部特征就心满意足了。她的那张脸是那样富于表情，几乎每一种激情都会在它上面反映出来，就像云彩映在一池清水中一样。

我一定能画好！……为什么我不能画好呢？

晚间版的《风筝报》登载了几则关于我接到订约的胡编乱造的消息。

说什么我的收入是以千位数来计算的了。

也许就是这个原因，第二天我收到了卡佳的一封信，说她是因为气愤和嫉妒才把戒指退回给我的，如果我现在就到她家里去，和她一起跪在她父母的脚边，她的父母还可能会宽恕我们的。

对这种跪着和请求宽恕的事我已经受够了，对这封信我根本不想回答。谁愿意跪谁就跪在他们的脚边吧，让卡佳去嫁给奥斯钦斯基好了，我有我的艾娃！

很显然，我的沉默在苏斯沃夫斯基家里引起了惊恐不安。几天之后，同一个送信人又送来了卡佳的一封信，不过这次不是给我的，而是给希维亚特茨基的。

希维亚特茨基把信给我看了……卡佳请求他前去商谈一些关系到她整个未来的重大事情，她期望得到他的同情，期望他的公正，这是她见到他时第一眼就看出来了的，希望他不会拒绝一个不幸女子的请求。希维亚特茨基大骂了一通，对那些卑鄙的市侩诅咒了一番，还说有必要把这些家伙连同他们的子孙后代都吊死，不过他还是去了……

我猜想，他们是想让他来劝说我的。

十八

希维亚特茨基实际上是个好心肠的人，显然他是被他们征服了。

整整一星期，他天天到苏斯沃夫斯基家去，最近这三天，他不停地在我身边转来转去，完全像头狼似的蹙起眉头望着我……

最后，有一天在喝茶时，他愤愤不平地问道："听着！你打算拿那个姑娘怎么办？"

"哪个姑娘呀？"

"你别装蒜了！就是苏斯沃夫斯基家的那个。"

"我跟苏斯沃夫斯基家的那个毫无关系！"

沉默了片刻，希维亚特茨基又接着说道：

"她一天到晚都在那儿哭，连我都受不住了！"

真是个好心的人！

他这时愤激得连声音都哆嗦了，他像头犀牛一样喷着鼻子，接着说道：

"一个正派的人是不会这样干的！"

"希维亚特茨基，你使我想起，你就像那个苏斯沃夫斯基老爹。"

"也许可能，我宁愿像苏斯沃夫斯基老爹，也不会去欺侮他的女儿。"

"我请你别管我的事！"

"好吧！从现在起，我和你分道扬镳，各走各的路。"

我们的谈话到此结束，从此我和希维亚特茨基就不说话了。

我们装作彼此不认识，更可笑的，我们还住在一起，每天上午还在一起喝茶，而且我们两人谁也没有想过要搬出这间画室。

我和艾娃结婚的日子临近了……

通过《风筝报》全华沙都知道这件事了。大家都瞧着我们俩，特别对艾娃感兴趣。每当我们来到展览会上，就有一大堆人围住我们，搞得我们难以脱身。

我的那个不相识的女朋友又给我寄来了一封匿名信，她在信里向我提出忠告，说艾娃不适合做我这样的人的妻子……

我不相信人们所说的关于亚达米和奥斯钦斯基的关系。可是你，大师，所需要的是一个甘愿为你的名望和伟大做出牺牲的妻子。但是，亚达米小姐本人就是一位艺术家，她自己就需要别人常常往她的磨盘里注水……

希维亚特茨基一直不断地上苏斯沃夫斯基家去，不过现在，他更像一个安慰者了，因为苏斯沃夫斯基一家早已知道我的计划了。

我在剧院经理部替艾娃请好了不定期的长假。艾娃开始梳起了乡下姑娘的发式，衣着非常朴素，穿上了齐脖颈的衣服，但都和她很相称。化装室的那种场面再也没有出现过，艾娃不允许，最多只让我吻她的双手，这真使我感到火烧火燎，心急如焚了，不过我引以为荣的是，她……

她疯狂地爱着我。我们整日都在一起，我开始给她上绘画课。

她对绘画课、对美术，整个儿地着迷了。

十九

执掌雷电的宙斯啊，你从奥林匹斯山顶上一定能纵观全局、明察秋毫的！

往往有一些事情，连哲学家们都梦想不到。

我结婚前夕，希维亚特茨基来到我身边，用胳膊肘碰了我一下，把他的那乱蓬蓬的脑袋转向一边，以忧郁的语调说道：

“符瓦德克，你知道吗？我犯了大罪！”

“那么你就告诉我，你犯的是什么罪？”我回答。

希维亚特茨基的眼皮一直向着地板，仿佛在自言自语似的：

“像我这样一个酒鬼，一个毫无才华的白痴，一个无论是肉体还是精神都堕落了的人，居然要和一个像卡佳这样的姑娘结婚，这简直是一种弥天大罪啊！”

我真不敢相信我的耳朵，但我还是拥抱了希维亚特茨基。

他把我推开了，我不在意。

他的婚礼在几天之后举行了……

二十

在罗马度过数月之后，我们，艾娃和我，收到了一份非常精致的请帖，邀请我们去参加奥斯钦斯基和海伦娜·科乌查诺夫斯卡夫人的婚礼。

我们不能去参加，因为艾娃的身体不允许。

艾娃仍旧在学画，进步显著。我得到了佩斯[1]颁发的一枚奖章，克罗地亚的一个富翁买了我的一幅画，我和古皮尔也建立了联系。

① 佩斯当时是匈牙利的首都，后来与相邻的布达城连成一起，成了今日的匈牙利首都布达佩斯。

二十一

在维罗纳，我得了个儿子。

艾娃说她从来也没有见过这样好的孩子。

真是个不同一般的孩子！……

二十二

我们回到华沙已经有好几个月了。

我布置了一间精美的画室。

我们常常到奥斯钦斯基家去玩。

他已经卖掉了《风筝报》，现在担任失业工人面粉分配委员会的主席。你简直想象不到他受到了多么大的爱戴和尊敬。他拍拍我的肩膀，对我说："过得很好吧，我的大恩人！"他依然关心着那些文学人才，每星期三举行一次招待会。

海伦娜永远像梦幻一样美！……

他们没有孩子。

二十三

救命啊，因为我要笑死了！……

希维亚特茨基这对新婚夫妇从巴黎回来了。

卡佳真像一个挥金如土的画家的妻子，而他自己则穿了一件绸衬衫，头发修饰得齐整光洁，蓄起一把漂亮的山羊胡子。这一切都是不难理解的！我能想象得出，她是怎样去改变他的习惯和性格的，但她是如何制服了他那头蓬乱的头发的，对我说来，就永远是个不解之谜了。

希维亚特茨基并没有停止画他的死人画。他同时也画一些田园风俗画，而且非常成功。他也画过一些肖像画，但却显得功力不足，而且这些人像的脸上和身上的颜色，往往使人想起他的死人画来。

我以老朋友的交情，问他和妻子过得是不是幸福，他告诉我说，他做梦也没有想到会有这样的幸福。我不得不承认，卡佳在这方面，超出了我的预料。

如果不是艾娃身体不好的话，如果不是这个可怜的人常常为此焦急的话，那我就是个十全十美的幸运儿了。有天晚上，我听见她在抽泣，我知道这是为什么！她是多么想重返舞台啊！她嘴里不说，可是心里在想念……

我已经在画奥斯钦斯卡夫人[①]的肖像了。她真是个天下无敌的美人。对奥斯钦斯基的尊敬也无法阻止我……如果不是我非常爱艾娃的话，我不知道会怎么样……

可是，我对艾娃的爱是深沉的，无边无际的……

---

① 即海伦娜·科乌查诺夫斯卡夫人（波兰女人结婚后是随丈夫姓的）。

海边恋情

一

在一辆敞篷马车里，画家希维尔斯基坐在艾尔曾夫人身旁，他们对面坐着她的一对孪生儿子：罗莫拉和勒莫。画家时而交谈几句；时而又陷入沉思中，他在考虑必须迅速解决的问题；时而又望着大海。沿岸的景色是值得观赏的。他们是沿着所谓老科尔尼萨路从尼斯到蒙特卡罗去的，这条路修建在嶙峋的岩石之下，高高地沿着海岸延伸开来。左边被高耸的岩石挡住了视线，这些岩石呈灰暗色，夹杂着绯红色和珠色，上面光秃秃的，寸草不生。右边却是地中海的碧蓝色海水，从上面望下去，给人以一种深邃和广阔无际的印象。从他们所在的高处往下看，那些渔人的小船犹如白点，海鸥在海面上翱翔，远远望去，很难分辨出哪是船帆，哪是海鸥。

艾尔曾夫人靠在希维尔斯基的肩上，脸上现出一副陶醉的神色，仿佛自己也不知道在做什么似的，只用她那梦幻般的眼睛望着那如镜般的海水。

希维尔斯基感到了她的触摸，于是一种令人心旷神怡的快感流遍了他的全身。他想，如果此刻没有罗莫拉和勒莫在场，他一定要用手臂抱住这位年轻的女人，把她紧紧贴在自己的胸前。

但是他一想到要是他这样做，就不能再三心二意，非得把问题挑明不可了，心里又不免害怕起来。

这时候，艾尔曾夫人说道：

“请你把马车停下！”

希维尔斯基将马车停住，他们沉默了一会儿，年轻的寡妇说道：

“听过蒙特卡罗的那种喧闹之后，这里是多么宁静啊！”

“我只听到了音乐，也许是他们在法兰克港的军舰上演奏的。”画家答道。

的确，那飘送着橘树花和向日葵的香气的轻风，也把一阵阵抑扬的乐声从下面吹拂过来。大路下面，可以看见散落在海边的别墅屋顶，隐没在浓密的桉树中间，旁边是一大片由杏花组成的白色花海和由桃花组成的红色花海，再往下看，便可以看见沐浴在阳光下的法兰克港和停在港口里的大船。

下面是沸腾的生活，与上面死一般沉寂的荒山，形成了一种奇异的对比。荒山的上面是万里无云的天空，它是那样透明，犹如玻璃一般，给人以淡然冷漠之感。在这里，在这些寂静的巨石中间，一切生物都消失了，都显得微小了，就连这辆载人的马车，看上去也像一只趴在岩石上的小甲虫，骄傲地在这高地上爬行。

“生命在这里是完全终结了！”希维尔斯基望着光秃的岩石说道。

艾尔曾夫人更紧地贴在他的肩上，用一种拉长了的睡梦般的声音回答说：

“在我看来，生命恰好是从这里开始的。”

过了一会儿，希维尔斯基有点激动地说道：

“也许你说得对。”

他用询问的目光望着她，艾尔曾夫人也抬起了她的眼睛瞟了他一下，随即又垂下了眼帘，好像难为情的样子。尽管她已经有了两个坐在前排的孩子，但此时此刻她看起来依然是个豆蔻年华的少女，她的眼睛仿佛经受不住初恋之光的照射。于是他们两个都默默无言，只听见从下面飘送过来的音乐声。

这时候，在远处的海面上，靠近海港的入口处，出现了一道白烟，于是这庄严的静默气氛便被勒莫打破了，他从座位上站了起来，大声叫道：

“看啊！那是福米达博号！”

艾尔曾夫人不满地望着她的小儿子，她恼恨他的打搅，因为在这个时刻里，每一句话都足以决定她未来的命运。

“勒莫，你不要闹！”她说道。

“可是，妈妈，那真是福米达博号呀！”

“多么不听话的孩子啊！”

“为什么？”

“他是个笨蛋，不过这次他说对了！”罗莫拉突然掐嘴说，“昨天我们去过法兰克港（说到这里他转身面对着希维尔斯基），先生，您不是看到我们骑自行车去的吗？他们说，整个舰队都已经在这里了，只差福米达博号，今天它就要到达。”

勒莫一听这话，便用最后一个音节读音很重的语调说道：

“你才是笨蛋哩！”

于是他们两个互相用胳膊肘碰撞起来。艾尔曾夫人凭经验看出，希维尔斯基对于这两个孩子的说话方式和所受教育都是深为不满的，于是她吩咐他们不许开口，然后说道：

“我早就对你们和克勒索维奇先生说过，你们之间除了说波兰话外，不许说别的语言。”

克勒索维奇是个从苏黎世来的大学生，他身患肺病，艾尔曾夫人是在里维拉发现他的，便请他来当她孩子的家庭教师，那是在认识希维尔斯基之后发生的事情。她这样做，也是由于听到了那位刻薄而又富有的维亚德罗夫斯基说的一句话："有身份的家庭绝不会把孩子教育成商品推销员的。"

不过这时候，被福米达博号引起的这番吵闹，的确破坏了这位敏感的画家的情绪。过了一会儿，马车又在石路上发出辚辚的响声，往前驶动了。

"是你要把他们带来的，你对他们太好了。不过，我们得挑一个有月光的晚上再来此地一游，你看今天晚上怎么样？"艾尔曾夫人用甜蜜的声音说道。

"我愿意随时奉陪，不过今天晚上没有月亮，而且你的午餐一定很晚才能结束。"希维尔斯基答道。

"真的！"艾尔曾夫人又说，"等哪一天月圆了，你就招呼我一声。遗憾的是，今天没有单独邀请你一个人来吃午饭……在皎洁的月光下这里一定很美，尽管我站在这样高的地方会感到心悸。若是你知道我此时此刻心跳得多么厉害就好了，你看看我的脉搏，隔着手套都能看得一清二楚。"

她边说边伸出她的手，手上戴着一副这样紧的芬兰手套，把她的手掌几乎变成了一个圆筒。她把手伸给希维尔斯基，他立即双手紧握着它，开始仔细打量起来。

"不！我看不出来，不过，我可以听出来。"他说。

他低下了头，将耳朵贴在手套的纽扣上，随后他又把她的手紧紧贴在自己的脸上，还轻轻吻了它一下，说道：

"我小时候喜欢去捉鸟玩，它们的心也是这样跳动的。是的，你的心跳得和被捉住的小鸟一样！"

她忧郁地微笑了一下，重复道：

"和被捉住的小鸟一样……"

过了一会儿，她问道：

“你怎样对待这些被捉住的小鸟呢？”

“我非常细心地喂养它们，可是它们总是飞走了……”

“忘恩负义的东西！……”

画家不无激动地接着说道：

“生活中也往往出现类似的情况，我想找一个能和我永远在一起的人，但总是找不到，以致到后来，我连这种希望都丧失了。”

“不！你应该有信心。”艾尔曾夫人答道。

听了这话，希维尔斯基心里在想，既然事情早就开始了，那就快点让它结束吧。以后会怎么样，那也只好听天由命了。在这一瞬间，他觉得他就像一个用双手捂着耳朵和眼睛，准备往水里跳的人一样，既知道他非跳不可，又感到他没有再思考的时间了。

“也许你下车来走走好。”他说，“车子可以跟在后面，我们的谈话也可以更自由些。”

“好的！”艾尔曾夫人坚决地回答道。

希维尔斯基用手杖捅了捅车夫，马车便停住了，他们都下了车。罗莫拉和勒莫立即朝前跑去，在前方几十步远的地方停住了，以便俯瞰艾查一带的房屋，还把石子朝下面的棕榈树林扔去。希维尔斯基和艾尔曾夫人走在后面，可是这一天，他们好像交上了坏运气，正当他们想利用这个难得的时刻，恰好看见一位从摩纳哥方面来的骑手在罗莫拉和勒莫身边站住了，身后还跟着一个英国人打扮的马夫。

“这是德·辛丹！”艾尔曾夫人不耐烦地说道。

“是的！我看出是他。”

过了不久，他们就在身边看到了那匹马的脑袋，和骑在马上的年轻的辛丹男爵的一张马脸，辛丹在走近他们之前先犹豫了一下，怕打搅他们。不过他又一想，若是他们不愿意别人来打扰他们，那也就不会把孩子带在身边的，于是他跃身下马，把马缰交给了马夫，便向他们问候致意。

“你好！这是你训练的时刻！”艾尔曾夫人有点冷淡地说道。

“是的！早上我和维克斯贝一道去打鸽子，因此我不敢骑马，怕加快我的心跳。我已经比他多打了七只鸽子了。你们是否已经知道，福米达博号今天就要到达法兰克港，后天舰队司令还要在甲板上举行舞会呢?”

“我们看见它进港了。”

“我正是要到法兰克港去会见我认识的一位军官，不过现在已经太迟了。夫人要是允许的话，我就和你们一道回蒙特卡罗去。”

艾尔曾夫人点了一下头，他们便一同朝前走去。辛丹是个爱玩马的人，他立即谈起了他刚才骑来的那匹猎马。他说：

“我是从伏斯多夫手里买来这匹马的，伏斯多夫赌三十点和四十点赌输了，急需用钱。他本来手气不错，连碰了好几个六点，后来牌就变了(说到这里，他转身望着他的马)。这是匹真正的爱尔兰种，我敢用脑袋打赌，在全科尔尼萨，再也找不到比它更好的猎马了，只是骑上去有些困难。”

“它有怪癖吗?”希维尔斯基问道。

“只要你一骑上马背，它就像小孩子一样温驯。我已经骑惯它了。不过你是上不了马的。”

从童年时代就很喜欢各种运动的希维尔斯基听了这话，便立即回答说：

“怎么不能骑上?”

“你不要去试！至少不要在这悬崖上。”艾尔曾夫人大声说道。

但是希维尔斯基已经把一只手搭在马背上，一眨眼，他就坐在马鞍上了，马儿连一丝一毫的反抗都没有，要么是这匹马根本就没有怪癖，要么是它懂得在这岩石林立的深渊边上，还是老老实实的好。

不到一分钟，骑手和马便消失在大路的转弯处了。

“他骑得不错！”德·辛丹说道，“可是他会把我的马骑坏的，这里根本找不到一条适宜骑马的路。”

“你的马真是很安静！”艾尔曾夫人说道。

“我为此而感到高兴，因为这里容易出事故，我是有点担心的。”

然而在他的脸上却可以看到一种难为情的表情，首先是因为他刚才说的马很难骑上，这意味着他是在说谎。其次是因为在他和希维尔斯基之间有一点私人的嫌隙。德·辛丹的确对艾尔曾夫人从来也没有认真地追求过，但是他不希望别人来妨碍他已经取得的地位。另外，几个星期以前，他和希维尔斯基本来非常谈得来，不过辛丹是个傲慢的贵族，有一次，他在艾尔曾夫人的午餐上说道：“照我看来，从男爵开始才能算是人！”当时正逢希维尔斯基的心情不好，他便问道：“从哪一方面说起呢？”这个年轻人便将他的问话深深记恨在心里。后来他还同维亚德罗夫斯基和克瓦茨基顾问商量过应该采取什么行动。直到那时，他才知道希维尔斯基家的族徽上有一个亲王的王冠，这真是大出他的意料，而且有关希维尔斯基膂力过人和枪法准确的消息，也使这位男爵的神经平静下来，才使这一场龃龉没有产生严重的后果，仅仅在他们两人的心上留下了一些不快。特别是从这时候起，当艾尔曾夫人坚决倒向希维尔斯基这一边之后，这种不快便完全成了柏拉图式的了。

然而画家却更强烈地感受到了这种不快。的确没有人想到过，这件事会发展到以婚姻为结果的。可是在熟人当中，大家都在谈论他对艾尔曾夫人的感情了。这时希维尔斯基便起了疑心，认为辛丹和他的一伙是在讥笑他，固然他们在言谈中没有表现出这种意思，但是希维尔斯基对此却是深信不疑的，所以他感到愤恨，主要是为了艾尔曾夫人的缘故。

他现在感到很高兴，由于这匹马的温驯性格，正好说明了辛丹是个无缘无故就会瞎说一气的人，所以他返回来的时候便说道：

“真是一匹好马！这匹马之所以好，就好在它像山羊一样温驯！”

说完，他就跳下马来，于是三人一起朝前走去，啊，是五人，因为罗莫拉和勒莫就在他们的近旁。艾尔曾夫人对辛丹不太满意，也许是为了摆脱他，便开始谈起绘画和艺术来，对这些东西，这位年轻的骑手是一窍不通的。不过辛丹却大谈赌场里的种种传闻，还祝贺艾尔曾夫人昨天的好运气。她只有捺住性子听着。在希维尔斯基面前提到她赌博，使她感到难堪，尤其使她更为伤心的是，罗莫拉这时也插进嘴来：

“妈妈，你对我们说过，你是从来不赌博的！你给我们一个路易玩玩，好不好？”

她并不专对哪一个人说似的回答道：

“我昨天去找克瓦茨基顾问是请他今天来吃午饭的，顺便在一块玩了一会儿牌。”

“你给我们一个路易吧！”罗莫拉又说了一遍。

“若不就给我们买一架小轮盘赌台。”勒莫接着说道。

“你们不要闹了，快坐到车上去。再见，辛丹先生！”

“是七点吗？”

“是七点!”

于是他们分开了，过了一会儿，希维尔斯基又坐到了这位漂亮寡妇的身旁。不过这一次，他们为了看夕阳西下，却坐到了前排的位置上。

“他们说蒙特卡罗比孟多尼更安静。”年轻的寡妇说道，“可是哪里是这样？这里真使我厌倦了！这种不停的喧闹，这种熙熙攘攘，还有这些你不得不去应酬的熟人。有时我真想逃离此地，去找一个安静的角落来度过这个残冬，在那里我只会见那些我乐意会见的朋友。什么地方你最喜欢?”

“我最喜欢圣拉斐尔，那里的意大利松树一直延伸到海滩。”

“是的！不过它离尼斯太远了。你的画室是在尼斯呀！”她柔声地说道。

出现了片刻的沉默，然后艾尔曾夫人又问道：

“安提贝斯怎么样?”

“真的，我把安提贝斯给忘了。”

“那里离尼斯又近。吃完午饭后你多留一会儿，让我们再谈谈，看看到底逃离到什么地方去最好。”

他直视着她的眼睛，问道：

“你真的想躲开这些人吗?”

“让我们坦率地来谈谈吧！”她回答说，“在你的问话里，我感觉出有一种怀疑。你以为我这样说，是为了向你表明，我比我的外表要更高雅，或者说不那么轻浮……你当然有权利这样想，因为你看到我一直生活在这种交际社会中。不过我可以告诉你，一个人之所以随波逐流，仅仅是因为潮流把他推到了这个方向，当然也不能不受我们以前生活的影响。也许对我说来，还有女人的软弱性，没有别人的帮助，就很难自己振奋起来，我承认这些……不过这并不妨碍我真心实意地希望能找到一个安静的角落，憧憬过一种更为平静的生活。不管别人怎么说，可是我们女人就像是藤类植物，不是攀附着树干往上爬，就是在地上爬。于是人们就错误地认为，我们是自愿地在地上爬的，这里说的在地上爬，我是指那种空虚的交际生活，缺乏崇高思想的生活。但是我，面对着这些又怎么能抗拒呢？有的人要求我的朋友把我介绍给他，于是他就来拜访我了，然后是两次、三次、十次……我对此又有什么办法呢？拒绝他吗？什么理由？……相反地，我接待他，为的是我结交的朋友越多，我和他们的关系也就更一般了，这样一来，任何人也不会得到特殊的地位了。”

“你的话说得有理。”希维尔斯基说道。

“你看，这种交际的生活潮流就是这样形成的，单靠我自己的力量是无法挣脱它的，它常常使我感到厌倦，感到憎恶，甚至厌烦得真想大哭一场。”

“我相信你，夫人。”

“你应该相信我，而且你还要相信这一点，我比我的外表要更好一些，也不那么庸俗无聊。当你产生了怀疑，或者当你听到别人说我的坏话时，你就只要想一想，我总还有好的一面。如果你不是这样想，那我将是非常不幸的。”

“我向你发誓，我总是把你想得最好最好的。”

“应该这样！”她用温柔的声音说道，“即使我身上一切高尚的品质都被压制下去了，但只要和你在一起，它们就会复活起来的……问题在于是和什么人相处……我真想对你说点事，可是我担心……”

“请你说吧……”

“不过，请你不要认为我是一时的感情冲动或者其他更坏的事……不，我不是个感情容易冲动的人，我是作为一个头脑冷静的女人来说这话的，我只是说出实际存在的事情，虽然这使人感到有点奇怪。我要说的是，我在你身边，就觉得又找到了自己以前的灵魂，它是那样平静，那样开朗，就像我的少女时代一样……虽然我现在是个老太婆了……已经三十五岁了……”

希维尔斯基的脸上容光焕发，深情地望着她。随后他慢慢地把她的手拿到他的嘴唇上，说道：

“啊！你在我身边还真是个孩子哩！我已经四十八岁了[1]，那就是我的写照！……”

他边说边指着那西沉的太阳。

于是她朝那太阳望过去，夕阳的霞光斜照在她的炯炯有神的眼睛里。她仿佛是自言自语地轻声说道：

“伟大的、美妙的、亲爱的太阳！……”

随后是片刻的沉默。夕阳的霞光照射在他们两人的脸上。这西沉的太阳真是又伟大又美妙。在它的下面，那轻盈的飘散开来的浮云就像一片片棕榈林似的，散发出万道金光。近岸的海面都已经被阴影遮住了，然后在远处，在广阔的海面上，却霞光万丈。在下面，淡紫色的背景更加鲜明地衬托出那些寂静不动的柏树。

---

① 原文如此，后面又说是四十五岁。

二

被艾尔曾夫人邀请来的客人们，晚上七点钟都在巴黎饭店会齐了。她定了一个单独的餐厅和一间相邻的小客厅，供饭后饮咖啡用的。这位夫人事先说过是随意聚聚，不必拘礼，可是男人们很明白她的意思，他们都穿了晚礼服，打上了白领带，她自己也穿了一件淡红色的后面带有大折褶的衣裙，从乳罩上面一直拖到地上。她看起来又年轻又充满活力，秀丽的脸庞，小巧玲珑的头部，希维尔斯基刚认识她时就被她吸引住了。当她弯腰时，她那丰满的肩膀直到衣裙上边显露的那些地方，都显得白皙娇嫩，像珍珠一样色泽透明。她的一双手臂从肩头到胳膊肘显得红润而丰满，裸露的肩膀和双手更给人以强烈的印象。总的来说，她显得很愉快，兴致很高，散发出一种幸福女人所特有的光彩。

在被邀请的客人中，除了希维尔斯基和德·辛丹外，还有克瓦茨基顾问及其侄子齐格蒙特，这是个阅世不深但很高傲的年轻贵族，他盯着艾尔曾夫人眼睛炯炯发亮，而且毫不掩饰自己的这种行为。还有瓦列里·波热茨基公爵，他四十岁，秃头、大脸盘、尖脑壳，像阿兹特克人一样；另一个是维亚德罗夫斯基，他是加里西亚石油矿的矿主，有钱而又阴险，同时又是个艺术爱好者和收藏家。此外，还有克勒索维奇，他是个大学生，罗莫拉和勒莫的临时家庭教师，艾尔曾夫人之所以请他来，是因为希维尔斯基很喜欢他那张“狂热的脸孔”。

这位年轻的女主人一直关心的——此时更是如此——是如何能

使她的沙龙更具有文雅的性质。然而一开始她难于把话题从本地的街谈巷议和赌场发生的事件中转移到这方面来，维亚德罗夫斯基把赌场称作“斯拉夫人之家”，因为在那里，说斯拉夫语的人比说其他语种的人要多得多。维亚德罗夫斯基在蒙特卡罗的时光，都是在嘲笑他自己的同胞和其他斯拉夫民族的兄弟中度过的。这是他的一种嗜好，他兴趣很大，而且一谈起来就滔滔不绝。于是他立即谈到了两天以前在地中海俱乐部，到早上六点钟时，只剩下七个人还在赌博，他们全是斯拉夫人。

“我们生来就是这样的！”他转身对女主人说道，“别的地方的人都是这样算牌的：九，十，十一，十二。可是真正的斯拉夫人都是顺口说出九、十、老吉、王后、国王……是的，我们那些来到科尔尼萨的人都是有油水的，可是这里却把他们榨成了干酪。”

那尖脑壳的瓦列里公爵一听这话，便用一种像是发现了不为人知的真理的声调声称，任何超过常情的嗜好都是有害的。不过他认为，参加地中海俱乐部的有不少是外国的名流，和他们认识不仅值得，也是有益的，处处都可以为祖国效力嘛。比如三天前，他在那里结识了一位英国人，是张伯伦的朋友，向他问起了我们国家的情况，于是他便把波兰的政治经济状况、一般社会动态，特别是社会要求都写在一张名片上，这张名片即使不能送到不在此地的张伯伦手里，也能到达萨里斯布利勋爵的手中，这反而更好。他们也许能在法国舰队司令举行的舞会上见到萨里斯布利勋爵。在舞会举行期间，整个福米达博号将被电灯照得灯火通明。

克勒索维奇不仅是个肺病患者，而且还是另一个阵营中的人，他憎恨这个社会，但他作为罗莫拉和勒莫的家庭教师，又不得不周旋于其中。他一听到那张名片的话，便像土狼那样咧嘴大笑，露出一副凶相。艾尔曾夫人为了转移人们对他的注意，便开口说道：

“不管怎么样，这里的人是做出了许多奇迹的。我听说，从尼斯到马赛的整条大路上都要装上电灯。”

“都克罗斯工程师是有这样的计划。”希维尔斯基说道，“可是他几个月前就死了。他是一个非常迷恋电气的人，竟在自己的遗嘱中写明，要在他的坟墓上安上电灯。”

维亚德罗夫斯基接着说道：

“应该在他的墓碑上写上：愿他永远安息吧，啊！主啊！让电灯之光永远永远照耀他，阿门！”

但是老克瓦茨基顾问却责怪他不该拿这样严肃的事情来开玩笑，这样的事是不能开玩笑的，接着他又责备起整个里维拉来，这里的一切都是虚伪的、骗人的，从人到物都是如此。到处能碰见“侯爵、伯爵、子爵”，可是你得当心，免得他们掏去你的手帕。至于说到舒适，那也是一样，他在猪居城里的一间办公室，就能容下这旅馆给他的五间客房。医生们劝他来尼斯呼吸新鲜空气，可是“英国人散步场”臭得像克拉科夫的后院一样，上帝可以作证，真是臭气熏天啊！他的侄子齐格蒙特可以作证。

但是齐格蒙特的一双眼睛正盯住艾尔曾夫人，从她的头部转到她的胸部，老人说的话，他一句也没有听见。

“顾问先生最好到波的吉拉去，意大利的灰尘至少也是艺术性的，而法国的灰尘却是龌龊的。”希维尔斯基说道。

“可是你为什么也住在尼斯呢？”

“因为我在温梯米利那边没有找到画室，不过我要是离开此地的话，我就要搬到安提贝斯去住。”

他说完之后，便瞅了艾尔曾夫人一眼，她莞尔一笑，低下了眼睛。过了一会儿，她显然想把话题转到艺术方面来，便谈起了在鲁姆倍马耶举行的画展，以及她两天前去参观过的绘画，陪同他去参观的法国记者克劳斯把这些画称为“印象颓废派”。维亚德罗夫斯基听到这里，便举起了叉子，用皮浪[1]的口气说道：

“颓废派到底是些什么样的人呀？”

“从某些方面来说，他们是些只对艺术趣味而不对艺术本质感兴趣的人。”希维尔斯基回答说。

老克瓦茨基关于侯爵、伯爵、子爵的意见激起了波热茨基的不满。他觉得，就连到这里来的流氓也是高级流氓，他们是不屑于偷一条手帕的。这里也能看到江洋大盗。但是除了这些人之外，世界上最有名望和最富有的人也来到这里，巨大财富和高贵门第在这里相互拜访，相互敬重，这样一来，世界才会日新月异。克瓦茨基先生应该读读《悲剧的田园诗》，那时他就会相信，除了那些卑贱下流的人外，这里还能遇见“社会上最上等的人”，同福米达博号上的人一样，正因为有了这样的人，福米达博号上的电灯才会大放光明。

很显然，波热茨基忘记了关于福米达博号装上电灯的消息早已被大家知道，因此这一情况并未成为大家谈论的中心议题。相反地，他们倒对《悲剧的田园诗》感起兴趣来了。年轻的克瓦茨基在谈到这部小说的主人公时，说他虽然“心地善良”，却非常愚蠢，为朋友而放弃心爱的女人。而他，克瓦茨基，即使为了十个朋友也不会这样干的，就连自己的同胞兄弟他也不会那样做，“因为各有所爱，各得其所”。但是，维亚德罗夫斯基打断了他的话，因为谈法国小

---

① 皮浪，古希腊哲学家。

说也是他的第二种嗜好，他对作家和作品发表了一番高见，他说道：

“使我最感气愤的是这种挂羊头卖狗肉的事。如果这些先生们是现实派，他们就应该去写真实。先生们，你们注意到他们笔下的女主人公没有？悲剧就是从这里开始的，好吧，可是这样的女主人公却在和自己做斗争，而且这可恨的场面竟占据了大半本书，可是我只要读完第一页，就能知道小说的全部进程和结尾，这是多么枯燥乏味呀！老是重复来重复去！我同意写风流女郎，她们有权利进入文学作品中，但是我不能容忍他们把风流女郎看成是悲剧的女祭司。既然我知道，这些破碎的灵魂在悲剧之前有男人，悲剧完了之后又会得到情人，那还有什么悲剧可谈呢？她又会像以前一样去迷惑人，一切又会是同样的结果。这全是谎话，全是不健康的道德观念，全是对真实的伪造，把人搞得晕头转向！只要想一想，在我们国家里，大家都热衷于读这样的小说，还认为它是好作品，把这些女人客厅里的滑稽戏当成了正剧，竟认真地去看待它们！这样一来，就混淆了正派女人和妓女的差别，那些没有自己窝巢的斑鸠，便取得了合法交际的权利。然后这些法国镀金品就变成了我们的小玩偶，在这些作家的保护下她们就敢无所不为了。在这类作品中既无宗旨原则，又无性格特征，既无职责义务，又无道德观念，什么也没有，只有虚假的欲望和虚伪的姿态，只有心理的神秘性。”

维亚德罗夫斯基是个聪明的人，他当然不会不知道，他这样说话无疑是向艾尔曾夫人扔去了一块石头。不过他是个令人讨嫌的人，他是有意说这番话的。艾尔曾夫人听到了这些话，里面包含的真理越多，她就越不高兴。希维尔斯基想说几句挖苦话来回敬他，但是又觉得不能把维亚德罗夫斯基的话当作有所指来对待，于是他就从另一方面来提出问题，他说：

“法国小说对我说来，印象最深的倒是另一方面，那就是这是个不孕女人的世界。任何别的地方，男女两人相爱，不管是合法的还是非法的，他们结合的后果就是生孩子，可是这里谁也不生孩子，这是多么奇怪的事情！因为这些作家先生在写作小说的时候，根本就没有想到过：爱情是不会不受到惩罚的。”

“有什么样的社会就会有什么样的文学！”克瓦茨基说道，“大家都知道，法国的人口正在减少。在上流社会中，孩子成了稀有的东西了！”

“不过这样一来，倒更舒服更文雅了！”辛丹插话道。

先前一直在冷笑的克勒索维奇，这时说道：

“这是饱食终日的寄生虫们的文学，它是应该和这些寄生虫一道消灭的！”

“你说什么？”辛丹问道。

这个大学生把自己愤怒的脸孔转向辛丹。

“我说这是饱食终日的寄生虫们的文学。”

波热茨基像发现美洲新大陆似的说道：

“每个阶级都有自己的义务和自己的欢乐。我就有两种爱好：政治和摄影。”

晚宴临近结束了，一刻钟以后，大家都来到了小客厅，在那里喝咖啡。艾尔曾夫人点起了一支细长的香烟，舒适地靠在沙发扶手上，跷起了二郎腿，她认为态度随便一点会使希维尔斯基感到高兴，因为他是个艺术家，又有点波希米亚派头。但由于她身材矮小，臀部宽大，当她跷起二郎腿时，她的裙子就撩得太高了。小克瓦茨基立刻扔下一盒火柴，伏在地上寻找起来，他找了这样久的时间，以致他的叔叔不得不轻轻地推了他一下，怒气冲冲地低声说道：

“你在干什么？知道你是在什么地方吗？”

年轻的贵族这才直起腰来，低声答道：

“我正是不知道这是什么地方哩！”

艾尔曾夫人凭经验知道，男人们即使受过很好的教育，只要他们有机会放纵一下自己，就会变成粗野汉子的，特别是在毫无保护的女人面前。这次她没有看到小克瓦茨基的举动，但是她却看见了他回答叔父时那种轻蔑的和无耻的微笑。她知道他一定是在说她，于是她对所有在场的人都感到厌恶，当然希维尔斯基和克勒索维奇不在其中，她也对克勒索维奇有所不满，因为他对她这一阶层的妇女抱有社会性的仇恨，可是却爱上了她。但是维亚德罗夫斯基这天晚上的谈话，几乎使她气昏了，使人觉得他是在把每一勺咖啡都加入毒药，是在把每一分钟都注入毒素，以酬答她的醇酒佳肴。虽然他是一般地、概括性地谈论女人，也没有越过礼貌的界线，然而在他言词的后面，不仅包含着无耻的内容，而且还含有不少对艾尔曾夫人性格和交际活动的影射，这些影射实在是令人难以容忍的，她感到十分的难堪，尤其是在希维尔斯基面前。希维尔斯基听到这些话，也感到痛苦和恼怒。

等到最后客人们都走了，只留下画家一人的时候，她才感到一块石头从心上掉下来了。

“啊！啊！”她大声说道，舒了一口气，“我有些偏头痛。我自己也不知道是怎么搞的。”

“他们使你疲倦了！”

“是的！是的！比疲倦还要厉害。”

“那你为什么还要请他们呢！”

她好像不能控制自己的神经似的，急切地走到他的面前：

“请你坐下来，不要动！我不知道……也许你会认为我是无可救药的，可是我需要这些，就像需要药品一样……啊！就这样，在诚实的人身边待这么一会儿也好……啊，就这样！……”

她一说完，就坐在他的身旁，把头靠在他的肩上，闭起了双眼。

“就这样，一会儿……一会儿……”

突然，她的眼里噙满了泪水。但是她用手指一次又一次地放在嘴唇上，向希维尔斯基表示，要他什么话也不要说，让他们沉默地待在一起。

此时他心情激动，因为他一见到女人流眼泪，就会像蜡一样软下来。她对他的信任使他深为感动，他觉得他的心里充满了激情。他也清楚地知道，决定性的时刻到了，于是他用手抱住了她的腰，说道：

“永远和我在一起吧！请给我保护你的权利吧！……”

艾尔曾夫人没有回答，只是从她的眼睛里源源不断地滚出了大颗大颗的静默的泪珠来。

“做我的夫人吧！”希维尔斯基又说了一遍。

这时候她把手按在他的另一个肩膀上，像孩子依偎在母亲怀里一样，整个地倒在他的怀里。

希维尔斯基低下头来，吻着她的前额，接着他又吻干了她的眼泪。渐渐地，爱情的烈火燃遍了他的全身。过了一会儿，他用他那大力士的臂膀抱住了她，使劲地把她贴在自己的胸前，用嘴唇去吻她的嘴。

然而她开始挣扎起来。

“不！不！”她用气喘吁吁的声音说道，“你不要像别人那样……以后吧！……不！不！可怜可怜我吧！”

希维尔斯基把她抱在自己的怀中，她则尽力往后躲。此时此刻，他完全和别的人一模一样。但是幸运的是，艾尔曾夫人刚说完那些话，就听到了轻轻的敲门声。

他们两个便急忙分开了。

“是谁在那里?”艾尔曾夫人不耐烦地问道。

克勒索维奇那阴沉的面孔出现在门口。他用有点发抖的声音说道：

“对不起！罗莫拉咳嗽了，也许在发烧……我想我应该来告诉夫人一声……”

希维尔斯基站了起来说：

“那我就去请医生来!”

艾尔曾夫人已经恢复了她那冷淡的神情。

“啊，谢谢你，不必啦!”她说道，“如果需要，我会让旅馆里的人去叫的，现在我得先去看看孩子。对不起，我得离开了，明天见，谢谢!”

她一说完，便向他伸出了一只手，希维尔斯基把它送到自己的嘴唇上。

“明天见，以后天天见！再见!”

这时候，艾尔曾夫人便和克勒索维奇单独在一起了，她用探询的目光望着他：

“罗莫拉到底怎么啦?”

他的脸色比平时更加苍白，几乎是用嘲弄的口气回答道：

“什么也没有!”

“你这是什么意思?”她问道，眉头紧锁。

“这就是说……夫人你赶我走吧！因为……我要疯了！……”

他一说完就转身出去了。艾尔曾夫人在那里站了一会儿，眼中充满了怒火，眉头高高皱起，后来她的额头渐渐舒展开了。的确，她已经是三十五岁的人，但这又是一个新的证据，说明即使是现在，也没有人能抵抗住她的魅力。

过了不久，她走到镜子面前，像是要证实她的这种想法似的。

这时候，希维尔斯基正坐在开往尼斯的空车厢里，他不断地用他那双沾上了向日葵香气的手去抚摸自己的脸。他的心情久久不能平静，但他感到很幸福，当他的鼻子闻着艾尔曾夫人所喜欢的香味时，血直往头上涌。

三

第二天早晨他醒来时，感到头很沉重，好像昨天晚上喝了一晚上酒似的，同时他还觉得心绪不宁。舞台的布景，晚上看起来是那样辉煌动人，白天阳光一照，却成了一幅拙劣的绘画。生活中也往往出现类似的现象。希维尔斯基并未遇到什么意外的事情。他早已知道，事情会有这样的结果，而且必然会是这样的结果。但是现在，当窗纸被捅破的时候，他却产生了一种不可名状的恐惧心理。他想到，昨天还有退路可走，今天却不可能了，便感到怅然若失。虽然他一再用没有时间多考虑了来向自己做解释，也是枉然。过去他对艾尔曾夫人，特别是在和她结婚这点上的种种反对理由，现在又以巨大的力量回到了他的心中。过去他耳边不断响起悄悄声："不要当傻瓜！"现在这声音却向他大声叫道："你是个傻瓜了！"无论是用相反的理由，还是用"生米已成熟饭"，都不能使这种声音停息下来，因为理智告诉他，他干了一件蠢事，而这事的根源就在于他的软弱。

一想到这里，他就感到羞愧。如果他是个年轻人，可以用年少无知来解释；如果他是到了里维拉之后才认识艾尔曾夫人的，而且过去从未听说过她的事情，那也可以用不了解她的过去和为人来为自己解释。可是他早就知道艾尔曾夫人。的确，他们过去见面不多，不过她的事情他听到过不少，因为在华沙，人们议论她要比别的人多得多，他们把她叫作“骚婆娘”。当地的讽刺大家都喜欢用她来磨炼自己的讽刺口舌，犹如我们把刀在磨刀石上磨快一样，尽管这样，也不能阻止那些男人麇集在她的沙龙中。那些对她抱有反感的女士，由于她与当地上流社会都有亲疏不同的关系，也不得不接待她；有些女人，特别是那些主张舆论不应太严的女人，甚至还为这个漂亮的寡妇辩护；而那些态度严厉的女人，也不敢把她拒之门外，由于怕担为首的名分。一位当地的喜剧作家有一次听人说艾尔曾夫人是“贱女人”，他便回答说：“她既不是贞女，也不是贱货，而是比贱货要稍高一筹的女人！”但是在大城市里，对一切都看得淡漠一些，于是艾尔曾夫人的处境后来也有所好转。她的女朋友们常常说：“对于海仑，的确不能提出过高的要求，不过她也有她真正的长处。”于是不知不觉之间，她们便承认她比别人有享受更大自由的权利。有时候，有人会谈起她在她丈夫未死之前，就有好几年不和他同居了。有时也有人嘀咕，说她把罗莫拉和勒莫教育成小丑了，或者根本就不关心他们。如果艾尔曾夫人不是那样漂亮、那样有钱，也不那样接待客人，那么这些恶意的言论也就不会引起别人的注意了。可是，男人们却毫无顾忌地议论起这个“骚婆娘”来，甚至那些爱着她的人也由于嫉妒而攻击她，只有那些在一定时间内认为自己比别人更幸运的人，或者自以为是幸运的人，才闭口不去议论她。

总而言之，这种恶言恶语甚至达到这样的程度：他们说她冬天住在城里时有一个情夫，夏天又有另一个情夫。对于这一切，希维尔斯基都是有所耳闻的，他所知道的甚至比别人还多得多，因为他在华沙的时候，曾认识一个叫布罗尼索娃的太太，她是这位漂亮寡妇的朋友，曾向他谈起艾尔曾夫人所遇到的一起严重事件，致使她生了一场重病。“当时海仑受了多大的痛苦，那只有上帝知道。也许正是上帝出于慈悲，才让这件事提早发生了，使她避免了精神上的更大痛苦。”希维尔斯基的确相信，这件“提早发生的事”纯系子虚乌有的谣言，但是他却不会相信她过去历史是清白的，至少他不相信，她能成为他以终身幸福相托的可靠女人。

但是，那些传闻却激起了他的好奇心，吸引他去和她接近。当他听到她在蒙特卡罗时，他就想接近她，了解她，也许最初的企图并不正当。此外，他作为一个艺术家，也想实地考察一番，这个被人说得很坏的女人，为什么对男人会有那样大的魅力。

刚一开始，她使他感到失望。她长得很美，而且富于肉感的吸引力，但是他却发现她对人缺乏真诚和同情心。对她说来，只有在某种关系上是她所需要的人才能引起她的关心，对于别的人她就像石头一样冷漠无情。希维尔斯基同时还注意到，她对于精神生活、对于文学或艺术都毫无兴趣。她只吸取她所需要的一切，而从不想到要偿还。他是个艺术家，是个有头脑的人，他非常清楚地知道，她的这种态度，虽然具有一切高雅的外表，却正好揭示了她的自私、粗鲁和野蛮的天性。他对这类女人早就有所了解。他知道她们之所以能驾驭男人，是仗着一种特殊的力量，这种力量产生于坚决的性格和极端的无情的个人主义。关于这类女人，他时常听人说起：“是个冷淡无情而又聪明的女人！”不过他总是以轻蔑和鄙恶的态度来谈起她们的。在他看来，她们没有很高的精神修养，甚至连常识都没有，她们只有那种为自己捞取一切而从不给予人的才能，那只不过是连禽兽都具有的才能。无论是在艾尔曾夫人身上，还是在罗莫拉和勒莫的身上，他都发现他们是这样一种人，教育的起始和终结都仅仅限于皮肤的表层，并没有触及那庸俗和粗野的深处。除此之外，她的那种“世界主义”也引起他的反感，她的确像一枚用得非常光滑的钱币，很难看出它是哪个国家的了。希维尔斯基之所以反感，不仅由于他是个有不同思想观念的人，同时也因为他熟悉真正的上流社会，他知道在这样的上流社会中，比如在英国、法国和意大利的上流社会中，人们不仅不歧视他们生长的国家，而且对于这种世界主义的无根野草是非常鄙视的。

维亚德罗夫斯基认为，罗莫拉和勒莫将会被教育成推销员或者旅馆看门人，他的话说得一点也不错。众所周知，艾尔曾夫人的父亲确实是有爵位的，可是她的祖父却是个管家。希维尔斯基是个具有高度发展的喜剧性格的人，他认为一个管家的孙子们不仅不会说正确的波兰话，而且还像真正的巴黎人那样连“r”这个音都发不出来，真是太滑稽可笑了。这两个孩子也使这位艺术家感到不满。他们都是漂亮的孩子，甚至是非常漂亮，然而希维尔斯基以他艺术家的敏锐观察力注意到，在这两个相貌一样、有着鸟儿似的脑袋和鸟儿似的脸上，这种美并不是世世代代遗传下来的，而是偶然的结果，是一种来自双胞胎的生理上的巧合。尽管他对自己说，他们的母亲也是美丽的，仍无济于事。他始终认为，无论是母亲还是孩子都不该有这样的美貌，无论在容貌方面，还是在钱财方面，他们都是暴发户。直到他和他们相处较久之后，这种印象才有所减弱。

从他们相识的那时起，艾尔曾夫人便被他吸引住了。她知道他比她的其他朋友更有价值，他出身于名门望族，既有巨大的财产，又有广泛的名声，虽然他的年纪不小了，可是她也是个三十五岁的半老徐娘了，而且他那魁伟结实的身体足以弥补他已逝去的青春年华。最后，如果她嫁给他了，那她就可以获得人们的尊敬和地位，不至于再像过去那样，人们一谈起她这个人便表示出一种轻蔑的态度。她对于他的不同的爱好和多变的性格的确有过顾虑，但是她知道他性格温顺，而且像所有的艺术家一样，在他的灵魂深处，还保有相当的天真因素，于是艾尔曾夫人估计她有能力控制他。当然引起她这样考虑的不仅是她已让他着迷了，而且她自己也被他吸引住了，以致到后来她对自己说，我爱上他了，对此她是深信不疑的。

和许多聪明的人一样，在他身上也发生了这样的情况：当他的感情爆发之时，正是他的理智失去之时。不仅如此，他还做了感情的奴隶，他不仅不克服它，反而为它提出了许多辩护的论据。这样一来，知道和了解一切真相的希维尔斯基开始为她辩护，朝有利方向扭转，为她调和，为她解释。“不错，”他自言自语道，“无论是她的天性，还是她过去的行为，都不能为她的未来做出保证。可是谁又能向我证明，她不是厌倦了这种生活，她的整个心灵都在渴望过另一种生活呢？在她的行为中毫无疑问有许多卖弄风情的因素，但是谁又能证明她的卖弄风情不是因为她真心地爱我呢？我们可以设想一下，即使是一个有着许多缺点和恶习的人，如果就断定他没有好的一面，那也是太天真幼稚了！啊哈，人类的灵魂——真是一个混合体！只要有了相应的条件，她好的方面就会得到发展，坏的方面也会随之消失。艾尔曾夫人已经度过了她的妙龄芳年了！要是认为她不再希冀过宁静和纯洁的生活，不再有对和平和欢乐的憧憬，那也是无稽之谈！正因为这些原因，这样的女人甚至会比别的人更加珍惜一个正直男人所给予她的一切保障哩!”这最后一条理由，他认为击中要害，入木三分。以前健全的理智曾告诉他，艾尔曾夫人是有意来抓住他的，而现在他却这样回答说:“这完全是正当的，因为每个女人，即使是最理想的女人，为了达到和她相爱的人结婚的目的，都可以说是有意去抓住他的。”生儿育女的希望也使他对未来安下心来，他心想到了那时，她有了孩子需要抚养，就不得不放弃那种空虚的交际生活，因为她没有这种空闲的时间了。等到孩子们长大了，她的青春年华早已过去了。到那时候，家庭生活要比交际生活给她带来更大的乐趣。最后他对自己说道:“前景乐观! ”生活是需要安排一下了，趁我还没有年老，我要和一个美丽而又迷人的女人过几年快乐的生活，和她在一起，对我说来，每个平常的日子都会成为欢乐的节日。

这“几年”才是他真正着迷的主要原因。的确，他之所以不再担心会发生什么重大的意外事件，是因为她的芳龄和发生危险的可能性不久都将成为过去，这些想法对艾尔曾夫人说来不免有点侮辱的意味。当然他自己不会承认，正是这种思想才是他乐观的基础。他继续在欺骗自己，正如那些让理智成为感情的俘虏的人一样。

但是现在，在发生了昨天晚上的那些事情之后，他醒来时便感到巨大的不安和不快。有两件事情使他不得不考虑。第一，如果有人在一个月以前对他说，要向艾尔曾夫人求婚，那他一定会认为这人是个傻子。第二，他知道，和她保持友谊关系，使他们的关系处在犹豫不定之中，处在互相揣度眼神和思想之中，处在欲言而又不敢表白真情之中，使他们互相吸引，比起改变现状的那种结合来，无疑具有更大的魅力。对希维尔斯基说来，准备订婚比当了未婚夫要更加惬意，现在他又在想，如果做丈夫的乐趣比当未婚夫的乐趣还要减少，那就让鬼去过这种生活吧！有时候，他觉得他们已经结合在一起了，他再也没有什么办法可想了。不管他愿意不愿意，他都必须把艾尔曾夫人和她的两个孩子安置在他的生命之舟中了。一想起这点，他简直无法忍受。在这种时候，因为他是个诚实的人，他不愿去责怪艾尔曾夫人，于是他只好骂罗莫拉和勒莫，怪他们不会发“r”音，怪他们那像小鸟一样的脑壳。

“我虽然也有自己的烦恼，但我却像鸟儿一样自由，完全可以把我的整个心灵倾注在绘画上。现在呢？鬼才知道会是怎么样了。”他这样对自己说道。想到这里，他此刻在绘画上遇到的烦恼，完全破坏了他的情绪，可是却把他的思想引到另一个方向去了。艾尔曾夫人和有关婚姻的整个问题都退后到了第二位，现在列于首位的是他的那幅名为《梦与死》的画，这幅画他已经画了好几个月了，而且把它看得非常重要，因为他要借此去反对公认的关于死的观点。希维尔斯基在和一些认识的画家的交谈中，不止一次地猛烈指责基督教把骷髅作为死神的标志引进生活和艺术之中，希维尔斯基认为这是对死神的最大侮辱。希腊人把死神想象成一个有翅膀的神，这是完全正确的。还有什么比骷髅更丑恶更可怖的呢？不是别人，正是基督教徒，把死亡看成是通向新生活的大门，真不应该把它描绘成这个样子。照希维尔斯基看来，这种概念是来自日耳曼的阴郁的精神，也正是他们创造了哥特式的建筑，庄严而雄伟，然而它们却是那样令人窒息，仿佛教堂不是通向天堂的光明之路，而是堕入绝望的地狱深渊的通道。希维尔斯基对于文艺复兴运动没有把死神的象征改正过来这一点深为惊异。假如死神不是永远的沉默，假如死神要起来控诉，那它一定会说：“人们为什么要把我想象成骷髅的形象呢？这骷髅正是我最不喜欢、最不想要的东西啊！”而在希维尔斯基的画里，睡神悄悄而又温柔地把一个少女的躯体献给了死神，死神俯身向着她，轻轻地将她头上点着的一盏小灯吹灭了，希维尔斯基在画这幅画时一再对自己说:“必须让看画的人一见这幅画就会说，啊，这是多么安静啊!”他想从线条、形象、表情和颜色方面把这种安静传达给观众，同时他在想，如果他能把这点表现出来，如果这幅画本身就能说明这一切，那么这幅画将是一幅构思新颖的惊人之作了。除此之外，他还有另外的意图。他顺应着时代的潮流，也赞成绘画应该避免表达文学思想，但是他知道，一幅摒弃了文学思想的绘画和一张像照相那样毫无意义地反映外部世界的作品，二者间的区别是很大的。只有形态、颜色和底色，仅此而已！好像画家的任务就是要扼杀思想！他还想起，他每次去看比如英国画家的作品，使他感到震惊的是这些画家的知识水平之高，你可以从他们的画布上看出，他们都是有高度精神修养的大师，心理想象极为丰富，思想深刻，而且大多是学者。而在波兰人当中看到的却是相反的东西，除了几个或者十几个人是例外，大多数波兰画家有才华，但缺乏思想，思维不发达，没有受过教育，他们赖以生存的只是从法国餐桌上打扫下来的一些迂腐学说的残羹剩饭，而从来也没有想过要发表自己关于艺术的独特见解，更没有想到要独立自主地去创作具有波兰风格的艺术作品。希维尔斯基深知他们所需要的就是这种不要思想的理论。他们名为艺术家，实是精神的空虚者。这当然是一种轻松惬意的事。读书，求知，思想——让这些劳动见鬼去吧!

希维尔斯基还认为，如果一幅风景画也表现了心灵的状况，那么它不仅能为农民群众所感受，而且也应该是精细的、敏感的，经过琢磨推敲和发展了的。他常常为此和同行们争论，并且毫不妥协地和他们争吵，他大声说道:“我并不要求你们画得像英国人、法国人或西班牙人那样好，我只希望你们画得更好些，首先要有自己的特色！谁若是连这点都达不到，那他还不如去当个铜匠好！”他竭力论证，一幅画，无论它表现的是一堆稻草，还是母鸡在院子里寻找食物，是种土豆的田地，还是放牧的马群，抑或是池塘中的一角静水，最重要的、凌驾于一切之上的东西就是灵魂。因此他在自己的肖像画中也竭力把自己的灵魂渗透到画里去，在他的其他绘画中，他也努力把这种灵魂“表现出来”，他最近的一幅画是《梦与死》。

两位神的形象已经画完了，但是那少女的头像还没有着手。希维尔斯基知道，她不仅要漂亮，而且要富于个性。漂亮的模特儿来了不少，但都缺乏个人特点。拉吉特太太，就是他租赁的这间画室的女主人，也是他早就认识的一位熟人，答应给他找一个好模特儿，但是事情进展得很慢。有一个新模特儿答应今天上午来，可是现在都过了十一点钟了，她还不见人影。

所有这一切，包括昨天所经历的事情，都使得希维尔斯基开始怀疑起自己来，这不仅有关他的安宁，也涉及他未来的艺术生涯，特别是他的这幅画。他此刻觉得睡神太凝重了，而死神却有点傻气。最后，他对自己说道，既然现在无法进行工作，何不到海滨去走走，也许海水和阳光的景色会把他的愁闷驱散。

可是，正当他要出门的时候，前厅却响起了门铃声，接着，身穿苏格兰外衣的罗莫拉和勒莫两人留着额发的鸟儿似的脑袋，便出现在他的画室，跟在他们后面的是脸色比过去更加苍白、心情更加忧郁的克勒索维奇。

“先生，你好！先生，你好。妈妈让我们把这些玫瑰花送给你，还请你过去吃早点。”两个孩子大叫道。

他们一边说着，一边摇动着那束多刺的香水玫瑰，把它交给了希维尔斯基，随后他们就在画室里走来走去，东张西望，他们看见那些裸体的速写都非常惊奇。便在这些速写前面站住了，互相用胳膊推搡着。

“看呀!”

“看见了!”

这使希维尔斯基大为恼火，他看了看钟表说道：

“如果我们想赶上吃早餐，就得立刻动身。”

说完他就拿起帽子出去了。画室附近没有车子，他们只好徒步走去。在路上，画家和克勒索维奇走在后面。他问道：

“你的两个学生如何?”

克勒索维奇转过脸来，脸上露出嘲讽和仇视的神情，回答道：

“我的学生？没有什么，他们像鱼一样健康，他们穿着苏格兰式的服装，倒挺不错。他们将会带来欢乐，不过不是给我。”

“为什么?”

“因为我明天就要走了。”

“什么？我怎么没有听说过？谁也没有对我说起过，真可惜！”希维尔斯基不无惊讶地说道。

“对他们说来，毫不可惜。”克勒索维奇答道。

“也许是他们不能了解你。”

“他们永远也不会了解的……无论是今天，还是其他时候，永远不会!”

“我希望是你错了。”希维尔斯基冷淡地说道，“无论如何，我听了这个消息还是觉得可惜。”

然而，这个大学生好像是对着自己似的，继续说道：

“是的！可惜，可惜的是时间。我不需要他们，他们也不需要我。他们将来变成什么样就是什么样了。谁要想播种大麦，就得除草耕田，草越少就越好种。关于这一点，我们尽可说很多话，不过不值得去谈，特别不值得我来谈，微生物反正会把我吃掉的！”

“肺病对你并没有多大的威胁。艾尔曾夫人在请你来教书之前，曾问过给你看病的医生，医生向她保证说，没有任何的危险。”

“是的！没有危险。另外，我还发现一种抵抗微生物的特效办法。”

“什么办法？”

“这办法会在报纸上公开发表的，这样的发现不能不公之于世。”

希维尔斯基望着克勒索维奇，像是要看看他是不是在发烧、说胡话。正好这时候，他们已经来到了火车站，车站上人来人往，非常拥挤。

尼斯的客人们，照例每天早上到蒙特卡罗去。当希维尔斯基正在买车票的时候，维亚德罗夫斯基看见了他，便朝他走来。

“你好！是到蒙特卡罗去？”他说道。

“是的！你买了车票吗？”

“我有月票。车上一定挤得很。”

“我们只有站在车厢的过道上了！”

“这是真正的大迁移，是不是？人人都要带去一笔零用钱。克勒索维奇先生，你好！你怎样评价这里的生活？请你以你们那一派的观点发表一点意见。”

克勒索维奇眨巴着眼睛，似乎不知道别人要他干什么似的，后来他才回答说：

“我已经加入了沉默的那一派。”

“我知道，我知道……这是强大的一派。要么沉默，要么爆发……”

他说完便大笑起来。

这时候，开车的铃声响了，需要赶紧上车。月台上传来了吆喝声：“上车！上车！”过了一会儿，希维尔斯基、克勒索维奇、维亚德罗夫斯基和两个孩子都一起站到车厢的过道上了。

“这对我的坐骨神经来说倒是一件乐事！你看，这里的人真多！你想要找个座位呀，没门！纯粹是民族大迁移！”维亚德罗夫斯基说道。

不仅车厢里，就连过道上都挤满了各个民族的人。乘车的有波兰人、俄国人、英国人、法国人、德国人，他们都是去征服银行的，而银行不是支持就是损害这些人，如同伸向海里的岩石，把海水的波浪撞得粉碎。许多女人都挤在窗口前，散发出阵阵鸢尾花和向日葵的香气来。太阳照亮了她们帽子上的假花、她们的呢绒衣服、花边、耳朵上戴着的假的和真的珠宝首饰，还有像甲胄一样在她们胸前闪闪发亮的东西。她们那画过眉的、擦了香粉或玫瑰露的脸上，洋溢着欢乐和对赌博充满希望的喜色。最有经验的眼睛也无法将那些打扮成交际花的妓女和那些看起来像妓女的贵妇人区别开来。车上的男人们纽扣上都插了一朵紫罗兰，他们向这些女人投去询问的下流眼光，察看她们的衣裙、脸孔、肩膀和大腿。他们是那样冷淡而又细致地观察着，仿佛在看橱窗里展销的物品一样。这些熙熙攘攘的人群，就像市场上一样混乱和匆忙。火车常常穿进黑暗的隧道，随后又是阳光、天空、大海、棕榈林、橄榄林、别墅和一片片杏花，从车窗里映现出来。过了不久又是黑暗笼罩着一切。一个个车站急速后退。新的人群又挤进了车厢，他们衣着讲究、华丽，像是去参加什么盛大而欢乐的节日似的。

“这是一幅多么真实的人生图画呀!”维亚德罗夫斯基说道。

“什么是真实的图景呀?”

“我是说火车。我可以在早餐之前就这个问题说出一番大道理来，不过我宁愿吃了早饭后再谈。你愿意和我一道去吃早餐吗?”

“不，请你原谅。艾尔曾夫人已经邀请在先了。”希维尔斯基回答道。

“这样的话，我只好让步了。”

他开始笑起来。希维尔斯基会和艾尔曾夫人结婚，他是从来也没有想过的。他只相信，画家和她的关系也和其他人一样。由于他是艺术家的崇敬者，特别是希维尔斯基的崇敬者，对于希维尔斯基能战胜所有对手而博得她的青睐，他感到非常满意。

“他代表着财富。”他这样想道，“波热茨基代表门第，小克瓦茨基代表青春，辛丹代表时髦的花花公子，所有这一切都具有重大的价值，特别是在这里，可是这个怪女人却选中了他。说到底，她的趣味真还不低啊!”

他望着画家，嘟哝了一句:

“我胜利了，你将在光荣中死去!”

“你说什么?”希维尔斯基问道，由于火车的响声，他没有听见他说的话。

“没有什么，只不过引用了贺拉斯的一句诗。我是说，既然你拒绝了我，那我只好去找辛丹、波热茨基和克瓦茨基共进一顿自我解愁的早餐了。”

“我想问问你，为什么你说自我解愁呢?”希维尔斯基问道，他突然走上前去，直盯着对方的眼睛，露出含有威胁的神情。

“因为没有了你和我们在一起呀!亲爱的先生，你又是怎么想的呢?”维亚德罗夫斯基冷冷地回答道。

希维尔斯基咬紧嘴唇，什么话也没有说，但他却在想那句“做贼心虚”的成语。如果他是和国内的一位朴实的姑娘结婚，即使别人说几句风凉话，他也绝不会想到那是在影射她的。

这时候，火车到站了。艾尔曾夫人精神焕发，年轻而漂亮，正在站台上迎接他们。很显然，她也是刚刚才到达车站的，因为她的呼吸急促，脸现潮红，这也可以看作是激动的表现。当她双手伸向希维尔斯基表示欢迎的时候，维亚德罗夫斯基想道：

“是的，他把我们所有的人都打败了。她看起来真像是在谈恋爱哩!”

他几乎是用赞许的眼光望着她。艾尔曾夫人身穿带海军领的法兰绒衣裙，两眼炯炯有光，尽管脸上擦了薄薄一层香粉，但在他看来，她从来也没有像此时这样年轻、这样妩媚动人。有一刻，他想到自己不是她前来欢迎的那个幸运儿，心里顿感沮丧。于是他又想起，以前他采用的对她说些刻薄话以博取她的欢心的方法，实在是太愚蠢了。不过，当他一想到，他可以去嘲笑辛丹和其他失意的人，又觉得欣然了。

彼此问候之后，希维尔斯基感谢她送来的玫瑰，她听了显出有些局促不安，不时用眼睛去看看维亚德罗夫斯基，好像让他听见这番感谢的话，觉得难为情似的。

维亚德罗夫斯基知道，他还是离开他们好。但是他们还是一起乘电梯来到了高处，那里有赌场和花园，在途中，艾尔曾夫人完全恢复了镇定自若的态度。

“吃早点去！吃早点去！”她愉快地说道，“我的胃口简直像条鲸鱼!”

维亚德罗夫斯基嘟哝了一声，说他还不如去做约拿[1]，但是他不敢大声说，唯恐希维尔斯基听见了会抓住他的衣领，把他从电梯上扔下去，因为这样的玩笑是应该受到重罚的。要是从这样高的地方摔下去，那可不是好玩的。

到了花园，他立即和他们分开了。但他回首一望，只见艾尔曾夫人趴在希维尔斯基的肩膀上，对着他的耳朵在说些什么。

“他们也许在商量早餐后的甜食吧!”他想道。

可是他猜错了，她把那迷人的脸孔转向画家，低声说的是：

“维亚德罗夫斯基知道了吗?”

“不知道！我是在火车上遇见他的。”他答道。

他说完这句话后，一想到艾尔曾夫人已把他们的婚约看成是确定了，需要把这件事告诉大家，心里就感到有些不安。可是艾尔曾夫人的亲热态度，她的美貌和妩媚，又使他如获至宝，心里乐滋滋的。

他们是和罗莫拉、勒莫以及克勒索维奇一道共进早餐的。克勒索维奇在整个用餐过程中，一句话也没有说。喝过咖啡之后，艾尔曾夫人允许孩子们在这个年轻人的带领下到罗卡布伦去玩，然后她转身对希维尔斯基说道：

“你是愿意步行还是坐车?”

他心想，最好还是到她的房间去，哪怕是做一次“到天堂的半途旅行”，或者是体验一下那种“解脱”也好。可是他又想到，如果她不愿意这样，那也正好说明，她是非常严肃而又正派地对待他们的关系的，他在心里说，这是应该感谢她的。

---

① 约拿是《圣经》中的人物，曾在大鱼腹中待了三天三夜依然活着。

“如果你不累，我倒愿意走走。”他回答道。

“好的！我一点也不累。我们到哪儿去呢？你想不想去看他们打鸽子？”

“很愿意。不过那样一来，就不是我们两个人了。辛丹和小克瓦茨基饭后都要到那里去练习射击的。”

“是的。不过他们不会妨碍我们的。他们只要有了鸽子，对周围的一切就会视而不见，听而不闻了。另外，就让他们看见我和这样的大名人在一起好了！”

她斜过头来，眼睛含笑地望着他说：“也许这位大名人不愿意这样做吧？”

“哪里！就让他们看见好了！”希维尔斯基回答说，将她的手送到自己的嘴唇上，吻了一吻。

“那我们就到下面去吧，我倒很喜欢看打鸽子。”

“走吧！”

过了一会儿，他们来到了通往射击场的大阶梯上。

“这里多么明朗、多么优美，我是多么幸福啊！”艾尔曾夫人说道。

接着，尽管他们身旁没有任何人，她还是低声地问道：

“你呢？”

“我的光明就在我的身边！”他把她的肩膀紧紧按在自己的胸前，说道。

他们又往下走去。这一天的确比平常要更加晴朗，天空是金黄色的和浅蓝色的，远处的大海放眼望去是一片湛蓝。

“我们先在这里停一停，从这里可以看见鸽笼了。”艾尔曾夫人说道。

在他们的脚下，有一块半圆形的草地，一直伸展到海边。鸽子笼就放在这半圆形的地上，一字儿排开，形成了一张弓的形状。每过一会儿，便有一只笼子被打开，那受惊的鸽子立即飞了出来，随即响起了枪声，鸽子应声下落，或是掉在草地上，或是掉进了海里，许多渔民驾着小船在海里等着这些猎物。

不过有时候，鸽子没有被打中，便径直朝大海飞去，绕了一圈又飞回来，在赌场的屋顶上栖息下来。

“从这里我们看不见射手，不知道是谁打的，”兴高采烈的艾尔曾夫人说道，“让我们来试试我们的运气，如果第一只鸽子落下来，我们就留在蒙特卡罗；如果它飞走了，我们就到意大利去。”

“好的！你看，已经开始了！”希维尔斯基说道。

果然，鸽笼被打开了，然而那只鸽子好像吓呆了似的，躲在笼子里不肯出来。人们便往草地上扔木球，把鸽子引出来。随后便听见了枪声，但是鸽子并没有立即掉下来，它先是高高地飞向空中，接着朝大海飞去，好像受了伤似的，渐渐地往下落，最后消失在阳光中。

“也许是落下了，也许没有落下，未来是不可知的！”希维尔斯基笑着说。

但是艾尔曾夫人却像生气的孩子那样噘着嘴。

“这一定是那个讨厌的辛丹打的！我敢打赌一定是他！我们下去吧！”艾尔曾夫人说道。

于是他们两个便朝打鸽场走去，这座打鸽场坐落在仙人掌和南方花草的中间，墙上长着稀疏的野草。每放一枪，艾尔曾夫人都要停一停。她身穿白衣裙，站在阶梯上，衬着那翠绿的背景，看去酷似一尊女神雕像。

“任何布料都比不上法兰绒更适合做衣裙了！”希维尔斯基说道。

“哎呀呀！你们这些艺术家！”这年轻的女人说道。

在她的声音里含有嘲弄的味道，因为她感到不满的是，在这样的时刻，希维尔斯基想的不是她，而是做衣裙的不同布料。

“我们走吧！”

几分钟后，他们走进了打鸽场。只有辛丹是他们认识的，他正在和一个匈牙利伯爵赌打鸽子，两人都穿着棕色的英国猎装，戴着同样的帽子，都有点朝后歪，穿着同样的花袜子，他们的衣着都很考究，两人都是一副蠢相。但是，正如艾尔曾夫人所预料的那样，辛丹全神贯注在打鸽子上，没有立即看见他们，过了一段时间，他才朝他们走来，向他们问好。

“打得怎么样？”艾尔曾夫人问道。

“打得不错，今天我赢定了！”他转身对希维尔斯基问道，“你打不打？”

“我也打，不过今天不想打！”

“至于我呢，今天玩得真痛快！”辛丹回答说，出神地望着艾尔曾夫人。

随后他们又把他叫去打鸽子了。

“他是想说，他在情场上是失意的……”

“这个笨家伙，他还能有什么别的结果？！”

虽有这句不满的话，但在这位美貌夫人的脸上并没有因为他当着希维尔斯基的面向她表示爱慕而对他生气，反而觉得这又是一次证明：说明她是多么娇媚，成了大家追求的对象。

这还不是这一天的最后一次证明哩！

沉默片刻之后，希维尔斯基问道：

“我想问你一件事，吃早餐时，我不便当着孩子和克勒索维奇的面来问你。克勒索维奇在路上告诉我说他要走了，今天是他当孩子老师的最后一天，这是真的吗？为什么？”

“是真的！”艾尔曾夫人回答道，“第一，我对他的身体很不放心，几天以前我要他去看过医生，医生的确说过，他的肺病没有危险，否则我连一个小时也不会留他的，不管怎么样，他还是一天不如一天……他性情怪僻，容易发脾气，常常令人不快……这是第二个原因。第三，你也知道他的思想观点，虽然我知道他不会灌输给罗莫拉和勒莫……我对孩子们是这样教育的：他们绝不会接受他的思想观点，可是我不希望他们在孩提时代就知道存在着这样的事情，以及对他们这个阶级表示不满和激烈反对这个阶级的人……你也希望他们用本国语言去和别人说话，这的确很对，而且对我来说这就是一道命令……我现在是这样，将来也是这样……当然我自己也清楚，应该让他们懂得自己祖国的语言，现在人们都很重视这点，我承认他们是对的，即使在这样的事情上，克勒索维奇的态度也是过于偏激的……”

“我感到惋惜，他的眼角上已有了皱纹，这表明他的狂热性。他有一张很有趣的脸，实际上他是个有趣的人。”

“这又是你那一套画家的说法了。”艾尔曾夫人笑着说道。

但是过了一会儿，她变得严肃起来，甚至有点忸怩不安。她说道：

“我还有一条理由，关于这点，我很难说出口，不过还是告诉你好，因为我的这个大名人是这样可爱……这样诚实……又能体谅一切，我如果不对他披肝沥胆，诉说衷肠，还能对谁去开诚相见哩……是的，我看出克勒索维奇头脑发昏，竟狂热地爱上了我，在这种情况下他再也不能留在我这里了……”

“你说什么？他也爱上了你……”希维尔斯基大声说道。

“是的！”她低下了眼睛，答道。

她竭力想装出，这番表白对她说来是不愉快的。但是，正和刚才听了辛丹的话一样，她的嘴角露出了一丝带有自尊心和女人虚荣心得到满足的微笑，希维尔斯基看见这笑容，一种不快的愤恨之情便在他的心中油然而起。

“那么，我也染上了这种传染病了！”他说。

她凝视他良久，然后轻声地问道：

“你说这话是因为嫉妒，还是由于无情无义？”

但是，画家却未做正面的回答：

“你做得对！……如果是这样，克勒索维奇应该辞退！”

“今天我和他结完账以后，事情也就完结了！”

随后他们都默默无言了，只能听到辛丹和那个匈牙利人打鸽子的阵阵枪声。

希维尔斯基无论如何都不能原谅他偶尔发现的她的那个微笑。他对自己说：“艾尔曾夫人对待克勒索维奇很得体，并没有什么令人不愉快的因素。”然而在他的脑海里却泛起阵阵苦恼之情。以前，那还是在刚刚认识艾尔曾夫人的时候，他曾经有一次看见她骑着自行车在前面跑，后面相距几步远跟着辛丹、小克瓦茨基、波热茨基、维克斯贝和瓦克斯福德，这一伙人当时给希维尔斯基留下了极不好的印象，一种雄兽追逐雌兽的印象。现在这种情景又在他的记忆中再现了，使他那敏感的艺术家的天性又感到了痛苦。“事情的必然结果是，”他暗自想道，“大家都在追逐她，一旦我遇到障碍摔倒了，后面的人就会追上她！……”

但是他的思想被艾尔曾夫人打断了，她说她站在阴处觉得有些凉，想到太阳底下去暖和一下。

“让我们回旅馆去吧，你去加件外衣。”希维尔斯基站立起来，说道。

随后他们便反身往高处走去，当走到阶梯的半中腰上她突然停住了。

“你对我不满意，我有什么过错呢？难道我不是做了我该做的吗？”她说道。

希维尔斯基在走了一段路之后，心境平静下来了．她的不安也使他很过意不去，于是他回答说：

“请你原谅我这个老怪人吧，我请求你原谅我。”

艾尔曾夫人很想知道他为什么不高兴，但是她怎么问也问不出来。这时候，她就半开玩笑半认真地抱怨起艺术家来，他们都是些令人讨厌的性格怪僻的人，他们遇到一点小事便要大惊小怪，而且还把他们的反应闷在心里，然后便躲进他们的孤寂的画室中。今天她就发现画家的情绪波动了三次……这太不好了，为了惩罚他起见，这个讨厌的画家必须留下来吃午饭，甚至要陪她待到晚上。

可是，希维尔斯基却说他必须回去，然后他向她说起做艺术家的种种苦恼，给《梦与死》这幅画找模特儿的困难，以及他对那幅画所寄予的莫大希望。

这位年轻的寡妇笑着说道：

“我知道，我永远会有一个可怕的敌人，那就是艺术。”

“这不是敌人，而是女神，是你我都应该为之服务的女神！”希维尔斯基答道。

听了这句话，霎时间，这位漂亮夫人的眉头轻轻地皱了一皱。

正好这时候，他们已经回到了旅馆。这一天，希维尔斯基已经走完了通向天堂的三分之二的路程，当他离开她的时候，连骨头缝里都感到了无限的愉快，而且他深信，只要一结婚，天堂的大门就会向他敞开。

当他坐进车厢里的时候，他已经冷静下来了，他感谢艾尔曾夫人使他获得了这一信念。

四

艾尔曾夫人在未更衣就餐之前，就把克勒索维奇叫来，为了付给他钱。她之所以叫他来，还带有某种好奇心，想看看他如何向她告别。她一生中见过的普通人实在是太多了，他们都像是裁缝按照同一个式样剪裁出来的。所以这个年轻的怪人，一段时间以来就引起了她的注意。现在，当他就要带着一颗破碎的心离她而去的时候，她对他的兴趣就更大了。她相信他的感情一定会通过某种方式表达出来，她心里也希望他表示出来，她向自己保证说，当然并不是真心实意的，如果他超过了一定的界线，那她只需要用一个眼神或者一句话就能把他阻止住的。

但是，克勒索维奇走进她房间的时候，却显得冷静而凶狠，脸上并无爱慕的表情。艾尔曾夫人一看见他就心想，作为艺术家的希维尔斯基定会对他的头部感兴趣，因为他的头确实是与众不同，头部的轮廓仿佛是铁铸成的，表现出他的意志胜过他的智慧，使他的脸上多少带有一种粗鲁而又固执的神情。希维尔斯基早就看出了他是属于这一类人，他们只要接受了某种思想，他们的信念就永远也不会被任何的怀疑所动摇，他们的行动也绝不会被怀疑所破坏，因为在他们身上，执拗而倔强的性格往往和胸襟狭隘联系在一起。过激行为就是生长在这样的土地上。艾尔曾夫人虽然在交际方面很聪明机灵，但是要认识这些道理，那就显得太浅薄了。克勒索维奇如果是个漂亮的小伙子，也许会引起她的注意。可是他并不漂亮，所以在刚开始的时候，她只把他当一件东西来看待。一直到希维尔斯基无意中告诉她，她才留心注意他了。现在，她态度和蔼地接待他，把钱付给他之后，尽管她用的仍是平常的那种冷漠而不在意的声调，但言词之间却有一种亲切感。她向他表示惋惜，因为她不久就要离开蒙特卡罗，不得不把他辞退。

克勒索维奇机械地把钱放进口袋里，回答道：

“昨天我亲自对夫人说过，我不愿再教罗莫拉和勒莫了！”

“不错，这使我安心多了。”她抬起头来，说道。

这是显而易见的，至少在开始的时候是这样，她想使他们的谈话成为一种“礼节性的”谈话，从而使克勒索维奇也用同样的语调说话。可是只要多看他几眼，就能看出他有一种固执的神情，非要把他想说的一切都说出来不可。

“夫人付给我的是真正的钱吧，可不要把假钞票给我在路上用啊！”他说道。

“你这是什么意思？”

“我的意思是，夫人既不是因为要离开此地才辞退我，我也不是因为这个原因才辞馆而去。这里有别的原因，至于什么原因，你我心里都是一清二楚的。”

“即使我知道，我也可能既不想听它，也不愿意说它。”她高傲地说道。

但是他向她迈近了一步，双手放在身后，把头伸向前面，露出了威胁的神气。

“你一定要听！首先因为我马上就要离开这里。第二，还有别的原因，夫人明天就会知道。”他加重语气地说。

艾尔曾夫人站了起来，眉头紧锁，做出一副舞台上被激怒了的皇后的姿势，说道：

“这是什么意思？”

他又向她走近几步，以致他的脸和她的脸之间相隔只有几寸远，他神情紧张地说道：

“这就是说，我本应憎恨您和您这一阶层的人，可是我却爱上了您。这就是说，我自甘堕落，因此我要自己惩罚自己。但是正因为如此，我毫无所失，可是夫人您却要赔偿我所受到的损害，否则就会有不幸的事情发生！”

艾尔曾夫人并不感到害怕，因为她从不怕男人，她也不怕克勒索维奇的肺病，因为医生早就告诉了她不必为此担心。只有她的惊异才是真实的，至于她的愤怒和恐惧却是假装的。她的心中突然惊奇地想起：“谁若是把我撕成碎片，那他才是厉害的雄鹰哩！”对那些过惯了放荡和冒险生活的女人说来，任何一种特别迎合女性自尊心的冒险行为，在她看来都具有无法描绘的魅力，同时她的道德观念也不会受到任何的损害。如果克勒索维奇哀求她给他片刻的欢乐，只要求让他吻吻衣角的权利，谦卑地、泪流满面地跪在地上，她一定会立即把他赶出门外。可是，像他这样一个气势汹汹、近乎疯狂的男人，一个属于另一阵营的代表人物——她那一阶层的人们一说起他们的可怕的能量来，就像在说天方夜谭似的——她觉得他像个魔鬼，异乎常人，和她所见过的男人是那样不同，以至于使她感到了莫大的愉快。她的神经喜欢新奇的东西。她想到，如果她反抗，那么这次大胆的行为就会扩大到无法预料的范围，而成为一桩有损名誉的丑闻，因为这个疯狂的人是什么都能干得出来的。

克勒索维奇接着说了下去，他口中的热气都喷到了她的脸上。

“我爱着，但我没有什么可损失的。我失去了健康，我丧失了前途，我自甘堕落……我再也没有什么可损失的了，你懂吗？即使你叫喊起来，十个人或者一百个人跑进来，我也丝毫不怕。对你说来可就不一样了。事完之后我就离开，这秘密永远也不会泄露，我发誓！”

艾尔曾夫人现在所关心的是顾全面子，这是妇女的伪善道德所需要维持的，为的是自己欺骗自己。

于是她把她那双假装害怕的眼睛望着他那张疯子似的脸孔，问道：

“你想杀死我吗？”

“我要你赔偿我，不是用钱！”他用哽咽的声音说道。

于是他的脸色更加苍白，他抓住她，把她紧紧拖住，她开始挣扎。但是她的挣扎却像一个昏迷过去的女人一样，似乎是由于恐惧才失去了知觉和力气。

五

希维尔斯基到了法兰克港便下了火车，朝港口走去，因为他突然想起他要乘小船回尼斯去。他一下子就在港湾里找到了一个他认识的渔民，这个渔民也很高兴见到这个慷慨大方的主顾，便用里古拉人那种爱吹牛的口气说道，即使要把他“送到科西嘉岛去都可以，哪怕狂风把海底掀起来他也不怕”。

不过这仅仅是一次短途的旅行，海上连一点风也没有，因而就更容易航行了。希维尔斯基坐在舵旁，于是他们便在那明镜般的海面上划动起来。不久，他们驶过了那些华丽的私人游艇，靠近了那些大军舰，它们那平静的漆黑的庞大船体，在南国的阳光照耀下，显得那样巍然而又格外清晰分明。福米达博号的甲板上，为了明天的晚会，已经挂起了一串串彩色电灯，希维尔斯基也得到了晚会的邀请。船舷上的水手们，从下面往上看去，和这庞然大物的船体一比，简直像一群侏儒。军舰上的铁舷、烟囱、桅杆和横桁，都在透明的海水中倒映出来，如同在镜子里一样。时时有军用小艇穿行于军舰之间，远看就像一只黑甲虫有规则地伸展着它的那些小脚。舰队后面是空阔的海面，像一般港湾的出口那样，虽然没有风，海水还是照样有轻微的起伏，希维尔斯基所乘的小船也缓缓地上下颠动起来，使人觉得舒服而又胸怀博大。他们现在已驶近了码头右边高大的岩石前面，上面有一条尘土飞扬的灰色小路穿过，再过去是一个大操场，供兵士们操练演习用。等他们绕过海浪冲击着的岩石，便驶进广阔的海面上了。

海面上总有微风吹拂，于是他们扯起了风帆，希维尔斯基不是让船向尼斯驶去，反而将船舵转向了外海。

他们一直朝前驶去，微波荡漾，夕阳西沉，时近黄昏，崖石和大海都染成了绯红色。四周的一切显得平和与寂静，而又那样浩瀚，于是希维尔斯基不由自主地想到，和此刻环绕他的无限比起来，人生又是多么渺小和可怜啊！突然，一种印象涌上他的心头，仿佛他已经摆脱了自己的和别人的一切事务，而走向遥远的地方。艾尔曾夫人、罗莫拉、勒莫，所有的朋友和海岸上的所有的人，他们充满了狂热、不安、无耻的自尊心和下流的情欲，现在都在他眼里变得微不足道了。他是个习惯于解剖自己思想和感受的人，他为这样的思想而感到恍惚不安，因为他想起，如果他真爱艾尔曾夫人，那么她的倩影就不会被别的思想所掩盖和搅乱，也不会暗淡下去，而且永远也不会消失的，过去就有这样的先例。希维尔斯基想起了他以前爱过的一个女人嫁给了别人，于是他便到国外去了，那时候他第一次看见了意大利、罗马、西西里岛、大海、非洲海岸，但是任何印象都不能抹去他心中对所爱女人的思念。无论是在佛罗伦萨和罗马的画廊里，还是在大海或沙漠中，她都是在伴随着他的，他总是通过她来感受那一切的，他到处对她说“你看”，仿佛她就在他面前似的。昔日的情景和今天的相差如此之大，使他不禁为之黯然了。

然而，黄昏和大海的宁静又使他心旷神怡。他们已经驶出这样远了，连海岸都茫茫不可见了。接着太阳沉下去了，星星一个一个地闪现发亮。喜欢在夕阳时围绕小船嬉游的海豚，用它的尖利的背部划破水面，随即沉入海中，一切又都归于寂静了。海水是那样平静，船帆完全失去了风力。最后，月亮从山后出现了，把微绿的月光洒在海面上，使远至天边的海水都沐浴在皎洁的月光中。

南国之夜开始了，它是那样晴朗，又是那样静谧，希维尔斯基把从渔民那里借来的一件坎肩穿在身上，开始寻思道：

“我周围的一切不仅是美的，也是真的。人类的生活如果是健全的，也必须附着在大自然的茎秆上，必须靠它成长，有如树枝之于树干一样，而且也必须以同样的规律而生存。到那时候，生活才是真实的，同时也是合乎道德的，因为就其实质而论，道德并不是什么别的东西，仅仅是生活与大自然的普遍法则相一致罢了。现在围绕着我的是质朴和宁静，我作为一个艺术家，才能感应和理解这种境界，如果只是一个普通人，我就不能有这种质朴和宁静的感受，因为我的生活以及我周围那些人的生活都是脱离自然的，都是不遵循自然规律的，没有成为自然的结果，因而生活便成了一种欺骗，我们身上的一切都是虚伪的。甚至连我们对自然的真实感觉都失去了。我们的关系是建立在虚伪上的，我们的心都是扭曲了的，灵魂是病态的，激情也是病态的！我们彼此互相欺骗，也欺骗自己，以致到后来，谁也不敢相信：他是否真的希望得到他所要的东西，他是否真能做他所要做的事情。”

由于这个平静的夜晚，无边的大海和这些星星，由于整个大自然，以及它的宁静、质朴和伟大，他猛然感到人与人之间的关系是一个大骗局。他觉得他对艾尔曾夫人的爱情是一种欺骗，而她对他的态度也是虚伪的，还有她对孩子、对别的男人、对社会都是虚伪的。在这明亮的海岸上的生活是欺骗，他的现在和未来都是欺骗。“这简直像张网似的包围着我，”他想道，“我不知道怎样才能逃出来。”事实也真是如此。如果整个生活是欺骗，那我们该怎么办呢？是回到自然去吗？是要开始过一种半野蛮半农民的生活吗？是脱离大家而成为一个改革家吗？希维尔斯基又觉得自己太老了，太喜欢怀疑了，势难胜任。要那样做，就必须有克勒索维奇的信仰。才能把对恶的感受变成为斗争和改革的动力，而不能只是一种到了明天就会减弱的印象！于是另一个念头又出现在希维尔斯基的脑海里：如果一个人没有足够的力量去改造世界的话，那他只好去遁避一个时期，休息一下。明天也许他就在马赛了，再过几天之后，他就会在大海之中，离海岸几百海里之遥，脱离这病态的生活、这虚伪和欺骗。这样一来，所有的一切都会迎刃而解，或者是一刀两断了。

此时此刻，他确实有一种急切的愿望，想把这种想法付诸行动，于是他吩咐渔民把船驶往尼斯。

“一只野兽看到自己陷入网里，首先想的便是如何摆脱罗网。”他想道，“这是它的第一条原则，而且合乎它的天性，所以也是合乎道德准则的。单是艾尔曾夫人一人并不能成为我的罗网，它是由许多因素组成的，但是如果我娶了她，那我就是接受了这种虚伪的生活，甚至这不是由于她的过错，而是事物的必然性。当然，遇到这样的情形，逃避便是允许的了。”

于是他又开始设想逃避后会遇到的别的不同情景：辽阔的海洋和沙漠，陌生的国家和人民，他们那种质朴和真实的原始生活，种种意外的遭遇，未来岁月与现在的生活大相径庭。

“我早就应该这样做的！”他对自己说道。

后来他又想到，只有艺术家才会有这样的想法；如昊他“中断”和未婚妻的关系而跑到巴黎来，那么这种行为就属于“坏文学”的材料。假如他逃到赤道，逃到胡椒生长的地方，那么这种离弃的意义就会因为距离的遥远而缩小了，于是这一行动便会产生迥异的印象，具有更大的独特性，同时也显得更合乎情理了。

“我要走得远远的！”他想道。

这时候，尼斯像一串灯光出现在他的前面。而在这串灯光的中心，是一座叫作“散步场”的建筑物，它像一座大灯塔那样发出亮光。渔船受到强风的吹动，很快就驶进了港口，于是那些灯火便成了一条条光柱，在海边的波浪上晃动着。希维尔斯基一看到这些灯光，顿感头脑清醒了。

“这就是城市！这就是生活！”他想道。

所有刚才的那些想法，现在就像那空虚和黑夜所产生的梦幻一样，一下子消失得无影无踪了。刚刚他还认为是合情合理的事情，是务必实行和容易办到的事情，现在却觉得是荒谬的胡思乱想了，甚至是不诚实的表现。“无论生活怎么样，每个人都必须认真对待，凡是像我这样在生活规律的制约下生活了大半辈子的人，都有义务去遵循这些规律。如果对我有利就利用，一旦使我厌烦了，就回到自然中去，这样说说倒是很容易的事。”

接着他便开始细致地考虑起来，已经不再是一般的理论问题，而是有关艾尔曾夫人。

“我有什么权利背弃她呢？如果是因为她的生活是做作的虚假的，如果是因为她的历史并不清白，我本来就知道这些的，本可以不必向她求婚的呀。现在只有当我发现她有意向我隐瞒了坏事，或者在别的什么方面有负于我，我才有权利和她中断关系。可是她什么也没有得罪我，她对我是真实的、诚恳的。的确，她身上是有一些吸引我的地方，否则，我也就不会向她求婚的了。有时我觉得我是爱她的，有时我又怀疑自己。为什么要使她感到痛苦呢？我的逃走，无论如何都将是对她的一种侮辱，也许还是一次打击哩！”

他终于明白了，想要逃走和将它付诸实施，对一个正直的人说来，是两个极端，他只能如此地幻想一番罢了。最直截了当的办法，就是亲自去见艾尔曾夫人，允许他收回他的那句话，但是在危险面前逃跑，这不仅有违于他个人的天性，也有损于文明种族的荣誉。此外，当他一想到这是对女人的侮辱，他就感到愧疚了，而此时的艾尔曾夫人，他也觉得更加可亲可爱了。

他们终于到达了港口，小船停靠在码头上。希维尔斯基付完钱，坐进马车之后，吩咐车夫把他送到他的画室去。当他来到大街上，置身在熙熙攘攘的人群中，耳濡目染的都是灯光、车声和喧嚣，他又被一种憧憬平和安适的情绪控制住了，他怀念辽阔无际的大海，怀念他刚刚才离开的那种幽静的境界和那样广袤的真实。临近画室的时候，他的脑海里又出现了这样的想法：

“这真是奇怪的事情：我是个害怕女人，而又极不信任她们的人，却选中了一个比别的女人更令人害怕的女人！”

仿佛是命运的安排，如果不是仆人在他进门时就把两封信交给他的话，希维尔斯基无疑就会对这个问题进行彻夜不眠的思考了。其中一封是福米达博号送来的明晚舞会的请帖，第二封是女房东拉吉特夫人的来信。

女房东告诉他，她要到马赛去住几天，同时还通知他，已经给他找到了一个模特儿，就是最挑剔的人也会对她中意的，这个姑娘明天就要来见他。

六

次日早晨九点钟，前面所说的那个美人就来到了他的画室。希维尔斯基早已穿戴整齐，正在焦急地等待着，心中充满了不安。可庆幸的是他的焦虑是多余的，第一眼就使他感到满意。这个女模特儿身材高大，体态匀称，非常文静，她的头小，脸很秀丽，前额端庄，长长的眉毛，容光焕发而又充满青春的活力。首先使希维尔斯基感到满意的是她那张富于个性的脸和那种少女的妩媚动人的表情。她的一举一动都显得文雅大方，如果她的内心也和她的外貌那样美，那就真是“找着了”！“我要和她签订长期的合同，把她带在自己的身边。”

她那胆怯的神态和仿佛是吓坏了的眼神，使他深为感动。诚然他知道，许多模特儿常常是故意装作害羞的样子，但是他不相信她是那样的人。

“你叫什么名字，我的孩子？”他问道。

“玛丽亚·莎菲。”

“你是尼斯人吗？”

“是的！”

“你以前当过模特儿没有？”

“没有，先生！”

“有经验的模特儿知道她们该做什么，生手总是有些麻烦的。你有生以来从未做过模特儿吗？”

“没有，先生！”

“那你怎么想到要来当模特儿的呢？”

姑娘迟疑了片刻，脸色绯红。

“拉吉特太太告诉我，我可以挣到一点钱。”

“是的，但是你显然很害怕，你怕什么呢？我不会吃了你的！你每次要多少钱？”

“拉吉特太太说，先生每次付五个法郎。”

“拉吉特太太搞错了，我付给你十个法郎。”

姑娘脸上立即露出了喜色，脸颊也红得更厉害了。

“我什么时候开始呢？”她用稍带颤抖的声音问道。

“今天，马上！”希维尔斯基指着那幅未完成的画，说道，“那边就是屏风，你去脱衣服吧！只要脱到腰部就行了，今天你只要给我画头部、胸部和腹部的一部分。”

但是她一听见这话，便把惊异的脸转向他，双手慢慢地垂了下来。

“您说什么，先生?”她断断续续地问道，用惊恐的眼睛望着他。

他有点不耐烦地答道：

“我的孩子，我知道，第一次是很难的。可是，你要么当模特儿，要么就别来！我需要的是头部、胸部和腹部的一部分，我非常需要，你明白吗？同时，你要知道，这没有什么不好的。你先考虑一下，不过要快点，若是你不愿意，我就只好去找别人了。”

他这样说时，心里有点不安，因为他心里是希望她留下来的，这样就不用费心去找别人了。这时候，两人都沉默无言。姑娘的脸色变得非常苍白，过了一会儿，她就走到屏风后面去了。

希维尔斯基将画架推到了窗前，把它摆放稳当，他心里在想：

“她会习惯的，只要过一个星期，她自己就会觉得这种害臊是可笑的。”

接着他又摆好了沙发椅，模特儿就是躺在这上面的。于是他拿起了画笔，开始有点不耐烦了。

“唉，你在那里干什么？准备好了没有?”

没有回答。

“唉，快点！这不是开玩笑的！”

从屏风后面，他听到一种充满哀求的颤抖的声音：

“先生……我想……我们家里很穷。可是，这样做……我不能……如果先生可怜我，只画头部，给我三个法郎好了，就是两个也行……如果先生可怜我……”

于是话声变成了抽泣声。希维尔斯基转向屏风，丢下了画笔，张大着嘴，他感到无比惊讶，因为这个模特儿说的是他的祖国的语言。

“您是波兰人吗？”他大声问道，忘记了他刚才还在称呼她为“你”

“是的，先生！……我父亲是意大利人，我的外祖父是波兰人。”

又沉默了片刻，希维尔斯基恢复了平静，说道：

“您就穿上衣服吧！那只好画您的头部了。”

但是很显然，她还没有脱去衣服，因为她一听见他说，就立即从屏风后面走了出来。她满脸羞色，心神不安，还带有害怕的神情，两颊挂着泪痕。

“谢谢您，先生！先生是……请您原谅我，不过……”她说道。

“请您放心吧！”他打断她的话，说道，“这是椅子，请安静下来，您给我画头部好了。真见鬼！我并不是想骂您的。您看看这幅画，我需要模特儿来画这个人……既然您这样难为情，那就只好算了，尤其是因为您是个波兰人。”

她的眼泪又唰地流了下来，她那双碧蓝的眼睛望着他，露出了感激的神情。他拿出了一瓶葡萄酒，倒了半杯给她，说道：

“请您喝下去，我还有点饼干，真见鬼，我不知道放在哪儿了。请您安静一点。”

他说完之后，便用他那双诚挚的眼睛同情地望着她，过了一会儿，他才说道：

“真是可怜的孩子！……”

随后，他就把画架放回原来的地方，同时还说道：

“今天不画了，您今天太激动了，明天一早我们就开始工作。今天我们谈谈好了。有谁会想到，玛丽亚·莎菲会是个波兰小姐？您的外祖父是波兰人，是吗？他还活着吗？”

“活着，但是他有两年不能行走了。”

“他叫什么名字?”

“奥里谢维奇。”她回答说，带点外国人的口音。

“我知道这个姓氏。他离开祖国有很多年了吧?”

“外公有六十五年没有回波兰了。起先他在意大利军队里服役，后来在尼斯的银行里工作。”

“他多大年纪了?”

“快九十岁了!”

“您父亲是姓莎菲吗?”

“是的！父亲是尼斯人，他也在意大利军队中服过役。”

“他去世多久了?”

“已经五年了。”

“您母亲还活着吗?”

“我母亲还健在，我们一起住在老尼斯。”

“这很好！现在还有一个问题，您母亲知道您做模特儿的事吗?”希维尔斯基说道。

姑娘犹豫不决地答道：

“不！妈妈不知道。拉吉特太太告诉我，这样做我每天可以挣五个法郎，因为我家里太穷了……实在是太穷了……于是我就来了……我没有别的办法！……”

希维尔斯基从头到脚打量了她一眼，看出她说的是真话。一切都露出了穷字，从她的帽子到她的破旧的衣裙都是如此，她的裙子都褪色了，连每根纱线都失去了本色，她的手套也是补过的，而且颜色变花了。

“您现在还是回家去，对您母亲说，画家希维尔斯基想请您当模特儿，给他画头部，您还告诉您母亲一声，这位画家经拉吉特的介绍，就要到您家里去，请您和母亲一道来他的画室作画，他每天给您十个法郎。”

莎菲姑娘找不出话来感谢他，她惶恐不安，声音里充满着泪水和欢乐，他看出了她的心情，说道：

“好了！好了！一小时之后我就会去的，我看您是个诚实的姑娘，请您也相信我好了。我虽然有些粗鲁，但我是能够理解许多事情的。我们会把一切都商量妥当的，不愉快的事情就不会有了。啊哈！还有一件事，我现在不把钱给您，这样您可以免去一番解释。不过，再过一小时，我就会把应该付给您的钱都带去交给您的妈妈。我过去也遇到过困难，因此我知道，及时的帮助是多么有益。您用不着谢我，再见，小姐，过一个小时再见。”

他问清她的地址后，便把她带下了楼梯。一小时后，他雇了一辆马车，吩咐车夫赶到老尼斯去。刚才发生的事是这样稀奇，他也就不再去想别的什么了，他感到很痛快，正如一个诚实的人，在做了他认为应该帮助别人的事情之后，所感受到的愉快一样。

“如果莎菲小姐不是个诚实的善良的姑娘，那我就是里古里亚地区最蠢的一匹骡子了。”他心中思忖道。

但是他不相信会有这样的事，相反地，他非常自信，认为自己所看到的真是一个不折不扣的诚实姑娘，同时，他还感到十分高兴。因为这个诚实的女性灵魂生长在这样一个年轻而又美丽的肉体中。

马车终于在离港口不远的一座破旧房屋前面停了下来。看门人以一种相当轻蔑的态度将莎菲夫人的住所指给希维尔斯基看。

“真是穷困啊！”画家踏上那污迹斑斑的楼梯时说道。

过了一会儿，他敲了几下门。

“请进！”屋内的声音说道。

希维尔斯基走了进去，一位年约四十岁的女人接待了她。她身穿黑色衣服，身材瘦削，脸色阴郁，显然是被生活折磨成这样的，但丝毫也没有那种小家子的俗气。她身旁站着玛丽亚小姐。

“我已经都知道了。我诚心诚意向先生表示无限的感激，愿上帝保佑您，祝福您！”莎菲太太说道。

她边说边抓起他的一只手，把头低了下去，像是要吻它似的。但是希维尔斯基立即把手抽了回来。他为了要冲淡这种庄严的气氛和第一次见面时的拘谨态度，便转身面向着玛丽亚小姐，用手指指点着她，用一种老朋友的随便口气说道：

“啊！这小家伙把什么都说了！……”

玛丽亚小姐以笑作答，显得有点忧郁和不安。他觉得她比在画室的时候更美丽、更中看。他还发现她的脖子上围着一条红带子，这是刚才所没有的，既然她是专门为他打扮的，那就证明她并没有把他当老头子看待。

这时候，莎菲太太又说道：

“是的，玛丽亚已经把一切都告诉我了，上帝在垂顾她和我们，使我们遇见了像先生这样一位好人。”

希维尔斯基回答道：

“玛丽亚小姐同我谈起了你们的生活困难，不过，请夫人相信我的话，能有这样一个女儿，即使生活条件再困难，也是一种幸福。”

“是的！”莎菲太太平静地答道。

“倒是我应该感谢你们的，因为我找来找去，都没有找到一个合意的模特儿，突然，仿佛从天上给我掉下这么一个人来。现在我对我的那幅画可以放心了。我现在就应该确定下来，免得我的模特儿再给我跑掉了！”

他边说边拿出三百法郎，他要莎菲太太收下这笔钱，同时向她保证说，这是一笔对双方都有利的交易。由于玛丽亚小姐，他的这幅画一定会得到一大笔的钱。接着他表示希望能见见“老外公”，因为他一向是很喜欢老军人的。

玛丽亚小姐一听见他说，便急忙跑到邻室去，过了一会儿，就听到了轮椅的响声，老外公被推了进来。她们为了尊敬客人起见，事先就给他穿上了一套军服，佩戴上他得到的全部意大利勋章。

希维尔斯基看到的是老人的一张小小的满是皱纹的脸，雪白的胡须和头发，一双蓝眼睛睁得大大的，看起人来就像孩子的一样。

“外公！”玛丽亚小姐叫道。她弯下身去，让老人能看见她的嘴唇。她声音不大，却很缓慢而清晰：“这是希维尔斯基先生，他是我们的一位同胞，一位画家。”

老人抬起他的蓝眼睛转向希维尔斯基，然后紧紧盯着他看，还不停地眨巴着眼睛，像是在集中思想似的。

“同胞？是的……是同胞！……”他一再喃喃说道。

然后他就笑了起来，望望女儿，望望外孙女，接着又注视着希维尔斯基。有好一会儿他在想他要说的话，最后用一种老人常有的颤抖声音说道：

“到了春天……是吗？……”

很显然，他心里有一种非常重要的思想，就是表达不出来……过了一会儿，他把那颤动的头靠在坐椅上，眼睛望着窗外微笑着。然而他一直被那种思想占据着，于是他一再说道：

“是的！是的！……一定会这样！……”

“外公常常是这样！”玛丽亚小姐说道。

希维尔斯基心情激动地望着老人。过了一会儿，莎菲太太开始讲起了她的父亲和丈夫。他们两人都参加了反抗奥地利、争取意大利独立的战争。他们曾在佛罗伦萨住过一段时间，直到罗马被占领之后他们才回到了尼斯，这里是莎菲的家乡。在尼斯，奥里谢维奇把女儿嫁给了这个年轻的战友，嗣后他们靠了尼斯亲戚的帮助，双双进了银行工作。一切都过得很顺畅，直到几年前，莎菲在一次铁路事故中丧生，奥里谢维奇也因为年迈而失去了银行的工作。从此以后，他们的日子越过越穷，他们三个人唯一的生活来源，便是意大利政府付给这位老军人的六百里拉养老金。诚然它不会让人饿死，但要维持生活却不够。两个女人只好靠缝纫和教书来挣点钱贴补，但是当夏天一到，当尼斯的一切都沉寂下来的时候，她们就很难找到工作了，于是她们不得不动用他们的积蓄。两年多来，老人的双脚完全失去了知觉，还常常生病，又不得不延医治疗。这样一来，他们的日子真是每况愈下，越来越穷了。

希维尔斯基听着她的叙述，得出两点印象：首先，莎菲太太的波兰语说得不如她的女儿好。很显然，这个老军人过去一直忙于军务，用于教育他女儿的时间较少，不及他后来对外孙女那样尽心。第二点印象对希维尔斯基说来更为重要，他心里在想，这个美貌的外孙女真是一个如花似玉的姑娘，只要她愿意，尤其是在尼斯这个海滨城市，每年都有上百万寻欢作乐的人来到这里，她就能挥金如土，就会有车有马，有仆人，就能住上富丽豪华的房屋。可是现在她却穿着破旧的衣裙，全部的装饰品就是那么一条紫红色的丝带，她不为浮华所动摇，她不受丑恶的侵袭，一定有一种巨大的力量在支配着她。希维尔斯基暗自思忖道："要做到这点，必须有两件东西，即纯洁的天性和诚实的家风，毫无疑问，这两样我都遇着了。"

他在这家人中间感到非常舒适，同时他也注意到，贫穷并没有把两个女人身上的良好教育泯灭掉，也没有削弱她们身上那种高雅的气派，这种气派出自内心，而且是天然的。无论是母亲，还是女儿，都把他当成是救苦济贫的上宾来看待，然而你从她们的言谈举止中可以看出她们的愉快，主要是来自她们结识了一位正人君子，而不是因为他给了她们帮助的缘故。当然，他付给这位夫人的三百法郎能够免除他们一家的许多忧愁和侮辱，但是他觉得，她们母女俩对他的感激，是因为他在自己的画室中处世待人都像一个诚实而又敏感的人那样，是因为他能够理解这个姑娘的痛苦、羞耻和她的牺牲精神。然而，使他感到最兴奋的，便是他看出了在莎菲小姐的羞涩中，在她那动人的注视中，有一种不安的情绪，这种不安只有当一个年轻姑娘面对一个她应该感激的人才会产生，而且这个人，照希维尔斯基的说法，“依然还在运转之中”。他已经四十五岁了，虽然他还有颗年轻人的心，但他时常怀疑自己。因此那根紫红色丝带和那种眼神，使他感到了真正的快乐。后来他和她们谈话时，也就竭力表现出对她们尊敬和亲切的态度，就像和最上流社会的妇女谈话时一样。他也觉察出，他的举止越来越受到她们的称赞，于是他更感到满意了。告别时，他双手握着她们的手，当莎菲小姐低垂眼帘向他伸出温暖而纤弱的手，用力地和他相握时，他觉得有些晕头转向了。他脑海里尽是这个可爱的姑娘，以致他坐的那辆马车的车夫不得不问了他两次，该把他拉到什么地方去。

在路上，他又想起，把莎菲小姐的头配在另一个模特儿的半露的躯体上，实在有些欠妥。他考虑用一块薄纱盖在这位睡着了的少女的胸部上，也许会使这幅画更美。

“我回去之后立即就把别的模特儿找来，把她遮盖起来，立即把画修改好，到了明天，就可以专画头部了。”他对自己说道。

可是当他又想到，像莎菲姑娘这样的模特儿不能长期雇用，不能把她带在身边，他就觉得惘然若失。

正好在这时候，马车在画室前面停住了。希维尔斯基付完车费后，便下了马车。

“有您一封电报!”看门人一见他就说道。

画家仿佛从梦中惊醒似的，说道：

“啊！好的！请给我拿来!”

他从看门人手里接过电报，迅速打开。他刚刚扫了一眼，脸上就露出了惊愕和恐惧的神情。电报是这样写的：

“克勒索维奇一小时以前开枪自杀，快来！海仑。”

七

艾尔曾夫人迎来了希维尔斯基，脸上显出慌乱而懊恼的神色，她的眼睛是干的，但却有点红肿，好像发炎了似的，显得焦躁不安。

“你接到过什么信吗?”她急不可耐地问道。

“没有，我只接到你的电报。多么不幸啊!”

“我以为他会写信给你的。”

“没有！是什么时候发生的?”

“今天早晨他们听到他房间里的枪声。服务员跑进去一看，他已经断气了。”

“就在这座旅馆里?”

“不是，幸亏他昨天搬到康达明去了。”

“为什么要自杀呢?”

“我怎么知道！”她不耐烦地答道。

“因为据我所知，他是不赌钱的。”

“是的，他们还在他身上发现了钱。”

“你是昨天解雇他的吗？”

“是的，不过那是应他自己的要求。”

“他也许把这件事看得过于认真了？”

“我哪里知道！如果他想要自杀，就应该走远些。不过，他是个疯子，这就解释一切了！为什么他事先不走得远远的！”她气恼地说道。

希维尔斯基凝神望着她。

“请你安静一点！”他说。

但是她误解了他的意思，答道：

“这件事使我非常不愉快，也许还会带来不少的麻烦！谁知道，也许我还得到法院里去作证，去解释……我又怎么能知道呢！真是可怕的事啊！……此外，还会遭到别人的造谣中伤，首先是那个维亚德罗夫斯基……我想请你在朋友中间去说说，就说他赌钱输掉了我的一笔钱，这就是他自杀的原因。如果要到法院去作证，那就不能这样说了，因为可能会查出这不是真的；但是在人们面前是必须这样说的……要是他到孟敦或尼斯去自杀就好了！还有，只有老天爷知道，他死之前会不会故意写些东西来向我报复呢？若是有什么信件寄给了报社，那就糟了！这样的人是什么事都干得出来的。我本来就想离开这里，现在看来是不得不走了……”

希维尔斯基越来越专注地望着她那张怒气冲冲的脸孔、那张噘起的小嘴，最后他终于说道：

“这是件可怕的事情！”

“的确是可怕！如果我们明天离开这里，别人会不会更加说闲话呢？”艾尔曾夫人接着说道。

“我不这样认为。”希维尔斯基答道。

于是他问了克勒索维奇自杀的那个旅馆，他表示要到那个旅馆去打听一点消息，并安排丧葬的事。

但是她竭力阻止他去，所以他才说道：

“夫人！他不是一条狗，是个人，至少该把他埋葬吧。”

“别人会埋葬他的。”她回答道。

希维尔斯基还是和她告辞离开了。在旅馆的楼梯上，他用手摸着额头，随后他又将帽子戴在头上，一再说着：

“真是件可怕的事情！”

他从经验中知道，人类的自私可以达到何等样的程度；他也知道，女人的自私自利或者牺牲精神，都是要胜过男人的。他也想起了在他的一生中曾遇见过类似的女人，她们的外表富于魅力，然而里面却窝藏着粗鲁的野兽般的自私自利，只要是涉及个人的利害关系，一切道德观念都不顾了。然而，艾尔曾夫人却使他感到出乎意料，他自言自语地说道：“这个不幸的人当过她孩子的教师，曾和她生活在一座房子里，而且还爱上了她……可是她呢，却连一句同情的话，一句怜悯的话都没有，对他一点关心也没有！什么都没有！相反地，她还责怪他给她带来了麻烦，恨他没有走得远远的，恨他破坏了她的兴致，抱怨他有可能要让她出席法庭作证，责备他不该招致别人对她的议论，但是她根本不去想一想，他到底发生了什么事，他为什么会轻生？是不是为了她才自杀的？在她恼怒的时候，她甚至忘记了自己，在我面前暴露出了她的秉性。对于这样的事，如果她在情感上不能做到，至少在理智上也应该表示出恻隐之心啊！

真是心如蛇蝎啊！体面！体面！一切都是为了体面！穿的是法国衣服，说的是法国话，实际上只有非洲野蛮人的冷酷和原始本性！文明只是像扑粉那样涂在皮肤上！……这个女人居然吩咐我去对别人说，他是因为赌输了她的一笔钱才自杀的……呸！让这一切都遭天打雷轰吧！”

他边走边说，不觉来到了康达明，很快就找到了那家小旅馆。他在克勒索维奇的房间里看见了一个医生和一个法官。他们一见他来了都很高兴，因为他们都希望他能向他们提供一些关于死者的情况。

“这个自杀者留下了一张字条，要求把他葬在公墓里，把他留下来的钱，按通信地址汇到苏黎世去。除此以外，他把所有的文件都烧掉了，火炉里的纸灰可以证明这点。”法官说道。

希维尔斯基看了克勒索维奇一眼，只见他躺在床上，眼睛可怕地睁着，嘴巴像吹口哨似的伸张开来。

“这个死者认为他的病无法医好了，他亲自和我说过这件事。也许这就是他自杀的原因。他是从来不进赌场的！”希维尔斯基说道。

接着他把他所知道的有关克勒索维奇的全部情况都向他们说了，还留下一笔足够买墓地的钱，随后他便离开了。

在路上，他想起克勒索维奇在尼斯对他说过的有关微生物的话，以及他对维亚德罗夫斯基的回答，说他参加的是“沉默的一派”，于是他相信，这个年轻的大学生早就有了自杀的念头，而他自杀的主要原因就是因为他预感到他是注定要死的。

但是，他也知道还有别的原因，其中就有他对艾尔曾夫人的痛苦无望的爱情，以及他和她的离别。一想到这里，他就怏怏不乐。克勒索维奇的尸体，那张像要吹口哨似的大嘴，和那双可怕的眼睛，都历历出现在他的眼前。他心想，任何人陷进这可怕的黑夜中都不会不感到害怕的，而整个生命同死亡的必然性比较起来，真是一场巨大的悲剧性的滑稽剧。他带着这种非常沮丧的心情回到了艾尔曾夫人那里。

当她听到没有留下任何文件时，她才放下心来。她说她要送去一笔足够付安葬费用的钱。直到此时，她才带着一点怜悯的口气谈起他来。但是无论她怎样挽留希维尔斯基，要他只留下几个小时都不行。画家回答说，他今天心情不好，非回去不可。

“那么，我们晚上再见好吗?”她伸出手来和他握别时说道，“我真想晚上到尼斯去，和你一道走……”

“到哪里去?”希维尔斯基惊异地问道。

“难道你忘了，到福米达博号去……”

“啊，你还有兴致去参加那个舞会?”

“你若是知道我是多么难过，特别是发生了这件不幸的事之后，你就会可怜起我来了……说实在的，我也为这个可怜的人伤心……但是我必须去！……就是为了不让别人无事生非，我也非去不可！……”

“是吗?再见！”希维尔斯基说道。

过了一刻钟以后，他坐在车厢里，暗自想道：

“如果我和你一道去参加福米达博号的舞会，或者到别的什么地方去，那我就是一只死螃蟹了！”

八

第二天，当莎菲太太和莎菲小姐来到画室时，希维尔斯基的心情好多了。他一看见这位姑娘的美丽而活泼的脸孔，顿时心中便充满了欢乐。

画室里的一切都已准备就绪，画架放好了，供模特儿用的沙发也摆放停当，还蒙上了罩布。拉吉特太太已经得到了非常严厉的命令：绝不许任何人进来，即使“维多利亚皇后御驾亲临”，也拒不接待。

希维尔斯基来回扯动着窗帘，把天窗遮住了。但是他一边拉动着绳子，一边却不停地望着他那秀色可餐的模特儿。

这时候，莎菲母女都脱下了帽子。玛丽亚小姐问道：

“现在我该做什么呢？”

“现在该把你的头发披散开来！”希维尔斯基说道。

当她把双手举到头上的时候，他朝她走去。看得出来，他的这个要求使她感到不安，然而又使她觉得好奇，觉得亲切。希维尔斯基望着她那惊慌的脸孔、低垂的眼帘、略为向后倾斜的身体，以及那线条优美的身段，便觉得他在尼斯这个大垃圾堆里发现了一颗双料的珍珠。

一会儿，她的那头秀发便垂落在肩背上了，莎菲小姐摇晃着脑袋，把头发摇散开来，于是她的身体全被头发遮住了。

“真是个仙女！”希维尔斯基大声说道。

接着便是最困难的工作——摆好模特儿的姿势。希维尔斯基清楚地知道，这个少女的心跳动得很厉害，她的胸部起伏也非常急促，两颊羞红。她必须克服和战胜她身上的这种连她自己也无法控制的本能的反抗，同时她又抱着不安的心情来听从他的安排。她的不安又和一种无法描绘的欢乐结合在一起。

他对自己说道："不！她不是普通的模特儿，她是完全不同的，我也不仅是以一个画家的眼光来看她的。"他也觉得自己恍惚不安了，当他把她的头摆放在枕头上时，他的手指都发抖了。但是他为了能使她和他自己都摆脱这种不安的情绪，他便装作爱唠叨的样子和她说起笑话来：

"现在你要安静地躺着！就这样！一个人总该为艺术出点力啊！现在这样好极了！你的侧面像，被这红色的背景一衬托，是多么好看呀！若是你自己能看见就好了！但是这算不了什么！不许笑！……你应该是睡着的！我现在就要动手画了。"

于是他画了起来，但同时他又按照自己的习惯，谈谈笑笑，开始询问起莎菲太太的往事来。他从她那里得知，玛丽亚一年以前，曾在贾吉凯维奇伯爵夫人家里有一个很好的教语言的位置，那个伯爵夫人是罗兹一位大工业家阿特拉门特的女儿。但是当她知道玛丽亚的外祖父和父亲都曾在意大利军队中服过役之后，便把她辞退了。这对她们说来的确是个不小的打击，因为母亲和女儿的共同心愿，都是希望玛丽亚能给一个长期在尼斯过冬的夫人担任教师工作，免得他们一家人彼此分离。

这时候，希维尔斯基的画家的灵魂又觉醒了。他皱起眉头，聚精会神，他从笔杆上望着那位躺着的姑娘，飞快地画了起来。他不时放下调色板和画刷，来到模特儿的身边，轻轻地托着她的两鬓，矫正她的头部姿势。这时候，他朝她弯下身去，比艺术要求的弯得更低，当他感受到她那年轻身体的温热向他袭来，当他望着她那长长的睫毛和微微张开的嘴唇时，仿佛有一道愉快的电流渗进他的骨头，他的手指也禁不住颤抖着。这时候，他暗自对自己说道：

“要稳住自己！老家伙！真是见鬼！要稳住自己！”

的确，他是非常喜欢她的。她的局促不安、她的脸红、她的羞涩，然而又不乏那种少女的眉目传情，都使他感到无比欣喜。所有这一切都足以证明她并没有把他当老人看待。他看出她也是喜欢他的。她的外祖父一定曾向她讲起过许多有关祖国同胞的惊天动地的事情，从而使她联想翩翩，而且这时她正好遇到了这样的一位——不是寻常的一位——又诚实又有名望的人，如同神话中那样，正好在她危急的时刻出现在她面前，给他们带来了帮助和一颗诚挚的心，她怎能不对他抱有好感，不对他表示亲切和感激呢？

所有这一切都使希维尔斯基的时间过得非常快，不知不觉就到了中午。但是到了十二点的时候，玛丽亚小姐首先向他提出，她们一定得回去，因为家里只有老外公一人，得回去给他做饭吃。希维尔斯基请她们下午再来。如果她们不愿意把老人独自留在家里，不妨找一个她们的熟人下午陪伴他两个小时，可以找房东太太，或者她的丈夫，找其他人也可以。这是有关他的这幅画啊！一天来两次对双方都是有利的。如果找人来照顾老人需要花费一笔钱，由他来负担这笔费用，那么他，希维尔斯基将会感到莫大的荣幸。因为这幅画才是首要的事情。

一天来两次对莎菲太太来说真是再好不过的了，一想到家里的穷困，她怎能不同意哩！因此，她们答应两点再来。高兴的希维尔斯基决定亲自送她们回家。

走到门口的时候，房东交给他一束带刺的玫瑰花，说是两个漂亮的孩子和一个身穿奇装异服的仆人送来的。他们一定要进画室，可是她一想起他吩咐过的事情，便没有让他们进来。

希维尔斯基回答说，她做得很好，随后他接过那束玫瑰花，全都送给了莎菲小姐。片刻之后，他们就到了英国散步场。这时候的尼斯，在希维尔斯基看来，真是比过去更优美更活跃。过去使他一直不满的散步场上的嘈杂声，现在也变得有趣多了。路上他遇见了维亚德罗夫斯基和德·辛丹，他们一看见他便站住了。希维尔斯基只朝他们点点头便走了过去，当他经过他们身旁的时候，他看见辛丹把眼镜戴在眼睛上，望着玛丽亚小姐，还听到了他的赞美声："真漂亮！"他们甚至跟在他们的后面走了一会儿，等到了散步场对面的时候，希维尔斯基便雇了一辆马车，把两位女人送回家去了。

在路上，他又想起要请她们全家共进午餐，可是他转而一想，和那位老人在一起诸多不便，而且认识不久便请她们吃饭，也许会招致莎菲太太的疑心。既然不请她们吃饭，他就心里决定，等她们找到人来陪伴老人的时候，他就要借口节省时间，留她们在画室里吃饭。这时候，他已经把她们送到了门口，告别之后，他就立即跑到一家第一流的餐厅去，要他们给他送上饭菜。他狼吞虎咽地吃了几道菜，连吃的是什么他都不知道。艾尔曾夫人，罗莫拉和勒莫，还有那束带刺的玫瑰，都曾多次出现在他的脑海里，不过每次都是一闪而过。几天以前，这个美丽的寡妇，他与她的关系，曾是他最重要的事情，把他搞得头昏脑涨。他还清楚地记得，那次在法兰克港乘船回家的时候，他所经历的那番内心的激烈斗争。现在他对自己说道："对我说来，那一切都不复存在了，我再也不会想它了。"他既没有感到丝毫的不安，也没有丝毫的悲伤。相反地，他现在觉得，那副重重压在他身上的担子已经从他的肩上卸下来了，他把全部的思想都集中在莎菲小姐身上了。她在他的眼里，她在他的脑海里，她在他的幻想中不断地出现，他又看到了她那披散开来的头发，她那闭起的眼睛。当他一想到再过一小时他又能用双手去触摸她的鬓角，又能弯身向着她，感受到她身上的温热时，他就觉得自己像喝了醇酒一样陶醉了。于是他再一次问自己：

“嘿！老家伙，你到底发生了什么事呀？……”

可是，当他回到住所时，却接到了艾尔曾夫人的电报：“我六点等你吃饭。”希维尔斯基将电报扭成了一团，塞进自己的口袋里，等莎菲母女到来时，他已经完全把它抛在脑后了。当他工作结束，时钟敲打五下之后，他还在想该到什么地方去吃饭，他还为晚上不知怎样度过而感到闷闷不乐哩！

九

第二天，拉吉特太太把三个人的午饭送到画室，她告诉画家，一小时以前，那两个漂亮的孩子又来了，不过这次陪同他们来的不是那个穿着奇怪服装的仆人，而是一位年轻貌美的太太。

“那位年轻的太太一定要见先生，可是我告诉她，先生已经到安提贝斯去了！”

“是到杜龙去了！是到杜龙去了！”画家愉快地回答道。

第二天拉吉特太太却未能将这一答复告诉别人，因为来的只是一封信，希维尔斯基连看都不看一眼。可是这一天却发生了这样一件事，希维尔斯基想“摆正”玛丽亚小姐的姿势，便把他的手放在她的肩下将她抬了起来，他们的胸部贴得很近，她哈出的气息扑到了他的脸上。这时候，她显得异常激动，而他也对自己说，如果这样的时间能延长下去，即使要他用性命去换也是在所不惜的。

晚上，他独自说了下面这番话：

“你又在想入非非了，可是却和以前的不同，这次是你整个灵魂都卷入进去了，而且这次所以这样着迷，就是因为她是个孩子，就是因为她在尼斯这个垃圾堆中始终是个纯洁得像泪珠一样的孩子。她之所以能出污泥而不染，甚至不是她努力的结果，而是出自她的天性，哪里还能找到这样的姑娘呢？这一次，我不是自己欺骗自己，也不是自作多情，而是现实在告诉我。”

他觉得他是在做一个甜蜜的梦。不幸的是，做梦之后是要醒来的。两天之后，希维尔斯基才清醒过来。这次是因为他接到了一封电报，这份电报是从信箱孔里塞进来的，正好当着两个女人的面掉到了地上。

莎菲小姐正要把头发披散开来的时候，首先看见了这封电报，于是她去把它拾了起来，交给了希维尔斯基。

他不高兴地打开电报一看，脸上立即现出了不安的神色，过了一会儿，他说：

“请你们原谅，女士们！我接到了这样一个消息，使我不得不马上离开你们一下。”

“不是出了什么意外吧？”莎菲小姐不安地问道。

“不是！不是！恐怕我下午不能回来画画了。今天只好到这里为止，明天我就会安下心来画画的。”

他说完之后，便匆匆忙忙地，然而是亲切地向她们告别。片刻之后，他就坐上了一辆马车，吩咐直驶蒙特卡罗。

过了散步场，他又拿出那份电报重新读了起来，电报是这样写的：

> 我今天下午等着你来，如果你不乘四点的火车到达，我知道我该如何考虑和如何行动。吗啡

他简直被这个签名吓住了，因为克勒索维奇自杀的印象还留在他的脑子里。他对自己说："谁知道这个女人会干出什么事来呢？我即使不是伤害了她的真正的爱情，也一定是伤害了她的自尊心。我真不该那样对待她。我应该在接到她的第一封信时就回信给她，和她断绝关系。耍弄别人是不应该的，无论她是坏人还是好人。这次我一定要和她把问题摆明，我一定要到她那里去，不过不必等四点钟的火车了。"

于是他吩咐车夫挥鞭催马前进。有时他竭力使自己相信，艾尔曾夫人无论如何也不会自寻短见的，因为他觉得，这是和她的性格不相容的，可是有时他又疑虑重重，认为她那种极端的个人主义在受到伤害之后会促使她采取这种疯狂行动的。

他又想起了她的性格中颇有几分固执和坚决的成分，甚至还不乏勇气。为孩子着想，的确能阻止她采取这样的行动，可是这真能阻止她吗？她真的疼爱这些孩子吗？他一想到可能发生的事情，不觉毛骨悚然。他感到良心有愧，内心又开始了一番搏斗。莎菲小姐的倩影不时在他的眼前出现，使他产生了深沉的悲哀。他一再对自己说，他这次去是和她割断关系的，而且要坚决地割断，可是他的心里却感到非常不安。如果这个下贱的、卑劣的而又固执的女人对他说："不是你，就是吗啡！"那他怎么办呢？他既感到惶恐和忧虑，又感到厌恶和愤恨，因为他觉得，只有"坏文学"中那种虚假的女

主人公才会提出这种问题。

但是，如果她真的那样做，那又该怎么办呢？在世界上，特别是在尼斯这个地方，属于这种“坏文学”的女人是不计其数的。

在这些思想的扰乱下，在飞扬的青灰色尘雾中，他终于到达了蒙特卡罗，他吩咐车夫将马车停在巴黎旅馆前面。他还没有下车，就看见了罗莫拉和勒莫，他们在那个拉吉特太太称之为穿着奇怪服装的哥萨克仆人照看下，正在草地上挥拍打球。

他们一看见他，便跑上前来。

“你好，先生！”

“你好！……”

“你们好。你们的妈妈在上面吗？”

“不在！妈妈和辛丹先生一道骑自行车去了。”

沉默了片刻。

“唔！你们的妈妈是和辛丹先生一道骑自行车去了。很好！”希维尔斯基重复了一句。

过了一会儿，他又说道：

“真的！她以为我要四点以后才会到达这里的！”

他突然大笑起来。

“一台正剧却以笑剧结束……我忘记了这里是里维拉啊！我真是一头蠢驴！”

“你等妈妈回来吗？”罗莫拉问道。

“不！孩子们，你们听着，告诉你们的妈妈，我是来向她告别的。很遗憾，我不能再等她了，因为我今天就要走了。”

于是他吩咐车夫返回尼斯去。晚上他又接到一份电报，上面只有一个词：“可耻！”

他读完之后反而觉得特别高兴，因为电报下面没有“吗啡”的签名了。

十

两个星期以后，这幅表现“梦与死”的画已经画完了。希维尔斯基又开始着手画第二幅他想题名为《乐神》的画。可是他画不下去了，他推托说这里的光线太强了。整个这段时间，他不是在画画，而是盯着玛丽亚小姐那张容光焕发的脸，像是在探寻最适合表现乐神的表情似的。他是那样凝神专注地望着她，看得莎菲小姐脸都红了。他的心里越来越忐忑不安。

后来有一天早晨，他突然用一种古怪的声音说道：

“我看出了一件事，你们两个都非常喜欢意大利……”

“是的，我们喜欢，外公也喜欢。”莎菲小姐回答道。

“我也是的。我在罗马和佛罗伦萨几乎度过了半辈子。那里的光线不像这里这样强烈，可以整天画画。啊！是的，有谁能不喜欢意大利哩！你知道，我有时候是怎么想的吗？”

玛丽亚小姐低垂着头，微张着嘴，注意地望着他，这是她听他说话时常用的姿势。

“我认为每个人都有两个祖国：一个是他最亲近的，另一个就是意大利。你只要想想，所有的文化、所有的艺术和所有的知识，一切的一切，都是从那里派生出来的……我们只要拿文艺复兴来说吧……真的……我们大家都是意大利的儿子，至少也是它的孙子……”

"是的!"莎菲小姐答道。

他接着又说了下去:

"我不知道我是否说过，我在罗马的马格特街上有一间画室。打从这里的光线这样强烈以后，我就一直在想我的那间画室……如果我们大家一道去罗马，那就再好也不过了！……以后我们还要到华沙去……"

"可惜做不到呀!"玛丽亚凄然一笑，回答说。

但是他突然走近她的身边，握着她的两只手，极其动情地注视着她的眼睛，说道:

"做得到！做得到！亲爱的，你猜得出用什么办法吗?"

当她高兴得脸色煞白时，他就将她的双手紧紧地按在自己的胸前，说道:

"把你的一切都给我吧！……"

愿你福星高照

有一次，在一个月色皎洁的晚上，聪明而又伟大的克里斯纳在沉思，随后他说道：

“我曾认为，人是世界上最美的创造物，但是我错了。现在我一看到这被晚风轻轻摇曳的莲花，它比一切生物都要更美丽。它的花瓣在月亮的银光中开放着，我的眼睛都无法离开它了……”

“是的，在人类中间是没有这样的东西的。”他叹息着，重说了一遍。

但是，过了一会儿，他又在想：

“为什么我，作为一个神，不能用言词的威力创造出一个生物，使他在人类中间犹如莲花在花中间那样呢？就让他这样给人们和大地带来喜悦吧！莲花啊，你就变成一个活生生的少女站立在我的面前！”

水波立即轻轻地颤动着，像是被燕子的翅膀触动了一下，夜色更加明亮了，月光在天上照得更加强烈，夜鸫叫得更加响亮，然后又突然沉寂下来。法术显灵了，克利斯纳面前站着的是已经变成了人形的莲花。

神自己也惊诧不已。

“你本来是湖中的花朵，”他说，“从现在起你就是我的思想和言论的花了。”

那少女开始说起话来，声音低得就像莲花的白色花瓣被夏日的和风亲吻时所发出的响声一样。

"主人！你把我变成了活人，但是你该吩咐我住在哪里呢？主人，你要记住，当我还是花的时候，每每遇到风的呼吸，我就全身发抖，花瓣就要合拢起来。主人，我非常害怕狂风暴雨，雷鸣电闪，我甚至还怕太阳那灼人的强光，你吩咐我变成了莲花的化身，但我依然还保存着原来的秉性，所以我现在非常害怕陆地和地上的一切东西，主人！……现在你让我住在什么地方呢？"

克利斯纳抬起他那双聪慧的眼睛望着天上的星星，考虑了一会儿，随后问道：

"你愿意在高山顶上生活吗？"

"那里有雪，又寒冷，主人，我怕。"

"那么……我就在湖底下给你造一座水晶宫殿。"

"在水的深处有毒蛇和其他怪物窜来窜去，我害怕，主人！"

"那你喜欢宽阔无际的草原吗？"

"啊，主人，狂风和雷电会像成群的野兽那样践踏着草原。"

"那么，我该怎样做呢，莲花的化身！啊！在艾罗拉（Ellora）的山洞里住着一批神圣的隐士……你是否愿意住在远离世界的山洞里呢？"

"那里黑沉沉的，我怕，主人。"

克利斯纳在石头上坐了下来，一只手支撑着他的头，姑娘站在他的面前，害怕得全身发抖。

这时候，曙光开始照亮了东方的天空，把湖水、棕榈树和竹子都染成了金色。水上的粉色鹭鸶、蓝雁和白天鹅，森林中的孔雀和孟加拉雀，都一起合唱似的鸣叫起来，和它们应和的还有缠绕在珍珠贝壳上的弦声和人们的歌唱声。

克利斯纳从沉思中惊醒过来，说道：

“这是诗人瓦尔米基（Walmiki）[①] 在迎接太阳的东升哩！”

过了一会儿，藤蔓覆盖的紫花幕帐分了开来，瓦尔米基便出现在湖畔上。

他一看见莲花的化身，便停止了演唱。珍珠贝壳从他手上慢慢滑落到地上，他的双手也笔直地垂在双侧，默不作声地站在那里，仿佛伟大的克利斯纳已将他变成了水边上的一棵树似的。

神看到诗人对他的这件作品这样惊讶，也欣喜万分，便开口说道：

“快醒醒，瓦尔米基，你说吧！”

于是瓦尔米基大声说道：

“……我爱……”

这是他仅能记得的一个词，也是他仅能说出的一个词。

克利斯纳的脸上突然大放异彩。

“神奇的少女，我现在已在世界上替你找到了一个最适合的住所：你就住在诗人的心中。”

瓦尔米基又说了一遍：

“……我爱……”

威力无边的克利斯纳的意志、神的意志在把少女推向诗人的心，神又把瓦尔米基的心变得像水晶一样透明。

像夏日一样明朗，像恒河的水波一样平静，少女走进为她预定的场所，但是当她更深入地看到瓦尔米基的心的时候，她的脸色突然变得苍白起来，恐惧包围着她，有如冬天的寒风。克利斯纳大惑不解，便问道：

---

① 瓦尔米基即蚁垤，印度古代诗人，著有史诗《罗摩衍那》。

“变成化身的花！难道你连诗人的心都害怕吗?”

“主人,”姑娘回答道,“你要我住在那里吗?可就在这颗心里我看见了白雪皑皑的山峰和充满怪物的水底深处,看见了狂风暴雨、雷鸣电闪的草原,看见了艾罗拉漆黑的山洞,于是我又害怕了,主人!”

但是善良而又聪明的克利斯纳说道:

“你放心吧,化身了的花。如果瓦尔米基的心里有孤零零的白雪,你就用春天的温暖的呼吸将它融化;如果他的心是水底深处,那你就是这水底深处的珍珠;如果那里是荒漠的草原,那你就在那里播下幸福的花丛;如果是艾罗拉漆黑的山洞,那你就是黑暗中的阳光。”

这时候,瓦尔米基也正好恢复了他的说话能力,于是他便接了一句:

“愿你福星高照!”

附　录

授奖词

瑞典文学院常务秘书　C.D. 维尔森

文美惠　译

不论哪个民族，只要它的文学丰富多彩、广博浩瀚，这个民族的生存就有了保证，因为文明的花朵是不可能开放在不毛之地上的。但是，每个民族都拥有几个稀世的天才，他们身上集中体现了民族精神；在世人面前，他们便代表了民族的性格。他们虽然珍视那个民族的历史回忆，但那只是为了加强民族对于未来的希望。他们的灵感深深地植根于过去之中，恰似立陶宛沙漠里巴布里斯的橡树，而它的枝条却在当代的风里晃动着。瑞典文学院正是把今年的诺贝尔奖授给了这样一位整个民族文学和精神文化的代表，他就在这里，他的名字是亨利克·显克维奇。

他出生于1846 年。他青年时代的作品《炭笔素描》(1877)，对社会上被压迫和遭遗弃的人们表达了诚挚而深切的同情。他的其他给人们特别深刻印象的早期作品还有《音乐迷杨科》(1879)的感人故事，和《灯塔看守》(1882)的出色肖像画。中篇小说《鞑靼的奴役》(1880)是亨利克·显克维奇在历史小说上初显身手的尝试，直到他的著名三部曲出版后，才在这方面充分表现了他历史小说创作的才华。三部曲中的《火与剑》出版于1884年，《洪流》出版于1886—1887年，最后一部《伏沃迪约夫斯基骑士》则出版于1888—1889年。第一部描写的是1648—1649年哥萨克在鞑靼人支持下发起的暴乱；第二部写的是波兰人反抗卡尔·古斯塔夫的战争；第三部则是反抗土耳其人的战争，描写了卡密尼茨城堡的英勇保卫战及其终于陷落的经过。《火与剑》里的高潮是斯巴拉兹之围，以及固执的雅里梅·维什涅维茨基在考虑他这位无疑是最有实力的将军是否有权夺取最高指挥权时内心所经历的斗争。斗争的结果是：这位英雄的良心终于战胜了他的野心。我们在此顺便提一下，作者在三部曲中，三次描写了围城：斯巴拉兹之围，钦斯托霍瓦之围，最后是卡密尼茨之围，而三次围困在写法上没有一次是重复的。《洪流》里有许多出色的场景萦回在读者的记忆里。克密奇兹在小说开始时只不过是个被迫和他的国王作战的强盗，由于他爱上了一个高尚的女人，在这种爱情的影响下，他终于重新获得了别人的尊敬，并且为他的国家完成了一系列光辉的业绩。奥仑卡是显克维奇笔下众多的美丽妇女形象里的一个，她那虔诚的信仰、刚直不阿的品德和深挚的爱国热情使这个形象充满了魅力。连故事里的坏人也写得饶有趣味。例如，小说以高超的手法刻画出了武装叛国的雅诺什·拉齐维尔公爵的阴沉形象，描写他在一次酒宴上是如何诱骗他手下的军官们出卖祖国的。就连这个叛徒也不乏其动人之处。有位英国批评家曾经指出，显克维奇通过精练的心理描写向我们表现：公爵是如何和自己的良心争辩的。他固执地欺骗自己说，他叛变是有利于波兰的事业的。但是公爵没法对自己长期坚持这种一厢情愿的盲目欺骗，到底压抑不住悔恨，终于郁郁而亡。甚至连小说里那个靠不住的、轻浮放荡的保加斯拉夫公爵也有他充满吸引力的特点，如个人勇气、彬彬有礼的风度和满不在乎的好兴致等。亨利克·显克维奇是十分了解人的，因此他决不会把他的人物千篇一律地写成非白即黑，非好即坏。另一个突出的特点是，显克维奇对他的同胞们的缺点从来不是视若无睹的，他总是毫不容情地揭发它们，同时还公开表现波兰的敌人们的才能和勇气。他像古代以色列的预言家们一样，常常对他的人民讲出严厉的真话。因此，他在自己的历史场景里谴责波兰人过分要求个人自由，以致常常无谓地消耗了精力，使人们不能为群众利益而牺牲私利。他责备贵族间的争吵，责备他们拒绝服从国家正当的需要。但是显克维奇始终是个爱国者，他确实恰如其分地如实表现了波兰人民的英勇气概。他还强调了波兰作为历史上对抗土耳其人和鞑靼人的基督教世界的堡垒所起的巨大作用。这种高度的客观性最足以证明显克维奇的思想和历史观的睿智。作为一个真正的波兰人，他肯定是不赞成卡尔·古斯塔夫入侵波兰的，然而，他却出色地描绘了这位国王的个人勇敢和瑞典军队良好的纪律和组织性。

人们常说三部曲中最差的一部是《伏沃迪约夫斯基骑士》。我们很难同意那种意见。只要回想一下小说里描写伏沃迪约夫斯基的妻子是如何逃脱那个兼有毒蛇和猛狮性格的、诡计多端的鞑靼人阿兹雅的，或者回想一下那位美貌而无畏的士兵妻子巴希雅本人既勇敢活泼又温柔可爱的令人赞赏的形象就够了。三部曲的最后部分更是具有大量优美的、充满人性的特征。例如巴希雅和即将爆破要塞并和要塞同归于尽的伏沃迪约夫斯基告别的崇高壮丽的场面。在一个八月的晚上，当打了胜仗的土耳其人围困了卡密尼茨要塞。而救援无望，要塞即将覆灭的时刻，这对夫妻在一堵砌死了的大门的门洞里重逢了。他安慰着她，对她回忆他们在一起曾经享受过的那许许多多幸福的时光，他说，死亡只不过是一次过渡罢了，第一个动身到彼岸去的，将会在那里迎接另一个的到来。这段插曲是完美的、迷人的。虽说它并不伤感，却充满了纯洁而真挚的感情，使人读后不能不为之感动。伏沃迪约夫斯基的葬礼也同样壮丽，不过写法不同。巴希雅直挺挺地倒在教堂里棺材脚下的瓷砖地上，由于悲痛过度而失去了知觉。牧师敲起了手鼓，仿佛在发出警报，激励死去的英雄走下灵柩台，去继续和敌人作战。接着，牧师克制住了悲愤，赞扬死者英勇无畏的气概和他的种种美德，并且乞求上帝，在祖国生死存亡的危急时刻派遣一位解放者来。恰在此时，索别斯基跨进了教堂。人们的目光全都转向了他。牧师被预言的热情激动得喊道："救主！"而索别斯基则走到伏沃迪约夫斯基的棺架前面双膝跪下。

所有这些细节都具有巨大的历史真实性。因为显克维奇进行过广泛的研究，也因为他具有历史感，他的人物都是按照那个时代的风格言谈和行动的。值得注意的是，在许多提名亨利克·显克维奇为诺贝尔奖候选人的人中间，有些人就是卓越的历史学家。

三部曲里有大量出色的自然景物的描绘，它们充满了新鲜的气息。在《火与剑》里有非常简短但却令人难忘的描写，表现了春天里草原苏醒过来的情景：鲜花在泥土里挺立起来，昆虫嗡嗡地鸣叫，野鸭从头顶飞过，鸟儿在啁啾欢唱，野马看见了一支走近的士兵队伍，便鬃毛飞扬，鼻翼翕动，像一阵旋风似的骤驰而去。

这宏伟的三部曲的另一个突出的特点是它的幽默。小骑士伏沃迪约夫斯基的确刻画得十分出色，但是那位兴高采烈的贵族查格沃巴留给我们的印象也许更为深刻。他的虚荣，他的便便大腹，以及他对酒的爱好都使人想起了福斯泰夫，不过，也只有这些是他和福斯泰夫的共同特征。福斯泰夫是个放荡的、不可靠的人物，查格沃巴却是个善良厚道的人，在患难时刻他是忠于朋友的。查格沃巴硬说自己是个严肃的人，天生是块当神父的料，实际上却沉溺于口腹之欲。他嗜酒如命，还说只有叛徒才不敢喝酒，因为怕喝醉了会泄露自己的秘密；他之所以格外厌恶土耳其人，就是因为他们从不饮酒。查格沃巴是个聊天大王——他认为在冬天特别需要这种本领，要不然舌头就会结冰，就会冻僵。他洋洋得意地炫耀一个个勋章，拿他从没有参加过的战斗业绩来吹牛。其实，他的勇气——他倒确实有勇气——是另一种类型的。每次战斗前他都像个胆小鬼似的浑身发抖，但只要战斗一开始，他心里便涌起了对敌人的强烈怒火，因为他们不让他平平静静地过日子，于是他便会做出真正的英雄业绩，例如击败可怕的哥萨布克尔拉伊。而且，他像奥德赛那样狡猾机敏，足智多谋。当别人都山穷水尽、无计可施的时候，他总是能想出一些办法来。他基本上是个殷勤快活的、容易动感情的人，看见他的朋友遇到巨大的不幸，他会流下眼泪。他是个热爱祖国的人，而且和别的许多人不一样，他从不抛弃他的国王。有人说，查格沃巴的性格缺乏一致性，因为在三部曲的最后一卷中，这个荒唐的聊天大王变得更为严肃，获得了人们更多的尊敬。这种看法是轻率的。显克维奇正是要向我们显示：查格沃巴一方面是在发展，比以前变得要高尚一些，而同时又保留了他原来的缺点。虽说查格沃巴有那么多小毛病，但他在本质上却像一个孩子那样善良，所以这样一种相对的进步就显得更为自然。像查格沃巴这样的人物将永远在世界文学的那些不朽的喜剧性格的画廊中占有一席地位。他完全是一个独创性的人物。

1890年，亨利克·显克维奇从三部曲里对战士的肖像描绘转入了现代心理小说的创作，出版了《毫无准则》，从而显示了自己多姿多彩的才华。许多批评家认为，这部小说是他的主要作品。小说是以日记形式写成的，但又不同于其他许多日记，它一点也不令人厌倦。它以几乎无与伦比的高超技巧向我们展现了一个老于世故的、宗教和道德上的怀疑派的典型，由于他病态地热衷于自我分析，而终于一事无成。他遇事永远犹疑不决，因而使自己无法获得幸福，也牺牲了别人的幸福，一直到他死去为止。普沃索夫斯基是个有卓越才能的人，但是他缺乏道德支柱，也就是说，他缺乏准则。他有过于精细的审美感，他非常成熟和老练。但是成熟和老练无法代替他所缺乏的信仰和自然天性。小说还刻画了幽怨哀伤的安涅尔卡的可爱形象。她眼巴巴地看着自己生命最美好的希望由于普沃索夫斯基的利己主义而徒然消逝，然而她直到最后还是忠于义务的法则的。作者向我们透辟地指出，对于一个像普沃索夫斯基那样曾经是基督徒的灵魂，美的崇拜是无法填补宗教感情缺乏所造成的空虚的。显克维奇描绘了一种在所有国家里都存在的典型，这是一个被理性的神经衰弱症毁坏了的有才华的人物。《毫无准则》是一部极为严肃的、发人深思的书，又是一件精工雕琢的美妙的艺术品。在富于灵感的描写中流露出被抑制住的忧伤，这本书有时显得冷漠，但它是雕塑品的冷漠，是许多崇高美妙的艺术品所共有的内在特征。例如，我们就常常在歌德的作品里发现这种特征。

继《毫无准则》之后，1894年出版了《波瓦涅茨基一家》。这部作品不及《毫无准则》出色，但是在描绘有益的乡村生活和虚假的世界主义之间的对比方面，表现了极大的深度。我们在这部作品里又一次发现了一个完美的妇女形象，她就是真挚、忠诚和温柔的玛丽妮亚。批评家们对小说里的一个具体情节，即波瓦涅茨基所犯下的情欲的罪过，曾经提出异议。作者丝毫没有为他辩护，只是指出，一个并不肆意放纵、脱离常轨，更没有走上邪路的人，也是有可能犯错误的，不过他会立即清醒起来，并且毫不留情地忏悔自己的过错。在小说结束时，波瓦涅茨基恢复了和他的妻子之间的联系而且比以前更加牢固。小说实际上歌颂了家庭的美德和健康有益的社会活动。那个病弱的孩子李特卡的精美形象是相当迷人的。她牺牲了自己对波瓦涅茨基的稚气的爱，以促使他和玛丽妮亚重归于好。这个插曲是崇高和富于纯洁动人的诗意的。

那些曾责备他的三部曲太长的批评家，却又挑剔起他的中篇小说《让我们追随他》(1892)来，说它的步子太快了。这是一篇简洁的速写，用极富于诗情画意的手法描写患着病、为痛苦和危险的幻觉所苦恼的安特亚伯爵夫人，如何被濒于死亡又复活的耶稣基督治好了病。上面两种批评都并不中肯，因为不同的主题要求不同的处理。《让我们追随他》肯定只是篇速写，然而，它同时也是一个深刻感人的故事。因此，一位大师随手写成的粉笔素描，由于它写出了亲切的人物形象，常常和他长篇的作品具有同等的价值。《让我们追随他》是带着崇高的虔诚信念写出的，这是一朵开在十字架脚下的朴素的小花，在花蕊里包容了一滴救世主的鲜血。

不久以后，对宗教题材的关注便使显克维奇动手创作一部现已举世闻名的巨作。1895—1896年，他写出了《你往何处去》。这部描写尼禄暴政的历史巨作获得了特殊的成功。英语译本一年内在英国和美国共售出了八十万册。在1901年，柏林的波兰文学史专家布鲁克涅尔估计说，单是在这两个国家，就已经售出了二百万册。

《你往何处去》已被译成了三十多种语言。虽说我们不应过高估计这方面成功的重要性——坏书如果具有诱惑力，也很容易得到广泛的传播——但这个事实仍然明确地显示了这样一部作品的价值：这部作品丝毫无意激起人们卑下的天性，而是以高尚的方式处理高尚的主题。《你往何处去》非常出色地描绘了老于世故但却道德败坏的异教主义以及它的傲慢自大同谦恭而自信的基督教世界的对比，利己主义和仁爱的对比，帝王宫殿里狂妄自大的奢侈生活和地下墓室里悄无声息的凝神静修的对比。关于罗马大火的描写和角斗场中血腥场面的描写是无与伦比的。亨利克·显克维奇谨慎地避免了使尼禄成为作品的主要人物，但他以不多的笔墨便为我们刻画出了这个半瓶子醋的艺术爱好者的形象，充分表现了他的虚荣，他的豪华威风的蠢行，他全部虚假的至尊地位，他全部缺乏道德观念的浮浅艺术崇拜，以及他的一切随心所欲的暴行。作者着力更多的彼特罗纽斯形象，描写得更加出色。作者有塔西佗的《编年史》第十六卷里短短两章的那篇生动的随笔可供参考。显克维奇就是根据这些极其简短的提示，描绘出了一幅心理的图画，既酷肖真实，又极其深刻。彼特罗纽斯这个有高度教养的风雅人士，“风雅裁判官”，是许许多多矛盾的组合体。他是个享乐主义者，更是个怀疑论者，他认为生命只不过是骗人的幻象。享乐使他变得娇气了，但是他仍然有男子汉的勇气。他不带偏见，有时却又很迷信。他没有形成强烈分明的是非观念，但是他对美的感觉却因此而更加明确。他是个精通世故的人，在难以处理的棘手情况里他表现得巧妙沉着，而又不致有辱自己的尊严。比起斯多葛派那些粗鄙的道德家来，他更喜欢怀疑论者皮浪和享乐诗人安那克里翁。他鄙视基督教徒，对他们很不了解。他认为，一个人按照基督教教义去以德报怨，是毫无意义和不值得的。对他来说，像基督徒那样寄希望于死后的生命，恰似有人宣布说新的一天从晚上开始一样奇怪。由于受了宠臣提格里努斯的谗言中伤，彼特罗纽斯自己结束了生命，宁静地走向死亡。这一整段描写就其风格来说是极其完美的。不过《你往何处去》还包含了其他许多值得赞赏的内容，尤其美好的是使徒保罗在落日照耀下从容就义的那段插曲。保罗殉难前重复了他写下的那些话：“那美好的仗我已经打过了，该跑的路我已经跑尽了，所信的道我已经守住了。”（《提摩太后书》第四章第七节）

写完这部主要作品以后，亨利克·显克维奇又回到波兰民族小说的创作上来，1901年写出了《十字军骑士》。由于缺乏资料，这次创作比三部曲要困难一些。但是显克维奇克服了这些困难，使他的这部作品带上了浓厚的中世纪色彩。小说主题是波兰和立陶宛民族反抗条顿骑士团的斗争。条顿骑士团早已完成了他们原来的使命，这时已经变成了一个侵略的机构，他们关心的不是作为这个骑士团的成员在他们的衣甲上佩戴的十字架标志，而是权力和世俗的利益。后来以弗拉迪斯拉夫二世称号登基成为波兰国王的亚该老大公粉碎了骑士团的统治。他在小说里也扮演了一个角色，不过显克维奇的习惯是不给予历史人物以过于突出的地位，小说里只对他做了简单的刻画。小说中还有许多全凭作者丰富的想象力创造出来的人物，他们更强烈地吸引了我们的注意，并且提供了中世纪文明的卓越范例。这是个迷信的时代，虽说这个国家早已皈依基督教，人们仍然在晚上放些食物到门外供吸血鬼和亡灵享用，每个圣徒都有他的特殊职责，阿波罗尼亚能治牙疼，利别里乌斯能治结石。不错，天父上帝确是宇宙的统治者，但这正好证明他没有时间去照顾凡人的琐碎事务，于是他便把不同的职责托付给了圣徒们。那个时代确实充满了迷信，但它也充满了旺盛的精力。骑士团巨大坚固的城堡耸立在马林堡。反抗修道院骑士的波兰和立陶宛一方也并不缺乏力量。这里有粗鲁贪婪、一心为自己家族谋利益，然而却是勇敢的马茨科。还有头脑里装满了骑士冒险的念头的高尚的兹皮希科。可怕的尤仑德则超越于一切人之上，仿佛是一尊花岗岩的巨大雕像。对条顿骑士团的仇恨使他变得残忍，最后他自己也终于成了骑士团令人恐怖的报复的牺牲品。在他受到屈辱的时候，由于他战胜了自我，具有了博大的宽恕精神，就使他比过去任何时候都显得更为崇高。他是显克维奇笔下武士形象中最为壮丽的一个。柔情的场面是和暴力的场面交替出现的。雅德维迦的形象虽说温柔，却难以捉摸。为受尽折磨的可怜的达奴莎举行的葬礼场面写得温柔美妙，像一场柔声吟唱的受难礼拜仪式。另一方面，像春天一般明媚可爱的雅金卡，浑身充溢着健康活泼的气息。所有这些创造物都有他们独特的生命。在写得出色的次要人物中有容不得任何不同意见的、急躁好斗的修道院院长。还有那个卖免罪符的小贩山德鲁斯，他卖的一只驴蹄，是耶稣一族逃入埃及时骑过的那头驴脚上的，他还卖过雅各梦见的那张梯子上的一块梯板，以及埃及的圣玛利的眼泪和圣彼得的钥匙上的一些铁锈屑。小说以1410年的格隆瓦尔德之战作为结束，经过英勇奋战，条顿骑士团的军团被歼灭，这个插曲正像一场辉煌的乐剧的最后一幕。

显克维奇肯定是第一个承认他受到古老的波兰文学影响的人。这种文学的确是丰富多彩的。由于亚当·密茨凯维奇的伟大史诗里所充分表现的诗歌的全部本质，因此他是波兰文学的真正的亚当，是波兰文学的先驱。在波兰文学的天空里，像灿烂的群星那样闪烁发光的名字中，有斯沃瓦茨基，这是个有丰富想象力的人，还有克拉辛斯基。像科热尼奥夫斯基、克拉舍夫斯基和热乌斯基，都曾成功地进行过史诗艺术的创作。但是亨利克·显克维奇却使史诗艺术达到了高峰，呈现出了最高度的客观性。

对于考察显克维奇的成就的人来说，他的成就显得既巍峨高大，又浩瀚广阔，同时在各个方面都表现得高尚和善于克制。他的史诗风格更是达到了艺术上绝对完美的地步。他那种有着强烈的总体效果和带有相对独立性插曲的史诗风格，还由于它那朴素而引人注目的隐喻而别具一格。正像盖杰尔指出的那样，这方面的大师是荷马，因为荷马在单纯中发现了庄严。例如，他把战士们比作围着一桶牛奶嗡嗡飞的苍蝇；又如，当帕特洛克罗斯[1]哭泣着请求阿喀琉斯让他去和敌人作战时，荷马把他比作一个哭哭啼啼的小姑娘，她紧紧扯住妈妈的衣服，要妈妈抱她。有位瑞典批评家注意到显克维奇笔下的比喻具有荷马的形象化比喻那种清晰性。因此，一支撤退的军队被比喻成一个退回去的浪头，它在海滩上留下了蚝贝和蚌壳，而刚刚开始的第一阵枪炮声被比作村里一只狗的吠叫声，它马上招来了所有别的狗的齐声吠叫。还可以举出更多的例子，一支被围困的军队，正面和背后受到夹击，遭到来自两边的炮火的进攻，被比喻成一块田地，两伙收割庄稼的人从田地两头开始收割，准备到田地中间会合。在《十字军骑士》里，那些从垄沟里站起来攻击日耳曼骑士的时母德人，就像一群被一个不小心的游荡汉损坏了蜂窝的黄蜂。在《伏沃迪约夫斯基骑士》里，我们也看到了出色的比喻，在判断它们的价值时，我们应该记住，在荷马的作品里，用作比较的两件事物往往只在一点上会聚在一起，而其他方面都是模糊的。伏沃迪约夫斯基挥舞起他那柄举世无双的宝剑，杀死了他周围所有的人，其速度之快，就像做完弥撒后，唱诗班的童子用长长的灭烛器一根接一根地熄灭圣坛上的蜡烛一般。土耳其军队司令官侯赛因·巴夏本想从通往雅西方向的那扇门逃出去，但是没有成功，于是他回到营地，想另找一条路逃走，正像一个偷猎者被堵截在一座猎园里，一会儿试试从这边逃走，一会儿又试试从那边逃走一样。《你往何处去》里准备就义的基督徒殉难者们就像驾船离开了码头的水手一

① 帕特洛克罗斯是阿喀琉斯的好友，在特洛伊战争中被赫克托耳杀死。后来阿喀琉斯为他报了仇，杀死了赫克托耳。

样，已经远离了尘世。我们还可以举出许多既有荷马风格又同样优雅自然的例子，例如在《十字军骑士》里，当雅金卡突然看见像一位王子似的兹皮希科时，她一下子呆在门口，手里的一桶葡萄酒也差点掉下地来。

亨利克·显克维奇的文学创作到现在还远未结束。目前他正在创作一部描写索别斯基时代的新的三部曲《在光荣的战场上》。

他自己的文学事业的确是在光荣的战场上展开的。他获得了人民对他表示热爱而献上的种种珍贵的心意。这种热爱的可贵之处在于，他虽然是个无比热诚的爱国者，对自己的祖国却从不阿谀奉承。人们在他创作事业二十五周年纪念的日子发起了全国性的募捐活动，买下了原来是他家族故居的一座城堡作为礼物奉献给他。人们派来了代表团向他致敬，发来了祝贺信。华沙剧院为他举行了庆祝演出。

现在，在这些赞美的表示里又加上了来自北方的致敬，因为瑞典文学院已经决定，把1905年的诺贝尔文学奖授给亨利克·显克维奇。

受奖演说

亨利克·显克维奇

文美惠　译

代表各自不同国家的诗人和作家们，都在为获得诺贝尔奖而进行公开的竞争。因此，得到学院授予的诺贝尔奖，不仅使作家得到光荣，也使他的民族获得了光荣，因为作家是他的民族的儿子。同时，获得诺贝尔奖也证明那个民族在世界的成就中占有自己的一份成绩，证明它的努力是有成果的，证明它有权为了人类的利益生存下去。如果这种荣誉对一切民族都是珍贵的，那么，它对于波兰则是更加无比珍贵。有人说，波兰已经死亡，波兰已经筋疲力尽，波兰已经当了奴隶，可是，这儿的事实正好证明她还活着，证明了她的胜利。此刻，在全世界眼里，波兰的成就和她的天才的重要意义获得了尊敬，我们像伽利略一样，不由得要这样想："它依然在动。"

这种尊敬不仅是对我个人的——因为波兰的土壤是肥沃的，并不乏比我更为优秀的作家——而且是对波兰的成就，对波兰的天才所表示的。为此，我作为一个波兰人，想向诸位先生，瑞典文学院的诸位院士，表示我最热忱和最诚挚的谢意。我要借用贺拉斯的一句话来作为结束："能赢得卓越人们的赞许，绝不是微不足道的褒奖。"

显克维奇生平年表

1846年

5月5日生于波德拉什地区的奥克热雅村。父亲约瑟夫。母亲斯特法尼娅，是富有地主的女儿。

1855年

显克维奇随父母迁至文齐奇纳村。

1858年

显克维奇考入华沙初级中学学习，在该校学习四年。

1861年

父母卖掉文齐奇纳庄园后，迁入华沙，住在新世界大街七号。

1862年

考入华沙第二中学，学习两年。

1864年

转入华沙第四中学学习。

1865年

8月，开始在普旺斯克的维依赫尔家担任家庭教师一年。开始写作小说《牺牲》。

1866年

9月14—15日，在华沙第四中学参加毕业考试。

10月25日，参加华沙大学入学考试，考试合格，被录取，入医学系学习。

1867年

2月4日，转入文学系学习。

1868年

暑假期间，到什查夫尼察休假，认识了波兰诗人阿斯尼克。

1869年

4月18日，在《每周评论》上发表第一篇评论文章《拉帕茨基的客串演出》。

7月3日，在《插图周刊》上发表论文《米·萨金斯基，文学研究》，开始写作中篇小说《徒劳无益》。

1870年

6月，在《插图周刊》上发表论文《论卡·米亚斯科夫斯基》。

1871年

2月，完成《徒劳无益》，并打算写一部像果戈理的《死魂灵》那样的小说《在我们的道路上漫游》。

6月，显克维奇没有考完大学毕业考试便离开了大学。

1872年

从5月7日到7月26日，《徒劳无益》发表在《花环》双周刊上。《每周评论》发表小说集《沃尔西维皮包中的幽默作品》。

下半年开始，成为《花环》和《田地》的撰稿人。

1873年

从5月到10月，与《波兰报》合作，撰写《无题》一栏的杂文和小品文。

7月上旬，显克维奇被《波兰报》派往维也纳，写出通讯《维也纳的展览》。

9月1日，母亲病逝。

1874年

6月，和戈德莱夫斯基、奥荷罗维奇集资接办《田地》，显克维奇负责文学部的编辑工作。

与人合作翻译了雨果的《九三年》，由《每周评论》出版。

8月17日到9月底，显克维奇到比利时的奥斯坦德和法国的巴黎访问。

显克维奇与玛丽亚·克列尔相爱，遭到女方父亲的反对。

1875年

1月开始，显克维奇担任《波兰报·现今》一栏的撰稿人。以“李特沃斯”笔名发表了四十余篇杂文。

显克维奇积极为《田地》撰写剧评。

9月，显克维奇发表小说《田园诗情》。

10月，显克维奇在《波兰报》上发表短篇小说《老仆人》。

1876年

1月2日开始，《波兰报》上连载中篇小说《哈尼娅》

2月，华沙检察机构准许出版《徒劳无益》单行本。

2月，以《波兰报》记者身份访问美国，途经柏林、科隆、布鲁塞尔、伦敦、利物浦等城。

3月16日，到达美国旧金山，与波兰侨民会见。

4月21日，到达阿纳海姆，并在那里住了半年，开始写作《旅美书简》。写出剧本《进攻》。

9月，访问洛杉矶。

完成中篇小说《赛义姆·米查》和《炭笔素描》。

1877年

1月，《炭笔素描》发表在《波兰报》上，引起强烈反响。

3月，访问旧金山。

8月，参加波兰著名女演员莫德热耶夫斯卡在加利福尼亚的首场演出。

10月，应邀参加怀俄明的狩猎活动。

1878年

2月，继续撰写《旅美书简》，并相继刊登在《波兰报》上（其中有《中国人在加利福尼亚》）。

2月，访问波士顿、匹兹堡和纽约。

3月23日，乘轮船离开纽约，4月初到达伦敦。

4月，到达法国，并在法国停留了一年。在巴黎结识了许多波兰的记者和画家。

11月19日起，主持《波兰报》的《最新消息》栏。

写出小说《一个家庭教师的回忆》和通讯《罗马印象》。

1880年

2月，写出小说《为了面包》。

3月，在华沙、卢布林等地做访美报告多次。

4月，写出独幕剧《谁之罪》。

8月9日，住在卢加村，写出小说《鞑靼的奴役》和随感《文学艺术杂谈》。

11月，显克维奇被选为“华沙剧院剧目委员会”委员。

12月，和玛丽亚·塞特凯维奇小姐订婚，并陪她到意大利的梅兰诺疗养。华沙出版四卷本《显克维奇选集》。

1881年

2月24日，华沙“多样化”剧院公演独幕剧《一页》。

8月18日，和玛丽亚·塞特凯维奇结成伉俪。

1882年

1月，担任《言论报》的主编。

4月，写出小说《胜利者巴尔特克》并于5月上旬同时发表在《言论报》和《时代》上。

7月15日，第一个儿子约瑟夫出生。

8月和9月，到纳温卓夫村考察访问两个月。

1883年

3月，发表小说《酋长》。

5月，长篇历史小说《火与剑》开始在华沙的《言论报》(2日)和克拉科夫的《时代报》(3日)上连载。

年底，《火与剑》第一、第二部由言论报社出版单行本。

1884年

3月，陪同生病的妻子到意大利治疗。

5月，显克维奇一家来到巴黎。

7月，《火与剑》出版第二版，3000本很快被抢购一空，在读者中间引起强烈反响。

10月，开始写作长篇历史小说《洪流》。

12月，《洪流》开始在《言论报》(从1884年12月23日到1886年9月10日)、《时代报》(从1884年12月24日到1886年9月2日)和《波兹南日报》(从1884年12月25日到1886年9月7日)上连载。

1885年

1月中至2月中，访问圣雷谟。继续写作《洪流》。

5月，回到华沙。

6月，陪同妻子到德国赖兴哈尔疗养，在精心照顾病妻的同时，继续写作《洪流》。

10月19日，妻子玛丽亚因患肺病医治无效，病逝于法兰克福附近的法尔肯施泰因。

11月底，到达卡邓勒格本休养。卡邓勒格本后来成了显克维奇最喜爱的疗养地，几乎每年都要到该地去休养一段时期。

1886年

2月，写完《洪流》第四部后，到立陶宛访问了数日。

2月底，会见丹麦著名文学批评家勃兰兑斯。

8月21日，写完《洪流》。

10月6日，离开克拉科夫，途经布加勒斯特、瓦尔纳到达土耳其。

11月10日，离开土耳其，乘轮船到希腊雅典访问两周。

11月28日，从希腊来到那不勒斯访问，参观了维苏威火山、庞贝遗址。后经罗马、佛罗伦萨、维也纳、克拉科夫回到华沙。

1887年

1月中旬，被选为当代小说评判委员会委员。

《火与剑》被译成法文，在法国出版。

2月，开始构思长篇历史小说《伏沃迪约夫斯基骑士》。

6月2日开始，《言论报》《时代报》和《波兹南日报》刊载《伏沃迪约夫斯基骑士》。

6月中旬，辞去《言论报》主编职务。

11月，当选为国际文学协会的名誉主席。

1888年

5月，完成《伏沃迪约夫斯基骑士》。

8月，写作小说《第三个女人》。

9月17日，到西班牙访问，历时四十天，写出《斗牛》一文。

12月初，收到一笔一万五千卢布的汇款，汇款单上写着“米哈尔·伏沃迪约夫斯基寄给亨利克·显克维奇”。显克维奇后来将这笔巨款作为“文学基金”，资助了不少作家和艺术家。

1889年

2月，写出论文《论历史小说》与勃兰兑斯进行论争。

7月底，开始写作《毫无准则》。

1890年

1月，写出《毫无准则》的第一部。

6月，到克拉科夫参加密茨凯维奇遗体安葬仪式。

12月，前往非洲访问。

1891年

1月，到达埃及，参观访问一个月，开始写作《旅非书简》。

2月1日，离开苏伊士，乘轮船前往桑给巴尔。

2月28日，离开桑给巴尔，前往非洲大陆内地。

3月初，从巴加莫尔出发向内地前进了两个星期，由于瘟疫流行，不得不取消这次旅行，经原路线回到开罗。

5月末，回到华沙。继续写作《旅非书简》。

1892年

3月，写出小说《在泉水边》。

6月，开始写作小说《让我们追随他》。

开始构思长篇小说《波瓦涅茨基一家》。

12月31日，显克维奇离开华沙，前往敖德萨，与玛丽亚·伏沃德科维奇小姐订婚。

1893年

2月，到达罗马，原打算在罗马举行婚礼，因结婚手续特别麻烦，只好改在波兰举行。11月11日显克维奇与玛丽亚·伏沃德科维奇在克拉科夫举行婚礼。婚礼结束后，新婚夫妇前往意大利度蜜月，年底回到波兰。

1894年

2月，写作《波瓦涅茨基一家》。

3月，前往意大利，为《你往何处去》收集材料。

10月，写完《波瓦涅茨基一家》。

1895年

2月，开始写作《你往何处去》。

12月，儿子生病。医生认为是肺病的前兆，要他们到南方去疗养。显克维奇陪同儿子来到意大利的阿尔盖罗过冬。

继续写作《你往何处去》。

1896年

1月，访问尼斯。

2月，与妻子离婚。

2月5日，父亲去世。

3月，到蒙特卡罗参观访问。为写作《海边恋情》做实地考察。

3月，《你往何处去》出版，受到波兰和意大利评论界的好评。

8月，写出《海边恋情》(原名《在明亮的海岸上》)。

8月底，开始写作长篇历史小说《十字军骑士》。

12月，被选为彼得堡皇家科学院的通讯院士。被里沃夫的“波兰记者协会”聘为名誉会员。

12月12日，维也纳的文学协会筹备庆祝显克维奇创作活动二十五周年。

1897年

1月，克拉科夫的《前进报》发表文章，称《你往何处去》是“非常优美的革命小说”。

2月，华沙成立庆祝显克维奇创作二十五周年筹备委员会，显克维奇得知消息后，希望暂不举行庆祝会。

3月，当选为华沙密茨凯维奇纪念碑筹建委员会副主席。

4月，写完《十字军骑士》第一卷。

11月，受委员会委派，前往意大利订购密茨凯维奇纪念碑的大理石。

继续写作《十字军骑士》。

1898年

年初《你往何处去》改编成歌剧《莉吉亚》。

5月1日，主持密茨凯维奇纪念碑的奠基仪式。

5月中旬，在华沙与波兰著名女作家奥热什科娃见面。

5月底，在巴黎会见波兰作家莱蒙特。

7月，彼得堡剧院第一次演出剧本《一页》。

12月24日，华沙举行密茨凯维奇纪念碑落成典礼。显克维奇本来准备在会上发表讲话，被沙俄统治当局禁止，典礼在默默无声中进行。

1899年

1月16日，在为波兰音乐家帕德莱夫斯基举行的宴会上，发表热情洋溢的祝酒词。

年初，会见美国翻译家柯廷，他因翻译显克维奇的作品而名扬欧美。

9月，前往波兹南的密沃斯瓦夫，参加波兰诗人斯沃瓦茨基纪念碑的落成典礼，并发表讲话。

在密沃斯瓦夫，认识一位西里西亚的年轻貌美的文学家玛丽亚·拉吉耶夫斯卡。“她给了我强烈的印象，这是我最后一次陷入情网。”

1900年

1月，华沙庆祝显克维奇创作二十五周年筹委会恢复活动，决定向全国募捐，购买一座庄园作为礼物送给显克维奇。

上半年，波兰各大城市相继举行集会，庆贺显克维奇创作二十五周年。

3月，《十字军骑士》全部完稿。

6月，参加克拉科夫雅格隆大学五百周年的校庆活动。

11月，写出独幕喜剧《查格沃巴是媒人》，许多城市的剧院争相演出。

12月22日，华沙举行盛大集会，庆祝显克维奇创作二十五周年，并将捐款购买的奥布伦戈尔克庄园赠送给作家。

1901年

1月，收集材料，打算写一部有关尤利安·阿波斯达塔的小说。

4月，华沙举办“显克维奇展览会”。

9月，参加罗兹新剧院的落成典礼和以他名字命名的剧本征选委员会。

11月22日，《时代报》发表显克维奇的公开信，抗议普鲁士政府对波兰儿童的迫害，号召全国人民声援被害的学生。

1902年

6月，住进奥布伦戈尔克庄园，受到当地人民的热情欢迎。以后每年夏天，全家都要来此度夏。

1903年

1月20日，克拉科夫的各个行会联合举行集会，向显克维奇赠送大会纪念册。

8月，波兰洪水泛滥成灾，显克维奇发表讲话，号召波兰人民互相帮助共渡难关。

12月，参加为救济灾民而组织的募捐讲师团，到波兰各地做巡回报告，募集捐款。

1904年

2月18日，被里沃夫授予该市“荣誉市民”的称号。

4月2日，被法国政府授予“荣誉军团勋章”。

计划写作新的三部曲《在光荣的战场上》。

5月5日，与玛丽亚·巴布斯卡结婚。

开始写作《在光荣的战场上》。

1905年

2月到5月，多次给俄国当局写信，要求开办波兰学校。

8月，《在光荣的战场上》第一部完稿。

从9月开始，受民族民主党推荐，积极参加杜马（即俄国议会）的竞选活动。

10月，瑞典文学院授予显克维奇以诺贝尔文学奖，波兰全国欢欣鼓舞。

12月9日，前往斯德哥尔摩接受诺贝尔文学奖奖金。

1906年

2月，塞尔维亚科学院授予显克维奇通讯院士称号。

4月14日，列席民族民主党的首脑会议，讨论有关停止工人罢工的问题。

8月9日，写出一组以希腊神话为题材的短篇小说，其中有《宙斯的判决》。

11月底，前往克拉科夫，参加波兰哲学家、美学家克拉兹科的葬礼。

12月，被推选为由民族民主党等三个党派联合组成的中央选举委员会主席。

1907年

7月，出版文集《两个草原》

8月，在克拉科夫立下第一份遗嘱。

10月，写出小说《在雾中》，并开始写作《旋涡》

1908年

年初，参加克拉科夫纪念委员会召开的斯沃瓦茨基遗体迁葬讨论会。显克维奇主张葬在瓦维尔宫的名人墓室里。

7月，发表短篇小说《婚礼》。

8月，应《俄国消息报》之约，写出有关托尔斯泰的论文。

1909年

1月1日，在《华沙信使报》上发表《斯沃瓦茨基——赫洛斯》，揭开"斯沃瓦茨基纪念年"的序幕。

3月13日起，长篇小说《旋涡》开始在《波兰言论报》《华沙之声》上连载。

10月，积极资助作家维特凯维奇。

12月，写完《旋涡》。构思新的长篇小说，这是作家专为少年儿童而写的一部小说，书名为《中非历险记》，发表时改为《在沙漠和在丛林中》。

1910年

上半年，积极参加格隆瓦尔德战役五百周年的各种纪念活动。

7月，在布列塔尼认识波兰作家热罗姆斯基。

10月，《华沙信使报》开始刊载《在沙漠和在丛林中》。

1911年

5月，获波兰文学院颁发的金质奖章。

10月，开始酝酿新的小说《军团》。

11月，在克拉科夫收集有关波兰军团的材料。

12月，《在沙漠和在丛林中》出版单行本，立即被抢购一空。

1912年

3月、4月，到克拉科夫收集有关波兰军团的材料。

5月，受华沙科学协会委托，写信给居里夫人，希望她能回国工作，以提高波兰的声望。

5月和6月，在法国收集有关波兰军团的资料。

1913年

《你往何处去》被意大利和法国分别改编成电影，搬上银幕。

5月，开始写作《军团》。

7月，在佛维成立“波兰战争牺牲者救济委员会”，任该会主席。

9月25日，在佛维会见法国作家罗曼·罗兰。

1916年

1月底，委员会收到捐款七百余万法郎。

4月，为波兰作家参加伦敦纪念莎士比亚诞生四百周年大会而积极活动。

5月5日，七十寿辰，波兰各地纷纷举行庆祝活动，并向作家发来贺信贺电。

9月，身体不适，前往贝克斯治疗。

11月15日晚上9时，在佛维逝世。

11月22日，举行盛大葬礼。欧洲许多国家都派代表前来凭吊这位作家。波兰国内也纷纷举行悼念活动。许多作家如莫蒙特、热罗姆斯基、卡斯帕罗维奇、特马耶尔等，均撰文表示哀悼。

1924年

10月26日，显克维奇的灵柩运回华沙，安放在华沙圣约翰教堂的地下墓室里。

诺贝尔文学奖作家文集⊙普吕多姆卷·黛莱达卷·米斯特拉尔卷

枉然的柔情
[法] 苏利·普吕多姆 / 著
胡小跃 / 译
定价：50.00元

邪恶之路
[意] 格拉齐娅·黛莱达 / 著
黄文捷 / 译
定价：50.00元

常青藤
[意] 格拉齐娅·黛莱达 / 著
沈萼梅 / 译
定价：56.00元

风中芦苇
[意] 格拉齐娅·黛莱达 / 著
蔡蓉/译
定价：52.00元

柔情
[智] 加布列拉·米斯特拉尔 / 著
赵振江 / 译
定价：50.00元

爱情书简
[智] 加布列拉·米斯特拉尔 / 著
段若川 / 译
定价：30.00元

漓江的书，买了再说！

图书在版编目（CIP）数据

第三个女人 /（波）亨利克·显克维奇著；林洪亮译．-- 桂林：漓江出版社，2022.12（2025.2 重印）
ISBN 978-7-5407-9288-6

Ⅰ．①第… Ⅱ．①亨… ②林… Ⅲ．①中篇小说－小说集－波兰－近代②短篇小说－小说集－波兰－近代 Ⅳ．① I513.44

中国版本图书馆 CIP 数据核字 (2022) 第 133323 号

DI-SAN GE NüREN
第三个女人
［波］亨利克·显克维奇 著
林洪亮 译

主　　编：张　谦

出 版 人：梁　志
策划编辑：沈东子　辛丽芳
责任编辑：辛丽芳
书籍设计：石绍康
责任监印：张　璐

出版发行：漓江出版社有限公司
社址：广西桂林市南环路 22 号　邮编：541002
发行电话：010-85891290　0773-2582200
邮购热线：0773-2582200
网址：www.lijiangbooks.com
微信公众号：lijiangpress
印制：北京中科印刷有限公司
［北京市通州区宋庄工业区 1 号楼 101 号　邮编：101118］
开本：880mm × 1230mm　1/32
印张：25　字数：580 千字
版次：2022 年 12 月第 1 版　印次：2025 年 2 月第 2 次印刷
书号：ISBN 978-7-5407-9288-6
定价：88.00 元